MAREN WINTER

Der Stundensammler

ROMAN

WILHELM HEYNE VERLAG
MÜNCHEN

FSC
Mix
Produktgruppe aus vorbildlich bewirtschafteten Wäldern und anderen kontrollierten Herkünften

Zert.-Nr. SGS-COC-1940
www.fsc.org
© 1996 Forest Stewardship Council

Verlagsgruppe Random House FSC-DEU-0100
Das FSC-zertifizierte Papier *München Super* für Taschenbücher aus dem Heyne Verlag liefert Mochenwangen Papier

Vollständige Taschenbucherstausgabe 02/2006

Umschlagillustration: © Artothek
Umschlaggestaltung: Hauptmann und Kompanie Werbeagentur, München – Zürich
Satz: Buch-Werkstatt GmbH, Bad Aibling
Druck und Bindung: GGP Media GmbH, Pößneck
Printed in Germany 2006
ISBN: 10-3-453-40146-8
ISBN: 13-978-3-453-40146-4

http://www.heyne.de

Für Karolus, dessen Uhren alle unterschiedlich laufen, damit das Stundengeläut länger anhält und niemand die Zeit auf einen Punkt festnageln kann.

Nürnberger Umland

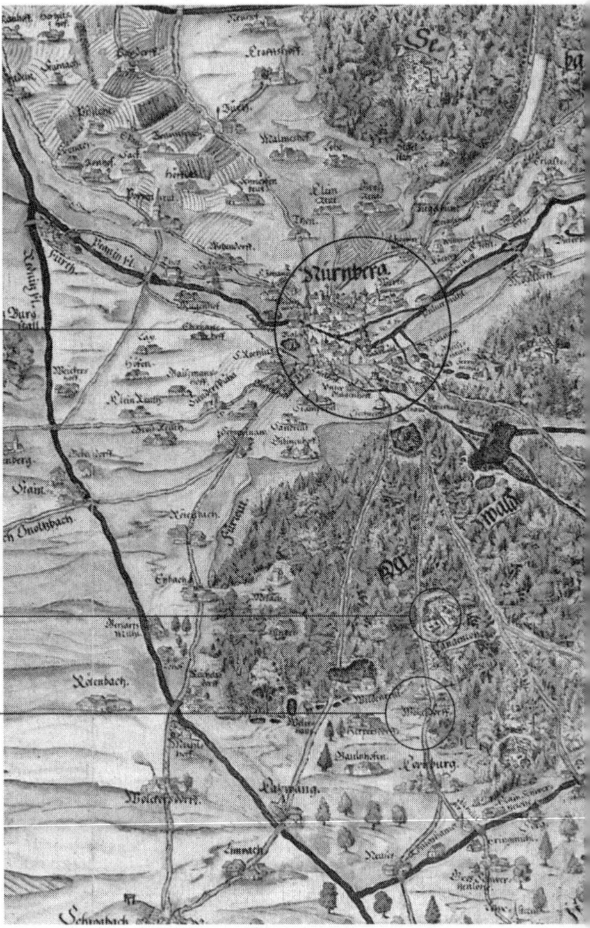

Nürnberg

Steinbruch

Worzeldorf

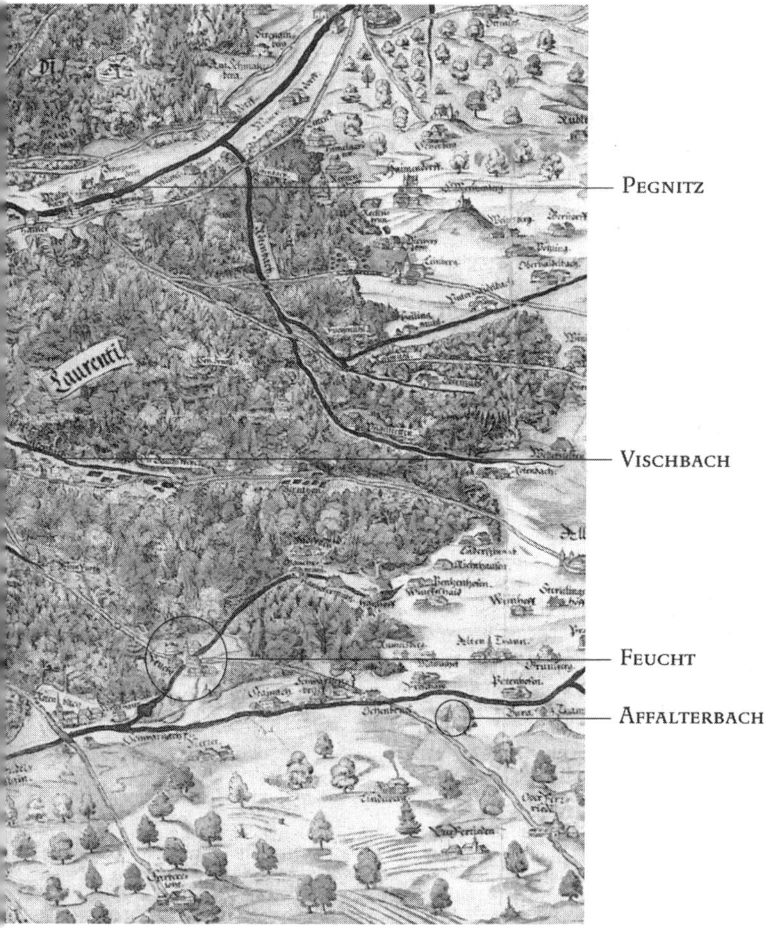

Laurenti
Pegnitz
Vischbach
Feucht
Affalterbach

PROLOG

Severin wurde zur Unzeit geboren. Das Jahr hatte sich soeben vollendet und das nächste noch nicht begonnen. Genau zwischen Tag und Nacht, im Wechsel der Sternbilder, als die Erde für einen Augenblick stillstehen wollte, krümmte sich eine kleine Bettelmaid verborgen im Röhricht und biss auf ein Bündel Segge, damit man ihren Wehenschrei nicht hörte.

In jenem Moment glitt Severin aus dem Mutterleib und fiel zwischen die jungen Spitzen des Rohrkolbens, die wie Lanzen aus dem Uferschlamm staken.

Das Wasser des Dutzenteiches begann gerade zu gefrieren. Myriaden von winzigen Eissplittern schaukelten auf den kleinen Wellen, rieben sich aneinander und rieben die Schilfhalme wund, sodass sich ein feines Sirren über dem ganzen Ufer erhob.

Lais kippte vornüber auf die Knie. Sie stützte sich in den Morast und tastete nach Messer und Faden in ihrer Manteltasche. Mit steifen Fingern band sie die Nabelschnur ab. Wie sie es bei Nachbarinnen gesehen hatte, versuchte sie dann die Fessel zu durchtrennen. Sie brauchte mehrere Schnitte dazu. Ihre Haut war nass von Schweiß und Tränen, und der schneidende Wind machte ihren Körper fast empfindungslos. Mit einer mechanischen Bewegung strich sie sich Unterrock und Wollkleid über die Schenkel und zog den abgewetzten Mantel fest um ihre Schultern. Befremdet starrte sie auf das dampfende Häuflein Leben unter sich.

Wie groß der Knabe schon aussah, und weißlich, wie die Larve einer Drohne, die nach Honig verlangte, um nichts weiter zu tun als zu wachsen. Selbst sein erster Laut war fordernd gewesen. Aber seine Augen blickten Lais einsichtsvoll und ernst von unten an. Sollten Neugeborene nicht blaue Augen haben? Konnten sie überhaupt schon etwas erkennen? Schaudernd wandte sie sich ab. Oh doch, dieser hier konnte, er starrte durch die Seele seiner Mutter hindurch.

Aber sie wollte keine Mutter sein. Nicht jetzt! Sie war doch selbst noch ein Kind.

Der Frost knisterte in den trockenen Halmen, und Lais blies sich in die Hände. Gleich würde das fremde Wesen aufhören zu strampeln. Gleich würde es ins Wasser gleiten und aus ihrem Leben verschwinden. Sie brauchte ihm nichts anzutun, nur zu warten.

Erst spät hatte sie gemerkt, dass in ihrem Körper etwas Ungewöhnliches vorging. Über die angeschwollenen Brüste freute sie sich sogar, denn sie hoffte, ihren Gönner damit zu erregen. Als sie an ihren energischen Geliebten mit der klangvollen Stimme dachte, musste sie unwillkürlich lächeln. Jetzt war sie wieder bereit für ihn, jetzt konnte er jederzeit nach ihr verlangen. In den letzten Wochen hatte sie sich kaum zu ihren Bettelplätzen getraut. Aufgefallen wäre ihm sicher nichts, denn sie hatte ihren Bauch so fest geschnürt, dass sie nur flach atmen konnte. Doch sie hätte ihn abweisen müssen, und sie fürchtete sich davor, was er auf ihre Weigerung erwidern könnte.

Aber er war nicht gekommen.

Schon lange nicht mehr.

Gleich bei ihrer ersten Begegnung hatte er ihr den Namen Lais gegeben, nach einer begehrten Konkubine aus dem alten Griechenland, deren Schönheit die vornehmsten Philosophen bezaubert haben sollte. Und er hatte sie wie ein erwachsenes Weib behandelt, obwohl sie gerade zum ersten Mal unrein geworden war. Sie ängstigte sich ein wenig vor seiner sanft bestimmenden Art, und als sie zum ersten Mal bei ihm liegen sollte, hatte sie lautlos geweint. Da hatte er begonnen leise in ihr Ohr zu summen, schmeichelnd zuerst und zunehmend heißblütiger. Sie sei zu seiner Muse ausersehen, der Muse eines Sängers. Nun müsse sie das Ihre tun und die verborgenen Melodien in ihm wecken. Unter seinem Gewicht war sie sich zerbrechlich vorgekommen, aber auch wertvoll wie ein Kleinod.

Jetzt fühlte sie sich nur noch widerlich.

Energisch zog sie ihr wollenes Tuch vom Hals und rubbelte sich die Beine trocken. Sie bemerkte, dass der Säugling ihr dabei zusah.

Wieso drehte sie sich um? Wieso schämte sie sich vor einem Kleinkind? Tatsächlich, er beobachtete sie – lag im Dreck, glotzte sie an und forderte, dass sie ihn in die Arme schließen sollte. Reichte es nicht, dass er sie über Monate aufgezehrt und geschwächt hatte? Seit er sich in ihrem Körper eingenistet hatte, entglitten ihr all die wunderbaren Pläne. Es war gewiss nur seine Schuld, dass ihr Gönner sie seit Wochen nicht mehr begehrt hatte.

Lais wusste, dass ein Handwerker sich nie mit einer Bettelmaid vermählen würde, aber sie träumte trotzdem davon. Zumindest als Magd konnte er sie nehmen. Doch erst musste er Meister werden, ein eigenes Haus kaufen, selbst Herr über seine Entscheidungen sein ... Lais würde warten.

Allmählich kehrte Leben in ihren Leib zurück. Sie fror und konnte ihre schlotternden Glieder nicht mehr ruhig halten. Sogar in der Kälte nahm sie den Gestank der Gerber und Lederer wahr, die sich an der Flussmündung angesiedelt hatten. Es war wirklich an der Zeit, diesen abscheulichen Ort zu verlassen. Lais stemmte sich hoch. Doch sie zögerte, dem fremden Balg den Rücken zuzudrehen, sie konnte sich nicht entschließen zu gehen, solange er noch lebte. Bei jedem Geräusch würde sie zusammenzucken und sich ängstlich umsehen, ob er etwa hinter ihr hergekrochen kam.

Sie sollte ihn einfach ins Wasser werfen.

Und wenn er dann anfinge zu schreien? Wenn er zwischen

den Dutzenhalmen stecken blieb und sich weigerte unterzugehen?

»Ich will dich nicht, begreife das endlich!«, sagte sie laut und erschrak vor dem harschen Klang ihrer Stimme.

Der Säugling schloss die Augen, und seine Bewegungen wurden schwach.

Ein scharfer Schmerz brandete durch Lais' Körper, als würde ihr Inneres herausgerissen. Auf einmal fürchtete sie, dass der Knabe tatsächlich sterben könnte. Bestrafte Gott sie schon jetzt, noch bevor sie ihr Kind getötet hatte?

Lais sank auf die Knie, wickelte das Neugeborene in ihr Tuch und wiegte sich wimmernd vor und zurück. »Vergib mir, ich selbst bin schuld an meinem Elend, ich habe gesündigt und habe seitdem weder eine Messe besucht, noch wurde ich von meinen Sünden losgesprochen. Ja, ich wollte, dass er von alleine stirbt, aber ich will nicht an seinem Tode schuldig sein.«

Als die Nachgeburt abgegangen war, ließ der Schmerz allmählich nach. Lais fühlte sich elend, und ihre Beine drückten schwer in den Uferschlamm. Der bloße Gedanke, sich zu erheben, erfüllte sie mit tiefer Niedergeschlagenheit, viel weniger konnte sie sich vorstellen, wieder auf den Markt zu müssen, den Blicken der Bürger preisgegeben, rempelnden Kerlen auszuweichen und sich unter den anderen Bettlern einen Platz zu behaupten. Herrgott, und das alles mit einem Säugling im Arm! Sie dachte an die steinernen Figuren am Kirchenportal, unter dem sie manchmal um Almosen bat. Dort warteten sie schon, schnitten Grimassen und reckten spitze Forken nach ihr, begierig, die sündige Maid ins Fegefeuer zu stoßen.

Am liebsten wäre sie im Röhricht liegen geblieben, um sich der Erschöpfung hinzugeben. Das wäre das Beste. Erfrieren sollte ein schöner Tod sein. Doch dieses Bett war grausam, die Schilfstoppeln stachen, und der kalte Morast erstarrte allmählich zu schartigem Eis.

Gelassen wanderte der Mond in den Steinbock, und aus der

Ferne hallten die Hörner der Nachtwächter. Vereinzelte Schneeflocken sanken lautlos in den schwarzen Weiher.

Matt schlich Lais der Stadt entgegen.

Die Tore waren geschlossen, und kein Torsperrer hätte sich des Nachts überreden lassen, sie wieder zu öffnen. Auch die Fallgitter an der Pegnitzmündung hatten sie natürlich herabgelassen. Ohne den unförmigen Bauch fiel es Lais wesentlich leichter, sich am ausgespülten Ufer daran vorbeizudrücken.

Die braven Bürger lagen längst in ihren Betten und träumten davon, was das neue Jahr wohl für sie bereithalten mochte. Lais verkrampfte sich bei dem Gedanken an das Neujahrsgeschenk, welches sie selbst nach Hause brachte. Wie waidwundes Wild stahl sie sich durch die leeren Gassen, immer wieder verhaltend und horchend, um nicht einem der Nachtwächter in die Arme zu laufen. Endlich öffnete sie das Tor eines stattlichen Fachwerkhauses, huschte durch den langgezogenen Hof und blieb vor einer Baracke stehen.

»Du hast es also überlebt«, sagte eine Frauenstimme aus dem Dunkel. »Der Bastard auch?«

I. KAPITEL

Im Schutz des Waldsaumes saß Severin auf einem Baumstamm und zählte. Von Weitem hätte man den stämmigen Elfjährigen für einen Halbwüchsigen halten können, und auch er selbst kam sich bedeutender vor als sonst. Wenn er alle seine Finger umgeklappt hatte, schob er mit dem Fuß einen Zweig zurecht. Danach zählte er die Zweige und die übrigen eingeklappten Finger.

Vierundzwanzig.

Eine schöne Zahl, denn sie bedeutete, dass alle Schafe lebten und keines verloren gegangen war. Das zuletzt gezählte löste diese Erleichterung aus, das letzte war etwas Besonderes. Sobald man den Schafen Namen gab, verschwand diese Art von Besonderheit, und die Tiere verloren das Verhältnis zur Herde. Mit eigenem Namen wurden sie zu Einzelwesen und dadurch sicher sehr einsam.

Manchmal wünschte er sich, unter den Geschwistern der siebente zu sein und nicht bloß Severin. Doch seine Familie scherte sich nicht um Zahlen, ebenso wenig, wie die wollige Schar, die sich über die ganze Länge des Tales verteilt hatte. Manchmal hoben die Schafe unschlüssig ihre Köpfe oder blökten, weil es bereits dämmerte und sie gewohnt waren, um diese Zeit nach Hause getrieben zu werden. Doch ihr umsichtiger Hirte saß stramm auf einem umgestürzten Baum und bedachte jedes von ihnen gewissenhaft mit einer Ziffer, welche es von allen anderen unterschied und ihm zudem einen Platz in der Gemeinschaft zusicherte. So tat es auch Gott mit den Sternen.

Es war das erste Mal, dass Severin alleine hütete. Er hatte eine sichere Weide dafür gewählt. Am Hang im Westen erhob sich der Wald mit dichtem Unterholz, und auf der anderen Seite wand sich ein Bach durch die Wiese. Das Frühjahrswasser stand hoch, keins der Schafe würde versuchen darüber zu springen. Der Bursche kniff die Augen zusammen, um die entfernteren Tiere vom Buschwerk zu unterscheiden. Sie sahen inzwischen wie große Findlinge aus, die ein Riese über die Weide gekullert hatte.

Bei Einbruch der Dunkelheit mussten sie zurück sein. Auf keinen Fall früher, der Vater hatte mit Prügel gedroht, wenn die Tiere nicht genügend fraßen. Für den Weg brauchte er vierzehn Paternoster, das hatte er abgezählt. Aber wie sollte er es anstellen, dass es genau dann finster wurde, wenn er zu Hause ankam? Der Himmel hatte schon den ganzen Tag gleichmäßig grau gewirkt, mal bleich, mal stumpf, unmöglich, den Sonnenstand zu bestimmen. Nur sein Magen beteuerte, dass es Zeit fürs Abendessen sei, allerdings hatte er das schon den ganzen Tag behauptet. Im Gegensatz zu seinen Geschwistern wurde Severin kurz nach dem Frühmahl wieder hungrig. Er wuchs eben schneller als die anderen, daran konnte er nichts ändern.

Severin beschloss, noch etwas auszuharren. Es tat wohl, endlich eine Arbeit zu tun, die für seine Familie lebenswichtig war. Vielleicht würde seine Mutter ihm heute Abend Honig in die Grütze rühren, und vielleicht würde der Vater ihm sogar lobend über den Kopf streichen. Bisher war ja alles gut gegangen, kein Fuchs, kein Wolf und kein verirrtes Lämmchen. Fast wünschte er sich, einem Dieb zu begegnen, den er in die Flucht schlagen konnte. Die Ringkämpfe mit seinen älteren Brüdern gewann er schließlich regelmäßig durch sein größeres Gewicht und weil er die Schläge kommen sah, bevor sein Gegner überhaupt daran dachte.

Er bewegte seine nackten Zehen im Gras, es fühlte sich feucht und ziemlich kalt an. Schnell zog er die Knie hoch und strich sich den Kittel bis über die Füße. Die Schafe waren zu beneiden, sie trugen weiche Wollmäntel.

Mittlerweile konnte er die Tiere nur noch schemenhaft ausmachen, selbst, wenn er die Lider zusammenkniff und seine Augenwinkel mit den Fingern etwas nach außen zog. Er rutschte vom Baumstamm und ging ein Stück in Richtung Waldsaum. Hier war es schon richtig finster.

»Kume, kum!«, rief er und klatschte in die Hände. Wollige Schatten trabten ihm entgegen, hüpften unruhig durcheinander, rempelten und blökten. »Nicht so schnell.« Severin wedelte mit den Armen, damit sie ihn in der Düsternis besser erkennen sollten. »Wartet, nicht da entlang!« Normalerweise fanden sie den Weg von selbst, man musste nur darauf achten, dass sie nicht in die eben grünenden Felder liefen.

Zwei Tiere brachen seitlich aus. »Halt! Kommt zurück!«, schrie er, mit dem Ergebnis, dass die anderen auseinander stoben. Severin lief hinterher, über Steine und Kuhlen, lockte und trieb, sprang nach rechts, nach links, rannte zurück ... Er stolperte im Dunklen und schürfte sich die Knie auf. Doch was bedeutete das schon, er musste sie nach Hause bringen – alle!

Nach und nach gelang es ihm, die aufgeregten Tiere zur Biegung des Baches zu drängen. Mit ausgebreiteten Armen stand er vor ihnen. Seine Muskeln zitterten. »Ruhig, ganz ruhig, meine Guten.«

Entwischen konnten sie nicht mehr, sie wimmelten ängstlich durcheinander, und manche versuchten, sich über die Rücken ihrer Artgenossen vor ihm zu retten.

»Beruhigt euch, bitte, ich bin es doch nur«, keuchte er.

Plötzlich ein klatschendes Geräusch im Wasser und direkt danach der Angstruf eines Schafes.

Severins erster Impuls war, hinterherzuspringen.

Seine Bewegung hatte die anderen Tiere erschreckt. Schon blökten sie furchtsam und wichen vor ihm zurück. Er erstarrte sogleich und hob vorsichtig wieder die Arme. Er durfte sie nicht erneut verstören, nicht ein weiteres in den Fluss treiben. Verzweifelt schloss er die Augen und versuchte, die schrillen Laute zu überhören, die einer menschlichen Stimme so ähnlich waren. Rasch und gleichmäßig entfernten sich die Schreie.

Die Wiese verschwamm hinter einem Tränenschleier. Mechanisch lenkte er seine Herde fort vom Bach, durch das Erlenwäldchen auf den aufgeweichten Feldweg. Ein Käuzchen rief ihm Unheil hinterher. Aber es mahnte zu spät, es hätte rufen sollen, als es Zeit für den Rücktrieb war. Dunkel gurgelte das Wasser, und die Angstlaute hallten immer noch in seinen Ohren nach. Es war ein freundliches Schaf gewesen, vielleicht hätte es bald ein Lamm zur Welt gebracht.

Er führte die Tiere in den Stall und schloss sorgfältig die Tür. Die wenigen Schritte bis zur Schwelle des niedrigen Fachwerkhauses kamen ihm unendlich vor. Letztes Jahr hatte der Vater die Fensteröffnung mit ölgetränktem Papier verschlossen, und Severin konnte im Flackerlicht den Schattenriss des Männerrückens erkennen. Er wischte sich mit dem Ärmel übers Gesicht, atmete tief ein und öffnete die Tür. Alle Köpfe hoben sich, und seine Mutter riss die Augen auf. »Ach, du liebe Zeit, was ist mit deinen Kleidern geschehen? Hast du dich im Schlamm gewälzt?«

Mit einer Handbewegung brachte Georg Geiss sein Weib zum Schweigen und erhob sich. Er stand immer mit etwas vorgerecktem Kopf im Haus, da sein störrisches Haar sonst die Deckenbalken streifte. »Du kommst zu spät.«

Der Junge schloss die Tür hinter sich, senkte den Blick und machte einen Schritt auf den Vater zu. »Ich habe ein Schaf verloren.«

Die flache Hand traf ihn so heftig ins Gesicht, dass er zur Seite taumelte. Bevor er stürzte, riss der Vater ihn am Arm zurück und schleuderte ihn gegen die Wand. Severin krümmte sich und versuchte so gut wie möglich seinen Kopf zu schützen. Er wusste, dass der Vater seine Wut austoben musste, bevor er irgendeine Erklärung aufnehmen konnte.

»Ahnst du überhaupt, was ein Schaf bedeutet?« Der Hieb donnerte auf Severins Schulter. »Käse und Fleisch für Monate.« Die nächsten trafen seinen Rücken und die Arme. »Du meinst wohl, deine Kleider wüchsen in der Truhe?« Wieder schlug der

Vater zu. Aber die Wucht schien etwas schwächer geworden zu sein, und Severin wagte einen scheuen Blick.

»Sieh mich nicht an, verdammt noch mal.« Schwer atmend stand der Georg Geiss über ihm.

Rasch senkte Severin den Kopf und flüsterte: »Es tut mir Leid, das Schaf ist in den Bach gesprungen. Ich konnte es nicht retten, sonst wären mir die anderen davongelaufen. Es wird nie wieder vorkommen.«

»Das wird es bestimmt nicht. Morgen geht Hanns auf die Weide. Ich habe wirklich keine Ahnung mehr, wozu man dich gebrauchen kann. Aber glaube nicht, dass du ungeschoren davonkommst. Diesmal wirst du deine Schuld bezahlen. Du wirst weder Milch noch Fleisch, noch Käse anrühren, bis das Tier abgegolten ist.«

»Ja, Vater.« Severin rappelte sich auf und schlich in geduckter Haltung an ihm vorbei zur Leiter, die in die Dachkammer hinaufführte. Auf den Strohsäcken kroch er in den hintersten Winkel. Die Schulter tat ihm weh, und sein Kiefer pochte. Seine Unterlippe schwoll dick an und schmeckte nach Blut. Halb auf dem Bauch war die Lage am erträglichsten. Alle Wolldecken zog er über sich. Bis seine Geschwister sich zu ihm gesellten, brauchte er wenigstens nicht zu frieren.

Nun würde Vierundzwanzig nur noch Dreiundzwanzig sein. Nie wieder würde das letzte Schaf Erleichterung auslösen, sondern im Gegenteil, es würde den Verlust jedes Mal erneut heraufbeschwören.

Unten kam das Gespräch nur zögernd in Gang.

Gleichmäßig surrte die Spindel der Mutter. »Du hättest ihn damals nicht anschleppen sollen, Georg«, sagte sie. »Ich wusste von Anfang an, dass er eigentümlich ist.«

»Das Geld fandest du damals nicht eigentümlich«, brummte ihr Gemahl.

Das Geräusch der Spindel stockte. »Georg Geiss! Du allein hast die Entscheidung getroffen, wie hätte ich als dein Eheweib auch nur den leisesten Einwand erheben dürfen. Trotzdem war es ein schlechter Zeitpunkt, einen weiteren Esser ins Haus zu bringen. Gott hat schon gewusst, warum er unser siebtes Kind direkt zu sich in den Himmel holte. Da kommst du einfach mit einem neuen Schreihals daher, und dann noch mit einem solchen Brocken. Sieh ihn dir an, du hast uns einen fetten Kuckuck ins Nest gesetzt. Die paar Heller des Nürnbergers hatte der Junge im Handumdrehen verzehrt, nur leider ist sein Hunger damit nicht gestillt. Statt etwas zu schaffen, träumt er vor sich hin und frisst für drei. Du musst ihn besser anleiten, damit er nützlich wird, wie ich es mit den Mädchen schließlich auch tue.«

Der Vater knurrte etwas Unverständliches.

Hanns meinte: »Ich kann ihn ja morgen mitnehmen und ihm noch einmal alles zeigen. Er gibt sich Mühe, aber er ist nun mal der Jüngste.«

Sein älterer Bruder Matthes lachte auf. »Du warst in seinem Alter wesentlich mickriger, und trotzdem hat dich niemand für zu jung gehalten. Nein, du bist nicht erst mitten in der Nacht von der Weide gekommen.«

Anna kicherte. »Für heimliches Zuspätkommen ist ja auch unser Matthes zuständig, besonders am Samstag, nicht wahr?«

Wieder erstarb das Geräusch der Spindel, und die Mutter fragte drohend: »Was soll das heißen, Matthes? Wo warst du am Samstag?«

Severin verlagerte vorsichtig sein Gewicht. Morgen früh, wenn er weder Milch noch Käse zum Frühmahl erhielt, würden sie sich sogleich an das Unglück erinnern. Am nächsten Morgen wieder, und so fort, bis sie irgendwann bereits mit dem Gedanken erwachten, dass Severin ein Schaf auf dem Gewissen hatte.

Wie lange mochte es wohl dauern, bis so ein Tier bezahlt war? Wochen, Monate, Jahre? Alles unüberschaubare Ewigkeiten. Sein Magen zog sich zusammen. Im Moment hätte er sich gerne mit dem härtesten Brotkanten zufrieden gegeben.

Er liebte seine Eltern, auch jetzt. Aber er wusste nie genau, was sie für ihn empfanden. Schon oft hatte er aus kleinen Äußerungen geschlossen, dass er nicht ganz dazugehörte, dass er anders in die Familie geraten war als seine Geschwister. Er würde sie danach fragen – später, wenn das Schaf vergessen war. Unter der Decke faltete er die Hände und betete, dass Gott die Zeit bis dahin möglichst schnell vergehen lassen sollte.

Die Geschwister kletterten die Leiter herauf, balgten sich um die Decken und schoben sich auf den Strohsäcken zurecht. Severin drehte den Kopf zur Wand, sie mochten nicht, wenn er sie ansah, während sie schliefen.

Anna drängte sich dicht an ihn und strich ihm über den Rücken. »Wieso musste das dumme Schaf nur in den Fluss springen?«, flüsterte sie.

»Ich glaube, es hatte Angst im Dunkeln.«

»Severin, du hättest einfach losgehen müssen, bevor es dunkel war.«

»Wann denn? Die Dunkelheit kommt doch jedes Mal anders. Wenn es stürmt, ist sie ganz plötzlich da, und manchmal, bei Vollmond, bleibt es einfach hell, sodass ich mitten in der Nacht noch meinen Schatten sehen kann.«

»Oje, sag das bloß nicht Vater. Du bist komisch, Severin. Du kannst zeichnen und weiter rechnen, als du Finger hast. Du findest sogar die Abstände für Radspeichen heraus, aber dass die Zeit immer gleichmäßig vergeht, verstehst du nicht. Dabei ist es ganz leicht, sogar die dummen Schafe wissen das. In der Dämmerung, wenn sie nach Hause wollen, sehen ihre Augen nämlich rund aus.«

Severin setzte sich auf. »Stimmt das?«

Anna zog ihn aufs Lager und spielte in seinen Locken. Plötzlich gluckste sie: »Und du siehst in der Dämmerung wie ein Mädchen aus, zumindest von hinten und wenn du bis auf die Haare vollkommen zugedeckt bist.«

Severin gab ihr einen Rippenstoß und lächelte, soweit es seine geschwollene Lippe zuließ.

Sein Vater blieb unversöhnlich und vertraute ihm die Herde nicht mehr an. Zum Umgraben auf dem Feld hielt er ihn aber für fähig genug, das taten sie ohnehin gemeinsam. Der Vater gab den Rhythmus vor, und neben ihm kämpften sich seine Söhne rückwärts durch die nasse Erde. Trotz des kalten Windes lief ihnen bald der Schweiß über die Schläfen. Ihre Rücken schmerzten, und an den Händen platzten Blasen auf. Jede Schaufel, die sie hochwuchteten, kam ihnen schwerer vor als die letzte. Sie hätten natürlich auf den Pflug aus dem Dorf warten können, aber wenn die Felder der Nachbarn bearbeitet waren, würde es für ihre Einsaat zu spät sein.

Als Severin immer weiter zurückblieb, nahm Hanns ihm die Schaufel weg.

»Zählst du Regenwürmer?«, fragte er. »So werden wir nie fertig. Sieh her! Wenn du in den Acker stößt, ist dein Körper aufgerichtet. Dann fährst du mit einer Hand nach unten, nah an das Schaufelblatt und hältst nur fest. Mit der anderen Hand drückst du oben auf den Stiel und hebst die Erde gerade so weit, dass du sie wenden kannst. Du brauchst die Erde nicht jedes Mal hoch in die Luft zu werfen und zuzusehen, wie sie hinunterprasselt.«

Severin gehorchte, doch die Freude an der Arbeit war ihm verdorben. Dumpf wie seine Brüder beugte er sich der Scholle zu, verlor jedes Gefühl in seinem Leib, hörte die Vögel nicht mehr und achtete nicht auf das schmatzende Geräusch, welches der Acker von sich gab, wenn ihm die feuchten Klumpen entrissen wurden. Als er endlich aufblickte, hatte er die anderen weit hinter sich gelassen.

Sie gruben gar nicht mehr, sondern hatten sich auf ihre Schaufeln gelehnt und zankten mit dem Knecht des Verwalters.

»Ich kann doch nichts dafür«, beteuerte der, »im Märzen müssen die Felder eben umgebrochen werden, und ihr vier seid mit eurem Ochsen nun einmal dienstpflichtig.«

Der Vater knirschte mit den Zähnen. »Ich wäre der Letzte, der seinem Dienst nicht nachkommen will. Aber muss das

Kloster immer dann die Pflicht einfordern, wenn wir selber alle Hände voll zu tun haben?«

Verärgert warf er die Schaufel weg und winkte seinen Söhnen, damit sie dem Knecht folgen sollten. Georg Geiss war zwar kein Leibeigener wie andere Bauern aus der Umgebung, doch der Grund, auf dem er seinen Einödhof gebaut hatte, gehörte, wie das gesamte Dorf, dem Kloster Pillenreuth. Mit vollem Recht durfte das Kloster als Pacht verschiedene Abgaben und Fronarbeiten in Anspruch nehmen, was der Verwalter in zunehmendem Maße nutzte.

Da Severin trotz seiner Größe noch als Kind galt und in die Fron nicht eingerechnet wurde, plagte er sich allein auf dem väterlichen Acker weiter, bis er kaum noch den Arm heben konnte. Das Ergebnis war niederschmetternd. Im Gegensatz zu der schmalen, dunklen Spur, die er gegraben hatte, breitete sich der unbearbeitete Teil des Feldes noch unendlich vor ihm aus.

Sie müssten einen eigenen Pflug besitzen. Vielleicht einen, der gleich mit mehreren Haken nebeneinander die Erde lockerte, genauso wie sein Vater und die Brüder es eben getan hatten. Dann würde ihr Acker weit vor den anderen fertig sein, und kein Verwalter könnte ihre Saat verzögern. Severin rannte ins Haus, kramte ein Stück Kohle und ein Papier hervor, zog sich hinter den Stall zurück und begann zu zeichnen.

Als Georg Geiss mit den Brüdern nach Hause kam, hatte er einen Entwurf entwickelt, von dem er glaubte, dass er funktionieren müsse. Doch der Vater verschwendete nicht einen einzigen Blick auf das Papier. Sobald er hörte, dass Severin den Acker eigenmächtig verlassen hatte, versetzte er ihm eine krachende Ohrfeige: »Von deiner Krickelei wird niemand satt. Gerade jetzt müssen wir alle unsere Kraft einsetzen, um Vorräte zu schaffen. Uns stehen wüste Zeiten bevor.«

Die Geissin fiel ihrem Gemahl in den Arm und drückte ihn auf die Bank. »Jetzt iss erst mal, sonst werden die Rüben kalt.

Auch wüste Zeiten übersteht man besser, wenn man etwas im Magen hat.«

»Aber Vater hat Recht«, sagte Matthes. »Im Kloster erzählen sie, dass Markgraf Friedrich sich mit dem Kurfürsten von Sachsen und anderen Adligen getroffen hat. Falls sie den Markgrafen nun mit Truppen gegen Nürnberg unterstützen, können wir Vieh und Felder vergessen.«

»Falls wir überhaupt mit dem Leben davonkommen«, schmatzte Hanns.

Die kleine Agnes begann zu weinen, und die Mutter warf ihren Söhnen einen drohenden Blick zu.

Anna fragte: »Was geht uns der ewige Streit zwischen Nürnberg und den Markgräflichen an? Wir haben niemandem etwas getan.«

»Ach nein?«, sagte Hanns. »Du bist also nie durch den Forst geschlendert?«

Anna sprang auf. »Das ist der Nürnberger Forst, und wir sind Nürnberger Hintersassen, auch wenn Worzeldorf fast auf der Grenze zu den Markgräflichen liegt.«

»Aber der Wildbann im Forst gehört trotzdem Markgraf Friedrich, unsereins darf ja nicht einmal die Hunde frei laufen lassen«, gab Hanns zurück. »Das Geleitrecht bis zu den Stadtmauern beansprucht er auch. Die Kaufmannszüge auf der Venezianerstraße kommen direkt durch unser Dorf, da kannst du sehen, dass sie von Friedrichs Rittern begleitet werden.«

»Das verstehe ich nicht«, sagte Anna und schüttelte den Kopf. »Vor wem beschützen Markgraf Friedrichs Ritter denn die Kaufleute?«

»Vor sich selbst natürlich. Wenn sie kein Gold für den Schutz bekämen, würden sie sich das Gold eben mit Gewalt verschaffen.«

Matthes stellte einen Napf auf den Tisch. »Das soll Nürnberg sein«, sagte er und verteilte mehrere Becher rundherum. »Sieh her, der Tisch gehört Markgraf Friedrich, aber das Geschirr ist alles Nürnberger Land. Es zerteilt Friedrichs Gebiet, sodass er seine Besitztümer nicht vereinigen kann und dauernd Umwege in Kauf nehmen muss. Umgekehrt müssen die städtischen Kaufleute in jeder Richtung durch seine Domänen reisen und deftige Zölle bezahlen.«

»Schluss damit!« Der Vater schlug mit der Hand auf den Tisch, und die Kinder verstummten. »Die Fürsten werden eher eine Einigung anstreben, als Markgraf Friedrich teure Truppen zu versprechen.« Dann senkte er seine Stimme und begann das Dankgebet für das Abendessen zu sprechen.

Am nächsten Morgen ließ sich wenigstens Matthes überreden, Severins Zeichnung anzusehen. Er drehte sie ein paar Mal hin und her und betrachtete sie mit gerunzelter Stirn.

»Matthes, so steht es auf dem Kopf.«

Der Älteste lachte. »Das war nur Spaß. Hm, ich weiß nicht, ob der Ochse das Ding ziehen könnte. Aber ich weiß, dass unsere Saat verderben wird, wenn wir die Zeit damit verschwenden, solchen Unsinn zu bauen. Wenn dir das Graben so sehr zuwider ist, dann geh und besorge Holz für den Winter.« Er hängte Severin eine hohe Kiepe auf den Rücken. »Du sammelst so lange, bis nichts mehr hineinpasst, dann kehrst du um, verstanden? Aber am Weg suchen alle, da wirst du nicht viel finden, und bis die Kiepe voll ist, hast du das Abendbrot verpasst. Außerdem ist es zu gefährlich, wenn du dort allein herumspazierst.«

»Was soll daran gefährlich sein? Ich bin stärker als du und nicht so dumm, dass ich mich auf dem Weg verlaufe.«

»Natürlich nicht, Severin, im Gegenteil, gerade weil du der Kräftigste von uns allen bist, wirst du die Last tragen können. Doch auf den Straßen ziehen Kaufleute, und wo es Kaufleute gibt, da lauern Heckenreiter. Der Markgraf drückt den räuberischen Rittern gegenüber beide Augen zu, weil er ja selbst die Nürnberger hasst.« Matthes legte ihm den Arm um die Schulter und flüsterte: »Wenn so ein Hecker mit seinem schnellen Pferd einen reichen Pfeffersack zu fassen bekommt, schleppt er ihn fort, steckt ihn in ein dunkles Verlies und lässt ihn schmachten, bis ein Lösegeld geliefert wird. Hüte dich, Severin. Du glaubst doch nicht, dass Vater für dich bezahlen würde. Das Schaf ist noch lange nicht abgegolten.«

»Ich bin aber kein Pfeffersack«, sagte Severin, doch das hörte sein Bruder nicht mehr. Der hatte seine Hände in den Kitteltaschen vergraben und verschwand pfeifend im Stall.

So ganz glaubte Severin zwar nicht, dass er ein Opfer der Ritter werden könnte, aber er mied trotzdem die Wege und stolperte quer durchs Unterholz. Immer weiter dehnte er seine Wanderungen durch die Wälder aus, er kannte bald jede Erhebung, jedes Tal und jedes Wasserloch. Im Frühjahr konnte er oft Rehe an der Tränke sehen, aber je weiter der Sommer fortschritt, desto trockener wurden die Mulden, und schließlich gab es nur noch raschelndes Laub darin. Insgeheim fand er, dass Gott die Jahreszeiten unvollkommen eingerichtet hatte, da es genau dann kein Wasser gab, wenn alle am meisten Durst verspürten.

Zu Hause schüttete er seine Last vor dem Schuppen aus und begann zu sägen. Danach mussten die krummen Stücke noch gestapelt werden. Hanns lehnte an der Tür und kaute auf einem Sauerampferblatt. »Ja, ja, Holz wärmt drei Mal, stimmt's? Schöne Verschwendung, so etwas in der Sommerhitze zu erledigen.«

Severin streckte sich und wischte sein Gesicht mit dem Ärmel. »Du hast Recht, die reinste Verschwendung. Mutter kocht jeden Tag, und im Moment macht sie sogar für die Wäsche heißes Wasser. Am liebsten würde sie jeden Monat einen ganzen Baum verbrennen. Unglaublich, wie lange so eine Buche zum Wachsen braucht, und wie schnell sie dann nur noch Asche ist. Du könntest mir übrigens ruhig helfen.«

Abwehrend hob Hanns die Hände. »Oh nein, ich hab mich heute von oben bis unten abgeschrubbt, das muss bis zur Kirchweih reichen. Ich sehe lieber mal nach, ob die Weiber nicht vergessen, mein Hemd auszubessern.«

Als Severin später ins Haus trat, hockten die Schwestern vornübergebeugt in der Stube, tuschelten und kicherten. Spindeln und Wolle hatten sie neben sich geworfen, sie waren offenbar mit Wichtigerem beschäftigt. Severin blickte Anna über die Schulter. Sie kreischte und strich sich hastig den Rock über die Beine. Er hatte gerade noch einen Blick auf ein zwiebelfarbenes Flatterband erhaschen können, an dem sie heimlich nähte.

»Wehe, wenn du uns verrätst!«

Severin schüttelte den Kopf, und Agnes, die Jüngere, zog sofort ihre Arbeit wieder hervor. »Ein bisschen schief, oder?«, fragte sie und bekam fieberrote Wangen. Seine älteste Schwester zupfte ihn am Ärmel, wand sich eine Borte ins Haar und legte den Kopf zur Seite. »Was meinst du, steht es mir? Ist es nicht zu aufgeputzt?«

»Es ist großartig!«, sagte Severin aus voller Überzeugung. Er fand seine Schwestern alle miteinander hübsch, rosig und wunderbar kernig. Seinetwegen hätten sie keinerlei Flatterwerk bedurft.

Wie auf einen unhörbaren Befehl verschwanden die Handarbeiten unter den Röcken, und emsig drehten sich wieder die Spindeln. Die Mutter setzte sich zu ihnen und begann, die vollen Spulen abzuwickeln, um die Wolle in Schlingen zu legen. Auch sie hatte eine blühendere Gesichtsfarbe als sonst. »Du kannst dir Haferbrei nehmen, Severin. Er ist kalt, aber ich habe jetzt keine Zeit, dir etwas zu kochen. Es ist noch furchtbar viel zu tun.«

Der letzte Abend vor der Kirchweih begann spät, und die Kerze brannte lange. Die Familie saß in der Stube und schwatzte aufgeregt. Niemand von ihnen hätte jetzt schon schlafen können, obwohl sie beschlossen hatten, weit vor dem Morgengrauen aufzubrechen. Severins Brüder rieben sich ihre Schuhe mit Fett ein, damit sie glänzen sollten, und Hanns schnitzte an dem letzten von sieben kleinen Pferden, die er auf dem Markt verkaufen wollte. Die Holzrösser sahen alle genauso bissig aus wie das einzige Vorbild im Dorf.

Georg Geiss brütete düster über den wenigen Erntesäcken. »In Schwabach ziehen sich markgräfliche Truppen zusammen, und Nürnberg rüstet ebenfalls. Die Stadt hat einen Haufen Landsknechte aus Konstanz verpflichtet. Vielleicht sollten wir lieber auf die Kirchweih verzichten.«

Entsetzt hoben sich die Köpfe.

»Verzichten?« Matthes sah seinen Vater ungläubig an. »Wir können nicht verzichten. Erst Hochwasser und dann gar kein Regen mehr. Für die Abgaben reicht unsere Ernte bei Weitem nicht. Wir müssen das Zeug verkaufen, sonst können wir uns nicht einmal Saatgut leisten.«

Die Geissin legte ihrem Gemahl den Arm über die Schulter. »Lass die trüben Gedanken, Georg. In den letzten zwei Jahren hat Nürnberg so viele Soldaten auf die Kirchweih gesandt, dass es für zehn Markgrafen gereicht hätte, und nie ist etwas geschehen. Sagtest du nicht, dass Markgraf Friedrich in Erfurt weilt, um zu verhandeln? Das ist weit weg. Morgen wollen wir singen und feiern. Außerdem steht der Flachs nicht schlecht, wir können ihn schon nächste Woche rupfen. Und sieh, sogar Severin wird dir dieses Mal etwas einbringen.«

Der Vater schüttelte den Kopf über den kleinen Korb mit Blaubeeren, die Severin gesammelt hatte. »Unsinn, wer sollte seine Pfennige für etwas geben, wonach er sich nur zu bücken braucht.«

Severin schluckte. Er hatte auch etwas beitragen wollen, da war er auf den Gedanken gekommen, Beeren zu suchen. Doch statt seinen Korb zu füllen, hatte er mehrmals ins Unterholz hechten müssen, denn tatsächlich waren mehrere bewaffnete Kerle durch den Wald gestreunt, denen er keinesfalls in die Hände geraten wollte. Die meiste Zeit hatte er reglos abgewartet, bis die Gefahr vorbeigetrampelt war. Seine Ausbeute war dadurch bescheiden ausgefallen, und als er endlich nach Hause gekommen war, hatte die Mutter den Waschzuber bereits geleert und ausgeschrubbt.

Die ganze Familie hockte mit duftigem Haar und sauberen,

geflickten Kleidern in trauter Runde beisammen. Er dagegen starrte vor Schmutz. Jetzt nahm niemand Notiz von seinem Zustand, aber morgen würden sie sich bestimmt seiner schämen.

Und wenn sie ihn gar nicht mitnehmen wollten?

Das Schaf war immer noch nicht abgegolten.

Severins Herz begann zu hämmern, und er fühlte, wie ihm die Röte ins Gesicht stieg.

Das konnten sie ihm nicht antun! Das durften sie nicht!

»Ich bin müde«, presste er heraus und gähnte zur Bestärkung. Er senkte den Kopf, damit sie seine Tränen nicht sahen, und hastete an ihnen vorbei auf den Dachboden.

In dieser Nacht drückte Anna sich nicht an ihn. Dieses Mal flatterte ihr Herz in unbestimmter Erwartung, und sie war damit beschäftigt, es möglichst lange unruhig zu halten.

* * *

Noch im Dunklen holte der Vater den Ochsen von der Weide, damit die Burschen ihn striegeln konnten. Auch der Wagen stand zum Beladen bereit. Die Frauen sollten derweil einen kleinen Handkarren mit ihrer gesponnenen Wolle füllen. Doch sie schwirrten fiebrig hinein und hinaus, zupften sich an den Haarbändern oder wollten plötzlich doch die Schürze wechseln, sodass der Vater ihnen schließlich die Wolle aus den Händen riss. »Wenn ich auf euch warte, finden wir keinen guten Platz mehr. Packt den Wagen und dann kommt so schnell wie möglich nach. Ich werde lieber vorgehen.«

Severin stand unschlüssig an der Wand und rieb sich das Ohrläppchen. Am besten fragte er nicht lange, ob er mitkommen durfte. Er wollte helfen, so gut er konnte, und dann unauffällig hinterherlaufen.

Georg Geiss zog den Karren an. Kurz hielt er inne und sah in Severins Richtung. Jetzt würde das Verbot kommen.

Aber der Vater winkte nach ihm. »Du kommst mit mir. Vergiss deine Beeren nicht.«

Sofort stürzte Severin hinein, schnappte das Körbchen und war mit einem Satz wieder draußen. Georg Geiss hatte tatsächlich gewartet und klopfte jetzt auffordernd mit der Hand auf die Wolle.

»Ich kann doch zu Fuß gehen, du brauchst mich wirklich nicht zu ziehen.«

»Hoffen wir's.«

Schweigend nahmen sie die Straße in Richtung Nürnberg. Die Morgenröte glitt über die Felder. Überaus klar standen die Hügel vor dem blanken Himmel, und aus den Schattenwinkeln stieg leichter Nebel empor. Zu dieser Stunde schliefen die Insekten noch, und die Vögel nutzten den Augenblick, um sich vor der Tagesstrapaze die Zeit mit Singen zu vertreiben.

Beim Steinbruch bogen sie in den Waldweg ab. Der Vater ging schnell und scherte sich weder um sonderbar verdrehte Wurzeln am Wegesrand noch um die Kaninchenlöcher, welche ein unergründliches Muster in den Waldboden tupften. Severin konnte nicht unberührt daran vorüberhasten, zumindest der hüfthohe Ameisenhaufen verlangte einen Moment der Hochachtung. Unermüdlich schichteten die Tiere winzige Sandkörner aufeinander und rückten sie sorgfältig zurecht. Wie viele Tage mochte es wohl dauern, bis sie ihre Burg um eine Handbreit aufgestockt hatten? Wussten sie von Anfang an, wie hoch sie hinauswollten? Und warum verzweifelten sie nicht an ihrer Aufgabe, die sie Bröckchen für Bröckchen der Ewigkeit abtrotzen mussten?

Georg Geiss blieb stehen und rief. Als Severin ihn keuchend eingeholt hatte, klopfte der Vater bestimmt auf die Wolle. »Starr mich nicht an. Steig auf oder pack dich nach Hause. Du hältst mich auf. Kannst du nichts anderes, als Zeit zu vergeuden? Deine Säumigkeit hat uns bereits ein Schaf gekostet, ich will nicht auch noch zu spät zum Marktplatz kommen.«

Das durchscheinende Blätterdach zog über Severin hinweg und kitzelte seine Augen mit huschenden Lichtflecken. Vor ihm beugte sich der Rücken seines Vaters gleichmäßig auf und ab. Zerknirscht lauschte Severin dem verlässlichen Schritt und nahm sich vor, nie wieder unterwegs nach rechts und links zu sehen, damit er bestimmt keine Zeit mehr vergeudete.

Schließlich erreichten sie die breite Straße, die von Nürnberg über Feucht nach Südosten führte, und reihten sich in den fröhlichen Zug von Bauern und Händlern, Pilgern und Spielleuten ein. Es wurden immer mehr, die dem jährlichen Ereignis entgegenströmten, und Severin vergaß seinen hehren Vorsatz. Bald winkte er den herausgeputzten Jungfern in ihren schmucken Wagen zu und fühlte sich auf seinem Gefährt nicht weniger vornehm als sie.

In Affalterbach angekommen, sprang er erregt vom Karren und blinzelte. Der staubige Platz zwischen den drei Höfen flirrte in der Morgensonne. Heilloses Durcheinander, wohin er sich auch wandte, halb errichtete Stände, Stapel aus Kisten und Körben, wahllos aufgestellte Gatter mit flatterndem Federvieh. Dazwischen manövrierten Fuhrwerke und rissen um, was andere gerade aufgebaut hatten. Verwünschungen und Flüche flogen über den Markt, übertönt von den Befehlen der Stadtknechte. Irgendwo spielte sich eine Musikantengruppe ein.

Nur das Kirchlein Unser Lieben Frau sah gelassen von der Anhöhe aus auf das Treiben herab.

Überall um den Weiler waren Nürnberger Soldaten postiert. Eine Menge schwerer Büchsenwagen hatten sie mitgebracht, die zur Wagenburg geschlossen als festes Bollwerk gegen den Feind dienen konnten. Severin entdeckte sogar einige Feldschlangen, Kanonen mit langen, schmalen Läufen. Die Männer sahen weniger wehrhaft aus als ihre Geschütze. Sie wirkten müde und schwitzten in den Rüstungen. Wahrscheinlich waren sie schon am Abend zuvor angekommen und hatten unbequem geschlafen. Manche trugen die Nürnberger Farben, Rot und Weiß, aber die meisten stammten aus der Fremde und stolzierten mit bunt zusammengeflickten Kleidern und wippenden Federhüten einher. Woher konnten sie nur wissen, wer Freund und Feind war, falls der Gegner seine Truppen ebenfalls aus verschiedenen Gegenden zusammengesammelt hatte?

Georg Geiss schob seine Mütze in den Nacken und wischte sich die Stirn. »Ein enormes Aufgebot für diesen kleinen Marktflecken, mehr noch als in den letzten Jahren. Das wird gepfefferte Abgaben kosten. Wenn die alle gefüttert werden müssen, möchte ich fast lieber auf ihren Schutz verzichten.« Er gab Severin eine leichte Kopfnuss. »Es wird schon nichts geschehen. Lauf und sieh dich um. Aber sei zurück, wenn die andern kommen.«

Severin fragte lieber nicht, wann das sein würde, sondern entschwand im Gedränge.

Es kam ihm absonderlich vor, inmitten der lärmenden Betriebsamkeit gemächlich einherzuschlendern, fast, als würde er sich rückwärts bewegen. In der allgemeinen Hast wurde eine Menge vergessen, fiel hinunter oder zerbrach. Statt ordnend einzugreifen, schimpften die Händler wie Eichelhäher, und alles dauerte länger, als nötig gewesen wäre.

Die Stände der Bauern sahen einander ziemlich ähnlich. Was der eine im Überfluss hatte, bot auch sein Nachbar lautstark feil, und es waren dieselben Güter, die Severins Familie zu verkaufen hoffte. Wesentlich interessanter fand er die Auslagen der Kaufleute: Messer gab es hier, irdene Töpfe und solche aus Kupfer – und einen Stand mit bunten Tuchen.

Die Kleider seiner Schwestern behielten immer einen bräunlichen Unterton, aber hier türmte sich ein wahrer Rausch von Farben vor ihm auf und schien alles ringsum in heiteren Glanz zu tauchen. Zarte Muster schimmerten darin, nicht aufgemalt, sondern eingewebt und je nachdem, wie das Licht darauf fiel, in verschiedenen Tönen aufblitzend. Severin streckte die Hand aus, um die Wunderwerke zu berühren.

Plötzlich erschien der Kopf eines Mädchens hinter dem Stapel. »Willst du etwas kaufen oder nicht?«, fragte sie, reckte sich auf die Zehenspitzen und blickte ihn mit strenger Miene an.

Sofort zuckte Severin zurück und schüttelte den Kopf. »Nein, ich ... ich wollte sie nur ansehen.«

Das Mädchen lehnte sich über einen Ballen, dessen Blau mit dem Himmel wetteiferte, und tippte mit der Rückseite ihrer Finger in das Tuch, sodass eine kleine Mulde entstand.

»Waid«, sagte sie, »hab ich selbst gefärbt. Der Sud hat entsetzlich gestunken, aber es ist ganz gleichmäßig geworden. Und sieh dir erst den roten Stoff an. Das ist Scharlattin, fließendes Wollgewebe, gefärbt in Kermes. Mein Vater hütet das Rezept sogar vor mir. Ich weiß bloß, dass Schildläuse dafür gekocht werden müssen. So etwas hast du sicher noch nie gesehen.«

Sie legte den Kopf schräg, schloss die Augen und streichelte sich mit dem scharlachroten Tuch zärtlich über die Wange.

Benommen machte Severin einen Schritt auf sie zu.

»Nicht anfassen!«, kreischte sie. »Lass ja deine Dreckpfoten weg. Ich weiß wirklich nicht, warum mein Vater die schönen Stoffe mitgenommen hat. Die Nürnberger Pilger schweben ja bloß in Andacht vorbei und kaufen nichts. Landleute bleiben wenigstens stehen und glotzen, aber dann nehmen sie doch nur missratene Stücke, die grau oder braun geworden sind und kaum besser aussehen als deine Lumpen.«

Severin blickte an sich hinunter. Er trug die abgelegten Kleider seiner Geschwister, und wenn ein Kittel bei ihm ankam, war der Stoff längst mürbe. Um den Bauch herum schlotterten die Sachen meist, dafür spannten sie an den Schultern, und die Ärmel waren zu kurz. Farben konnte man beim besten Willen nicht erkennen. Falls seine Mutter tatsächlich einmal etwas Neues anschaffte, gab sie sich mit praktischen gedeckten Tönen zufrieden. Immerhin besaß Anna eine Bluse aus hellem Leinen, die nur an Feiertagen aus der Truhe geholt wurde – und zur Kirchweih natürlich. Verlegen schloss Severin die Hände hinterm Rücken, damit das Mädchen seine schwarzen Fingernägel nicht sah.

»Schon gut, ich wollte dich nicht kränken.« Das Mädchen schüttelte den Kopf, als sei sie auf sich selber ärgerlich. »Wenn du mir versprichst, nichts anzufassen, kannst du herüberkommen und mir beim Aufpassen helfen, solange Vater unterwegs ist. Er muss trinken und Geschäfte machen, das kann elend lange dauern.«

Bevor sie es sich anders überlegte, huschte Severin um den Stand herum und blieb ein paar Schritte vor ihr stehen. Sie ließ sich auf der entferntesten Kante einer Holzbank nieder. »Mein Name ist Kungund, du weißt, nach der Königin, die eine Tanzlinde auf den Burghof gepflanzt hat, damit die Stadt Nürnberg fröhlich gedeihen soll. Ich bringe also Glück.« Sie nickte ihm zu, damit er sich setzte.

Severin wagte einen knappen Seitenblick auf das Bild, das aus einer fremden Welt dicht vor ihm aufgestiegen war. Eine Bürgerstochter, etwas jünger als er selbst. Ihre feine Bluse faltete sich leicht um den schlanken Hals, verschwand züchtig unter einem rubinfarbenen Mieder und bauschte zwischen den Nestelbändern ihrer Ärmel wieder hervor. Über dem satten Rot des Kleides wirkte ihr Antlitz erlesen blass, fast durchscheinend. Das kupferne Haar, in ordentliche Flechten gelegt, schimmerte wie ein vornehmer Rahmen darum, und ihre fein gezeichneten Lippen wiederholten die Farbe in einer zurückhaltenden Nuance. Ihre ganze Erscheinung schien Severin unvergleichlich schmal und empfindlich. Dennoch wehte sie nicht davon.

Auf einmal kicherte sie nervös. »Willst du vielleicht irgendwann den Mund aufmachen? Stierst mich Ewigkeiten an und sagst keinen Ton. Da kann einem ja angst werden.«

Severin biss sich auf die Lippe und senkte den Blick. »Entschuldigung.«

Er hatte es verdorben! Wie lange mochte er sie unverschämt gemustert haben? Nicht einmal vorgestellt hatte er sich. Mit heißen Wangen holte er das Versäumnis nach. »Ich heiße Severin«, murmelte er.

Auch Kungund sah zu Boden, aber sie lächelte. Abwesend zog sie mit dem Finger die Maserung der Holzbank nach. »Du hast sonderbare Augen«, sagte sie, »wie die Pegnitz im Winter.«

Eine Männerstimme schreckte die beiden auf. »Kungund, komm schnell! Beeile dich!« Er packte sie am Arm und zog sie mit sich fort.

»Vater, was ist los? Und was wird aus dem Stand?«

Der Marktplatz hatte sich in einen verstörten Ameisenhaufen verwandelt. Alle stoben durcheinander, rafften ihr Habe zusammen, rannten und stolperten. Severin sah sich verwundert um, aber die Aufregung erreichte ihn nicht.

Das rote Tuch vor ihm dagegen glühte.

Er wischte sich sorgfältig die Hand am Kittel ab und streichelte über die zerwühlte Stelle im weichen Stoff, die Kungunds Wange berührt hatte.

Plötzlich wurde er umgestoßen. Ein Stadtknecht in voller Rüstung hatte ihn überrannt. Schwarz stand der Kopf des Mannes vor dem hellen Himmel, das Gesicht vom Helm beschattet. Severin konnte seine Miene nicht erkennen, nur ein paar blonde Strähnen, die auf dem Metall klebten.

»Was stehst du hier im Weg, Junge? Verschwinde!« Unruhig wandte sich der Kämpfer nach Süden. In der Ferne dröhnten Kanonenschüsse. »Sie kommen!«

Ringsum warfen die Nürnberger Soldaten Stände und Wagen um, bauten daraus Schutzwälle und verschanzten sich dahinter. Andere brüllten Befehle und versuchten ihre Leute zu formieren.

»Wer kommt?«, fragte Severin und rappelte sich auf. Der Stadtknecht starrte auf ihn hinunter und ließ plötzlich sein Visier hinunterklappen. Seine Stimme klang hohl in dem blanken Helm. »Die Markgräflichen! Erbprinz Kasimir! Der hat keine Geduld, die Verhandlungen seines Vaters abzuwarten.«

Eine weitere Salve war zu vernehmen, und der Mann wirbelte herum. »Das kam von Nordwesten, von Nürnberg!«

Fast gleichzeitig brüllte am anderen Ende des Marktes der Kriegshauptmann zum Sammeln. »Eine Finte!«, rief er über die Soldaten hinweg. »Kasimir zieht direkt gegen Nürnberg, Affalterbach interessiert ihn nicht. Beeilt euch, wir müssen ihn aufhalten.« Sein Ross tobte über den Platz, über Tische und Stände, direkt auf den Jungen und den Stadtknecht zu.

Er hätte sie einfach umgeritten.

Im letzten Moment riss Severin die Arme hoch. Das Pferd schnaubte nervös und donnerte mit den Hufen. Schaumiger Schweiß lief unter der wattierten Schutzdecke herab. Der Hauptmann hatte Mühe, sich oben zu halten.

»Bist du toll geworden?« Sein fleischiges Gesicht mit der eingedellten Nase verzerrte sich vor Wut, und über den Brauen schoben sich drohende Wülste zusammen. Er glotzte böse auf Severin herab, als würde er den unverschämten Burschen am liebsten absichtlich über den Haufen reiten.

Im nahen Wald bebten Hufschläge. Es mussten Hunderte von Rössern sein, die in raschem Tempo Richtung Nürnberg vorrückten. Noch eben hatte Severin dort friedlich auf einem Haufen Wolle gelegen, das kühle Blätterdach über sich vorbeiziehen lassen und auf die Schritte seines Vaters gelauscht.

»Vater!«, schrie er, drängte sich am Pferd des Hauptmanns vorbei und rannte zurück.

Georg Geiss war fort.

Severin fand weder ihn noch den Handkarren.

Weit entfernt hallten Schüsse und Schlachtgeschrei.

Himmel, seine Familie musste durch den Wald, sie würden geradewegs in ein Gemetzel hineinmarschieren. Sicher war sein Vater längst unterwegs, um sie aufzuhalten.

Und wenn er es nicht schaffte?

Nur keine Zeit verlieren. Severin stürzte los, kämpfte sich durch das blitzende Meer aus Lanzen und Halbarden, huschte unter bewehrten Armen hindurch, rempelte und stieß sich vorwärts. Das riesige Heer um ihn herum war in Bewegung geraten, Wagen wurden angeschirrt und Ochsen vor die Feldschlangen gespannt. Das Fußvolk schob sich bereits übers Feld zur Straße nach Feucht. Hakenschlagend hetzte Severin zwischen den Streitrössern hin und her, aber er konnte dem Gewühl nicht entkommen.

Die Kirche! Wenn er auf den Hügel gelangen könnte, hätte er einen besseren Überblick. Von dort würde er eine Möglichkeit finden, die alles niederwalzende Truppe zu umgehen.

Mehr krabbelnd als laufend hastete er die Anhöhe hinauf.

Plötzlich sah er sich einem Kerl gegenüber, der sein struppiges Kinn vorreckte und unendlich langsam ein Messer gegen ihn hob. Der Mann trug die Nürnberger Farben, warum hielt er Severin für einen Feind? Seine Klinge schimmerte wie marmoriert in der Sonne.

Severin ballte die Fäuste, er wünschte, er besäße ebenfalls ein Messer oder wenigstens einen Stock. Dieser Kampf würde nicht so glimpflich ausgehen wie die Balgereien unter Brüdern.

Die Haltung seines Gegners ließ nicht vermuten, dass irgendjemand sich gegen seinen Willen an ihm vorbeidrücken konnte, ohne Federn zu lassen. Fest und breitbeinig stand er da.

Breitbeinig – für ein Kind eine Öffnung so weit wie ein Scheunentor, für Severin immerhin eine Möglichkeit, den Mann zu überraschen.

Er hob den Arm, als ob er ausholen wollte, doch dann duckte er sich plötzlich, spannte seinen Körper und hechtete unter dem Mann hindurch. Er stieß sich schmerzhaft die Schulter, und der Stadtknecht geriet ins Straucheln. Ohne sich umzusehen, kugelte Severin auf die Beine und hastete zur Kirche hinauf.

Dumpf fiel die Tür hinter ihm ins Schloss.

Der Kapellraum summte von Gebeten der Pilger. Severins Atem ging stoßweise. Einen Moment wollte er abwarten, bis sein Verfolger ein anderes Opfer gefunden hatte. Dann konnte er hinausschlüpfen und nach einem Umweg zum Wald Ausschau halten. Lieber Gott, liebe Maria, er musste seine Mutter rechtzeitig erreichen, seine Schwestern, seine Brüder ...

Draußen auf der Schwelle waren feste Schritte zu hören, dieser Mann kam gewiss nicht, um zu beten. Als die Tür aufgerissen wurde, drückte Severin sich flach an die Wand und schob sich weiter ins Dunkel. Seine Finger berührten einen Griff. Vorsichtig öffnete er das Gelass und verschwand darin. Sein Fuß stieß gegen eine steinerne Stufe. Suchend streckte er die Arme vor und fand ein Geländerseil, welches mit mehreren Ringen an der Wand befestigt war. Die kurze Treppe endete auf einem Absatz. Von hier führte eine rohe Holzstiege weiter hinauf. Sprosse für Sprosse zog Severin sich vorwärts, bis er schwer atmend auf einer Plattform aus Brettern liegen blieb.

Die Wände dämpften das Spektakel auf dem Markt und vermischten es mit dem gleichförmigen Singsang der jammernden Menschen. Er konnte nicht unterscheiden, ob sie dort draußen die Trommeln schlugen oder Gewehre abfeuerten. Warum hatte die Geissin und seine sechs Geschwister nur am Morgen so sehr getrödelt? Hoffentlich befanden sie sich nicht gerade jetzt mitten im Wald.

»Bitte, geht langsam«, beschwor er sie, »beeilt euch nicht, ich komme, sobald ich hier entwischen kann.«

Sein Herz pochte bis in den Hals, bis in den Kopf. Nicht ein einziges Gebet wollte ihm einfallen.

Allmählich drang ein weiteres Geräusch in sein Bewusstsein. Es war ein rhythmisches, metallisches Klacken.

Das strenge Regelmaß hallte so unerbittlich in seinen Ohren, dass sein aufgewühlter Puls sich danach richten musste. Schemenhaft erkannte er in der Dunkelheit, dass sich über ihm etwas bewegte. Es war eine kurze Stange, die wie eine Wippe oder Waage an beiden Enden mit runden Gegenständen behängt war. Aber sie schwang nicht senkrecht über eine Achse, sondern vor und zurück. Die Achse selbst war mit einem Zylinder verbunden, um welchen sich ein Seil wickelte, dessen Enden in einem tiefen Schacht verschwanden. Mehrere Spulen, Reifen und Räder drehten sich darum, manche flach, andere sahen wie Kronen mit schrägen Zacken aus. Ihre Zähne griffen ineinander, sodass sie sich gegenseitig in Gang hielten. Nur das größte Rad stand still. Vorsichtig legte Severin seine Hand darauf. Es war aus Eisen und fühlte sich kalt an. Was seine Augen nicht wahrnehmen konnten, spürten jetzt seine Finger. Auch dieses bewegte sich – stetig und unendlich langsam.

Das musste die Uhr sein, das Herz der Kapelle.

Eine gleichmütige Ruhe breitete sich in ihm aus, und sein Arm folgte dem Weg des Rades. Jede Hast fiel von ihm ab, er wurde eins mit dem Räderwerk und ließ sich fallen in Gottes Zeit, die für alle Sterne, alle Welt und alle Menschen gleich verging.

Unvermittelt rasselte es in den Tiefen des eisernen Wesens. Die Zahnräder knackten und ruckten, und plötzlich wirbelten einzelne so schnell um sich selbst, dass Severin den Wind fühlen konnte. Er fuhr zurück. Etwas Schweres schlug ihm gegen die Schläfe und polterte dumpf auf die Bretter.

Das Klacken erstarb.

Totenstille.

Aus dem Kapellraum war kein Laut mehr zu hören.

Auch von draußen nichts. Kein Kampflaut, kein Geschrei, keine Schüsse.

Als wäre die Zeit gestorben.

Was hatte er getan? Severin fiel auf die Knie und tastete fahrig die Plattform ab. Seine Finger fanden einen eisernen Gegenstand. Er musste an der Stange gehangen haben. Am anderen Ende schaukelte nach wie vor ein ebensolches Ding. Er erhob sich und fummelte die kleine Öse über die Stange. Zitternd trat er zurück.

Nichts geschah. Erst als er der Stange einen leichten Stoß

gab, schwang sie ein paar Mal, klackte unregelmäßig und stand wieder still.

Aus der Finsternis tauchte das Bild seiner Mutter auf. Auch sie bewegte sich nicht mehr.

Er würde zu spät kommen.

Severin taumelte rückwärts. Sein Schritt ging ins Leere, und er ruderte mit den Armen. Im Fallen erwischte er die Leiter, rutschte über die letzten Sprossen und stolperte die Steinstufen hinunter. Dann stieß er die Tür zur Kapelle auf und rannte hinaus.

Schräges Abendlicht fiel über den menschenleeren Markt, über das zertrampelte Feld und den dunstigen Forst dahinter. Severin ahnte, was er auf dem Weg vorfinden würde.

Zwischen den lichten Bäumen war der Boden bedeckt mit zerschlagenen Leibern. Die Sonne beleuchtete zitternde Flecken voller blutiger Einzelheiten. Severin glaubte, nicht mehr atmen zu können. »Bitte nicht«, flüsterte er immer wieder, »bitte nicht.« Er stieg über einen abgeknickten Arm, einen zerrissenen Umhang, eine dunkel glänzende Lache, ein zerschmettertes Gesicht ...

Der Vater hatte es nicht einmal bis zum nächsten Gehöft geschafft. Er lag mit dem Kopf voran bäuchlings im Graben. Erst gestern war die Mutter damit fertig geworden, seinen guten Kittel zu flicken. Sonderbar steif hob sich die gleichmäßig gestichelte Naht am Saum des grauen Wolltuches ab. Welch langwierige Arbeit für einen einzigen Tag. Severin scheute sich, den Toten zu berühren, der außer dieser Naht nichts mehr mit seinem Vater gemein hatte.

Auf dem Waldweg war die restliche Familie ins Gefecht geraten. Ihr Wagen lag schräg, der Körper seiner Mutter eingeklemmt darunter. Den Ochsen konnte er nicht entdecken. In Matthes' Bauch klaffte eine Wunde, und seine Augen stierten weit aufgerissen in den Himmel. Seine Brüder lagen dicht neben ihm, der eine mit gebrochenem Genick, der zweite war wohl verblutet, als sein Arm getroffen wurde. Die Mädchen mussten versucht haben, ins Gehölz zu fliehen. Weit waren sie nicht gekommen.

Severin hörte ein Rascheln unter dem Wagen. »Mutter …«

Ihr Gesicht war halb in die Walderde gedrückt. Aber sie lebte, ihre Augen flackerten leicht. Mit langem Arm versuchte Severin, ihre Wange zu erreichen.

»Ich hole dich raus, Mutter, du wirst sehen, ich hole dich raus.« Doch so sehr er sich auch gegen die Räder stemmte und rüttelte, das Gefährt rührte sich nicht. Wenn er Seile hätte, oder wenigstens einen großen Ast, den er als Hebel benutzen konnte.

»Severin.«

Sofort kroch er unter den Wagen, soweit er konnte. »Ja, Mutter?«

»Lass mich sterben«, flüsterte sie. »Meine Kinder sind tot, und ich möchte bei ihnen sein, wenn sie mich brauchen.«

Aber er lebte, und er brauchte sie auch.

Ihre Stimme war kaum noch zu hören. »Geh nach Nürnberg. Such deinen Vater. Er war hier, ich habe ihn gesehen.«

Nein, Vater konnte nicht hier gewesen sein, seine Leiche lag ein paar Ruten weiter im Graben.

Die Mutter schloss ihre Augen, und ihre Züge entspannten sich. Severin barg sein Gesicht in den trockenen Blättern.

Vielleicht hatte sie den Vater tatsächlich gesehen. Vielleicht war sein Geist gekommen, um die Familie sicher in die andere Welt zu geleiten. Eine Welt, die ewig war, in der Zeit keine Rolle spielte, und in der niemand zu spät kommen konnte. Wie gerne wäre Severin mit ihr in diese Welt gegangen.

II. KAPITEL

»Cui bono? Wem zum Nutzen? Du hast auf der falschen Seite gestanden, mein Freund«, knurrte Herman Henlein sein stumpfes Spiegelbild an, während er zum vierten Mal versuchte, sich die Binde glatt um den Kopf zu wickeln. Auf dem Tuch bildete sich sofort ein dunkler Fleck. Wahrscheinlich würde eine Narbe auf seiner Schläfe zurückbleiben. Schade, er hatte seine hohen Schläfen gemocht.

Ansonsten war es gottlob der gewohnt kantige Kerl, der ihm aus dem Glas entgegenblickte. Etwas bleicher als sonst vielleicht und das helle Haar klebte von der Nacht seitlich am Schädel. Alles andere sah aus wie immer. Es gab wirklich nicht die geringste Ähnlichkeit mit diesem weichgesichtigen Bauernbengel aus Affalterbach, über den er gestern gestolpert war.

Dennoch hatte der Bursche ihn an sich selbst erinnert, als liefe dort ein zweiter Herman in unschuldiger Gestalt herum. Bis in den Traum hatte ihn das Spukgesicht verfolgt und dumpfe Erinnerungen heraufbeschworen. Er wischte den Gedanken fort und rieb sich das struppige Kinn.

In seiner Kammer war es stickig. Wollte der gestrige Tag etwa ein zweites Mal beginnen? Seine Messer lagen sauber abgewischt nebeneinander auf der Truhe. Das hatte er noch am Abend erledigt, bevor er auf seine Schlafstatt gefallen und zwischen zerwühlten Decken, Brotresten und einzelnen Büchern eingedämmert war. Mit der Rüstung hatte er sich weniger Mühe gegeben, die Einzelteile abgeworfen und auf dem Boden verteilt liegen gelassen. Das Zeug gehörte ihm schließlich nicht, und in der Mittagshitze gestern war das Metall so heiß geworden, dass er geglaubt hatte, darin zu verglühen. Der Viertelmeister hatte ihm den Harnisch geradezu aufgedrängt, weil Herman irgendwann Sieger in einem Gesellenstechen geworden war. Doch die wirkliche Schlacht hatte nichts mit einem Turnier gemeinsam.

Herman hasste es zu verlieren.

Unter Pirckheimer würde er sich jedenfalls nicht wieder aufstellen lassen. Zur Not konnte er krank werden oder schleunigst auf Reisen gehen. Patrizier hin oder her, Pirckheimer wurde vom Pech verfolgt, taugte nicht als Kaufmann, wie der Bankrott der Familie bewies, und taugte als Hauptmann noch weniger.

Reden war das Einzige, was dieser Ehrbare wirklich konnte. Worte benutzte er wie Waffen, zusammengeklaubt aus der riesigen Bibliothek seines Vaters. Damit steuerte er sein Gegenüber in jede beliebige Richtung. Belustigt erinnerte sich Herman, dass er selbst einmal der Faszination der gewandten Zunge erlegen war. Er hatte sich dem Edlen gegenüber überrumpelt und unerträglich hilflos gefühlt. Damals war ihm nichts anderes eingefallen, als den hohen Herrn mit einem Hieb auf die Nase zum Schweigen zu bringen. Bis heute konnte man die Folgen dieses Schlages erkennen.

Herman hatte daraufhin begonnen, wahllos alles zu lesen, was ihm unter die Finger geriet, um sich die Waffe des Wortes verfügbar zu machen. Inzwischen war ihm das Lesen längst keine mühevolle Arbeit mehr, sondern eröffnete ihm eine Vielfalt von geheimnisvollen Gedankengebäuden. Solange er über einer Schrift saß, war er geneigt, dem Schreiberling alles zu glauben, bis der nächste Text ihn in eine gegenteilige Welt entführte. Mittlerweile verlor er sich in der Schönheit eines Satzes genauso gerne wie in einer vollendet vorgetragenen Melodie oder dem makellosen Glanz eines polierten Messers.

Die meisten Handwerker betrachteten bedrucktes Papier eher argwöhnisch, wenn es nicht gerade aus der Bibel stammte oder mit gewinnbringenden Zahlen bedeckt war. Sie wollten ungestört arbeiten oder eben feiern, nicht irgendeinen Lebenssinn ergründen. Daher hatte Herman sich abgewöhnt, über seine Studien zu sprechen und ließ nur hier und da einen auswendig gelernten Satz fallen, der selten seine Wirkung verfehlte.

Pirckheimers Rede am Samstag dagegen war völlig ohne Wirkung geblieben, sie war nicht einmal so weit gediehen, als dass sie jemanden zum Widerspruch reizen konnte. Bestimmt zweitausend Mann hatten sich auf dem Platz bereitgestellt, um dem ehrbaren Hauptmann nach Affalterbach zum Kirchweihschutz zu folgen. Die Truppe bestand aus kopfscheuen Bürgern, die zähneknirschend ihre Pflicht ableisteten, aus jungen, rauflustigen Flegeln und natürlich aus Söldnern, ausnahmslos bewehrt und schwer gerüstet. Etwa die gleiche Menge an Männern würde innerhalb der Mauern zurückbleiben, um Nürnberg im Bedarfsfall zu verteidigen. All das zusammen nannte sich Stadtwehr.

Herman selbst stand in der zweiten Reihe, steif in Rüstung und Helm, die Halbarde an die Schulter gelehnt. Ein festes Lederwams und ein gutes Schwert wäre ihm lieber gewesen. Sein Nebenmann trat schon seit geraumer Zeit ungeduldig von einem Fuß auf den anderen. Bartloses Bürschchen, konnte es kaum erwarten auszurücken, um sich im Lager wohlfeil den Schädel mit Wein voll zu schütten. Warte nur, Junge, Kasimirs Heer wird dich schon aus deiner Kriegsgier reißen, dann wirst du dir wünschen, mit den Weibern vor dem Altar zu kauern und Bittgebete zu murmeln.

Der Kerl war kaum älter als Hermans Bruder Peter, wenn auch nur halb so breit. Herman konnte seinen Bruder vor sich sehen, klotzig zwei Plätze in der Kirchenbank einnehmend, an der Seite der zerbrechlichen Mutter, die ihm die Hand aufs Knie legte und ihn mit ihrer Schwäche an sich band. Ja, betet ihr nur. Lasst die anderen den unangenehmen Kram erledigen, und wenn sie euch dann selbstlos den Gefallen taten, bedankt ihr euch bei Gott. Herman fühlte kalte, abgestandene Wut in sich hochsteigen, die richtige Laune für ein bevorstehendes Gefecht.

Plötzlich zerriss ein ohrenbetäubender Knall die Luft über dem versammelten Heer.

Es dröhnte bis in die Erde hinein.

Schwerter und Gewehre wurden hochgerissen. Manche warfen sich zu Boden, manche rannten einfach los. Weitere Donnerschläge folgten kurz nacheinander. Dann fauchte eine Feuersäule über die Männer hinweg.

Herman bekam seinen Nebenmann zu fassen und riss ihn mit sich zurück.

»Das Pulverlager brennt!«, schrie jemand. Emsig schrillte die Feuerglocke ihr schadenfrohes Gelächter ins allseitige Getöse. Die zu Feuergehorsam verpflichteten Stadtknechte lösten sich aus dem Tross, folgten dem Gebimmel und machten sich eilends fort, um sich vor dem Rathaus einzufinden. Bald rückten die ersten Wasserkufen von der Mühle an.

Der Himmel loderte rot und schwarz über der Stadt.

Herman stand erstarrt.

Er fühlte die Hitze in seinem Gesicht, aber er konnte sich von dem Anblick nicht lösen. So zeigte sich das Ende, ja, genau so würde es aussehen. Ein letztes, zorniges Aufflammen des Lebens, und danach nur noch schwarzer Staub.

Vielleicht morgen schon.

Kein guter Anfang für die bevorstehende Schlacht. Bedrückt schlurfte die gewaltige Truppe durchs Frauentor hinaus. Kein Kampflied, kein prahlerisches Gehabe, nur schleppende Schritte und das Ächzen der Geschützkarren. Es fehlte bloß noch, dass jemand anfinge zu beten.

Wenn sie wenigstens den Hohlkopf gefasst hätten, der beim Pulverlager mit seiner Lunte gespielt hatte. Pirckheimer war ein Narr, er hätte sofort irgendeinen Sündenbock ergreifen müssen. Ohne einen Schuldigen schien der Brand eine magische Erscheinung zu sein, eine Warnung, ein Hinweis Gottes auf das, was sie erwartete. Sogar Herman fiel es schwer, die unbehagliche Vorahnung einer drohenden Katastrophe abzuschütteln, obwohl er festgestellt hatte, dass hinter den wunderlichsten Ereignissen meist völlig alltägliche Erklärungen standen.

Einem Hauptmann durfte es jedenfalls nicht einerlei sein, in welcher Stimmung seine Soldaten ins Feld zogen. Wahrscheinlich ahnte Pirckheimer nicht einmal, wie gradlinig die verteidigungspflichtigen Bürger dachten. Und so ein Stümper wollte den Kaiser beraten.

Erst spät erreichte der Haufen Affalterbach. Unter Fackelschein wurde das Lager aufgeschlagen, die schweren Geschützwagen zurechtmanövriert und die Tiere ins nächstbeste Feld getrieben. Pirckheimer und sein Freund Graf Galeazzo ließen sich ein Zelt errichten. Groß huschten ihre Schatten über die Plane, und jeder konnte zusehen, wie sie sich drinnen betranken.

Herman schlief schlecht auf der bloßen Erde und schreckte mehrmals hoch. War in der Ferne Hufgedonner zu hören? Nein, es war noch immer der Nachhall der Feuersbrunst über der Stadt, die in seinem Schädel fortloderte.

Als am Morgen die ersten Pilger und Händler eintrafen, sah Herman dem aufgeregten Gewese missmutig zu. Er fühlte sich steif, verschwitzt und schmutzig.

Die ganze Schlacht passte ihm nicht. Letzte Woche noch hatte er in Roth mit einem markgräflichen Ritter verhandelt, der ein kostspieliges Dolchbesteck bestellen wollte. Der Mann verstand etwas von Klingen, und er achtete die Arbeit, die dahintersteckte. Hoffentlich würde er seinen adligen Auftraggeber nun nicht als Gegner auf dem Felde treffen. Überhaupt wussten die Ritter der Umgebung Hermans Fähigkeiten eher zu schätzen als die nüchternen Nürnberger, denen es weniger um Ehre und Schönheit der Kampfkunst als um ihre Geschäfte ging. Feinde oder nicht, Ritter waren auf erstklassige Waffen angewiesen, umso mehr, da die Städte ihren Bürgern und Söldnern immer häufiger Gewehre in die Hände drückten. Petrarca hatte schon Recht, wenn er schrieb: »*Nicht genug, dass bisher der erzürnte Gott seine Blitze vom Himmel warf. Die unreine menschliche Wut ahmt den Blitz nach, und das Ungeheure, das bisher göttlich aus den Wolken die zitternden Menschen traf, das schleudert der Krieger nun selbst auf andere Krieger.«*

Dabei erzielten die Büchsen eher kümmerliche Ergebnisse. Sie schossen zwar weiter als Bogen und Armbrust zusammen, und ihre Kugeln konnten jeden Ritterpanzer durchschlagen, allerdings nur, wenn die Schützen bei all dem Stopfen und Zünden überhaupt zum Schießen kamen. Und dann mussten sie ja auch noch treffen, was wahrlich selten geschah.

Die Morgensonne brannte, und Herman verspürte wenig Lust, sich in die schwere Rüstung zu quetschen. Sollten doch die fremden Söldner in ihrem glänzenden Staat umherflanieren und vor den aufgehübschten Weibern ihre Federhüte wedeln lassen. Herman bevorzugte ohnehin scheuere Beute.

Die ersten Salven hörten sie gegen Mittag.

Anfangs donnerte es dumpf irgendwo im Wald, aber plötzlich krachten Kanonen aus Richtung Nürnberg.

Um Himmels willen – Nürnberg.

Eine Finte! Erbprinz Kasimir musste nur vorgetäuscht haben, dass es ihm um den Kirchweihschutz in Affalterbach ging. Er wollte Nürnberg direkt angreifen und hatte dafür gesorgt, dass ein Großteil der Stadtwehr ahnungslos hier in diesem unbedeutenden Weiler hockte, mindestens einen halben Tagesmarsch entfernt.

Wo steckte Pirckheimer?

Der Hauptmann musste sofort zum Sammeln blasen lassen.

Als Herman losrannte, geriet ihm ein Bauernbengel in die Quere. Ihre Blicke trafen sich nur für einen Moment.

Trotzdem wich Herman zurück.

Das Spiegelbild seiner Seele sah ihn an. Genauso musste er früher selbst ausgesehen haben, fiebernd nach dem Urteil der anderen und voller Misstrauen den eigenen Empfindungen gegenüber.

Ihm war auf einmal, als wäre seine Gegenwart aufgelöst durch die Augen des Jungen hindurchgeflossen, als gäbe es keinen Unterschied mehr zwischen Anfang und Ende, zwischen Sterben und Geburt.

Herman schauderte. Er sah den Tod hinter der Maske des Kindergesichtes. War es sein eigener? Oder war es der Tod, den er anderen bringen würde, bereits gebracht hatte?

Das Bild einer jungen Maid, die er längst vergessen geglaubt hatte, tauchte plötzlich vor ihm auf. Sie drückte ihm ein Kleinkind in die Arme, und ihre Worte gellten in seinem Kopf: »Du hattest die Freude, ich den Schmerz, jetzt trage auch die Folgen.« Herman hätte sie erschlagen können. Möglicherweise hätte er das sogar getan, doch sie war kopflos davongerannt. Mit langen Schritten war er dem furchtsamen Getrippel durch die Gassen gefolgt.

Plötzlich hatte sie aufgeschrien und war gestürzt.

Hatte sein Messer sie berührt? Herman konnte sich nicht daran erinnern. Sofort war er zurückgewichen und hatte sich in eine Mauernische gedrückt. Ein paar fröstelnde Gestalten waren bei dem leblosen Körper stehen geblieben, hatten ihn untersucht und schließlich fortgetragen.

Herman fror trotz der Hitze. Myriaden von winzigen Eissplittern liefen ihm durch die Glieder.

Wie konnte der Blick eines Bauernburschen derartiges bewirken? Das war kein Mensch, das war ein Omen, ein Todesbote.

Herman zitterte und klappte sein Visier hinunter.

Er wollte noch nicht sterben.

Auf einmal bäumte sich Pirckheimers Streitross vor ihm auf. Der starke, verlässliche Schimmel kam ihm zu Hilfe. Mit dem Instinkt der Tiere hatte er den bösen Geist sofort erkannt. Schaum spritzte von seinem Maul, und die Hufe schlugen wütend durch die Luft, um den Unglücksengel niederzutrampeln.

Aber sie trafen ihn nicht, der Bursche verschwand genauso unvermittelt, wie er gekommen war.

Herman pflügte sich durch das aufbrechende Heer.

Er würde die dreiste Fratze schon finden. Angriff war die beste Verteidigung, und er wollte den Nachtmahr zur Strecke bringen, bevor der es wagte, seine unheilvolle Hand nach ihm auszustrecken. Oh ja, Herman hatte gelernt, sich zu wehren, einerlei, wer ihm ans Leder wollte. Helm und Halbarde ließ er fallen. Sein langes Messer bestand aus zweierlei Erz, dieser Waffe konnte selbst ein Dämon nicht trotzen.

Doch was dort hinten den Hügel hinaufkeuchte, war kein Dämon, eher ein hakenschlagendes Kaninchen. Herman grinste. Jetzt fühlte er sich als Jäger, nicht mehr als der Gejagte. Nie war ihm ein Wild entkommen. Wenn er seine Beute gestellt hatte, konnte er immer noch entscheiden, ob er sie töten wollte. Er schlug einen Bogen und ließ den Bauernbengel direkt auf sich zulaufen.

Wie sich der Kerl beeilte. Die letzten Meter krabbelte er sogar, kroch fast in das Messer hinein. Als der Bursche aufsah und genau erkannte, in welcher Lage er sich nun befand, hob Herman langsam die Waffe.

Da war sie, die Angst, die gleiche, die er eben noch selbst gespürt hatte. Er konnte sie sogar riechen. Ein paar Atemzüge lang genoss er den Anblick, der nichts Bedrohliches mehr an sich hatte. Herman wusste genau, was der Bursche jetzt fühlen musste, sein Vater hatte oft genug mit dem Stock über ihm gestanden, aber der alte Rotschmied hätte nicht so lange gezögert zuzuschlagen.

Plötzlich sprang der Bengel ihm entgegen, nein, er stieß unter ihm hindurch und rammte ihm schmerzhaft die Schulter gegen das Schienbein. Herman wankte, beinahe wäre er gestürzt. Als er sich umdrehte, hastete der Kerl bereits die Anhöhe hinauf und verschwand kurz darauf in der Kapelle.

»Warte!« Das sollte ein Befehl sein, aber Herman erkannte seine eigene Stimme nicht. Es klang wie eine überlaute Bitte.

In der Kapelle Unser Lieben Frau brummte es wie in einem aufgestörten Wespennest. Herman ließ seine Augen über die gesenkten Köpfe schweifen und entdeckte einige seiner Kameraden. Statt sich aufzumachen und Kasimir entgegenzutreten, lagen die Kerle auf den Knien und jammerten dem Schöpfer die Ohren voll.

Und was suchte er hier?

Er schüttelte sich wie ein nasser Hund und spritzte seine Hirngespinste auf die Umstehenden. Inzwischen war er in genau der richtigen Stimmung, mit echten Feinden zu streiten und ein paar markgräflichen Rittern die Köpfe einzuschlagen.

Kaum war er aus der Tür getreten, nahm das Heer ihn mit. »Kasimir greift Nürnberg an«, hörte er von seinen keuchenden Kameraden, »Kasimir greift Nürnberg an«, hechelte er selbst. Inmitten des ungeordneten Fußvolkes hetzte er hinter den prächtigen Streitrössern her nach Westen über die Felder, um den Markgräflichen den Weg abzuschneiden. Pirckheimer brauchte keinen von ihnen anzutreiben, denn es galt, ihre eigenen Häuser, ihre Familien zu schützen, die in Nürnbergs Mauern auf Hilfe hofften.

Aber das gegnerische Heer war ihnen weit voraus. Es musste riesig sein, offenbar besaß Kasimir so viele Männer, dass sie von allen Seiten sternförmig in den Stadtforst eingedrungen waren und eine blutige Spur hinterlassen hatten. Bauern, Frauen und Kinder lagen in den Gräben, keine Gegner für den Markgrafen, bloß Hindernisse, die zufällig im Weg gestanden hatten. Jetzt war nicht die Zeit, sich darüber zu erregen. Bauern vermehrten sich fast so schnell wie Ratten.

Schon aus der Ferne konnte Hermans Abteilung das Ausmaß der Misere überblicken. Auf der Ebene zwischen Stadt und Wald zogen sich schwere Nürnberger Fuhrwerke zusammen, um eine Wagenburg zu bilden, eine zusätzliche Befestigung noch vor den Mauen der Stadt. Die Feldschlangen und Hinterlader zielten bereits in Richtung Forst. Verbissen hieben die Männer auf ihre Ochsen ein, aber die waren an solche

Behandlung gewöhnt und fanden keinen Grund, sich zu beeilen.

Warum hatte sich die in Nürnberg verbliebene Stadtwehr so weit hinausgewagt? Die Kanonen in den Türmen würden sie hier nicht mehr schützen können. Sahen sie denn nicht, dass überall zwischen den lichten Bäumen Piken und Saufedern blitzten? Hunderte, nein Tausende hatte Kasimir gedungen, den ganzen Waldrand entlang breitete sich seine gigantische Streitmacht aus. Es waren mindestens drei Mal mehr Kämpen, als Nürnberg aufbringen konnte.

Sie würden verlieren, vielleicht nur ihr Leben, vielleicht die Stadt.

Ein Trompetenstoß, und ein Meer von stampfenden Rössern rollte über die Weide hinweg. Im weiten Rund kesselten sie die trägen Karren ein. Die Ritter galoppierten in halsbrecherischem Tempo, eine Hand am Zügel, in der anderen das blitzende Schwert oder die Armbrust auf Anschlag. Immer näher rückten sie den Nürnbergern auf den Pelz und boten den schweren Geschützen kein Ziel.

»Schließt die Wagenburg«, schrie Herman, obwohl die Bedrängten ihn aus dieser Entfernung nicht hören konnten. Er begann zu rennen, genau wie die anderen aus seinem Tross. »Wir kommen, aber um Himmels willen, schließt die Wagenburg!« Die verdammte Rüstung hinderte ihn, er japste, und der Schweiß brannte ihm in den Augen.

Seine Abteilung war noch mindestens zwei Kanonenschüsse von den Wagen entfernt, als Pirckheimer unerwartet zum Rückzug blies. Die gedungenen Söldner gehorchten sofort, aber die Nürnberger Bürger in seiner Truppe sahen sich verwirrt nach dem Hauptmann um. Wie konnten sie die Ihren im Stich lassen, die verzweifelt die Stellung hielten?

Plötzlich brüllte eine Kanone auf.

Vom Markgrafen? Vom Frauentor? Herman hatte sich unwillkürlich auf den Boden geworfen. Über dem Feld stieg

Rauch empor. Ein einzelner Ritter in glänzendem Harnisch galoppierte auf die Wagenburg zu. Vom Gaul herab erstach er den vordersten Fuhrmann, und die ganze Karrenreihe stockte.

Langsam wendete der feindliche Drache sein Haupt, fixierte die Lücke und wälzte sich darauf zu.

Schreie, berstende Räder, Blut, zerschlagene Glieder.

Kopflos verließen die Bedrängten ihre Stellung, rannten der Stadt entgegen, manche liefen den Feinden in die Arme, manche wurden im Lauf gefällt. Und Herman konnte nichts anderes tun, als dem Durcheinander aus der Ferne zuzusehen.

Das Frauentor war geschlossen. Wieder und wieder prallte die Woge der Fliehenden dagegen, so gewaltig, dass die Türmer nicht mehr erkannten, wer Freund oder Feind war und angstvoll in die Menge schossen. Was Kasimirs Heer nicht sorgfältig beendet hatte, erledigten jetzt die Nürnberger selbst.

Die Markgräflichen Ritter erbeuteten die Geschützwagen und verzogen sich Richtung Schwabach.

Ihre gedungenen Bauern und Tagelöhner aber machten sich auf, die Felder und den lichten Wald zu durchstreifen. Vielleicht hatte man ihnen vom Abzug nichts gesagt, vielleicht waren sie auch dem Siegesrausch verfallen und gedachten, ihre Herden mit dem aufgeschreckten Vieh aufzufüllen oder sich bei Überfällen auf einsame Gehöfte zu bereichern.

Pirckheimers Truppe hatte der Schlacht wie versteinert zugesehen, doch jetzt, da Kasimirs wehrhafte Ritter verschwunden waren, wiesen die Söldner auf die Rauchsäulen, die aus den Einödhöfen der Nürnberger Hintersassen stiegen. Erbittert stürzten sie den Plünderern nach, und die Bürger aus Hermans Haufen folgten ihnen.

Pech für die säumigen Sieger, wenn sich geschlagene Seelen Genugtuung verschaffen müssen. Wie verängstigte Schweine wurden die entsetzten Tölpel eingefangen und ohne ihre

Hauptleute, ohne den Schutz eines kampferprobten Recken zum Vischbach getrieben.

Herman betrachtete das Wimmeln der Gebundenen, die sonst in der schwarzen Erde wühlten und zwischen Grabscheit und Viehdung ihr ereignisloses Dasein fristeten. Nun waren ihre läppischen Wünsche und Hoffnungen gänzlich unbedeutend geworden. Und sie lebten doch. Sie hingen sogar an der kurzen Frist, die Gott ihnen noch zugestanden hatte. Verstört krabbelten sie auf ihrer Schlachtbank über- und untereinander her, schoben sich sogar unter die Toten und suchten einen Weg, ihren Peinigern zu entgehen. Hermans Klinge brach Rippen und Schädel, schlug in die zuckenden Leiber, fuhr durch einen Arm, zerhackte die Hand, die sich ihm flehend entgegenkrallte, spießte sie auf und warf sie auf den erkaltenden Haufen.

Ein Fleischergeselle hatte neben ihm gekotzt.

Unter Pirckheimer würde er seine Haut jedenfalls nicht wieder riskieren. Herman schnippte mit dem Fingernagel gegen den Spiegel. »Du hast eben auf der falschen Seite gestanden.«

Seine Schläfe pochte noch immer. Er erinnerte sich nicht daran, wer ihm die Verletzung beigebracht hatte. Wenigstens ließ die Blutung endlich nach, und der dunkelrote Fleck behielt seine Form. Die dicke Binde sah fast wie ein Türkenturban aus. Auch seine Kleider wirkten wenig Vertrauen erweckend, sie waren blutig und stanken. Seine Mutter würde die Hände vors Gesicht schlagen, wenn sie ihren Ältesten in dieser Aufmachung sähe.

»Cui bono? Wem soll das alles nützen? Ob es dem Rat gefällt oder nicht, das nächste Mal entscheidest du selbst, für wen du deinen Kopf hinhältst«, befahl er seinem Spiegelbild.

Vorerst entschied er aber nur, weder Wasser aufzuheizen noch die Kleider zu wechseln. Er hatte Hunger, und schließlich war es Sohnespflicht, der Familie sein Überleben zu verkünden.

* * *

Sein jüngerer Bruder Peter saß massig auf der Werkstattbank, während Herman, der schneidige Recke, munter im warmen Wasser planschte.

Peter, der Fels, musste Herman beim Anblick seines Bruders denken. Der Name war noch untertrieben, ein ganzes Felsmassiv ragte vor ihm empor, schwer, plump und unbeweglich.

»Nanu, Peter, du schwitzt?«, fragte Herman. »Bist du beim Wasserschleppen außer Atem geraten? Unglaublich, du zählst doch gerade erst zwanzig Jahre.«

»Zweiundzwanzig! Nun sag schon, was ist geschehen?«

Herman ließ sein Bein aus dem Zuber hängen und spritzte ein paar Tropfen in Richtung seines Bruders. »Du hättest ja mitkommen können.«

»Du weißt, wie gerne ich das täte, aber du kennst ja Mutter. Rede endlich, bevor sie zurückkommt.«

»Lieber nicht«, sagte Herman leichthin. »Was ich zu berichten habe, würde dir doch nicht gefallen, Kleiner.«

Mit Interesse sah er zu, wie Peters Spannung sich fast fratzenhaft auf seinen Gesichtszügen zeigte. Ungeduld konnte man es nicht nennen, so etwas war seinem Bruder fremd. Entweder saß Peter ohne jeden Funken einer Erregung da, oder er kochte sehr schnell über und explodierte kurz darauf.

Körperlich war Peter Herman weit überlegen, schon des erdrückenden Gewichtes wegen. Gerade deshalb reizte es Herman immer wieder, die Gefahr hervorzukitzeln und den Jüngeren an den Rand eines Ausbruchs zu bringen, welchen er dann mit einer gewandten Wendung nach seinem Willen umlenkte.

Als Peters Hände sich erwartungsgemäß zu Fäusten schlossen, atmete Herman bedeutsam ein: »Erbprinz Kasimir ist der beste Kämpe und der geschickteste Kriegsherr, den ich je kennen lernen durfte. Mutig, verwegen und außerdem von hohem Ehrgefühl.«

Peter schnaubte. »Du sprichst vom Feind. Ein Adelssöhnchen ist er, eine Wanze. Bringt nichts zustande, als Blut zu saugen und mit dem Schwert zu spielen.«

»Nun, immerhin spielt er gut. Nie habe ich einen Mann derart elegant fechten sehen. Einen wahren Tanz vollführte er mit seinen Gegnern. Und die schnellen Pferde der Ritter erst. Du glaubst nicht, wie wendig sie trotz der Schutzdecken sein können. Die Ohren stets nach vorn gestellt, achten sie auf den kleinsten Wink ihres Reiters und weichen selbstständig den Hellebarden aus. Einen Rappen sah ich, der seinen Herrn sogar vor dem Tode bewahrte.«

»Hör auf, so etwas gibt es nicht.«

»Wie du wünschst, ich höre auf. Reichst du mir freundlicherweise das Tuch und gibst mir die frischen Kleider?«

»Herman, bitte!«

»Soll ich nun schweigen oder sprechen? Du weißt nicht, was du willst. Also gut, dieser Ritter löste sich wagemutig aus den sicheren Reihen Kasimirs und sprengte ganz allein durch das Gewitter aus Pfeilen und Gewehrkugeln ... Oh, Mutter, da bist du ja. Mit den sauberen Sachen und einem guten Mahl, das bis hier herunter duftet, werde ich mich gleich wie frisch geboren fühlen.«

»Das könntest du jeden Tag haben«, sagte die schmächtige Frau. »Wenn du verheiratet wärest, könntest du verlangen, innerhalb der Mauern zu kämpfen und müsstest nicht aufs Schlachtfeld hinaus. Warum willigst du nicht endlich in die Hochzeit ein, die dein Vater für dich vereinbart hat?«

»Weil sich die tumbe Agnes niemals mit dir messen könnte, Mutter.«

Ein rosa Hauch huschte über die Wangen des farblosen Weibes.

Peter schob die Unterlippe vor. »So ein unerfahrenes Ding kann sich ein Mann doch zurichten. Du bist bereits seit sechs Jahren Meister, die Leute reden, und Agnes wird nicht ewig warten wollen.«

»Dann heirate du sie doch«, sagte Herman, erhob sich und angelte nach einem Tuch. Seine Mutter bestand darauf, ihm den Rücken abzurubbeln, als wäre er ein kleiner Junge.

Ausgerechnet jetzt stand der Vater in der Tür, fleischig und rotgesichtig. »Dein Bruder hat ganz Recht, du kannst ruhig auf ihn hören. Er zumindest hat unseren Namen noch nie ins Gerede gebracht.«

Natürlich nicht, solange Herman auf ihn achtete und die Folgen von Peters Wutausbrüchen auf seine eigenen Schultern nahm. Er verkniff sich eine Bemerkung darüber und überließ seinem Vater das Feld.

Der hatte sich aber bereits umgedreht und befahl über die Schulter hinweg: »Wenn du endlich fertig bist, komm herauf, damit wir Gott für den Sieg und deine Unversehrtheit danken.«

»Sieg? Wir haben die Schlacht verloren, Vater.«

»Du vielleicht. Das wundert mich nicht, bei einem, der seine Zeit damit vergeudet, Verse zu singen, und behauptet, dass die grässlichsten Sünden mit wohlgesetzten Worten anmutig klingen würden. Sogar deine Messer sollen *schön* sein. Anstatt sie einfach brauchbar zu machen, versiehst du sie mit weibischem Firlefanz. Erzähl mir nichts, ich habe meine Sinne nämlich noch beisammen. Die unerschrockene Stadtwehr hat Kasimir mit Gottes Hilfe in die Flucht geschlagen, oder glaubst du etwa, dass Nürnberg noch stünde, wenn die markgräflichen Teufel uns überwältigt hätten?«

Herman schüttelte den Kopf und trottete hinter dem Vater die Treppe hinauf.

Wie eng dieses Haus war. Es schien bei jedem Besuch erneut zu schrumpfen. Unten die Werkstatt, darüber eine voll gestellte Stube, die großartig Saal genannt wurde, und darüber gab es außer der Küche nur noch zwei winzige Kammern, in denen man mit ausgebreiteten Armen in jeder Richtung an die Wände stieß.

Armer Peter. Die Mutter erlaubte ihrem Jüngsten alles, nur nicht, dass er wie andere Gesellen zu seinem Meister übersiedelte. Vielleicht hatte sein Bruder heute Abend Lust, aus der Enge zu fliehen. Bei den Badern und vor den Hurenhäusern lungerte sicher ein Haufen gelangweilter Landsknechte herum, die sich über ein kleines Geplänkel freuen würden. Im Moment fand Herman diese Aussicht recht verlockend.

Doch je länger sich das Dankgebet hinzog, desto nachdrücklicher bohrte sich die alte Verbitterung in sein Gemüt. Nicht, weil der Vater den Nürnbergern den Sieg zugesprochen hatte, nicht weil er den Heiland für Taten pries, die allein die Soldaten bewerkstelligt hatten, sondern diese verächtliche Äußerung über seine Messer ärgerte ihn. Hermans Klingen waren mehr als brauchbar. Sie waren glanzvoll, kunstfertig, und in den richtigen Händen sogar magisch. Es gab durchaus Männer, die seine Kunst bewunderten – wesentlich bedeutendere Männer, als sein Vater einer war.

Gleich nach dem Amen, schon mit dem ersten Bissen im Mund, bemerkte Herman beiläufig: »Übrigens hat ein Ritter aus Roth ein Dolchbesteck bei mir bestellt. Neben einem breiten Messer verlangt er einen Scheibendolch mit fünffach gegrateter Panzerstechklinge und natürlich dazu eine passend gravierte Scheide mit Silber- oder Goldverzierungen. So einer feilscht nicht um lumpige Groschen, wenn er den rechten Meister gefunden hat. Der Ritter fragte nicht einmal nach dem Preis, ihm war nur wichtig, dass ich die Waffe persönlich anfertige.«

»Wer denn sonst?«, feixte Peter. »Du willst ja unbedingt alleine arbeiten, obwohl ich sonst keinen Schmied kenne, der ohne Gehilfen auskommen mag. Ich glaube, in Wahrheit findest du einfach niemanden, der es in deinem Durcheinander aushält. Solange du keine Meisterin hast, wird sich daran auch nichts ändern.«

Die Mutter senkte ihren Löffel. »Ein Ritter aus Roth? Herman, bist du etwa mit einem Markgräflichen handelseinig geworden?« Sie zupfte sich nervös am Ohrläppchen, eine Bewegung, die Herman ärgerlicherweise angenommen hatte. Er versuchte stets, die läppische Geste zu unterdrücken.

Der Vater winkte ab. »Keine Sorge, dieser markgräfliche Ritter wird sich anderweitig umsehen müssen. Selbst wenn Herman so schamlos wäre, einen Dolch für den Feind anzufertigen, die passende Scheide werden ihm die hiesigen Gold- und Silberschmiede verweigern. Wieder einmal viel Wind im Blasebalg ohne jede Glut in der Esse.«

»Auf die althergebrachten Muster der Nürnberger kann ich ohnehin verzichten«, gab Herman zurück. »Die sticheln doch nur nach, was ihre Meister ihnen seit Urzeiten vorkritzeln. Aber eine außergewöhnliche Waffe braucht einen würdigen Rahmen, und dieser Dolch soll einzigartig sein. Warum müssen immer Blumen und Girlanden die Scheide für ein Mordwerkzeug zieren? Ich gedachte die Waffe Eyno zu weihen, der blutigen Begleiterin des Ares.«

Hastig schlug die Mutter das Kreuz. »Bitte sprich nicht von solchem heidnischen Unsinn. Der Herr kann alles hören.«

Sein Bruder Peter hatte sich tief über den Tisch gebeugt und schaufelte das Rübenmus in sich hinein. Die Schultern mit dem feisten Nacken dazwischen sahen wie eine Hügelkette aus. Über den Napf hinweg äugte er zu Herman hinüber. »Auf die Nürnberger kannst du verzichten? Wo willst du dann einen Gravurmeister finden, der fähig ist, dir deine Gottlosigkeiten in die Scheide zu ritzen? Wenn es um Metallarbeiten geht, wird dich jeder zurück nach Nürnberg schicken. Die besten Werkstätten liegen nun mal hier, das weiß die ganze Welt.«

»Stimmt, Brüderchen, und solange sie dem Neuen aufgeschlossen bleiben, wird sich ihr Ruf auch halten. Aber die meisten wiederholen bloß den einstigen Triumph und wagen nicht nach links und rechts zu sehen. Zur Not muss ich mich eben selbst ans Werk begeben.«

Einen Moment lang gefror jede Bewegung im Raum, und ein Seitenblick auf seinen Vater bestätigte, dass der alte Rotschmied getroffen war. Früher hätte Herman für solche Reden der Riemen gedroht, aber seit der Vater befürchten musste, bei einer Gegenwehr zu unterliegen, vermied er den direkten Streit. Manchmal wünschte sich Herman, dass es zu einer entscheidenden Kraftprobe gekommen wäre.

»Ich warne dich, mein Sohn, wenn ich je erfahren sollte, dass du in fremdes Handwerk pfuschst, werde ich dich eigenhändig vor den Rat schleifen. Nicht alles, was neu daherkommt, ist gut. Bleib gefälligst bei deinen Messern und komm erst mal an die Qualität eines erfahrenen Meisters heran.«

Herman erhob sich brüsk. »Ich gehe längst darüber hinaus. Was ich dir übrigens auch raten würde, Vater, wenn du nicht in ein paar Jahren mit deinen altersschwachen Auftraggebern untergehen willst.«

Die Tür knallte gegen den Rahmen, und Hermans Gepolter auf der Treppe übertönte den Aufruhr in der Stube.

Auf der Gasse atmete er tief, aber es brachte ihm keine Erleichterung. Gestank und Schmeißfliegen hingen gleichermaßen träge in der drückenden Hitze, eingefangen zwischen dicht stehenden Häusern, die mit kleinlichem Zierrat an ihren belanglosen Fassaden einen feinsinnigen Lebensstil vorzutäuschen suchten.

Herman warf den Kopf in den Nacken und blickte steil nach oben, um wenigstens ein kleines Stück des weiten Himmels zu erhaschen.

»Ich werde diese Scheide machen, und wenn ich damit hundertmal in fremdes Handwerk pfusche.«

Wer sollte ihn daran hindern? Weder der Rat noch die Gold- und Silberschmiede würden von seinem Wunderwerk erfahren, denn ihre eigene Verbohrtheit hinderte sie daran, mit markgräflichen Rittern zu verkehren.

Nachdem Herman beschlossen hatte, die Stadtordnung nach seinem Gutdünken zu umgehen, fühlte er sich wesentlich besser. Ergebenheit passte für Dienerseelen und Hunde, die ihrem Herrn noch treu die Füße leckten, während dieser sie zu Tode prügelte.

Herman aber würde zu den Herren gehören, niemals zu den Opfern. Und er würde nach eigenem Ermessen bestimmen, wem er seine Fertigkeiten zur Verfügung stellte.

Eine schwüle Nacht stand bevor. Schlaflose Stunden für die meisten, und wenn die Herren ruhelos durch die Gassen streunten, folgte das Bettelpack ihnen nach. Vielleicht war heute genau die rechte Nacht, sich eine zarte Gespielin einzufangen, sie kunstvoll zurechtzuschmieden, bis sie nichts anderes mehr wünschte, als Herman zu gefallen.

III. KAPITEL

Teilnahmslos sah Severin dem Lichtstreifen zu, der stetig weiter unter den Wagen kroch. Sein Kopf schmerzte und seine Glieder waren steif. Wie lange hatte er in dem Totenbett gelegen? Einen Tag, zwei? Vielleicht Wochen?

Von seinem Ellenbogen spannte sich ein Spinnennetz zur Wagenwand, und unter seinem Knie hatten graue Asseln begonnen, sich häuslich einzurichten. Er hob sein Bein ein wenig an und betrachtete das Wimmeln der weich gepanzerten Wesen, die sonst unter faulen Blättern und Wurzeln ihr unerkanntes Dasein fristeten. Nie wagten sie den Blick zum Himmel, zum Mond oder gar zur verräterischen Sonne. Und sie lebten doch. Sie hingen sogar an der lächerlich kurzen Frist, die Gott ihnen zugestanden hatte. Verstört krabbelten sie übereinander, schoben sich unter ihre Artgenossen und suchten einen Weg hinein in das Gewirr von verborgenen Irrgängen aus weißlichem Gepilz und schwarzer Erde. Als würde das Leben nur daraus bestehen, es so lange wie möglich zu erhalten. Severin griff in den Waldboden und streute eine Hand voll über die Asseln, damit sie sich beruhigten.

Mühsam kroch er aus seinem Versteck hervor. Ihn schwindelte, sein Blickfeld wurde schwarz, und er klammerte sich einen Moment lang am Wagen fest.

Er sollte heimgehen, er sollte die Nachbarn rufen, damit seine Familie begraben wurde. Seine Kehle fühlte sich rau an. Der Hunger machte ihn so schwach, dass er glaubte, der geringste Lufthauch könne ihn zu Fall bringen. Sicher würden die Schafe längst nach Futter schreien, die Hühner ebenfalls. Und Wasser brauchten sie alle.

Sein Abendschatten lief lang und hager vor ihm her. Wie eine Schlange ließ der Schemen seinen Arm über die Wiese huschen, und die spinnengleichen Finger klopften unhörbar an die Häuser des Dorfes.

Als die Nachbarn ihn von weitem erkannten, starrten sie fassungslos in seine Richtung, flüsterten miteinander und riefen nach dem Verwalter.

Der kam sogleich und musterte Severin von oben bis unten. Mit einer Handbewegung schickte er die Dorfbewohner fort, fasste Severin mit spitzen Fingern an der Schulter und führte ihn in das stattliche Verwalterhaus.

»Setz dich«, sagte er und wies auf einen Schemel.

Severin flüsterte: »Sie sind alle tot. Wir müssen sie zum Friedhof bringen.«

»Ja, ja, das machen wir schon, sie sind nicht die Einzigen.«

»Danke.« Severin erhob sich und wollte gehen, aber der Verwalter drückte ihn wieder hinunter.

»Herr, ich muss unsere Tiere ...«

»Immer mit der Ruhe, für die Tiere ist gesorgt, ich habe sie bereits holen lassen. Du wirst Hunger haben.« Er gab ihm einen Napf mit Gemüsebrühe, schnitt Brot und Käse ab, kramte sogar noch ein Stück Räucherfleisch hervor und legte alles vor Severin auf den Tisch. »Lass es dir schmecken, es ist genügend da.«

Dankbar griff der Bursche zu. Der Verwalter füllte ihm den Napf noch zwei Mal nach.

»Wir müssen uns unterhalten«, sagte er dann. »Der Wert eurer Tiere reicht leider nicht. Dein Vater ist schon zum zweiten Mal den Kirchenzehnt und die Abgaben für das Kloster schuldig geblieben. Soweit ich hörte, hat er die Ernte aber lieber auf den Markt getragen, statt seine Schulden auszugleichen. Und nun fällt noch der Todfall an. Wie also gedenkst du, die Sache zu bereinigen?«

Severin starrte dem Mann ins Gesicht. Das konnte er nicht ernst meinen. Betreten wandte sich der Verwalter ab. Er griff nach einem Buch und legte es aufgeschlagen vor Severin hin.

»Prüf es nach, falls du glaubst, ich wollte dich betrügen.«

Die Augen des Jungen glitten verwirrt über die steile Schrift.

»Es ist ein Jammer«, sagte der Verwalter, »deine Mutter war eine begabte Weberin, aber die besten Kleider sind ja nun verdorben. Euer Gerät ist alt, der Wagen zerbrochen. Ein paar Krüge und Töpfe kann ich zur Not als Bezahlung anerkennen, und das Haus natürlich. Wie du hier unten sehen kannst, würde trotzdem noch einiges fehlen. Ich bin bereit, den ganzen Kram zu übernehmen, allerdings nur, wenn du keine Schwierigkeiten machst und brav von hier verschwindest, ganz verschwindest, verstehst du? Ich möchte keine Scherereien deinetwegen bekommen.«

»Wo soll ich denn hin?« Außer den Nachbarn, die ihn möglicherweise aufgenommen hätten, kannte er niemanden.

»Wenn du das nicht selber weißt, werde ich auch dafür sorgen, vielleicht noch heute Abend. Hier, neben den Namen der Zeugen und Vormünder musst du unterschreiben.«

Der Verwalter lehnte sich über ihn und führte ihm die Hand. Severin versuchte, sich die unbeholfenen Zeichen einzuprägen, die wohl seinen Namen bedeuteten.

»Ein Bad könnte dir nicht schaden«, sagte der Verwalter, rief die Magd und wies sie an, den Zuber vorzubereiten. Außerdem sollte sie einen Kittel und Hosen heraussuchen, die man entbehren konnte.

Als Severin gesättigt und sauber wieder auf dem Schemel saß, brachte der Verwalter eine Fremde ins Haus. Graue Strähnen hingen unter ihrem flüchtig gewickelten Tuch herab. Trotz der Hitze trug sie mehrere Röcke übereinander, an deren ausgefransten Säumen Erdklumpen und Kletten hingen. Ihr Gesicht glänzte, und ihr weit geöffnetes Hemd entblößte einen fleckigen Hals. Über ihrem Reisesack hing ein dunkler Umhang aus schwerem Tuch. Beides ließ sie achtlos auf den Boden fallen.

Severin erhob sich, um ihr den Schemel zu überlassen. Die Frau warf nur einen kurzen Blick auf ihn und schüttelte den

Kopf. »Wie ich schon sagte, habe ich keine Verwendung für einen jungen Kerl, der nichts weiter besitzt als die Lumpen auf dem Leib. Meine Kammer ist schon für das Mädchen und mich zu klein, da gibt es weder Arbeit noch Platz für einen Knecht.«

Der Verwalter reichte ihr einen Becher mit Milch. »Dann bringe ihn ins Findelhaus, er ist schließlich eine Waise.«

»Diesen Burschen ins Findelhaus, damit er den Kleinen das wenige Essen wegfrisst? Nein, nein, jede Gemeinde muss selbst für ihre Armen sorgen. Auf dem Land kann man doch immer ein paar kräftige Hände gebrauchen. Bei uns in der Stadt würde er als Fremder nicht einmal ein Bettelzeichen bekommen.«

Der Verwalter klapperte in der Kitteltasche mit seinem Beutel. »Willst du dich weigern? Du hast in meinem Dorf genächtigt und gegessen. Außerdem hast du meinen Schutz genossen, während die Markgräflichen durch den Wald wüteten. Kannst du das bezahlen? Ich würde auf die Einnahme verzichten und für die Reisebegleitung sogar noch etwas drauflegen. Überleg es dir.« Damit stapfte er hinaus.

Die Frau musterte den Burschen eine Weile. »Wie heißt du?«, fragte sie freundlich.

»Severin.«

»Der Ernste also, so siehst du auch aus. Es tut mir Leid, dass ich dir nicht helfen kann, aber glaub mir, mein Leben ist nicht besonders erstrebenswert. Du wirst es bestimmt viel besser treffen.« Mit langsamen Schlucken trank sie ihren Becher leer, ohne den Blick von ihm zu wenden. »Sag mal, möchtest du überhaupt mit mir kommen?«

Kaum merklich schüttelte Severin den Kopf. Sie prustete heraus und schlug sich so heftig mit der Hand aufs Knie, dass Severin zusammenfuhr.

»Das dachte ich mir. Der Gauner will dich loswerden. Jetzt bist du wohl erleichtert, dass ich kein Interesse an dir habe. Wohin möchtest du denn stattdessen? Sag's mir ruhig, ich kenne eine Menge Leute.« Mit einer großzügigen Armbewegung schloss sie die Hügel, die Felder, das ganze Land in ihre Bekanntschaft ein. »Na? Wohin? Womöglich kann ich etwas für dich tun.«

»Ich weiß nicht, vielleicht nach Nürnberg.« Schüchtern hob er den Kopf, zupfte sich am Ohrläppchen und versuchte zu lächeln. »Ich möchte nur irgendwo willkommen sein.«

Die Alte lachte. »Willkommen willst du sein.« Sie winkte ihn zu sich, griff ihm ins Haar und schaute ihm abwechselnd in beide Augen. »Gib mir deine Hände!« Prüfend fuhren ihre Finger über seine Handflächen. Sie beugte sich nahe darüber, betrachtete seine Nägel, die Form seiner Gelenke und studierte jede einzelne Linie. Severin zuckte mehrmals, weil ihn die Berührungen kitzelten.

»Wie alt bist du?«

»Ungefähr zwölf, glaube ich.«

»Wirklich? Ich hatte dich für älter gehalten.« Ihr Griff wurde fester, und sie beugte sich abermals über seine Hand. Ihre Stimme klang auf einmal scharf. »Zwölf ... und am Anfang des Jahres geboren.«

Wie konnte sie das wissen? Hastig zog Severin seine Hände zurück.

»Gesichter täuschen, Leiber verändern sich im Laufe eines Lebens, aber die Linien in den Händen erzählen immer die Wahrheit, von der Geburt bis über den Tod hinaus.« Als sie die Verwirrung des Burschen bemerkte, schüttelte sie den Kopf. »Vergiss mein Geschwätz, dein Geburtstag ist leicht zu erraten, Severin ist der Namenspatron für den achten Tag im Januar.«

Die Fremde sah ihm noch einmal prüfend ins Gesicht und nickte dann. »Ich gehe nach Nürnberg. Wenn du willst, kannst du mich bis in die Stadt begleiten. Mein Name ist Barb.«

Mit einem Ruck erhob sie sich und schulterte ihren Sack. »Was ist, kommst du?«

Severin nickte. Da sie sich bereits umgedreht hatte und im Begriff war, den Hof zu verlassen, eilte er hinter ihr her. Doch am Tor blieb er stehen. »Frau Barb ... der Verwalter wollte doch noch etwas drauflegen.«

Barb schlug sich mit der Hand an die Stirn. »Du liebe Zeit! So etwas hab ich mein Lebtag noch nicht vergessen. Guter Junge!«

Nachdem sie gehörig mit dem Verwalter gefeilscht hatte, machten sie sich auf den Weg nach Nürnberg.

Weit kamen sie nicht. Als der letzte Schimmer des Tages sich hinter die Hügel zurückgezogen hatte, ließ Barb sich schwer ins Gras plumpsen.

»Schlimm, schlimm«, sagte sie. »Wir werden in der Wildnis übernachten müssen, schutzlos den Wettern ausgeliefert, bedroht von wilden Tieren. Wie sollen wir das bloß überleben?«

Severin hockte sich neben sie. »Wünscht Ihr, dass ich Wache halte?«

»Wie bitte?«

»Ich bin nicht sehr müde und ...«

»Unsinn!«, sagte sie und runzelte die Brauen.

Vorsichtshalber rückte Severin ein Stück von ihr ab. »Entschuldigung, ich dachte nur ...«

»Das war Spaß, Junge. Hier könnten höchstens ein paar hungrige Ameisen auf den Gedanken kommen, uns zum Abendessen zu verspeisen. Wir können uns getrost beide schlafen legen.«

Sie wühlte eine Decke aus ihrem Sack und warf sie Severin zu. Folgsam wickelte er sich darin ein und legte sich auf die Seite. Aber seine Augen blieben aufgerissen, und er horchte angestrengt auf jedes Geräusch.

Barb legte ihm die Hand aufs Haar, wie Anna es manchmal getan hatte. »Fürchtest du dich? Wohl eher vor Rittern als vor wilden Tieren, stimmt's?«

Severin schluchzte auf. Die Bilder der Toten überfielen ihn völlig unerwartet, und er begann zu begreifen, dass er seine Familie nie wiedersehen würde. Ihr Leben war viel zu früh erloschen, weil er sie nicht rechtzeitig gewarnt hatte, weil er die Zeit vergessen hatte.

Nein, er hatte die Zeit sogar zerstört.

Gäbe es doch eine Möglichkeit, die Trümmer wieder zusammenzusetzen. Er hätte alles dafür getan.

Barb zog an seiner Schulter, bis er auf dem Rücken lag. »Sieh in den Himmel, wenn du nicht schlafen kannst. Heute wird nichts Böses geschehen, denn es ist eine Nacht, in der es Sternschnuppen regnen kann.«

Über ihnen breitete sich das wolkenlose Firmament mit Tausenden und Abertausenden von glitzernden Sternen aus.

»Das ist der große Bär«, sagte sie, »und wenn du seinen Hinterbeinen nach oben folgst, siehst du den Polarstern. Er steht immer im Norden, damit die Menschen sich nachts nicht verirren. Dort, die gezackte Linie ist der Drache des Himmels, kannst du ihn erkennen? Glaubst du nicht, dass er gut über uns wachen wird? Der kleine rötliche Stern heißt Mars. Ihm folgen die Ritter. Sieh, wie schwach er heute blinkt. Aber die Venus leuchtet hell. Man kann sie am frühen Abend und auch am frühen Morgen sehen ...«

Severin blinzelte, und seine Tränen ließen die Sternbilder vor seinen Augen verschwimmen. Warum hatte Barb sich plötzlich bereit erklärt, ihn bis Nürnberg mitzunehmen? Und was um Himmels willen sollte dort aus ihm werden?

Auf jeden Fall war sie freundlich zu ihm, und er wollte versuchen, ihr angenehm zu sein.

* * *

Obwohl Severin stetig einen Fuß vor den anderen setzte, hatte er das Gefühl, sie würden sich überhaupt nicht fortbewegen. Barb schnaufte entsetzlich und nutzte jede Gelegenheit zum Rasten.

»Wozu eilen?«, fragte sie. »Nach einer Niederlage sind die meisten Menschen unausstehlich. Dann erklären sie den nächstbesten Fremden zum Feind, um ihre Schmach zu vergessen. Sogar deine harmlosen Nachbarn gebärden sich wie Marderhunde. Sie haben zwei markgräfliche Bauern, die sich längst auf dem Heimweg befanden, überfallen und zu Tode geprügelt. Glaube nicht, dass Städter da anders wären. Nein, nein, wir genießen lieber den Weg, er wird nie mehr derselbe sein.« Wieder blieb sie stehen. Dieses Mal war es das interessante Steinbrüchlein, dann die schöne Aussicht, seltene Kräuter, die sie unbedingt pflücken musste, oder bloß die Hitze, vor der man sich bekanntlich hüten sollte.

Als sie endlich den Forst verließen, öffnete sich zum ersten Mal der Blick auf die prächtige Stadt. Wie in einem übervollen Nest drängelten sich die Häuser innerhalb der starken Mauer. Manche schienen gar darüber hinausschwappen zu wollen. Es war ein undurchschaubares Gewirr aus Fachwerk und rötlichem Stein, aus verzierten Giebeln, Türmen und Zinnen, überragt von majestätischen Kirchen. Darüber wachte die trutzige Burg auf dem Felsen.

Dort lebten die geschicktesten Handwerker der Welt, wie Severin wusste. Dort wirkten gebildete Menschen, die lesen und schreiben konnten, die den Himmel erforschten und Wundergeräte aus Eisen herstellten, um die Launen von Stunden und Minuten hineinzubannen.

»Frau Barb, darf ich Euch etwas fragen?«

»Das war schon eine Frage«, stellte Barb fest. »Und? Hat sie wehgetan?«

Severin biss sich auf die Zunge. Er wusste nicht recht, wie er dieser Frau begegnen sollte, ob sie jetzt verärgert war, wie ihre Stimme vermuten ließ, oder sich nur über ihn lustig machte.

»Nun frag schon, und sag endlich du zu mir«, brummte sie.

»Stimmt es, dass in Nürnberg morgens und abends ein Horn geblasen wird?«

»Nicht nur das. Der Türmer auf Sebald schlägt als Erster die große Glocke an. Damit bestimmt er den Anfang jeder neuen Stunde. Im Sommer sind es sechzehn und im Winter acht. Ihm folgen die anderen Türmer nacheinander in der ganzen Stadt, mit Glocken und mit Hörnern, damit kein Bürger verpasst, rechtzeitig aufzustehen, zu arbeiten, zu feiern und zu schlafen.«

Solange Severin denken konnte, war es ihm schwer gefallen, irgendetwas fristgemäß zu tun. Die Zeit entzog sich ihm, wollte sich nicht nutzen lassen, entwischte zu jeder Gelegenheit, um ihn zu necken und zu narren. Und nun, da er die Kirchenuhr angehalten hatte, würde sie ihm wahrscheinlich sogar feindlich gegenüberstehen.

Womöglich konnten die Türmer in Nürnberg ein verlässliches Regelwerk um ihn herum errichten, welches für ihn und alle anderen Menschen den gleichen Takt vorgab.

Doch was würde zwischen den Stundenschlägen geschehen? Severin durfte nie wieder zulassen, dass die Zeit ohne ihn verging, er musste alles daransetzen, sie nicht mehr aus den Augen zu lassen, denn genau dieses Versäumnis hatte seine Familie das Leben gekostet.

»Gibt es dort auch eine Werkstatt, wo Uhren gebaut werden?«

Barb lächelte. »Sicher, wir haben geschickte Schlosser und Schmiede. Einige bauen wohl Uhren, aber die meisten halten sich an Waffen und Harnische, auch an Gewehre. Eine rüpelhafte Bande.«

Wenn Severin in einer solchen Werkstatt als Lehrling angenommen werden könnte, hätte er immer Uhren zur Verfügung, nach denen er sein Leben fortan richten konnte. Irgendwann würde er selbst welche bauen und vielleicht auf diese Weise die Zeit etwas besänftigen. Wie sonst sollte er jemals sühnen, dass er sie verschwendet, sie sogar entzweigeschlagen hatte, statt auf sie zu achten und den Seinen rechtzeitig zu Hilfe zu eilen.

Auf einmal wurde ihm die fremde Stadt zu einem verlockenden Ziel, zu einer Möglichkeit, seine Schuld zwar nicht zu begleichen, aber zumindest ein wenig abzumildern. Kaum konnte er erwarten, die Mauern zu erreichen.

Doch Barb bummelte, zeigte auf die Häuser am Wegesrand und erklärte seelenruhig, dass dort in der Mühle Draht gezogen wurde, in jenem hübschen Haus die Siechen lebten und dass der widerliche Mief von der Flussmündung kam, weil sich Gerber, Lederer und Färber am Wasser niedergelassen hatten.

Severin reckte den Hals. Wohnte dort das Färbermädchen Kungund? Sie hatte so rein auf ihn gewirkt, dass er sie sich beim besten Willen nicht in einem solchen Gestank vorstellen konnte.

Die Straße verbreiterte sich. Fuhrwerke versperrten ihnen den Weg, und bewehrte Reiter preschten so knapp an ihnen vorbei, dass sie mehrmals in den Graben springen mussten. Von allen Seiten zog Landvolk heran und begann, vor den Mauern der Stadt mit schwerem Gefährt Befestigungen aufzubauen. Erwarteten sie etwa einen erneuten Überfall der Markgräflichen?

Am Vischbach, eine Meile vor dem Stadttor, erkannte Severin, warum Barb den Weg so sehr in die Länge gezogen hatte. Große Leichenhaufen mahnten an das Gemetzel, das hier vor Kurzem stattgefunden hatte. Die Toten trugen einfache Kittel, Bauern verschiedener Herren, die wohl zu ihrem Unglück auf Kasimirs Seite gestanden hatten. Die meisten waren noch gebunden. Man hatte die Wehrlosen in Spieße gejagt, erschlagen oder erstochen. Wäre Severin ein Feind der Stadt gewesen, hätte er spätestens bei diesem Anblick die Flucht ergriffen.

Das Tor selbst war durch eine Einfriedung aus dornenbewehrten Holzgattern geschützt und mit mehreren Kriegern besetzt. Lärmendes Gedränge entstand davor, Kaufleute, Wanderer, Händler, Handwerker, alle strebten durch den Engpass hinein und hinaus. Barb und Severin drückten sich neben einem Heukarren an der Torwache vorbei und betraten die Stadt.

Durch das ohrenbetäubende Krakeel aus Marktgeschrei, Hämmern und ratterndem Gerät zischte ihnen die angespannte Stimmung wie ein böses Tier entgegen. Willenlos ließ Severin sich von dem Menschenstrom durch die Gassen treiben, vorbei an ärmlichen Hütten nahe der Mauer und immer stattlicher werdenden Fachwerkbauten, die stolz ihre verzierten Erker über die Köpfe der Fußgänger reckten.

Beunruhigend viele Bewaffnete patrouillierten durch die Straßen, als würde die Stadt sich nicht nur nach außen, sondern auch vor den eigenen Bürgern schützen müssen.

»Warte hier!«, sagte Barb, lief über die Straße und verschwand in einem der vielen Gebäude.

Severin sah ihr nach. Er kam sich zwischen den Fremden verloren vor, die ihn scheel von der Seite musterten und ihm im Vorbeigehen ihr Misstrauen ins Gesicht spien. Gegenüber tuschelten zwei Burschen miteinander und sahen unauffällig zu ihm herüber. Aber das war kein heiteres Schwatzen und auch kein derbes Scherzen, wie er es von Bauernmärkten kannte, sondern Häme und verhohlene Angst.

Hoffentlich kam Barb bald zurück.

»Was stehst du mitten auf der Straße, Kerl?«, fuhr ein junger Mann ihn an. »Das faule Gesindel wird immer dreister.«

Severin erschrak und senkte den Blick. Seine geflüsterte Entschuldigung hätten nicht einmal Fledermäuse vernehmen können.

Der Jüngling schlenderte vorbei und betrachtete die Holzschnitte, die an einem Marktstand ausgestellt waren. Wie ein Erpel watschelte er einher, damit er nicht über die langen Spitzen seiner Schuhe stolperte. Das glänzende Wams reichte ihm nur knapp über das Gesäß, und vorne entblößte es einen bunten Hosenlatz, den er gewaltig ausgestopft hatte. Severin fühlte sich unbehaglich, auf die groteske Scham zu starren, konnte sich aber nicht davon abwenden. Er war nicht der Einzige, der diesen Aufzug empörend fand. Hinter dem Rücken des Jünglings kicherten die Mägde und zeigten respektlos mit Fingern auf ihn.

Gegen diesen Gockel wirkten die älteren Herren in ihren schwarzen Schauben, den ärmellosen Mänteln mit breiten Schultern, wesentlich würdiger. Allerdings schwitzten sie erbärmlich in ihrem kostbaren Staat, und ihre Gesichter glänzten rot unter den vornehmen Baretten.

Bauernkittel liefen in Bundschuhen herum, und es gab Burschen, die wie Severin barfuß gingen. Doch diese drückten sich am Straßenrand entlang und traten zur Seite, wenn einer der Bürger vorbeikam. Severin tat es ihnen nach.

Beunruhigt blickte er zu dem Gebäude hinüber, in welchem Barb verschwunden war. Wo blieb sie nur so lange? Er würde verloren sein, falls sie beschlossen hatte, es bei der Reisebegleitung zu belassen.

Aus einer Seitengasse drangen aufgeregte Rufe. Eine Menschenmeute rollte auf Severin zu. Einem wütenden Lindwurm gleich, der jedes Hindernis niederwalzt, bewegte sie sich rasch und unaufhaltsam vorwärts, allen voran zwei Handwerksgesellen, die einen Verletzten an den Armen über das Pflaster schleiften.

»Ins Loch wollt ihr ihn bringen? Sterben muss er, auf der Stelle!«, kläffte ein aufgebrachter Bürger und erntete lautstarken Beifall von den Nachrückenden.

Einer der Gesellen drehte sich um. »Das ist unser Gefangener, nicht deiner, Johann Gebell.«

Sein Kumpan wehrte mit der freien Hand die drängende Masse ab und rief: »Lasst uns durch! Es ist ein Befehl des Rates, ihn ins Loch zu werfen.«

Obwohl Severin versucht hatte, sich platt an die Hauswand zu drücken, war er ins Gedränge geraten. Für einen Moment wurde er gegen den Gefangenen geschleudert, spürte die Erschöpfung des Mannes, die Schmerzen und die ohnmächtige Angst. Dann schoben andere ihn zur Seite.

Johann Gebell gab nicht auf. »Der Rat befiehlt? Wer hört auf die Ratsherren, solange Feiglinge wie Pirckheimer darunter sitzen.«

»Das ist wahr«, ließ sich jemand aus der Menge vernehmen, »Pirckheimer hat lieber Kirchweih gefeiert, statt dem Heer zur Seite zu stehen, und als er sich endlich zu den Seinen bequemte, blies sein Freund, Graf Galeazzo, zur Flucht.«

»Der feine Herr wollte sich eben nicht die Hände schmutzig

machen. Aber wir haben nichts gegen ein bisschen Dreck, oder?«

Drohendes Gelächter im Gewühl. Die Ersten versuchten den Gefangenen zu bespucken.

»Zwei meiner Söhne sind von den Markgräflichen erschlagen worden, und dieser hier soll lebend davonkommen?«

Schon langten Fäuste über die Arme der Gesellen. Auch Severins Hände verkrampften sich. Vielleicht hatte genau dieser Kerl sich über seine Schwestern hergemacht, und wenn nicht er, dann seinesgleichen. Eine Welle aus hilfloser Wut flutete durch seinen Leib und verlangte nach einem Gegenüber, auf das er losdreschen konnte.

»Stecht ihn ab!«, riefen die Männer, und Severin rief mit. Sein Gesicht klebte, und er fühlte, dass sein Kiefer steif nach vorne geschoben war.

Doch dieser furchtzerfressene Mann war längst kein Gegner mehr. Mit aufgerissenen Augen wand er sich unter den Hieben, voller Angst vor dem, was nach den Schmerzen folgen würde.

Irgendjemand packte Severin am Hemd. »Wen haben wir da? Einen Bauern! Willst dich wohl einschleichen und für Kasimir spionieren.«

Severin ruckte zurück. Sein Kragen zerriss, aber er entkam dem Griff. Panisch drückte er die Arme über den Kopf, machte einen Buckel und drehte sich geduckt aus der Menge hinaus, die sich nun ohne ihn in Richtung Rathaus schob.

Einer der Gesellen musste den Gefangenen fahren lassen und wurde an die Mauer gequetscht. Der andere ging im hasserfüllten Pöbel unter. Sie ließen nicht von ihrem Feinde ab, bis er hundert Mal für jeden schmerzlichen Verlust zu Tode geprügelt worden war.

»Severin!«

Sofort wusste er, wie Barbs Stimme klang, wenn sie tatsächlich zornig war. Rasch erhob er sich und erwartete reglos, dass sich ihre Wut über ihm entladen würde.

»Ich habe dich gebeten zu warten«, sagte sie, »doch du rennst einfach fort und lässt mich suchen. Was für ein Schrecken, dich nicht vor dem Schuster zu sehen. Wenn du lieber deiner Wege ziehen willst, dann verabschiede dich wenigstens. Ich hätte wohl keinen Grund, das zu bedauern.«

Er wollte sich entschuldigen, ihr sagen, dass er für ihr Geleit und ihren Trost überaus dankbar sei und innig hoffte, sie würde ihn auch jetzt nicht fortschicken. Die Brust wurde ihm eng, er brachte kein Wort heraus.

Ein kleines Mädchen, das aus lauter Armen und Beinen zu bestehen schien, lugte hinter der Frau hervor und staunte den fremden Burschen unverhohlen an.

»Du hast gar nicht erzählt, dass er stumm ist, Barb.« Ihr dunkles Haar stand verfilzt in die erstaunlichsten Richtungen ab, und ihre Ärmchen waren so dürr, dass die Ellenbogen eckig hervortraten.

»Ich heiße Ottilie«, sagte sie und streckte Severin die Hand entgegen. Noch bevor er sie ergreifen konnte, runzelte sie die Brauen und zerrte ihr Kleid in die Höhe, sodass der Saum nun auf der anderen Seite schief hing. Severin musste lächeln. Bei einem Blick auf Barb senkte er aber schnell wieder die Lider.

»Komm jetzt!«, sagte die Frau und schlug ihm gegen den Arm.

Barb führte sie über mehrere Hinterhöfe und blieb schließlich vor einem winzigen Schuppen stehen, der einst als Hühnerstall gedient haben mochte. Das Mädchen stieß die Tür auf und jubelte: »Endlich zu Hause!«

Die größte Fläche des Raumes wurde von einem Brettergestell eingenommen, auf welchem Strohsäcke und mehrere Decken lagen. Daneben gab es noch einen Tisch, eine roh gezimmerte Kiste, auf der man sitzen konnte, und von den Deckenbalken hingen verschiedene Stoffbeutel herab.

Barb ließ sich schwer auf das Bett fallen und stöhnte. Sofort hopste Ottilie hinterher. »Die haben mich eingesperrt! Nicht einmal zum Brunnen durfte ich ohne Begleitung gehen. Und jeden Tag wollen sie die Böden gewischt haben, sogar die Treppe. Unglaublich, wie viele Leute nötig sind, um einem einzigen Kaufmann beim Überleben zu helfen. Die Magd hat erzählt, dass sich manche Herrschaften noch nicht einmal alleine anziehen können.«

»Hoffentlich haben sie dich gut gefüttert«, sagte Barb.

»Das sieht man doch nicht, oder? Wer soll mir Almosen geben, wenn ich wie eine gestopfte Martinsgans herumlaufe? Hast du etwas Schönes mitgebracht?« Flink angelte sie nach dem Reisesack und wühlte darin herum. »Viel ist das aber nicht«, stellte sie fest.

Barb schloss die Augen. »Nein, viel ist es nicht, und dafür bin ich Meilen gelaufen. Die Wiesen sind zu trocken, sogar der Waldrand ist verdorrt.«

»Hast du Schmerzen?« Ottilie schob Barbs Röcke etwas nach oben, um ihr die Bundschuhe aufzuschnüren.

»Los, hilf mir«, befahl sie Severin. Der setzte sich verlegen auf die Kante und nestelte an dem zweiten Fuß herum. Aber er bekam den Knoten nicht auf, weil er nicht wagte, genauer hinzusehen und etwa seine Blicke über das Bein einer fremden Frau schweifen zu lassen. Während er noch ergebnislos fummelte, fingen die beiden an zu kichern, was durch Barbs weiche Fülle das ganze Bettgestell zum Schwanken brachte. »Der Junker sollte sich schnellstens an Weibergesellschaft gewöhnen, wenn er zum Schlafen nicht den harten Boden vorzieht«, prustete sie.

Ottilie hörte plötzlich auf zu lachen. »Sieh doch, Severin, ihre Beine sind furchtbar angeschwollen. Du hättest aufpassen müssen, dass sie nicht so lange in der Hitze wandert.«

»Ich hätte wohl kaum auf ihn gehört«, sagte Barb. »Immerhin habe ich durch den jungen Kerl ein paar Münzen erbeutet. Ottilie, geh zum Wirt in der Bindergasse und bringe ein Abendessen mit. Trödel nicht, wir sind hungrig wie Wölfe.«

Barb wartete, bis Ottilie ein paar Münzen aus dem Beutel gezogen hatte, hinausgelaufen und wieder zurückgekommen war, um einen Topf mitzunehmen, und endlich die Tür hinter sich schloss.

»Du kannst dich ruhig wieder aufs Bett setzen«, sagte Barb, doch Severin zog es vor, in einiger Entfernung auf der Kiste Platz zu nehmen. Er mochte die Fremde, aber gleichzeitig war ihm die Nähe zu ihr ein wenig unheimlich.

»Jetzt weißt du ungefähr, wo du hingeraten bist, nicht wahr? Bei schönem Wetter sammle ich Kräuter für den Apotheker, aber meistens bin ich nichts als eine nutzlose Bettlerin. Allerdings hocke ich nicht selbst vor den Kirchen, sondern fange arme Kinder, die das für mich erledigen. Zum Lohn biete ich karge Unterkunft und schmale Kost, die ich nach eigenem Gutdünken verteile. Wie du gesehen hast, ist Ottilie dürr und hohläugig, ich dagegen gleiche einer fetten Made. Ich muss meine Kräfte schließlich sparen, denn ab und zu kommen meine gewitzten Bettler auf den Gedanken, mich zu belügen oder zu hintergehen. Dann prügle ich sie derart wund und krank, dass mitleidige Seelen ihnen die Taschen gleich doppelt voll stopfen und mir den Verlust mit Zinsen ausgleichen.«

Severin grinste.

»Das ist kein Scherz, Severin.«

»Entschuldigung. Ich habe nicht vor, Euch ... dich zu hintergehen, bestimmt nicht.«

»Merke dir lieber gleich, dass ich es mir nicht leisten kann, etwas zu verschenken. Umsonst bekommst du gar nichts bei mir.« Wohlig stöhnend stützte sie sich auf den Ellenbogen und blinzelte ihm zu. »Fürs Erste könntest du dich nützlich machen und Wasser holen. Vorne im Hof gibt es einen Brunnen.«

Der Bohneneintopf, den Ottilie mitbrachte, war unterwegs kalt geworden, doch das störte sie anscheinend nicht. Severin wunderte sich, welche Mengen das dürre Kind vertilgen konnte, es löffelte noch, als selbst Barb schwer und müde aufgegeben hatte. Er selbst brachte kaum einen Bissen hinunter. Eine Weile sah Barb dem Mädchen belustigt zu, dann nahm sie den Topf an sich. »Dir wird übel werden, du frisst mir noch die Haare vom Kopf«, sagte sie, wofür sie eine verkniffene Grimasse erntete. »Das graue Zeug? Bäh!«

Wie zu Hause nahm Severin auf den Strohsäcken den Platz an der Wand ein.

»Mach dich nicht so breit.« Das Mädchen stieß ihn ungeniert mit den Füßen zurecht und kuschelte sich an Barbs weichen Leib. »Ich bin froh, dass du wieder hier bist, Barb. Ich habe solche Angst gehabt. Die ganze Woche lang sind fremde Soldaten angekommen. Weißt du, manche benutzen jetzt neue Büchsen. Sie knallen ganz unerwartet los, ich habe mich dauernd erschreckt.«

»Arme Kleine«, murmelte Barb.

»Ich traute mich nicht einmal mehr auf den Marktplatz. Vielleicht war das mein Glück. Am Abend gab es nämlich einen furchtbaren Knall, und dann donnerte es immer wieder, lauter als beim Gewitter. Irgendjemand hatte seine Lunte ins Pulverhaus geworfen. Ich dachte, die Stadt würde abbrennen, und du warst fort.«

Severin konnte fühlen, dass ihr magerer Körper bebte.

»Das muss ein böses Omen gewesen sein, Barb. Die Frauen sind alle in die Kirchen gelaufen, haben Ablässe und Kerzen gekauft, sogar ich habe das getan. Das Heer ist trotzdem fortgezogen nach Affalterbach zur Kirchweih.«

»Weine nicht, meine Kleine, dir ist ja nichts geschehen.«

»Doch – beinahe jedenfalls. Am Sonntag bin ich mit den anderen zum Frauentor hinausgelaufen. Viele Menschen standen vor mir, darum bin ich auf einen Apfelbaum geklettert. Da konnte ich am Waldrand die Reiter des Markgrafen sehen. Sehr schön mit ihren gepanzerten Pferden und den blitzenden Hellebarden. Als sie keck wurden und das Vieh unserer Bauern stehlen wollten, wurden die Stadtknechte wütend und rückten mit großen Geschützen aus. Das war lustig. Wie sind die Markgräflichen gerannt, direkt in den Wald hinein.«

Barb richtete sich auf und zog ihre Hand unter Ottilies Kopf hervor. »Nun, für mich war das Ganze weniger lustig, im Wald wäre ich ihnen nämlich fast in die Arme gelaufen. Ich bin ihnen gerade noch entwischt.«

Severins Familie hatte den Markgräflichen nicht ausweichen können. Er presste sich die Faust auf den Mund, damit er nicht laut herausschreien musste. Was Ottilie erzählte, hörte er nicht mehr. Nur das unerbittliche Schweigen der Turmuhr dröhnte in seinem Kopf und breitete sich in schmerzhaften Wellen darin aus. So klang die Stimme des Todes.

Endlich, endlich stürzten Tränen hervor und flossen ungehindert über seine Wangen. Er hielt sein Schluchzen nicht mehr zurück, und seine Gewissensangst löste sich ein wenig darin auf.

Die Wolldecke stank, und Severin glaubte, in der feucht-warmen Unterlage ein ganzes Heer von Getier kribbeln und kratzen zu hören. Aber immerhin, er war nicht allein und lag unter einem freundlichen Dach. Erschöpft lauschte er auf den gleichmäßigen Atem des Mädchens und Barbs leises Schnarchen.

Sie würden ihn rechtzeitig wecken, dessen war er gewiss. Sanft glitt er in den Schlaf, und sein Leib drückte sich in die spröden Halme, die aus den Strohsäcken staken.

* * *

Das Frühmahl bestand hauptsächlich aus kaltem Wasser, mit welchem Barb den Rest des Bohneneintopfes aufgespült hatte. Es war gerade so viel, um den Hunger anzuregen, und Severin verfluchte sich selbst, weil er am Abend zuvor nicht zugelangt hatte. Zum ersten Mal, seit er die Uhr zerstört hatte, verspürte er nicht nur die Notwendigkeit, sondern auch den Wunsch, etwas zu essen.

Barb schob ihn aus dem Schuppen. »Sieh dir die Stadt an, aber verlaufe dich nicht. Halte dich an Ottilie. Ich werde erst abends wieder zurück sein, denn deinetwegen muss ich unserem strengen Bettelherrn den Fuchsschwanz streicheln.« Drohend hob sie den Zeigefinger. »Wagt es ja nicht, mit leeren Händen nach Hause zu kommen.«

Ottilie tapste und hüpfte flink durch das Labyrinth aus Häusern, Durchgängen, Gassen und Zäunen. Aber sie achtete darauf, dass Severin bei ihrem Tempo mithalten konnte.

»Hör mal, Ottilie, du brauchst nicht auf mich zu warten, ich finde mich schon selbst zurecht.«

»Ach, so ist das? Bin ich froh, dass ich keinen großen Bruder habe, die können immer alles besser.« Damit rannte sie los, bog um die nächste Ecke und war nicht mehr zu sehen.

Severin dagegen hätte recht gerne eine jüngere Schwester gehabt. Die toten Geschwister fielen ihm ein, und das Lächeln auf seinen Lippen erstarb. Ziellos trottete er durch die Straßen.

So allmählich, wie sich zähe Nebel lichteten, erhoben sich Stimmen und Geräusche um ihn herum. So viele geschäftige Menschen, so viele Läden, Handwerker und Kaufleute – hier konnte es doch nicht allzu schwierig sein, sich seine Mahlzeiten zu verdienen.

Warum bliesen die Türmer schon zur fünften Stunde? Was hatte er die ganze Zeit getan, außer herumzulaufen und zu grübeln?

Vor der erstbesten Werkstatt blieb er stehen und holte tief Luft. Der Fensterladen war nicht seitwärts aufgeklappt, sondern über die untere Fensterbank nach vorne geöffnet, sodass eine Art Tisch für die Auslagen des Meisters entstand. Schüchtern spähte Severin über den Laden mit Schnabelschuhen und Stiefeln hinweg in den dunklen Raum hinein. Der Handwerker nagelte Trippen, eine Art hölzerne Sohlen mit je einem Klotz unter Ferse und Zehen. Damit konnte man trockenen Fußes über den Unrat spazieren, der bei Regenwetter durch die tiefer gelegenen Gassen rann.

»Was willst du?«, fragte der Mann plötzlich.

Severin schluckte. »Ich könnte Euch helfen. Geschnitzt habe ich früher schon, und mit dem Hammer kann ich auch umgehen.«

»Verschwinde!«

»Bitte, ich bin kräftig und verlange nicht viel, nur etwas zu Essen, und ein paar Pfennige ...«

»Scher dich weg! Lumpengesindel vertreibt mir die Kundschaft!«

Betreten entfernte er sich ein paar Schritte. Früher, auf dem Hof seiner Eltern, hatte es niemanden gekümmert, dass er in Lumpen herumlief, solange sie sauber waren, wenn er die Messe besuchte.

Wo auch immer er anfragte, die Antwort blieb gleich.

Im Wald hätte er Beeren gefunden, Löwenzahn und Giersch, Vogeleier und später Pilze. Seine Aufmerksamkeit blieb an einem Knaben in samtenen Hosen und glänzendem Wams hängen, der an der gegenüberliegenden Hauswand lehnte und missmutig an einem Hefewecklein kaute.

Sein Leib krampfte sich zusammen.

Der Junge bemerkte Severins Blick und verzog das Gesicht. Plötzlich warf er den angebissenen Rest in die Gosse, hob seinen Fuß und zertrat das Gebäck auf dem Pflaster.

Severin stürzte vorwärts. Er schubste und stieß und kümmerte sich nicht um die empörten Rufe der Passanten. Der Knabe nahm Reißaus. Mit beiden Händen schabte Severin das Brot vom Boden. Noch auf den Knien hatte er die unverhoffte Gabe verschlungen.

»Besser als nichts«, sagte er laut zu sich selbst, dabei fühlte er genau das Gegenteil. Diese Mahlzeit war schlimmer als nichts, sie war erbärmlich, demütigend und machte nicht einmal satt.

Entmutigt ließ er sich im Eingang einer Kirche nieder. Barb würde ihren Lohn für Unterkunft und Verpflegung verlangen. Für den Anfang hätte er alles getan. Steine geschleppt, Mist aus der Stadt gekarrt, doch niemand schien ihn zu benötigen. Bei dem Gedanken an einen weiteren ergebnislosen Versuch schnürte sich seine Kehle zu, und er hätte beinahe in aller Öffentlichkeit geheult.

Auf einmal plumpste eine Münze in seinen Schoß. Ottilie stand hinter ihm auf der Stufe und grinste.

»Du bist aber faul«, sagte sie. »Wenn du nicht einmal die Hand aufhalten magst, bekommst du nie etwas! Jetzt musst du für mich beten, weil ich dir trotzdem ein Almosen gegeben habe. Vergiss es nicht.« Sie zerrte ihr Kleid in die Höhe, drehte sich um und hüpfte auf einem Bein über den Platz.

»Danke ...«, stammelte Severin.

Er hatte noch nie gebettelt, und es kam ihm schäbig vor, etwas zu verlangen, ohne eine Gegenleistung anzubieten.

Aus der Kirchentür trat ein eleganter junger Herr. Severin wagte einen kurzen Blick, bevor er respektvoll zur Seite rutschte. Der dunkelgrüne, offene Rock, der Schecke genannt wurde, bauschte sich breit um die Schultern des Mannes und lag in der Taille hauteng an. Die Ärmel liefen in glockenförmigen Muffen aus, die seine Handgelenke locker umspielten. Darunter strahlte ein reinweißes Hemd. Hunderte von kleinen Falten zierten den zarten Stoff, penibel geknifft und durch glitzernde Schnüre in gleichmäßigen Reihen festgehalten. Ähnlich wie bei den Landsknechten waren Ärmel und Hosen an den Gelenken mit langen Schlitzen versehen, hinter denen die Unterkleider blitzten. Als der Junker ungeduldig nach jemandem winkte, verströmte sein Handschuh einen warmen Duft. Seine blonde Mähne hatte er in glänzende Locken gedreht, sodass er ein wenig aussah wie eine Frau mit Bart.

Severin fuhr sich übers Haar, das sogar noch heller war als das des Junkers und ebenfalls bis über die Schultern reichte. Aber seines war stumpf und verklettet, und ihm graute davor, es irgendwann kämmen zu müssen.

Der Herr schickte sich an, die Treppe hinunterzuschreiten. Severin senkte den Kopf, schloss die Augen und streckte zögernd seine Hand nach vorne.

Das Mädchen hatte Recht!

Es reichte tatsächlich, die Hand aufzuhalten, wenn ein Bürger die Kirche verließ. Die meisten gingen zwar achtlos vorbei, aber nach einer Weile hatte Severin drei Heller zusammen, was für ein kleines Stück Brot oder etwas Obst reichen würde. Er wollte sich gerade erheben, um nach einem Marktstand Ausschau zu halten, als sich mehrere zerlumpte Burschen vor ihm aufbauten.

»Was suchst du hier? Wo ist dein Bettelzeichen?«

Severin zupfte sich am Ohrläppchen. »Es tut mir Leid, falls ich versehentlich euren Platz besetzt habe. Ich gehe schon.«

»So billig kommst du nicht davon!« Einer der Kerle drückte ihn unsanft wieder hinunter. »Du bist nicht von hier. So weit kommt es noch, dass hergelaufene Fremde unsere Almosen einsacken.«

Mit zwei von ihnen wäre er leicht fertig geworden, doch bei dieser Übermacht war es besser, einen Kampf zu vermeiden. Jemand rammte ihm das Knie in den Rücken, und Severin keuchte. Schon wurde er am Kittel hochgezogen.

»Du könntest einer von Kasimirs Spießgesellen sein, glaubst wohl, dich in der Höhle deiner Feinde verstecken zu können. Diese Schlacht mögt ihr gewonnen haben, aber die Unsrigen sind längst unterwegs und brennen eure Räubernester aus. Gestern ist Schönberg gefallen. Der Krieg ist nicht zu Ende, bis sie sich in Erfurt einigen.«

»Aber ich gehöre doch zu euch, ich bin ein Nürnberger Hintersasse ...«

»Wie auch immer, rück raus, was du uns gestohlen hast.«

Das konnten sie nicht verlangen.

»Lasst gut sein«, stieß Severin hervor. »Gönnt mir die paar Münzen. Ich habe schon gesagt, dass ich verschwinde, und wenn ihr wollt, werde ich dieses Portal in Zukunft meiden.«

»Hast du nicht zugehört?« Die Faust traf ihn unvermittelt und so heftig ans Kinn, dass es vor seinen Augen flackerte. Direkt danach raubte ein Tritt ihm den Atem. Die Kerle standen im engen Kreis um ihn herum, sodass die Passanten nicht sehen konnten, wie er sich auf dem Pflaster zusammenkrümmte.

»Versuche ja nicht zu schreien, sonst schreien wir gleich mit und liefern dich dem Bettelherrn aus. Wenn der dich ohne Zeichen erwischt, wirft er dich in den Turm.«

»Ja, du kannst froh sein, dass du stattdessen in unsere Hände gefallen bist.«

Severin biss die Zähne aufeinander. Er wehrte sich nicht, aber er drückte die Arme über den Kopf und spannte seine Muskeln an. Hart staken seine Ellenbogen den Kerlen entgegen, sodass sie sich mit ihren Schlägen selber Schmerzen zufügten. Seine Faust krallte sich erbittert um die Münzen. Sie würden ihn totprügeln müssen, um ihm seinen Schatz zu nehmen.

»Weg hier, die Henleinbrüder!«

So plötzlich, wie die Burschen aufgetaucht waren, so hastig verschwanden sie jetzt. Er rappelte sich hoch, sank aber sofort auf die Stufe zurück. Sein schmerzender Rücken widersetzte sich jeder Bewegung, und in seinem Kinn hämmerte es betäubend. Er musste trotzdem fort von hier, möglicherweise konnte die Gefahr, vor der die Bande geflohen war, auch für ihn bedrohlich sein. Verstört sah er sich um, doch niemand schien von seiner Existenz besondere Kenntnis zu nehmen.

Oder doch? In einer der Gassen, halb hinter einer Stützmauer verborgen, entdeckte er eine dürre Bettelmaid im viel zu langen Wollkleid. Die Lippen hatte sie fest aufeinander gepresst, und auf ihrer Stirn stand eine steile Falte. Jetzt, da sie seinen Blick bemerkte, winkte sie heftig.

»Du bist noch dümmer, als ich dachte«, schimpfte Ottilie, als Severin herangehumpelt war. »Deine Schläfe sieht schlimm aus. Wie kannst du nur gleich mit sechs von diesen Lumpen raufen, selbst schuld, wenn du nun Schmerzen hast.«

»Sie haben mich ohne jeden Grund überfallen. Auf dein Gezänk kann ich im Moment sehr gut verzichten.«

»Wie du willst. Du siehst ja, wie du ohne mich zurechtkommst. Du tust mir überhaupt nicht Leid.«

Severin ergriff sie am Kleid. »Warte, du hast ja Recht. Sei lieb und zeige mir den Weg zur Hütte.«

Keine der Straßen, durch die sie ihn führte, kam ihm auch nur annähernd bekannt vor. In der Hundsgasse blieb sie vor einem ausgesprochen prächtigen Gebäude stehen. Das Erdgeschoss aus starken Steinquadern trug gleich mehrere Fachwerketagen. Ein Fenster war sogar mit einem Spitzbogen und runden Glasscheiben versehen. Ottilie drehte sich zu Severin um und flüsterte ihm ins Ohr: »Hier wohnt Deichsler, der Bettelherr.«

Severin wich zurück. »Ich dachte, du wolltest mir helfen. Ich besitze kein Bettelzeichen, ich weiß nicht einmal, was das ist. Er wird mich in den Turm sperren.«

Ottilie kicherte. »Aha, dann haben die Lumpen dich also doch nicht grundlos überfallen. Ohne Zeichen darf niemand betteln. Ich trage auch eins. Eigentlich muss es immer sichtbar sein, aber das Geschaukel stört mich beim Laufen.« Sie fummelte eine Münze unter ihrem Kleid hervor, die an einer Schnur um ihren Hals hing. »Man muss eine Prüfung ablegen und das Paternoster auswendig können. Stell dir vor, wer sonst alles betteln würde, das gäbe ein Gewimmel vor den Kirchen. Vielleicht kämen Heiden von auswärts, die nicht einmal anständig für die großzügigen Seelen beten können. Dann würden sogar die Reichen ins Unglück stürzen, weil die Nachricht von ihrer Freigebigkeit Gottes Ohren nicht mehr fehlerlos erreicht. So müssten sie ebenfalls die Hand aufhalten. Und du, Severin, wärest an all dem schuld. So eine Gemeinheit muss gesühnt werden. Los, rein mit dir.«

Sie öffnete eine Pforte in dem großen Tor.

»Ottilie, mach nicht so grausame Scherze!«

Bevor er sie festhalten konnte, war sie hineingeschlüpft.

»Komm schon, oder vertraust du mir nicht?«, rief sie, rannte über den langen Hof, drehte sich um und lockte mit dem Zeigefinger. In ihren Augen tanzte fröhliches Gelächter.

Severin konnte nicht glauben, dass sie ihn verraten wollte.

Und wo sollte er auch sonst hingehen? Zögernd folgte er ihr, bis er am Ende des Hofes den schiefen Schuppen erkannte, der einst als Hühnerstall gedient haben mochte.

Die Abendsonne ließ die Giebel noch einmal rot erglühen, während sich die Straßen zwischen den Häusern allmählich in schwarze Schluchten verwandelten. Der gärende Trubel schien vor dem Hof stillstehen zu müssen, und Severin seufzte, erleichtert, in dieser Stadt sein Heim gefunden zu haben.

Während Barb seine Schläfe abtupfte und ihm die Prellungen mit einer stark riechenden Paste einrieb, malte Ottilie ihr ausführlich den Überfall aus.

»Siehst du, so unfähig ist er gar nicht. Der junge Dürer hat ihm etwas zugesteckt, du weißt doch, dieser Handwerker, der sich mit Patriziern herumtreibt und kleidet, als sei er selbst ein ehrbarer Herr. Normalerweise bemerkt er uns nicht, das erledigt seine alte Mutter reichlich, aber Severin hat dem Maler etwas aus dem Beutel gelockt. Und dann hat er seinen Schatz nicht mehr hergegeben, wie sehr die Bande ihm auch zusetzte.«

Barb hielt inne, öffnete die Hand und klappte fordernd mit den Fingern.

Severins Wangen wurden heiß, als er spürte, wie unerbittlich ihr Wille auf ihn wirkte. Ohne die geringste Aussicht, sich widersetzen zu können, lieferte er ihr seine spärliche Habe aus.

Lächelnd ließ sie das Geld in der Hand hüpfen. »Was ist mit dir, Ottilie?«

Auch das Mädchen fummelte seine Ausbeute hervor, aus den Taschen, aus dem Saum, aus eingenähten Beuteln. Selbst unter dem Gürtel um ihren Leib war ein Pfennig versteckt.

»Sehr schön, aber hast du nicht etwas vergessen?«, fragte Barb.

Die Kleine schmollte. »Die wissen doch gar nicht, ob ich Fürbitte leiste oder nicht.«

»Aber sie hoffen es.«

»Severin hat auch nicht für seine Almosen gebetet«, gab sie zurück.

»Er wird es sofort nachholen.«

Brummend kletterte Ottilie auf den Strohsäcken über Severin hinweg und kniete sich mit gefalteten Händen vor die Wand. Ihre Augen wanderten zur Decke und blieben andächtig in einer Ecke hängen. In dieser Haltung verharrte sie und leierte ihre Fürbitten herunter, die sie den freundlichen Spendern schuldig war.

Severin blickte unauffällig in die gleiche Richtung, aber er konnte nichts entdecken, außer einer Spinne, die am langen Faden unter ihrem Netz schaukelte.

»Sie erinnert mich an Jesus, wie er am Kreuze baumelt und milde auf uns herniedersieht«, flüsterte Ottilie mitten in ihrer Litanei. »Was starrst du mich so an? Manche Spinnen tragen tatsächlich ein Kreuz auf dem Rücken. Du solltest jetzt lieber auch beten. Vorher gibt es nämlich kein Abendessen.«

Severins Gedanken schweiften immer wieder ab. Er bekam nicht einmal ein Paternoster zustande, während Ottilie bereits das fünfte aufsagte. Dass Krüppel und Sieche die Christenpflicht der Bürger in Anspruch nahmen, war natürlich richtig, er hatte ein paar dieser unglücklichen Gestalten im kühlen Schatten des Kirchenschiffes hocken sehen. Außerdem war es gottgefällig, den Armen zu geben, so hatten beide Seiten etwas davon.

Aber er selbst fühlte sich nicht krank. Er fühlte sich wie ein Schmarotzer, wie ein Dieb, der genommen hatte, was anderen zustand, selbst wenn es bloß drei Heller waren.

»Barb ... ich weiß nicht recht, wie ich die Gastfreundschaft vergelten soll. Ich habe überall gefragt, aber niemand braucht meine Dienste, und wenn ich recht verstanden habe, darf ich als Fremder gottlob nicht betteln.«

»Vorerst wird dir nichts anderes übrig bleiben.« Barb zwinkerte ihm zu und warf ihm eine Art Münze in den Schoß, die Ottilies Abzeichen glich.

»Tja, ich kenne eine Menge Leute«, schmunzelte sie, »und

viele sind mir verschämte Gefallen schuldig, sogar die Tochter unseres ehrenwerten Bettelherrn. Allerdings fürchte ich, dass du mit deiner Statur für diesen Broterwerb nicht besonders brauchbar bist. Ich sollte dich ein wenig hungern lassen …«

Das Mädchen grinste breit. »Zum Glück kann ich essen, so viel ich will, und werde doch nicht dicker.« Sie angelte nach dem Topf, der heute Getreidegrütze enthielt, stellte ihn in die Mitte des Bettes und begann zu schmausen. Auch Barb langte zu. Da Severin sich nicht rührte, blickte sie missbilligend zu ihm herüber. »Du verstehst wohl überhaupt keinen Spaß. Nun nimm endlich den Löffel, und verdirb uns nicht mit deiner Jammermiene den Appetit. Du wirst schon lernen, in der Stadt zu überleben.«

Zögerlich machte er sich über die Grütze her. Die drei Heller reichten für seine Portion sicher nicht aus. Da häufte sich auf dem Markt Fleisch und Käse, die Händler forderten jeden zum Zugreifen auf, und er konnte nicht einmal für eine Hand voll Roggen aufkommen.

»Wenn ich nur wüsste, wer dein verdammter Vater ist«, knurrte Barb. »Der würde mir nicht ungeschoren davonkommen, das kannst du glauben.«

Severin blieb der Bissen stecken, und er verschluckte sich. Er hustete so sehr, dass ihm die Tränen in die Augen traten.

»Mein Vater heißt Georg Geiss«, keuchte er, »und falls er dir etwas schuldig ist, musst du dich an mir schadlos halten. Er ist tot.«

»Na, na, immer mit der Ruhe. Georg Geiss meinte ich nicht, Gott sei seiner Seele gnädig und gewähre ihm eine frohe Auferstehung.«

Barb zog Severin zu sich herüber und drückte ihn fest an sich. Sie fühlte sich schwammig an und roch nach altem Schweiß. Dennoch entspannte sich Severin in der Umarmung, eine Berührung, von der er nicht gewusst hatte, wie sehr er sie vermisste.

Sie wiegte ihn, als wäre er ein Säugling. »Euer Verwalter sagte mir, dass du nicht aus Worzeldorf stammst. Du warst ein Findel, die irgendein Nürnberger dort abgeschoben hat.«

Severin wurde schwindelig, er fühlte sich erstickt und wand seinen Kopf aus der Umklammerung, damit er besser Luft bekam.

Konnte das wahr sein? Hatte seine Mutter ihn nicht sogar mit ihren letzten Worten nach Nürnberg geschickt? *»Suche deinen Vater, er war hier, ich habe ihn gesehen …«*

Barb fing ihn wieder ein und bettete ihn locker in ihre Armbeuge. »Wenn man genauer hinsieht, bist du meiner armen Kleinen sehr ähnlich.«

Skeptisch schielte Severin zu Ottilie hinüber, die immer noch schlemmte und sich nicht darum kümmerte, dass ihre schwarzen Zotteln in den Napf hingen. Ihre Augen glänzten dunkel, ihre Haut war tief gebräunt, während Severin eher einem hellen Typus entsprach.

»Ich meine natürlich nicht die Statur«, sprach Barb weiter. »Aber du erinnerst mich an einen bestimmten Ausdruck von ihr, zeigst den gleichen Stolz. Du hast ebenso weich geformte Wangen, und dein Haar fühlt sich wie ihres an. Ach, das arme, dumme Kind, hat sich von irgendeinem Kerl beschwatzen lassen. Verstockt und unnahbar ist meine Kleine daraufhin geworden und wollte sich einfach nicht helfen lassen. So Gott will, helfe ich nun wenigstens dir.«

Severin wusste genau, wobei er Hilfe brauchte. Nach einem unbekannten Vater verlangte er nicht, und eine zweite Mutter konnte es nie für ihn geben. Sein Ziel war wesentlich bescheidener und schien ihm trotzdem unerreichbar zu sein.

»Barb, du kennst doch viele Menschen, kannst du mir nicht helfen, dass ich bei einem Uhrmacher als Lehrling angenommen werde?«

»Als Lehrling? Da traust du mir entschieden zu viel Einfluss zu. Du warst nicht in der Lateinschule, kannst weder lesen noch rechnen. Außerdem ist die freie Geburt Voraussetzung, und bei den gesperrten Handwerken dürfen nur Nürnberger

Söhne angenommen werden. Die Anzahl der Lehrlinge ist für jeden Meister begrenzt, daher suchen sie sich ihre Nachfolger unter den Sprösslingen ihrer Verwandten und Freunde aus. Sei nicht traurig, wir finden schon etwas anderes für dich, und bis dahin lernst du die Bewohner dieser Stadt von ihrer ehrlichsten Seite kennen.«

* * *

Wie Barb prophezeit hatte, taugte Severin tatsächlich nicht als Bettler. Im Laufe der Zeit nahm er zu und immer weniger ein, obwohl Ottilie fleißig mit ihm übte.

»Du musst auf den Boden sehen, wenn du deine Geschichte vorträgst, und vor allem sprich leise, aber so deutlich, dass man dich gerade noch versteht.«

Die Kleine sackte in sich zusammen. Borstig stellten sich die Fasern ihres Wollkleides auf, kratzig, fast feindlich gegen die blasse Haut an ihrem Hals. Ihre Stimme kam aus einem dunklen Bau, der nicht mehr sicher war, sondern aufgegraben und geplündert von den Grobheiten der Welt. Abgerissene Sätze von Schwäche und Trostlosigkeit tauchten daraus empor. Zum Schluss hob sie die Lider. Ihr Blick zuckte zwischen Severins Augen hin und her, sammelte sich in der Mitte und füllte sich mit demütigem Vertrauen. Kaum hörbar setzte sie ein »... bitte ...« hinzu.

Sein erster Impuls war, das unglückliche Kind in den Arm zu nehmen, doch schon streckte sich Ottilies Körper, und ihre Lippen verzogen sich zu gutmütigem Spott.

Manchmal gelang es ihm, ihre Haltung nachzuahmen und eine Weile darin zu verharren. Doch dann schlich das Stadtleben entsetzlich gedehnt an ihm vorbei. Es veränderte sich gerade so allmählich, wie eine Pfütze sich mit Sommerregen füllt. Die Bewegungen der Menschen zerfielen für Severin in eine Reihe von Bildern, als seien sie detailreich in ein Buch gezeichnet, in dem er jede Einzelheit in Ruhe betrachten konnte, bevor er weiterblätterte.

Diese Sichtweise hätte Severin nicht weiter beunruhigt, wenn sich nicht seine eigene Zeit unterdessen rasant beschleunigt hätte. Existierte er vielleicht in einer eigenen Temperatur, ein paar Grade heißer als andere Menschen? Während deren Leben einem breiten Flusslauf glich, der stetig einem längst bekannten Ziel entgegenrauschte, sprang seines über Stromschnellen, brodelte, spritzte, strudelte, schoss ungebremst aus ihm heraus – die Stunde fort, der Nachmittag dahin, bevor er ein Quäntchen davon genutzt hatte. Meist konnte er sich nicht einmal entsinnen, womit die letzte Minute zerronnen war.

Wenn die Türmer schlugen, empfand er das Geräusch wie einen Lichtblick, einen einzigen klaren Punkt in den vorbeiwirbelnden Nebeln. Aber es war nur ein Punkt, keine Strecke, ein Punkt, den er zwar zählen, aber nicht erleben konnte. Nur wenn er selber handelte, entkam er dem ohnmächtigen Gefühl, dass seine Zeit sich selbst verschlang.

Die Passanten empfanden trotzdem kein Mitleid. Die erdachten Schicksale glaubte man ihm nicht, so gut sie auch dem Tagesgeschehen angepasst waren, und die Wahrheit bekam er erst recht nicht über die Lippen.

Manche blieben immerhin stehen und ließen sich dazu herab, eine Weile über ihn zu lamentieren. Ein gesunder Kerl wie er sollte seine Muskeln gebrauchen, statt darauf zu warten, dass andere für ihn aufkamen. Wenn sie schimpften, dehnten sich ihre Mienen langsam aus, verzogen sich, verzerrten sich, genauso faszinierend wie die Wolkengebilde über ihnen, die sich in der Abendbrise gemächlich zu verschiedenen Gestalten formten.

Barb schwieg beharrlich zu seinem Versagen. Sie verwundete ihn damit mehr, als wenn sie ihn verprügelt hätte. So konnte sich seine Schmach nicht in einem reinigenden Gewitter lösen, sondern türmte sich Tag für Tag drückender über ihm auf.

Jeder Bissen, den sie sich für ihn absparte, verquoll in seiner Kehle zu einem pappigen Klumpen. Längst wagte er nicht mehr, die Wolldecke zurückzuziehen, wenn Ottilie sich im Schlaf ganz darin eingewickelt hatte. Er hatte kein Recht darauf, auf nichts, nicht einmal auf das Dach über seinem Kopf. Barb musste schließlich für den brüchigen Schuppen bezahlen. Dabei waren Bettler auf dem Hof weit besser als ein Wachhund, sie achteten auf ihr schäbiges Heim, mussten nicht gefüttert werden und konnten außerdem zu allerlei Botengängen herangezogen werden.

In der Stadt brauchte man wahrhaftig Geld für alles, zum Essen wie zum Schlafen. Wahrscheinlich war nicht einmal der Tod umsonst zu haben.

Und wenn er einen Dieb bestahl, war das auch ein Verbrechen, das gebeichtet werden musste?

Er heftete seine Augen auf einen Knaben in Lumpen, einer von denen, die ihn vor der Kirche überfallen hatten. Wie lange war das her? Schon eine ganze Weile drückte sich der Kleine zwischen den prächtigsten Marktständen herum. Glänzende Tuche oder feines Messinggerät würde er gewiss nicht kaufen wollen. Plötzlich stolperte er und fiel gegen einen würdigen alten Herrn. Der Mann fing ihn gerade noch auf, sonst wäre er mit dem Jungen zusammen aufs Pflaster gestürzt.

Da!

Schneller als die Zunge eines Frosches schoss die schmale Hand unter die schwarze Schaube des Herrn. Der Beutel verschwand sogleich im Kittel eines anderen Burschen, der seelenruhig seinen Weg fortsetzte, während sich der Kleine artig bei dem Vornehmen entschuldigte und bedankte.

Severin umrundete die Stände, ohne den zweiten Burschen aus den Augen zu lassen. Er folgte ihm mit langen Schritten durch mehrere Gassen und stellte ihn schließlich in einem menschenleeren Seitengang.

»Was gibt's?«, fragte der.

Severin lehnte seine Hand an die Mauer, sodass der junge Kerl sich unter seinem Arm hindurchwinden müsste, wenn er weiterkommen wollte.

»Was gibt's?«, fragte der noch einmal gewollt selbstsicher.

»Du bist ein Dieb, und ich bin deine Sühne.«

Die Stirn des Jungen wurde bleich, und seine Augen zuckten zur Seite, um die Auswege abzuschätzen. Sein Versuch zu lachen klang hart und abgehackt.

»Mach es dir nicht so schwer«, sagte Severin. »Gib einfach heraus, was du gestohlen hast. Damit erleichterst du dein Gewissen und mir die Arbeit. Schon sind alle zufrieden.«

»Du musst wahnsinnig sein. Such dir gefälligst dein eigenes Revier, wenn dir deine Glieder etwas wert sind.«

Severin schüttelte bedauernd den Kopf. »Falls du so dumm sein solltest zu schreien, hetzt du dir selbst die Stadtwehr auf den Hals. Ich dagegen hätte bloß einen Dieb gefangen, nicht wahr?«

Auf der Oberlippe des Burschen bildeten sich winzige Schweißtropfen. Darunter ahnte Severin den leichten Schatten eines Bartflaumes, der noch tief in der glatten Haut schlummerte. Er griff nach dem Handgelenk des Diebes, umfasste es und drehte den Arm ruckartig nach oben. Das Rückgrat rundete sich, und die Wirbel drückten sich in kleinen Höckern unter dem Leinen hervor. Auf dem Hinterkopf ließen die dunklen Locken etwas von der Haut erkennen, dort würde dem Burschen später das Haar als Erstes ausfallen, ausgerechnet in der Form einer Mönchstonsur.

Das Wimmern erstickte in Keuchen.

»Hör auf, bitte, da liegt doch längst der Beutel, wie oft soll ich noch sagen, dass ich tun werde, was du verlangst? Mehr habe ich nicht, ich schwöre. Was willst du denn noch?«

Tatsächlich, da lag der Beutel. Wie lange schon? Severin ließ seinen Gefangenen fahren, als hätte er sich verbrannt.

»Bleib, wo du bist!«

Kurz überschlug er den Inhalt seiner Beute und zählte dem

verschreckten Burschen einen Groschen in die Hand. »Ich hatte nicht vor, dir wehzutun, aber die Strafe trifft bestimmt keinen Unschuldigen.«

Der Junge rieb sich den Arm. »Ein ganzer Groschen? Du liebe Zeit, wie viel ist denn da noch drin?«

»Das brauchst du nicht zu wissen. Verschwinde.«

Severin hob nur die Brauen, um den Jungen zur Flucht zu bewegen. Es erstaunte ihn, dass überlegenes Auftreten gepaart mit körperlicher Stärke in Augenblicken erreichen konnte, worum ein braver Christ stundenlang bitten musste, ohne sich eines wunschgemäßen Ergebnisses sicher sein zu können. Nun, manchmal hatte es wohl durchaus Vorteile, kein ganz so braver Christ zu sein.

Er teilte seine Beute auf und lieferte Barb jeden Tag etwas davon ab. Meistens legte er die Münzen auf die Kiste, damit er ihr nicht in die Augen sehen musste. Es bekümmerte ihn, sie zu belügen, aber sie würde ja alles bekommen, nicht einen Heller wollte er behalten.

Das Einzige, was er außer der lebensnotwendigen Nahrung für sich in Anspruch nahm, war gemessene Zeit. Was er gemessen hatte, konnte nicht unerkannt verschwinden, und da er über kein geregeltes Maß verfügte, teilte er die langen und kurzen Weilen in Abläufe ein, etwa die Dauer eines Liedes, den Weg bis zum Frauentor, oder wie lange der Wassereimer brauchte, um sich im Brunnen zu füllen. Vielleicht bedeutete Zeit nichts anderes als das, vielleicht bestand sie nur aus Bewegungen, denen irgendjemand einen Anfang und ein Ende setzte.

Und wenn sich gar nichts mehr bewegte, blieb sie, so Gott wollte, möglicherweise einfach stehen.

IIII. KAPITEL

Einträchtig trabten Barbs Zöglinge allmorgendlich zum Markt hinunter, doch während Ottilie bettelte, trieb Severin sich immer häufiger auf Baustellen herum. Sobald er den inneren Takt der Arbeiten in sich aufgenommen hatte, konnte er mit einem Blick erfassen, wer womit beschäftigt war, wo etwa Steine, Wasser oder Mörtel fehlten. Dabei kamen ihm die Handlungen der Tagelöhner eher schleppend vor, wie ein emsiger Schneckenlauf etwa. Er hatte sogar Muße, zu überlegen, welche der Tätigkeiten ihm am meisten Freude machen würde, schnappte sich einen Ledereimer und war mit dem Gewünschten zur Stelle, bevor der Maurer oder Zimmermann danach verlangen konnte. Einigen gefiel es, den jungen Kerl für sich schuften zu lassen, der zupacken konnte und niemals widersprach. Besonders gerne bediente man sich seiner, wenn es galt, mit schwerem Baumaterial über gefährlich schwankende Gerüste in die oberen Stockwerke zu klettern.

Severin wiederum begrüßte jede Tätigkeit, die ihn am Grübeln hinderte. Sobald er aber rittlings auf einem Dachfirst saß und nur für einen Moment verschnaufte, geriet das Zeitgefüge um ihn herum ins Stolpern. Seine Augen glitten über die Stadtmauer hinweg, über die Felder und den Wald, bis in den Hof seiner Eltern hinein. Vergangene Tage drängten zu ihm herauf, oder auch zukünftige, wer konnte das schon unterscheiden. Auf dem Felde sah er sich, planschend im Weiher, unter raschelnden Baumwipfeln im Wald. Die Lichtflecken kitzelten seine Augen und huschten gleichzeitig über den Waldboden hinweg. Zitternd blieben sie stehen und beleuchteten jede Einzelheit der verstreut umherliegenden zerschlagenen Leiber.

Dämonen. Lügnerische Dämonen waren die Erinnerungen,

klammerten sich an seinen Hals und bissen, damit er sie nicht vergaß.

Je schlechter das Wetter wurde, desto mehr zogen sich die Bürger in Häuser und Hütten zurück und gaben sich mit dem zufrieden, was sie für den Winter geschaffen hatten.

Eine der letzten Baustellen des Jahres befand sich in der Zistelgasse. Das Eckhaus besaß bereits zwei Untergeschosse, doch die Höhe reichte dem Besitzer nicht. Den halben Dachstuhl wollte er angehoben haben, und im südlichen Giebel verlangte er zwei Fenster. Eines davon reichte fast bis auf den Boden hinunter, und der Hausherr wünschte einen hölzernen Austritt davor. An der Breitseite wurde das Dach mit einem zierlichen Fachwerkerker versehen, und vorne entstand eine Veranda, die etwas über der Straße hing. Tief unten quälte sich der Torverkehr vorbei, und das gesamte Ständerwerk bebte, wenn die schweren Karren über das Pflaster rumpelten.

Da der Bauherr bereits in seinem Hause wohnte, mussten die Zimmerleute von außen über Leitern und Gerüste ins Dach klettern. Trotz des anhaltenden Regens arbeiteten sie pausenlos, sie wussten ja nie, ob der Alte nicht gerade aus einem der Fenster blickte und ihnen auf die Finger sah.

Severin stieg den Handwerkern nach, und da er sich wendig auf den rutschigen Balken bewegte, überließen sie ihm die Außenwände des Erkers. Die Füße unter einer Diele eingehakt, hing er halb über der Traufe und klemmte Weidenruten zwischen das Fachwerkgebälk. Jeden Abschnitt des Geflechtes verstrich er mit einem Gemisch aus Stroh und Lehm. Die Kälte zog fast noch mehr an seinen Gliedern als die Tiefe, und die raue Masse schmirgelte seine Hände rot.

Trotzdem gefiel ihm sein erhabener Arbeitsplatz. Es beeindruckte ihn, dass der Besitzer sich nicht um die Jahreszeiten scherte und knapp vor dem Winter sein stabiles Dach aufreißen ließ. All die Mühsal nur für den Traum, über die Häuser der Stadt hinwegsehen zu können.

Ebenso faszinierte ihn der Kran, an welchem eine Gerätschaft aus Seilzügen und hölzernen Rollen hing. Severin konnte damit ohne fremde Hilfe die schweren Lehmkörbe bis zum Dachgeschoss hinaufhieven. Der Korb stieg stetig, aber äußerst gemächlich empor. In der gleichen Zeit hätte Severin mindestens drei Mal über die Leitern klettern können. Immer wieder verfolgte er den Weg des Seiles um die Wellen herum, beobachtete die beweglichen Rollen, die mit dem Korb nach oben strebten, und versuchte zu ergründen, warum der Mechanismus den Lehm so viel leichter und gleichzeitig so langsam machte.

»Was stehst du hier und glotzt?« Ein älterer Herr in pelzverbrämter Schaube stand hinter ihm. Severin hatte ihn noch nie hier oben gesehen. Fusselige Brauen beschatteten seine Augen, und der graue Bart stand eckig vorgereckt. Die Schultern des Herrn sahen gewaltig aus, aber unter dem Mantel staken zittrige Beinchen in schmalen Lederschuhen. Ein paar Mal trat er auf der Stelle hin und her, bis er auf den Gerüstbrettern einen sicheren Stand gefunden hatte. Severin wunderte sich, wie er die lehmbekleckten Leitern heraufgeklettert sein konnte, ohne seine makellose Schaube zu beschmutzen.

»Hast du nichts zu tun? Antworte.«

»Doch, Herr, ich ... ich habe nur überlegt, ob man nicht eine Art Winde ...«

»Fürs Überlegen wist du nicht bezahlt. Zu wem gehörst du?«

Hilfesuchend blickte Severin sich um. Die Zimmerleute waren auf einmal alle in ihre Aufgaben vertieft. Keiner von ihnen hätte bestätigt, einen halbwüchsigen Bettler gedungen zu haben.

»Ich verstehe.« Der Mann schnappte ihn am Kittelkragen. »Leer deine Taschen aus. Sofort!« Seine Hand war knöchern und ohne jede Kraft, Severin hätte sich leicht losreißen können. Stattdessen haspelte er: »Ich habe nichts gestohlen, ich darf das Werkzeug ja nicht einmal anrühren. Die Wände habe ich mit bloßen Händen verstrichen. Ihr könnt Euch überzeugen, meine Fingerspuren sind leider etwas zu sehen.«

»Und warum verputzt du dann nicht weiter, sondern starrst mir Löcher in die Balken?«

»Der Lehm war verbraucht, Herr.«

Der Mann ließ ihn los. Vorsichtig beugte er sich nach vorne, um in den Hof zu sehen, und ein verhaltenes Lächeln huschte unter seinem Bart vorbei. »Sie stampfen noch, du wirst wohl eine Weile – überlegen müssen.«

Er durfte also bleiben?

»Hm, eine Winde, sagtest du?«, murmelte der Alte in sich hinein.

Wenn dieser vornehme Mann ihn nicht verjagte, würden die anderen auch nicht wagen, ihn hinauszuwerfen. Zu gerne hätte Severin seinen Namen gewusst, um sich bei Bedarf auf ihn berufen zu können.

»Ich habe dich etwas gefragt.«

Severin blickte auf. »Entschuldigung ...« Er konnte sich nicht vorstellen, dass ein solcher Herr an seinen Gedanken interessiert war.

»Das war nur so ein Einfall«, antwortete er zögernd, »der Strick schneidet in die Hände, und es ist schwierig, ihn festzuzurren. Eine Winde könnte man leichter blockieren. Außerdem ist das Seil bestimmt dreimal so lang, wie das Haus hoch ist, und die Schlaufen hängen gefährlich zwischen den Balken herum. Ich bin selbst schon darüber gestolpert und wäre fast hinuntergefallen.« Verlegen knetete er sein Ohrläppchen.

»Falsch!«, sagte der Mann. »Das Seil ist nicht dreimal, sondern viermal so lang. Vier Rollen, der vierfache Weg und nur ein Viertel des Kraftaufwandes. Hätten wir nur eine feste und eine bewegliche Rolle, müsste das Seil doppelt so lang sein, nicht wahr? Das Gewicht wäre somit halbiert. Wenn man das Gewicht der Rollen zu dem des Korbes zählt und diese Summe durch die Anzahl der Räder teilt, ergibt sich die Kraft, die zum Heben nötig ist. Aber mit der Winde hast du Recht. Bei größeren Bauten benutzt man stattdessen Treträder, in denen Tagelöhner laufen, das ist wirkungsvoll und bequem.« Er klopfte

Severin auf die Schulter. »Ich schätze, deine Arbeitskraft kostet mich weniger als eine Winde, belassen wir es also dabei. Wie es aussieht, sind sie unten mit dem Lehm so weit. Du solltest weitermachen.«

Er raffte seinen Mantel und stieg bedächtig, jede Sprosse mit mehreren Tapsern ertastend, die Leitern hinunter.

Severin atmete tief, bevor er sich wieder dem Strick zuwandte.

»Was hat er gesagt?«, rief der Zimmermann vom First herab. »War es schlimm?«

»Nein, eigentlich nicht. Er hat mir freundlicherweise den Kran erklärt«, rief Severin zurück.

Der Zimmerer brach in Gelächter aus. »Habt ihr das gehört, er findet den alten Walther freundlich.« »Diesen ungenießbaren Brummkopf?« »Nicht einmal hier oben ist man vor dem Giftzwerg sicher.« »Wofür hält der sich eigentlich? Jetzt will er sogar auf die ganze Stadt herabsehen.« »Baufällig, wie er ausschaut, sollte er lieber auf dem Boden bleiben.« »Lass ihn doch, falls er mal fehltritt, wäre es nicht schade drum.« »Doch! Er hat noch nicht bezahlt!«

Walther hieß der alte Herr, dann musste es sich um Bernhard Walther handeln, den Besitzer des Hauses. Severin fühlte, dass seine Ohren im Nachhinein heiß wurden.

Warum beschäftigte sich ein Ehrbarer mit schmutzigen Bauangelegenheiten? Die Edlen sollten sich angemessener die Zeit vertreiben, mit Musik, Poesie und schönen Kleidern. Sie sollten in Büchern blättern und gelehrsam darüber plaudern. Wie sonst konnte man zu ihnen aufsehen und ohne zu hadern die Geschicke der Stadt in ihre weisen Hände legen? Nun, Walther war ein reicher Kaufmann, falls er einst mit Hebewerken gehandelt hatte, musste er seine Waren natürlich kennen.

Ob der Strick wohl bei sechs Rollen sechsmal so lang eingeholt werden musste? Und wieso war die Last bei zwei Rollen nur halb so schwer? Hatte die Größe der Rollen ebenfalls eine Bedeutung?

Auf der Baustelle war es ruhig geworden, und Severin blickte hinunter. Die Tagelöhner erhielten gerade ihre Münzen. Er musste sich beeilen, wenn er seinen Anteil nicht verpassen wollte. Ein letzter prüfender Blick auf die verputzten Fächer, und ... sie waren nicht eben!

Himmel, seine Finger hatten eine ganze Seilkonstruktion mit wechselnder Rollenzahl in den feuchten Lehm geschmiert. Morgen würde alles steinhart und nicht mehr zu verändern sein. Hastig begann er, die Fläche wieder glatt zu streichen.

Aus den unteren Fenstern leuchtete Kerzenschein, und vom Kamin wehten weiße Rauchschleier in die schwarze Nacht. Bernhard Walther saß nun sicher behaglich in seiner Kammer, nahm ein warmes Abendmahl zu sich und ahnte nicht, dass sich hoch über ihm ein Bursche mit der Außenwand des Erkers abmühte. Severin rieb sich die Arme. Lieber jetzt ein wenig frieren, als morgen fortgejagt zu werden. Wenn man seinen Frevel entdeckte, würde er wohl auf keiner Baustelle der Stadt mehr geduldet werden.

Die Nachtwächter hatten schon mehrmals geblasen, als er sich endlich die Leiter hinunterhangelte. Auf halber Höhe hielt er inne. Ihm war, als würde er beobachtet, als stünde hinter dem dunklen Fensterloch der Giebelkammer eine reglose Gestalt.

* * *

Niemand hatte Severins Torheit bemerkt, und er durfte bleiben, bis alle Arbeiten am Haus vollendet waren. Passend zum Abschluss hatte sich das rechte Wetter eingestellt. Es wurde höchste Zeit, mit dem Bauen aufzuhören. Severins Haare tropften, der Kittel schlotterte nass um ihn herum, und die Hose klebte kalt auf seinen Schenkeln. Seine Karre rutschte durch den Matsch und grub tiefe Schlangenspuren, die sich sogleich mit braunem Wasser füllten.

Später sollte der Schlosser kommen, um die Türen einzupassen. Bis dahin musste der Bau gereinigt sein. Eine Fuhre nach der anderen schob Severin hinaus und warf den Schutt auf einen Wagen – Steine, Stroh, Lehmbrocken, sogar Holzreste. Er verzichtete darauf, die Stücke auszusortieren und eventuell einen Rüffel zu riskieren. In Barbs Schuppen hätten sie ohnehin kein Feuer machen können.

»Bist du noch nicht fertig?«, brüllte der Zimmermann. »Beeil dich. Danach läufst du nach vorne und hilfst dem Glaser!«

Ratlos sah Severin auf. Die Fenster waren längst eingesetzt. Fast alle hatten Füllungen aus ölgetränktem Pergament bekommen, nur im neuen Erker bestanden sie aus Glas. Der Zimmermann lachte über seine Verwirrung. »Clemens Glaser, du Dummkopf, so heißt der Schlosser.«

Meister Glaser wirkte erstaunlich jugendlich für dieses verzwickte Handwerk. Den Kragen hochgeklappt und das Barett aus dem Gesicht geschoben, prüfte er aufmerksam den Sitz der eisernen Bänder im Mauerwerk, welche die schweren Türflügel tragen sollten.

Sein Geselle stampfte als schroffer Gegensatz hinter ihm her, schwer seine Arme, schwer sein Gang, schwer der ganze Kerl. Er zog eine lange Kiste über das Pflaster, in der es rebellisch schepperte. Doch weder das Geräusch noch das Gewicht schien ihn zu beeindrucken. »Ich hab es doch gewusst, Meister. Die Tür besitzt kein Schutzdach, nicht einmal einen vorspringenden Sturz. Eure feine Arbeit taugt hier nicht. Der Mechanismus wird rosten.«

»Nicht, wenn du ihn genügend geölt hast, Peter«, gab Meister Glaser zurück. »Lass die Kiste nicht im Regen stehen. He, Bursche, geh ihm zur Hand.« Damit verschwand der Meister im Haus.

Sein Geselle brummte eine Antwort und schob die Kiste in die Tenne. Er packte die mächtige Tür und hievte sie auf zwei Böcke. Aus der Kiste wühlte er geschwungene Gegenstücke für die Türbänder hervor, maß und rechnete und platzierte das erste Teil auf dem Holz. Severin stand noch immer draußen und fror. Ohne einen Blick auf den Burschen zu verschwenden, deutete der Geselle auf das Eisenstück.

»Festhalten!«

Unsanft rückte er Severins Hände zurecht. Dann setzte er einen geschmiedeten Nagel ins mittlere Loch und hob den Hammer.

Sein Schlag hatte eine solche Wucht, dass die Tür erbebte und das Scharnier gegen Severins Finger sprang.

»Verdammt! Du sollst festhalten!«

Er stieß den Burschen zur Seite, zog den Nagel wieder heraus und maß erneut. Severin rieb sich die Hände. Sie waren steif vor Kälte und schmerzten.

»Festhalten!« Dieses Mal war Severin auf die Erschütterung gefasst. Sie durchfuhr seinen ganzen Körper, doch das Eisen rührte sich nicht von der Stelle. Der Geselle arbeitete wortlos. Immer näher rückten die Nägel an Severins Hände heran, sodass er es vorzog, die Augen zu schließen.

»Na also, es geht ja.« Das sollte wohl eine Art Lob sein, zumindest verzog der massige Kerl sein Gesicht. Doch als er sich daranmachte, das Schloss einzupassen, verdüsterte sich seine Miene wieder.

»Nun sieh dir das an!«

Im Inneren des Schlosses griffen Hebel und Federn in einem komplizierten Muster ineinander. Die Enden waren jeweils spiralig eingerollt, und selbst in die abgerundeten Nietknöpfe hatte man Ornamente graviert. Mit einem einzigen Schlüssel konnten drei Riegel bewegt werden.

»Das ist ja ein Kunstwerk!«, platzte Severin heraus.

»Allerdings!«, sagte Peter. »Und wozu das Ganze? Ein Haus ist kein Schmuckkästchen. Diese Muster wird kein Mensch mehr sehen, Zierrat gehört auf die Deckplatte, wenn überhaupt. Warum verschwendet Glaser so viel Zeit damit, ein derart umständliches Schloss zu entwickeln? Glaub nicht, er selbst würde so etwas zusammenfummeln, das darf dann sein müßiger Geselle tun.«

Severin musterte die derben Pranken des Gesellen: ein Fingernagel gänzlich blau, verhornte Kuppen, Schwielen und schmuddelige Druckstellen – dem schweren Schmiedehammer angemessen, aber doch nicht solch zarten Hebelchen. Wahrscheinlich prahlte der Geselle bloß, solange sein Meister nicht in der Nähe war.

»Ich weiß nicht«, fing Severin an, »wenn das Schloss zu einfach gebaut wäre, könnte ein geschickter Dieb es vielleicht öffnen, oder?«

Peter knurrte: »Und wenn es zu kompliziert ist, wie dieses Spielzeug, könnte es irgendwann ausleiern. Ein Türschloss soll unerwünschtes Gesindel fern halten, sonst nichts. Es muss Fußtritte vertragen und verlässlich sein. Dazu reicht ein schlichter, solider Aufbau, der mit geheimen Kniffen bei jedem Stück abgewandelt wird.«

Die vielen Worte hatten ihn anscheinend erschöpft. Er verstummte wieder. Während er eine passende Nut in das Türblatt stemmte, schloss Severin auf und zu, folgte gebannt den ruckenden Hebeln mit den Augen und versuchte sich den Mechanismus einzuprägen.

»Bist du jetzt unter die Schlosser gegangen?«

Hastig sprang er auf und verbeugte sich. Bernhard Walther war mit dem Jungmeister heruntergekommen, um dessen Werk zu begutachten. »Und? Was sagst du, Bursche, fehlt hier auch eine Winde?«

Severin fühlte, dass er rot wurde, und schüttelte den Kopf.

»Beruhigend«, sagte der Hausherr, »sonst hätte ich den guten Glaser mit seinem Kram wieder nach Hause schicken müssen.«

Der Schlosser lachte etwas zu laut über den Scherz und fuhr zur Entschädigung seinen Gesellen an: »Warum bist du noch nicht fertig? Herr Walther möchte sein Haus dieses Jahr noch absperren können.«

Peter richtete sich auf und sog geräuschvoll Luft ein. Mit einem Ruck riss er das Türblatt in die Höhe, drehte es in die

Senkrechte und stellte es quer vor sich auf seinen Fuß, sodass er seinen Meister nicht mehr sehen musste.

»Du hängst unten ein«, sagte er. Severin kniete sich hin und zog die Tür an die Zarge, bis die Bänder übereinander standen. »Finger weg!« Quietschend rutschte sie in die Angeln. Die Nuten für Schloss und Schließblech stimmten genau überein, und als schließlich die Deckplatte angebracht war, übergab Meister Glaser dem Hausherrn mit einer galanten Verbeugung den Schlüssel. Die Geste wirkte großspurig, als hätte er dem Alten damit das ganze Gebäude überreicht.

Wehmütig sah Severin auf das Bauwerk, an dem er so lange mitgearbeitet hatte. Er glaubte, jeden Balken, jeden Stein in dem hohen Giebel zu kennen. Nun war das Haus fertig und würde für ihn verschlossen sein.

»Es gefällt dir?« Herr Walther war neben ihn getreten und betrachtete sein Heim. »Du frierst, geh nach Hause. Wenn morgen früh die Kisten angeliefert werden, wartet Arbeit auf dich. Sei pünktlich.«

»Bestimmt, Herr.« Severin hätte dem Alten am liebsten die Hand geschüttelt, aber er nickte nur höflich und wandte sich zum Gehen.

»Warte!« Ein ganzer Schilling flog ihm entgegen.

* * *

Barb war wenig beeindruckt von Severins Verdienst, den er ihr nun, da er auf mehr hoffen konnte, im Ganzen überreichte. »Normalerweise bekommt ein Tagelöhner das Doppelte«, sagte sie, »was übrigens die meisten nicht daran hindert, von so einer Baustelle das eine oder andere als Zubrot nach Hause zu tragen. Holz wegwerfen! Wie kann man nur so hirnlos sein?«

»Ja wirklich«, sagte Ottilie, gähnte und kratzte sich ausgiebig die Wanzenbisse am Bein. »Ein Glück, dass du nicht mein Bruder bist, ich würde mich dauernd für deine Dummheit schämen müssen.«

Verärgert griff Severin nach dem Topf und klatschte sich einen Löffel Brei mit Fischstückchen in den Napf. Er hatte sich noch immer nicht daran gewöhnt, jede Mahlzeit kalt zu verzehren. Den ganzen Tag war er durch den Regen gescheucht worden und bekam selbst zu Hause nur Vorwürfe zu hören. Dabei hatte er sich auf einen fröhlichen Empfang gefreut. Barb hätte ihn drängen sollen, den Kittel auszuziehen, und ihm die dicke, trockene Wolldecke über die Schultern hängen können. Dann hätte Ottilie ihn übermütig abgerubbelt, bis seine Haut krebsrot geworden wäre.

Über seinen Löffel hinweg sah er das Mädchen an, denn sie sollte sich besinnen und sein Elend endlich bemerken.

Aber sie runzelte die Brauen unter seinem Blick und wandte ihm brüsk den Rücken zu. »Hör auf, mich anzustarren. Ich mag das nicht, mir wird kalt davon.«

»Was wollt ihr eigentlich von mir?«, rief Severin. »Einen ganzen Schilling hat noch keine von euch an einem Tag verdient. Und wozu braucht ihr Holz? Gedenkt ihr etwa in diesem Schuppen ein Feuer anzuzünden? Dann wartet bitte, bis ich fort bin, ich möchte nicht erleben, dass der Viertelmeister Alarm bläst und mit den Wasserkufen von der Mühle anrückt.«

»Ein bisschen Denken würde reichen«, sagte Barb und tippte ihm penetrant gegen die Stirn. »Holz kann man verkaufen. Ich habe schon einen meiner Röcke opfern müssen, um Ärmel für Ottilies Kleid zu nähen. Du brauchst auch etwas Warmes, und Schuhe besitzt ihr beide nicht. Im Winter gibt es keine Baustellen mehr, was willst du dann tun?«

Severin rutschte aus der Reichweite ihres zielstrebigen Zeigefingers. »Zumindest für morgen hat mich Herr Bernhard Walther ausdrücklich bestellt. Er lässt sich einen Haufen Kisten kommen, und ich hoffe, dass er mich zum Auspacken gebrauchen kann. Das dauert sicher mehrere Tage.«

Barb horchte auf. »Bernhard Walther hat persönlich mit dir gesprochen? Ein Kaufmann, er war Faktor der Vöhlinbrüder aus Memmingen und bewohnte noch letztes Jahr die riesige

Hofrait am Vischmarkt. Ich weiß nicht, wie viele Schuldner er vor Gericht zerren ließ. Meistens hat seine Gattin diese hartherzigen Prozesse geführt. Nun, es steht mir nicht zu, schlecht von ihr zu sprechen, Gott hat erst kürzlich sein Urteil über sie gefällt, schenke Er ihr eine gnädige Wiederauferstehung. Ich habe gehört, dass Walther nun, da er keine Geschäfte mehr macht und keine Schuldner mehr bedrücken kann, stattdessen sein Gesinde malträtiert. Bei den alltäglichsten Dingen verlangt er perfekte Ergebnisse, und wehe, wenn er eine Anordnung wiederholen muss.«

»Ich weiß«, sagte Severin, »die Handwerker haben dasselbe erzählt. Er ist alt. Anscheinend glaubt er, nicht mehr genügend Zeit für seine Aufzeichnungen zu haben, wenn er sich mit Haushaltsdingen plagen soll.«

Barb lachte und zerzauste ihm das Haar. »Aha, Aufzeichnungen nennst du seine Spinnereien? Wenn ich es genau bedenke, kann ich es mir ebenso wenig leisten, den letzten Rest meines Lebens zu verschwenden. Schröpfe ihn meinetwegen, aber verärgere ihn nicht, damit er dir lange erhalten bleibt.«

»Ich werde den Herrn schon nicht enttäuschen. Andernfalls könnte ich beim Schlosser fragen. Ich glaube, sein Geselle Peter war ganz zufrieden mit mir.«

»Peter, der Schlossergeselle?« Ottilie schreckte hoch. Sie hatte schon fast geschlafen. Jetzt horchte sie in die Nacht, als würde sie einen Einbrecher erwarten. »Geh da nicht hin, Severin. Er und sein Bruder sind gefährlich. Der eine jähzornig, der andere unberechenbar. Sie prügeln sich mit jedem und unterliegen selten. Versprich mir, dass du ihnen aus dem Weg gehst.«

Na also, er war ihnen doch nicht gleichgültig, beiden nicht. Sanft drückte er Ottilie ins Stroh zurück, zog seine Kleider aus und wickelte sich in eine der Decken. Allmählich ließ das Bibbern nach.

Das Licht des nächsten Tages blieb im Morgengrauen stecken, und der Regen hörte nicht auf. Severin brauchte nicht weit zu laufen, die Hundsgasse mündete direkt in die Zistelgasse. Mit gesenktem Kopf rannte er von einem Türvorsprung zum nächsten, um einigermaßen trocken vor Walther erscheinen zu können.

»Severin, warte!« Keuchend holte Ottilie ihn ein. Ihr Haar hing glatt und tropfte über ihre Schultern herab. Zögernd angelte sie nach Severins Hand.

»Ottilie, ich muss mich beeilen, Walther erwartet mich. Keine Sorge, ich gehe nicht zu diesem Peter.«

»Das ist gut«, sagte sie, machte aber keine Anstalten, ihn loszulassen. Sie trat von einem Fuß auf den anderen und sah an ihm vorbei.

»Bist du wütend auf mich?«, fragte sie schließlich die gegenüberliegende Hauswand.

»Nein, wie kommst du darauf?«

»Du hast mich gestern so eindringlich angesehen, anders als sonst. Es kribbelte mir durch den ganzen Rücken, nicht wirklich kalt, ich weiß nicht genau. Mein Herz hat geklopft, als ob es alle Tage in einem Augenblick durchrauschen wollte. Aber es stimmt nicht, dass ich es nicht mag. Wenn du nicht mehr wütend bist, kannst du ... kannst du das noch einmal machen?«

»Wovon redest du?«

»Bitte, Severin.«

Er zuckte mit den Achseln und wand seine Hand aus ihrer Umklammerung. Ottilie reckte sich auf die Zehenspitzen, strich ihm über die Wange und zog sein Gesicht in ihre Richtung, sodass er ihr in die Augen blicken musste.

Ihre Pupillen wurden riesig. Mit geöffneten Lippen stand sie dicht vor ihm und ließ nur eine Handbreit zwischen ihren Körpern, als wollte sie mit ihm verbunden sein, ohne ihn zu berühren. Als wollte sie seine Seele in die ihre locken.

Sie waren mitten auf der Straße stehen geblieben. Graue Mäntel mit nass glänzenden Schultern hasteten an den dunkelfeuchten Putzfassaden vorbei. Das Wettlaufgeräusch von Trippen und Tropfen verfing sich in der Straßenschlucht, während die glatt getretenen Pflastersteine stoisch auf weitere Jahrzehnte warteten.

Schließlich löste Ottilie sich und ging ein paar Schritte rückwärts. »Sonderbar, wenn die Zeit stehen bleibt und gleichzeitig rast. Ist das immer so für dich?« Sie senkte den Kopf und flüsterte bedeutungsvoll: »Bald werde ich nicht mehr so viel jünger sein als du. Dann sind wir fast gleich, nicht wahr?« Kurz lächelte sie, drehte sich um und schlenderte gemessen die Gasse hinunter, als würde sie den Regen nicht spüren.

* * *

Mehrere Fuhrwerke standen vor dem Gebäude in der Zistelgasse, und mehrere Knechte schleppten Kästen hinein. Der Hausherr war nirgends zu sehen, also schwang sich Severin auf den nächstbesten Wagen, um mit anzupacken.

»Runter da!« Einer der Bediensteten kletterte hinter ihm her. »Diebesgesindel am hellen Tag, so weit kommt es noch. Verschwinde, bevor ich den Hauptmann rufe.«

»Aber Herr Walther hat mich eigens hierher bestellt.«

»Und wo warst du dann heute Morgen, als er die Aufgaben verteilte? Mich führst du nicht hinters Licht. Mach, dass du fortkommst, und wehe, wenn du dich noch einmal blicken lässt.«

Der Knecht hätte sicher nicht gezögert, ihn hinunterzuwerfen. Severin drängte sich an ihm vorbei und sprang freiwillig vom Wagen.

Unschlüssig hockte er sich in den gegenüberliegenden Hauseingang und sah durch den Wasserschleier zu, wie die Männer sich mit der Ladung plagten. Vom Tiergärtnertor schob sich der Verkehr in die Stadt hinein, und die Kutscher fluchten über den ungewohnten Engpass. Einer trieb seine Tiere trotzdem an und ratterte direkt auf die Knechte zu. Die Pfützen spritzten hoch, und die Männer sprangen zur Seite. Sie sahen dem ungeduldigen Fuhrmann nach, streckten kurz ihre Rücken und luden sich die nächste Last auf ihre Schultern.

Es nahm kein Ende. Sobald ein Karren abgeladen war, holperte er fort, um eine weitere Fuhre zu holen. Zwischendurch trafen Mägde ein. Meist zu zweit mit einem abgedeckten Korb zwischen sich, rannten sie durch den Regen und zeterten, wenn die Knechte ihnen am Tor nicht augenblicklich Platz machten.

Keine Möglichkeit für Severin, hineinzuschlüpfen. Was hockte er noch hier herum? Er musste eben etwas anderes finden. Missmutig stand er auf, zog den Kopf zwischen die Schultern und trottete in Richtung Weinmarkt.

Wie früher fand er sich irgendwann unter dem Kirchenportal wieder. Automatisch hielt er die Hand auf, wenn jemand die Kirche verließ. Aber die Frommen achteten nicht auf ihn. Sie blickten in die Wolken, ruckten sich die Kleider fester um den Leib und eilten davon.

Die ehemals rötlichen Sandsteinfiguren über ihm hatten inzwischen die Farbe des Himmels angenommen. Sie allein bemerkten den erfolglosen Bettler, lachten höhnisch und reckten ihre Finger nach ihm.

Wieder öffnete sich die schwere Tür, wieder trat ein Mann heraus und hinter ihm ein junges Mädchen. Die zierliche Gestalt war in einen weiten Mantel gehüllt. Ein Windstoß ließ ihre knappe Jungfernhaube flattern, und ihre kupferfarbenen Flechten schaukelten leicht.

Kungund!

Severin riss seine Hand zurück und wandte sich ab. Hoffentlich hatte sie ihn nicht erkannt. »Geht weiter«, flehte er lautlos und widmete sich ausgiebig einem losen Faden an seiner Hose.

Er war fast noch ein Kind gewesen, als er das Mädchen auf der Kirchweih kennen gelernt hatte – als seine Eltern noch lebten und er auf einem Hof wohnte, mit Scheunen, Ställen und eigenem Vieh. Seitdem waren Jahrhunderte vergangen. Damals hatte er sich seiner schwarzen Fingernägel wegen geschämt, jetzt schämte er sich für seine Kleider, seine Tätigkeit, für seine ganze Existenz.

Warum machten sie sich nicht endlich auf den Weg? Warteten sie etwa auf Sonnenschein?

Er fühlte einen leichten Fußtritt gegen sein Bein und erstarrte. Wenn Kungund ihm jetzt einen Heller zustecken wollte, würde er vor Scham von der Stufe kippen.

Der nächste Tritt traf ihn heftiger. »Wo bist du gewesen?«

Bernhard Walthers Stimme!

Ohne sich zu besinnen, sprang Severin auf, senkte aber rasch den Kopf und murmelte etwas, das wie eine Erklärung klingen mochte.

Sein Blick wanderte unterdessen die Stufe hinauf, auf den hellen Fleck, den er fast trocken gesessen hatte, und weiter über die Schwelle in den schattigen Bereich der Kirche hinein. Dort bauschte sich Kungunds Mantelsaum über einem roten Wollrock, und darunter konnte er die Spitzen ihrer ledernen Schnabelschuhe sehen.

»Merk dir lieber gleich, dass ich Unzuverlässigkeit nicht dulde«, sagte Walther. »Du hast zugesagt, nun halte dein Wort! Komm jetzt!« Er schlug ihm hart mit dem Stock gegen den Schenkel und marschierte los.

Severin lief hinterher. Er spürte die Blicke des Mädchens in seinem Rücken. Verachtete sie ihn wohl? Oder hatte sie, was noch schlimmer wäre, gar Mitleid mit dem lumpigen Bettler? Zu gerne hätte er ihr Gesicht gesehen, aber er bezwang die Versuchung, sich nach ihr umzudrehen.

In der Zistelgasse durchmaß Herr Walther die Halle, strebte zügig die erste Treppe hinauf, ließ sich Mantel und Hut abnehmen und sank in dem geräumigen Wohnraum auf einen Lehnstuhl. Ein Knecht schnallte ihm wortlos die Trippen von den Füßen und legte ihm einen wollenen Hausmantel um die Schultern.

Jetzt erst schien Walther sich an den Burschen zu erinnern,

der in der Türe stehen geblieben war. Der Alte musterte Severin ein paar Atemzüge lang und schüttelte den Kopf. »So wird das nichts. Er verdirbt mir die Papiere, wenn er darauf tropft. Jost, bring ihn in die Küche, damit er trocknet. Und du, Kerl, merke dir, dass ich dich genau in einer Viertelstunde in meinem Studio erwarte.« Jost verbeugte sich und schob Severin hinaus.

Dunstige Wärme strömte aus der Küche. Über dem Herd hingen mehrere Kleidungsstücke, die von Schwaden kochender Suppe eingenebelt wurden. Es roch, als hätte man uralte Schafe nach einem Regenguss geschoren. Ein Dufthauch von süßem Gebäck mischte sich keck dazwischen.

»Nanu, ein nasser Hund«, rief die Magd, »komm rein und stell dich an den Ofen.« Sie warf ihm ein Tuch zu, damit er sich abtrocknen konnte. Severin zögerte. Das Tuch war aus reinem, hellen Leinen, und seine Hände hinterließen sofort dunkle Spuren darauf.

Eine andere zauste ihm das Haar und steckte ihm ein Stück Gewürzkuchen in den Mund. »Zier dich nicht, du solltest dich gründlich aufwärmen. Der Alte meckert sowieso, ob du nun gleich zu ihm gehst oder später.« Zum Dank nieste Severin ein paar Mal.

Als sie fanden, dass er genug getrocknet sei, meinten sie: »Wie gut sich das trifft, wir sind gerade mit Walthers Mahlzeit fertig, die kannst du gleich mit hinaufnehmen. Er hockt ganz oben in der rechten Kammer. Vergiss nicht anzuklopfen, sonst wird er wütend.« Sie klemmten ihm eine irdene Schüssel mit Eintopf in den Arm und drückten ihm Brot, Käse und einen Becher Wein in die Hände. Kichernd geleiteten sie ihn hinaus.

Sonderbar, im Inneren des Hauses emporzusteigen, statt die Leitern zu benutzen. Nur wenig Dämmerlicht drang von unten herauf. Die Türen in den dunklen Fluren waren alle geschlossen. Was fing ein einzelner Mann bloß mit so vielen Kammern an? Die fröhlichen Laute aus der Küche wurden zu unwirklichem Gemurmel, dafür knarrten die hölzernen Stiegen umso deutlicher. Es hörte sich unwillig an, und Severin trat behutsamer auf. Sogar im neuen Stockwerk, in welchem er jeden Balken, jeden Stein und jeden Winkel kannte, fühlte er sich jetzt wie ein Eindringling.

Mit den Speisen in den Händen stand er unschlüssig auf dem letzten Absatz. Er mochte nicht mit dem Fuß gegen die Tür treten und beschloss, den Eintopf vorsichtig auf den Boden zu setzen, um höflich anzuklopfen.

Mitten in der Bewegung hielt er inne.

Vielleicht wartete Walther schon ungeduldig und würde gleich die Tür aufstoßen. Ja, das würde der Alte tun, sobald Severin die Schüssel abgesetzt hatte, nicht früher und nicht später. Er konnte schon deutlich sehen, wie das irdene Gefäß in Schieflage über die Dielen schlingerte. Träge breitete sich die Suppe auf dem Boden aus.

Setzte er das Gefäß aber nicht ab, konnte er nicht klopfen.

Wie die Maus vor der Schlange verharrte er und wartete auf das, was geschehen würde, geschehen musste, vielleicht schon längst geschehen war.

Stand nicht die Zukunft festgeschrieben, und stand sie nicht mit der Vergangenheit gleichzeitig im selben Buch? Kam es vielleicht nur darauf an, zu welcher Seite man gerade blätterte? Er spürte, dass der entscheidende Moment bereits um ihn herumschlich und immer dichter wurde. Fast konnte er ihn berühren. Auf keinen Fall wollte er ihn entschlüpfen lassen, nicht wieder das Wesentliche versäumen. Gebannt lauerte er darauf, dass sich der rechte Zeitpunkt irgendwie bemerkbar machen würde.

Keinen Augenblick zu früh trat er zurück. Das Türblatt schwang knapp an seinem Kopf vorbei und streifte seine Haare.

»Ich ... ich habe Euer Abendessen mitgebracht.«

»Na endlich!«, sagte Walther und winkte ihn hinein.

Der kleine Raum war so voll gestellt, dass man sich darin

kaum rühren konnte: ein schwerer Stuhl, Wandschränke, unzählige Kisten und auf einem achteckigen Tisch häuften sich Gegenstände, die Severin noch nie gesehen hatte.

Einen davon aber erkannte er sofort – eine Uhr. Sie maß etwa eine Elle und war ganz aus Eisen gefertigt. Doch sie bewegte sich nicht.

Walther bedeutete ihm, das Essen abzustellen, öffnete das große Fenster und stieg auf die Plattform hinaus.

»Ich hasse es, wenn man mich warten lässt«, sagte er über die Schulter. »Jetzt hab ich meine heutige Messung verpasst. Für manche Dinge gibt es nur den einen richtigen Moment, Kairos statt Kronos, verstehst du? Natürlich verstehst du nicht, aber wenn ich Pünktlichkeit von dir verlange, halte dich gefälligst daran.«

Severin verstand besser, als der Alte ahnen konnte. Soeben war einer dieser sonderbaren Momente an ihm vorbeigeweht. Er wünschte, er hätte ihn halten können.

»Fantastisch!«, rief Walther von draußen. »Von hier aus sehe ich bis nach Nordwesten und kann sogar den Horizont anpeilen. Gib mir den Gradstock, er lehnt an der Wand neben der Tür.«

Auf dem langen Stab waren in regelmäßigen Abständen Striche eingeritzt, außerdem saß ein bewegliches Querholz darauf. Walther hob den Stock wie eine Armbrust in die Höhe, setzte ihn jedoch nicht an die Schulter, sondern knapp unter sein Auge auf das Jochbein, als wolle er auf den Rest der wolkenverwischten Sonne zielen. Lange starrte er am Stock entlang, verschob den Querriegel und betrachtete die Skala. Schließlich kam er in die Kammer zurück, warf Severin den Gradstock zu und blätterte in einem Stapel Papiere, die über und über mit Zahlenreihen beschrieben waren.

»Ah, da ist es. Demnach müsste die siebte Stunde gleich beginnen.« Er hängte die Uhr an einen Haken und drehte den Zeiger auf die richtige Stelle.

»Es wird Zeit, dass hier Ordnung einkehrt«, murmelte er. »Bis ich mit der Uhr fertig bin, stimmt meine Beobachtung längst nicht mehr, und alle weiteren Berechnungen werden falsch.«

Severin musterte den Gradstock. Versuchte Walther tatsächlich, mit diesem Ding die Zeit aus den Sternen zu pflücken?

»Herr, warum wartet Ihr nicht, bis die Türmer blasen, sie wissen doch die Stunde.«

Der Alte reckte den Bart, sodass Severin seine Bemerkung sofort für töricht hielt. »Wenn ich mich auf die Türmer verließe, könnte ich statt meiner Aufzeichnungen genauso gut Märchen schreiben. Selbst diese Uhr läuft ungenau. Wenigstens kann ich sie immer wieder anpassen, was mir bei den Türmern leider nicht gelingt, obwohl sie sich nach Abläuttafeln richten, die ich ihnen eigenhändig aufgeschrieben habe.«

Er zog die Gewichte hoch und stieß leicht gegen den Waagbalken. Gleichmäßig klackend schwang der Eisenstab vor und zurück. »Nun tickt sie wieder«, stellte er fest.

Durch Severins Arme lief ein warmer Strom. Das Geräusch erfüllte seinen Kopf, seinen ganzen Leib. Sein Herz nahm den Rhythmus willig auf und ließ sich von ihm führen. Gelassen fügte sich sein Atem in den Gleichklang der Unendlichkeit, jede Hast und jedes Versäumnis in seinem Leben löste sich wohlgefällig darin auf. Erleichtert schloss er die Augen. Zum ersten Mal, seit er die Zeit aus ihrem Heim in der Kirchenuhr vertrieben hatte, spürte er so etwas wie eine innere Atempause.

Der Alte schnaufte abfällig. »Uhren mögen als Werkzeug nützlich sein, manche sind prächtig verziert und bemalt, manche laufen sogar über zwei ganze Tage, ohne dass man sie aufziehen muss. Aber all das ist fehlerhaftes Menschenwerk. Die Gestirne allein kennen Gottes Zeit.«

Unauffällig lehnte sich Severin etwas zurück, um aus dem Fenster zu sehen. Der Himmel war einheitlich grau bis auf den bleichen Fleck der untergehenden Sonne. Sterne konnte er beim besten Willen nicht entdecken.

»Vorsicht mit dem Stock!«, brüllte Walther. »Kannst du nicht aufpassen? Beinahe hättest du ihn gegen die Tischkante geschlagen. Die Skala ist empfindlich, ich möchte keine Dellen darin haben.«

»Entschuldigung ...«

»Wenn du mir behilflich sein willst, wirst du mit wesentlich komplizierteren Geräten hantieren müssen. Du hast dir Gedanken um den Seilzug gemacht, daher hoffte ich, dass, wenn schon kein Verständnis, wenigstens ein Mindestmaß an Achtung für meine Forschung von dir zu erwarten wäre. Falls ich mich geirrt haben sollte, verschwinde lieber gleich. Einen ungeschickten Tölpel kann ich nicht gebrauchen.«

Severin senkte den Kopf. Rhythmisch zum tröstlichen Klacken der Uhr strich sein Finger über den Gradstock. Hinauf und hinunter ertastete er die feinen Linien, ohne eine einzige auszulassen. Erst Walthers ungeduldiges Räuspern ließ ihn innehalten.

»Werft mich bitte nicht hinaus«, sagte er fest und blickte Walther in die Augen. »Ich werde mich in Zukunft vorsehen, das verspreche ich.«

»Na gut, versuchen wir es.« Der Alte trat ans Fenster und winkte ihn heran. Der Regen hatte sich inzwischen in gleichmäßigen Niesel verwandelt. »Diesen Gradstock, den radius astronomicus, hat mein Freund Johannes gebaut, eine wesentliche Verbesserung des üblichen Jakobstabes. Sieh her, die regulella, der Querstab, besitzt an beiden Enden kleine Nägel, über die du zwei beliebige Punkte anpeilen kannst, zum Beispiel unten den Horizont und oben den Rand der Sonne.«

Er schob Severin vor sich auf die hölzerne Plattform und hielt ihm über die Schultern hinweg den Stock.

»Setze ihn unter dein Auge. Gut so. Jetzt verschiebst du die regulella, bis die gewünschten Punkte mit den Nägeln übereinstimmen. Hast du es?«

Walther nahm ihm das Gerät ab, ging damit hinein und verglich die Skala mit seiner Tabelle.

»Sehr gut«, murmelte er, »dein Ergebnis ist exakter als meines. Du hast scharfe Augen und ruhige Hände, genau das, was ich brauche.«

Severin schluckte. »Habe ich jetzt die Zeit aus dem Himmel gelesen?«

Walther blickte auf und lachte. »Möchtest du das? Zu diesem Zweck leistet ein Astrolabium bessere Dienste, es muss noch in einer der Kisten stecken. Dieser Gradstock misst räumliche Abstände. Anhand der Skala lese ich Winkel ab und kann in diesem Fall die Höhe der Sonne berechnen. Weil die Sonne aber täglich einen anderen Bogen durchläuft, steht sie mittags jeweils über einem anderen Breitengrad der Erde senkrecht. Johannes und ich haben diese Sonnendeklinationen für alle Stunden und Tage des Jahres in Tabellen festgehalten.«

Der Alte klopfte auf den Stapel Papier, in welchem er eben geblättert hatte. »Mit Sonnenhöhe, Tageszeit und diesen Tabellen können Seefahrer ihren Breitengrad bestimmen. Allerdings müssen sie dazu in die Sonne sehen, und wenn sie das zu oft tun, werden sie auf ihrem Peilauge blind.«

Das war es also, wofür der Alte einen Gehilfen brauchte. Wer scherte sich schon um das Augenlicht eines elternlosen Burschen, der ohnehin in der Gosse enden würde. Für einen Bettler bedeutete es ja keinen großen Schaden, wenn er wie mancher Seefahrer eine Augenklappe tragen musste.

»Ich selbst navigiere hier in Nürnberg natürlich nicht«, fuhr Walther fort, »sondern vermesse Sterne und Kometen. Doch meine Augen sind selbst am Tag nicht mehr die besten, und da ich den Himmel meistens nachts beobachte, brauche ich einen verlässlichen Helfer.«

Abwesend klopfte er Severin auf den Arm. »Die Türmer verspäten sich mal wieder. Ich wünsche, dass du morgen Abend ausgeruht zur Feuerglocke hier erscheinst.«

Walther ließ sich auf dem Sessel nieder und schob die Schüssel mit dem Eintopf zur Seite. »Nimm das Zeug mit nach Hause. Jost wird dich hinauslassen.« Darauf stützte er die Ellenbogen auf und vertiefte sich in seine Tabellen.

Severin griff nach der Schüssel. Nach kurzem Zögern steckte er auch Brot und Käse unter seinen Kittel.

»Gute Nacht«, flüsterte er und schloss leise die Tür hinter sich. Das friedliche Ticken blieb in der Kammer zurück.

Die Gasse lag wie tot, nicht einmal eine hungrige Katze wagte zu maunzen, und der Niesel stand bewegungslos in der Luft. Obwohl Severin barfuß ging, empfand er das Geräusch seiner Schritte fast als Frevel. Er blieb stehen und sah sich nach dem Eckhaus um. In einem der Fenster flackerte unruhiges Licht.

Zum Läuten der Feuerglocke hatte der Alte ihn bestellt, und zwar ausgeruht, zu einer Zeit, da andere Menschen in die Kissen fielen. Sollte er etwa tagsüber schlafen? Walther konnte doch nicht einfach Gottes Zeitordnung verdrehen. Außerdem wurde bestraft, wer nach dem Läuten noch unterwegs war und gar die Nacht hindurch feierte. Nun, feiern wollte der Alte ja nicht. Schlimmer, er wollte Kometen studieren.

Unglücksboten.

Severin fröstelte. Als der Komet das letzte Mal am Himmel zu sehen gewesen war, hatte die Geissin ihre Kinder unter ihrem Umhang geborgen. Er selbst hatte nicht mehr darunter gepasst und deshalb nur die Augen zugekniffen. Vielleicht waren seine Geschwister neugierig gewesen und hatten unter dem schützenden Mantel hervorgespäht. Vielleicht war er der Einzige, der das böse Himmelszeichen nicht betrachtet hatte. Zumindest war er der Einzige, der noch lebte.

Was konnte ihm geschehen? Im ärgsten Falle würde er seiner Familie folgen. Zögerlich hob er den Kopf und blinzelte. Die Wolkenschicht war tief über die Stadt herabgesunken und verhüllte sie mit eisigem Dunst. Kein Komet, kein Stern, nicht einmal das Licht des Mondes vermochte sie zu durchdringen.

* * *

Barb gewöhnte sich daran, dass Severin zu unregelmäßigen

Zeiten bei Walther diente und sich manchmal am hellen Tage müßig auf dem Strohsack räkelte.

»Auch Nachtwächter müssen schlafen«, meinte sie und legte sich dazu, nicht weil sie müde war, sondern weil es in der Hütte jämmerlich zog und die heißen Steine, die sie im Haupthaus aufheizen durfte, nur kurz eine Ahnung von Wärme erzeugten. Die Hälfte ihrer Röcke hatte sie Ottilie überlassen.

»Das Kind ist dürr wie Winterlaub, mich dagegen schützen meine Speckrollen«, behauptete sie.

In Wahrheit lähmte die Kälte ihre Glieder, es fiel ihr sichtlich schwer, sich überhaupt zu erheben. Grau waren ihre weichen Wangen geworden, und um die Augen vertieften sich die dunklen Schatten.

Ottilie traf Severin kaum noch. Wenn sie nach Hause kam, musste er gehen. Jedes Mal tat es ihm weh, die beiden in der unwirtlichen Hütte zurückzulassen, während er es sich in Walthers Küche am prasselnden Feuer gut gehen ließ oder in der Dachkammer hockte und eingewickelt in Walthers Pelzumhang auf das gleichmütige Ticken lauschte. Immerhin war der Alte nicht knauserig, und Severin konnte von Zeit zu Zeit darauf drängen, dass Barb und Ottilie eine warme Mahlzeit im Wirtshaus zu sich nahmen.

Meistens saß Walther in seinem Sessel am achteckigen Tisch und füllte die Papiere vor sich mit winzig kleinen Zeichen. Severin suchte ihm Tabellen heraus, reichte ihm Gerät oder Bücher und ordnete sie wieder zurück in die Wandschränke.

Während Walther schrieb, saß Severin auf einer schweren Truhe und verhielt sich möglichst unauffällig. Der Alte hatte ihm erlaubt, sich einige Bände anzusehen, die Bilder enthielten. Besonders gefiel ihm der Holzschnitt eines Menschen inmitten des Jahreskreises, der nach den Einflussbereichen der sieben Planeten eingeteilt war. Jede Tages- und Nachtstunde der Woche war ebenfalls einem Planeten zugeordnet, sodass sich für verschiedene Handlungen günstige und schlechte Momente ergaben. Wusste ein Medikus, in welchem Sternbild sich der Mond gerade befand, konnte er Krankheiten erkennen und die rechte Zeit für einen Aderlass bestimmen. Selbst Barb bediente sich solcher Zusammenhänge und ordnete ihre Kräuter den Planeten zu, aber deuten konnte sie den Himmel nicht.

Auf dem schwarzweißen Holzschnitt wanden sich die Fische zu Füßen des Menschen. Wassermann leerte einen Krug zwischen seinen Waden aus, die Knie gehörten dem Steinbock ... im Sonnengeflecht schließlich stand die Jungfrau. Sie trug in jeder Hand eine reife Ähre, und das Haar war in lange Flechten gelegt, die bis über ihren Rücken hinunterflossen. Severin stellte sich vor, dass ihr Haar kupferfarben schimmerte.

Ein eisiger Lufthauch riss ihn aus seinen Gedanken. Walther hatte das Fenster geöffnet und stieg auf die Plattform hinaus. Inzwischen bediente Severin nicht nur selbstständig Gradstock und Dreistab, sondern auch das Astrolabium, eine Art runde Sternenkarte mit beweglichen Scheiben. Es war mit einem durchbrochenen Tierkreisring ausgestattet, der Spinne, ein filigranes Gebilde mit gebogenen Zeigern für die Position der vierzehn Fixsterne, das sich exzentrisch um die Pole des Sternenhimmels drehen ließ. Severin hielt das Astrolab an einem Ring, damit es genau lotrecht stand. Auf der Rückseite besaß es einen Doppelzeiger mit abgeknickten Enden und kleinen Löchern darin. Durch diese peilte Severin die gewünschten Planeten an. Es hatte ihn viele Tage und noch mehr Kopfnüsse von Walther gekostet, bis er sich die Zeichen für römische und arabische Zahlen merken konnte und die Skala richtig ablas.

Jedes Mal, wenn Severin dem Alten nach draußen folgte, fürchtete er, dass der Komet zu sehen sein könnte, den er sicher genauso anvisieren sollte wie alle anderen Gestirne. Und jedes Mal atmete er erleichtert auf, wenn Walther sich bloß für Mars oder Saturn interessierte.

»Was zögerst du nur immer auf der Schwelle. Die Plattform hält, das müsstest du allmählich wissen.«

Kometen seien keine Unglücksboten, ebenso wenig wie

Finsternisse, hatte der Alte behauptet. Sie waren wiederkehrende Erscheinungen, die sich brav an ihre berechenbaren Bahnen hielten. Den letzten hatte er zur Jahrtausendwende beobachtet, und nichts sei ihm geschehen.

Severin schauderte. Bewegte es den Alten denn nicht, dass seine Gemahlin damals krank geworden und erst vor ein paar Wochen ihrer Schwäche erlegen war? Hochwasser hatte im Jahr nach dem Kometen Stadt und Land verwüstet. Hungersnot folgte, Bürger richteten sich gegen ihren eigenen Rat, sprachen Fehden aus und wandten sich an die markgräflichen Ritter aus dem Umland, welche gerne bereit waren, sich in die Streitigkeiten einzumischen, um einen rechtmäßigen Grund zu haben, Nürnberger Kaufleute zu überfallen.

Dann war auch noch Kasimir, der Sohn des Markgrafen, gekommen und mit ihm der Tod.

Nicht immer traf Severin den Alten alleine an, denn Walther pflegte freundlichen Kontakt zu den gebildetsten Köpfen der Stadt. Eines Nachts polterten gleich mehrere Männer zu später Stunde so rüde gegen die Tür, dass Severin den Knecht zu Hilfe rufen wollte.

Walther lachte. »Lass den braven Jost nur schlafen. Die Herrentrinkstube muss soeben ihre Türen geschlossen haben, und wie es aussieht, ist der Pirckheimer heute nicht bei Laune, die Horde zu sich einzuladen. Sie werden unser Licht gesehen haben. Mach ihnen auf und führe sie in den Saal.«

Eigentlich war es Josts Aufgabe, Besucher zu empfangen, aber der rührte sich trotz des zunehmenden Lärms nicht aus seiner Kammer. Als Severin die Tür geöffnet hatte, ahnte er, warum der Knecht sich lieber schlafend stellte.

Als Erstes fiel ihm der reiche Kaufmann Schreyer rücklings entgegen. Mit einer linkischen Bewegung hielt der Ehrbare sich am Türrahmen fest und glotzte Severin aus der würdelosen Haltung mit rot geäderten Augen an. Offensichtlich überlegte er, ob er schimpfen oder sich höflich vorstellen sollte, doch über den Versuch, sein Gegenüber zu fixieren, vergaß er sein Ansinnen. Schon drängte der Nächste herein, Koberger, der Besitzer einer großen Druckerei. Sein Barett saß schief, und nur einer seiner Arme hatte das Ärmelloch gefunden, aber immerhin wankte er nicht. Einer der Herren, die noch draußen standen, kam plötzlich auf den Gedanken, ein Landsknechtslied anzustimmen.

»Pssst, Johann!« Medikus Schedel hob mahnend den Zeigefinger an den Mund, aber Koberger fiel schon herzhaft in Johanns Kehrreim ein.

Schreyer hatte sich inzwischen aufgerappelt.

»Met!«, befahl er, ließ seinen Mantel auf den Boden fallen und machte sich auf den Weg in den ersten Stock. Severin hätte ihn hinaufgeleiten sollen, doch nun warfen die anderen ihrerseits einen ganzen Berg aus Atlas und Samt, Feh und Nerz über ihn, sodass er Mühe hatte, die ausladende Pracht zu halten. Vorsichtig legte er die kostbaren Stücke auf die Truhe, bevor er den Männern nacheilte.

Die Ehrbaren lümmelten bereits auf den schweren Armlehnstühlen im großen Saal. Auch der alte Walther hatte Platz genommen und winkte Severin, damit die späte Gesellschaft etwas zu trinken bekam. Met gab es nicht im Hause und auch kein vornehmes Bier, stattdessen tischte Severin unverdünnten Frankenwein auf und hockte sich unauffällig auf einen Schemel an der Wand.

»Was ist mit Pirckheimer?«, fragte Walther, »hat er die Stuben heute versäumt?«

»Ach, unser Willibald ist voller Hurenfreude, buhlt und krümmt sich um die Gartnerin, oder war es die Porsin …?« Schreyer, der Kaufmann mit den roten Augen, leckte sich die Lippen.

»Ich werde den Pirckheimer verschneiden müssen, sonst reitet er uns noch alle verfügbaren Weiber zu Tode«, sagte Medikus Schedel trocken. »Wer weiß, ob er nicht die französische Krankheit von den Welschen mitgebracht hat.«

»Erstaunlich, dass die Weiber den Pirckheimer so zahlreich beehren«, tönte es aus der anderen Ecke. »Es gibt reichere Männer als ihn, und er ist längst nicht so hübsch wie Albrecht, nostrum Barbartum.«

Schreyer wiegte seinen Kopf hin und her. »Vielleicht sollte ich mir ebenfalls einen Schnabelbart wachsen lassen. Der Dürer dreht und kräuselt den seinen täglich, sodass die Zipfel fast an Eberzähne erinnern.«

»Ach was, Schreyer, so ein haariges Ding ist hinderlich, und zwar nicht nur beim Essen.«

Die Herren grölten, aber Schreyer warf ein: »Banausen! Ich wüsste nicht, wer mehr von Schönheit versteht als Albrecht. Ihr braucht euch nur die Wände meines Studios anzusehen.«

»Oh ja, deine gotische Stube mit all den welschen Figuren ist wirklich sehenswert«, meinte der Drucker Koberger. »Wieso sind wir eigentlich nicht dorthin gegangen? Du hast doch eigens Lotterbetten in die Wände eingelassen. Ich würde gerne einmal zwischen Apoll und Orpheus, und vor allem zwischen deinen neun Musen schlummern, selbst wenn sie nur aus Farbe bestehen.«

»Wenn du den weiten Weg nicht scheust, geh hin und mach es dir bequem«, sagte Schreyer.

Weit war der Weg gewiss nicht, die Herren wohnten fast alle ein paar Ecken weiter in der Straße Unter der Veste. Schreyer fummelte an seinem Gürtel, um den Schlüssel zu lösen. Diese Tätigkeit beschäftigte ihn von nun an, sodass die anderen einstimmig beschlossen, die Prinzipien der Menschlichkeit und Bildung vorerst ohne ihn aufrechtzuerhalten.

Genüsslich lehnte Walther sich zurück und freute sich eine Weile an den ungezwungenen Reden. »Da wir gerade bei Menschlichkeit sind, was ist eigentlich aus dem Bildhauer Stoß geworden?«, fragte er dann. »Mein Kollege Baner behauptet, dass man den armen Kerl ins Lochgefängnis gesteckt hätte.«

»Stoß hat inzwischen gestanden«, sagte Schedel, »und auf Urkundenfälschung steht Todesstrafe.«

»Richtig so!«, brummte Johann.

»Lass das nicht den Dürer hören. Unser Freund ist außer sich und hofft, dass wir dem Unglücklichen beistehen. Pirckheimer wird sich wie immer auf seine Seite stellen.«

Walther fragte: »Hat nicht dieser Veit Stoß den Drachenleuchter für den Regimentssaal geschaffen? So einen Künstler sollte man nicht sterben lassen, man sollte ihn eher fest an Nürnberg binden.«

»Binden?« Schreyer ruckte grimmig an seinem Schlüssel. »Warum? Was hat er denn eigentlich verbrochen?«

Walther hob bedauernd die Arme. »Baner hat dem Dummkopf geraten, sein Geld bei Startzedel anzulegen. Dieser konnte damit wiederum seine Schulden bei Baner begleichen. Startzedel ist verschwunden, und der Bildhauer ist sein Vermögen los.«

»Genau, die blanken Groschen klimpern nun in Baners Beutel, und weil der sie nicht herausrücken will, musste Stoß einen Schuldschein fälschen.« Johann trank seinen Becher in einem Zuge aus und funkelte die Kaufleute an. »Was blieb dem Bildhauer anderes übrig? Pfeffersäcken ist nicht zu trauen, betrügerisches Pack, das steht schon in der Bibel!«

An Walthers Hals schwollen blaue Adern an, und er sprang auf. »Ich warne dich, Johann, vergiss nicht, in wessen Haus du säufst!«

»Ah!«, machte Schreyer etwas verspätet. »Zum Henker mit dem betrügerischen Pack!«

Der Drucker lehnte sich vor und raunte: »Das Haus im Judenviertel hat den Bildhauer ins Elend getrieben. Da nützt auch die steinerne Madonna nichts, die er für seine Fassade gemeißelt hat. Es war und bleibt ein Judenhaus, der Geist von Wucher und Verrat lebt immer noch darin.«

»Unsinn, die Juden sind seit über zehn Jahren vertrieben«, winkte der Medikus ab, »Stoß ist für sein Pech ganz allein verantwortlich.«

Der Gelehrte Conrad Celtis gestikulierte erregt nach Wein.

Nachdem er sich gestärkt hatte, rief er: »Die Grundsätze der Humanität verbieten es dem Gebildeten, einen Künstler zu töten.« Dann senkte er die Stimme: »Wir werden ihn stattdessen brechen. Eine öffentliche Brandmarkung müsste reichen, Veit Stoß die Ehre zu nehmen. Derart gezeichnet kann er nirgends mehr hin, und zum Dank für die Gnade soll er außerdem schwören, die Stadt nicht mehr zu verlassen. Dann werden all seine zukünftigen Kunstwerke Nürnberg zum Ruhm gereichen.«

Walther setzte sich wieder und verlangte ausgerechnet jetzt einen neuen Krug für seine Gäste. Severin rannte so schnell er konnte in die Küche hinauf. Auf dem Rückweg stolperte er, und das Göttergetränk ergoss sich über die Stufen. Er hätte heulen mögen. Nun musste er die Treppe wischen, bevor er weiter zuhören konnte. Warum verpasste er nur immer, was er unbedingt erleben wollte? Wenn ihm schon die wesentlichen Ereignisse versagt blieben, konnte Gott ihm wenigstens ein unerhebliches Vergnügen wie diese erstaunliche Unterhaltung gönnen.

Die Stimmung im Saal hatte sich inzwischen deutlich beruhigt. Johann schnarchte, und Schreyer fummelte nur noch halbherzig an seinen Schlüsseln. In den Gedankenfetzen der anderen aber strebte die Welt zeitlich und räumlich weit auseinander. Neben handfesten Nürnberger Huren tummelten sich auf einmal griechische Göttinnen, und zwischendurch ließen die Herren einen neuen Kontinent hinter dem Ozean entstehen. Ein Portugiese hatte die Gestade ein paar Jahre zuvor angesteuert, wodurch nun der Globus von Behaim hinfällig geworden war. Deshalb schwenkten sie kurzentschlossen lieber zum verlässlichen Firmament hinauf. Was dort oben im Großen zu finden war, wiederholte sich ja auf der Erde im Kleinen, bis in die winzigsten Teile der göttlichen Schöpfung hinein.

Conrad räusperte sich. »Alles entspringt dem gleichen Schöpfer, da werdet ihr mir beipflichten.«

»Jawohl!«, nickte die Runde und prostete dem Gelehrten anerkennend zu.

»Dann muss durch Gott ein jedes Ding mit dem anderen innig verbunden sein, verwandt wie Geschwister, im Ursprung gleich.«

Auch Severin nickte jetzt. Die schmutzigen Lappen, die er sich gegen die Kälte um die Füße gewickelt hatte, bestanden schließlich auch aus Leder, genau wie die feinen Schuhe der Besucher – im Ursprung gleich. Womöglich stammten sie sogar allesamt von derselben Ziege.

Conrad bemerkte Severins Blick und lehnte sich zu ihm vor. Sein Geist hatte den nächsten Satz sicher längst ersonnen, aber die Worte gerieten auf seiner betäubten Zunge ein wenig ins Taumeln. »Wenn Gott in allem wirkt, kann es also nichts im Himmel geben, was nicht auch im Menschen ist, nicht wahr? Dann ist auch alles, was der Mensch erdenkt, längst im Himmel vorhanden, oder was meinst du, mein junger Freund?«

Severin schluckte. Er fühlte Hitze in seine Wangen steigen. Waren sie jetzt genauso rot wie die schwammigen Mienen, die von allen Seiten auf ihn zuschwappten und ihm breit entgegengrinsten?

»Verzeiht mir, wenn ich Eure Worte falsch verstehe, aber der verehrte Herr Walther hat mir von Entdeckungen seines Lehrers erzählt, die es vorher nicht gegeben hat, nicht einmal bei den Römern. Auch die Uhr oben in der Kammer muss irgendwann ein Mensch ganz neu erfunden haben.«

»Die Uhr ist so alt wie die Welt«, brüllte Schreyer leidenschaftlich und streckte Severin seinen Becher entgegen.

Die Flüssigkeit gluckerte aus dem Krug und verursachte einen kleinen Strudel im Trinkgefäß. Goldene Bläschen sprudelten darin empor, und je größer sie waren, desto schneller erreichten sie die Oberfläche. Die kleinsten aber wurden in die Tiefe gewirbelt und rasten im Rund. Sie vereinigten sich zu einem Schwarm, weil eins dem anderen folgte, wie unerfahrene Jungfische, oder wie die Sterne der Milchstraße ...

»Bist du verstockt oder taub?«, bellte Conrad von hinten.

Severin hatte nur kurz Wein nachgefüllt, warum wurde der

Herr so ungeduldig? »Entschuldigung, ich habe wohl geträumt«, sagte er leise.

Conrad packte ihn bei den Schultern, drängte ihn ans Fenster und öffnete den Laden. Scharf fuhr die Nachtluft herein und läuterte die weinseligen Köpfe.

»Den großen Bären kennst du, oder? Da hast du deine Uhr. Als gigantischer Zeiger dreht sich das Sternbild um den Polarstern und zwar in fast vierundzwanzig Stunden. Lange, bevor das Paradies verloren ging, vollzog diese Himmelsuhr schon den Lauf eines Erdentages. Und noch etwas. Schimpft der gute Walther nicht oft genug über seine Räderuhr, weil sie durch Rost und abgewetzte Zähne im Laufe eines Tages mehrere Minuten verliert? Ebenso die Himmelsuhr, ihr fehlen täglich vier Minuten, die man mit dem Datum verrechnen muss, wenn man die Stunde wissen will. Nichts wird neu geschaffen auf Erden, alles ist bereits im Himmel vorhanden.«

Der Schnarchende schrak auf. Durch die plötzliche Kälte wähnte er sich wohl auf dem Heimweg, stimmte den Kehrreim eines Kampfliedes an und hob im Takt die Füße. Schreyer ließ einen grunzenden Jauchzer fahren, weil er soeben seinen Schlüssel vom Gürtel gerissen hatte, und Schedel brummte, dass ihm der Abend verleidet sei, da Conrad ihn nun gnadenlos an die vergehende Nacht erinnert hatte.

Der Aufbruch der Zechgemeinschaft verlief ähnlich wie die Ankunft, mit dem Unterschied, dass Severin jeden Arm in das richtige Ärmelloch bugsierte und jedem Barett zu einem würdigen Sitz verhalf.

Als er sich selbst auf den Weg machte, heftete er seinen Blick auf den großen Bären. In der Nacht könnte er sich nach der Himmelsuhr richten. Ihre Stunden würden ihn nicht betrügen, denn die Gestirne gehorchten schließlich Gottes Zeit.

Doch das Sternbild bewegte sich nicht. Keinen Zoll.

Ein durchdringender Jammerlaut flog durch die nächtlichen Gassen. Der Hundschlager lockte streunende Katzen mit seinem Ruf, um sie zu ertränken oder um sie tagsüber wieder an ihre Besitzer zu verkaufen. Severin glitt in den Schatten eines Hauseinganges, denn er war sich nicht sicher, was dieser Stadtknecht mit streunenden Bettelburschen anstellen würde.

Als er sich wieder hervortraute, war der große Bär hinterlistig ein Stückchen weitergerückt – ohne ihn.

Warum konnte er die Stunden nicht endlich fassen, warum blieben sie stehen, solange er sie beobachtete, und eilten davon, sobald er sie aus den Augen verlor? Er wünschte, der Hundschlager würde in Zukunft Jagd auf große Bären machen.

* * *

Zu St. Barbara hatte sich der Marktplatz schon am frühen Vormittag gefüllt. Die Menschentraube verhielt sich wie ein Rudel hungriger Wölfe. Gierig nach der seltenen Beute spähend und gleichzeitig der eigenen Schwäche bewusst, drängte die Menge vor und zurück. Jeder lechzte aus sicherer Deckung nach einem Platz mit guter Sicht, wollte aber nicht dem Holzpodest zu nahe sein, gar erkannt werden von dem Delinquenten oder dessen Angehörigen, mit denen man vielleicht ja noch verkehren musste.

In dem schwellenden Getuschel und Geknurre nahmen sich die aufdringlichen Rufe der Marktschreier unschicklich aus, sodass sie allmählich verstummten. Es stank nach Kohlrüben und feuchtem Pelz. Dicht gedrängt standen Bauern neben Kaufleuten, Ritter neben Handwerkern und berührten sich doch nicht. Nur die flinken Diebe schienen sich ungehindert durch das löchrig gewebte Netz bewegen zu können.

Eine breite Schneise entstand, als die Wachen Veit Stoß aus dem Lochgefängnis zerrten. Sie hatten dem Bildhauer die Hände auf den Rücken gefesselt, und zwischen seinen Fußgelenken schleifte ein Strick. Seine Kleider hingen in Fetzen, hohlwangig und grau war er geworden, und seine Augen gewitterten in ohnmächtiger Wut.

Zögerlich schob sich die Gasse hinter der beklemmenden Prozession zusammen, und die artigen Bürger versuchten unauffällig ihre Stellung zu verbessern.

»Jetzt stechen sie ihm die Augen aus«, raunte Ottilie, »dann ist es vorbei mit der Fälscherei.«

Severin schüttelte den Kopf. »Sicher nicht, er musste schwören, auf ewig in der Stadt zu bleiben, und was sollte der Rat wohl mit einem blinden Bildhauer anfangen?«

»Woher weißt du das?« Barb hatte sich auf Zehenspitzen gereckt und stützte sich auf Severins Schulter. »Es wundert mich, dass sie ihn nicht hinaus zum Scheiterhaufen führen. Wer Ware oder Münzen verfälscht, muss normalerweise mit dem Tode rechnen. Den Letzten haben sie an einen Pfahl gebunden, mit Schießpulver unter den Achseln und an den Weichen, damit die Flammen dort als Erstes auflodern. Nürnberg ist nicht zimperlich. Der Rat verhängt schon bei den geringsten Vergehen gegen die Stadt recht ausgesuchte Martern.«

Der Mann vor ihr drehte sich um. »Ja, ja, wehret den Anfängen. Die Menschen müssen vor der Schwere der Bestrafung erschrecken, sonst kommen sie auf schlechte Gedanken. Dieser geschreiige Bildhauer wird schon ernten, was er verdient.« Zuvorkommend trat er ein Stück zur Seite, damit Barb besser sehen konnte.

»Ein Feuer brennt dort jedenfalls«, sagte Barb. »Ah, der Henker hält ein Brandeisen hinein, wisst ihr, wie die Ungarn, die Besitzerzeichen ins Fell ihrer Pferde brennen.«

Auf dem Podest wurden Anklage und Urteil verlesen. Kurz darauf gellte die Stimme des Bildhauers über den Platz. Es klang wie ein verzweifelter Hilferuf.

Doch dann, als das glühende Eisen die zweite Wange zeichnete, fuhr der irre Schrei den Bürgern als erbitterte Anklage entgegen.

Severin schloss die Augen. Eine sonderbare Beklommenheit hatte ihn erfasst. Atemzug für Atemzug bewegte sich das Unbehagen von einem zum anderen fort. Niemand, der sich entziehen konnte und nicht erleichtert aufstöhnte, als er den bedrückenden Moment überstanden hatte.

Das Markttreiben kam nur schleppend wieder in Gang. Kunden begutachteten unschlüssig die ausgelegten Waren, drückten Kohl oder schnupperten an Äpfeln. Und die Händler beeilten sich, jedem einzelnen das allerbeste Stück aufzuschwatzen. Das tägliche Konzert aus Feilschen und Fluchen, markig kontrastiert von Ochsengebrüll und dem Quieken der Schweine, fand allmählich in seinen gewohnten Takt zurück.

»Als wäre nichts geschehen ...«, sagte Severin.

Ottilie sah ihn fragend von der Seite an. »Was soll geschehen sein? Es ist doch nichts Besonderes, wenn ein Verbrecher büßen muss. Das einzige Besondere sind die vielen Taschen, aus denen ich gleich Almosen locken werde.«

Sie senkte sittsam den Kopf und begann die Litanei von immer gleichen Dankgebeten vor sich hinzumurmeln, während sie sich in die Nähe der gut betuchten Bürger drängelte.

Der Schrei hallte noch in Severins Ohren nach.

Nichts Besonderes? Für Veit Stoß hatte sich mit dem Augenblick der Brandmarkung das ganze Leben geändert. Oder war ihm die Sühne schon bestimmt gewesen, als er den ersten Strich auf den falschen Schuldschein setzte? Womöglich hatte das Unglück bereits vor Wochen begonnen, als er dem betrügerischen Kaufmann sein Geld anvertraute, oder gar, als der Bildhauer beschlossen hatte, sich in Nürnberg niederzulassen. Diesen Tag hätte Veit Stoß wohl lieber verpassen sollen.

Severin kannte den tatsächlich entscheidenden Moment. Er war dabei gewesen und hatte begierig gelauscht, als eine Hand voll belesener Säufer in Bernhard Walthers Haus über das Schicksal des Bildhauers bestimmten. Ehrbare, gelehrte Herren allesamt, die sich um die Prinzipien der Menschlichkeit und Bildung sorgten. Entsprechend gnädig hatten sie über Veit Stoß entschieden, allerdings nicht um seinetwillen, sondern rein zum Vorteil der Stadt.

V. KAPITEL

Mit eiliger Hand wischte die Zeit die Tage aus Severins Leben, dafür hielt er die Nächte im Zaum, zumindest jene, in denen er dem Ticken der Uhr in Walthers Dachstube lauschen durfte. Er konnte kaum noch ohne dieses Ticken sein und fürchtete nichts mehr, als Walthers Unwillen zu erregen. Unberechtigt war diese Sorge nicht, denn Walther bestand auf Pünktlichkeit, und gerade die konnte Severin nicht bieten. Mehrmals hatte er die verabredete Stunde verpasst, mehrmals war er zur Unzeit ins Haus gestürzt, und mehrmals hatte der Alte deshalb gedroht ihn fortzujagen.

Ja, Severin hatte sogar schon erwogen, Walthers Uhr zu stehlen. Vorsichtshalber trieb er sich ständig vor dem Eckhaus herum, lauschte auf die Glockenschläge der Türmer und zählte gewissenhaft mit. Wenn er allerdings mit Lauschen und Zählen beschäftigt war, nahm er nichts anderes mehr wahr, auch nicht, dass man ihn längst hereingerufen hatte. Wieder und wieder stand der große Bursche beschämt vor dem verärgerten Greis und konnte nicht einmal Besserung geloben.

Die ganze Stadt räkelte sich genüsslich in der Maiensonne, und die Bürger stöhnten über die Hitze. So schnell hatten sie den Winter vergessen.

Barb trat bei dem bloßen Gedanken an irgendeine Tätigkeit der Schweiß aus allen Poren. »Es ist zum Ersticken in der Hütte, ich vergehe wie ein Butterklumpen.« Sie beschloss, dass nun Wanderzeit sei, packte ächzend die Leinenbeutel zusammen und schürzte ihre vielen Röcke, um bald durch kühle Wälder zu streifen und Pflanzen für den Apotheker zu sammeln.

Dieses Mal musste Ottilie nicht in die Obhut einer fremden Familie gegeben werden, sie hatte ja Severin zu ihrem Schutz.

Ungeduldig half das Mädchen Barb beim Packen, konnte den Aufbruch kaum erwarten und hüpfte auf dem Weg zum Tor emsig voraus. Die beiden Findel winkten ihrer Wirtin nach, bis diese hinter der letzten Wegbiegung verschwunden war.

»Und jetzt?«, fragte Ottilie.

»Wie immer, du bettelst, und ich gehe heute Abend zum alten Walther.«

»Hast du nicht versprochen, auf mich aufzupassen?«

»Du rennst auch sonst allein durch die Stadt.«

»Bei Tage, Severin, nicht in der Nacht. Letzten Winter ist wieder eine von uns spurlos verschwunden, und sie war älter als ich. Auf gar keinen Fall bleibe ich einsam in der Hütte!«

»Sei vernünftig.« Er wollte ihr übers Haar streichen, aber sie wich zurück.

»Ottilie, ich kann nicht bei dir bleiben, Walther erwartet mich. Wir müssen schließlich essen. Oder soll ich etwa wieder Steine schleppen?«

»Ganz, wie du willst. In der Bindergasse bauen sie ein Wirtshaus um, da brauchen sie sicher Hilfe«, sagte Ottilie, zog mit ihren Zehen Linien in den Staub und versuchte ihr Grinsen zu unterdrücken. Severin hätte sie am liebsten geschüttelt.

»Ich weiß, was wir machen!«, rief sie plötzlich. »Du nimmst mich mit! Ich störe bestimmt nicht, vielleicht helfe ich ein wenig in der Küche. Und weißt du, was das Beste daran ist? Wir können den ganzen Tag tun, was uns gefällt. Also, ich möchte jetzt baden gehen.«

Bevor Severin widersprechen konnte, rannte sie in die gleiche Richtung, in welche Barb verschwunden war. Er holte sie erst ein, als der Weg den Vischbach kreuzte. Gemächlich bogen sie ab und spazierten am Ufer entlang in den Wald hinein. Bald hörten sie die dröhnenden Schläge der Hammerwerke am Dutzenteich.

Ein breiter Gürtel aus Rohrkolben stand um den Weiher. Hin und wieder wehte eine Brise rauschende Wogen hinein, und die Wasservögel zeterten im Dickicht. Severin versuchte, quer hindurchzuwaten, aber der Untergrund bestand aus rutschigem Morast, und die jungen Dutzenhalme stachen ihm in die Füße. Erst in der Nähe des Hammerwerkes fanden sie eine Stelle, an der das Ufer steiler war, sodass sie sich ins Wasser gleiten lassen konnten.

Severin tauchte unter und ließ sein Haar hin und her wallen. Seine Kleider bauschten auf und zogen dann weich hinter ihm her. Er genoss es, mit kräftigen Stößen weit in die glatte Fläche vorzudringen in immer neues, unberührtes Terrain. Sicher hinterließ er eine blasse Spur von Staub und Dreck im Wasser.

Ottilie brüllte: »Komm zurück, du musst mich halten, ich kann doch nicht schwimmen.« Kaum war sie sicher, dass Severin rechtzeitig am Ufer sein würde, hockte sie sich nieder, breitete die Arme aus und rutschte ins Wasser. Sie zweifelte offenbar keinen Moment daran, dass er sie auffangen würde. Kreischend klammerte sie sich an ihm fest, spritzte und gluckste, verschluckte sich und brach in fröhliches Gelächter aus. Wieder kletterte sie an Land, um sich erneut in seine Arme zu werfen.

Severin tauchte unter, um plötzlich vor ihr emporzuschießen, nahm sie auf seine Schultern, ließ sie mit Bugwelle durchs Wasser sausen, machte Handstand und schlug mit den Beinen Schaum.

Als sie erschöpft ins Gras fielen, fasste Ottilie seine Hand. »Ich glaube, jetzt sind wir gleich, du bist genauso jung wie ich geworden«, sagte sie zufrieden.

Mit geschlossenen Augen ließen sie sich wärmen und spürten den gleichmäßigen Erschütterungen des Hammerwerkes nach.

»Severin, bleibst du für immer bei uns?«

»Immer? Ich weiß leider nicht, wie lange das ist.«

Er hätte ihr ebenso wenig antworten können, wenn sie nach Tagen, Stunden oder Minuten gefragt hätte. Er schüttelte ihre Hand ab, denn sie sollte ihn nicht daran hindern, den Sonnenstand zu verfolgen. Wenn er zuließ, dass ihm die Zeit entglitt, konnte es geschehen, dass er sie jemand anderem stahl, wie damals.

Es waren die gleichen Bäume, das gleiche Blätterdach, der gleiche Wald, wie damals, als er seinen Vater im Graben gefunden hatte und die Mutter unter dem umgestürzten Wagen.

»Nein, damals war Sommer, jetzt ist erst Frühling«, sagte er laut.

»Heiß ist es trotzdem schon«, murmelte es neben ihm.

Severin richtete sich auf. Er hatte noch nie ein Hammerwerk aus der Nähe gesehen und beschloss, es sogleich in Augenschein zu nehmen, bevor sich die Stille einer aussetzenden Turmuhr in seinem Kopf breit machen konnte.

»Ihr Kerle seid doch alle Narren«, sagte Ottilie. »Jetzt wo wir sauber sind, willst du zwischen Kohlen und Ruß herumstöbern. Geh nur, aber lass mich damit in Ruhe. Ich bin noch nicht trocken.«

»Es macht dir nichts aus, allein zu bleiben?«

Statt zu antworten, drehte sich Ottilie auf den Bauch.

Als Severin sich dem Werk näherte, wurde er von einer Qualmwolke empfangen. Er hustete, wischte sich übers Gesicht und nahm den Rhythmus des Hammerwerkes in sich auf. Der Rauch kam von einem überdachten Verschlag, in welchem ein gemauerter Ofen stand. Der Meister trug trotz der Hitze eine Kapuze und hatte sich sein Halstuch um Mund und Nase gewickelt. Abwechselnd schichtete er Kohle, zerkleinertes Erz und ungelöschten Kalk in eine Mulde. Sein Gehilfe bediente den Blasebalg und bemühte sich das Feuer anzufachen. Fauchend fuhr die Luft zwischen die glühenden Kohlen, und der Ofen antwortete mit ächzendem Knacken.

Daneben quietschte ein riesiges Wasserrad und trieb unerbittlich den eisernen Hammer nach oben, bis er steil in der Luft stand. Am höchsten Punkt verharrte er, als ob er den Atem anhalten würde, und sauste gleich darauf donnernd auf den Amboss zurück. Ein Mann hielt mit Hilfe einer Zange glühendes Eisen darunter. Ein anderer goss zwischen den ohrenbetäubenden Hammerschlägen kleine Mengen Wasser auf die heiße Masse, sodass zischender Dampf die beiden einhüllte.

Auf dem offenen Platz davor plagten sich zwei Kerle mit einem großen Eisenklumpen, der ebenfalls rauchte und sengende Hitze ausstrahlte. Um die Schlacke abzuschlagen, benutzten sie Holzhämmer an langen Stielen.

In all dem Zischen und Krachen flog plötzlich der Hauch eines Liedes an Severins Ohr vorbei, eine auffallend wohltönende Männerstimme, so unwirklich an diesem Ort, dass er sich umwandte und den Lauten folgte.

Er fand den Sänger ein wenig abseits hinter den Gebäuden. Der kantige Mann stand mit dem Rücken zu ihm an einem eigenen Amboss. Er wirkte eher hart als groß, als bestünde sein Leib aus zusammengeballter Kraft. Seinen Hammer aber führte er in anmutig fließenden Bewegungen. Die Schläge dröhnten auch nicht wie bei den anderen Schmieden, sondern entlockten dem Eisen einen fast gläsernen Klang, als spielte er auf einem Glockenspiel. Sein Gesang schmiegte sich den hellen Tönen entgegen, flirrte darüber hinweg und sank schmeichelnd darunter, zärtlich und voller Leidenschaft.

Severin ließ sich auf einem Mäuerchen nieder. Keinesfalls wollte er das Lied unterbrechen. Auf die Worte achtete er nicht, er horchte nur auf die Färbung der Melodie. Das Lied durchströmte ihn und lenkte seine Stimmung von Heiterkeit bis zu tiefer Schwermut, machte ihn wütend und glücklich zugleich.

Plötzlich streckte der Schmied seinen Rücken. Kurz stockte die Weise, schon floss sie stetig weiter, bis der Schlusston verklang.

Langsam drehte sich der Sänger nach seinem Zuhörer um.

Gänsehaut huschte über Severins Arme. Von irgendwoher kannte er den Mann. So zartfühlend der Gesang gewesen war, so kalt wirkte der Künstler selbst. Mit seinen markanten Gesichtszügen schien er direkt aus einem der Holzschnitte gestiegen zu sein, welche die runde Dürerin auf dem Markt feilbot. Die eng stehenden Augen des Mannes funkelten wie gewetzte Säbel, nein, wie das schimmernde, lange Messer, das er jetzt gegen Severin richtete. »Du hast mich belauscht!«

»Nein ... ja ... ich konnte nicht anders, das Lied hat mich einfach ergriffen. So etwas habe ich noch nie gehört.«

»Wie auch, das war mein eigener Ton. Ich denke, dass er sich nicht vor denen der Nürnberger Meister verstecken muss, wenn er nicht sogar über deren Können hinausgeht.«

»Ihr seid Meistersinger?«

An manchen Sonntagen drangen deren Lieder durch die Fenster des Heilig-Geist-Spitals. Dort traf sich ein ausgewählter Kreis von Handwerkern und hielt nach der Predigt einen Sängerwettbewerb mit frommen Texten zu genau vorgegebenen Tönen ab. Die strengen Richter saßen hinter einem Vorhang, damit sie ihr Urteil ohne Ansehen der Person fällen konnten. Später begab sich die illustre Gesellschaft ins Wirtshaus, um mit Zechliedern fortzufahren. Unterwegs war Severin den Herren ein paar Mal begegnet.

Der Schmied spuckte aus. »Meistersinger? Ein Messersinger bin ich. Mein Lied sagt mir, wie lange die Klinge heiß genug ist, dass ich sie schmieden kann, außerdem beschwört es ihre Kraft und Schönheit. Besondere Waffen werden oft besungen, wie Durendal zum Beispiel, das Schwert von Ritter Roland. Natürlich hätte ich durchaus ein gefeierter Meistersinger werden können. Meine Mutter hätte sich darüber gefreut, aber als Vater erfuhr, dass ich bei der Singschule als Bester unter vielen angenommen wurde, zeigte er eindrücklich, wie sehr er meine musikalische Neigung missbilligte. Willst du die Narbe sehen, die mir von seinem Ausbruch blieb?«

Er rollte seine Hose auf, doch Severin sah nicht hin, sondern blickte lieber auf den Boden.

»Was soll's, es hat mir nicht geschadet, und mittlerweile

kann ich genauso austeilen wie der alte Rotschmied. Außerdem hätte ich ohnehin keine Lust mehr, den festgefahrenen Bahnen der Meistersinger zu folgen. Nur biblische Texte sind zugelassen, dabei vergessen sie, dass Gottes Schöpfung mehr umfasst – alles! Die Nachtigall genauso wie die Unke, die Gesunden wie die Siechen, die Tugendhaften wie die Lüsternen. Ist es etwa fromm, wenn wir nur das halbe Werk des Schöpfers loben?«

Er zog ein fertiges Messer aus seinem Gürtel und fuhr mit dem Finger über die schimmernde Schneide. Als er sein Werk in die Sonne hielt, rann Blut über die Klinge.

»Damaszenerstahl! Nichts für Bettellumpen wie dich. Hier kannst du beide Seiten des Lebens erkennen, die harte und die weiche. Erst zusammengeschmiedet wird etwas Vollkommenes daraus.«

Severin trat einen Schritt näher. »Ein sonderbares Metall. Woher stammt denn das Erz? Und warum benutzt Ihr nicht den mechanischen Hammer?«

Der Mann lachte. »Meinetwegen kannst du zusehen, wie ich arbeite, aber dann übernimm den Blasebalg. Und damit du weißt, welcher Messerer in Nürnberg die besten Klingen macht – mein Name ist Herman Henlein.«

Henlein? Sollte dieser Mann einer der Brüder sein, vor denen Ottilie gewarnt hatte? Severin schüttelte den Gedanken ab, eine solche Stimme, ein solcher Feinsinn konnte nicht in einer schwarzen Seele wohnen. Er stellte sich ebenfalls mit Namen vor und begann den Blasebalg zu ziehen. Währenddessen legte der Messerer einen Block aus grob verschweißten Metallplatten in die Glut.

»Eisen ist weich und elastisch, lässt sich gut formen. Doch bei einem Stich gegen deinen harten Schädel würde es glatt verbiegen. Stahl dagegen biegt sich nicht, verkratzt nicht, hält lange die Schärfe. Ganz besonders hart ist zum Beispiel der letzte Rest, der sich unten im Tiegel absetzt, wenn Erz geschmolzen wird. Aber Stahl ist auch spröde, ein rechter Dickkopf würde ein Schwert aus diesem Material zerbersten lassen. Deshalb wechsele ich beide Stoffe in Schichten ab.«

Als die Blöcke hell erglühten und kleine Funken daraus sprühten, schwenkte er sie auf den Amboss hinüber und hämmerte kräftig und schnell darauf, sodass sie sich verbanden. Sein ganzer Körper vollzog den Rhythmus des Hammers mit, und die Zange benutzte er so geschickt wie eine zweite Hand. Schon landete das Eisen wieder im Feuer.

»Mehr Luft.«

Er schob die Kohlen über dem Eisen zusammen, damit die Hitze sich im Inneren des Haufens konzentrierte. Während Severin nach Kräften pumpte und das Eisen sich erneut erhitzte, hatte der Messerer Muße, um weiterzusprechen: »Die eigentliche Arbeit verrichte ich in meiner Werkstatt in der Stadt. Hier prüfe ich nur das Metall, bevor ich eine größere Menge davon erstehe.«

Rasch zog er den Block wieder heraus und schmiedete ihn zu einem flachen Strang auf die doppelte Länge.

»Siehst du, wie es sich unter dem Hammer streckt?«, rief er über die Schläge hinweg. »Gib mir den Keil.«

Durch wenige schnelle Hiebe entstand eine Kerbe in der Mitte der glühenden Masse, und Herman konnte die beiden Seiten aufeinander falten. Wieder schmiedete er den jetzt doppelten Block zu einem langen Strang, warf ihn ins Feuer, teilte ihn, faltete ihn aufeinander ... So ging es fort und fort.

Es gäbe Messer mit dreihundert Schichten, sagte er in den Feuerpausen. Und ein geschickter Schmied könne sogar das Muster bestimmen, welches später auf der Klinge zu sehen war.

Severin erkannte weder die Schichten noch ein Muster. Wo der Eisenblock nicht leuchtend glühte, war er vollständig dunkelgrau. Um besser sehen zu können, beugte er sich ein wenig vor. Im gleichen Moment rutschte ein Schlag plötzlich ab, sodass Severin die Hitze ins Gesicht fuhr.

Der Messerer grinste. »Den Keil!«

Anscheinend spürte der Schmied die flimmernde Glut über

dem Eisen nicht, er hielt seine offene Hand fordernd direkt darüber. Severin biss die Zähne zusammen und reichte ihm den Keil. Beinahe hätte er das schwere Ding vor Schmerzen fallen lassen.

Herman ließ das Eisen in einen Kübel mit dunkler Flüssigkeit gleiten, die sofort anfing zu brodeln.

»So eine Klinge vereint Venus und Mars. Erst nach dem Schliff werden die verschiedenen Metalle wieder sichtbar.« Auf seinem fertigen Messer zeigte er Severin die Marmorierung. »Mit der Feuerverbindung wird etwas Neues, weit Stärkeres geschaffen, was über die Eigenarten beider hinausgeht. Auch der Mensch hat die Möglichkeit, über sich hinauszuwachsen, indem er sich durch seine andere Seite vervollkommnet.« Verschwörerisch zwinkerte er Severin zu. »Die Nürnberger Gold- und Silberschmiede sind leider zu verstaubt, um passende Scheiden für meine Klingen zu machen. Ich muss mich wohl mal wieder selbst ans Werk begeben.«

Severin trat einen Schritt zurück. Wie konnte der Messerer es wagen, das Vorrecht eines fremden Handwerkes an sich zu reißen? Ausgerechnet den reichen Goldschmieden wollte er auf die Füße treten. Der Rat würde ihn in den Turm sperren, oder gar ins Lochgefängnis, man würde ihn öffentlich mit seinem glühenden Eisen zeichnen – und seinen Mitwisser natürlich ebenfalls.

»Ich muss jetzt gehen …«, sagte Severin hastig.

Das Messer zischte knapp vor seinem Gesicht durch die Luft.

»Nur keine Angst, es würde nicht wehtun. Die Klinge ist scharf und fantastisch geformt, sie kann so schnell durch deinen Hals pfeifen, dass dein Kopf noch blöde glotzt, während er schon auf der Erde kullert.«

»Gewiss, aber ich muss wirklich gehen, ich werde erwartet.«

Wahrscheinlich stimmte das sogar. Severin hatte, keine Ahnung, wie lange er sich in der Schmiede aufgehalten hatte, und würde sich auf dem ganzen Heimweg Ottilies Vorhaltungen anhören müssen.

Herman hob die Brauen. »Von wem? Von deiner holden Braut vielleicht?«

»So ähnlich. Ich danke Euch für die Zeit, die Ihr mir gewidmet habt.« Severin verbeugte sich kurz und machte sich auf den Weg zum Teich.

Ottilie lag rücklings im Gras und blinzelte ihn an. »Ich habe wunderbar geschlafen. Das hättest du auch tun sollen, du wirst beim alten Walther müde werden. Aber jetzt ist es zu spät, wir müssen zurück sein, bevor sie die Tore schließen.«

»Du bist also die Braut!« Der Messerer stand breitbeinig auf der Böschung und musterte sie ungeniert. »Wie alt bist du? Höchstens sechs oder sieben. Ich werde euch lieber begleiten, ich gehe ebenfalls nach Nürnberg.«

Ottilie saß kerzengerade und blickte dem Mann direkt ins Gesicht. »Das ist sehr freundlich von Euch, aber wir müssen leider in die andere Richtung.«

»Ach ja? Es beruhigt mich, dass du nicht leichtfertig einem Fremden folgst, aber ich bin nicht fremd, dein Beschützer und ich kennen uns schon eine ganze Weile. Sei ein braves Mädchen und steh jetzt auf.« Mit schiefem Lächeln fügte er hinzu: »Wir sollten zurück sein, bevor sie die Tore schließen, nicht wahr?«

Ottilies Miene blieb versteinert. Dafür plapperte Herman auf dem Rückweg umso mehr. »Nun, mein Freund, du hast dich am Blasebalg nicht schlecht gehalten, wenn du Lust hast, sieh dir in Nürnberg meine Werkstatt an, manchmal kann ich Hilfe gebrauchen. Falls ich besonders gute Laune habe, könnte ich mich sogar überreden lassen, eine Messingrose für deine schweigsame Maid zu zaubern.«

Ottilie sah aus, als hätte sie ihn am liebsten mit den Dornen seiner Messingrose erstochen.

Herman lachte über ihre Grimasse. »Ihr seid wirklich ein ungleiches Paar. Geschwister sicher nicht, das Mädchen stammt wohl aus dem hitzigen Süden, aus Venedig oder Florenz, wobei der Kerl glatt aus meinen eigenen Lenden hervorgegangen sein könnte.«

Plötzlich legte sich ein Schatten über das Gesicht des Messerers, und er zögerte weiterzugehen.

Severin stockte ebenfalls. Er kannte den Mann, so viel war gewiss, aber er fand nicht den passenden Ort dazu.

Schon war dieser Ausdruck auf Hermans Gesicht wieder verschwunden, und er lächelte so unbekümmert wie vorher. Vermutlich hatte nur ein Ast vor der Abendsonne geschwankt.

»Nun, Kleine«, fragte der Meister, »willst du mir nicht deinen Namen verraten, schließlich sind wir jetzt Weggefährten.«

Das Mädchen huschte auf Severins andere Seite und angelte nach seiner Hand.

»Du solltest Grasmücke heißen«, stellte Herman fest.

Als sie den Teich hinter sich gelassen hatten und sich auf dem schmalen Waldweg befanden, machte der Messerer auf einmal zwei große Schritte und baute sich direkt vor ihnen auf.

»Warte, jetzt kenne ich deinen Namen, meine Schöne. Die Ähnlichkeit ist nicht zu übersehen, und wenn du die Haare noch zurücknehmen würdest ...«

Mit schnellem Griff wickelte er Ottilies Haar um seine Hand und hielt es wie eine kunstvoll getürmte Flechtkrone über ihren Kopf.

»Das ist es«, rief er. »Lais! Ich werde jedem die Zunge abschneiden, der es wagt, dich anders zu nennen.« Er hob die Brauen und setzte mit sanfter Stimme hinzu: »Es sei denn, du, Lais, hältst mich mit deiner grazilen Hand davon ab.«

Ottilies Kinn zitterte. Eine Weile betrachtete Herman sie, dann ließ er sie los. »Habe ich dich erschreckt? Das passiert leider manchmal, wenn mir heißes Blut durch die Adern schießt. Aber du brauchst keine Angst zu haben. Unter meinem Schutz wird dir nichts geschehen. Glaube mir, wirklich erschreckend werde ich erst, wenn ich einem Feind gegenüberstehe.«

Severin trat zwischen die beiden, und der Messerer wich ihm

spöttisch lächelnd aus. Von nun an ließ er einigen Abstand zu Ottilie.

»Lais von Korinth …«, murmelte er vor sich hin. »Das war eine Frau von so zarter Schönheit, dass die Vornehmsten des Reiches ihr zu Füßen lagen. Kaum zu glauben, dass sie nun auferstanden ist und leibhaftig durch den Nürnberger Forst spaziert.«

Er senkte seine Stimme und flüsterte beinahe: »Der Wald weiß es auch, spürt ihr das? Er lässt seine sanfteste Abenddämmerung auf ihren Weg schimmern, gerade hell genug, dass sie nicht vor der Finsternis fliehen muss und doch gewebt aus weichen Schatten, wie man es schüchternen Mädchen gewähren muss, damit sie ihre Scham und Träume wie unter einem Mantel verborgen glauben.«

Ottilie kicherte spitz und spähte an Severin vorbei. Herman war ganz in seinen Gedanken gefangen. Leise begann er zu singen:

»Im Maien, im Maien hört man die Hahnen kreien,
freu dich, du kleine Bettelmaid, wir wolln den Haber saien …«

Severin kannte das Lied, aber die schmeichelnde Stimme weckte eine neue Bedeutung darin. Es klang sonderbar blutvoll. Wie Ottilie passte er seinen Schritt dem Takt des Messermachers an und wiegte sich in der Melodie.

» … es seinde zwölf Monat im ganzen langen Jahre,
das sagen uns die Weisen ganz und gar für wahre …«

Als die Töne in die Höhe stiegen, schloss Herman die Augen, und seine Miene nahm einen entrückten Ausdruck an. Wie hatte Severin diesen feinsinnigen Mann nur mit den scharf kontrastierten Bildern auf dem Markt vergleichen können?

» … ein jeder hat sein eigen Art,
der eine zehrt, der andere spart …«

Hell mischte sich Ottilies Kinderstimme in den Klang.

» … freu dich, du kleine Bettelmaid,
ich kum, ich kum, ich kum …«

Hermans Liedervorrat war unerschöpflich, er reichte für den ganzen Weg, und sie wunderten sich, wie schnell sie den Wald durchquert hatten. Trotzdem erreichten sie die Stadt nicht rechtzeitig. Von weitem sahen sie, dass der Türmer soeben dabei war, die schweren Flügel des Tores zu schließen.

Ehe Severin ihre Lage begriff, rannte Herman los. Wie ein Hund im Jagdfieber, oder eher wie ein wütender Eber raste er auf den Türmer zu. Mit seinem ganzen Gewicht krachte er gegen das Tor und hieb sein Messer quer in den letzten offenen Spalt.

Severin und Ottilie hörten ihn brüllen.

Er musste den Stadtknecht ziemlich eingeschüchtert haben, denn als sie näher kamen, hielt Herman selbst den Schlüssel in der Hand und hieß sie mit einer galanten Verbeugung willkommen.

»Du schuldest mir einen Dank, spröde Lais«, sagte er.

Ottilie versteifte sich sofort, alle Unbeschwertheit war verschwunden.

Nachlässig spielte Herman mit dem schimmernden Messer. »Dafür, dass ich über dein Wohlergehen wache und nicht zulasse, dass du ungeschützt in der Wildnis übernachten musst, wirst du eines Tages ein Geschenk von mir annehmen. Es wird dir eine Freude machen, von der du heute noch nichts ahnst. Ach ja, lass dein Haar in Zukunft nicht mehr so achtlos herumzotteln, es ist schade darum.«

Er warf dem Türmer den Schlüssel zu und schlenderte ohne ein Wort des Abschieds in die Stadt hinein.

»Puh«, machte Ottilie. »Zum Glück sind wir den los.«

»Ohne seine Hilfe hätten wir draußen schlafen müssen«, sagte Severin.

Ottilie schüttelte heftig ihre schwarze Mähne. »Wenn du früher aus dem Hammerwerk zurückgekommen wärst, säßen wir längst zu Hause. Außerdem schlafe ich lieber bei wilden Tieren, als einem der Henleinbrüder zu nahe zu kommen. Du hast ja selbst gesehen, wie er mit dem Türmer umgesprungen ist. Wer weiß, mit welcher Rohheit er dem armen Kerl gedroht hat.«

Gerade das hatte Severins Hochachtung ausgelöst. Außerdem sang der Messerer wundervoll, und er hatte ihm gezeigt, dass das Schmiedehandwerk eine Kunst sein konnte. Aber Severin schwieg. Ottilies gerunzelte Augenbrauen stießen schon fast aneinander, und in dieser Stimmung würde sie gewiss nicht einlenken.

* * *

Severins Vorhaben, Ottilie in der Hütte zu lassen, misslang gründlich. Er hatte darauf gedrängt, dass sie noch ein wenig ruhten, bevor sie sich auf den Weg zu Walther machten, und wollte sich fortschleichen, sobald sie eingeschlafen war. Nun musste sie ihn wecken.

Aufgeregt hüpfte sie an seiner Hand durch die dunkle Gasse, schauderte wohlig bei dem fernen Ruf des Käuzchens und versprach hundertmal, brav in der Küche zu bleiben und sich unter keinen Umständen von Walther sehen zu lassen.

Die Mägde nahmen das Mädchen sogleich in ihre Obhut. »Ach du liebe Zeit, wie mager sie ist.« »Nein, diese Lumpen, so etwas würde ich nicht einmal als Putzlappen verwenden.« »Und das Haar, sicher hat das arme Ding noch nie einen Kamm gesehen.«

Wie eine Puppe saß Ottilie zwischen den pflegewütigen Weibern. Severin zwang sich, ihren hilfesuchenden Blick zu übersehen, sie hatte selbst darauf bestanden mitzukommen.

Walther war nicht allein. Ein Patrizier lehnte am Wandschrank und drehte gedankenlos das Astrolabium in seinen wulstigen Fingern. Severin erkannte ihn auf den ersten Blick: das fleischige Gesicht mit der eingeschlagenen Nase, das kleine, trotzig vorstehende Kinn, die hervorquellenden Augen. Der Mann seinerseits musterte den Burschen ohne besonderes Interesse.

Wahrscheinlich erinnerte er sich nicht daran, dass er Severin in Affalterbach beinahe in Grund und Boden geritten hätte. Und falls er sich doch erinnerte, scherte er sich nicht darum.

Mit seinen schweren Goldketten und der ausladenden Pelzhussecke passte er schlecht in die enge Dachkammer, in welcher jedes Ding seinen unverrückbaren Platz bekommen hatte. Zu Severins Verärgerung spielte er leichtfertig mit Walthers empfindlichen Instrumenten und trampelte ziellos zwischen Kisten und Gerät umher.

Bernhard Walther war in seinem Sessel zusammengesackt, ein winziges, greises Männlein nur noch, das gleich in seinem Mantel verschwinden würde.

»Du solltest dich auf den Heimweg machen, Pirckheimer«, sagte der Alte, »sonst erwischen dich die Nachtwächter.«

»Unsinn! Wenn sie klug sind, gehen sie mir aus dem Weg und hüten sich, mich zu verärgern. Nicht wenige von ihnen hoffen darauf, sich unter meinem Befehl im Bayrischen Krieg goldene Nasen verdienen zu können.«

»So, du willst wieder in die Schlacht ziehen? Die letzte Niederlage hat dir wohl nicht gereicht.«

»Das kannst du nicht vergleichen. Herzog Albrecht von München hat schlagkräftige Verbündete zusammengesammelt, um sich die Landgebiete seines toten Vetters anzueignen. Der Schwäbische Bund, die Herzöge von Württemberg und Sachsen, der Landgraf von Hessen, alle unterstützen ihn und König Maximilian natürlich ebenfalls. Wie könnte ich unseren Stadtvätern raten, sich einem solch gerechten Vorhaben zu entziehen?«

Walther winkte ab. »Besonders da Herzog Albrecht 40 000 Gulden und die Herrschaft über Lauf versprochen hat, wenn die Stadt erst eingenommen ist, nicht wahr? Diese Art von Gerechtigkeit kann Nürnberg natürlich nicht ausschlagen.«

Pirckheimer blieb vor dem Alten stehen. »Ich bin nicht gekommen, um über Kriege zu streiten. Lenke nicht wieder ab, Bernhard. Ich weiß, dass du deinen gesamten Besitz aus dem

Lager am Vischmarkt hierher holen ließest. Nun wirst du die Arbeiten des Meisters Regiomontanus wohl endlich finden können.«

Walther zuckte mit den Schultern, eine Bewegung, die von den gepolsterten Ärmeln fast verschluckt wurde. »Regiomontanus, Regiomontanus … für mich behält mein Lehrer seinen christlichen Namen. Er heißt Johannes Müller und nicht wie eine Stadt. Was für eine Unsitte, sich auf Latein nach der Herkunft zu nennen, nur um den Gebildeten der Antike ähnlich zu sein. Haben wir denn keine eigene Geschichte in Franken? Haben wir nicht auch vergessenes Wissen, das sich lohnt, ans Licht gebracht zu werden? Nun, im Falle Königsbergs kommt zumindest etwas Klangvolles dabei heraus.« Er kicherte in seine Faust. »Sag, Pirckheimer, wie würdest du Memmingen übersetzen, daher stamme nämlich ich. Soll ich mich jetzt Memmingus nennen oder lieber griechisch Memmossos?«

Plötzlich stand Ottilie in der Tür.

Sie bot einen sonderbaren Anblick. Ihr Haar war gescheitelt, aber nur auf einer Seite glatt, als Kleid trug sie das reine Hemd einer Magd, und unten staken lange Spinnenbeine mit schwarzen Füßen hervor. Flink durchmaß sie den Raum, schob Walthers Papiere auf dem Tisch zusammen und stellte einen Krug mit zwei Bechern dorthin.

»Die Herren wünschen doch sicher eine Erfrischung zu ihrer Unterredung.« Artig verbeugte sie sich und huschte zu Severin, um sich neben ihm an der Wand niederzukauern.

Walther sah leicht irritiert von ihr zu Severin, der am liebsten in einer Dielenritze verschwunden wäre. »Das ist Ottilie, sie sollte eigentlich …«

Der Patrizier warf ihm einen ärgerlichen Blick zu, und Severin verstummte.

Als die Herren ihr Gespräch wieder aufgenommen hatten, flüsterte Ottilie: »Schick mich ja nicht zurück in die Küche, die Mägde sind schlafen gegangen, und alleine fürchte ich mich. Ich würde vor Angst schreien.«

»Du hast versprochen, dich nicht sehen zu lassen.«

»Psst!«, machte Ottilie und richtete ihren Blick starr auf Pirckheimer.

Der Ehrbare schenkte sich gerade zum zweiten Mal seinen Becher voll. »Warum bist du so verstockt, Walther? Johannes Werner ist wirklich ein fähiger Kopf und hat die besten Absichten. Wenn jemand die Planetenuhr von Regiomontanus in Gang setzen kann, dann ist er es. Lass ihn wenigstens die Konstruktionsblätter durchsehen. Du bekommst sie ja wieder zurück.«

»Das ist die Frage. Dein fähiger Kopf leidet mir zu sehr an Vergesslichkeit, wenn er sich etwas ausleiht. Er hätte das Zeug eben kaufen sollen, als mein Lehrer gestorben ist. Der Nachlass stand jedermann offen. Kairos muss man zu nutzen verstehen.«

»Kairos?«, fragte Pirckheimer mit einem verdutzten Ausdruck. »Erzähle mir nicht, du hättest auf deine alten Tage noch Griechisch gelernt.«

»Meine Kenntnisse sind natürlich wesentlich dürftiger als deine, aber sie reichen, um Apollonius zu übersetzen. Frag deinen Pfarrer Werner, der weiß hoffentlich, um wen es sich handelt.«

Willibald Pirckheimer lachte. »Den Pfarrer wird es wenig freuen, dass du nun auch an dieser Domäne kratzt. Soweit ich weiß, müht er sich selbst mit einem Werk von Ptolemäus. Bitte tue mir den Gefallen und sieh nach Regio ... nach Meister Müllers begonnener Arbeit. Was nützt die Planetenuhr der Welt, wenn sie nicht funktioniert?«

»Scherpp hat sich daran die Zähne ausgebissen, und ich selbst bin auch nicht weitergekommen. Ich kann mir nicht vorstellen, dass dein Werner mehr ausrichtet, und falls doch, wird er das wissenschaftliche Instrument für hanebüchene Horoskope missbrauchen.«

»Ich verstehe ja, dass du deinen Schatz nicht herausgeben magst, aber vielleicht lässt du wenigstens mich einen Blick darauf werfen. Ebenso bin ich an deinen eigenen Aufzeichnungen interessiert. Wann willst du dein Wissen endlich veröffentlichen?«

Walther seufzte. »Wenn das so einfach wäre. Je mehr ich beobachte, desto weniger weiß ich, wie ich meine Messungen deuten soll. Entweder sind sie selbst grundfalsch, oder das System, von dem wir ausgehen, stimmt nicht. Der Mars zum Beispiel zieht seine Bahnen nicht gleichmäßig, sondern leistet sich bizarre Schleifen. Außerdem ändert er sich in Größe und Helligkeit und zeigt verschiedene Geschwindigkeiten. Auch der Mond stellt mich vor Rätsel, mal bedeckt er bei einer Finsternis die Sonne ganz und gar, mal ist ein Lichtring zu sehen.«

»Nun, das hat Ptolemäus längst erklärt. Der Mond bewegt sich eben nicht direkt um die Erde, sondern zieht selbst einen großen Kreis im Raum. Der Mittelpunkt dieses Kreises dreht sich um den Globus, eben ein Epizykel.«

»Nein, nein, dann müsste der Mond teilweise viel größer erscheinen, als wir ihn sehen können. Ptolemäus nimmt sich der Phänomene einzeln an, deshalb passen seine eigenen Erkenntnisse nicht zueinander. Aber mir ist kürzlich die Ansicht eines jungen Doktors aus Heilsberg in die Hände gefallen. Dieser Niklas Koppernigk befürwortet eine Theorie des Aristarch von Samos. Demnach soll die Erde um sich selbst und um die Sonne kreisen. In diesem Fall würden meine Beobachtungen plötzlich alle stimmen.«

Pirckheimer verschluckte sich und prustete den Wein durch seine zerschlagene Nase quer über den Tisch. »Walther, Walther, wie viel hast du getrunken, dass sich die Erde unter deinen Füßen bewegt? Das ist Unsinn, ich beweise es dir.« Kurzerhand warf er seinen Becher hoch und ließ ihn auf den Dielen zerschellen. »Wenn die Erde sich bewegt hätte, wäre das Ding weiter links oder rechts heruntergekommen, stimmt's? Dann müssten auch die Wolken nur in einer Richtung ziehen, weil die Erde sie ständig überholte. Und schlimmer noch, wir würden auf der wilden Hatz um die Sonne unseren Mond verlieren. Lass diesen jungen Doktor, und suche lieber nach der Planetenuhr von Regiomontanus.«

Mühsam stemmte Walther sich aus dem Sessel und gab dem

Edlen die Hand. »Du siehst ja selbst, mit welchem Durcheinander in meinem Hirn ich kämpfe. Sobald ich mich durchgegraben habe, lasse ich es dich wissen. Danke für deinen Besuch.«

Angespannt lauschte er auf jede knarrende Stufe, bis unten die Tür ins Schloss fiel.

»Ah!«, machte der Alte. »Jetzt kannst du mir einen Wein kredenzen, Mädchen, falls der unersättliche Hund noch etwas übrig gelassen hat.«

Ottilie tat ihm den Gefallen. »Ein ziemlich aufdringlicher Kerl, Euer Besuch«, sagte sie und erntete einen heftigen Stoß von Severin, der auf dem Boden herumkroch, um die Becherscherben aufzusammeln.

Walther lachte. »Du hast vollkommen Recht, Kleine. Allerdings ist Pirckheimer Ratsmitglied, sogar Berater des Königs. Jeder vernünftige Bürger wäre von der Ehre überwältigt, ihn in seinem Haus begrüßen zu dürfen. Kann es klug sein, über einen so mächtigen Mann zu lästern? Vor allem aber ist er belesen und fähig, sich aus all dem Wissen eigene Gedanken zu bilden.«

»Wenn das so ist, darf er wohl ein bisschen aufdringlich sein«, meinte Ottilie.

»Ja, das darf er, ganz im Gegensatz zu dir.«

Ottilie verzog das Gesicht. »Ich verstehe schon. Ab sofort werde ich unsichtbar sein.«

»Wollen wir das Beste hoffen.« Walther machte eine Bewegung, als wollte er dem Mädchen über den Kopf streicheln, wandte sich aber doch seinen Tabellen zu. »Falls es dir tatsächlich gelingt, unsichtbar zu bleiben, während ich arbeite, lese ich dir irgendwann die Sage von Siegfrieds Tarnkappe vor.«

Nach Pirckheimers Besuch war Walther nicht mehr er selbst. Oft hielt er mitten in seinen Aufzeichnungen inne und starrte reglos aufs Papier. Seine Mundwinkel wiesen steil nach unten, als zögen Gewichte daran.

»Werner ist der Letzte, dem ich die Planetenuhr anvertrauen

würde«, knurrte er. Oder er schimpfte vor sich hin, dass dieser selbst ernannte Astrologe nichts weiter sei als ein gerissener Scharlatan.

Severin wagte dann nicht, den Alten anzusprechen. Die einzige Möglichkeit, ihn auf andere Gedanken zu bringen, war, ihm wie zufällig ein Buch mit Sagen aus Griechenland oder Rom ins Blickfeld zu legen. Entweder erntete Severin einen Nackenstoß für die Unordnung, oder aber Walther las ihm aus den heidnischen Geschichten vor.

Die Kräfte des Astronomen ließen merklich nach. Die steile Treppe ärgerte ihn zunehmend, und wenn er in seinem Lehnstuhl saß, fiel es ihm schwer, sich wieder herauszuwuchten. Jost musste ihm oft unter die Arme greifen und wurde für die Hilfe meist rüde beschimpft. Die Mägde konnten dem Alten schon lange nichts mehr recht machen.

Trotz der Schwäche versäumte er nie, seine Beobachtungen weiterzuführen und zeichnete Tag für Tag gewissenhaft auf, was er am Himmel gelesen hatte. Dazu brauchte er Severin. Durch ihn besaß er junge Augen und junge Glieder, und auch der beharrliche Wissensdurst des Burschen regte ihn an. Severin seinerseits bewunderte den Alten, weil es diesem offenbar mühelos gelang, die sprunghaft vorbeitanzenden Tage in ein geregeltes Maß zu pressen und jeden Moment davon sinnvoll auszufüllen.

Sie standen gerade auf der Plattform und suchten nach dem Saturn, als Walther plötzlich ausrief: »Bin ich meinem Meister nicht schuldig, seine Hinterlassenschaft weiterzuführen? Kann er nicht von mir erwarten, dass ich sie vollende, damit der Ruhm ihn ewig leben lässt? Ich habe es ja versucht, weiß Gott, ich habe es versucht, aber das Astrarium verschließt sich meinen Bemühungen.«

Severin seufzte. »Es lässt Euch keine Ruhe, nicht wahr? Warum soll Pfarrer Johannes Werner nicht einfach versuchen, das Ding zum Laufen zu bringen? Ihr sagtet selbst, dass er in der Himmelskunde ebenso bewandert sei wie Ihr.«

Walther stapfte hinein und stemmte die Hände auf den Tisch. »Wage es nie wieder, mich mit diesem Pfaffen zu vergleichen. Statt schlicht zu beobachten, deutet er die Sterne und sagt angesehenen Bürgern die Zukunft voraus, gerade wie es ihm am besten passt. Wie viel Wesens macht er um seine Geheimnisse und lässt sich die Lügen auch noch teuer bezahlen. Allen Ruhm, der meinem Meister zusteht, würde er für sich selbst einstreichen.«

»Oh, ich hätte nicht gedacht, dass der Pfarrer ein Schwindler ist.«

»Nein, nein, Severin, das darfst du nicht behaupten. Seine Kenntnisse sind tatsächlich enorm. Den Kometen, der vor vier Jahren zu sehen war, hat er fast so exakt beschrieben wie ich, obwohl ihm weit schlechtere Geräte zur Verfügung standen. Deshalb giert er ja so sehr danach, mich auszuspionieren. Hätte er meine exakten Instrumente zur Verfügung, würde er mich bald überflügeln.«

Vorsichtig tastete er nach hinten, bekam die Armlehne zu fassen und ließ sich langsam nieder. »Du verachtest mein Verhalten, nicht wahr, Severin? Du klagst mich an, ich sehe es an deinem Blick. Wie ein Hamster raffe ich mein Wissen zusammen, verstecke es, statt es der Welt zu offenbaren, will engherzig alles für mich behalten, nur weil ich meinem Nachbarn den Erfolg missgönne. Aber du irrst dich, mein Freund, ich bin kein Kaufmann mehr, ich kann durchaus großzügig sein. Was schert es mich, wenn Johannes Werner seinen Namen unter ein fremdes Werk setzen will. Soll er mit seinen Lügen selber leben. Ich werde gleich einen Brief aufsetzen.«

* * *

Wenn Severin nicht ausdrücklich bestellt worden war, drückte er sich in der Zistelgasse herum, bis man nach ihm verlangte. Nun waren schon Tage verflossen, ohne dass Jost oder die Mägde ihn hereingebeten hätten. Barb gebärdete sich allmählich unbehaglich, weil Severin nichts mehr einbrachte. Sie teilte ihm zwar immer noch ein Drittel der spärlichen Mahlzeiten zu, aber die Menge reichte gerade, um seinen Speichelfluss anzuregen. Nur gut, dass die Sommerhitze den Hunger ein wenig dämpfte.

Hatte er den Alten verärgert? Mit dem Zeh malte er ein Zifferblatt in den heißen Staub auf Walthers Schwelle. Im Moment besaß der Tag vierzehn Stunden, neun Uhr bedeutete also zwei Stunden nach Mittag. Bis elf wollte er noch warten. Und dann? Aufgeben oder gegen die Türe poltern?

Plötzlich rüttelte Jost an seiner Schulter. »Komm.«

Severin wollte sofort die Treppen hinaufhasten, aber der Knecht hielt ihn zurück. Er sah ernst aus, die sonstige Überheblichkeit war völlig aus seiner Miene gewichen, und er sagte leise: »Ich bin mir nicht sicher, ob er dich sehen will, aber vielleicht tut dein Besuch ihm ja gut. Falls er sich erregt, verschwindest du, versprich mir das.«

Severin nickte, und Jost führte ihn durch die stillen, dunklen Flure. Man hatte den Sommer ausgesperrt, sodass es kühl im Hause blieb. Selbst das Küchengeklapper und die Albernheiten der Mägde schienen aus dem Haus verbannt worden zu sein.

Severin fröstelte, als Jost leise klopfte und dann vorsichtig die Tür zum Schlafgemach öffnete. Auch hier waren die Fensterläden angelehnt. In einem schmalen Sonnenstreifen tanzte Staub, und von draußen hörte man Kinder lärmen. An der Stirnseite des Raumes erhob sich im Dämmerlicht ein gigantisches Bettgestell. Stabiler als Barbs Schuppen besaß es gedrechselte Eckpfeiler, über welche sich ein Himmel aus dunkelblauem Tuch spannte. Quasten hingen herab und schmückten auch die schweren Vorhänge, welche das Bett rundum vor Zugluft schützten. Am Fußende führte eine Treppenstufe auf die Liegestatt, und verzierte Truhen flankierten die Längsseiten.

»Bist du es, Severin? Setz dich.« Walthers Stimme war schwach, aber immer noch klar. Sachte schob Severin den Vorhang zur Seite. Ein Gebirge aus leinenweißen Federbetten türmte sich vor ihm auf und mitten darin, verschwindend klein, das blasse Antlitz des Astronomen. Wie verletzlich seine Schultern ohne die wattierte Schaube wirkten, wie schmal auf einmal der bedeutende Mann, als sei er um die Hälfte in sich zusammengefallen. Seine Haut schien durchsichtig wie ölgetränktes Papier, und das dünne Haar hing fisselig in seine Stirn. Doch unter den faltigen Lidern, umgeben von unzähligen Krähenfüßchen, blitzten muntere Augen, so jung, als hätte sich der Lauf des Lebens verkehrt, als wäre aus dem Greis ein Knabe geworden.

»Hör auf zu heulen. Mein Gott, ein Kerl wie du flennt doch nicht wegen einer völlig natürlichen Lappalie.«

Severin wischte sich mit dem Ärmel übers Gesicht. Nein, er hatte keinen Grund zu jammern, ihm ging es ja gut. Mit welchem Recht erschwerte er seinem Gönner die letzte Frist? Er sollte dem Alten lieber mit allem Lebensmut behilflich sein, den er aufbringen konnte. Doch als Walther davon sprach, dass er demnächst zu sterben gedachte, brachen sofort neue Tränen hervor.

»Beruhige dich. Was ist denn dabei? Jedes Wesen findet irgendwann zurück in die Zeit vor der Geburt seines Leibes. Der lebendige Körper ist nur ein Bindeglied, das Geist und Seele auf der Erde festhält. Er nimmt die Form der geistigen Strahlen an, wenn sie sich auf einen Fleck konzentrieren, und er löst sich wieder auf, sobald die Seele weiter wird und auseinander strebt.«

»Ich hole den Medikus Hartmann Schedel!«

»Bleib hier, Severin, oder willst du, dass ich mich zu meinem Ende quälen muss? Der Doktor wird mich stechen und zur Ader lassen, meinen Bauch mit Heilwasser füllen und mich mit widerlichen Salben einschmieren. Aber gegen Kairos kann er doch nichts ausrichten.«

»Ist Kairos denn der Tod?«

Walther musste lachen, was in einen Hustenanfall überging. Angstvoll half Severin ihm, sich aufzusetzen, und hielt ihn in den Armen, bis er wieder sprechen konnte.

»Womöglich hast du Recht, mein Lieber. Für die Hellenen war Kairos der erfüllte Zeitpunkt, der schicksalhafte Augenblick, an welchem Entscheidungen getroffen werden und große Umwälzungen stattfinden können. Kairos unterscheidet sich deutlich von der übrigen Zeit, es ist der eine, komprimierte Moment, in dem sich das Leben verdichtet. Was nützt es, das ganze Jahr unter einem Apfelbaum zu stehen und nach Früchten zu schreien? Es reicht, die Hand aufzuhalten, wenn die Äpfel reif geworden sind, nicht wahr? Gott allein legt fest, wann die Zeit erfüllt sein soll, und du selbst kannst den rechten Moment weder beschleunigen noch bremsen. Darum hüte dich, ihn zu versäumen.«

Severin nickte. Er glaubte, nicht mehr atmen zu können. Einmal hatte er Kairos verpasst, und dann war der Boden zwischen den lichten Bäumen mit zerschlagenen Leibern bedeckt gewesen.

»Gib mir das Tuch dort.« Umständlich wischte der Alte sich den Speichel vom Mund. »Lange werde ich nicht mehr warten müssen«, sagte er, »darum soll nun alles in Ordnung gebracht werden. Dafür ist Kronos zuständig, die leere, lange weilende, sich wiederholende Zeit, in der man nichts bewirken, sondern nur vorbereiten kann. Zwei Aufgaben habe ich noch für dich, danach werde ich dich mit gebührendem Lohn entlassen. Pirckheimer kennst du ja, er darf sich die Bibliothek ansehen, bevor meine beschränkten Verwandten sich darüber hermachen. Sage ihm, dass er sich beeilen muss.«

Da Severin schon wieder schniefte, hielt Walther ihm kommentarlos sein besudeltes Tuch entgegen.

»Ich ... ich weine ja nicht.«

»Hoffentlich, du musst nämlich jetzt zuhören. Ich wünsche, dass du Johannes Werner einlädst und ihm den Kasten mit der geschnitzten Lilie übergibst. Den Schlüssel dazu findest du ...«, plötzlich kicherte Walther wie ein Lausebengel. »Nein, den Schlüssel bekommt er nicht, soll er den geheimen Mechanismus doch selbst enträtseln.«

VI. KAPITEL

Pirckheimer hielt sich nicht in Nürnberg auf, sondern galoppierte seit Tagen siegesgewiss über bayrische Schlachtfelder. Die Nürnberger hatten das Städtchen Lauf in kurzer Zeit eingenommen und befanden sich nun längst auf dem Weg zu weiteren Eroberungen, was der Feldherr sich natürlich nicht entgehen ließ.

Dafür hastete Pfarrer Werner herbei, sobald er von dem Zustand des Astronomen erfahren hatte. Zappelig hielt der junge Priester dem Kranken die Hand, drückte sein allertiefstes Bedauern aus, ließ Walthers wortreiche Versöhnungsfloskeln über sich ergehen und hastete endlich hinter Severin her die Treppe hinauf.

Ehrfürchtig betrat er den kleinen Raum.

»Das ist ja traumhaft«, flüsterte er, ließ seinen Handrücken an den Büchern entlanggleiten und befingerte die Instrumente. Die Schriften auf dem Tisch überflog er nur, blätterte aber erregt in Walthers Tabellen.

Schließlich wandte er sich zu Severin um. »Pirckheimer hat wahrhaftig nicht zu viel versprochen. Aber wo versteckt der Griesgram nun seinen Schatz, die Arbeiten von Regiomontanus?«

»Ich soll Euch diese Kiste geben, Vater. Darin findet Ihr ein Astra... Astra... eine Planetenuhr mit den dazugehörigen Berechnungen.«

»Das Astrarium, die Theoria planetarum! Endlich. Wie ich sehe, ist die Truhe verschlossen, es muss einen Schlüssel geben.«

Severin zuckte mit den Schultern und versicherte, dass Walther nur von der Kiste gesprochen hatte. Es tat ihm weh, zusehen zu müssen, wie der Geistliche die Wandschränke durchwühlte, die schönen Bücher herauszerrte und mit seinen langen Fingern in jedem Winkel stocherte.

Schließlich gab Werner auf. »Das hat sich der Alte übel ausgedacht. Die Truhe ist mit Eisenbändern beschlagen, bei dem Versuch, sie aufzubrechen, würde ich wahrscheinlich selbst zerstören, was ich so sehr begehre. Aber so leicht besiegst du mich nicht, Walther!«

Er packte den Griff und bedeutete Severin auf der anderen Seite anzufassen. Gemeinsam holperten sie mit der Truhe die Treppen hinunter. Severin wuchtete das Ding auf einen Leiterwagen und folgte dem eiligen Pfarrer quer durch die ganze Stadt. Die Karre rumpelte auf dem Pflaster, manchmal gerieten die Räder zwischen die Fugen, und Severin brauchte seine ganze Kraft, um sie weiterzuzerren. Er kam sich vor wie ein Zugochse. Nur die treibende Gerte fehlte noch.

Vor einer Schlosserwerkstatt blieb Werner stehen und rief nach Clemens Glaser.

»Der Meister ist nicht da«, brummte es von innen.

»Dann vertritt ihn gefälligst, wie es deine Pflicht ist, Peter Henlein. Komm auf der Stelle heraus.«

Severin kannte den Gesellen, es war derselbe, der damals das Schloss in Walthers Haustür eingepasst hatte. Jetzt, da Severin ihn genauer betrachtete, entdeckte er die Ähnlichkeit zu Herman, dem Messermacher vom Dutzenteich. Hatte Ottilie nicht gesagt, dass die beiden Brüder wären? Der Schlossergeselle mochte jünger als Herman sein, wirkte aber wesentlich massiger. Seine Bewegungen waren so schwerfällig wie seine Sprache, und beides schien er nicht unnütz verschwenden zu wollen.

Mit einem Ruck hievte er die Kiste hoch und brachte sie in die Werkstatt. Der Raum war schwarz und roch nach altem Ruß. Vereinzelt blinkten blank gescheuerte Geräte in der Düsternis.

»Aufmachen?«, fragte Peter.

Das Nicken des Pfarrers genügte dem Gesellen. Er legte sich

ein paar Zangen, zierlich gebogene Eisenstäbe und Haken zurecht und begann, sie behutsam ins Schloss zu stecken. Ohne sich von Werner stören zu lassen, der wie ein gefangenes Tier auf und ab lief, setzte Peter methodisch ein Gerät nach dem anderen in das Schlüsselloch, schob und drehte und horchte auf die Geräusche von innen. Das fragile Werkzeug verschwand gänzlich in seinen Händen, ein Zucken seiner Finger hätte sicher ausgereicht, es zu zerbrechen.

»Ah!«, sagte er plötzlich.

Werner hatte sich inzwischen auf einen Schemel gesetzt. »Na endlich, warum hat das so lange gedauert? Glaube ja nicht, dass ich bereit bin, für dein Getrödel zu bezahlen.«

Peter erstarrte über der Kiste. Nur sein gewaltiger Brustkorb hob und senkte sich, und an der Hand, die den spitzen Eisenstab hielt, spannten sich die Knöchel.

»Wie Ihr wollt, Pfarrer. Die Bezahlung müsst Ihr mit meinem Meister besprechen. Dann soll ich also aufhören? Bis jetzt habe ich nur den Mechanismus enträtselt, ein Meisterwerk übrigens. Geöffnet ist die Kiste damit aber nicht, ich muss noch die Bewegungen des Schlüssels nachahmen.«

»Was, du bist noch nicht fertig?« Der Pfarrer sprang auf, blieb aber vorsichtshalber ein paar Schritte vor Peter stehen. Der Geselle ließ wortlos das Werkzeug auf den Tisch fallen, packte die Truhe an den Griffen und schwenkte sie zu Werner herum, als ob er sie ihm in die Hand drücken wollte.

»Nein, nein«, der Pfarrer hob abwehrend die Arme, »mach nur weiter und lass dir die Zeit, die du brauchst.«

Peters Hände agierten routiniert und zügig. Es konnte nur noch Momente dauern, bis der Deckel geöffnet war. Zumindest kam es Severin so vor. Werner war unterdessen auf seinem Schemel eingeschlafen.

»Für heute ist Schluss«, sagte der Geselle zu Severin. »Über die gesetzte Zeit hinaus dürfen Schmiede und Schlosser nicht lärmen. Ich werde die Truhe sicher verwahren. Komm morgen wieder.«

»Aber was ist mit dem Pfarrer?«

»Was soll mit ihm sein? Wenn er seinen Schemel bequem findet, lass ihn schlafen.«

Als Severin zu Hause von Pfarrer Werner erzählte, ließ Barb eine wahre Schimpfkanonade auf ihn niederprasseln. »Wie konntest du den kranken Astronomen nur alleine lassen? Nennst du das etwa Treue? Was ist, wenn Walther nun stirbt? Du glaubst doch nicht, dass seine Erben sich für den Lohn eines hergelaufenen Lumpen interessieren.«

Sie schickte Ottilie mit den letzten Hellern in die Kirche, damit sie eine Kerze stiftete, und befahl Severin, die Nacht hindurch zu wachen und um das Leben des Alten zu beten.

Gehorsam kniete Severin sich vor das Lager, stützte die Ellenbogen auf und murmelte nacheinander die Fürbitten, die ihm geläufig waren.

» ...Gebenedeiet seiest du unter den Weibern ...«

Er war sicher nicht der Einzige in der Stadt, der die Nacht hindurch betete. Allein 600 Bürger hatten sich dem Nürnberger Heer angeschlossen, um im Namen des Bayrischen Herzogs zu streiten. Aber Severin durfte jetzt nicht an Geschütze oder Hakenbüchsen denken, er bemühte sich, Walthers Bild hervorzurufen. Erst als er die Augen schloss, konnte er den Alten greifbar vor sich sehen. Sofort fühlte er sich eingehüllt in das Ticken der Uhr und lauschte den Geschichten des greisen Astronomen. Er spürte Walthers Arm über seiner Schulter, fixierte gebannt das pendelnde Astrolabium, um die Stunden aus den Sternen zu sammeln, verfolgte den Mars, sah dem großen Bären auf seiner Wanderung um den Polarstern zu ... Nichts davon war vergangen, alles fand in diesen gegenwärtigen Momenten statt, und wenn Severin wollte, immer wieder.

Er würde den Astronomen dennoch entsetzlich vermissen.

»... wie im Himmel, so auf Erden ...«

Sein Knie schmerzte. Ein gemeines Steinchen, das ihn an seiner Andacht hindern wollte, hatte sich darunter geschoben. Auch seine Arme kribbelten, und als er in sich hineinhorchte, stahl sich das pelzige Gefühl bis in die Fingerspitzen.

So ein Bittgebet wurde sicher wirkungsvoller, wenn er dabei ein wenig litt. In manchen Klöstern schnallten sich die Mönche kantige Metallkreuze um die Arme, so fest, dass sie die Haut blutig schnitten. Durch den Schmerz kamen sie den Leiden Christi näher.

Severin ruckelte sein Knie direkt in das Steinchen hinein. Aber seine Gedanken ließen sich nicht sammeln, sie wollten weder beim Schöpfer noch bei dem Kranken weilen, sondern stahlen sich immer wieder in seinen eigenen Leib zurück.

Barb schnarchte unregelmäßig; merkte sie wohl, dass ihr Atem manchmal aussetzte?

Grimmig verlagerte Severin sein Gewicht und murmelte weiter, wieder und wieder die gleichen Zeilen, bis die Worte endlich selbstständig flossen und seine Stimme sich von ihnen löste. Sieben Planetensphären musste sie durchdringen. In der letzten lauerte Saturn, das schmutzige Hemd der Seele, Fäulnis der Materie, das Blei. Erst dahinter würden die verlässlichen Fixsterne ihn weiterführen zur Sphäre der Erzengel, welche ihm beim Allmächtigen Gehör verschaffen konnten.

Aber die frommen Verse stiegen nicht auf. Wie Qualm aus einem schlechten Kamin wallten sie unter der Zimmerdecke entlang und ließen die Luft in der Hütte immer dicker werden.

Jäh verspannte sich Walthers Antlitz. Mit aufgerissenen Augen starrte er Severin an, und sein Mund verzog sich zu einer stummen Angstgrimasse.

Dieses Bild fror ein.

»Bist du irrsinnig geworden?« Barb schüttelte ihn mitleidlos. »Du brüllst ja die ganze Stadt zusammen, gleich werden sie den Wächter rufen. Willst du, dass man uns aus dem Schuppen jagt?«

»Lass ihn!«, sagte Ottilie ungewohnt fest. Sie schob Severin aufs Lager, deckte ihn zu und legte sich dicht an seinen Rücken.

Severin betete weiter, nun völlig lautlos, ganz ohne bestimmte Worte. Es war eher ein inniger Wunsch, dass Walthers Seele wohlwollend aufgenommen würde, bis Gott sie zur frohen Wiederauferstehung rief, obwohl der Alte den Kometen betrachtet hatte und einer jener reichen Kaufleute gewesen war, die allesamt erst durch ein Nadelöhr kriechen mussten, bevor sie den Himmel betreten durften. Zum Glück war Walther zu seinem Ende dürr und zierlich geworden, vielleicht passte er nun ganz ohne Schwierigkeiten hindurch.

* * *

Die Sonne zerrte die Wirklichkeit der Häuser ins Überdeutliche, scharfkantig die Schatten, grell die beleuchteten Flächen, und alle Farben fügten sich diesem unerbittlichen Kontrast.

Severin tappte in seinen eigenen Nebel gehüllt die Hundsgasse hinauf. Als Jost ihm das traurige Ereignis mitteilte, wunderte er sich nicht. Ebenso wenig wunderte er sich darüber, dass seine Anwesenheit im Eckhaus nun unerwünscht war.

Er hatte seinen kranken Gönner nicht im Stich gelassen. Er war bei ihm gewesen, als er starb, nur nicht am selben Ort. Genauso wollte er über den Toten wachen und auch über dessen Vermächtnis, das einzige Andenken, was Severin in dieser Welt noch zugänglich war.

Entschlossen wandte er sich abwärts, in Richtung der tiefer gelegenen Stadtteile, dorthin, wo Schlosser und Schmiede in ihren Werkstätten lärmten.

Die drei Männer in der Werkstatt bemerkten nicht, dass Severin in der Tür stand. Meister Glaser und sein Geselle Peter beugten sich über die offene Truhe und packten vorsichtig Papiere und metallene Gegenstände aus. Herman, der Messerer lehnte betont desinteressiert an der Wand, ohne jedoch die beiden Schlosser aus den Augen zu lassen.

»Und? Was hat der alte Walther so Weltbewegendes versteckt?«, fragte er nach einer Weile.

»Tabellen, Zeichnungen«, winkte Peter ab, »ein paar Eisenräder, Gewichte, Spiralen. Nichts, was ich nicht schon in Schlösser eingebaut hätte. Armer Herman, keine Wunderdinge, so Leid es mir für deine Neugierde tut.«

Glaser hatte sich mit einem Papier ans Fenster begeben und pfiff durch die Zähne. »Gar nicht dumm, das Ganze, gar nicht dumm.«

Die Brüder traten hinter ihn und musterten die Konstruktionszeichnung.

»Was habt Ihr erwartet, Meister?«, fragte Peter. »Ein Uhrwerk eben. Nicht für die Stunden, sondern für den Lauf der Planeten. Das hat der Pfaffe mir gestern die ganze Zeit in die Ohren gepustet.«

»Ja, ja, aber diese Skizze hier am Rand ist ungewöhnlich. Kaum zu erkennen die Krickelei, es sieht so aus, als sollte eine Metallfeder das Getriebe bewegen. Jesus Maria, falls so ein Mechanismus funktioniert, könnte man etliche Pfunde Gewicht einsparen.«

»Lass sehen!« Herman drängelte sich an seinem massigen Bruder vorbei. »Du hast Recht, Glaser. Warum bist du nicht selbst darauf gekommen? Wie lange nutzt ihr schon die enorme Kraft von Stahlfedern, wie lange baut ihr sie in ganz gewöhnliche Schlösser ein? Das da ist tatsächlich ein Antrieb. Man kann ihn spannen und zu gegebener Zeit ablaufen lassen. Denk dir ein Gewehr, welches man schon vor der Schlacht laden könnte. Das Gefummel mit der Lunte, während der Feind bereits stürmt, wäre damit hinfällig. Glaser, du musst das Zeug sofort vernichten, sonst kann ich meine Messer bald nur noch an Eheweiber und Köche verscherbeln.«

Mit einem Knall schloss Peter die Truhe. »Wie auch immer, es geht uns nichts an. Das Zeug gehört dem Pfaffen Johannes Werner. Er hat seine Truhe dieser Werkstatt anvertraut, und damit ist der Inhalt tabu.«

»Tja, wenn er bezahlt hätte ...«, hängte Meister Glaser in die Luft. »Bei säumigen Kunden muss man sich den Lohn im Vorfeld sichern.«

»Ihr habt noch nie eine Rechnung geschrieben, bevor der Auftrag erfüllt und abgeliefert war«, sagte Peter.

»Ist ja gut. Stopf den Kram eben wieder hinein.«

Mit Hermans Hilfe bettete Peter die zarten Hebelchen und Räder eins nach dem anderen in die Kiste zurück. Beiden fiel nicht auf, dass Glaser die Skizze unter seinem Hemd verschwinden ließ, aber Severin hatte die flinke Bewegung deutlich gesehen.

»Was sucht der Kerl hier?«, fragte Glaser plötzlich.

Peter sah auf. »Wie? Ach der, er hat gestern mit dem Pfaffen die Truhe gebracht und will sie nun wohl abholen.«

Herman schnappte nach Severins Ärmel und zog ihn in die Mitte der Werkstatt. Seine Lippe kräuselte sich nach oben, während er den Burschen musterte. »So, ein Knecht des Pfarrers bist du? Neulich hatte ich dich für einen Tagelöhner gehalten.«

Severin blickte auf seine Füße. »Nein, beides ist nicht richtig. Ich habe Bernhard Walther gedient, aber der ist nun gestorben, und weil ich dem Schlossergesellen damals geholfen habe, die Tür für den Astronomen einzubauen, dachte ich ... dachte ich, dass ich hier vielleicht ...«

Herman lachte. »Denken ist schon mal nicht schlecht, was meinst du, Glaser? Ich kenne den Lumpen, nicht ängstlich am Feuer und leidlich kräftig. Im Moment stapeln sich die Aufträge bei dir, und wenn der Kerl den grantigen Walther zufrieden stellen konnte, muss er wohl besonders verlässlich sein.«

Seiner Verlässlichkeit wegen hätte Walther Severin gewiss nicht gelobt, im Gegenteil, das war der einzige Punkt, weshalb der Astronom ernstlich mit ihm gehadert hatte. »Ich kann die Zahlen lesen, römische und arabische ...«

»Ach ja?«, machte Glaser und hob die Brauen. »Einen Gelehrten brauche ich nicht, höchstens hin und wieder jemanden, der das Feuer in Gang hält. Meinetwegen kannst du tageweise nachfragen, ob es Arbeit für dich gibt. Dein Lohn wird eine Mahlzeit sein, und was darüber hinausgeht, richtet sich nach deiner Brauchbarkeit.«

Liebend gerne hätte Severin sofort mit der Mahlzeit begonnen, aber er traute sich nicht, darum zu bitten, denn kaum hatte Herman die Werkstatt verlassen, kippte die Stimmung ins Giftige. Während Glaser und sein Geselle schmiedeten, verständigten sie sich nur mit Handzeichen, ansonsten herrschte ein gereizter Ton zwischen ihnen, der nicht einmal unterbrochen wurde, als die ältliche Glaserin endlich das Essen in die Werkstatt brachte. Sie als Einzige durfte in die Arbeit hineinplatzen, ihre Kinder dagegen wurden unwirsch fortgejagt, sobald sie sich nur in der Türe blicken ließen.

Derweil rutschte der Schaufelstiel in Severins Händen, und die Kohlen kollerten bedenklich oft neben dem Korb zu Boden. Das Drachenmaul der Esse fauchte ihm Glut entgegen, es sprühte Ruß, wenn er es fütterte, und verschlang ihn fast mit seiner Hitze, wenn er den Blasebalg zog oder gar hineingreifen musste, um den Aschekasten zu leeren. Schweißglänzend und schwarz am ganzen Leib sehnte er sich nach dem klaren Wasser des Dutzenteiches.

Er gewöhnte sich daran.

Er gewöhnte sich an den Geruch von angesengten Augenbrauen, wurde unempfindlich gegen Verbrennungen und spürte seine Muskeln härter werden, sodass ihm Peters auffordernde Stöße nur noch ein leises Keuchen entlockten.

Aber er gewöhnte sich nicht daran, an manchen Tagen mit den Worten weggeschickt zu werden, er solle zu gegebener Zeit erneut nachfragen.

Gegebene Zeit galt nicht für ihn. Seine Hoffnungen auf Zukünftiges prallten ohne den Puffer einer greifbaren Gegenwart gegen seine Erinnerungen. Und sie zerbarsten dabei, zerstoben in wirbelnden Staub. Kein Jetzt, das nicht im Augenblick seines Aufflackerns bereits aus Severins Nähe flüchtete.

Meist hetzte er dann ziellos durch die Straßen, um seinen Leib zu spüren, oder wenigstens die Atemlosigkeit in seinen Lungen. Beim Laufen konnte er dem rhythmischen Geräusch seiner Schritte zuhören, wie einem Nachhall des zuverlässigen Uhrentickens in Walthers Dachstube. Doch irgendwann kam unausweichlich der Moment, da er innehalten musste. Keuchend vornübergebeugt, die Hand an eine Mauer gestützt, lauschte er der Stille, die in seinem Schädel hallte. Er fühlte entsetzt, dass sich allmählich Falten von seiner Nase zu den Mundwinkeln gruben. Alterte er denn so schnell? Übersprang er launenhaft die Jahre, seit das Regelwerk der Zeit in seinem Kopf zum Stillstand gekommen war?

Sobald aber der Schlosser seine Hilfe benötigte, verlief sein Leben in beruhigend festgefügten Bahnen. Wie alle anderen erwachte er beim Morgengebimmel, aß, wenn die Mittagsglocke erklang, und beendete sein Tagwerk, sobald die Türmer den Abend einläuteten. Da ihm immer vorgeschrieben wurde, was er als Nächstes tun sollte, machte er selten entscheidende Fehler. Vor allem blieb ihm keine Muße, in beängstigende Grübeleien zu verfallen und das Ticken zu vermissen. Völlig erschöpft kroch er abends neben Barb und Ottilie auf die Strohsäcke und fiel sofort in traumlosen Schlaf. Mochte Ottilie über die Henleinbrüder unken, so viel sie wollte, im Gegensatz zu ihr war Severin jetzt kein Bettellump mehr, sondern Tagelöhner in einer angesehenen Schlosserwerkstatt.

* * *

Meister Glaser lehnte hoch aufgerichtet am Stehpult neben dem Fenster, tüftelte und zeichnete, während Peter sich an der Werkbank über das schwarze Eisen beugte. Der Geselle ließ die komplizierten Mechanismen, die sein Meister erdachte, fassbare Wirklichkeit werden, und er bearbeitete jedes Detail mit sorgfältiger Hingabe. Halbheiten gab es bei ihm nicht, außer in seinen abgerissenen Sätzen, und je winziger die Gebilde waren, desto mehr bemühte er sich.

»Nimm den Führungsbogen wieder raus, Peter. Ich bin die Distelmuster leid, warum soll die Spitze nicht zur Abwechslung in einer Lilie enden?«

Peter knurrte und ließ die Hände sinken. »Weil die Distel wehrhafter ist.«

»Hm, da hast du Recht ...«

Mit einem tiefen Grunzer wandte sich Peter wieder seiner Arbeit zu. Aber es war ihm nicht vergönnt, sich lange hineinzuversenken. Unvermittelt schlug Glaser mit der Hand auf das Pult, und der Geselle riss die Feile in die Höhe, damit sie keinen Kratzer ins Werkstück reißen konnte.

»Peter, ich hab's, wir nehmen als Verzierung den Kopf eines Ungeheuers, wehrhaft ist das allemal, und es könnte ein neues Erkennungszeichen werden.«

Peter tat einige schwere Atemzüge. »Wünscht Ihr Euren Kopf als Relief, oder plastisch, Meister?«, fragte er betont ruhig.

»Stell dich nicht dümmer, als du bist. Geschnitten und graviert natürlich. Ich hoffe, du kommst für heute allein zurecht, ich habe noch einige Besuche vor mir.«

Steif wartete Peter, bis Glaser ein paar Muster eingesteckt, seinen Mantel übergehängt und die Werkstatt verlassen hatte.

»Ohne Eure ständig neuen Eingebungen komme ich sogar wesentlich besser zurecht«, zischte er ihm nach. »Besonders wenn ich diese verdammt enge Federführung einpassen soll.«

Obwohl er nun ungestört war, machte er sich nicht ans Werk, sondern blickte argwöhnisch zu Severin hinüber.

Der bewegte sich nur noch auf Zehenspitzen, denn bei dem geringsten Geräusch schreckte Peter hoch und ballte seine Faust um die Feile.

»Wenn Ihr erlaubt, gehe ich jetzt auf den Hof, zum Holzhacken für die Glaserin«, sagte Severin schließlich und flüchtete hinaus.

Durch die offene Tür konnte er sehen, wie Peter die Werkbank abwischte, Feilen und Sägen ordnete und sogar im Feuer stocherte. Wann wollte er endlich mit seiner kniffligen Arbeit beginnen? Severin fand nichts mehr zum Hacken, und bald würde er auch die letzten Scheite aufgestapelt haben. Beim Müßiggang durfte er sich nicht erwischen lassen. Die wohlmeinenden Püffe des Gesellen bescherten ihm schon blaue Flecken genug, und die Glaserin hatte er noch nie zufrieden stellen können. Kein Wunder, dass der Meister jeden Abend in die Schänke oder ins Hurenhaus floh, um seinem Eheweib aus dem Weg zu gehen.

»Wer zwei Dinge auf einmal tut, wird keinem gerecht«, wiederholte er sich selbst in Peters Tonfall, bückte sich, wählte ein Holzscheit aus dem Haufen, richtete sich auf, ging zum Verschlag und rückte das Scheit auf dem Stapel zurecht.

»Was man nicht gleich sorgfältig erledigt, muss man doppelt machen«, zitierte er weiter, »damit verschwendet man des Meisters Geld und Gottes Zeit.«

Bei dem letzten Satz musste Peter sich geirrt haben, zumindest, was die Verschwendung von Gottes Zeit betraf. Je langsamer Severin sich nämlich bewegte, desto schleppender verging der Nachmittag. Vielleicht konnte er ihn ganz zum Stillstand bringen, wenn es ihm gelang, auch seinen Atem und vor allem sein Herz zu bremsen. Mit der Hand auf der Brust horchte er in sich hinein und ließ nur noch bei jedem vierten Schritt ein wenig Luft in seine Lunge strömen. Womöglich konnte man auf diese Weise sogar den Tod hinauszögern.

Oder beschleunigen – ihm wurde schwindelig, und er gab den Selbstversuch vorläufig auf.

Peter saß endlich wieder über den Tisch geneigt. Er war gottlob so vertieft, dass Severin unbemerkt hineinschlüpfen und sich um die vergehende Glut kümmern konnte. Selbst als ihm der Aschekasten entglitt und mit der Kante aufstieß, blieb der Geselle ruhig. Vorsichtig schlich Severin näher heran und spähte ihm über die Schulter.

Er war jedes Mal fasziniert davon, wie zartfühlend die

schwieligen Pranken mit den fein geschnittenen Eisenteilchen hantierten. Zwei, drei gekonnte Schübe mit der Feile, anpassen, biegen, wieder feilen ... und allmählich bildete sich am Ende des vierkantigen Stabes eine Öse, die sich genau in eine Aussparung schmiegte und um die spätere Niete passen sollte. Immer deutlicher zeichnete sich die künftige Form im Eisen ab, und immer zarter geriet die Rundung.

Plötzlich ein leises Knacken. Die Öse brach.

Peter saß ganz still.

»Das ist nicht wahr ...«, flüsterte er. Sein Nacken verhärtete sich, und unendlich langsam hoben sich seine Schulterblätter.

Sachte ging Severin in die Hocke und duckte sich so tief wie möglich hinter den Tisch.

»Peter!«

Pfarrer Werner stand in der Tür und blickte den Gesellen strafend an. »Ich hoffe, du bringst meine Truhe in Sicherheit, bevor du dich einem Tobsuchtsanfall hingibst.«

Der Geselle fuhr zusammen. »Ich habe nichts getan.«

»Oh doch, man braucht dich ja nur anzusehen. Der Zorn ist das erste Tor zur Hölle. Du weißt, dass Hitzigkeit nichts als Leiden schafft, die üblen Körpersäfte in Wallung bringt und Krankheiten verursacht, vor allem – die Pest.«

Er ließ dem Wort genügend Zeit, sich drohend im Raum zu entfalten, bevor er weitersprach. »Du solltest in Zukunft die Fenster nach Süden geschlossen halten und keine schweren Speisen mehr zu dir nehmen. Vor allem wirst du Gott um Gnade bitten.«

Peter faltete die Hände über dem Bauch und senkte den Blick. »Ja, Vater. Bitte vergebt mir, manchmal kommt die Wut einfach über mich.«

Abwesend schlug Johannes Werner ein Kreuz gegen ihn. Sein Kopf, der seinem Körper immer ein Stück vorauseilte, blieb in der Ecke an seiner Truhe hängen. Sogleich glättete sich seine Miene und machte einem sonnigen Lächeln Platz.

»Komm, Peter, die Trauerfeierlichkeiten für Bernhard Walther sind lange genug vorbei, jetzt lass uns seinen Schatz endlich heben.«

Gemeinsam packten sie ein zweites Mal aus, was der alte Astronom so lange verborgen gehalten hatte. Severin war mindestens so gespannt auf den Inhalt wie der Pfarrer und stahl sich näher an den Tisch, um diesmal nichts zu verpassen. »Planetenuhr«, allein das verheißungsvolle Wort überschauerte ihn mit wohliger Gänsehaut.

Als das siebeneckige Grundgestell zum Vorschein kam, sog Johannes Werner geräuschvoll Luft ein. »Ah, jetzt kann ich mir das Ganze vorstellen. Für jeden Planeten gibt es eine Seite. Wenn ich das Instrument mit den Papieren vergleiche, soll der Antrieb wohl nur das Tagesrad kontrollieren, welches seinerseits ein Jahresrad bewegt. Dann müssten von hier die einzelnen Planeten gesteuert werden. Interessant, bei diesem Zahnrad wurden die Zacken schräg gesägt, was mag das bedeuten?«

Ebensolche Gebilde hatte Severin in der Kirchenuhr sowie in Walthers Wanduhr gesehen, Kronen mit schrägen, scharfkantigen Zähnen.

Peter erläuterte, was ein Steigrad sei, was es mit der Funktion der Spindel auf sich hatte und beantwortete die sprudelnden Fragen des Pfarrers knapp und einleuchtend. Währenddessen wühlte der Geselle ununterbrochen in der Truhe. Jedes einzelne Papier nahm er zur Hand und ließ es fallen, sobald er es überflogen hatte. Schweiß stand auf seiner Stirn, und seine Bewegungen wurden von Schriftstück zu Schriftstück fahriger.

Johannes Werner konnte nicht ahnen, dass der Schlossergeselle eine ganz bestimmte Skizze vermisste, und war des Lobes voll für die treuliche Bewahrung des Erbes. »Hör zu, Henlein«, sagte er und tätschelte dem massigen Kerl den Arm. »Wie ich gesehen habe, verstehst du dein Handwerk und bist außerdem vertrauenswürdig. Wenn du erst zu Meisterwürden gelangt bist, möchte ich mit dir und keinem anderen das Abenteuer wagen, dieses Astrarium zum Laufen zu bringen.« Plötzlich fuhr sein Zeigefinger in die Höhe und fuchtelte vor Peters Gesicht. »Es sei denn, du vertrödelst deine Zeit damit, sündigen Begierden nachzugeben.«

Der Geselle glühte auf wie ein Furunkel. »Ich habe niemals etwas genommen, was mir nicht zusteht.«

»Na, na, der Gedanke, einem züchtigen Maidlein ein paar Küsse zu rauben, wird auch dir nicht fremd sein. Solche Ablenkung wäre aber außerordentlich störend, da du so bald wie möglich an deinem Meisterstück feilen sollst. Hm, die kleine Tochter des Färbers Enders Ernst beginnt allmählich keck zu werden, sie schmückt sich und schielt in der Kirchenbank nach den Burschen. Die Aussicht auf einen gesitteten Ehewirt könnte ihr übermütiges Wesen wohl zügeln. Falls eure Horoskope zusammenpassen, werde ich mit euren Vätern über eine mögliche Verbindung sprechen.«

Peters Gesichtsfarbe wechselte von Rot auf bleich, und der Pfarrer lachte. »Ein Jahr höchstens bis zu deiner Meisterwürde, ich verlasse mich auf dich. Inzwischen kann ich nach Padua reisen und eine ähnliche Sternenuhr von einem gewissen Donde ausfindig machen. Regiomontanus erzählte einmal von diesem Wundergerät. Du wirst so lange fleißig sein und an deine zukünftige Werkstatt denken. Ach, und bring mir doch auf dem Heimweg kurz die Truhe vorbei.«

* * *

Mit der Herbstsonne zeigte sich die ganze Stadt in goldrotem Gewand. Selbst die verwahrlosten Gassen verbargen ihr nacktes Pflaster unter einem getüpfelten Teppich aus Birken- und Buchenlaub, doch wer sich davon täuschen ließ und ausgelassen hindurchraschelte, stieß unweigerlich auf verborgene Hinweise, dass er sich nicht im saubersten Viertel befand.

Die Besucher der Schlosserwerkstatt kamen selten so vornehm daher wie der Pfarrer, oder gar die Herren, die Severin bei Bernhard Walther hatte kennen lernen dürfen. Meist waren es einfache Bürger und immer häufiger Landsknechte in Binden und Verbände gewickelt, die nach ihren Leibern auch ihre Waffen reparieren lassen wollten.

Am Tag vor Mariae Geburt wurde Severin wieder einmal nach Peter Henlein gefragt. Er unterbrach sein Kohlenschippen nicht, sondern deutete nur mit dem Kopf nach drinnen. Erst als er das nervöse Mädchenkichern hörte, blickte er auf.

Kungunds Stimme hätte er unter tausenden herausgehört.

Es rührte ihn sonderbar schmerzlich an, die schmale Gestalt in der Werkstatt verschwinden zu sehen. Rasch warf er eine Schaufel Kohle in seinen Korb und folgte ihr.

Ihr Kupferhaar funkelte wie eine Feuerkrone in dem rußigen Raum. Lächelnd spielte sie mit einem blank polierten Schlüssel, strich über ein paar Möbelbeschläge und betrachtete die ausgehängten Verzierungsmuster.

»Vollflächig über Schwarzlot geätzter Laubrankendekor auf gekörntem Grund«, erklärte Peter, worauf ihr Vater wohlwollend nickte.

»Glaser ist schon der zweite Meister, für den du arbeitest, nicht wahr?«, fragte der Färber. »Das kann bedeuten, dass du Lernwillen und Ehrgeiz besitzt, könnte aber auch auf eine gewisse Treulosigkeit hinweisen.«

Normalerweise hätte eine solche Unterstellung bei Peter zu einem Wutausbruch geführt, jetzt kratzte er sich nur ungelenk am Kopf. »Ihr könnt mir glauben, dass ich treu bei meinem alten Meister geblieben wäre, wenn er mich nicht selber fortgeschickt hätte.«

»Ach, er hat dir den Laufpass gegeben?«

»Nein, ich meine ja, aber bestimmt nicht, weil ich schlecht gearbeitet oder mir etwas zuschulden kommen lassen hätte. Er baut hauptsächlich einfache Riegel, was längst nicht mehr so viel einbringt wie früher, als die Zeiten noch sicherer waren. Daher kann er sich nur einen Lehrling leisten, keinen fertigen Gesellen. Als meine Lehrzeit beendet war, hat er mich Glaser anempfohlen, der meine Fähigkeiten besser zu nutzen weiß.«

»Sehr gut«, sagte Enders Ernst. »Es kann nicht schaden, verschiedenen Meistern seines Faches über die Schulter zu sehen. Und bei Glaser willst du nun bleiben?«

Peters Hand fuhr erneut zum Kopf, aber anscheinend juckte es ihn nicht und er ließ den schweren Arm wieder sinken. »Nun ja, ich bin jetzt vierundzwanzig Jahre alt und dachte daran, den Meister zu bitten, bald die Obhut über mein Meisterstück zu übernehmen. Spätestens in einem Jahr möchte ich eine eigene Werkstatt besitzen und bei meinen Schlössern dann mehr Wert auf Präzision als auf dummen Zierrat legen.«

»Was könnte an Zierrat wohl verwerflich sein?«, fragte Kungund, zog die Augenbrauen in die Höhe und wickelte sich ihre silberne Halskette um den Finger.

Peters Brustkorb hob sich. Er versuchte, ein artiges Lächeln zu formen, bevor er bedächtig antwortete: »Nun, eine alte Vettel wird durch Schmuck nicht hübscher, und eine wohlgestalte Maid, wie Ihr es seid, hat es nicht nötig, sich herauszuputzen. Das wertvollste Geschmeide muss vor natürlicher Schönheit verblassen, und übrig bleibt dann nichts als die sündhafte Eitelkeit.« Nach dieser mühsamen Erklärung sackte sein Brustkorb wieder zusammen.

Kungund nickte ihm kühl zu und sah dann sinnend aus dem Fenster. Nahm sie die Worte des Gesellen nun als Schmeichelei, oder fühlte sie sich zurechtgewiesen? Ihre Miene verriet nichts. Den Bürgerstöchtern stand es sicher besser an, bei einer solchen Unterredung schüchtern zu schweigen, anstatt keck das Wort zu ergreifen. Das tat sie denn auch, stand steif und abweisend am Fenster, als würde sie sich weder für die Männer noch für deren Gespräch interessieren. Zwischendurch senkte sie aber die Lider, und unter den Wimpern zuckten ihre Augen heimlich zu Peter hinüber.

Um ihre Aufmerksamkeit auf sich zu lenken, fütterte Severin den Drachenschlund, sodass die Esse gewaltig auffauchte und einen Feuerregen ins Dämmerlicht spie.

Kungund erschrak und drehte sich um. Im gleichen Moment

verfluchte Severin seine Tat, denn das Mädchen blickte ihm direkt ins Gesicht. Ihm, einem vollkommen verrußten Kerl, in dessen schwarzem Antlitz wahrscheinlich nur Augen und Zähne etwas heller schimmerten. Doch statt sich grausend abzuwenden, lächelte sie. Verlegen zupfte Severin sich am Ohrläppchen und beugte sich rasch über den Aschekasten.

Der Färber hatte Peter inzwischen den Arm um die Schultern gelegt. Die väterliche Geste gelang nicht recht, denn Enders Ernst musste sich arg recken, um den Schlossergesellen halbwegs zu umfassen.

»Ich bin außerordentlich zufrieden, Peter. Der alte Rotschmied und ich haben schon unter vier Augen miteinander gesprochen, und nun, nachdem ich dich persönlich kenne, können wir mit meiner vollen Zustimmung auch den Rest der Familien einweihen. Den Henleins wird mein Ansehen und vor allem meine Verbindung zu ehrbaren Kunden schon jetzt von Nutzen sein. Du fragst dich sicher, was ich selbst mir aus der Verbindung erhoffe? Nun, leider ist mein Rohmaterial ziemlich kostspielig, und ich würde etliche Gulden sparen, wenn ich bei größeren Posten zuschlagen könnte. Dein Vater bietet in dieser Hinsicht zwar wenig, aber wer Eisen zu formen versteht, zu Geschützen oder gar zu komplizierten Hakenbüchsen machen kann, ist in unseren Zeiten immer gefragt. Wenn du erst deine eigene Werkstatt aufgebaut hast, wirst du mir das eine oder andere lohnende Tuchgeschäft ermöglichen können. Aber jetzt soll das nicht deine Sorge sein. Kümmere du dich nur darum, dass Meister Glaser bald das Rugamt aufsucht und dein Begehren auf die Meisterwürde bekannt gibt.«

Als Vater und Tochter gegangen waren, blieb Peter reglos am Fenster stehen und starrte ihnen nach. Severin hätte sich am liebsten dazugestellt. Stattdessen betrachtete er Peters Rücken. Unmöglich, sich vorzustellen, dass dieser Koloss die feenhafte Kungund freien sollte.

Er spürte seinen Kittel über den eigenen Schultern spannen, spürte rußigen Schweiß in seinem Gesicht und die schwarzen Schwielen in seinen Händen. Wehmütig schloss er die Augen und versuchte den Stein in seiner Kehle hinunterzuschlucken.

»Lass das Feuer«, sagte Peter plötzlich. »Wenn ich meinen Meister sprechen will, muss ich mich wohl oder übel ins Wirtshaus begeben. Du kannst deine verdiente Mahlzeit genauso gut dort bekommen.«

VII. KAPITEL

Unter Prusten und Schnaufen schaufelte sich Peter kaltes Wasser aus dem Hofbrunnen ins Gesicht. Auch das sollte anders werden, wenn er erst seine eigene Werkstatt besaß. Einen Krug würde er haben, der in ein Gestell über einer Schüssel eingehängt werden konnte, sodass man ihn nur zu kippen brauchte, um sich jederzeit unter fließendem Wasser die Hände zu waschen. Besonders, wenn unerwartete Gäste ihn besuchten, würde eine solche Einrichtung praktisch sein.

Natürlich schwitzte ein Schlosser, das war völlig normal. Aber heute klebte sein Schweiß, und der Geruch stieg ihm selbst unangenehm in die Nase. Er hatte nicht einmal gewagt, seinen zukünftigen Verwandten die Hand zu reichen.

Wieder fühlte er eine Glutwelle in sich aufsteigen und vertrieb sie mit einem weiteren Wasserschwall.

Offensichtlich war auf den Pfarrer doch Verlass. Was Johannes Werner ankündigte, führte er aus, wenn auch um Monate verspätet. Anfangs hatte Peter ungeduldig auf einen Hinweis gelauert, dann war seine Erwartung in Missmut, sogar Verachtung dem Pfarrer gegenüber umgeschlagen. Jetzt schämte er sich dafür. Er hatte schließlich keine Ahnung, wie lange es dauerte, zwei Horoskope miteinander zu vergleichen. Und gewiss war er nicht der Mann, der einen anderen bei der Arbeit drängte. Lieber etwas mehr Geduld und ein präzises Ergebnis als Pfusch. In dieser Hinsicht würden sie sich gut verstehen, wenn sie dereinst gemeinsam den Geheimnissen des Astrariums auf den Grund gingen.

Was für ein Glück, schon den ersten großen Auftrag in der Tasche zu haben, noch bevor man sich Meister nennen durfte. Nein, Glück alleine konnte es nicht sein, es war seine Gottesfurcht, die nun Früchte trug, und natürlich auch die vielen Stunden, die er von der Schulzeit an über Zahlenreihen gebrütet hatte. Die unzähligen Eisenstücke, die er geschmiedet, vermessen, gesägt und gefeilt hatte, die Brandblasen, die Schwielen ... während andere nächtens durch Hurenhäuser zogen.

Er freute sich diebisch auf das Gesicht seines selbstgefälligen Bruders, wenn dieser von Peters Erfolg erfuhr.

Nur die Werbung um seine Braut hatte er sich völlig anders vorgestellt. Nicht, dass er die Entscheidung seines Vaters im Geringsten missbilligte, er hätte bloß gerne Bescheid gewusst und sich dem Anlass entsprechend vorbereitet. Er selbst hätte das Mädchen aufsuchen und begutachten sollen, nicht umgekehrt. Wie ein Ochse bei der Fleischbeschau war er sich vorgekommen.

Was mochte sie wohl von ihm halten?

Gottlob war sie jung und keine verdorbene Witwe, die sich gegen jede Erziehung sträubte, wie Glasers ältliche Ehewirtin. Vielleicht schadete es auch gar nicht, dass Kungund bereits gesehen hatte, was auf sie zukam. Wo gehobelt wird, fallen nun einmal Späne, und sie konnte sich schon jetzt darauf einstellen, zukünftig in einem Schlosserhaushalt für Ordnung sorgen zu müssen.

Ein bisschen klein wirkte sie für seinen Geschmack. Vor allem die schmalen Handgelenke machten ihm Sorgen, die nicht so aussahen, als ob Kungund damit zupacken könnte. Allerdings war seine Mutter auch ein zartes Weib und hatte zwei ansehnliche Kerle großgezogen. Bis zu seiner Meisterwürde hatte die Maid ja noch Zeit, ein wenig kräftiger zu werden. Immerhin schien sie nicht ängstlich zu sein, ja, man konnte sie sogar fast vorlaut nennen. Er bemerkte, dass er lächelte, und begrüßte verwundert dieses neue Gefühl.

Was stierte ihn der Hilfsbursche so unverfroren an?

»Na los, du Schwein, wasch dich! Sonst wird man dich aus dem Wirtshaus werfen.«

Federnd, regelrecht federnd, so fand er, war das richtige Wort für seine ausgreifenden Schritte, die ungewohnt leicht über das Pflaster eilten. Verlässliches Nürnberger Pflaster, verlässliche Türme, verlässliche Häuserfronten, niemals protzig und doch gerade auffällig genug geschmückt, dass man sofort bemerkte, wenn sich jemand keine Mühe gab. Dort drüben zum Beispiel sollten dringend die Läden gestrichen werden. Grün könnte passen. Eines dieser Häuser würde er vielleicht schon bald mit seiner eigenen Familie bewohnen. Es konnte sich darauf freuen, das Haus.

Was hatte diese spinnenbeinige Bettelmaid mit seinem Gehilfen zu schaffen? Lief dreist hinter Severin her, zupfte an seinem Kittel und redete auf ihn ein. Das letzte Mal, als Peter so etwas Dürres gesehen hatte, war Reisig daran gebunden, und seine Mutter hatte die Stube damit ausgefegt.

Jetzt hängte sie sich auch noch an die Hand des Burschen, und der ließ sie gewähren. Wollte er etwa seine Mahlzeit im Wirtshaus mit ihr teilen, weil er ihr keine Münze zustecken konnte? Zu weichherzig, der Kerl. Normalerweise hätte Peter die lästige Klette wohl fortgejagt, aber er musste an Kungund denken und an ihrer beider bevorstehendes Glück. Der Bursche tat ihm plötzlich ein wenig Leid. Niemals würde einer wie er rechtmäßig heiraten können. Selbst ein tüchtiger Handwerker durfte keine Ehe eingehen, solange nicht der Meisterbrief in seiner Tasche knisterte.

Einsichtig nickte Peter über das weise Gesetz. Wie sollte ein Mann auch für Weib und Bälger sorgen, wenn er kein eigenes Geschäft besaß? Man konnte schließlich von niemandem verlangen, für die Brut seiner Knechte und Mägde aufzukommen, die sich ohne die strenge Regel bestimmt ins Unübersehbare fortpflanzen würden.

Sonderbar, dass die Armen sich trotzdem so schnell vermehrten. Mindestens doppelt so viele wie letztes Jahr versuchten heuer den Bürgern in die Beutel zu kriechen. Wenn sie wenigstens bescheiden blieben, aber manche bedrängten einen geradezu. Dieses Mädchen zum Beispiel gebärdete sich, als hätte es ein Recht auf Almosen. Nun, Severin schien es nicht zu stören, und warum sollte Peter dem Burschen einen kurzen Spaß missgönnen, solange der sich unter seinesgleichen umsah.

Wie Peter vermutet hatte, hockten sie alle in der Roten Glocke beisammen. Herman behauptete zwar, er würde nur deshalb in Nürnberg leben, weil es hier pro Mann mehr Schänken gab als in jeder anderen Stadt, aber dieses reiche Angebot zu nutzen kam ihm selten in den Sinn. Wie entsetzlich für die robuste Kundschaft aus Metzgern und Messermachern, Schlossern und Geschützgießern, als ihre tägliche Heimstatt letztes Jahr umgebaut wurde und sie teils den Ochsenfelder, teils die Goldene Laus verunsichern mussten. Eine Menge Raufereien hatte es dadurch gegeben. Jetzt fühlten sie sich wieder glücklich aufgehoben in ihren dämmrigen Ecken, die nie ein Sonnenstrahl erreichen würde.

Die Luft in dem winzigen Raum war geschwängert mit Weindunst und dem Geruch nach Gebratenem, die Stuhllehnen blank von speckigen Händen, die Tische grau geschrubbt, und an den pergamentverkleideten Fenstern rann Wasser hinunter.

Meister Glaser saß aufgerichtet und gestikulierend am Kopf des gewohnten Tisches, daneben Herman auf der Bank, wie immer leicht desinteressiert zurückgelehnt, ohne jedoch seine Umgebung aus den Augen zu lassen.

Georg Heuss und Paul Tefler, Schlossergesellen wie Peter selbst, hockten ebenfalls vor großen Weinkrügen, und das, obwohl die Glocken noch lange nicht den Abend verkündet hatten.

Eine solche Nachlässigkeit würde es später in Peters Werkstatt nicht mehr geben. Ein Meister sollte mit gutem Beispiel vorangehen, statt dem Laster Vorschub zu leisten.

Herman entdeckte die zerlumpte Maid und hob die Brauen ob

Peters Gefolge. Er blinzelte ihr zu und klopfte einladend auf den Platz neben sich. Doch sie reagierte nicht darauf, sondern sah betont in eine andere Richtung. Peter blickte seinen Bruder mahnend an, denn er hielt es für das Beste, ihre Anwesenheit einfach zu übergehen, damit sie nicht auf den Gedanken kam, die Gäste anzubetteln. Der Wirt hätte sich mit vollem Recht bei dem beschwert, der sie hereingelassen hatte.

Peter schob Severin vor sich her und wies ihn auf das Ende der Bank. Er selbst nahm seinem Bruder gegenüber Platz. Georg rückte bereitwillig ein reichliches Stück zur Seite, und die anderen hielten ihre Krüge fest, bis Peter sich gesetzt hatte.

Meister Glaser bedachte die Neuankömmlinge nur mit einem hingeruckten Seitenblick, wie eine Taube, die den Futterbrocken misstraut. Sein Redefluss rann unbeeindruckt weiter. Er sprach von irgendeiner neuen Erfindung, die er in Kürze fertig stellen wollte.

Überhaupt faselte alle Welt dauernd von Neuerungen. Plötzlich galt der altbekannte Weg nach Indien als zu weit, und um geschwinder ans Ziel zu gelangen, segelten die Schiffe absurderweise in die Gegenrichtung davon. Kaum hatte Peter seine armen Zehen an den auswärts gerichteten Gang in Schnabelschuhen gewöhnt, latschten seine Kumpane urplötzlich in klobigen Kuhmäulern einher und behaupteten, Landsknechte trügen nichts anderes mehr. Zu allem Überfluss sollte er auf einmal glauben, dass die Erde nicht im Mittelpunkt des Himmels stand, sondern sich um die Sonne bewegte. Peter wurde schwindelig bei diesen Gedanken.

Gewiss lag das an den vielen Büchern, die inzwischen jeder Narr drucken lassen konnte. Sorgfältig durchdacht konnten solch eilig hingeworfene Machwerke natürlich nicht sein, im Gegensatz zu früher, als das Bücherschreiben gebildeten Mönchen oblag, die mit Muße und in vollendeter Handschrift Buchstaben für Buchstaben aufs Papier zeichneten. Jetzt dagegen verbreiteten die reichen Fugger sogar eine Zeitung mit den letzten Nachrichten aus aller Welt. Diese Ware war so schnell verderblich, dass man sich nicht einmal die Zeit nahm, sie ordentlich in Leder zu binden.

Eine wahre Schwemme von Gedrucktem brach über die Menschen herein, schneller und schneller. Wehe dem, der darin nicht schwimmen oder lange genug die Luft anhalten konnte. Peter bevorzugte, seinem Namen getreu, als Fels in der Brandung auszuharren, bis die jeweilige Welle an ihm vorbeigerauscht war.

Meister Glaser dagegen gehörte zu jenen, die das allgemeine Gehetze gewissenlos antrieben. Jeden Tag ersann er neuen unnützen Kram, der alle Routine zunichte machte und verhinderte, dass Peter sich jemals in seinem Handwerk zu Hause fühlen konnte. Es wurde wahrhaftig Zeit, sich von Glaser zu verabschieden und eine eigene Werkstatt aufzubauen. Aber genau für diesen Schritt brauchte Peter ihn noch, war leider Gottes abhängig von der Gunst des Meisters, und darum hütete er sich, dessen selbstgefälligen Wortschwall zu unterbrechen.

Paul spuckte auf den Boden und hakte seine Finger in den Henkel seines Bechers. »Ja, ja, Glaser, ich verstehe schon, dass Seefahrer die genaue Stunde brauchen, um ihre Position zu bestimmen. Aber bei stürmischem Wetter funktionieren Uhren nicht. Ich habe das Meer aufgewühlt erlebt, da stand die Sanduhr waagerecht, und kein Ding blieb an seinem Platz, wenn es nicht verzurrt oder festgenietet war. Glaubt mir, Ihr findet kein Gewicht, das schwer genug wäre, um es mit diesen Kräften aufzunehmen.«

»Recht hast du!«, prostete Georg Heuss. »Wir können berechnen, so viel wir wollen, vor Gottes Gewalten muss jedes Menschenwerk versagen, so soll es auch sein.«

»Warum hältst du Unvermögen für wünschenswert?«, fragte Herman und ließ seinen rechten Mundwinkel in die Höhe rutschen. »Heißt es nicht, macht euch die Erde untertan? Sollten wir uns nicht bemühen, Gottes Befehl zu gehorchen?«

Heuss schlug nach den Worten, als seien es lästige Fliegen.

»Die Erde, Herman, die Erde! Vom Meer war nicht die Rede.«

»Du irrst dich«, stichelte Herman. »Der Mensch wurde nach Gottes Ebenbild geschaffen, und da will ich nicht einmal deinen Wanst ausnehmen. Im Gegensatz zu allen anderen Lebewesen hat Er uns die Möglichkeit gegeben, selbst zum Schöpfer zu werden, Ihm nachzueifern und Neues zu gestalten. Es wäre geradezu sündhaft, diese Gabe achtlos verkümmern zu lassen.«

»Mangelnde Demut ist genauso sündhaft«, sagte Peter und blickte seinen Meister dabei an. »Der einzige Zweck dieser Fähigkeiten darf es sein, dass der Mensch mit seinen Werken den Allmächtigen preist, niemals aber sich selbst.«

Hoffentlich hatte Glaser die Anspielung verstanden und hörte endlich auf, von seinen großartigen Plänen zu tönen. Peter hatte schließlich ein dringlicheres Anliegen vorzutragen.

Paul nickte weise, setzte seinen Becher an die Lippen und trank ihn langsam ohne abzusetzen aus.

Peter spürte jeden Schluck in seiner Kehle. Wo trieb sich der Schenk herum? Es war schon unangenehm genug, mit dem Rücken zum Raum zu sitzen, und ohne die Möglichkeit, seine Hände zu beschäftigen, mochte er seinen Meister nicht um Unterstützung bitten. Abermals drehte er sich nach dem Wirt und stieß dabei schmerzhaft gegen das Tischbein.

»Pass doch auf!«, brüllte Heuss, tauchte hinunter und kam mit gerötetem Schädel und seinem Becher wieder zum Vorschein. Anklagend kippte er das Gefäß in der Luft. »Der nächste Krug geht auf dich, du Tölpel.« Sein Pfiff ließ die Gäste zusammenfahren. »He, Wirt, willst du nichts verdienen? Und bring einen Lappen mit, der Dicke hier hat sich nicht halten können. Jetzt bekommen wir nasse Füße.«

Stoisch wartete Peter das Gelächter ab. Sonderbarerweise verzog die kleine Bettlerin zu dem derben Spaß nicht einmal die Lippen, was ihn eher irritierte als freute.

Endlich brachte der Wirt ihm Wein, und da Glaser sich seiner Pflichten anscheinend nicht erinnern wollte, bestellte Peter ein einfaches Mahl für sich und den Gehilfen auf die Rechnung seines Meisters.

Hühnerklein, kaum von den Knochen zu unterscheiden, so trocken war das Zeug. Dem Gehilfen traten trotzdem die Augen aus den Höhlen. Tja, das hättest du für dich alleine haben können, Severin, wenn du das Mädchen gelassen hättest, wo es hingehört.

Bis Becher, Löffel und Schüsseln zurechtgeschoben waren, hatte Peter den kurzen gesprächslosen Augenblick verpasst, und die Möglichkeit, Glasers Interesse auf sich zu lenken, zog ungenutzt vorüber. Schon setzte der Meister Glaser wieder an, wo er unterbrochen worden war: »Auch du wirst mich noch rühmen, Paul. Gerade du. Meine Uhr wird nämlich bei Seegang nicht stehen bleiben. Sie wird im holpernden Fuhrwerk funktionieren und den wildesten Galopp überstehen. Ja, ein Reisender wird sie sich einfach in die Tasche stecken können.«

»Unsinn«, erwiderte Paul. »Wer möchte schon eine Eisenuhr mit sich herumschleppen und fünf Pfund Gewicht dazu?«

»Keine Gewichte, mein Freund.« Glaser lehnte sich zurück und genoss die Verwirrung. »Winzig klein und leicht wie ein Apfel soll sie werden.«

Severin senkte den Löffel und ließ seinen Mund offen stehen.

»Klein wie ein Apfel ...«, murmelte er vor sich hin. Er schob den Teller seiner kleinen Freundin zu, rückte näher und starrte Meister Glaser an, als wollte er statt Hühnchen lieber ihn verschlingen.

»Das wagt Ihr nicht«, winkte Peter ab. »Selbst wenn es möglich wäre, auf Gewichte zu verzichten, käme das einem Frevel gleich. Sie sind es, die den Himmel mit der Erde verbinden, sie erinnern uns daran, dass wir hier unten verhaftet sind, während die Zeit allein dem Schöpfer gehört.«

Paul klopfte ihm auf den Arm. »Wahr gesprochen, Henlein. Einzig der Lauf der Gestirne ist uns Zeichen und Maß. Wo bitte sollten die Planetensphären in einem so kleinen Ding Platz finden?«

»Ach, die Sphären«, sagte Glaser verächtlich. »Die lasse ich schön am Himmel hängen.«

Herman lachte, und Peter hörte sich plötzlich rufen: »Das grenzt an Ketzerei.« Der Schwung seiner Empörung hatte ihn glatt vom Stuhl gehoben. »Wenn Ihr Euch nicht nach den Sternen richten wollt, wie soll die Uhr dann laufen, Meister? Aus sich heraus etwa? Stunden und Minuten als beliebig gleiche Abschnitte, ohne höheren Anhaltspunkt, ohne höhere Bedeutung?«

Schwer ließ er sich auf seinen Platz zurückfallen.

Was redete er da? Er brauchte doch Glasers Wohlwollen. Die hochfahrenden Pläne seines Meisters interessierten ihn nicht im Geringsten, dazu wechselten sie viel zu oft. Aber es ärgerte ihn zunehmend, dass sie ihm keinen Raum ließen, über sich selbst zu sprechen. Hätten die Gesellen doch, wie normalerweise, von ihren leidenschaftlichen Eroberungen geprahlt, da hätte Peter seine bevorstehende Heirat leichter einfließen lassen können.

»Oho«, machte Herman. »Wer hätte das gedacht. Mein Bruder dient einem Ketzer, der die Menschen glauben machen will, sie könnten die Zeit in die eigenen Hände nehmen, statt sie Gott zu überlassen.«

Glaser verschränkte die Arme. »Nicht glauben, Herman, sie werden es de facto können, wenn ich den Mechanismus erst gebaut habe.«

Es war dem Meister wirklich ernst?

An einem solchen Ding würde er stundenlang zeichnen, und natürlich würde er von seinem Gesellen verlangen, all diese Hirngespinste in Eisen zu bannen. Jahre konnte so etwas dauern.

Und was sollte inzwischen aus Peters Meisterstück werden? Peter fühlte Hitze in sich aufsteigen und wischte seine feuchten Hände an der Hose ab. »Wenn Ihr das versucht, Meister, setze ich keinen Fuß mehr in Eure Werkstatt.«

Georg Heuss schüttelte den Kopf. »Reg dich nicht unnötig auf, Henlein. Ich glaube erst an das Wunderding, wenn ich sehe, wie es funktionieren soll.«

»Das kannst du sofort haben.« Meister Glaser zog ein Papier aus seiner Schecke, wischte mit dem Ärmel über den Tisch und breitete es feierlich aus.

Die Skizze aus der Truhe des Pfarrers.

Glaser hatte sie gestohlen.

Alle rutschten sofort näher und beugten sich über die Zeichnung. Sogar die Augen des Gehilfen zuckten begehrlich darüber. Die Bettelmaid dagegen drückte sich in die entfernteste Ecke.

Was ein Meister tut, fällt immer auf seine Gesellen zurück, im Bösen meist schneller als im Guten. Peters Stimme klang gepresst. »Meister, die Truhe gehört dem Pfaffen Johannes Werner. Er hat sie Euch in gutem Glauben anvertraut.«

Offenbar hatte niemand seinen Einwand gehört.

Severin fuhr die schwachen Linien mit dem Finger nach. »Die Bewegung einer Feder wird nicht gleichmäßig verlaufen«, sagte der Bursche wie zu sich selbst. »Anfangs rasant und dann, je mehr sie sich entspannt, immer träger.« Als er aufblickte, flatterten seine Nasenflügel. »Meister Glaser, ich verstehe nicht, wie Ihr die Feder in einen gleichmäßigen Rhythmus zwingen wollt, ohne einen Waagbalken mit Gewichten zu benutzen.«

Herman hob die Brauen. »Was für ein heuchlerischer Kuckuck hat sich denn da in unserem Nest breit gemacht?«, fragte er und sah Severin forschend ins Gesicht. »Ein einfältiger Tagelöhner bist du jedenfalls nicht. Wenn du glaubst, in deinem dürftigen Aufzug den Witz der Nürnberger Handwerker stehlen zu können, nimm dich in Acht. Unsere Verbindungen reichen weiter als du rennen kannst, von Venedig bis nach Rotterdam.«

Severin stieg die Röte ins Gesicht.

Peter hätte gern gewusst, wie alt der Bursche war. Mal benahm er sich wie ein grüner Junge, dann wieder hätte Peter schwören mögen, einen Gleichaltrigen vor sich zu haben. Einen Gleichaltrigen, der immerhin allein die dicken Drahtrollen schleppte, Zahlen lesen konnte und erstaunlich schnell mechanische Zusammenhänge begriff.

Im Moment wand sich der Bursche allerdings kleinlaut wie ein ertapptes Kind unter den bohrenden Blicken und zupfte verlegen an seinem Ohrläppchen.

Wie Herman. Ja, genau wie Herman. Der zupfte sich ebenfalls am Ohr, wenn der alte Rotschmied ihn wegen irgendeiner Frechheit zur Rede stellte.

Glaser faltete das Papier zusammen und stopfte es hastig unter seine Jacke. Inzwischen versuchte Severin unauffällig aus der Bank zu rutschen, doch Herman hielt ihn am Kittel fest. »Hier geblieben! Erst will ich wissen, was in deinem Schädel vorgeht. Willst wohl selbst ein kleines Horologium zusammenfummeln.«

Die anderen lachten, und Herman zerrte den Burschen am Kragen hin und her, als wollte er die Antwort aus ihm herausschütteln.

»Nein, bestimmt nicht, Meister, das könnte ich nicht. Außerdem haben die Herren natürlich Recht, mit allem, was sie über die Gewichte sagten, und auch, dass eine Uhr nicht aus sich selbst heraus laufen darf. Eine Uhr, die nichts weiter tut, als die Zeit in gleiche Abschnitte zu teilen, würde nicht die Wahrheit anzeigen. Die einzelnen Stunden sind ja völlig verschieden, manchmal rasen sie vorbei, und dann wieder quälen sie sich endlos dahin.«

»Wie jetzt zum Beispiel, nicht wahr?«, höhnte Herman.

Glaser beugte sich zu dem Burschen hinüber. »Es ist nun wirklich nichts Neues, dass Menschen die Zeit unterschiedlich empfinden. Gerade deshalb wäre es ja vorteilhaft, ein wenig Ordnung in das Durcheinander zu bringen, oder nicht?«

Severin sackte völlig in sich zusammen. Es sah aus, als hielte Herman den Zipfel eines leeren Mehlsacks in der Faust.

»Ja, das wäre es«, seufzte der Junge. »Es gibt so schrecklich viele Momente, die nur danach trachten, sich von den anderen zu unterscheiden. Die Geburt zum Beispiel, Geistesblitze, die ganz plötzlich einschlagen, oder auch wenn jemand unvermittelt sterben muss. Gottes Schöpfung ist so vielfältig, dass man sie gar nicht fassen kann, nicht ein Blatt gleicht dem anderen, keine Minute der nächsten, wir sind völlig verloren in dem Gewirr.«

Das Kinn des Burschen zitterte, und seine Worte strauchelten im Flüsterton aus ihm heraus. »Eine Uhr, die ohne Gestirne auskommt und nicht ständig daran gemahnt, dass der undurchschaubare Wille des Himmels sich hier auf der Erde widerspiegelt, würde vielleicht alles ebenmäßig machen. Sie beachtet ja das Schicksal nicht, mit welchem Gott die Menschen erschüttert. Sie beachtet nicht Freuden, nicht Ängste, nicht einmal die Sünden. Alles wird egal, das Leben eines jeden Menschen gleich und zu jeder Sekunde wieder neu, was auch immer er zu irgendeiner Zeit verbrochen hat.«

»Grässliche Vorstellung«, sagte Peter. Jede Minute der anderen gleich? Jeder Mensch dem anderen gleich? Einerlei, ob er soff und hurte oder redlich danach strebte, an seinem Platz das Beste zu leisten? Unerheblich, dass der eine sich ehrenhaft um Meisterwürde bemühte, während der andere fremde Federn stahl?

Inzwischen hatte sich Glaser erhoben. »Lass ihn, Herman, der Bursche redet wirr. Wenn er Fertigkeiten stehlen wollte, hätte er in meiner Werkstatt längst genug gesehen, um sich mit reicher Beute aus dem Staub zu machen.«

Er ließ ein paar Münzen auf den Tisch rollen und hängte sich seinen Umhang über die Schultern.

Auch Peter richtete sich auf, nicht um zu gehen, sondern um seinen Meister aufzuhalten. Am liebsten hätte er Glaser rüde auf den Stuhl zurückgedrückt, stattdessen sagte er in bemüht höflichem Ton: »Bitte wartet noch, ich muss unbedingt etwas mit Euch ...«

»Nicht jetzt, Henlein, für heute habe ich genug.«

Peters Kiefer klappte zu.

Erst stahl der Meister die Skizze, und nun wollte er einfach verschwinden, ohne seinen Gesellen auch nur angehört zu haben?

In Peters Schädel begann es zu brodeln. Glaser sollte sich bloß nicht zu sicher fühlen, es gab genügend andere Schlosser in der Stadt, ehrliche Schlosser, die ihre Kunden nicht hintergingen. Peter hätte längst die Werkstatt wechseln sollen. Noch heute würde er sich von Glaser lossagen.

Fuderweise Ballast fiel plötzlich von ihm ab, ein rostiger Haufen aus unsinnigen Verzierungen, die niemand sah, verborgenen Schüben und Klemmen, von denen niemand wusste, umständlichen Federführungen, die niemand brauchte.

Er griff nach seiner Jacke und setzte dem betrügerischen Meister nach, um ihm seinen Abschied vor die Füße zu schleudern.

Glaser entschwand gerade aus dem Lichtkegel der Wirtshauslampe, als sein Geselle auf die Gasse stolperte.

»Bleibt stehen«, rief Peter. »Ich habe Euch etwas zu sagen.«

Der Meister drehte sich nicht einmal um. Er hob nur abweisend den Arm. »Sag es mir morgen, wenn du es bis dahin nicht vergessen hast«, rief er und schritt unbeeindruckt weiter.

Peter setzte ihm nach. Er hörte die Schritte der anderen dicht hinter sich. Kurz bevor er Glaser eingeholt hatte, wirbelte dieser herum.

»Was erdreistest du dich, Henlein? Pack dich, bevor ich dich mit Schimpf aus meinen Diensten jage.«

»Ihr wollt mich davonjagen? Zu spät, ich habe Euch bereits verlassen. Gebt die Skizze heraus, damit ich sie dem rechtmäßigen Besitzer zurückgeben kann. Ihr werdet die Planetenuhr des Pfarrers jedenfalls nicht zum Laufen bringen.«

»Du etwa? Ein schwerfälliger Geselle mit behäbigem Geist?« Glaser lachte.

Peter fühlte, dass ihm das Blut in den Schädel stieg. »Ich werde nicht mehr lange Geselle sein.«

»Wie das? Du bist nicht reif für die Meisterwürde, ich werde dich bestimmt nicht beim Rugamt empfehlen, und die anderen Schlosser werden meiner Beurteilung folgen. Komm wieder zu dir, Kerl.«

Paul baute sich neben Peter auf. »Das könnt Ihr nicht tun, Glaser, jeder Geselle muss die Möglichkeit bekommen, sein Können zu beweisen.«

»Oh ja«, fiel Heuss ein. »Ein Meister ist verantwortlich für das Fortkommen seiner Gesellen, die ihm schließlich Tag für Tag die Gulden ins Haus scheffeln.«

»Dumme Maulhelden. Geht heim und schlaft euren Rausch aus.« Glaser wandte sich um und wollte seinen Weg fortsetzen, aber Peter hielt ihn fest. »Wer hört auf einen Dieb wie Euch? Gebt das Papier heraus, ich lasse nicht zu, dass Ihr meinen zukünftigen Auftraggeber bestehlt.«

Glaser stieß ihm gegen die Brust. »Was denkst du eigentlich, wen du vor dir hast, Henlein? Ein Wort von mir im Rugamt, und du kannst dein Schmiedefeuer für immer vergessen.«

Das Protestgeschrei der Gesellen schrillte in Peters Ohren.

Er fühlte Stöße im Rücken, irgendjemand klammerte sich an seinen Arm.

Rufe, gellendes Gezeter von allen Seiten.

Und vor ihm bleckten die Zähne des gewissenlosen Meisters, der kalt lächelnd all seine Träume aus der Welt fegte.

Eine hellrote Welle krachte über Peter zusammen.

Er konnte nur noch vorwärts, riss sich los und schlug zu.

* * *

»Ich glaube, er ist tot«, sagte Severin und wischte sich die Hände an Glasers Umhang ab. »Sein Kopf ist voller Blut.«

Glasers Körper lag unnatürlich verdreht auf dem Pflaster. Paul Tefler und Georg Heuss standen genau wie Peter noch keuchend und mit geballten Fäusten über ihm.

Peter spürte seinen ganzen Leib, der Schmerz strahlte bis

hinter seine Augen. Glaser musste sich heftig gewehrt haben, wahrscheinlich hatten sich die Gesellen im Eifer der Rauferei auch gegenseitig getroffen. Fast empfand er das körperliche Leiden als angenehm, zumindest erleichternd, weil es ihn wieder in die Wirklichkeit zurückriss.

In seinen Ohren rauschte es.

Herman stand etwas abseits und hielt sich die blutige Hand. Sein Messer lag auf dem Boden.

Hatte denn er …?

Nein. Peter sah sich selbst mit Hermans blinkendem Messer fuchteln. Sein Bruder hatte es ihm weggerissen, und dazu direkt in die Klinge gegriffen.

»Den Streit im Wirtshaus werdet ihr nicht leugnen können«, sagte Herman kühl. »Ihr wart so laut, dass sich jeder Gast daran erinnern wird. Aber niemand weiß, wer von euch Clemens Glaser erschlagen hat. Solange wir das nicht offenbaren, kann keiner dafür verantwortlich gemacht werden.«

Er presste seine Hand an die Lippen und sah einem nach dem anderen in die Augen. An Severin blieb er hängen. Plötzlich schnellte sein gesunder Arm nach vorne und packte den Gehilfen am Nacken. »Auch du wirst dich daran halten, Severin, und du wirst dafür sorgen, dass deine kleine Freundin ebenfalls schweigt. Ich warne dich, sonst kümmere ich mich selbst um sie.«

»Lasst ihn los!«

Aus dem Dunkel der Gasse tauchte eine schäbige Bettlerin auf. Das dürre Mädchen hielt sich eng an ihren Rock geschmiegt.

Die Alte räusperte sich. »Ihr denkt doch nicht ernsthaft, dass unsereins sich freiwillig in die Nähe eines Richters wagt? Die hohen Herren würden uns kein Wort glauben, solange Eures dagegen stünde, und schon säßen wir selbst im Loch. Ihr seid verletzt, Messerer, wenn Ihr das nicht behandeln lasst, könnt Ihr bald nicht einmal den Mäusen Furcht einjagen.«

Sie ließ ihren Beutel fallen, kniete sich neben Glaser und tastete den reglosen Körper ab. »Er ist mit dem Kopf aufs Pflaster geschlagen. Seine Familie wird mit vollem Recht Genugtuung von Euch allen verlangen.«

Heuss trat nervös von einem Fuß auf den anderen. »Dann zahlen wir eben«, sagte er. »Hauptsache, die Angelegenheit wird so schnell wie möglich aus der Welt geschafft. Ich möchte nicht für den Rest meines Lebens als Totschläger verschrien sein.«

Heuss hatte gut reden, sein Vater war vermögend, eine hohe Buße würde ihn zwar treffen, aber nicht gleich ruinieren. Und wie sollte Peter eine größere Summe auftreiben? Sein Vater, der alte Rotschmied, hielt sich gerade so über Wasser, und Herman behauptete, man müsse sein Geld ausgeben, bevor es davonlief, sonst hätte man nichts davon. Aus dieser Richtung waren höchstens ein paar Gulden zu erwarten.

Wo war eigentlich Paul plötzlich geblieben? Eben hatte er doch noch dort gestanden.

Georg Heuss machte einen Schritt rückwärts. »Ich hole jetzt die Wache.«

Gottlob hielt Herman ihn auf. »Warte! Willst du daran schuld sein, wenn man meinen Bruder in den Turm wirft?«

Peter wurde übel. Das Loch, das Gefängnis unter dem Rathaus tat sich vor ihm auf, rutschige Treppen, die in die Hölle hinabführten, wo Ketten und Eisenräder bereits darauf warteten, ihn, den Mörder, geständig zu machen, um ihn danach langsam zu zermalmen. Schon fühlte er die Hand des Henkers auf seiner Schulter.

»Setzt Euch hier hin«, befahl die Alte. »Lehnt Euch an, gut so. Niemandem ist damit gedient, wenn Ihr Eure Sinne verliert.«

Sie erhob sich und wandte sich Herman zu. »Nun zu Euch, Messerer, gebt mir Eure Hand. Das muss sofort verbunden werden.«

Peter erfasste nicht genau, was die Frau mit seinem Bruder sprach. Es ging wohl darum, ihn vor den Wachen in Sicherheit zu bringen, wenn er recht verstanden hatte, wollte die Alte für ein Versteck bei den Mönchen sorgen.

Peter nickte abwesend und schloss die Augen.

Bei den Mönchen würde er büßen müssen. So nahe vor dem Angesicht Gottes würde er sich auf dem steinernen Boden der Kapelle in seiner Schuld winden wie ein ekler Wurm. Das Urteil des Allmächtigen ließ ihn weit mehr erzittern als der Gedanke an das Loch. Bilder vom Fegefeuer fielen ihm ein, siedende Töpfe voll gestopft mit elenden Sündern, und grausame Teufel, die mit spitzen Forken nach ihnen stachen.

»Es tut mir so Leid«, murmelte er in sich hinein, »ich wollte ihn nicht töten, bestimmt nicht ...«

Warum hatte er sich nur derart hinreißen lassen? Ein einziger Moment der Unbesonnenheit, und ein Leben war zerstört. Er hatte doch nur aus Rechtschaffenheit gehandelt, nur weil er redlich bleiben und sich nicht mit einem Betrüger gemein machen wollte. War es denn falsch, dass er nach Meisterwürde strebte, dass er sich ein Eheweib wünschte, eine Familie, ein Haus? War es falsch, dass er die Zukunft der Seinen nicht auf Lügen aufgebaut wissen mochte?

Wenn er doch diesen einen Augenblick zurückdrehen, ihn einfach gleichmütig verstreichen lassen könnte, wie andere Momente auch.

Hatte der Gehilfe so etwas gemeint? Eine Uhr, die ohne Gestirne auskommt, beachtet das Schicksal nicht, mit welchem Gott die Menschen prüfen will. Ihre Räder ziehen regelmäßig ruckend die vorbestimmten Kreise nach und lassen sich nicht beirren. Ja, einen solchen Gleichmut hätte er bewahren sollen.

Severin setzte sich neben ihn. Der Bursche zitterte leicht.

»Ich habe die Skizze«, raunte er. »Ich werde sie für Euch verwahren, solange Ihr Asyl im Kloster in Anspruch nehmt. Wenn Euer Meister die kleine Uhr nun auch nicht mehr bauen kann, Ihr könntet es, nicht wahr?«

»Die Skizze gehört dem Pfarrer ...«

»Ich weiß,« sagte Severin, »das Papier gehört dem Pfarrer, vorher gehörte es dem Kaufmann Bernhard Walther, und davor dem Astronomen Regiomontanus. Aber das Wissen auf der Skizze kann niemand stehlen. Es wird nur dem gehören, der es zu nutzen versteht.«

VIII. KAPITEL

Sorgfältig rieb der Messerer seinen Dolch an der Hose sauber und steckte die Waffe in die Scheide zurück. Die Bewegung wirkte unbeholfen, weil er die Linke benutzte, während Barb seine Rechte behandelte.

»Nun haltet endlich still. Die Schnitte sind tief, es könnte sein, dass Schmutz hineingeraten ist. Die Wunde muss gesäubert werden, bevor ich sie verbinden kann. Verdammt, ich sehe nichts. Ottilie, lauf zum Wirt und frage ihn nach einer Lampe.«

»Halt! Du bleibst, wo du bist!« Herman riss seine Hand los und streckte sie in Richtung der Fackel, die am Eingang der Schänke hing. »Das Licht muss reichen, ich kann hier keinen Volksaufstand gebrauchen.«

»Wie Ihr wollt.« Barb wühlte Leinentücher und einen Tiegel mit Kräuterpaste aus ihrem Beutel. Vorsichtig strich sie Hermans Verletzungen damit ein. Der Messerer zuckte ein paar Mal und knetete sein Ohr.

Plötzlich hielt Barb inne. Sie starrte Herman ins Gesicht, betrachtete wieder unverwandt dessen Hand und griff dann nach seiner Linken, um auch diese in Augenschein zu nehmen. Für einen Moment blickte sie zu Severin hinüber, mit einem Ausdruck, als sähe sie den Burschen zum ersten Mal.

Dann sprach sie nachdrücklich im Flüsterton auf den Messerer ein. Der hartgesottene Recke schrie mehrmals auf, während sie ungewohnt ruppig seine Wunde versorgte.

Als seine Hand endlich zu einem dicken Paket verschnürt war, wandte er sich an seinen Bruder. »Komm hoch, Peter. Wir müssen so schnell wie möglich verschwinden. Heuss ruft die Wache. Die Alte bringt dich ins Kloster zu den Barfüßern, da bist du sicher. Vorläufig wirst du keinen Schritt vor die frommen Mauern setzen.«

»Nein, ich muss nach Hause, Mutter wartet sicher längst ...«

»Du tust genau, was ich dir sage, Peter. Andernfalls helfe ich dir dieses Mal nicht, und du kannst deinen Mist allein auslöffeln. Sieh hin, was du getan hast, da liegt dein toter Meister. Und hier, die Hand werde ich Wochen nicht gebrauchen können. Geh jetzt.«

Peter trottete neben Barb und Ottilie los. Als Severin Anstalten machte, sie zu begleiten, scheuchte Barb ihn wieder zurück.

Herman winkte ihn ungeduldig heran. »Du kommst mit mir«, sagte er, drehte sich um und hastete fort.

Severin hörte Schritte. Gleich würden die Wachen eintreffen und ihn neben einem Toten finden. Was blieb ihm anderes übrig, als dem Messerer zu folgen.

Hermans kantige Silhouette eilte zwischen den Häusern entlang, und sein Umhang flatterte ihm nach, als ob er nächtens fliegen könnte. Er bewegte sich fast lautlos. Severins Füße hallten derweil ungelenk auf dem holprigen Pflaster.

Hinter einem Mauervorsprung rannte er dem Messerer in den Leib. Schwarz stand der Kopf des Mannes vor der Fackel am Hauseingang. Severin konnte seine Miene nicht erkennen, nur ein paar helle Strähnen wehten im Gegenlicht. Woher kannte er diesen Anblick?

Herman stemmte seine Arme gegen die Mauer, sodass der Bursche eingeklemmt vor ihm stand. Severins Atem beschleunigte sich, und er fühlte sein Herz bis in den Hals. Nur nicht die aufrechte Haltung preisgeben. Der Messerer war nicht viel größer als er selbst, vielleicht konnte er das Hindernis überraschend zur Seite drücken. Severin atmete ein, um Kraft für einen plötzlichen Vorstoß zu sammeln.

»Denk gar nicht erst daran«, sagte Herman und spuckte aus. »Ob du willst oder nicht, Severin, du wirst jetzt mit mir auskommen müssen. Bedanke dich bei der alten Erpresserin, sie hat den Handel ausgebrütet. Rein mit dir, und lass dir ja nicht einfallen auszureißen. Ich finde dich.«

»Ich weiß von keinem Handel. Ich habe Euch nichts getan, und Ihr habt kein Recht, mich festzuhalten.«

Severins Hinterkopf donnerte gegen bröckeligen Lehmputz, und Herman drückte ihm das Kinn in die Höhe.

»Nichts getan?«, fauchte der Messerer. »Jawohl, du hast nichts getan, um dieses Unglück zu verhindern. Gegafft hast du und meinen Bruder mit deinem Wehgezeter noch aufgestachelt.« Er ließ Severin sein ganzes Gewicht spüren. »Na los, schrei mir auch in die Ohren, damit ich ebenfalls die Nerven verliere.«

»Nein ...«, krächzte Severin.

»Du bleibst hier.« Herman gab ihn frei. »Die Alte hat mir die Augen über dich geöffnet. Ich nehme dich bei mir auf. Als Gegenleistung bringt sie Peter im Kloster unter, sorgt dafür, dass er Asyl bekommt und bei den genügsamen Brüdern nicht allzu sehr abmagert.«

»Was hat Barb über mich gesagt?«

»Rein mit dir. Ich werde erst spät zurück sein, mir stehen noch die Vorwürfe meiner Eltern bevor.«

Die Tür fiel zu. Severin hörte, wie sich der Schlüssel drehte und die Riegel nacheinander einrasteten. Durch einen Spalt im Fensterladen drang ein wenig Licht, ein schmaler Streif nur, der über einen Werktisch auf die steinernen Fliesen hinunterfiel und auf die Schwelle eines weiteren Raumes zielte. Vorsichtig tastete Severin sich vorwärts. Die noch warme Asche in der Esse konnte er riechen, er fühlte eine Truhe, ein Stuhl ... Laut scheppernd krachten mehrere Eisenstangen um.

Das angrenzende Zimmer besaß einen rauen Dielenfußboden. Severins Hände fuhren auch hier über Truhen und Schemel, es gab eine Schlafstatt und eine Tür. Sie war nicht verschlossen und führte auf einen ummauerten Innenhof, wo sich ein Brunnen und das heimliche Gemach befanden. Weitere Räume gab es nicht.

Herman würde sicher wenig erfreut sein, den unliebsamen

Gast in seinem Bett vorzufinden. Sollte Severin sich wenigstens eine Decke nehmen? Er verwarf den Gedanken, trat den Rückzug an und kauerte sich unter der Werkbank zusammen.

Warum hatte Barb ihn diesem Manne anbefohlen? Bekam sie harte Groschen dafür? Oder wollte sie ihn einfach nur los sein? Severin würde sie zur Rede stellen, gleich morgen, wenn die Sonne wieder aufgegangen war ...

Das Papier knisterte unter seinem Kittel.

Eine Uhr, klein und leicht wie ein Apfel. Severin hätte sie am Körper tragen können, sie ständig zur Verfügung gehabt. Die quälende Hatz nach zerronnenen Stunden wäre für immer vorbei, und nie wieder würde er sich und andere gefährden, indem er die Zeit vergaß.

Nun aber war der Schlosser tot.

Sein Herzenswunsch zerschlagen.

Paul Tefler und Georg Heuss waren gewiss nicht zimperlich gewesen, doch Peters Hieb erst hatte den Meister endgültig niedergestreckt.

Severin biss sich auf die Lippe. Er würde dafür sorgen, dass der Geselle die Scherben wieder zusammensetzte, jede einzelne, und wenn es Jahre dauern sollte.

Im Morgengrauen polterte Herman in die Werkstatt. Er roch nach gebranntem Wein. Sein Körper schaukelte vor und zurück, sodass er vorsichtshalber den Kopf gegen den Türrahmen lehnte und mit ausdauernder Sorgfalt die Riegel vorschob. An jedem einzelnen rüttelte er, um sich zu vergewissern, dass er wirklich verschlossen war. Dann rempelte er gegen den Werktisch, stieß sich ab, um den Raum zu durchqueren, und stolperte über die Eisenstangen, die Severin im Dunklen umgeworfen hatte. Herman fluchte vor sich hin. Auf allen vieren krabbelte er in seine Kammer, kletterte auf die Bettstatt und verfiel sofort in ungleichmäßiges Schnarchen.

Severin fror. Er hätte sich doch eine Decke holen sollen, der

Messerer würde sie in seinem Zustand nicht vermissen. Leise kroch er aus seinem Versteck und schlich in Hermans Kammer. Ganz vorsichtig ergriff er die Decke, zog sie unter Hermans Füßen hervor und rollte sie über seinen Arm, damit sie nicht etwa irgendwelche Gegenstände zu Boden wischen konnte. Auf keinen Fall wollte er den Betrunkenen an sein Vorhandensein erinnern, nicht einen Kerl, der ohne zu Zögern in eine Messerklinge gegriffen hatte.

Zurück in seiner sicheren Höhle unter dem Tisch wickelte er sich ein. Die Decke war mit Daunen gefüllt, nahm schwer und weich seine Körperwärme auf und hielt sie mollig fest.

Die Augen fielen ihm zu.

Der Messerer kam früher auf die Beine, als Severin vermutet hatte. Er riss die Fensterläden zur Seite und stieß beide Türen auf.

»Hier stinkt's!«, sagte er. »Zieh dich aus und wirf deine Lumpen gleich in die Esse.«

Aus einer der Kisten kramte er ein Hemd und blaue Hosen mit gepolsterter Schamkapsel heraus, wie er sie selber trug. Außerdem ein dunkelrotes, kurzes Wams aus englischem Wollstoff, dessen Oberärmel dick mit Werg gefüttert waren.

»Raus an den Brunnen mit dir, bevor du die Kleider nimmst. Benutze die Seife, und wasch dir gefälligst die Haare. Ein Mitbewohner reicht mir, deinen Tiergarten werde ich nicht beherbergen.«

Severin hatte bisher nur Barchent getragen, das einfache Leinen-Baumwollgewebe der Bauern, und natürlich niemals strahlende Farben, große Ärmel oder gar Schlitze. Wer sich in solchem Staat unter die Bürger wagte, musste selbst einer sein.

»Meister ... vielen Dank, aber ich darf das nicht annehmen. Falls mich der Viertelmeister damit erwischt, wird er die Sachen sofort einziehen, und ich müsste auch noch die Strafe aufbringen.«

»Wie kommst du darauf? In der Kleiderordnung sind Handwerksknechte ihren Meistern gleichgestellt. Beeil dich, ich will nicht den ganzen Tag vertrödeln.«

Die Kleider saßen so angenehm, als hätte Severin sein Lebtag nichts anderes getragen. Selbst die Größe stimmte fast.

Ein Handwerksknecht.

Hermans Spiegel zeigte deutlich den Beweis. Ein wirklicher Handwerksknecht, der im Hause seines Meisters lebte und verköstigt wurde. Severin fand, dass er dem Messerer sogar ein wenig ähnlich sah. Besonders seine Schenkel faszinierten ihn, da sich jede Muskelbewegung unter den engen Hosen abzeichnete.

Wenn Barb diesen Aufstieg für ihn bezweckt hatte, musste Severin ihr mehr als dankbar sein. Dafür ertrug er auch, dass Herman ihn auf einen Schemel drückte und mit dem Kamm über ihn herfiel. Kein Schmerzenslaut drang über seine Lippen.

»Es ist dumm, mit dem Schicksal zu hadern, wenn man es nicht ändern kann«, sagte Herman und hielt seinen Verband in die Höhe. »Du wirst meine rechte Hand ersetzen müssen, und falls die alte Bettlerin die Wahrheit über dich sagt, sollte dir das nicht allzu schwer fallen. Vielleicht hat dich ein Engel geschickt, vielleicht der Teufel. Beides soll mir recht sein, solange du deinen Zweck erfüllst.«

»Mir auch«, antwortete Severin und hätte eigentlich fragen wollen: »Welchen Zweck?«

Er bemerkte, dass er sein Gegenüber nachahmte und genauso herablassend lächelte. Er kopierte sogar dessen Anflug von Verachtung im Mundwinkel.

Wie konnte er nur? Herman behandelte ihn mehr als großzügig. Severin hatte den einfühlsamen Gesang des Messerers nicht vergessen, ebenso wenig den unbeugsamen Willen, als er den Türmer daran hinderte, das Tor zu schließen, und auch nicht die Missachtung seines eigenen Schmerzes, als er Peter das Messer entriss. Severin schämte sich und lernte dennoch sogleich von seinem neuen Meister.

»Wir werden sehen, wie du dich anstellst.« Herman warf ihm eine Lederschürze zu. »Es ist eine Schande! In diesen Zeiten kein Feuer in der Esse. Seitdem der Bayernkrieg tobt, schreit die Stadt nach Saufedern, Lanzen, Pfeilspitzen, nach allem, was man sich gegenseitig in die Leiber stechen kann. Mein Hammer dürfte nicht mehr stillstehen.«

Er tat einige tiefe Atemzüge, nahm eine Feile von der Werkbank und bedeutete Severin, sich mit dem Schemel nahe ans Fenster zu setzen.

»Das Schmieden kannst du so schnell nicht lernen, aber dort liegen genügend Rohlinge, die alle gefeilt und geschliffen werden müssen. Das sind keine Übungsstücke, sondern bestellte Ware. Wehe, wenn du die Arbeit verdirbst.«

Er erhitzte die Stücke nur kurz, nahm mit der bloßen Hand einen Rohling aus dem Feuer und hielt ihn Severin entgegen. Der griff beherzt zu, ließ aber das Eisen sofort schreiend fallen. Nachdem es etwas abgekühlt war, stellte Herman sich hinter seinen Knecht und führte ihm die Hände, bis er glaubte, Rhythmus, Druck und den richtigen Winkel in den nachgiebigen Körper eingraviert zu haben.

»Mach genauso weiter, bis ich wiederkomme.«

»Wo geht Ihr hin?«

»Auf Jagd«, sagte Herman und versetzte Severin eine leichte Kopfnuss. »Aber erwarte nicht, dass ich meine schreckhafte Beute mit nach Hause bringe oder sie gar mit dir teile.«

Während er sich den Umhang über den Arm hängte und die Werkstatt verließ, sang er vor sich hin. Es war dasselbe Lied, wie damals auf dem Weg durch den Wald, dieselbe samtene Stimme, die im Moment noch gezügelt war, aber sich jederzeit glutvoll entfalten konnte. Severins Nacken kribbelte davon. Er lauschte der Melodie nach, so lange er sie erahnen konnte, und bemerkte, dass er versonnen lächelte.

In Tausenden von immer gleichen Bewegungen feilte er nun winzige Späne des spröden Materiales herunter und zerrieb dabei die Zeit. An dem rohen Metallstreifen, der einmal wie ein Messer aussehen sollte, sah er kaum eine Veränderung. Er selbst dagegen verformte sich deutlich. Sein Rücken mochte sich aus der gekrümmten Haltung nicht mehr aufrichten, die Hände rot und abgeschürft, und seine Handgelenke steif bis in den Schlaf hinein. Er kam sich vor wie der Vogel, der seinen Schnabel Tag für Tag an einem Felsen wetzte. Wenn dieser Felsen abgetragen war, würde erst ein Bruchteil der Ewigkeit vergangen sein. War einer dieser endlosen Tage tatsächlich unbemerkt verronnen, nahm der nächste seine Stelle ein, als hätte es nie einen Vorgänger gegeben, und Severin war seinem Ziel, irgendwann eine eigene Uhr zu besitzen, keinen Zoll näher gekommen.

Aber immerhin tat er die Arbeit des Meisters, er, eine bedeutungslose Findel, ein ungebildeter Bauernlümmel, ein elender Bettellump.

Wenn Herman nicht unterwegs war, lag er meist in seiner Kammer auf dem Bett, wo er verbissen zeichnete oder in seinen Büchern blätterte. Da er mit seiner Verletzung nicht schmieden konnte, versuchte er, ein neuartiges Gewehr zu entwickeln, eines, das ganz ohne Lunte auskam und sich selbst abfeuerte, wenn man einen Hebel zog.

»Ich komme alleine nicht weiter«, schimpfte er. »Wenn doch Peter hier wäre, der hat so oft über Zahlen und Konstruktionen gebrütet, dass sie ihm geläufiger sind als mir. Verdammt, ich hätte mir Glasers Skizze genauer ansehen sollen.«

Severin schielte zum Kohlekasten. Darunter lag verborgen das begehrte Papier. Gerne hätte er seinem Meister geholfen. War es nicht sogar seine Pflicht, die Gunst, die er genoss, nach Kräften zu vergelten?

»Nicht die Feile verkanten, ich höre die Klinge weinen!«, rief Herman und schleuderte den Milchkrug nach seinem Knecht.

Gleichmütig sammelte Severin die Scherben auf und entschied, dass er die Skizze für sich selber brauchte.

Als er hochblickte, spähte Ottilie durchs Fenster. Herman hatte sie ebenfalls entdeckt. Ehe Severin sich aufrichten konnte, war der Meister neben ihm und legte ihm schwer die Hand auf die Schulter.

»Welch lieblicher Besuch. Komm nur herein, holde Lais.«

Ottilie folgte der Aufforderung, nickte in Hermans Richtung, ohne ihn dabei anzusehen, und machte ein paar Schritte auf Severin zu. »Ich wollte nur wissen, wie es dir geht.«

»Gut geht es mir, sehr sogar.« Severin schob die Hand des Meisters fort und erhob sich.

»Du siehst so anders aus«, Ottilie lächelte unsicher, »so schön.«

»Das sind nur die Kleider. Meister Henlein hat sie mir gegeben, darunter bin ich noch derselbe.«

Entschieden schüttelte Ottilie den Kopf. Sie kam näher und berührte scheu sein Haar. »Wie ein Junker.«

»Er ist ein Junker.« Herman hängte seinen Ellenbogen über die Kante des Rauchfanges. »Und stattlich dazu. Hast du je daran gezweifelt, kleine Lais? Auch dich könnte man auf den ersten Blick für eine dumme Bettelgöre halten. Aber wer genauer hinschaut …«

»… der sieht eine gewitzte Bettelgöre!«, beendete Ottilie seinen Satz.

»Nun, es liegt mir fern, dir zu widersprechen, Lais, denn es wäre wenig ritterlich, die bescheidene Tarnung einer Frouwe aufzudecken, solange sie dies nicht ausdrücklich wünscht. Aber sage mir, findest du es nicht verwerflich, alle Menschen durch deinen Aufzug zu täuschen?«

»Ich täusche niemanden, ich besitze ja nichts anderes.«

Mit überaus entsetzter Miene schlug Herman das Kreuz, hockte sich vor Ottilie hin und nahm ihre Hände. »Sieh mich an, Lais. Bitte, sprich so etwas um Himmels willen nie mehr aus. Gott kann alles hören. Es wird Ihm nicht gefallen, wenn du Seine freundlichen Gaben achtlos auf den Kehricht wirfst, deine Glieder, dein Haar, dein bezauberndes Antlitz. Wenn Er gewollt hätte, dass deine Schönheit unter einer schwarzen Schicht verborgen bliebe, wärest du gewiss als Mohrin auf die Welt gekommen.«

Kichernd senkte Ottilie den Kopf.

»Ich weiß nicht, was daran komisch ist«, sagte Herman plötzlich ernst. Ottilie wollte sich abwenden, aber er hielt noch ihre Hände und ruckte sie scharf zurück. Als sie ihn erschrocken ansah, ließ er sie los und erhob sich lächelnd. »Auch ich habe einst versprochen, dir ein Geschenk zu machen, aber solange ich befürchten muss, dass du meine Gabe ebenso schmählich vernachlässigst wie die deines Schöpfers, wage ich nicht, sie dir anzuvertrauen.«

Er sammelte Beutel und Mantel zusammen und wandte sich zur Tür. Bevor er ging, blieb er vor Ottilie stehen, hob ihr Kinn und strich ihr über die Wange. »Du möchtest mit Severin sprechen. Nur zu, aber vergiss nicht, dass er jetzt mir gehört. Das könntest du auch. Jederzeit.«

Severin lachte, um Ottilies Erstarrung zu lösen. »Manchmal benimmt er sich sonderbar, ein Bürger eben, am besten, man achtet gar nicht darauf.«

Sie hob ihre Schultern bis zu den Ohren und ließ sie mit einem Seufzer wieder fallen. »Du bist jetzt auch ein Bürger, oder nicht? Er hat schon Recht, du gehörst nicht mehr zu uns, du gehörst zu ihm.«

»Unsinn.«

Ottilie strich scheu durch die Werkstatt, als ob sie sich in einem Palast befände. Vorsichtig nahm sie einen Becher aus dem Wandregal, umschloss ihn mit den Händen und stellte ihn genau ausgerichtet wieder an seinen Platz zurück.

»Ich habe jeden Tag gehofft, dass du uns besuchen würdest, aber jetzt verstehe ich, warum du nicht kommst. Wir haben nur einen einzigen Napf, und die Grütze ist immer schon kalt. Wo solltest du dich bei uns hinsetzen, ohne schmutzig zu werden? Außerdem ...« Ottilie schlug sich die Hand vor den Mund und ging rückwärts, »ich hätte nicht hereinkommen dürfen. Jetzt habe ich dir bestimmt Ungeziefer mitgebracht.«

»Bleib hier, Ottilie, bitte.« Severin hielt die Tür zu. »Ich vermisse euch auch, aber der Meister gibt mir schrecklich viel zu tun, weil er im Moment nicht selber schmieden kann. Sonst hätte ich euch längst besucht.«

Er schämte sich der freundlichen Lüge, in Wahrheit hatte er selten an die schäbige Hütte gedacht. Um das Thema zu wechseln, erzählte er Ottilie vom Brunnen im Hof und seinem ersten Waschfest, bei welchem er auf einen Streich gleich Tausende von Flöhen ertränkt hatte.

»Severin, glaubst du, mein Haar könnte ebenso weich werden wie deins? Ich möchte nicht, dass der Allmächtige bekümmert über mich ist.«

Sie verbrauchten die halbe Seife.

Severin versuchte, beim Kämmen vorsichtig zu sein, aber manche Stellen an Ottilies Hinterkopf waren so verfilzt, dass nur ein Messer half. Gottlob konnte sie in Hermans Spiegel nichts von dem rückwärtigen Gemetzel sehen, und als Severin ihr geholfen hatte, einen dicken Zopf zu flechten, wirkte das Ergebnis weitaus manierlicher als jemals zuvor.

»Es fühlt sich anders an«, sagte Ottilie, »ein bisschen kalt am Hals.« Sie saß sehr aufrecht und schlug die Beine übereinander. »Barb hat gesagt, dass die Glaserwitwe den Rat mit Bittgesuchen überhäuft. Sie verlangt, dass man die Täter fasst und zu einer Entschädigung verurteilt. Georg Heuss behauptet zwar, unschuldig zu sein, ist aber trotzdem bereit zu zahlen, um die Sache aus der Welt zu schaffen. Vierzig Gulden will er aufbringen. Kannst du dir einen solchen Geldhaufen vorstellen? Dafür bekäme man ein kleines Stadthaus.«

»Für ein Menschenleben finde ich das nicht so viel.«

Und auch nicht für das, was dieser Mensch hätte schaffen können.

Ottilie schüttelte ihren neuen Zopf. »Dieser Paul weist ebenfalls jede Schuld von sich, hat sich aber vorsichtshalber zum

Heer davongemacht. Barb meint, seine Flucht sei dumm gewesen, im Bayrischen Krieg könnte er nämlich mehr verlieren als bloß Geld.«

»Er könnte genauso gut gewinnen. Ich habe bisher nur von Siegen gehört. Die Nürnberger nehmen eine Burg nach der andern ein. Wer bei diesem Krieg dabei sein darf, bringt bestimmt reiche Beute mit nach Hause.«

»Severin, du denkst doch nicht etwa daran, dich bei den Landsknechten zu verdingen?«

Er spürte, dass sich ein stolzes Lächeln auf seinen Lippen ausbreitete. Er unter den Landsknechten. Noch vor Kurzem hätte niemand ihm zugetraut, beim Heer angenommen zu werden. Selbst jetzt wäre ein solcher Wunsch vermessen, er trug zwar gute Kleider, aber er besaß nicht einen Heller, um sich mit Waffen auszustatten. »Keine Angst, Ottilie, ich habe ganz andere Pläne.«

»Ach ja?«, sagte sie und blickte andächtig auf ihre Fußspitzen. »Ich kann mir schon vorstellen, was du meinst, aber du brauchst es mir noch nicht zu verraten, erst wenn du dir ganz sicher bist.«

Hatte er ihr von der Skizze erzählt? Hatte sie vielleicht zugesehen, als er dem Toten das Papier aus der Tasche zog?

Er räusperte sich umständlich. »Weißt du, was nun aus Peter wird?«

»Peter? Barb hat dem Messerer versprochen, sich für Peter einzusetzen, damit du hier das Schmieden lernen darfst. Der Schafskopf macht es ihr nicht leicht, er ist der Einzige, der zugibt, sich mit dem Schlossermeister geprügelt zu haben. Liebend gerne würde der Rat gegen ihn vorgehen. Aber solange Peter Asyl bei den Barfüßermönchen genießt, kommen weder die Stadtbüttel noch die Witwe Glaserin an ihn heran.«

»Du liebe Zeit, er kann doch nicht für immer im Kloster bleiben.«

»Das muss er wohl. Barb war in den letzten Tagen dauernd unterwegs, hat alle Patrizierweiber besucht, die sie irgendwann einmal vor Schande bewahrt hat. Sie wollte Peter wenigstens für die Zeit der Verhandlungen freies Geleit verschaffen. Der Rat will aber nur zusagen, wenn der Schlossergeselle verspricht, alle bürgerlichen Strafen zu erleiden und die Erben abzufinden. Ist das nicht gemein? Wie soll jemand die Erben abfinden, der kaum einen Heller besitzt? Tja, wahrscheinlich muss Peter jetzt Mönch werden.«

»Aber das darf er nicht. Erst muss er die Uhr bauen. Komm, Ottilie, ich muss mit ihm sprechen.« Severin nahm sie bei der Hand und zog sie zur Tür.

»Wohin so eilig?« Herman versperrte ihnen den Weg. »Wer hat dir erlaubt, deine Arbeit liegen zu lassen?«

»Ich mache heute Abend weiter, Meister, die ganze Nacht, wenn Ihr wollt.«

Herman lehnte sich in den Rahmen, stemmte seinen Fuß gegen die andere Seite und strich sich übers Kinn. Seine Augen blieben fest auf Severin geheftet.

Schwieg er mit Absicht? Ja, er weidete sich geradezu an Severins Unruhe und lauerte neugierig darauf, wie sich die Spannung entladen würde. Doch diesen Gefallen tat Severin ihm nicht. Er wartete ebenfalls, zwang sich tief und regelmäßig zu atmen und hoffte, dass seine Miene die gleiche gelassene Überlegenheit erkennen ließ, wie Herman sie an den Tag legte.

Der Meister kniff die Augen zusammen. »Sei nicht dumm, Severin, wähle mich nicht zum Feind. Wenn ich dich gehen lassen soll, nenne mir einen triftigen Grund.«

Ottilie zappelte an Severins Hand. »Der Grund ist Euer Bruder, nun wisst Ihr es.«

»Was soll das heißen?«

»Ich wollte mit Peter sprechen, Meister, er muss geloben, Glasers Erben abzufinden, dann kommt er frei und braucht nicht Mönch zu werden.«

Herman packte Severin an den Schultern und warf ihn in die Werkstatt zurück. Ottilie jagte er einfach fort.

»So, du Wichtigtuer, die Erben soll er also abfinden. Und womit? Was glaubst du wohl, weshalb ich nicht fröhlich im Wirtshaus sitze, sondern mich stattdessen mit dir in dieser Werkstatt plage? Die gesamte Glaserfamilie, die Witwe, die beiden Kinder, sie alle wollen Geld. Peter ist mein Bruder, und ich kann ihn nicht in seinem Sumpf untergehen lassen. Mein Leben besteht inzwischen nur noch darin, wie ein Pfefferzähler Heller auf Heller zu schichten, und nie werde ich genug zusammenkratzen können. Du genießt dieses Dach nicht als Gast und wirst mir gefälligst dabei helfen. Wehe, wenn du noch einmal versuchst, ohne meine Erlaubnis deine Arbeit zu verlassen.«

Mit aller Kraft trat er gegen den Kohlenkasten. »Ausgerechnet jetzt, wo die Welt nach Waffen schreit, kann ich nicht schmieden. Die besten Aufträge heimsen sich die anderen ein. Ich stehe machtlos daneben und muss zusehen. Nicht ein einziger fähiger Knecht ist in der Stadt zu finden. Meine Konkurrenten haben gedungen, wen sie zu fassen bekamen, und ich sitze hier mit einem Milchgesicht.«

Zur Probe hob er mit der Rechten den Hammer auf, aber das schwere Ding entglitt ihm und polterte auf die Steinfliesen. Sein Fluch war mindestens ebenso geräuschvoll.

Plötzlich drehte er sich zu Severin um und musterte ihn mit einem hintergründigen Lächeln. »Die werden sich wundern, so leicht räume ich nicht das Feld, du wirst an meiner Stelle schmieden, und wenn ich das Handwerk in dich hineinprügeln muss. Mach Feuer!«

Herman warf ein Stück Metall in die Glut, an dem sein Gehilfe sich versuchen sollte. Eilfertig zog Severin den Blasebalg, und als der Meister ihm ein Zeichen gab, balancierte er das glühende Metall mit der Zange auf den Amboss hinüber.

»Was stehst du da und glotzt? Du musst handeln, sonst wird es kalt. Pass auf, so ist die Zange im Weg. Zu spät, ab ins Feuer damit.«

Während das Eisen sich erneut erhitzte, pumpte Severin ununterbrochen.

»Jetzt! Diese Farbe musst du dir merken.« Der Meister riss die Zange an sich, zog das Eisen auf den Amboss und deutete auf die Kante, die bearbeitet werden sollte. Als sein Knecht nicht sofort reagierte, zerrte er ihn zu sich heran. Severin scheute sich, dem Meister so nahe zu kommen, denn der schien ihm ebenso gefährlich zu glühen wie das leuchtende Eisen. »Los jetzt, nicht zögern, verdammt noch mal, nutze die Glut.«

Den Fallhammer zu steuern hatte Severin sich wesentlich einfacher vorgestellt. Das Gewicht störte ihn nicht, aber es gelang nur selten, ihn genau an der vorgesehenen Stelle niedersausen zu lassen. Wenn das Schmiedegut nicht fest auf dem Amboss lag, schlug der Hammer es aus der Zange, sodass es ihm heiß entgegenfuhr und scheppernd vor seinen Füßen landete. Er hatte nicht gewusst, dass er so schnell springen konnte. Da Herman hinter ihm stand und keinen Zoll zurückwich, rempelte Severin ihn jedes Mal an.

»Vorsicht, treib es nicht auf die Spitze. Schlage nur auf die Schneide. Sie muss dünner werden. Das Metall streckt sich dann allmählich in Richtung des Klingenrückens. Schneller, es kühlt ab«, hämmerte Herman auf ihn ein, und Severin schlug schwitzend auf das Eisen.

Das Ding wurde tatsächlich einem Messer immer ähnlicher.

»Heiß machen«, brüllte Herman schon wieder und stürzte selbst hinaus, um Kohle zu holen.

Erregt betätigte Severin den Blasebalg, um sein erstes Messer nicht nach all der Mühe im Stich zu lassen. Der Schweiß lief an seinen Schläfen hinunter, und das Hemd klebte ihm auf dem Leib. Bei jedem Luftstoß fauchten die Kohlen auf, spuckten Flammen und Ruß in den Rauchfang.

Und in dem gleißenden Schoß der Hölle lag sie – seine erste Klinge, eine strahlende, hellgelbe Masse, gefügig, in glühender Erwartung, dass sein Hammer ihr die endgültige Form bestimmte, in der sie erlöst erstarren durfte.

Plötzlich stoben kleine Blitze aus der Esse. Severin packte die Zange und zog sein Werk aus der Glut. Das Messer rauschte und spritzte Funken in alle Richtungen, eine Sternschnuppe, die ihr Licht versprühte, bis nichts mehr in ihr war.

»Verbrannt«, sagte Herman trocken und setzte den Kohlenkorb ab. »Na los, leg es auf den Amboss.«

Unter dem ersten Schlag zerbarst das Messer, als wäre es aus trockener Brotrinde geformt.

Severin war den Tränen nahe.

»Beim Schmieden gibt es drei Gefahren, vor denen du dich hüten musst, die eine heißt zu früh, die andere zu spät.«

»Dann werde ich es niemals lernen.«

»Oh doch, die dritte Gefahr bin nämlich ich«, Herman knuffte ihm in den Rücken. »Metall lässt sich mehr gefallen, als du ahnst, genau wie ein scheues Maidlein oder ein trotziger Knecht. Ich kann das Eisen glühen und wieder abkühlen lassen, sooft ich will. Aber ich muss ihm Zeit dafür lassen und darf es niemals übertreiben, sonst weigert es sich plötzlich zu folgen und wählt den grausamsten Weg, meinem Willen zu entkommen.«

Herman schob die Kohlen zusammen, wischte die Rückstände vom Amboss und legte alles Werkzeug, an dem man sich verbrennen konnte, auf die Kante der Esse. Dann verlangte er nach Wein und schenkte auch Severin einen Becher voll.

»Wenn du dein Werk zur Weißglut treibst, wird es unweigerlich zerbersten. Weiß ist keine Farbe mehr, weiß ist das Licht, und das Licht ist Gott. Diese Stufe kann nichts Irdisches erreichen, ohne dabei stofflos zu werden. Es verbrennt, die Materie stirbt. Die Grenze ist scharf und endgültig. Die beiden Seiten liegen zwar nahe nebeneinander, aber sie vermeiden es, sich zu berühren oder gar ineinander überzugehen. Ein wenig tot gibt es nicht – aber es gibt Hellgelb, kurz davor. Wenn du Feuerschweißen willst, ist der entscheidende Moment nicht länger als ein Augenzwinkern. Vorschnelles Handeln führt dabei genauso wenig zum Ergebnis wie Zögern.«

»Kairos?«, fragte Severin, aber Herman zuckte mit den Schultern, trank aus, ließ sich aufs Bett fallen und antwortete nicht mehr.

Severin saß vor der vergehenden Glut und nippte an seinem Becher. Wenn er eine Uhr besäße, würde er den rechten Moment wesentlich sicherer absehen können. Er würde darauf gefasst sein, bereit zum energischen Handeln, statt überrascht zu werden und in hektische Ratlosigkeit zu verfallen. Aber um sich den Wunsch nach einer solchen Uhr jemals zu erfüllen, musste er geduldig sein.

Warten – ein unmögliches Unterfangen für ihn, dem die Stunden entwischten, seitdem er ihr Heim zerstört und sie entkommen lassen hatte. Wer wusste schon, wann Peter mit der Arbeit beginnen konnte. Wochen konnten sich die Verhandlungen hinziehen. Sie würden vergehen und verloren sein, ungemessen, ungezählt und ungelebt. Lautlos versanken Severins Tränen in dem roten Wein.

»Kling klong, kling klong ...«, machte Ottilie und zwängte sich an Barb vorbei in die Werkstatt.

Weder Herman noch Severin ließen sich davon ablenken. Der Meister führte mit der Linken die Zange und gab mit einem kleinen Hammer vor, wo Severin zuschlagen sollte.

»Schmieden ist Rhythmus«, hatte er gesagt, und tatsächlich war ihre Arbeit mittlerweile fast zu einem Tanz geraten. Während sie schmiedeten, wurden ihre Leiber zu einem einzigen Organismus, zusammengehalten vom inneren Takt, den Feuer und Stahl bestimmten. Sie brauchten nicht mehr über das Hämmern hinweg zu rufen, sondern verständigten sich durch Hand- und Hammerzeichen. Weit hallte ihre Schlagmelodie durch die Gasse.

Severin mochte die gemeinsame Arbeit sehr. Indem er sich auf Hermans Bewegungen einließ, stahl er sich gleichermaßen in dessen Zeitempfinden. Er konnte im Tempo des Messerers leben, während sein eigenes solange rasten durfte und sich nicht sinnlos verbrauchte.

Behände schwang Herman das Eisen zur Esse hinüber.

»Ah, Lais!«, sagte er dann. »Wie schön, ich sehe, du hast dir meine Worte zu Herzen genommen und dein Haar aufgebunden.«

»Lais?« Barb erbleichte. »Was soll das heißen, Messerer?«

»Ein erfreulicher Name für einen erfreulichen Anblick«, sagte Herman und verbeugte sich vor der alten Bettlerin. »Leider wird die reizende Aussicht im Moment durch eine missgünstige Hexe getrübt.«

»Falls Ihr Hexen brennen sehen wollt, schert Euch zu den Bauern, die glauben an solchen Unsinn«, zischte Barb. »Hier in Nürnberg haben wir einen Rat, der penibel jede Anklage untersucht. Denkt daran, dass Euer Bruder zwischen diesen Mahlsteinen zerrieben werden könnte. Und seid gewiss, Ihr werdet selbst hineingeraten, falls Ihr nur daran denkt, meiner Kleinen zu nahe zu kommen. Das schwöre ich.«

»Warum so hitzig? Das Feuern kannst du getrost deinem Schützling überlassen.«

Hastig griff Severin nach dem Blasebalg, er hatte völlig vergessen zu pumpen. Herman wischte nachlässig über einen Stuhl und bot Barb an, sich zu setzen. »Ich verstehe dich nicht. Den Kerl hier drängst du mir geradezu auf, und das Mädchen soll ich nicht einmal ansehen?«

»Ihr versteht mich sehr gut, Messerer.«

Geschmeidig wich Herman dem feindseligen Blick der Alten aus und wechselte das Thema. »Ich nehme an, du hast Neuigkeiten feilzubieten.«

Barb verschmähte den Sitzplatz. Sie stellte sich näher an die Esse und hielt ihre Hände dem Feuer entgegen. »Hübsch warm habt Ihr es hier, davon kann ich in meiner zugigen Hütte nur träumen. Ihr müsstet die fadenscheinigen Wolldecken sehen, mit denen ich und das Kind gegen die Kälte kämpfen.«

»Was willst du? Federbetten?« Herman riss seine Decke aus der Kammer und warf sie vor der Alten auf den Boden.

»Oh, freundlichsten Dank, wie außerordentlich großzügig von Euch.«

»Nun rede endlich.«

Ottilie raffte die Decke zusammen, und Barb legte ihr den Arm um die Schulter. »Samstag nach Martini darf Peter das Kloster verlassen, um bei der Verhandlung zu erscheinen«, sagte sie. »Der Tote hinterlässt eine Witwe und zwei kleine Kinder, sehr mitleiderregend im Gegensatz zu einem groben Klotz, der allgemein als jähzornig gilt. Deshalb konnte ich bei den Eheweibern der Ratsherren nicht mehr erreichen. Ich habe mein Versprechen erfüllt. Ob das Geleit verlängert wird, hängt nun von ihm selber ab.«

Samstag nach Martini.

An diesem Tage würde Severin mit Peter sprechen. Er würde sich an dessen Fersen heften, ihm in den Ohren liegen und nicht von seiner Seite weichen, bis der Schlossergeselle selbst begierig war, ein winziges Ührlein zu erschaffen, welches man in die Tasche stecken oder über dem Herzen tragen konnte.

Doch der Samstag nach Martini gab sich nicht zu erkennen. Er unterschied sich einfach nicht von anderen Tagen, an denen Severin in der Werkstatt Schleifstaub schluckte. Als der Meister sich spätnachts nach Haus bequemte, fragte Severin wie gewohnt, ob er am nächsten Morgen Feuer in der Esse machen oder sich wieder den Rohlingen widmen sollte.

»Morgen? Morgen fasse ich weder Hammer noch Eisen an. Wenn ich auch nicht so fromm bin, jeden Tag zur Frühmesse zu rennen, am Sonntag begebe selbst ich mich für gewöhnlich ins Gotteshaus. Nach einem solch süßen Abend sogar unbedingt.«

»Ach, morgen ist Sonntag ... dann ist Euer Bruder bereits wieder im Kloster?«

»Peter? Der sitzt Zuhause und lässt sich von Mutter verwöhnen. Unerträglich, die Hätschelei. Vorerst hat er vierzehn Tage freies Geleit bekommen und kann sich nach Belieben in der Stadt bewegen. Aber er nutzt seine Freiheit nicht, sitzt in der Stube, frisst und büßt. Mit dem ist nichts mehr anzufangen.«

Severin schloss die Augen und schickte ein Dankgebet direkt zu St. Martin hinauf. Er konnte die Skizze unter dem Kohlekasten knistern hören. Sie wollte dringend heraus, gesehen werden und endlich ihre Geheimnisse offenbaren.

* * *

Schon viel zu lange hatte Severin keine fromme Einkehr mehr gehalten. Er freute sich auf den Kirchgang und hoffte wie früher auf ein wenig inneren Frieden. Vielleicht konnte er sogar für ein Weilchen seiner ständigen Unrast entfliehen.

Doch dieser Gottesdienst glich eher einem Volksfest. Das Gedränge war unüberschaubar. An mehreren Nebenaltären wurden Messen gelesen. Während die Geistlichkeit um Seelen betete, Mütter um ihre Söhne und Bürger um gnädigen Beistand für die Krieger, priesen fromme Händler lauthals Devotionalien an. Ständig gingen Gläubige ein und aus, liefen umher, unterhielten sich und lachten sogar laut.

Dennoch gelang es dem süßlichen Weihrauch allmählich, Severins Gemüt einzulullen. Die Choräle, die unverständlichen lateinischen Formeln, die ganze mystische Feierlichkeit begann ihr immer gleiches Netz zu weben. Trotz des Trubels stellte sich das vertraute Gefühl von Unzulänglichkeit in Severins Seele ein, und er wünschte zerknirscht, dass er vorher gebeichtet hätte.

Die Innigkeit des Augenblicks zersprang, sobald er Peters Kopf entdeckte, der aus einer der Bankreihen im Seitenschiff ragte. Neben dem Gesellen saß ein älterer Mann von fast ebensolcher Größe, auf der anderen Seite der Messerer und ein zierliches, altes Weib. Von bitterem Protest begleitet, stieß Severin sich durch die Menge und drängte sich auf einen Platz direkt hinter der Henleinfamilie.

Weinte Peter?

Es hörte sich fast danach an. Der breite Geselle saß vorgebeugt und hatte seinen Kopf auf die Arme gelegt. Manchmal bebte er, was sicher die ganze Reihe der vor ihm Sitzenden erschütterte. Schließlich wischte er sich das Gesicht und schlug das Kreuz über Stirn, Mund und Augen. Stöhnend lehnte er sich zurück.

Sein rotgescheuerter Nacken schlug Wellen. Ein paar Haarfransen klemmten in der Ritze ein und wurden aus der gleichgestriegelten Ordnung gezogen. Wie bedauernswert diese gefangenen Strähnen aussahen. Am liebsten hätte Severin dem Gesellen tröstend übers Haupt gestrichen.

Um seine Hände der Versuchung zu entziehen, faltete er sie rasch. »Gott wird alles richten«, flüsterte er. »Und die Zeit hilft ihm beim Heilen.«

»... omnipotens Deus, Pater, et Filius, et Spiritus Sanctus.«

»Amen«, murmelte die Gemeinde und erhob sich, um das Schlussevangelium zu empfangen.

Peter drehte sich in der Bewegung um. »Du bist es.« Über die Lehne hinweg packte der mächtige Schlossergeselle Severin am Wams. »Lauf nicht weg, ich muss mit dir sprechen.«

Der ältere Herr scheuchte seine Familie derweil aus der Bank. Zu dritt drängten sie sich in das fromme Gewoge dem Altar entgegen.

Peter ging nicht mit ihnen.

Er strebte ins Freie und winkte Severin hinter sich her. Draußen hielt er plötzlich an und starrte stumm aufs Pflaster.

Da standen sie nun direkt vor dem Portal als ärgerliches Hindernis für die herausströmende Menge, die sich wie eine Bugwelle keilförmig vor ihnen teilte.

Nervös trat Severin von einem Fuß auf den anderen. Warum sagte Peter nichts? Gleich würden dessen Eltern auftauchen und die geheime Unterredung verhindern.

Schließlich hielt Severin die Spannung nicht mehr aus und räusperte sich: »Habt Ihr Angst vor dem Verhör?«

»Ich fürchte mich vor Gottes Strafe.« Peter hob den Kopf und blickte dem Burschen in die Augen. »Du warst dabei, du musst mir die Wahrheit sagen. Bin ich es gewesen? Habe ich Clemens Glaser zu Tode geprügelt?«

Er wusste nichts von seiner Tat? Glaser hatte sich gegen alle drei Gesellen zur Wehr setzen müssen, hatte auch selbst gut ausgeteilt und sich geschickt vor dem Messer in Acht genommen. Peters plumpen Hieben auszuweichen war leicht für ihn gewesen, sie waren alle ergebnislos an ihm vorbeigesaust – bis auf den einen.

Unvermittelt griff Peter Severin an den Schultern und schüttelte ihn. »Ich ertrage die Ungewissheit nicht. Warum schweigen mich alle an?«

»Meister Glaser ist mit dem Schädel aufs Pflaster gestürzt«, haspelte Severin, »es war ein unglücklicher Zufall.«

»Den meine Wut hervorgerufen hat, oder etwa nicht?«

Peters Züge verzerrten sich, rote Äderchen schossen in seine Augen, und er krallte sich an Severins Schulter fest, ohne daran Halt zu finden.

»Ich bin verloren. Das Böse hat sich in mir eingenistet, es gebietet meinen Fäusten, wie es ihm passt. Der Zorn Gottes ist schon über mir, und Sein Strafgericht wird fürchterlich sein. Er wird mich hinwegfegen aus dieser Stadt, von dieser Erde, und die Meinen mit der Schande noch treffen bis ins siebte Glied, bis mein Name aus aller Zeit gestrichen ist.«

»Peter, bitte, Ihr tut mir weh. Die Leute sehen sich schon nach Euch um.«

Erschaudernd ließ Peter ihn los. »Wenn ich am Pranger stehe, werden sie mich noch besser begaffen können.«

Severin rieb sich die Schulter. »Beruhigt Euch doch. Warum sollte der Rat Euch an den Pranger stellen? Wenn Ihr Euch mit der Familie Glaser einigt, lässt man Euch gewiss genauso ziehen wie den Gesellen Georg Heuss.«

»Verstehst du nicht? Ich hätte Glaser bedenkenlos erstochen, wenn Herman mir das Messer gelassen hätte, und in meinen Armen steckt genauso viel Gefahr wie in der fürchterlichsten Klinge. Nichts kann ich anführen, um die Schuld zu begleichen, nicht einmal meine Ehre.«

»Ihr habt Eure Fähigkeiten, und ich habe die Skizze. Wenn

Ihr die Zeichnung für Eure Sühne verwenden wollt, helfe ich Euch gerne. Ihr könntet weit mehr damit erreichen, als Ihr für das Bußgeld braucht. Nicht an den Pranger, auf ein Ehrenpodest wird man Euch stellen.«

Peter starrte ihn an, als wäre er ein zweiköpfiges Kalb, dem dringend ein Gerechter den überzähligen Schädel abreißen sollte. Bevor er sich selbst dazu entschloss, traten Herman und die Eltern aus dem Kirchenportal.

Mit wenigen Sprüngen war der Messerer bei seinem Bruder und zog Severin von ihm fort.

»Gehen wir«, sagte er, »das Sonntagsmahl wartet.«

* * *

Ungebeten lief der Bursche den Henleins nach, folgte ihnen in die Straße Hinter St. Katharina, drang in ihr Haus ein, aß in ihrer Küche und half zum Dank, Holz und Wasser hineinzutragen. Jeder glaubte, ein anderer habe den jungen Knecht geladen.

Auch am nächsten hohen Feiertag, an dem Peter freies Geleit gewährt wurde, schlich Severin sich in den Schoß der Familie, dann am Sonntag wieder, und immer so fort, bis man an seine Gegenwart gewöhnt war und von sich aus Napf und Löffel für ihn hinstellte.

Und jedes Mal, wenn etwa Herman mit dem Vater in der Werkstatt verschwunden war und die Mutter sich mit dem Geschirr beschäftigte, suchte Severin die Zweisamkeit mit Peter, um in ihn einzudringen. Eine harte Mühe, da er Gelassenheit vortäuschen musste, während ihm sein Herz ungeduldig in der Kehle pochte.

Leider durfte der Schlossergeselle nur selten nach Hause, und in der Zwischenzeit geisterte Severin wie ein rastloses Gespenst durch seine Pflichten, alle Sinne nur auf die nächste Möglichkeit gerichtet. Der ganze Herbst war ergebnislos verstrichen, das Christfest längst vorüber und inzwischen verwandelte sich der Schnee auf den Straßen schon wieder in braunen Matsch.

Peter hatte sich eben zurückgelehnt. Mit halb geschlossenen Augen genoss er die brütende Ofenhitze und fahndete mit der Zunge nach Resten zwischen seinen Zähnen. Das schwere Essen und der morgendliche Einfluss der Geistlichkeit hatten ihn gehörig weichgegart, und seine Miene verriet nicht den geringsten Widerstand.

»Was werdet Ihr nun anfangen?«, fragte Severin. Er zwang seine Stimme zu einem beiläufigen Ton, damit der Schlosser nicht misstrauisch wurde. Hinter dem Rücken aber krampfte er seine Hände ineinander und drückte sich in schneller Folge die Finger. Eine Antwort erwartete er nicht, die hatte er noch nie bekommen, also sprach er weiter. »Ihr hattet doch Wünsche, redliche Wünsche, nicht wahr, wie eine eigene Werkstatt zum Beispiel. Für einen einzigen Moment der Schwäche wollt Ihr sicher nicht darauf verzichten. Nein, Euren eigenen Ruf könnt Ihr schädigen, aber das Ansehen Eurer Familie dürft Ihr auf keinen Fall gefährden. Wer bestellt schon Ware bei den Eltern eines Totschlägers? Wenn Ihr nicht bald etwas unternehmt, werden sie sich noch das Bettelzeichen umhängen müssen.«

»Ich kann nichts unternehmen«, brummte der Schlossergeselle, schob sämtliche Riegel vor sein Gemüt und sagte das Paternoster auf. Die murmelnde Stimme mischte sich mit den Geräuschen eines überwinterten Schmetterlings, der unentwegt gegen das Pergament am Fenster flatterte, sich aufrieb, die schillernden Farben abschürfte, bis er ermattet in einer dunklen Bodenritze starb.

Severin wurde die Brust eng. Er wollte nicht ebenso sinnlos enden wie dieser Falter. Wenn der eine Weg versperrt war, musste er einen anderen wählen, und zwar schnell, bevor es zu spät dafür war.

»Ihr solltet den Fingerzeig des Schicksals nutzen, solange Ihr Gelegenheit dazu habt«, sagte er entschieden in Peters Gemurmel hinein. »Noch bin ich bereit, Euch zu helfen. Die Skizze enthält Meister Glasers Lebenstraum. Ihr habt ihm das Leben genommen, erfüllt nun seinen letzten Wunsch. Das seid Ihr ihm schuldig. Entscheidet selbst, ein weiteres Mal werde ich Euch nicht darum bitten.«

Peter verzerrte das Gesicht, als ob er gleich anfangen würde, zu heulen. Er stützte die Ellenbogen auf den Tisch und verbarg seinen Kopf in den Händen. »Hör auf, mich zu quälen. Mein Gewissen erträgt die Erinnerung nicht. Wie soll ich ahnen, ob Glasers Hirngespinste der Wirklichkeit standhalten? Ich weiß nur, dass er dem Pfarrer die Skizze gestohlen hat. Nun bin ich schon ein Mörder, soll ich auch noch zum Dieb werden, indem ich sie für meine Zwecke nutze?«

Jäh richtete er sich auf. »Natürlich, warum habe ich nicht daran gedacht? Glaser ist der Schuldige. Ich selber habe nur gerecht gehandelt. Ich habe lediglich einen Dieb niedergeschlagen, um ihn an seiner Missetat zu hindern. Lass mich durch, ich muss sofort zum Rat.«

»Welcher Idiot hat dir solchen Mist in den Schädel geschissen?« Herman stand mit äußerst verärgerter Miene in der Tür. »Wenn dem Rat zu Ohren kommt, dass du deinem Opfer übel nachredest, statt den Toten um Vergebung zu bitten, sitzt du endgültig im Loch. Vergiss nicht, dass Glaser dein Meister war, du nur ein tumber Geselle. Auf diese Weise entkommst du dem Gericht jedenfalls nicht.«

»Na und? Dann gehe ich eben ins Kloster zurück. Die Mönche benehmen sich wie echte Brüder, selbst dem Niedrigsten gegenüber, ob er nun eine Schuld oder eine Krankheit mit sich schleppt. Dort hat mir niemand so zugesetzt wie du.«

»Was glaubst du eigentlich, was sie so freigebig mit dir teilen, deine armen Brüder?« Hermans Blick wurde frostig. »Mutter lässt ihnen körbeweise Lebensmittel und Feuerholz zukommen, Münzen nehmen die Barfüßer ja nicht an, und deshalb müssen wir auch noch gierige Boten entlohnen. Ich bin es, der all das bezahlt. Aber ich werde Mutter gerne sagen, dass sie sich nicht weiter bemühen soll, dann darfst du mit deinen Betbrüdern durch die Straßen betteln, oder im Siechkobel den Aussätzigen den Hintern wischen.«

»Sei still«, brüllte Peter.

»Ich denke nicht daran. Ich bin es nämlich leid, mich für ein verwöhntes Muttersöhnchen abzuschinden. Mach, was du willst, aber verschone mich damit. Komm, Severin.«

Selbst ehrbare Herren wichen dem Messermacher aus, der grimmig durch die Gassen jagte. Severin hielt sich vorsichtshalber ein Stück hinter ihm. Jetzt würde Herman von einer Schänke zur nächsten ziehen, die mühsam gesparten Groschen versaufen, aus Ärger darüber mit dem nächstbesten Kerl eine Streiterei beginnen und sich zum Schluss von seinen Kumpanen ins Hurenhaus schleifen lassen. Severin graute vor der Nacht. Gar zu leicht konnte er selbst zu Hermans Gegner werden, besonders, wenn er versuchte, sich heimlich davonzustehlen. Am meisten aber graute ihm vor dem nächsten Morgen.

»Herman, warte!« Mit tiefrotem Kopf hastete Peter hinter ihnen her. »Du darfst mich nicht im Stich lassen, du bist mein Bruder«, keuchte er. »Wenn du willst, werde ich sogar die Skizze verwerten.«

»Welche Skizze?«

»Das Papier aus der Truhe des Pfarrers. Du erinnerst dich doch sicher, dass Glaser in der Wirtschaft damit prahlte. Jetzt hat es dein Bursche.«

Herman drehte sich zu Severin um. »Ist das wahr? Du hast dem Toten unter den Rock gegriffen? Fürchtest du nicht, dass dir die Hände abfaulen? Unglaublich, ich beherberge einen Leichenfledderer unter meinem Dach und weiß es nicht mal. Wo hast du es versteckt?«

»Es liegt in Eurer Werkstatt …«

Der Meister packte Severin am Kragen und stieß ihn vor sich her. Rüde warf er ihn in die Schmiede, zog Peter mit herein und knallte die Türe zu.

Durch den Windstoß flatterten die Konstruktionszeichnungen des Messerers auf, schmachvolle Beweise seiner Unfähigkeit. Er griff in die Stapel und zerknüllte das Papier. »Wenn ich bedenke, dass ich stundenlang gegrübelt habe, um eine neuartige Büchse zu entwickeln, und mein eigener ... Knecht hielt die Lösung direkt vor meiner Nase verborgen. Ich könnte dir den verstockten Schädel einschlagen. Los jetzt, wo ist die Zeichnung!«

Severin bewegte sich nicht.

Falls Herman die Skizze in die Finger bekam, würde er sein Gewehr entwickeln. Der Gewinn für eine solche Büchse könnte für Peters Sühne reichen, und der würde dann nur noch Schlösser schmieden wollen.

Aber Severin konnte nicht länger auf das Ührlein warten, er ertrug ja kaum noch, wie die Zeit ihn floh und täglich rascher davoneilte. Vielleicht würde es morgen bereits zu spät sein.

Er senkte den Kopf und schloss die Augen.

Nichts geschah.

Argwöhnisch blinzelte er zu Herman empor. »Ihr schlagt mich nicht?«

»Was würde das nützen? Ich weiß, dass du einiges einstecken kannst.«

Unvermittelt wirbelte Herman herum und donnerte seine Faust mit voller Wucht gegen den Rauchabzug. Als er sich wieder Severin zuwandte, spielte ein schmales Lächeln um seine Lippen. »Ich nehme an, du hast Gründe, dein Geheimnis für dich zu behalten. So wichtige Gründe, dass du Prügel in Kauf nimmst. Aber was würdest du wohl tun, wenn ich mich stattdessen an deine kleine Freundin hielte?«

Der Boden brach unter Severin weg, ein wilder Strudel riss ihn in die Tiefe, und gleichzeitig sah er sich unbeweglich vor dem Messerer stehen, die Zähne aufeinander gebissen, den Atem geronnen in der Kehle.

... dann würde ich Euch umbringen ...

Hermans Lächeln erstarb. »Ich bin nicht darauf aus, dich zu zwingen, aber du sollst wissen, dass ich jederzeit dazu in der Lage wäre.«

Rau krochen Severins Worte hervor: »Ihr wünscht, dass Peter frei kommt. Dazu muss er die Sühne annehmen, die das Gericht ihm auferlegen wird.«

»Und wenn der Rat meinen Kopf fordert?«, schnaubte Peter.

Herman stand dicht vor seinem Knecht, so dicht, das sein Atem ins Haar des Burschen blies. Severin blickte fest auf den Boden, damit seine Augen nicht verräterisch zum Kohlekasten wanderten. Wie konnte er den Messermacher davon überzeugen, dass nur die kunstvolle Uhr seinen Bruder retten würde?

»Erinnert Ihr Euch an Veit Stoß, Meister? Der hatte einen Schuldschein gefälscht und sogar gewagt, das Gericht mit seinem betrügerischen Wisch zu behelligen.«

»Veit Stoß, der Bildhauer, ja ...«, sagte Herman etwas verwirrt und zupfte sich am Ohr.

Peter setzte sich und rieb sich übers Gesicht. »Dieses Schicksal seht ihr für mich vor? Ich bin dabei gewesen, als man den elenden Kerl öffentlich gebrandmarkt hat.«

»Und ich war dabei, als die Ehrbaren über sein Schicksal bestimmten«, sagte Severin. Heiß wurde ihm bewusst, wie unglaubhaft seine Behauptung klingen musste. »Wirklich, ich habe alles mit anhören können, weil sie unbedingt mitten in der Nacht noch Frankenwein trinken wollten, die Herrenstube hatte schon geschlossen, und bei Bernhard Walther brannte meistens spät noch Licht ...«

»Verflucht, was willst du eigentlich sagen?«, fragte Herman scharf.

»Bei jedem anderen Fälscher hätten die Ratsherren verhindert, dass er sein schmutziges Verbrechen ein zweites Mal begehen kann. Man hätte ihm die Augen genommen, die Hände oder das Leben. Veit Stoß dagegen wurde geschont. Die hohen Herren wollten aber nicht ihn begünstigen, sie gierten nur nach seinen zukünftigen Werken, damit sich Nürnberg ihrer rühmen kann. Dem Bildhauer wurde verboten, die Stadt jemals wieder zu verlassen.«

»Was hat das Ganze mit Peter zu tun? Der ist alles andere als ein Künstler.«

Jetzt setze sich auch Severin. Seine Beine hätten ihn nicht länger getragen. »Nein, kein Künstler, aber Euer Bruder ist Schlosser. Wenn er Glasers Traum von einer Uhr, die ohne Gewichte auskommt, verwirklichen könnte, ginge sein Ruhm weit über die Stadtmauern hinaus. Der Nürnberger Rat wird sich einen solchen Triumph bestimmt nicht entgehen lassen, er wird die Wunderuhren an Fürsten und Könige verschenken und sich hüten, den Urheber mit ärgerlichen Prozessen zu bedrängen.«

Hermans Antlitz erhellte sich schlagartig. »Damit hast du gar nicht Unrecht, mein Freund. Na gut, her mit der Skizze. Lasst uns die Ehrbaren in Staunen versetzen.«

Severin hob den Kohlekasten an, zog das Papier hervor und wischte es leidlich sauber. »Es ist für eine Uhr gedacht, nicht für Gewehre, Meister«, sagte er leise.

»Es ist für Peters Sühne gedacht.« Herman zupfte ihm die Zeichnung aus der Hand und breitete sie auf dem Werktisch aus. Gemeinsam studierten die Brüder die hingekritzelte Konstruktion.

»Hm«, machte Peter ab und zu.

Severin fröstelte vor Anspannung. Er spürte jedes Härchen an seinem Leib stramm aufrecht stehen. Endlich richtete sich der Schlossergeselle auf. »Die Skizze lässt ziemlich viele Fragen offen.«

»Aber du glaubst, dass ein solcher Antrieb möglich wäre?«

Peter wiegte seinen Schädel. »Die Zeichnung soll wohl eine gespannte Spiralfeder darstellen. So eine Feder ist bestrebt, sich in die ursprüngliche Form zurückzubiegen, sie wird sich rasant zurückdrehen, sobald man sie freilässt. Natürlich könnte man diese Kraft benutzen, um ein Rad oder einen Hebel zu bewegen. Ich müsste Versuche machen, Herman, ich brauche eine Werkstatt, und dann kann es immer noch Monate dauern, bis so ein Ding verwendbar ist.«

Monate.

Ein grausames Wort für Severin, der nicht einmal die Spanne eines Tages überblickte. Er schluckte. Wenn er am Ende tatsächlich eine Uhr über dem Herzen tragen wollte, musste er so lange durchhalten. Er hoffte nur, dass er bis dahin nicht seine restliche Zeit gänzlich verloren hatte.

»Es schadet nichts, wenn die Arbeiten sich hinziehen.« Herman rieb sich das Kinn. »Hoffnung ist betörender als die tatsächliche Erfüllung eines Wunsches. Für die Aussicht auf eine neuartige Waffe, die von ungeübten Bürgern gehandhabt werden könnte, wird man dir gerade jetzt in deiner Verhandlung jedes Zugeständnis machen.«

»Das dürft Ihr nicht!«, schrie Severin auf.

Er riss die Zeichnung an sich und presste sie an die Brust. »Glaser wollte eine Uhr bauen, die um den Hals getragen werden kann, klein und leicht wie ein Apfel.«

Der Messerer bewegte sich auf ihn zu.

Flehend blickte Severin zu Peter. »Helft mir doch, Ihr habt einen Menschen erschlagen, wollt Ihr jetzt den letzten Wunsch des Toten verleugnen?«

Herman breitete die Arme aus und kam bedrohlich näher. Severin sah sich nach der Türe um, zwei Schritte nur. »Es gibt noch andere Städte mit anderen Schlossern«, rief er und stürzte hinaus.

IX. KAPITEL

Eisiger Regen verfolgte Severin auf der Gasse. Er hörte die Brüder hinter sich herbrüllen, aber niemand hielt ihn auf, die wenigen Passanten hasteten mit gesenkten Köpfen vorbei.

Auf der Brücke hielt er inne, verschnaufte kurz und horchte, ob ihm etwa Schritte nacheilten. Eine dünne Eiskante klammerte sich noch ans steinerne Ufer, sie hing eine Handbreit über dem dunklen Wasser. Graugrün gluckerte es in der Tiefe, und kleine Lichtreflexe spielten darüber hinweg. Die Pegnitz floss neben Severin her, während er blind weiter eilte. Irgendwann verlor das Wasser seine Spuren.

Beinahe wäre er über eine Türschwelle gestolpert, die schief in die Gasse hineinragte. Bedrückend eng hatte man die Behausungen hier zusammengeklemmt, schäbige Hütten, willkürlich aufgereiht an einem schlammigen, ungepflasterten Pfad. Unrat lag herum, zerbrochene Krüge, der brüchig gerostete Eisenring eines Wagenrades, ein paar Lumpen, die nach Severins Füßen angelten.

Er hatte geglaubt, jeden Winkel dieser Stadt zu kennen, aber jetzt sah sie sich selbst nicht mehr ähnlich, als ob er sie nicht erst verlassen wollte, sondern Jahre fort gewesen und zurückgekommen wäre. In der Zwischenzeit mussten Dinge geschehen sein, die ihr Gesicht hässlich entstellten. Keinen Orientierungspunkt gab sie ihm mehr preis, schwarze Häuser, schwarze Durchgänge, in jeder Richtung gleich. Ein Labyrinth ohne Ausweg.

Severin ließ sich auf die Schwelle fallen und keuchte. Seine Gedanken rasten weiter, er konnte nicht einen einzigen festhalten.

Das eckige Himmelsstück über ihm zeigte sich gleichmäßig dunkelgrau. »Mirac, Nabel des Pegasus, Aldebaran, Herz des Stiers, Alhaiot im Fuhrmann, Rigil im Orion, Alhabor, großer Hund, Algomeisa, kleiner Hund …«, wiederholte er sich die Namen der Fixsterne. Sie bewegten sich nicht, sie blieben verlässlich stehen, wo Gott sie hingespuckt hatte, selbst wenn Severin sie jetzt nicht sehen konnte.

»Auf jeden Fall habe ich meine Uhr gerettet«, sagte er laut und schob die Zeichnung unter sein Wams, als ob er sie wärmen müsste wie ein Neugeborenes. Nein, wie ein Ungeborenes, es war ja nur eine hingeworfene Skizze, nur der Gedanke an etwas Zukünftiges. Aber dieser Gedanke stand unauslöschbar in der Welt, so wirklich, dass er bereits Spuren auf Papier hinterlassen hatte. Weder Herman noch Peter, nicht einmal er selbst würde verhindern können, dass er sich irgendwann zu einem stofflichen Ding verwandelte. Irgendwann, wenn die rechte Zeit dafür gekommen war.

Ein schmerzhafter Lachkrampf brach aus ihm heraus.

Der Uhr war es völlig einerlei, ob er sich für sie einsetzte oder hier hocken blieb und erfror.

Gedämpft warfen die Gänge sein Gekicher zurück, ein vielfach verwehtes Echo. Severin verstummte, und kurz danach erstarb auch der Nachhall aus dem Gassengewirr.

Von Ferne erst und dann immer deutlicher näherte sich eine monotone Männerstimme: »… und Moses nahm Ofenruß und streute ihn gegen den Himmel … so wurde der Ruß zu Blasen, die an den Menschen und am Vieh aufbrachen …«

Severin sprang auf und versuchte die Dunkelheit mit den Augen zu durchdringen.

»… und ich hörte eine große Stimme aus den Tempeln, die sprach: Gehet hin und gießet aus die Schalen des Zorns Gottes … und der erste Engel ging hin und goss seine Schale auf die Erde, und es entstand ein böses und schlimmes Geschwür …«

Wieder das Lachen, diesmal direkt hinter Severin. Er zuckte

herum und stand einem Mann in langem Umhang gegenüber. Von dessen Gürtel hing eine blutige Geißel herab. Der Fremde hob abwehrend die Hand. Seine Fingerkuppen waren schwarz. Unter dem Schatten der Kapuze konnte Severin nur den schmalen Mund erkennen und unten im Schneematsch die bloßen Füße. Ein fanatischer Büßer vielleicht, der auf den Handelsstraßen umherzog und zur Umkehr predigte.

»Du weißt es, oder?«, fragte der Mann sanft. »So lacht nur jemand, der die Vergänglichkeit schauen kann. Hast wohl den Raben zugehört, die aus Südosten in die Stadt schwärmen und mit ihren schwarzen Augen nach toten Ratten Ausschau halten. Frohlockst du, dass die sündige Welt sich nun ihrem Ende nähert? Dann mach dich selbst bereit, wie ich, der ich auf meine letzte Stunde warte, beraubt aller Dinge, die ich einmal wert erachtete, abgeschnitten von meinem Gestern und meinem Morgen. Wenn es doch gelänge, wenigstens das Jetzt festzuhalten, nicht wahr? Oh, ich hab es festgehalten vor genau neun Jahren und dafür die Meinen verloren.«

Der Mann stöhnte auf und presste seine Hand gegen den Hals.

»Jung und Alt sah ich auf den Straßen liegen, Leichenkarren und brennende Leiber. Die Totenglocken schwiegen längst. Schrecklicher hallte diese Stille noch als das fortwährende Gebimmel zuvor, aber einen Glöckner gab es nicht mehr. Ein letztes weihevolles Begräbnis außerhalb der Mauern, allein für die Häupter der Toten, Ehrbare neben Bettlern, Jungfrauen neben Eheschändern. Danach wurde nur noch notdürftig verscharrt, was von den Feuern übrig blieb. Liebende kannten sich nicht mehr, und Eltern ließen ihre Kinder im Stich. So gebärdet sich der Mensch, wenn er von Gott verlassen ist. Ich aber habe nicht nach rechts und links gesehen, weder zurückgeschaut noch nach vorne, sondern versucht mich an jenen gegenwärtigen Augenblick zu klammern, der allein das Leben verheißt und sich entzieht, sobald man seiner gewahr wird. Und doch werde ich ihn verfluchen, im gleichen Moment, in dem ich ihn tatsächlich durchleben muss. Himmel, welche Qual steht mir bevor? Nicht Beten, nicht die Geißel hilft, das Verderben lacht nur darüber. Es lacht genauso, wenn die Schuldigen aufs Rad geflochten werden, seien es Hexen oder Brunnenvergifter. Es lacht noch immer im Verborgenen, wenn die Überlebenden sich längst um das Erbe der Toten streiten.«

Severin war zurückgewichen. Weiter konnte er nicht, er stand schon mit dem Rücken an der Hauswand.

»Jetzt streiten sie sich wieder«, flüsterte der Mann. »Herzog Albrecht von Bayern begehrt das Erbe seines Vetters. Alle streiten sie mit, Markgraf Friedrich mit seinen Rittern hier, die Nürnberger mit bezahlten Söldnern dort. Auch ich bin dabei gewesen, und ich sage dir, kein Quäntchen Läuterung hat die letzte Gottesgeißel bewirkt. In der Kriegsgier schert sich niemand um himmlische Warnungen. Ich sah vor Landshut einen Kämpen, dem Gottes Zorn die ganze Hand abriss, doch statt Frieden zu geloben, ließ der sich eine Klaue aus Eisen fertigen, mit der er nun noch gnadenloser zuschlägt, ohne das Geringste dabei zu spüren. Die Nürnberger raffen unersättlich Land und Burgen an sich, stecken den Tod gleich mit in den Sack und tragen ihn frohgemut heim zu ihren Lieben. Was sie nicht tragen können, fackeln sie ab. Die Dummköpfe zerstören selbst, was sie noch dieses Jahr bitter nötig haben werden. Wenn dir das Schicksal gnädig ist, wirst du Hungers sterben, bevor das Verderben deinen Leib erreicht.«

»Lasst mich in Ruhe, ich weiß nicht, wovon Ihr sprecht.«

»Du weißt es nicht?«, stieß der Fremde hervor. Dann hielt er plötzlich inne und trat zurück. »Jetzt sehe ich es, du bist kein Mann, gerade den ersten Flaum am Kinn. Komm nicht näher.«

Er drückte sich tief in den Hauseingang und wandte sich ab. Die Kapuze rutschte von seinem Schädel und zog den Umhang mit hinunter. Entblößt bis zu den Hüften stand er da. Sein Rücken war von blutigen Striemen zerfetzt, und unter seiner Achsel quoll eine dunkle Beule.

»Ich spreche von der Pest, Junge. Wie du siehst, ist es für

mich zu spät. Ich werde in einem der Siechkobel außerhalb der Stadt das Leiden der Aussätzigen verkürzen. Bis zu meinem Tod kann ich nur beten, dass ich durch mein Hoffen und Zögern keine Schuld auf mich geladen habe.«

Schnell bedeckte er sich wieder. »Aber dir rate ich, flieh bald, flieh weit, und komm spät zurück, denn fürwahr, das sind die einzigen Kräuter, die helfen können. Mach dich fort, bevor die Kunde ruchbar wird und vor den Nürnbergern alle Tore verschlossen werden.«

Sonderbar, eben noch hatte Severin es eilig gehabt, die Stadt so schnell wie möglich zu verlassen. Nach Augsburg oder Ulm hatte er sich wenden wollen, irgendwohin, wo redliche Schlosser ihr Handwerk ausübten. Und jetzt, da ihm die Flucht ausdrücklich empfohlen worden war, sträubten sich seine Beine.

Wie hätte er Barb und Ottilie zurücklassen können? Auch der Messerer hatte ein solches Los nicht verdient. Peter ebenso wenig, die Eltern der beiden, die anderen Bettelwaisen und Kungund ...

Wie hätte er in der Fremde seinem Traum nachjagen können, während alle Menschen, die er kannte, durch die Hölle gingen? Es müsste ja auch mit dem Teufel zugehen, wenn ausgerechnet einer wie Severin sich zur rechten Zeit davonstehlen könnte. Er rieb sich die kalten Arme und schritt energisch den gleichen Weg zurück, den er gekommen war. Nach der Brücke wandte er sich nach rechts, den Berg hinauf, durch die Hundsgasse und stand ein wenig später in Barbs Hütte.

Barb und Ottilie schraken hoch. Sie saßen aufrecht im Bett, zogen die Decke bis zum Kinn und starrten ihn an, als wäre er ein Geist.

Barb fing sich zuerst. »Was tust du hier? Warum rennst du bei diesem Wetter ohne Umhang durch die Nacht? Ist etwas geschehen?«

Um sie zu beruhigen, versuchte Severin zu lächeln. »Mir geht es gut, dem Meister und seinem Bruder auch, soweit ich weiß.« Knapp erzählte er, was ihm im Armenviertel begegnet war.

»Die Pest?«, fragte Barb. »Bist du sicher? Normalerweise tritt sie im Spätsommer auf und nicht so zeitig im Jahr, wenn die Nächte noch bitterkalt sind.«

Ottilie kroch fast vollständig unter die Decke. »Aber es stimmt, die Raben kreischen schon wie närrisch, sie flattern um die Kirchtürme herum und mögen sich nicht auf den Simsen niederlassen. Ich habe auch schon eine tote Ratte gesehen. Sie lag mitten auf der Straße.«

Severin setzte sich auf die Bettkante und steckte seine Hände zwischen die Knie. Ihm war kalt, und die Müdigkeit brach mit Macht über ihn herein. Am liebsten hätte er sich neben Ottilie gelegt, hätte einfach die Augen geschlossen und geschlafen, bis der Schrecken an ihnen vorübergezogen wäre. »Der Fremde sagte, wenn sich die Seuche erst ausgebreitet hat, würde man vor den Nürnbergern überall die Tore verschließen. Wir sollten uns bald entscheiden. Können wir nicht versuchen, in Augsburg unterzukommen?«

»Ja, bitte, Barb, lass uns gleich morgen früh aufbrechen.« Ottilie schniefte, und ihr Kinn zitterte.

»Immer mit der Ruhe. Es gibt keinen Grund, sich Sorgen zu machen. Einzelne Pestfälle sind immer vorgekommen, was nicht heißen muss, dass die Krankheit gleich die ganze Stadt überrollt. Ich werde mich morgen umhören. Falls es tatsächlich mehr als ein Gerücht sein sollte, haben wir genug Zeit, Vorsorge zu treffen.«

Ottilies Tränen brachen ungebremst hervor. »Ich will aber nicht hier bleiben. Ich habe keine Eltern mehr, und wenn du nun auch noch stirbst, Barb ...«

»Unsinn, Kleine, ich sterbe nicht so leicht. Du siehst doch, wie alt ich bereits geworden bin, sei das nun ein Segen oder ein Fluch. So Gott will, wird uns auch dieses Mal nichts geschehen. Was sollen wir in einer fremden Stadt? Hier habe ich Verbindungen, hier kenne ich Ärzte und Apotheker, und hier hat Severin einen Meister. Woanders wären wir nur unerwünschtes, fremdes Pack.«

Barb schlug die Decke zur Seite und klopfte auf den Strohsack. »Komm her, du Ausreißer. Für heute darfst du ausnahmsweise unser komfortables Lager teilen, weich gepolstert, mit edlen Daunen bedeckt und jeder Menge krabbelnder Gesellschaft. Morgen sieht der Himmel wieder anders aus.«

Severin streifte nur Wams und Schuhe ab. Dann ließ er sich willenlos auf die Seite kippen, schmiegte sich an Ottilies Rücken und sog den beruhigend scharfen Geruch menschlicher Nähe ein.

Er erwachte, weil seine Knöchel unerträglich juckten. Ebenso die Ellenbeuge und sein Handgelenk. Dort hatte er sich im Schlaf bereits blutig gekratzt. Er konnte sich nicht erinnern, dass ihn das Ungeziefer früher ebenso heftig geplagt hatte.

Er lag allein auf dem Lager. Durch die angelehnte Tür drang gleißender Sonnenschein, und der Morgen sah wie neu geboren aus, als hätte die Welt mit einem Mal alles Grau des Winters abgeschüttelt. Gähnend streckte er seine Glieder.

Dann hörte er Barb über den Hof schlurfen und auch eine Männerstimme.

Peter!

Mit einem Satz war er aus dem Bett, zog sich das Wams über den Kopf und sah sich fieberhaft in der Hütte um. Entkommen konnte er nicht, aber wenigstens die Skizze musste er verstecken. Verdammt, warum war er so leichtsinnig gewesen?

Schon schwang die Türe auf, und Peters breiter Leib verdunkelte das Morgenlicht. Severin sprang aufs Bett und verbarg das Papier hinter seinem Rücken.

»Gut, dass du wach bist«, sagte Barb von draußen. »Es wird Zeit für dich, nach Hause zu gehen. Ich habe sogar für Wegbegleitung gesorgt.«

»Kommt nicht näher«, rief Severin. »Ich werde Euch die Skizze nicht freiwillig überlassen. Lieber zerreiße ich das Papier!«

Er hoffte innig, dass die Drohung überzeugend klang. Gottlob stand er nicht Herman gegenüber, der hätte über die leeren Worte nur gelacht.

»Dieses Blatt gehört weder dir noch mir«, sagte Peter. »Wir müssen es Johannes Werner zurückgeben. Ich selber brauche die Zeichnung nicht. Ich habe sie gestern eingehend geprüft und könnte sie nun leicht aus dem Gedächtnis nachzeichnen. Hast du die Konstruktion bereits kopiert oder sie irgendjemandem gezeigt?«

Severin schüttelte den Kopf. Auf den Gedanken, die Skizze abzuzeichnen, war er nie gekommen. Das allein hätte ihm ja nichts genützt, er brauchte einen Schlosser, der sie verstand und bereit war, sie nachzubauen. Peter wäre dazu imstande gewesen.

Der Schlosser hatte die Fäuste auf die Hüften gestemmt, wodurch sich die Hütte noch mehr verschattete. »Komm jetzt!«

»Was wollt Ihr von mir, wenn es nicht die Zeichnung ist?«

Barb drängelte sich an Peter vorbei. »Dich natürlich. Einfach wegzulaufen ist nur dann ein guter Einfall, wenn man einem Wildschwein gegenübersteht. Zieh deine Schuhe an. Wahrscheinlich sucht dein Meister schon überall nach dir. In der Schmiede war er jedenfalls nicht. Nur gut, dass ich Peter getroffen habe, er wird dafür sorgen, dass du wieder heil in deiner Werkstatt landest.«

»Ich gehe nicht zurück.«

»Wie bitte? Du tust genau, was ich dir sage, dummer Bengel, es ist zu deinem eigenen Besten. Du gehörst dorthin und Schluss. Von nun an wirst du beiden Brüdern zur Verfügung stehen, denn dafür schneien ab und zu ein paar Heller in meinen Beutel. Vergiss nicht, was du mir verdankst – was du mir schuldig bist. Hast du mich verstanden?«

»Ja.« Zittrig stieg Severin vom Lager.

Peter zog den Kopf ein und betrat die Hütte. »Was ist, muss ich dich erst holen?«

»Ich komme.«

»Moment, Henlein«, sagte Barb. »Solange er gesund ist, mag er Euch dienen, aber falls er einmal krank werden sollte, werdet Ihr ihn weiter versorgen und die nötigen Arzneien beschaffen.«

Peter biss die Kiefer aufeinander.

Mit wedelnden Armen scheuchte Barb den Schlossergesellen und Severin hinaus. »Ehe ich's vergesse«, sagte sie, »der Bursche braucht natürlich ab sofort ein Lager, das diesen Namen verdient.«

»Der Teufel soll dich holen, maßloses Miststück.« Peter stieß die Alte gegen die Brust, sodass sie rücklings an die Bretterwand strauchelte. Mit wuchtigen Schritten stapfte er über den Hof zum Tor hinaus.

Severin trottete schweigend hinter ihm her. Je näher sie der Werkstatt kamen, desto schwerer wurden seine Beine, und als schließlich das Schild mit dem Messer über ihm baumelte, war sein Mut bis in die Kniekehlen gesunken.

»Euer Bruder wird wütend auf mich sein.«

»Wahrscheinlich.«

Denk an die Uhr, sagte Severin sich. Er konnte noch nicht fort, erst musste er die Skizze abzeichnen. So bald wie möglich wollte er das tun, damit er fertig war, bevor der Pfarrer sie zurückbekam. Er zwang sich zu einer aufrechten Haltung und trat über die Schwelle.

Herman hatte bloß einen Seitenblick für ihn übrig und wandte sich sofort an seinen Bruder: »Es gibt üble Neuigkeiten. Herzog Albrecht hat in einen Waffenstillstand eingewilligt, und König Maximilian will nächsten Monat das Friedensgebot aussprechen.«

»Aha«, machte Peter. »Sieh, wen ich mitgebracht habe. Die Zeichnung ist in Sicherheit, niemand wird uns mit dem Gewehr zuvorkommen.«

»Hast du nicht zugehört? Der Krieg ist vorbei. Nürnberg hat dabei viel Land gewonnen, aber der ganze Händel war so teuer, dass der Rat die Gebiete ebenso gut hätte kaufen können. Das

Interesse an neuartigen Büchsen ist mit dem heutigen Tag rapide gesunken. Vergiss das Gewehr.«

»Aber du selbst wolltest doch unbedingt ...« Peter verschränkte die Arme. »Krieg wird es geben, solange es Menschen gibt, und die Überfälle der markgräflichen Ritter werden auch nicht plötzlich aufhören. Ein Mann muss zu seinen Entscheidungen stehen.«

»Setz dich lieber«, sagte Herman trocken. »Ein Mann richtet seine Entscheidungen nach den Erfordernissen und sucht sich seine Fürsprecher unter denen, die mächtig sind. Jetzt werden das wieder die Kaufleute sein, vor allem solche mit Waren aus fernen Ländern hinter dem Meer.«

»Ich bin Schlosser, Herman. Soll ich etwa Schiffe zusammenschmieden? Die würden schon beim Stapellauf rosten und gleich danach absaufen. Oder hast du jemals schwimmendes Eisen gesehen?« Peter gluckste bei dieser Vorstellung, und auch Severin konnte ein Grinsen nicht unterdrücken.

Ungeduldig schlug Herman auf den Tisch. »Bin ich denn nur von Schwachköpfen umgeben? Ich habe zwar nicht genau verstanden, was Glaser im Wirtshaus faselte, aber wenn diese Uhr tatsächlich bei Seegang funktionieren sollte, könnte man mit ihrer Hilfe und dem Stand der Sterne die Position eines Schiffes bestimmen.«

»Ich verstehe nichts von Sternen«, brummte Peter.

»Aber ich«, Severin räusperte sich, »zumindest ein wenig. Mit einem Gradstock peilen die Seefahrer Gestirne an und messen deren Höhe. Die Gestirne durchlaufen täglich einen anderen Bogen, stehen also zu einer bestimmten Stunde jeweils über einem anderen Breitengrad senkrecht. Dafür gibt es Tabellen. Falls man die genaue Uhrzeit weiß, kann man den Breitengrad errechnen, auf dem man sich gerade befindet.«

»So ist es«, Herman ließ seine Augen ein wenig irritiert auf Severin ruhen. »Falls man denn die genaue Uhrzeit weiß.«

* * *

Severin wandelte auf Wolken. Nein, er galoppierte schwindelfrei über weiße Himmelstupfen hinweg, sah weder Gewittergebirge noch die Spalten dazwischen, durch die er auf die harte Erde hätte schmettern können. Nie hatte es einen strebsameren Knecht in Nürnberg gegeben. Er reagierte auf den leisesten Wink, die unangenehmsten Aufgaben erledigte er ohne zu murren und zwar so lange, bis ein neuer Befehl den alten ersetzte.

Peters freies Geleit wurde sofort verlängert, als er dem Rat seine Pläne vorlegte. Auch das Rugamt stimmte zu, in angemessener Frist seine Bewerbung auf die Meisterwürde zuzulassen, falls der aussichtsreiche Geselle einen neuen Meister fand, der ihn unterstützen wollte. Darauf begab sich Peter zu Glasers Witwe und versprach, die Familie abzufinden, sobald ihm dieses möglich sei. Die Glaserin gab sich mit der Aussicht zufrieden, und sie belästigte die Ratsherren nicht mehr mit ihren Bittgesuchen. Jetzt lag es schließlich auch in ihrem Interesse, dass Peter unbehelligt arbeiten konnte.

Nur Herman schien diese Entwicklungen nicht zu begrüßen. Der neue Eifer in seiner Werkstatt war ihm sichtlich unangenehm. Es schränkte ihn natürlich ein, dass in der Messerschmiede nun auch ein Schlosser werkelte, der sowohl Platz für seinen Kram wie auch die Dienste des Knechtes beanspruchte. Peter ließ Severin nicht nur einfache Einzelteile bearbeiten, er zog ihn auch für Konstruktionen zu Rate. Leider ging es dabei noch nicht um die Uhr, sondern vorerst nur um Peters Meisterstück – ein schnödes Schloss. Doch je schneller dieses fertig wurde, desto früher würde sich Severins Wunsch erfüllen, und dafür wollte er alles tun.

Wenn Herman seine Esse brauchte, konnte es geschehen, dass Severin gerade mit Versuchen beschäftigt war, Federstahl zu härten, und erst hastig Platz schaffen musste. Wollte Herman mit ein paar kräftigen Hieben einen Griff auf den Messerdorn schlagen, brüllte Peter los, weil er gerade winzige Hebelchen einsetzte, die bei der kleinsten Erschütterung herausspringen konnten.

Den Schlossergesellen störte es außerdem, wenn sich nur ein einziges Werkzeug woanders befand, als er es für richtig hielt. Schnaufend räumte er hinter Herman weg, was der eben aus der Hand gelegt hatte, reihte die Zangen gerade auf, drehte die Feilen auf die unempfindliche Seite und tadelte seinen Bruder, der sich stur nach seiner eigenen Ordnung richtete.

Irgendwann erinnerte sich auch der Färber Enders Ernst wieder an den strebsamen Schlossergesellen, suchte Vater Henlein auf und erklärte, dass der Verlobung nun nichts mehr im Wege stünde. Die beiden Männer einigten sich darauf, das Fest noch vor der großen Kaufmannsmesse in Frankfurt zu begehen.

Bei Peter bewirkte diese Nachricht, dass er alles, was er anfasste, noch genauer nahm als zuvor.

»Severin, musst du den Kohlenkorb mitten im Weg abstellen? Trag ihn gefälligst gleich an seinen Platz, dann fallen die Brocken nur dort heraus.«

»Ihr wolltet doch, dass ich immer die Tür hinter mir schließe.« Gehorsam schaffte Severin die Kohlen aus dem Weg und griff nach dem Besen.

Zu spät. Herman war geradewegs durch den schwarzen Dreck marschiert und verteilte ihn munter im ganzen Raum.

Peter brüllte: »Sieh dir das an!«

»Reg dich nicht auf«, sagte Herman, »wir befinden uns in einer Schmiede, da schmutzt es eben.« Er schnappte sich ein Holzstück und die Raspel und ließ einen Regen von Spänen auf den Werktisch prasseln. Beherrscht versuchte Peter die Späne zu einem Häuflein auf Hermans Seite zusammenzuschieben, wobei er selber vollgeregnet wurde. Fahrig wischte er sich über die Kleider. Hermans Gelächter wirkte so ansteckend, dass Severin ebenfalls herausplatzte.

»Was ist nur los mit dir, Peter?«, fragte der Messerer. »Man könnte glauben, du wolltest dich zum Tanz herausputzen. Dann fehlt dir allerdings die Musik.«

Ungestüm trommelte er mit Feile und Holz auf den Tisch

und stimmte ein temperamentvolles Fastnachtslied an. Severin fiel ein und schlug auf dem Amboss den Takt dazu. Es handelte sich nicht gerade um eine Weise, die in Gegenwart von Weiberohren schicklich war, aber Severin liebte es, wenn Herman sang, ganz gleich welche Art von Liedern. Dieses Mal übertraf der Messerer sich selbst. Die Töne schienen direkt aus seiner ungezähmten Seele hervorzusprudeln. Weit schallte die berauschende Stimme hinaus, tauchte die Gasse in rubinrote Leidenschaft und füllte sie mit Ekstase.

»Hört auf damit«, kreischte Peter. »Wenn sie nun heute kommen. Meine Braut wird auf dem Absatz kehrtmachen, wenn sie in ein solches Narrenhaus einheiraten soll.«

Severin verstummte.

Der Eisenstab, den er in der Hand hielt, blieb hocherhoben in der Bewegung stecken.

Kungund ... wenn sie nun heute käme ...

Sie käme, um ihren künftigen Gemahl zu sehen.

Die Stange krachte auf den Amboss und zerbarst.

Herman grinste. »Jeder kühlt sein Blut auf seine Weise. Ich für meinen Teil lasse es lieber glühen und wärme ein fröstelndes Maidlein damit, bis es in meinen Händen wie Butter zerschmilzt. Wartet nicht auf mich.«

Die ganze Nacht blieb der Messerer verschwunden und trottete deutlich entzaubert erst im Morgengrauen heim. Er fand Severin über ein halb fertiges Zahnrad gebeugt. Peter hatte versäumt, dem Burschen freizugeben, als er selbst nach Hause ging.

»Was tust du da?«, fragte Herman gereizt.

»Ich säge die Zacken aus, die Euer Bruder mir aufgezeichnet hat, Meister. Aber ich fürchte, sie werden nicht mit dem anderen Rad zusammenpassen. Seht Ihr? Es müsste eine ungrade Anzahl von Zähnen sein, wenn sich der Riegel später schließen soll.«

Herman presste seine Handballen an die Schläfen. »Was fällt dir ein, die ganze Nacht herumzusägen? Hast du die Glocke nicht gehört? Die Gesetze der Stadt gelten wohl nicht für dich.«

»Aber Euer Bruder ... Entschuldigung, Meister.«

»Hast du etwa durchgehend alle Lichter brennen lassen? Du glaubst wohl, Lampenöl plätschert in der Pegnitz. Ich sollte es dir vom Essen abziehen, damit du deine Verschwendung am eigenen Leibe spürst.«

»Es kommt nicht wieder vor.«

»Wie es hier aussieht. Sei froh, dass Peter das Durcheinander nicht sieht. Der Tisch voller Werkzeug, als würde er dir ganz allein gehören. Sogar auf dem Schemel liegt dein Zeug herum. Ich kann mich nicht einmal setzen.«

Rasch nahm Severin die Feile und hängte sie an ihren Platz. »Es war ja niemand da, der ...«

»Natürlich nicht, weil anständige Menschen die Nacht nämlich zum Schlafen benutzen. Du brauchst gar nicht zu grinsen, ich meine es ernst.«

»Ja, Meister, ich werde mich sofort hinlegen.«

»Das könnte dir so passen.« Herman holte aus. Die schwungvolle Ohrfeige streifte aber nur Severins Hinterkopf und büßte dadurch einiges an Wirkung ein. Der Messerer brachte seinen Oberkörper wieder ins Gleichgewicht und fuhr nicht weniger verärgert fort: »Der gnädige Herr lässt einfach alles stehen und liegen und geht schlafen. Soll ich etwa hinter dir herräumen?«

Severin schüttelte den Kopf und begann das Gerät zu ordnen. Hoffentlich setzte sich Herman bald. Dann würde irgendwann sein Kopf nach vorne sacken und kurz danach ein tiefes Schnarchen zu hören sein. Der Messerer hatte sich noch nie gewundert, dass er trotzdem immer in seinem Bett erwachte.

»Halt, bring mir erst etwas zu trinken.«

»Es ist nichts mehr da. Den Wein habt Ihr vorgestern ...«

»Den Brunnen wird wohl niemand ausgesoffen haben.«

Severin füllte draußen einen Krug mit klarem, kalten Wasser. Inzwischen saß Herman gottlob auf der Kante seiner Schlafstatt, das Kinn auf beide Fäuste gestützt. Begierig trank er seinen Becher leer. »Das hilft.« Ein zweites Mal ließ er sich einschenken. »Bist du denn gar nicht müde?«

»Doch ... und es tut mir Leid, dass ich die Zeit vergessen habe.«

»Schon gut. Du musst deinen Leib auch mal zur Ruhe kommen lassen, Severin. Wenn man dir zusieht, könnte man meinen, du möchtest an einem Tag erledigen, wozu sich andere Wochen nehmen. Bald wirst du deine Kräfte bitter nötig haben. Jeder von uns.«

Herman seufzte. »In den Häusern nahe am Fluss gehen Gerüchte um, und einige Hübschnerinnen weigern sich bereits, der Fleischeslust zu dienen. Ich persönlich ziehe zwar ohnehin das Unverbrauchte vor, aber die Atmosphäre der ganzen Stadt wird flau, wenn die Huren sich moralisch zeigen. Die ersten Geistlichen haben ihre Wagen schon gepackt, um die Stadt zu verlassen. Die Patrizier werden folgen. Ich wünschte, ich könnte auch einfach wegfahren.«

»Ihr sprecht von der Pest?«

Statt einer Antwort kippte Herman auf die Seite und zog die Decke über sich. Während Severin sich an den Schuhen zu schaffen machte, murmelte der Messerer: »Stell morgen Mäusefallen auf, auch im Hof und im heimlichen Gemach. Warte nicht darauf, dass die Pappenheimer die Grube leeren, sie muss jetzt täglich gereinigt werden. Und das Fenster hältst du von nun an geschlossen, es geht nach Süden.«

* * *

Nichts blieb, wie es gewesen war.

Severin schleppte einen Getreidesack zum Haus Hinter St. Katharinen. Er schwitzte, die Sonne stand im Löwen, Sommertage, an denen man gewöhnlich die Ernte genoss, für die man sich das Jahr über aufgerieben hatte. Und dennoch, kein Gedränge vor den wenigen Marktständen, kein Gelächter, kein Geschrei, kein Streit. Die Mägde tuschelten nicht miteinander, die Burschen rauften nicht. Man grüßte lieber mit einem Kopfnicken von Weitem, murmelte nur zur Not einzelne Sätze über Nebensächlichkeiten und eilte sogleich auseinander. Eine Geisterstadt, die in beklemmender Hitze zu schweben schien, bevölkert mit Gespensterseelen. Auf den Plätzen brannten große Wacholderfeuer, deren durchdringender Geruch hinter den huschenden Gestalten herwehte und sie bis in ihre Häuser hinein verfolgte.

Dafür zeigten sich die Bettler umso gegenwärtiger. Penetrant grabschten sie nach Ärmeln und Rockschößen, warfen sich in den Weg und ließen ihre Opfer erst vorbei, wenn diese sie befriedigt hatten. Auch Severin stellten sie nach. Anfangs hatte er ihnen noch gegeben, aber es waren so viele, so viele ... dass er nun mit Füßen nach ihnen trat.

Alles, was Herman für Peters Sühne zusammengespart hatte, musste er jetzt verschleudern. Seine Werkstatt war zugesperrt und gegen Plünderung gesichert. Material und Gerät hatte er ins Haus seines Vaters geschafft. Nun verbrachte er die Tage damit, bei Freunden und Feinden Lebensmittel aufzutreiben. Die Preise auf dem Markt kletterten in unverschämte Höhen, und sie würden weiter steigen, denn nur wenige Bauern mochten noch nach Nürnberg liefern. Da niemand sich leisten konnte, sein teuer gemästetes Vieh womöglich an der Seuche krepieren zu lassen, schlachteten die Metzger seit Tagen von morgens bis abends. Dennoch war das Fleisch kaum zu bezahlen. Die Abfälle fielen von der Fleischbank direkt in die Pegnitz hinunter, und der blutige Fluss wand sich durch die Stadt. Nur die Ratten mochten von dem stinkenden Wasser noch trinken.

Wieder ein Wagen, der hochgetürmt mit Kisten bepackt war und schlingernd in Richtung Frauentor rumpelte. Vorsichtshalber zerrte Severin seinen Sack nahe an die Häuser, es wäre nicht das erste Mal, dass ein überladenes Fuhrwerk umstürzte. Der Mann auf dem Kutschbock klatschte die Zügel auf das scheuende Pferd, während sein Weib sich am Sitz festhielt. Ihre Kinder liefen dem Wagen zu Fuß hinterher und winkten den Passanten zu. Der aufregende Auszug schien ihnen Spaß zu machen, kein Wunder, sie verließen ein Jammertal. Aber sie würden sehr weit laufen müssen.

Mehr als die Hälfte der reicheren Gebäude standen bereits leer, vernagelt und verrammelt. Auf ihren Landsitz, zu Verwandten, zur Erbauung in eine fremde Stadt waren die Leute gefahren, Ehrbare meist, und auch viele Geistliche.

Manche Häuser, in denen noch Menschen lebten, wirkten ebenso verlassen. Ein Zeichen warnte, dass diese Bewohner der Pest nicht mehr entwischen konnten. Sie schlossen sich lebendig ein, um niemanden zu gefährden, und wenn sie Glück hatten, schoben die Verwandten ihnen das Nötigste an einer langen Stange in die Krankengruft. Irgendwann lud man die verwüsteten Leiber nächtens auf einen Karren, dessen Räder mit Tüchern umwickelt waren, und schob sie lautlos aus der Stadt. Ihre gesamte Habe wurde dann verbrannt, nichts erinnerte mehr an sie.

Severin nestelte ein kleines Leinensäckchen unter seinem Hemd hervor und hielt es an seine Lippen. Barb hatte es mit Nelken gefüllt, dem scharfen, schmerzlindernden Gewürz, das kleinen Nägeln ähnelte und an das Kreuz Christi erinnerte.

»Heiliger Rochus, der du in mitleidiger Liebe den Pestkranken geholfen hast ...«, flüsterte Severin mit aller Inbrunst für Barb und Ottilie.

Die Alte erlaubte nicht einmal jetzt, dass Severin bei ihr in der Hütte übernachtete. Natürlich konnte er mehr für sie tun, wenn er bei den Henleins blieb. Für die abgezweigten Lebensmittel gab sie ihm selbst gesammeltes Räucherwerk mit, manchmal auch rare Drogen, die sie dem Apotheker abgeschwatzt hatte. Der schlaffe Beutel hing über Severins Schulter, vier Näpfe Korn hatte sie als Lohn aus dem Getreidesack gefischt. Herman würde über die Menge wieder wütend werden.

Barb selbst verwendete die reinigenden Dämpfe nie. Ihre Hütte sei ohnehin zugig, da könne sie genauso gut die Tür weit offen stehen lassen und sich an der Sommersonne freuen. Sie wollte einfach nicht glauben, dass ihr etwas geschehen könnte.

»Warum sollte Gott mich prüfen, er weiß doch längst, wie es um mich steht. Und falls Er sich doch anders entscheidet, reicht es zu jammern, wenn es so weit ist.«

Ottilie drehte sich bei solchen Reden zur Wand, wahrscheinlich wollte sie nicht, dass die Alte ihre Angst bemerkte, aber Barb wusste trotzdem, wie ihrem Schützling zumute war.

»Furcht ist eigentlich etwas Gutes«, sagte sie und klopfte Ottilie auf die Schulter. »Sie verhindert, dass wir uns unnütz in Gefahr begeben. Du darfst nur nicht zulassen, dass sie dich beherrscht und damit deinen Blick verstellt. Ihr alle glaubt, die Seuche mache keinen Unterschied, holt sich arm und reich, alt und jung. Wie Kaninchen vor der Schlange sitzt ihr da, lasst euch den Verstand lähmen und erkennt nicht mehr, was links und rechts geschieht. Die Pest ist nämlich durchaus wählerisch. Als Erstes schnappt sie sich die Bäcker. Gastwirte hat sie ebenfalls gern, auch Fleischer und Müller. Von den Schmieden dagegen blieben immer eine Menge übrig, und Steinmetze scheint die Krankheit nur im äußersten Notfall heimzusuchen. Es ist jedes Mal das Gleiche, sie meidet deutlich alle Häuser, in denen mehr Krach als Essbares zu finden ist. Seid also ganz beruhigt, Vorräte werden wir bestimmt nicht ansammeln können, und ich werde mir weiterhin die Zeit damit vertreiben, lauthals zu grölen, sobald mir danach ist. Meine Stimme könnte selbst den Teufel in die Flucht schlagen.«

Nach einer Kostprobe ihres Gesangs glaubte Severin ihr aufs Wort, aber er hatte sie dennoch gedrängt, ihre Verbindungen zu nutzen und sich für den schlimmsten aller Fälle Plätze im Pesthaus zu sichern. Das Sebastianspital befand sich zwar seit Jahren im Bau, nahm aber in Notzeiten bereits Kranke auf und versorgte sie.

Im Henleinhaus hatte man alle Fensterläden zugeklappt und die Türen fest verschlossen. Severin musste klopfen. Der Rotschmied öffnete nur einen Spalt, damit die bösen Dünste, die über der Stadt lagen, nicht eindringen konnten.

Duster und stickig war es drinnen. Severin blieb einen Moment stehen, um seine Augen an das Dämmerlicht zu gewöhnen. Im Eingang hatten die Brüder Feuerholz aufgeschichtet, außerdem standen mehrere abgedeckte Krüge mit Wasser aus dem Stadtbrunnen bereit. Regenwasser zu trinken konnte den Tod bedeuten. Severin musste den Sack hinauf in die Stube schleppen, die jetzt auch als Vorratslager diente und dadurch noch enger wirkte. Der abgestandene Geruch nach alten Räucherungen stieg ihm mit jeder Stufe deutlicher in die Nase. Sein Kopf wurde ganz matt davon, und er atmete unwillkürlich flacher.

»Hast du auch die Kräuter?«, fragte der Vater gedämpft. Severin antwortete ebenso leise und wollte ihm Barbs Beutel überreichen.

»Nein, bringe sie gleich in die Küche.«

Während Severin die nächste Treppe nahm, konnte er im Augenwinkel erkennen, wie der breite Rotschmied in die schummrige Stube schlich, neben Peter vor dem kleinen Wandkreuz auf die Knie sank und begann, eine endlose Litanei von Bittgebeten zu murmeln.

Auch in der Küche herrschte Halbdunkel. Durch die Spalten der Fensterläden konnte man den Sommertag nur erahnen. Heiß war es dazu, und das Herdfeuer tauchte den Raum in unruhiges Flackerlicht. Ein Topf mit Apfelmus köchelte darüber. Zu früh geerntet, aber in diesen Zeiten konnte ihnen leicht jemand zuvorkommen, wenn sie auf die Reife warteten. Die Mutter angelte mit einem Haken nach der Topfkette und füllte das Mus in irdene Krüge ab. Eine junge Weibsperson half ihr dabei.

Hatten die Henleins für all das Einkochen und Dörren kurzfristig eine Magd eingestellt? Sehr gut, dann konnte Severin sich vielleicht für einen Moment setzen. Er fuhr sich mit dem Ärmel über die Stirn. Seit Tagen war er von früh bis spät auf den Beinen gewesen, hatte Erdmieten gegraben, Kessel gescheuert, Kohl in Fässer gestampft, Wasser geschleppt, die Latrine geleert ... kaum, dass ihm Zeit zum Essen geblieben war, geschweige denn, dass er es schaffte, sich täglich zu waschen, wie Herman es von ihm verlangte. Abends fiel er wie ein Stein auf sein Lager, ein eigenes Bett hoch oben unter dem Dach. Genießen konnte er seine neue Schlafstatt nicht, denn kaum war er eingeschlummert, ertönte die Glocke, und die Plackerei begann von Neuem.

»Da bist du ja endlich«, sagte die Mutter und nahm ihm den Kräuterbeutel ab.

Auch die junge Frau drehte sich nach ihm um. Ihr schweißnasses Antlitz glänzte rötlich wie geschmolzenes Metall, umgossen von kupfernen Flechten. Ein paar unartige Härchen flatterten wie Federn um ihre Schläfen. Sie hob den Arm und wischte die Flusen mit dem Handrücken nach hinten.

»Kungund«, flüsterte Severin.

Wie hatte er sie für eine Magd halten können? Er schluckte trocken und blickte leer an ihr vorbei, denn sie sollte seine Befangenheit nicht bemerken.

Kungund nickte kurz in seine Richtung und ordnete die Kräuter auf den Tisch. »Heiliggeistkraut, Beinwell, Baldrianwurzel ...«

»Moment«, sagte die Mutter. »Das Eisenkraut sollten wir lieber über den Betten räuchern lassen, dort wird es uns Mut machen und die Albträume vertreiben.«

»Woher stammt das ganze Zeug?« Kungund schnupperte misstrauisch an ein paar trockenen Wacholderbeeren.

»Ein Bettelweib hat es gesammelt. Der Knecht kennt die Alte wohl.«

»Nun ja«, machte Kungund. »Wie können wir da sicher sein, dass sie nicht alles Mögliche hineingegeben hat, was zufällig am Wegrand wuchs?«

»Das würde Barb niemals tun«, platzte Severin viel zu laut heraus.

Die Mutter warf ihm einen strengen Blick zu. »Mäßige dich. Hast du dem Pfarrer heute Morgen nicht zugehört? Jede Gemütserregung und vor allem Zorn lässt die schlechten Säfte im Körper steigen. Das ist gefährlich, genauso wie Nässe oder feuchte Speisen. Reich mir die Räucherpfanne.«

Als Zunder legte sie einen trockenen Baumpilz hinein und brachte ihn mit etwas Glut zum Schwelen. Dann streute sie Barbs getrocknete Pflanzen darauf, gab noch eine Hand voll Rosenblätter zu und krümelte kleine Stückchen eines gelben Harzes darüber.

Sofort entfaltete sich dichter Qualm, der krautig und etwas süßlich roch.

»Habt ihr keinen Weihrauch?«, fragte Kungund.

»Burgunderharz ist genauso gut und wesentlich billiger. Es stammt von der Fichte, ein immergrüner Baum, der für langes Leben steht.«

Hinter dem Rücken der Henleinin verdrehte Kungund die Augen. »Fichtenharz statt Weihrauch«, flüsterte sie. Als sie Severins Blick bemerkte, presste sie die Lippen aufeinander, richtete sich steif auf und folgte der Alten, die das Räuchergefäß wie eine Reliquie mit beiden Händen hielt und in die Stube hinuntertrug.

Das gemeinsame Gebet im Qualm war ein tägliches Ritual, dem auch Severin sich nicht entziehen durfte. Da bis auf wenige Stühle alle Sitzgelegenheiten entfernt worden waren, um den Vorräten Platz zu machen, blieb er stehen, während der Vater immer noch kniete.

Gesprochen wurde nicht. Nur gleichmäßiges Murmeln war zu hören, und die Rosenkränze zuckten durch die Finger.

Severins Augen tränten, und seine Füße schmerzten. Er hoffte, dass Herman bald nach Hause käme und ihn mit irgendeiner Aufgabe erlöste. Möglichst etwas, das draußen zu erledigen war. Er schämte sich für diesen Gedanken. Er sollte lieber für jede Sekunde dankbar sein, die er unter frommen Menschen im reinigenden Rauch verbringen durfte und nicht auf der Gasse, wo eine Berührung, ein schlechter Atem schon das Verderben bringen konnte.

Unter gesenkten Wimpern linste er zu Kungund hinüber. Die rutschte unruhig auf ihrem Stuhl, schaute in der Stube umher und blies sich eine Strähne aus der Stirn. Die Lippen bewegte sie wohl, aber ihre Gedanken weilten bestimmt nicht beim Schöpfer. Severin fühlte, dass sich ein Lächeln in sein Gesicht stehlen wollte, und senkte den Kopf noch mehr.

Das Poltern an der Tür ließ sie alle zusammenfahren.

Endlich! Eilends rannte Severin hinunter, um Herman einzulassen.

»Warum muss Vater immer zusperren?«, knurrte der Messerer und schob mit dem Fuß eine Kiste durch die Tür. »Rüben.«

Gemeinsam trugen sie die Kiste in den Hinterhof, wo Severin das Gemüse am nächsten Tag einmieten sollte. Mit ein paar Sprüngen war Herman in der Stube. In der Begrüßung stutzte er, küsste seine Mutter flüchtig auf die Stirn und verbeugte sich galant vor Kungund.

Der Vater nickte wohlwollend. »Das hilfsbereite Kind ist auf einen Sprung vorbeigekommen, um Mutter zur Hand zu gehen.«

»Der Beistand ist doch selbstverständlich«, sagte Peter, »wir werden ja später ihre Familie sein, obwohl eine Verlobung zurzeit natürlich ganz undenkbar wäre.«

Umständlich wühlte er in seinen Taschen und zog schließlich einen kleinen Gegenstand hervor, der an einer dünnen Kordel baumelte. »Für dich, Kungund, damit du gesund die Wartezeit überstehst. Es ist eine Haselnuss mit Quecksilber darin, ein Pestamulett.« Ohne sie dabei anzuschauen, streckte er ihr das Ding entgegen.

Herman lachte laut auf. »Welcher Quacksalber hat dir das aufgeschwatzt? Oder willst du deiner jungen Braut etwa unterstellen, dass sie bei den Soldaten gelegen hätte und nun die französische Krankheit mit sich herumträgt? Quecksilber ist dem Merkur zugeordnet. Umtriebigen Landsknechten mag es vielleicht helfen, gegen die Pest nützt es sicher nicht.«

Jede andere Bürgerstochter wäre bei seinen Worten empört gewesen. Nicht so Kungund, sie hüstelte und hielt sich die Hand vor den Mund, um ihr Grinsen zu verbergen. Dann zeigte sie auf ihren eigenen Anhänger, eine eiserne, filigran durchbrochene Kugel, die zwischen ihren kleinen Brüsten hing, und wies Peters Pestamulett höflich zurück.

Severin hätte sie dafür küssen können.

Er hätte sie wirklich gerne geküsst, ganz egal wofür. War es verwerflich zu wünschen? Sein Herz begann zu holpern, und er wandte sich betreten ab.

»Ich danke dir für die freundliche Absicht, Peter.«, sagte Kungund schlicht und nahm Hermans Gehässigkeit damit jede Schärfe. »Vielleicht hilft das Amulett ja doch, und dann ist es besser, wenn es hier im Hause bleibt. Ich werde die Stadt ja bald verlassen, mein Vater wünscht, dass ich ihn begleite. Wir reisen mit dem großen Kaufmannszug nach Frankfurt zur Messe.«

* * *

Der Kaufmannstross nahm kein Ende. Ein Wagen nach dem anderen rumpelte an den Häusern vorbei, dazwischen Händler auf Rössern, und andere, die zu Fuß ihre Packtiere hinter sich herzogen. Ein ziemliches Aufgebot an hochgerüsteten Landsknechten begleitete den Zug. Viele Bürger benutzten die Messe als triftigen Grund, Nürnberg für eine Weile den Rücken zu kehren. Die Stadt wurde abermals leerer. Obwohl Severin den ganzen Morgen an der Straße stand, entdeckte er den Wagen des Färbers nicht, und Kungund fuhr unerkannt ihrer Wege.

Trotz der Pest hatten sich auch Fernhändler aus anderen Gebieten der Nürnberger Reisegemeinschaft angeschlossen. Eiligst durchquerten die Fremden die Stadt und zeterten wüst, wenn der Zug einmal stockte. Dennoch, die Möglichkeit zu erkranken schien ihnen weniger schlimm als eine andere Gefahr. Seit der Schlacht um Affalterbach lauerten Markgraf Kasimirs Kumpane überall nach fetter Beute. Ein reicher Kaufmann, der sich ohne Schutz aufmachte, konnte ihnen leicht in die Arme laufen, damit waren nicht nur Leib und Leben, sondern dazu die Güter dahin.

In einem Trupp aus Kindern und Halbwüchsigen rannten Severin und Ottilie der bunten Kolonne nach, weit aus dem Tor hinaus, als ob sie selbst auf Reisen gingen. Sie riefen Glückwünsche und winkten noch lange.

Dann war auch das vorüber. Stumm trotteten sie zurück, ein jeder in sein trostloses Heim, und Severin bemerkte, dass die ersten gelben Blätter hinter ihm herwirbelten.

Jeder von ihnen konnte bereits am Herbst seines Lebens angelangt sein, ohne es zu wissen. Der Tod wählte nach Gutdünken, womöglich hatte er sich soeben einen Handwerksknecht namens Severin auserkoren. Wie viel Zeit blieb ihm wohl noch, bevor Fieber und Schüttelfrost ihn lähmten, bevor die Schmerzen ihn nach einem raschen Ende schreien ließen? Warum plagte er sich überhaupt, warum den nächsten Schritt, den nächsten Atemzug tun? Was auch immer er unternahm, war ohnehin dem Untergang geweiht. Er würde sterben, wie alle.

Nicht die Zeit verrann, die Menschen waren es, die vergingen. Mit jedem Herzschlag näherten sie sich ihrem Tode. Ja, die Zeit würde unbeeindruckt weiterbestehen, sie bewegte sich keinen Zoll. Es sah nur so aus, genau wie festverwurzelte Bäume vorbeizufliegen schienen, wenn man sie aus einem flotten Fuhrwerk betrachtete.

Severin blickte zu Ottilie hinüber, die hochkonzentriert hin und her sprang, um nicht auf die Ritzen im Pflaster zu treten, als sei genau dieses Spiel im Moment das wichtigste Unterfangen im ganzen Kosmos.

Doch Severin wollte seine letzte Frist mit wirklichem Wert erfüllen, wenigstens das Ende nicht ungenutzt vorüberziehen lassen. Nur wie? Was um Himmels willen mochte den Wert einer Minute ausmachen? Obwohl er auf die Schnelle keine Antwort fand, beschleunigte er seine Schritte.

»Wo bist du gewesen?«, schnauzte Peter ihn an. »Beeile dich, du musst zu deiner alten Vettel laufen. Sie soll einen Theriak brauen, Vater geht es schlecht.«

Als er mit dem Mittel zurückkam, lag der Rotschmied in der ehelichen Kammer auf der hohen Schlafstatt. Sämtliche Decken hatte die Mutter über ihn gelegt und fest um seinen Leib gestopft, aber er klagte immer noch, dass er friere. Seine Wangen glühten rosig, sein Weib dagegen war fahl wie Asche.

Plötzlich begann der Alte zu würgen. Herman richtete ihn auf und drehte ihn auf die Seite. »Severin, den Eimer«, rief er. Schon lief das Erbrochene am Bett hinunter.

Während das Weib und die Söhne sich um den Kranken bemühten, ihm das Allheilmittel Theriak einflößten, seinen Mund wischten und die heiße Stirn kühlten, rannte Severin treppauf, treppab, kochte Wasser, schrubbte die Dielen im Krankengemach und leerte mehrmals täglich den Topf mit weichlichen Exkrementen. Trotz seiner Bemühungen wurde der beißende Gestank im Hause immer unerträglicher. Dazu kamen die Wehlaute des Alten, wenn er über Schmerzen im Kopf und in der Leistengegend weinte.

Sie alle tranken den widerlichen Theriak, sie alle reinigten sich mit Rauch, sie alle beteten.

Ein paar Tage später lehnte der Rotschmied die lindernde Medizin auf einmal ab. Als er das Fläschchen nur sah, brüllte er los: »Die Bettlerin hat euch verblendet, sie ist mit dem Teufel im Bunde.«

Er versuchte, sich aufzurichten, wollte schwankend das Bett verlassen, schlug um sich und lallte wie ein wütender Betrunkener.

»Diese Hexe, sie stellt sich gegen den himmlischen Willen, braut schmeichelnde Tränke, die mich betäuben und Seinen Ratschluss verwässern sollen. Schmerzen sind eine Strafe Gottes. Wenn ich meine Seele läutern will, muss ich die Qual erdulden bis zum Ende, wie Jesus Christus am Kreuz gelitten hat. Nur Gott kann mich davon erlösen, nicht euer sündiges Gebräu …« Der Rest ging in Wimmern über, unterbrochen von Husten und keuchender Atemnot.

Die Mutter sank neben dem Bett zusammen und schluchzte. »Ich ertrage nicht, dass er so leidet, lieber Gott, tut doch etwas …«

Peter drückte den Alten mit seinem ganzen Gewicht in die Kissen zurück und deckte ihm die Beine auf. Eine der Beulen war inzwischen zur Größe eines Eies gewachsen und hatte sich dunkel gefärbt. »Wir müssen die Beginen rufen.«

»Die frommen Weiber kommen nicht mehr zu den Kranken«, sagte Herman und schickte Severin nach einem sauberen Messer.

Blut und stinkendes Eiterwasser quoll aus der pulsierenden Beule.

Severin würgte.

Sein Ekel nützte ihm nichts, er musste das Zeug aufwischen, und wenn er dabei die Augen schloss, wurden die Dielen nicht sauber. Die besudelten Lappen walkte er so heftig in scharfer Aschenlauge, dass seine Hände dabei aufrissen, aber die alles durchdringenden Ausdünstungen des Kranken blieben hartnäckig in seiner Nase hängen.

Da die Mutter nur noch in der Stube saß und ihren Oberkörper vor und zurück wiegte, übernahm es Peter, die wachsenden Beulen regelmäßig mit einer Kamillenpaste einzureiben, bis sie wieder so groß und hart geworden waren, dass Herman sie aufschneiden musste.

Dem alten Rotschmied half das alles nichts mehr. Der Pestkarren hielt vor dem Henleinhaus und rumpelte mit dem Leichnam fort.

Das Leben der Übrigen nebelte ziellos durch die Enge des Hauses, stieß weich an die Wände, strich an den geschlossenen Fenstern entlang, verhielt vor der Haustür und wirbelte ängstlich auf, wenn einer von ihnen bloß hustete.

Wenn sie sich auf die Straße wagten, dann nur um die Kirchen zu besuchen und für den Vater Ablässe zu erstehen, damit seine Seele sich nicht in der Hölle quälen müsste und ihm, wenn alle Zeit sich erfüllte, eine frohe Wiederauferstehung gewährt würde.

Severin nutzte die seltenen Gelegenheiten, um bei Barb vorbeizusehen. Sie wirkte ausgemergelt, Ottilie noch dürrer als sonst. Aber beide waren wohlauf und sogar zu Scherzen aufgelegt. Severins Gaben nahmen sie gerne an. Viel konnte er nicht zur Seite schaffen, denn auch bei den Henleins schmolzen die Vorräte dahin.

Statt des alten Rotschmiedes sprach nun Peter die Gebete vor und nach den Mahlzeiten. Die Mutter saß meistens stumm, die Augen ausdruckslos auf das Wandkreuz gerichtet. Sie zuckte nur zusammen, wenn ein Geräusch sie aus dem Dämmer riss. Severin stellte beeindruckt fest, dass ihre Mundwinkel einfach hängen geblieben waren, der eine auf vier, der andere auf acht Uhr, genau die Zeitspanne, in der ihr Gemahl seinen letzten Todeskampf ausgefochten hatte.

Herman nahm wenig Rücksicht auf die Witwe, er polterte mit voller Absicht durch die Stube, machte ihr Vorhaltungen, weil ihre Haube schief saß und sie die Petersilientöpfe verdorren ließ. Der kleinen Person gelang es trotzdem, sich zu verschließen, und mahnend vor sich hin zu leiden. Sie wurde immer leichter, zu allem musste man sie auffordern, sogar zum Essen. Das zumindest war begreiflich. Da sie sich dem Haushalt gänzlich entzogen hatte, kochten die Männer selbst, was nicht unbedingt dem Gaumen schmeichelte. Herman grollte allabendlich, weil er nicht ins Gasthaus fliehen konnte.

Irgendwann hatte er endgültig genug, und ein ganzer Wolkenbruch von Flüchen stürzte aus ihm hervor.

»Fluchen ist Lästern«, sagte Peter nur.

»Ja und? Hab ich nicht allen Grund dazu? Wo war Gott denn, als Vater nach ihm gerufen hat? Wo war die hochgepriesene Barmherzigkeit? Vater ist ein gottgefälliger Bürger gewesen, gehorchte dem Rat genauso wie der Bibel und hielt sich an alles, was die Pfaffen ihm vorgeplappert haben. Du siehst, was ihm die Demut einbrachte. Für dieses Ende hätte er genauso gut sein Leben in Sünde genießen können.«

Er wühlte in einer Truhe und knallte ein Päckchen Spielkarten auf den Tisch. »Bring Wein, Severin. Wenn wir schon sterben müssen, dann will ich dem Tod ins Gesicht lachen können.«

Peter setzte eine mitleidige Miene auf und schüttelte den Kopf. »Es geht nicht um den Tod des Leibes, Herman, es geht um die unsterbliche Seele, die du jetzt leichtfertig verspielen willst. Alles Unglück kommt seit aller Zeit davon, dass der Mensch stolz und eigensinnig ist und seine Triebe nicht im Zaum halten will, statt sich demütig dem gottgewollten Schicksal zu fügen.«

Severin zögerte, er wagte nicht mehr recht, den Wunsch seines Meisters nach Wein zu erfüllen.

Herman blickte von einem zum anderen, seine Lippen verzogen sich zu einem kalten Lächeln, und er verließ das Haus, lautlos wie ein Dieb.

Mehrere Nächte blieb er fort.

Niemand verlor ein Wort darüber. Auch nicht über die auffällige Sanftmut und Anteilnahme, die Herman nach seiner Rückkehr an den Tag legte. Der Messerer fragte sogar nach Barb und vor allem nach Ottilie.

»Die jungen Bettelmädchen haben es am schwersten«, sagte er. »Niemand beschenkt sie mehr, ohne eine Gegenleistung zu verlangen, und für ein schimmliges Stückchen Brot lassen sie ekelhafte Dinge mit sich geschehen. Ja, sie drängen ihre Dienste sogar auf, bieten sich freiwillig als Huren an. Widerlich ist das. Manche von ihnen sind so jung, dass sie unmöglich schon geblutet haben können, und oft kommen ihnen gleichaltrige Knaben zuvor. Oh Gott, ist denn die Kunst der Verführung in dieser Stadt absurd geworden?«

Von nun an schickte er Severin regelmäßig mit Nahrungsmitteln zu Barb. Dabei hatten sie selbst kaum noch etwas. Die Krüge mit Fruchtmus verdarben im Zusehen, und auf den Kohlfässern bildete sich eine schmierige Schicht. Sie ernährten sich hauptsächlich von Getreide und dem eingeschrumpelten Gemüse aus der Miete.

Severin war dankbar für Hermans plötzliche Mildtätigkeit, aber sie kam ihm auch äußerst befremdlich vor.

Vorsichtshalber hielt er sich von seinem Meister fern und vermied es, ihn zu berühren. Er wusste ja nicht, wo der Messerer gewesen war und welches Erlebnis eine solche Verwandlung verursacht hatte. Falls Gott es so bestimmt hatte, saß Herman nun auch der Tod im Nacken. Die Erkenntnis, sterblich zu sein, und das vielleicht in naher Zukunft, hatte schon härtere Kerle als ihn weichgeklopft.

X. KAPITEL

Fristgemäß zum Christfest verzogen sich die Schatten der Pest endgültig. Mutter Henlein nahm allmählich ihre Umgebung wieder wahr, doch alles, was sie sah, missfiel ihr. Das Leid hatte sie gekränkt und unversöhnlich gegen die Menschen gemacht.

Mit lautlosem Vorwurf regierte sie das Haus, und ihre Söhne kuschten. Severin natürlich auch.

Erst im neuen Jahr, als kaum noch ein Krümel in Kisten und Krügen zu finden war, ließ sie sich überreden, die Tür zur Werkstatt ihres seligen Ehewirts zu öffnen. Am liebsten hätte sie ein Mausoleum aus dem Raum gemacht, als Ausgleich für die anonyme Grube vor der Stadt, in welcher der Leib ihres Gatten zusammen mit vielen anderen unerkannt vermoderte. Nie wäre ihr in den Sinn gekommen, einen Gesellen zu dingen und die Geschäfte selbst weiterzuführen, wie es einige Witwen der Stadt erfolgreich betrieben. Das Handwerk ihres Mannes war ihr stets ein bewundertes Geheimnis geblieben, und was wäre aus dieser Hochachtung geworden, falls sie sich tatsächlich als fähig erwiesen hätte, sein Werk fortzusetzen? Außerdem würde alle Welt sie drängen, doch bald ein zweites Mal zu heiraten. Es gab genügend junge Rotschmiede, die bereits Verlangen nach der gerade Fünfzigjährigen und vor allem nach dem Erbe bekundeten. Das leidenschaftliche Vergnügen mit frischeren Weibern konnten sich die Burschen schließlich auch im Hurenhaus holen.

Als die Mutter begann, sich mit solchen Überlegungen zu plagen, beanspruchte Herman die väterliche Werkstatt für sich. Er war der Erstgeborene und als Einziger im Haus berechtigt, selbstständig tätig zu sein. Allein die Esse des Vaters wollte er behalten, sie hatte Kupfer und Messing zum Glühen gebracht und würde auch Eisen nicht verschonen. Alles andere wurde herausgerissen. Herman und Severin kehrten das Unterste zuoberst, die Dielen wurden mit Sand abgerieben, die Wände gekalkt und schließlich eine nagelneue Messerschmiede eingerichtet.

Severin fand diese Arbeit wesentlich angenehmer, als die Wünsche einer freudlosen Witwe erahnen zu müssen, die sich zwar selten beklagte, ihm aber jedes Mal das unbestimmte Gefühl gab, dass er wohl wieder falsch geraten hatte. Immerhin bestand das brave Weib darauf, Peters Verlobung abermals zu verschieben, da sich die Familie ja nun in Trauer befand. Für diese Entscheidung konnte sie sich in Severins Augen noch einen ganzen Sack voll Missbilligungen leisten.

Peter durfte keine Schlösser in Auftrag nehmen, solange er nicht die Meisterwürde besaß. Nicht einmal als Stückwerker, der Einzelteile herstellte, durfte er sich betätigen, und in der ganzen Stadt fand er keinen Meister, der bereit war, den Gesellen unter seine Fittiche zu nehmen, bevor dieser seine Schuld den Glasers gegenüber vollkommen abgetragen hatte. Doch wie sollte er seine Schuld begleichen, wenn er nichts verdienen konnte?

Severins Drängen, einstweilen mit dem Uhrwerk zu beginnen, überhörte er geflissentlich. Stattdessen verfiel er in eine launische Lethargie, überließ es dem Himmel, sein Leben einzurichten, und mahnte zwischen den Mahlzeiten an Gottesfurcht und Pflichttreue, was auch sein Vater stets getan hatte.

In Ermangelung anderer Zuhörer kam meist die Mutter in den Genuss seiner Lehren. Anfangs seufzte sie ihm zu Gefallen, bald seufzte sie über seine Gegenwart und dann über die restlichen Werke ihres Mannes, die nun nutzlos verstaubten, weil niemand sie mehr würdigte, geschweige denn, sie feilbieten wollte. So penetrant bekundete sie ihren Kummer, dass Peter sich schließlich der Stücke erbarmte und sie auf den Marktplatz trug. Leider war er nicht zum Kaufmann geboren, sondern wortkarg und von störrischer Rechtschaffenheit, zwei unüberwindliche Hindernisse für jemanden, der etwas verkaufen wollte. Peter schrieb den Misserfolg natürlich nicht seiner fehlenden Gewandtheit zu, sondern der schlechten Qualität der Ware.

»Die Ware ist völlig in Ordnung«, zischte die Mutter, »und ich danke Gott, dass deinem Vater erspart bleibt, deine Vermessenheit erleben zu müssen. Was denkst du, was die Leute hinter unserem Rücken reden? Oh, ich bemerke wohl, wie die Bürgerinnen die Köpfe zusammenstecken, sobald sie mich sehen, und ich höre genau, was sie tuscheln: Seht die Witwe Henlein, ein loses Weib, der eine Sohn ein Totschläger, der andere ein Leichtfuß, er soll heimlich den Goldschmieden ins Handwerk pfuschen. Drunter und drüber geht es in ihrem Haus, es wäre besser, wenn sie ihrem Gemahl bald ins Grab folgen könnte, bevor sich noch weitere Missetaten ereignen.« Nur mit Mühe presste sie die Worte zwischen ihre Schluchzer. »Wenn die Männer zuchtlos werden, liegt die Schuld beim Weib im Haus, das ist es, was sie von mir denken. Wer sollte wohl mit einer solchen Familie Handel treiben wollen?«

Herman versuchte, ihr den Arm um die Schulter zu legen, aber sie drehte sich weg.

»Mutter, lass sie doch lästern, das gibt sich wieder. Im Moment machen die Leute mit niemandem Geschäfte, sie hüten ihre letzten Groschen wie Drachen ihre Schätze. Wir verhalten uns ja selbst nicht anders, kaufen nur das Allernötigste und sehen über jede Begehrlichkeit hinweg. Wenn in Nürnberg nichts zu holen ist, müssen wir eben dorthin gehen, wo keine Seuche gewütet hat und die Beutel noch locker hängen, zum Jahresmarkt in Roth vielleicht. Einen Schwung einfacher Messer werde ich bis dahin zustande bringen, solche, die jeder braucht, mit denen man essen, kochen und auch mal einen Ast entrinden kann.«

Jahresmarkt, das verhieß ausgelassenes Spektakel mit Musik und fröhlichen Mädchen, die sich unbeschwert zum Tanze führen ließen, statt sich wie die traurigen Mäuse in Nürnberg ständig um die Toten zu grämen.

Peter würde seinen Bruder nicht begleiten können. Bis seine Verhandlungen abgeschlossen waren, durfte er Nürnberg nicht verlassen. Vor Kurzem erst hatten die Stadtväter den Bildhauer Veit Stoß erneut ins Loch gesteckt, weil dieser die Gnade des Rates enttäuscht hatte. Der Schlossergeselle wollte klüger sein und in Nürnbergs Mauern ausharren, wie es sich für einen braven Mann gehörte.

Severin graute vor der Aussicht, mit Peter und der Mutter allein bleiben zu müssen. Der Bau einer Uhr war noch immer nicht in Sicht, und der Trübsinn würde ohne Herman noch zäher durch die ereignislosen Tage kriechen. Es gab nur eine Möglichkeit, dem zu entrinnen: falls Herman die Ware nicht alleine schleppen konnte, blieb ihm gar nichts anderes übrig, als auf seinen Knecht zurückzugreifen.

Severins Hammer lag nicht mehr still. Schnell, schnell sollte es gehen, die Zeit bis zum Aufbruch war knapp bemessen, und er brauchte eine Menge Messer, wenn sein Meister unter der Last ächzen sollte.

Als Erstes kam Severin auf den Gedanken, unnötige Gänge zu vermeiden. Er überdachte auch seine Handgriffe und legte sich das Werkzeug der Reihe nach zurecht, im Halbrund zur Tischkante ausgerichtet. Außerdem fertigte er die Messer nicht mehr einzeln an, sondern hämmerte erst sämtliche Stücke für einen Tag, feilte dann Rohlinge daraus und schliff alle Teile zum Schluss. Genauso ging er mit den Griffen und den Scheiden vor.

Er hätte gerne gewusst, wie lange er für die einzelnen Tätigkeiten brauchte und ob er durch seine Vorgehensweise tatsächlich die Arbeit beschleunigte.

Wurde er durch die stete Übung im Laufe eines Tages schneller? Oder war es etwa genau umgekehrt?

Durch die immer gleichen Bewegungen verspannten sich seine Muskeln, und er wurde lange vor der Abendglocke schon entsetzlich müde. Vermutlich war es sinnvoller, kleine Pausen einzuplanen und sich ansonsten noch mehr zu beeilen.

Severin zwang sich die Hände in den Schoß zu legen und starrte den Rohling an. Dieser Moment der Untätigkeit kam ihm wie eine verlorene Ewigkeit vor, die Zeit lief ohne ihn davon, die Arbeit jedoch nicht.

»Da du die Zange gerade nicht brauchst ...«, sagte Herman und nahm sich das Werkzeug vom Tisch, statt eines aus dem Regal zu holen. Natürlich ließ er die Zange am anderen Ende des Raumes liegen.

»Ihr bringt mir alles durcheinander, so kann ich einfach nichts schaffen«, entfuhr es Severin.

»Hat Peter dich die sauertöpfische Kleinkrämerei gelehrt? Kein Wunder, er baut Schlösser, sperrt die lieblichsten Dinge in Kisten und Kästen ein. Eine Klinge dagegen muss frei schwingen können, dazu braucht sie Raum und Muße in jeder Phase der Bearbeitung. Nur dann erzeugt sie später einen angenehmen Klang, selbst wenn sie auf die Waffe eines Gegners trifft.«

»Diese Messer hier werden höchstens auf Rüben treffen«, knurrte Severin, stand auf und holte sich die Zange zurück.

Er gönnte sich keine Pausen mehr. Sogar aufs Mittagsmahl verzichtete er, um den ärgerlichen Zeitverlust wieder aufzuholen. Solange sein Meister ihn nicht kontrollierte, huschte seine Feile nur oberflächlich über den Stahl. Mit heißer Nadel stichelte er die Lederscheiden zusammen und steckte manche Klinge mit noch deutlich sichtbaren Scharten hinein.

Zwei Körbe waren voll geworden, viel zu schwer, um damit zu wandern, selbst Peter schaffte nur ein paar Schritte.

Doch Herman überging seinen Knecht und mietete kurzerhand einen Esel, der genauso alt wie bissig war. Das Vieh zeigte sich vom Gewicht der Ladung überhaupt nicht beeindruckt. Es buckelte schlimmer als ein Stier, ließ markerschütterndes Geschrei ertönen, sprang mit allen vieren in die Höhe und schlug nach den Umstehenden aus. Der Messerer sah sich den Veitstanz aus gehörigem Abstand eine Weile an. »Na gut, Severin, pack deine Sachen. Viel Vergnügen mit deinem munteren Weggefährten.«

Sofort hatte Severin den Esel lieb gewonnen. Als er aber den Strick ergriff, heftete das Vieh seine tückischen, schwarzen Augen auf ihn und stürzte auf ihn los. Bis auf die Straße galoppierte das Grautier hinter ihm her. Die Passanten blieben stehen und grölten. Herman kam überhaupt nicht mehr aus dem Lachen heraus. »Umso besser, wenn ein Esel den anderen jagt, kommen wir zügig voran.«

Severin war kurz davor, auf den Ausflug zu verzichten, doch dann gab das Stadttor den Blick auf die Landschaft frei. Wolkenschatten flossen über die Fluren hinweg und malten ihre veränderlichen Formen in das großflächige Muster der Felder. Der breite Weg zog alles Sehnen mit sich fort, lief an brachliegenden Äckern vorbei, wand sich durch graugelbe Weideflächen, sprang keck um weiß betupften Schlehendorn herum und verschwand, in der Ferne schmal geworden, verheißungsvoll zwischen den dunklen Hügeln.

Herman riss eine Hand voll trockener Gräser aus, stopfte sie in Severins Mütze und band dem Esel diesen Futtersack ums Maul. Fortan kaute das Vieh versonnen und trottete dem Zug des Seiles nach.

Von überall her flötete und musizierte es. Die Vögel nutzten die frühe Stunde für einen morgendlichen Sängerwettstreit, und Severin wünschte, Herman hätte mitgesungen. Stattdessen schwang sich neben ihm eine Lerche in die Lüfte und trällerte ihr unverkennbares Lied in den Wind. In senkrechter Linie darunter würde Severin ein Nest finden können. Aber er suchte lieber nicht nach Eiern, denn der hartmäulige Esel bevorzugte inzwischen die Richtung nach Hause, ob mit Futterbeutel oder ohne. Es wäre leichter gewesen, einen Karren zu ziehen, zumindest solange der Weg einigermaßen eben war.

Herman war ihm schon ein ganzes Stück voraus, mit raumgreifenden Schritten verschwand er im Forst. Wenn der Meister nicht zu Fuß gegangen wäre, hätte man ihn für einen begüterten Bürger halten können. Die Kleidung eines Händlers bestimmte den Wert, den man seiner Ware zutraut, hatte er behauptet, und Severin hatte zustimmend genickt, denn eines Tages würde er den feinen Umhang selber tragen dürfen. Sogar beim Bader war Herman gewesen, hatte sich das Haar über der Stirn sehr kurz und hinten knapp bis zum Nacken schneiden lassen. Auch sein Kinn war blank rasiert, was ihn fremd und wesentlich jünger aussehen ließ. Viele Kerle bevorzugten neuerdings, ihre Visagen derart freizulegen, selbst wenn sie damit nur Hässlichkeit entblößten. Severin blieb lieber weiterhin stolz auf seinen passablen schmalen Bart und die schulterlangen Wellen.

Im Wald streckte der Esel seinen Kopf lang vor und mochte sich kaum noch voranzerren lassen. Jeder Schritt ein Kampf. Mit seinem ganzen Gewicht musste Severin sich ins Seil stemmen. Er keuchte bereits, aber er hätte sich lieber auf die Zunge gebissen, als seinen Meister zu rufen und ihm erneut Gelegenheit zum Spott zu bieten.

Endlich blieb Herman von sich aus stehen, wandte sich um und klopfte auffordernd gegen seinen Schenkel.

Dieses Bild hatte Severin schon einmal gesehen. Eisig durchfuhr ihn die Erinnerung, und seine Füße bewegten sich nicht mehr. War er nicht eben noch mit seinem Vater durch diesen Wald zum Markt gezogen? Durch jenen Wald, wo sich markgräfliche Ritter zusammenrotteten, ihre Rösser zäumten, die Schwerter schärften und nur darauf warteten, dass Severin Gottes Zeit anhielt, sodass der Schöpfer ihrer Gräueltaten nicht gewahr werden konnte.

»Wo bleibst du?«, fragte Herman. »Was ist los?«

»Nichts.«

Der Meister kam ihm entgegen. »Hast wohl Angst im dunklen Forst. Nicht nötig, wir sind ja reichlich gewappnet.« Er grinste und wies auf die Körbe.

Plötzlich straffte er sich, und seine Miene fror ein.

Gleichzeitig fuhr Severin herum.

Hufgedonner auf der anderen Seite des Hügels, mehrere Rösser preschten genau in ihre Richtung. Sie näherten sich schnell.

»Los, ins Unterholz, sie dürfen uns nicht sehen.«

Hastig wand Severin sich das Seil um die Hand, ruckte mit aller Kraft und schlug mit dem freien Ende nach dem Tier, um es ins Gebüsch zu zwingen. Herman brüllte und trat den Esel sogar. Nichts, das Vieh rührte sich nicht einen Zoll. Wenn es ihnen nicht gelang, den Weg zu räumen, würden sie womöglich in Grund und Boden geritten werden. Severin ließ die Leine fahren, um wenigstens sich selbst zu retten, doch Herman riss ihn zurück.

»Bleib hier, du Feigling. Falls das Strauchdiebe sind, werden sie versuchen, uns die Ware zu nehmen, aber schenken will ich nichts. Ich habe schon einige Schlachten geschlagen, und immerhin liegt der Überraschungsvorteil auf unserer Seite. Verdammt, nie ist Peter in der Nähe, wenn man ihn ausnahmsweise gebrauchen könnte.«

Ohne seine Augen vom Weg abzuwenden, zog er sein langes Messer, griff mit der Linken ein weiteres aus dem Korb und hielt beide hinter dem Rücken verborgen.

Severin tat es ihm nach. Sie standen Seite an Seite am äußersten Wegrand, sodass für geschickte Reiter genügend Platz blieb, an ihnen vorbeizupreschen.

Vier schnaubende Pferdeschädel erschienen nacheinander über der Wegkuppe. Gleich darauf blitzten Harnische und blanke Helme in der Staubwolke, Rufe und Zügelreißen, die Rösser rollten mit den Augen, bäumten sich und streckten die Zungen heraus. Aber sie kamen tatsächlich knapp vor dem sturen Esel zum Stehen.

Fantastische Rösser waren das, mächtig und wendig zugleich, der Inbegriff von beherrschter Kraft, die ohne Zügel jederzeit explodieren könnte. Solche Pferde hatte Severin bisher nur von Weitem gesehen, sie mussten ein Vermögen wert sein.

Einer der Ritter drängte den Esel ab und stocherte mit seiner Lanze in den Körben. Er war sicher nicht über dreißig Jahre, ein bleicher, langer Kerl in einen eisengrauen Umhang gehüllt, unter welchem trübe ein beuliger Brustharnisch schimmerte. Trotz der schäbigen Kleider vermutete Severin einen Adligen in ihm. Er bewegte sich mit einer zielstrebigen Nachlässigkeit, und sein Gesicht verriet weder Überraschung noch Verärgerung, eher eine gewohnheitsmäßige Souveränität, die wohl selten mit Widerspruch rechnen musste.

Die anderen Reiter trieben ihre Pferde vorwärts. Eine Hand am Zügel, die andere locker herabhängend begannen sie die beiden Wanderer einzuschließen. Zwei von ihnen trugen rotgoldene Wappen mit Eselsköpfen darauf, schlank und durchtrainiert alle beide, Brüder wahrscheinlich. Der dritte Reiter wirkte eher weich und teigig. Sein Gesicht war völlig ungestalt bis auf die kleinen feuchten Lippen, die einer winzigen Rosenknospe glichen, beleidigt, sich in so unpassender Umgebung aufhalten zu müssen.

Unwillkürlich umklammerte Severin die Messergriffe fester und ging in die Grätsche, um in den Knien federn zu können.

Eine lächerliche Bewegung.

Lächerlich kurz auch seine Klingen gegen die mächtige Wehr, die sich um ihn zusammenzog. Ach, ein schwungvoller Stiefeltritt vom Pferd herab würde ausreichen, ihn zu Fall zu bringen.

Lässig stützte sich einer der Junker auf den Sattelknauf und streckte seinen schwarzen Spitzbart zu Severin hinunter. »Nürnberger, wie?«

Severin nickte. Er wollte schlucken, aber sein Mund war völlig trocken. Tröstlich fühlte er Hermans Rücken an seinem.

»Siehst du, Jorg Trummer, da haben wir ja doch noch zwei passende Vögel für deine Fehde aufgespürt«, sagte der Spitzbart.

Der teigige Kerl grinste. »Na endlich.« Er warf seine Faust

gegen den Himmel und rief: »Für Veit Stoß! Für die Gerechtigkeit!«

Auf diesen Ruf zuckten die Schwerter aus den Scheiden. Herman riss die Arme hoch. Blitzartig kreuzte er seine Klingen über dem Kopf. Er wich dem ersten Angriff aus und ließ seine Messer wirbeln, so schnell, dass ihre Bahn nicht zu verfolgen war. »Stich in die Kniekehlen«, brüllte er, »und in die Flanken der Pferde.«

Metall krachte auf Metall, Klirren, Jubeln, Schmerzensschreie ...

Severin duckte sich keinen Moment zu früh. Das Schwert zischte über seine Haare hinweg. Er drehte sich um die eigene Achse, zog den Kopf zwischen die Schultern und stieß blind mit seinen Messern nach oben. Die Stöße schlugen ihm fast die Klingen aus den Händen, wenn sie auf Teile einer Rüstung trafen, aber ebenso oft stach er auch in weiches Fleisch.

Dann sah er, dass Herman gestürzt war.

Mit ausgebreiteten Armen lag der Messerer auf dem Bauch, und in seinem Nacken drohte die Spitze einer Lanze, die der Ritter vom Pferd aus hinunterstreckte.

»Rühr dich ja nicht«, sagte er.

Jorg Trummer, der Teigige, richtete seine Armbrust auf Severins Stirn. Sein Hosenbein färbte sich dunkel, aber er verschwendete keinen Blick darauf. »Lass die Messer fallen, Bursche.«

Der Edle im grauen Umhang hatte sich an dem kurzen Geplänkel nicht beteiligt. Erst jetzt, da sie beide gestellt und wehrlos waren, ritt er mit dem Esel im Schlepptau näher heran.

»Sieh nach, was sie bei sich haben, Theo.« Seine Stimme klang unpassend warm und dunkel.

Rasch glitt der Ritter mit dem Spitzbart aus dem Sattel, schlug Hermans Umhang zur Seite und riss ihm den Beutel vom Riemen. »Ist das alles?«

Severins Habe enttäuschte ihn noch mehr.

Die Lanze in Hermans Nacken drückte fester. Vorsichtig drehte Herman seinen Kopf in Theos Richtung. »Lasst uns ziehen und überfallt uns lieber auf dem Rückweg, wenn ihr Beute machen ...«

Ein Tritt in die Seite ließ ihn verstummen. Theo hob Hermans langes Damaszenermesser aus dem Gras, und seine Miene erhellte sich ein wenig. Er wog die Waffe in der Hand, fuhr mit dem Daumen über die Schneide und schlug sie plötzlich mit der Breitseite gegen einen Baum. Abermals begutachtete er die Klinge und pfiff durch die Zähne.

»Seht Euch das an.« Er reichte das Messer dem Anführer hinauf. »Wenn der Flegel solche Prachtstücke mit sich führt, haben wir wohl doch eine goldene Gans gefangen.«

Aber in den Körben lagen nur einfache Messer, und ausgerechnet eine von Severins schlecht geschliffenen Klingen zog der Ritter nun heraus.

»Was soll das sein, eine Säge?« Er packte den Messermacher am Kragen, zerrte ihn auf die Beine und hielt ihm den Pfusch vors Gesicht.

Hermans Blick zuckte zu seinem Knecht hinüber. Rückhaltloser Zorn kochte darin, und Severin senkte hastig den Kopf.

Theo setzte dem Meister das Messer direkt unter die Nasenlöcher. »Willst du uns mit dieser Stümperei abspeisen? Willst du etwa damit dein Leben erkaufen? Antworte!«

Hermans wütende Grimasse wich sofort dem Ausdruck vollendeter Liebenswürdigkeit. »Das ist keine Stümperei, sondern der neuste Schliff, edler Ritter«, sagte er etwas heiser, »durch die kunstvollen Riffel stumpft eine solche Schneide niemals ab.«

»Wie auch, sie ist ja niemals scharf gewesen.«

»Ihr irrt, gnädiger Herr. Gebt sie mir, und ich werde Euch zeigen, was sie vermag.« Mit einem Seitenblick auf Theos Wappen setzte er hinzu: »Ein einziger Schnitt, und Euer Hengst wiehert fortan so hoch wie die anderen beiden Esel hier.«

Der bewehrte Unterarm des Ritters krachte gegen Hermans Kopf, sodass der Messerer zur Seite wegkippte und schlaff wie ein Mehlsack in seinem Umhang hing, den Theo noch in der Faust hielt.

»Gleich werden wir hören, wie ein Messermacher wiehert.« Theo ließ die schartige Klinge in seiner Hand wippen, zielte auf Hermans Scham und holte aus.

»Nein!«, kreischte Severin.

Jorg Trummer hatte fast gleichzeitig geschrien. Ohne nachzudenken hechtete Severin auf den Ritter los und warf sich in dessen Arm. Eine Drehung des Recken schleuderte ihn auf den Boden. Sofort trieb der andere sein Ross heran und ließ es steigen, sodass die Hufe dicht neben Severin auf den Boden donnerten. Er rollte sich auf die Knie und drückte die Arme über seinen Kopf.

Immer noch brüllte Jorg: »Zum Teufel, bringt sie nicht wieder um. Sie sollen mir ein Pfand gegen die Nürnberger sein.«

»Aufhören«, bestimmte die dunkle Stimme des Anführers. »Bindet sie.«

Die Handgelenke auf den Rücken geschnürt und mit einem Strick um den Leib mussten sie Jorg Trummers Pferd nachlaufen, über Wurzeln und Steine quer durch den Wald. Der Dreckskerl hätte sich nicht darum geschert, wenn einer von ihnen gestolpert wäre, er hätte sie einfach weitergeschleift. Gottlob behinderte das Unterholz die Gäule, sodass sie nur langsam vorwärts kamen.

Der treulose Esel trabte derweil fröhlich an der Seite seiner hochbeinigen Verwandten einher, buckelte nicht, biss nicht, verweilte nicht einmal, um Grasbüschel zu rupfen, was Severin fast so unerträglich fand wie ihre böse Lage.

»Gleich und gleich gesellt sich gern«, flüsterte Herman, »das Viech folgt dem Wappen derer von Riedesel.«

»Was werden sie mit uns machen?«

»Lösegeld erpressen, was sonst.«

Severin verzagte. Es gab doch niemanden, der für sie bezahlen konnte, und wenn die Ritter erfuhren, dass sie höchstens ein paar Heller wert waren ...

Herman zischte ihn an: »Fang bloß nicht an zu heulen. Du

hast uns das Elend eingebrockt, nun trage gefälligst die Folgen wie ein Mann.«

»Wie meint Ihr das?«

»Mit einwandfreier Ware hätten wir uns freikaufen können. Wenn ich daran denke, wie du meinen Ruf in den Dreck ziehst, könnte ich dich krumm und blau prügeln. Hoffentlich erledigen die Ritter das für mich.«

Die Erkenntnis seiner Schuld traf Severin wie ein Tritt in den Magen. »Ihr wäret wohl besser ohne mich dran.«

»Geschwätz. Ohne dich hätte mir der Riedesel das Gemächt zerstochen. Wahrscheinlich hast du Heilloser Gottes Strafgericht vereitelt. Der Herr wird dir sicher dafür zürnen, aber ich muss dir wohl dankbar sein.«

Plötzlich zog Jorg Trummer scharf an den Seilen, und sie stolperten bis neben die Flanke des Hengstes vor. Er ließ seinen Hacken nach hinten schnellen und traf Herman ins Gesicht. »Maul halten! Sonst sorge ich dafür, dass euch keine Luft mehr zum Schwatzen bleibt.«

Der Anführer schien den Wald genau zu kennen, er zögerte nie und die anderen folgten ihm vertrauensvoll. Anfangs versuchte Severin noch, sich Sonnenstand und Richtung einzuprägen, aber lange bevor es dämmerte, gab er auf und heftete die Augen auf den Boden. »Nicht fallen, um Himmels willen, nicht fallen«, das war sein einziger Gedanke. Er überließ es dem Strick, seinen Körper vorwärts zu schleppen, und hob nur so schnell er konnte die Füße. Immer häufiger ratschte er schmerzhaft an Ästen entlang, stieß sich die Zehen und knickte um. Ihm fehlten die Arme, um das Gleichgewicht zu halten, außerdem rieb die Fessel seine Gelenke wund und schnürte ihm das Blut in den Händen ab. Er würde nicht mehr lange durchhalten. Seinem Meister ging es nicht besser. Der taumelte an seinem Strick willenlos hin und her, als hielte er die Augen bereits geschlossen.

Es war fast dunkel, als die Reiter anhielten. Severin taperte weiter und prallte gegen das Pferd. Matt lehnte er seinen Kopf an das schweißnasse Fell. Er konnte die warmen Muskeln unter seiner Wange fühlen, und der raue Schweif streifte ihm über das Gesicht.

Sie durften sich setzen, Rücken an Rücken gebunden. Theo bedachte sie mit allerlei erfindungsreichen Schimpfworten, und die anderen lachten darüber. All das kümmerte Severin nicht mehr. Die Erde schien unter ihm zu wanken, und selbst als ihm die Lider zufielen, sah er noch spitze Steine und unüberwindliche Äste auf sich zurollen, die er alle überspringen sollte. Irgendjemand bog seinen Kopf nach hinten und setzte ihm eine lederne Wasserflasche an die Lippen.

* * *

Severin blinzelte in blasses Mondlicht, das durch die kahlen Äste schimmerte. Schlagartig traf ihn die Erinnerung an den gestrigen Tag. Er fror entsetzlich, die Kälte musste ihn geweckt haben. Wenn er sich nur bewegen könnte, sich wenigstens die Arme reiben.

Warum hatten die Ritter kein Feuer gemacht?

Die Pferde derer von Riedesel waren fort. Jorg Trummer hatte die Beine untergeschlagen und sein Schwert auf die Knie gelegt. Er saß aufrecht, deutlich gegen das Mondlicht abgesetzt, aber sein Kinn war auf die Brust gesackt.

Ein wenig abseits lag ein Mann zusammengerollt unter seinem Umhang, das musste der Anführer sein. Leider lag er zu weit weg, sonst hätte Severin heimlich ein Steinchen zu ihm hinübergestoßen, damit der Edle bemerkte, dass sein Wachmann unaufmerksam war. Die Abfuhr hätte Severin diesem Jorg Trummer wirklich gegönnt.

Vorsichtig versuchte er sein Gewicht zu verlagern, um die schmerzenden Handgelenke zu entlasten. Er wollte Herman nicht wecken. Solange der Meister schlief, litt er nicht und konnte neue Kräfte sammeln.

Das winzige Geräusch riss Jorg aus seinem Dämmer. Sein Kinn zuckte hoch, er griff sein Schwert fester, lauschte in die Nacht und sah dann zu den Gefangenen hinüber. Umständlich erhob sich der teigige Kerl und stapfte auf Severin zu. Mit ein paar Griffen kontrollierte er die Fesseln.

»Durst?«, fragte er.

Herman brummte nur, aber Severin bat um eine Decke. Stattdessen flößte Jorg ihm gebrannten Wein ein, der ihm heiß durch die Kehle rann, wie eine glühende Kugel in den Magen rutschte und von dort aus Wärme in seinen ganzen Leib ausstrahlte.

»Wir sind keine Unmenschen«, sagte Jorg und hockte sich neben Severin, »aber wie soll ein Bürger sich wehren, wenn die Stadtväter ihm Unrecht tun? Veit Stoß ist mein Schwiegervater. Soll ich müßig zusehen, wie die Nürnberger ihm erst das Geld und dann auch noch die Ehre nehmen? Das ganze Erbe ist dahin. Bluten soll die Stadt dafür, wenigstens eine Entschädigung muss ich für meine Familie verlangen. Ich werde den Nürnbergern so lange auflauern, bis der Rat ein Einsehen hat und meinem Begehren entspricht. Mein Glück und euer Pech, dass ihr uns in die Hände geraten seid.«

Er nahm selbst einen großen Schluck und rülpste.

»Du kannst mir glauben, dass es nicht besonders spaßig ist, für die gerechte Sache zu kämpfen, immer unterwegs, immer auf der Flucht vor den Häschern des schwäbischen Städtebundes. Gottlob haben mich die Erbmarschalle von Riedesel unter ihren Schutz genommen. Die Brüder leiden ständig unter Geldmangel, versetzten schon ihre Güter ohne Zustimmung ihres Lehnsherrn. Da kam ihnen meine Fehde gerade recht.«

Stolz fügte er hinzu: »Wenn ich es bedenke, ist sogar Markgraf Friedrich höchstselbst mein heimlicher Verbündeter, wir haben schließlich gemeinsame Feinde. Du weißt sicher, dass Maximilian ein Heer braucht, um die Türken abzuwehren, eine Aufgabe für edle Krieger, die ihr Leben der Kampfkunst gewidmet haben, nicht wahr? Maximilian zieht es jedoch vor, Landsknechte zu verpflichten, und für deren Sold verlangt er den gemeinen Pfennig. Jeder muss zahlen, sogar die adligen Ritter. Aber Ritter dienen dem Vaterland nun mal mit Blut und Leben, nicht mit schnödem Geld wie die Städter. Die Pfeffersäcke mit ihren Gulden werden immer einflussreicher. Sie dürfen sich nicht wundern, wenn die Ritter ihnen nun zeigen wollen, wer hier die Gewalt in Händen hält. Markgraf Friedrich bietet den mutigen Heckenreitern Zuflucht auf seinem Gebiet, auch mir.«

Herman regte sich. »Besonders bequem ist eure fürstliche Zuflucht aber nicht«, brummte er.

Jorg gab auch ihm zu trinken. »Warte nur, die Brüder Riedesel suchen ja erst nach einem Versteck. Dass ihr es dort behaglicher haben werdet, kann ich allerdings nicht versprechen. Der Junker geht nicht gerade zartfühlend mit Geiseln um. Hauptsache, sie sind sicher weggesperrt, bis das Lösegeld eintrifft.«

»Wer ist dieser Junker, dem ihr so ehrfurchtsvoll nachlauft?«

»Hans Thomas von Absberg ...«

Mehr konnte Jorg nicht sagen. Der bleiche Ritter war auf einmal über ihm, riss den gewichtigen Kerl in die Höhe, dass seine Füße ins Leere strampelten, und schleuderte ihn gegen einen Baum. Langsam rutschte Jorg Trummer am Stamm hinunter und blieb wimmernd auf den Wurzeln liegen.

»Brüll meinen Namen doch gleich im ganzen Land heraus!« Der Absberger wandte sich den Gefangenen zu, aber da hallte Hufgetrappel in der Ferne, sodass er auf später verschob, was auch immer er vorgehabt hatte.

Theo kam ohne seinen Bruder herangetrabt und führte zwei Gäule hinter sich her. Hastig besprach er sich mit dem Junker, kippte Jorg Wasser ins Gesicht und zog ihn auf die Füße. Während Thomas von Absberg seine Armbrust auf die Gefangenen richtete, musste Jorg ihnen die Hände nun vor dem Körper fesseln, damit sie reiten konnten.

Im zügigen Trab verließen sie den Rastplatz, Herman und Severin an die Sattelknäufe gebunden, ihre Gäule von Theo geführt. Hinter ihnen ritt Jorg Trummer und achtete mit Gertenhieben darauf, dass sie nicht zurückblieben oder gar unterwegs verloren gingen.

Der Junker mied die breiten Straßen genauso wie die klare Sonne. Meistens quälten sie sich in der Dämmerung durch enge, verwahrloste Pfade. Sie litten unter der nächtlichen Kälte, unter Schlafmangel, wunden Schenkeln und aufgeriebenen Handgelenken.

Hunger litten sie nicht. Wo immer sie rasteten, trieb der Junker einen Bauern auf, der ihm gehorsam Brot und Käse überließ, oft sogar Fleisch. Severin und Herman bekamen genauso viel wie die Ritter selbst, aber ihre Hände blieben gefesselt, sodass die Mahlzeiten mühsam waren. In den Ruhezeiten durften sie liegen und wurden sorgfältig zugedeckt. Ihnen wurde nur verboten, miteinander zu sprechen, und Jorg Trummer ließ sich zu keinem Wort mehr verleiten.

Mehrere Tage waren sie schon unterwegs, als im Morgendämmer eine graue Festung über den Wipfeln auftauchte. Etwas später klapperten die Hufe der erschöpften Pferde laut unter dem Torgang. Zwei Mägde mit Eimern in den Händen schlichen müde über die Vorburg zum Stall, in einer Ecke klaubte ein Knecht Feuerholz in seinen Korb, ein anderer schrubbte die Stufen zur Kapelle. Die Bediensteten warfen verstohlene Blicke auf die Ankömmlinge und fuhren kommentarlos mit ihren Arbeiten fort. Dafür gebärdeten sich die Hunde umso geräuschvoller.

Severin war noch nie in einer Burg gewesen und saugte jede Einzelheit in sich auf. So sah er also aus, der Schlupfwinkel von Raubheußen und Wegelagerern, Plackern und Heckenreitern. Mauern so dick wie seine Armspannweite, Wehrgänge und runde Türme, Zugbrücken, Gräben, Gitter, dahinter dunkle Kammern voller Geschütze, Pech und Schwefel. Ganz am Ende, hinter all den Befriedungen, erhob sich das eigentliche Wohngebäude. Jedes Geräusch hallte überlaut, ebenso schien sich der Gestank nach Pulver und Dung in der steinernen Enge zu verdichten, und die Mauern strahlten die feuchte Kälte eines ganzen Winters aus.

Thomas von Absberg blieb auf seinem Pferd sitzen und brüllte nach dem Burgherrn. Oben im Wohngebäude öffnete sich ein Fenster, und der Kopf eines Mannes erschien. Er verschaffte sich nur kurz einen Überblick und schlug das Fenster wieder zu.

Eine Weile geschah überhaupt nichts.

Plötzlich Getrappel im Wohntrakt, mehrere Knechte eilten herbei, nahmen den Rittern die Waffen ab, hielten ihre Rösser und halfen ihnen aus den Sätteln. Ein bunt gekleideter Lakai bot ihnen den Willkommenstrunk an.

Herman und Severin wurden ruppig von den Gäulen gerissen und zu einem niedrigen Gelass in der Vorburgsmauer getrieben. Ein wenig altes Stroh lag darin, und an den Wänden hingen Eisenketten.

»Hier hauste früher ein Bär«, sagte der Knecht, »aber der hat es nicht lange ausgehalten. Menschen sind zäher.«

Der Knecht trat Severin in die Kniekehlen und stieß ihn in den Rücken, sodass er nach vorne stürzte. Da seine Hände noch gebunden waren, gelang es ihm nicht, sich abzustützen, und er landete hart mit der Wange in der Streu. Gleich darauf schloss sich das Eisen um sein Fußgelenk.

Herman erging es ebenso. Der rappelte sich aber schnell wieder hoch. Aufrecht stehen konnte er in dem Mauerloch nicht, daher blieb er gebeugt, und die Kette klirrte an seinem Fuß. Wütend blitzte er dem Knecht entgegen und hob seine gebundenen Hände. »Hast du nicht etwas vergessen? Das kannst du nun wohl losschneiden.«

»Der Herr hat nichts davon gesagt.«

»Hat er es verboten? Fürchtest du etwa, wir würden die Ketten aus der Wand reißen und entfliehen, du Held?«

Zögernd tat der Knecht ihm den Gefallen und löste auch Severins Fessel. Dann klappte er das rostige Gitter vor, schloss es sorgfältig ab und schlurfte davon.

»Hör auf zu heulen,« sagte Herman. »Du hast doch gehört, dass wir einen Bären ersetzen müssen. Ich möchte wissen, wo wir gelandet sind. Verdammt, nicht einmal das Wohngebäude kann man von hier aus sehen.«

»Wie lange werden sie uns einsperren?«

»Solange, wie sie glauben, das Lösegeld würde die Kosten übersteigen. Der Kaufmann Hans Tucher musste ein halbes Jahr auf Schloss Wallenburg dahinsiechen, bis er mit über 3000 Florin ausgelöst wurde.«

»3000 Florin? Wer soll so viel für uns aufbringen?«

»Niemand«, sagte Herman trocken, »aber das weiß der allergnädigste Thomas von Absberg noch nicht.«

Severin zitterte vor Kälte und mehr noch aus Verzweiflung, die jetzt unaufhaltsam durch seine Adern kroch. Sie hatte schon in diesen Wänden residiert, längst bevor er geboren war. Sie knisterte im Stroh, klirrte in der Kette, wand sich in ewig gleichen Bahnen um die Gitterstäbe und fraß gierig seine Zuversicht.

Verstohlen begannen die hoffnungslosen Minuten sich zu riesigen Gebirgen aufeinander zu schieben. Das Schlimmste war, dass sie im Nachhinein zu wenigen aufblitzenden Rückblicken zusammenschrumpfen würden. Der durchlittene Rest verschwand dann vergessen in einem grundlosen, schwarzen Pfuhl und war doch unwiederbringlich vergangen, dem Tod entgegengeeilt.

Severin zwang sich, daran zu denken, dass Gott den Menschen in Seiner Barmherzigkeit nicht zumuten wollte, mehr als den gegenwärtigen Moment zu ertragen. Das Gestern hüllte Er sanft in Erinnerungen ein und verschleierte das Morgen gnädig mit Hoffnung.

Nun, diesen einen Moment würde selbst Severin aushalten können, verschmähen durfte er ihn nicht. Er öffnete die Augen, atmete tief und entspannte seine Muskeln, um die Essenz der Minute zu erspüren, bevor sie sich auf die anderen türmen konnte.

Ein paar Kinder drückten sich vor dem Verließ herum. Der mutigste Knabe ließ einen Stock gegen die Gitterstäbe rattern, ein anderer warf faulige Rüben hinein, vielleicht sogar in der freundlichen Absicht, die erbärmlichen Gestalten zu füttern. Herman tat ihnen den Gefallen, plötzlich vorzuspringen und brüllend am Gitter zu rütteln, sodass sie aufkreischten und flohen. Nur zögerlich, eines nach dem anderen, trauten sie sich erneut ins Blickfeld, und das Spiel begann von vorn.

Außer diesen Kindern bemühte sich nur noch der Knecht zu ihnen, um einmal täglich Wasser und Grütze hereinzureichen. Für alle anderen schienen sie nicht mehr zu existieren, ob sie in ihrem Kerker tobten oder vor sich hin wimmerten.

Für ihre Exkremente hatten sie sich eine Ecke auserkoren, natürlich auf Severins Seite. Anfangs saugte das Stroh noch einigermaßen auf, was sie hinterließen, aber für zwei erwachsene Männer war zu dürftig gestreut, und die Flüssigkeit sickerte auf dem Steinboden entlang. Herman ging dazu über, sein Wasser in hohem Bogen durchs Gitter abzuschlagen, und freute sich hämisch, wenn er hinterrücks jemanden traf oder ein Unwissender durch seine Pfützen trampelte.

Jedes Mal, wenn Herman laut darüber lachte, fürchtete Severin, dass man sie für diese Unverfrorenheit bald grausam bestrafen würde. Sie waren eingesperrt, hilflos angekettet und würden sich nicht wehren können. Er selbst verlegte derartige Bedürfnisse lieber verschämt in den Schutz der Nacht. Trotzdem wurde der Gestank in dem Verlies allmählich so bestialisch, dass Severin die Hoffnung schürte, die Burgbewohner könnten die Existenz ihrer Gefangenen aus reinem Überlebensdrang nun nicht mehr lange übergehen.

Herman brüllte sich täglich in üblere Raserei. Er warf sich mit der Schulter gegen das Gitter, zerrte an der Kette und spürte nicht einmal, dass der Eisenring dabei tief in sein Fußgelenk schnitt.

Einmal stockte er mitten in seinem Wutgeheul und drehte

sich langsam zu Severin um. Sein Augenlid zuckte. Plötzlich stürzte er vor, packte seinen Knecht an den Haaren und riss ihm den Kopf in den Nacken.

»Dir habe ich das Elend zu verdanken. Dir allein. Wie konnte ich nur glauben, dass du ohne Zwang und ständige Kontrolle auskommst, dass du meine Anweisungen freiwillig befolgen würdest? Meinen Namen hast du mit Dreck beworfen, meine Meisterwürde besudelt. So sind die elenden Bauern alle, faule Sklavenseelen ohne Ehre im Leib, denken nur an ihre Bequemlichkeit und legen die Hände in den Schoß, sobald man ihnen den Rücken kehrt. Deinetwegen werde ich in diesem Loch verrecken.«

»Ihr hattet mir doch vergeben«, sagte Severin und konnte sich ja selber nicht verzeihen. Dumpf trafen die Schläge auf seinen Leib. Er wehrte sich nicht, wandte sich nur ab, krümmte seinen Rücken und hob die Arme über den Kopf.

»Aufhören!«

Die dunkle Stimme ließ Herman einhalten.

Der bleiche Absberger und Jorg Trummer standen vor dem Gitter, neben ihnen ein weiterer junger Adliger, der aber keine Rüstung trug.

Herman kniff die Augen zusammen. Sein Zorn war noch lange nicht erloschen, im Gegenteil, die Gegenwart des Absbergers fachte seine Glut erst richtig an. In einer einzigen raschen Bewegung wandte er sich nach dem Junker um. Drohend wie ein Raubvogel stand er mit abgespreizten Armen und vorgerücktem Kopf in der Mauernische. Er sah aus, als könne seine Wut das Gitter schmelzen lassen.

Unwillkürlich wich der Absberger zurück und rempelte dabei seinen Begleiter an. Dieser schob ihn zur Seite und trat forsch an die Mauernische. Anklagend hielt er Hermans Damaszenermesser in die Höhe: »Wem hast du dieses Prunkstück gestohlen? Versuche nicht, uns weiszumachen, du hättest es selbst geschmiedet, der Plunder in deinen Körben beweist das

Gegenteil. Außerdem kenne ich den Meister solcher Messerkunst, sieh her.«

Aus der blinkenden Scheide an seinem Gürtel zog er einen Dolch, welcher tatsächlich das gleiche Muster aufwies wie Hermans lange Klinge.

Herman hatte bereits die Arme sinken lassen und neigte nun tief das Haupt. »Habe ich mich so sehr verändert, gnädiger Herr? Ich selbst schuf diesen Dolch samt Scheide genau nach Euren Wünschen. Ich selbst habe ihn Euch vor ein paar Jahren in Roth übergeben. Die Messer in den Körben dürft Ihr mir nicht anlasten, das ist nur billiger Tand für die Bauern.«

»Ja, ja, tatsächlich ...«, murmelte der junge Herr. »Mit etwas mehr Haar und weniger Dreck würde die Ähnlichkeit zum Vorschein kommen. Gib ihn frei, Thomas. Von dem da kannst du Besseres als Lösegeld bekommen. Lass dir einen Dusacken machen. Ich sage dir, das Ding wird so scharf und stabil sein, dass du einem Pfeffersack mit einem Schlag die Hand abhacken und dir danach, ganz ohne nachzuschleifen, noch das Brusthaar scheren kannst.«

Der Absberger schnaufte. »Du hast Recht, ich sollte meine Opfer lieber verstümmeln und nach Hause schicken, statt sie mir für Wochen aufzuhalsen. Vielleicht wird das die Städter endlich zittern lassen. Alleinreisende Kaufleute sind rar geworden, und wenn ich tatsächlich einen erwische, muss ich das Verlies für ihn geradezu erbetteln. Oft laufen die Gefangenen mir trotz aller Mühe davon oder sie liegen mir monatelang auf der Tasche, weil das geforderte Lösegeld nicht eintrifft.«

Der Blick des Junkers schwankte zwischen dem Messermacher und seinem Knecht hin und her, bis Herman sich schließlich räusperte. »Mit mir könntet Ihr es wahrlich leichter haben, Herr, aber in Ketten nehme ich keine Aufträge entgegen. Wisst Ihr nicht, was die alten Herrscher taten, wenn sie über Feindesland siegten? Sie köpften die Könige, besprangen die Frauen und führten die Männer als Sklaven fort. Den Schmied aber setzten sie in einen bequemen Wagen, überhäuften ihn mit erlesenen Speisen und Wein. Denn der Schmied bestimmt den Ausgang der nächsten Schlacht, er bestimmt, welchem Herrn er gute oder schlechte Waffen überreicht, die nur er selbst unterscheiden kann.«

Auf den Schläfen des Junkers schwollen dunkle Adern an, und er war plötzlich überhaupt nicht mehr bleich. Sein Kumpan schlug ihm lachend auf die Schulter. »Kein Zweifel, das ist der Messerschmied aus Roth, genauso dreist, wie ich ihn kennen gelernt habe. Solche Unverfrorenheit können sich nur die Besten leisten. Zier dich nicht, Thomas, gib ihm, was er verlangt, biete ihm einen guten Preis.«

»Wenn ich das Großmaul nicht laufen lasse, muss ich wohl befürchten, dass du es tust, sobald ich der Burg den Rücken kehre«, sagte der Absberger.

Jorg Trummer hatte sich bis jetzt im Zaum gehalten und war zappelig von einem Fuß auf den anderen getreten. Doch jetzt gewann seine Empörung überhand. »Das dürft Ihr nicht. Es geht um meine Fehde gegen Nürnberg. Die Brüder Riedesel haben mir ihre Unterstützung für einen ehrenvollen Streit zugesichert, und Ihr müsst das auch, sonst sind Eure Handlungen nichts weiter als schändliche Verbrechen, eines Ritters unwürdig.«

Der Junker hob die Brauen, sodass sein Gesicht noch länger schien, und Jorg haspelte mit flehender Stimme: »Wie soll ich denn jemals Veit Stoß zu seinem Recht verhelfen, wenn Ihr meine Gefangenen freigebt?«

»Deine Gefangenen?«, fragte der Absberger.

Der andere Edle trat ihm in den Weg und sagte zu Jorg: »Wenn dein Schwiegervater Veit Stoß tatsächlich unschuldig verfolgt wurde, hätte er bei mir oder in der Stadt Roth eine sichere Zuflucht unter markgräflichem Schutz finden können. Das hat er nicht getan, er zog nun mal die Nürnberger Gerichte vor. Da fällt mir ein, hat er sich nicht auch von dir und deiner zweifelhaften Fehde losgesagt?«

»Nur weil er es musste«, schnatterte Jorg Trummer, »weil der

Kaiser mich in Acht und Bann getan hat. Aber die Brüder Riedesel stehen weiterhin zu meinen Forderungen, und andere edle Ritter haben sich meine Anklage ebenfalls auf die Fahnen geschrieben ...«

Mit einer abfälligen Bewegung des Handrückens hieß Thomas von Absberg ihn schweigen. »Ein zeternder Fehdeführer wie du kommt manch einem Edlen gerade recht, besonders wenn die Bauern mal wieder mit ihren Abgaben trödeln. Es gibt genügend von deiner Sorte. Aber ich habe meine eigene Sache auszutragen und lasse mir von niemandem vorschreiben, wie ich mit meinen Gefangenen verfahre.«

Dann wandte er sich Herman und Severin zu und wurde ernst. »Kniet nieder und schwört mir, dass ihr, wann immer ich es befehle, euch einfinden werdet, an jedem Ort, wo immer ich es wünsche.«

Da Herman sich sofort fügte, hob auch Severin die rechte Hand. »Ich schwöre«, presste er heraus.

Sobald das Gitter geöffnet war, zuckten Severins Beine. Er konnte nichts dagegen tun, seine Muskeln waren unruhig, als wollten sie nur noch rennen, um die vertanen Tage wieder einzuholen. Dabei war es ihm kaum möglich zu stehen, geschweige denn zu gehen. Die ersten Schritte in aufrechter Haltung schmerzten entsetzlich. Herman ging es nicht anders. Ihre Glieder gehorchten nicht wie gewohnt, und die Rücken zog es zur Erde, als hätten sie sich Bleigewichte um den Nacken gehängt. Keiner von ihnen ließ sich die Qual anmerken. Tapfer stapften sie hinter den Edlen drein und betraten steif die innersten Räume der Burg.

So prachtvoll der Wohntrakt von außen wirkte, so unbehaglich bot er sich von innen dar. Hoch wölbte sich die Decke des Rittersaals über kahlen Wänden und dem steingepflasterten Boden. Möbel gab es kaum, hier ein dunkler Tisch mit Stühlen, dort ein paar Kisten, und an den Wänden lehnten griffbereit Spieße, Lanzen und Halbarden. Selbst der Teppich, viermal so groß wie die gesamte Henleinstube, sah in diesem Saal verloren aus. Das Feuer an der Stirnseite strahlte nur optisch Wärme aus, die dicken Mauern trotzten mit ewiger Kälte dagegen. Vor dem Kamin saßen zwei Frauen mit ihren Handarbeiten und ließen sich von einem der Riedeselbrüder unterhalten. Mägde liefen geschäftig hin und her, der andere Recke und ein paar Knechte waren damit beschäftigt, Büchsen zu reinigen. Womöglich waren sie alle hereinbefohlen worden, um den Saal mit ihren Leibern zu heizen.

Herman und Severin wurden in eins der oberen Gemächer geführt, in welchem der Absberger vorübergehend hauste. Hier war es noch kälter als unten, und die gewaltigen Tragebalken der Holzdecke bedrückten jeden, der darunter stand. Immerhin türmten sich weiche Kissen und Daunendecken auf dem Bett.

Während der Junker seine Klingen von Herman begutachten ließ und mit ihm besprach, wie sein neues Messer beschaffen sein sollte, stahl sich Severin zum Fenster. Um hinaussehen zu können, musste er sich tief in die Nische zwängen.

Der Ausblick entschädigte für jede Unbequemlichkeit. Wie sonderbar, sobald Severin die Festung erblickt hatte, war in ihm der Wunsch entstanden, sie einmal von innen zu sehen, und nun war das Beste darin die Sicht nach draußen.

Weit unter ihm stieg Nebel aus den Tälern, umspielte die sanften Hügel und zog still über verstreute Dörfer mit ihren possierlich werkelnden Bewohnern hinweg. Aus dieser Höhe wirkte das Gewese der Menschen um Krume und Vieh geradezu lächerlich, noch lächerlicher der Gedanke, dass jeder einzelne Freude und Glück für sich beanspruchte.

Ein Bauer zerrte seinen Karren den Berg hinauf, ein anderer kam mit dem seinen hinunter und stemmte sich mühsam gegen die Last. Stroh hatten sie beide geladen. Warum blieb nicht einfach jeder, wo er gewesen war und sparte sich die Schinderei?

Wahrscheinlich konnten sie den Unsinn ihrer Taten nicht erkennen, weil sie sich keinen Überblick verschafften. Sie handelten gleichzeitig in entgegengesetzte Richtungen und wussten nicht, dass die Ergebnisse ihrer Mühe sich gegenseitig aufhoben.

Aber Severin sah die Dinge von einem erhabenen Standpunkt. Nur im Überblick konnten die räumlichen und zeitlichen Belange nicht einzeln, sondern gemeinsam betrachtet werden. So könnte es auch möglich sein, die Lebensfrist sinnvoll zu gliedern, den Wert jeder einzelnen Minute aufzuspüren.

Die Männer dort unten waren Gefangene in ihrem eigenen engen Gesichtsfeld, nicht freier als eben noch Herman und Severin im Bärenkäfig. Fast konnte Severin das rhythmische Rattern seines Stockes hören, der über die unsichtbaren Gitterstäbe fuhr, hinter denen die Bauern lebten.

Ein ratternder Stab – natürlich.

Ein Eisenstreifen mit Einschnitten in regelmäßigen Abständen war erst einmal nur eine Strecke. Fuhr ein zweiter Stab gleichmäßig über diese Einschnitte hinweg, verstrichen deutlich hörbar die einzelnen Zeitstücke, Minuten etwa. Bei sechzig Einschnitten wäre am Ende des Streifens dann eine Stunde vergangen.

Severin rutschte aus der Fensternische.

Den Eisenstreifen konnte er leicht zu einem Reifen schmieden, dann würde die Stunde darumgewickelt sein. Das Ganze in Drehung zu versetzen war ebenfalls nicht schwierig. Was er aber finden musste, war eine Möglichkeit, den Stab gleichmäßig von Einschnitt zu Einschnitt springen zu lassen.

Hoffentlich ließ der Absberger sie bald gehen. Severin brannte darauf, den Heimweg anzutreten, um seine Gedanken in die Tat umzusetzen. Unwillkürlich atmete er schneller.

»Ich kann Euch nicht versprechen, dass eine solche Büchse jemals funktionieren wird«, sagte Herman gerade, »aber Eure Messer sollt Ihr bekommen, samt einer passenden Scheide, graviert und mit Silber beschlagen. Ihr werdet allerdings kaum wagen, offen durch das Nürnberger Stadttor zu marschieren. So bleibt die Frage, wohin ich liefern soll.«

»Du hinterlistiger Lump!« Der Junker sprang auf. »Hoffst wohl einen Haufen Gulden einzusacken, wenn du dem schwäbischen Städtebund mein Versteck verrätst.«

»Wohl kaum, gnädiger Herr. Von den Städtischen halte ich mich schon aus natürlicher Schüchternheit fern. Sie könnten allzu leicht herausfinden, dass ich nicht nur Waffen für ihre Feinde fertige, sondern dabei auch noch mit edlen Metallen hantiere. Glaubt mir, die Nürnberger Gold- und Silberschmiede würden mich mit Freuden in den Turm werfen lassen, wenn sie davon erführen. Dennoch bin ich bereit, die Gefahr für Euch in Kauf zu nehmen. Aber wenn Ihr das nicht wünscht ...«

»Ist ja gut«, lenkte der Junker ein. »Du kannst das fertige Stück nach Absberg schicken, ich werde es mir schon holen.«

»Sehr schön, sehr schön«, murmelte Herman vor sich hin, als sie spät am Abend nach ein paar Löffeln Brotsuppe von der Burgküche zur Scheune hinüberschlenderten. »Wenn der Junker bei der Übergabe in Absberg nicht zugegen ist, kann ich jeden Preis verlangen. Schließlich ist er mir für den erlittenen Verdruss einen Ausgleich schuldig. Oh, ich werde ihm ein kleines Vermögen aus den schwarzen Adern pressen.«

Er war allerbester Laune, dabei hatten sie ihre gesamte Ware verloren. Sie würden nicht nur mit leeren Händen nach Hause kommen, sondern mussten dort auch noch den gemieteten Esel ersetzen, falls sie überhaupt den Weg zurück nach Nürnberg fanden. Weder Herman noch Severin hatten sich die verschlungenen Pfade merken können. Die Bediensteten schwatzten zwar viel und gerne, schwiegen aber beharrlich darüber, auf welcher Festung sie sich eigentlich befanden.

Herman kümmerte das alles nicht. Er ließ sich ins Stroh fallen und summte fröhliche Weisen. Warum sollte Severin sich den Kopf des Meisters zerbrechen? In seinem Schädel drehten sich Eisenräder mit Zähnen und Einschnitten im Takt zu Hermans Liedern und ratterten ihn in den Schlaf.

Sie ruhten bis weit in den Tag hinein und mochten selbst dann ihre Glieder nur ungern regen. Schwerfällig verließen sie ihre Liegekuhlen und trotteten über die Vorburg zur Küche.

Der Knecht, der sie im Bärenkäfig versorgt hatte, versperrte ihnen den Weg. »Na endlich. Wir müssen uns sputen, ich habe keine Lust, im Dunklen nach Hause zu reiten.«

Er rief nach einem Stallburschen und befahl ihm, zwei Pferde und den bepackten Esel herauszuführen.

»Wir haben uns ein wenig aus Euren Körben bedient. Zum Lohn soll ich Euch von meinem Herrn diesen Beutel geben. Versteh einer die Ritter, erst stehlen sie, entführen und morden sogar, dann sind sie plötzlich bereit, weit mehr zu zahlen, als die Ware wert ist, und behaupten, das sei eine Frage der Ehre. Nun, es sind nicht meine Gulden. Seht Euch die Burg ein letztes Mal an, Ihr werdet sie nicht mehr wiederfinden.«

Sie mussten sich umdrehen, und nachdem der Knecht ihnen die Augen verbunden hatte, wurden sie hintereinander auf einen Gaul gehievt.

Freudig hallten die Hufe unter dem Torgang, frische Waldluft empfing die blinden Reiter, und die Vögel jubilierten zu ihrem Auszug. Sie hätten das gemächliche Schaukeln auf dem Pferderücken genießen können, aber Severin hieb dem Ross heimlich die Fersen in die Flanken, damit sie rascher vorwärts kamen.

»Ho, ho«, rief der Knecht immer wieder und wunderte sich, dass der Gaul, der schließlich die doppelte Last zu tragen hatte, sein eigenes Pferd ständig überholen wollte.

* * *

Als in der Ferne die freie Stadt Roth zu erkennen war, hieß der Knecht sie absitzen, nahm ihnen die Binden ab und galoppierte ohne ein einziges Abschiedswort davon.

Herman klimperte mit dem prall gefüllten Beutel. »Wozu brauchen wir einen Markt? Ein Gasthaus ist wesentlich bequemer, und mein armer Rücken sehnt sich nach einem richtigen Bett.«

Was half es, dass Severin von Nürnberg schwärmte, von der gewohnten Kochkunst der braven Mutter und davon, dass man zu Hause doch am allerbesten schlief? Sein Meister bestand darauf, die Reise um eine weitere Nacht in die Länge zu ziehen. Zudem trödelte er schlimmer als der Esel. Severin konnte seine eigenen Schritte nicht derartig bremsen. Dazu hätte er beim Abrollen seiner Füße jede Mulde, jedes einzelne Steinchen unter seinen Sohlen mit Aufmerksamkeit bedenken müssen. Die Straße glitt ganz von selbst unter ihm dahin, sodass er alle paar Ruten stehen bleiben und auf Herman warten musste.

Für ihre Einkehr wählten sie das Wirtshaus vor dem Rother Stadttor. Schon von Weitem konnte man hören, dass viele Gäste zugegen waren. Der klapprige Esel bekam einen Platz im Stall, direkt neben gewaltigen Zugochsen und säulenbeinigen Kutschpferden. Die beiden Messerer begaben sich erst an den Brunnen und traten dann halbwegs gesäubert in die enge Schankstube. Reisende und Ansässige, Kaufleute und Bauern saßen an einem einzigen langen Tisch beisammen. Manche aßen noch, die anderen tranken nur. Herman war entschlossen, beides zu tun, setzte sich und winkte nach dem Wirt.

Heißen Pfeffertopf mit Zunge, Euter und Rinderhirn hatte die Küche anzubieten, dazu Dinkelbrot und Linsenmus. Die Magd füllte Severins Napf bis zum Rand und schenkte verdünnten Frankenwein in seinen Becher. Jetzt freute er sich darüber, nicht vor dem faden Einerlei der Mutter Henlein zu sitzen. Sie würden sich gut gesättigt schlafen legen und am nächsten Morgen erholt nach Nürnberg wandern können. So Gott wollte, schafften sie die Strecke leicht an einem Tag.

Doch Herman dachte nicht daran, sich in die Kammer zu begeben. Er löffelte in aller Seelenruhe und bestellte einen zweiten Krug. Wie jedermann benutzte er zum Essen sein eigenes

Messer. Dies tat er ziemlich geräuschvoll, kein Gast konnte überhören, wenn er ein Fleischstück aus dem Napf fischte, es auf die Tischplatte warf und es rasant mit lockeren Bewegungen aus dem Handgelenk in kleine Häppchen hackte. Schon drehten sich die Ersten nach ihm um und unterbrachen ihre Gespräche.

»Ja, ja«, schmatzte Herman, »mit dieser Klinge könntet ihr euren zänkischen Weibern ruckzuck die Zungen abschneiden, noch während sie mit euch hadern.« In das Gelächter hinein spießte er triumphierend ein Stück Rinderzunge aus seinem Napf, ließ es in der Luft zappeln und schob es genüsslich in den Mund.

Als er seine Mahlzeit nach weiteren Geschmacklosigkeiten endlich für beendet erklärte, hatte sich die ausgelassene Stimmung in der Schankstube erheblich gesteigert, ebenso das Interesse an neuen Messern. Severin lief in den Stall und wuchtete einen der Körbe herein, um eilig den plötzlichen Bedarf zu befriedigen.

Herman blickte glasig wie mit Ochsenaugen auf ihren Verdienst, mochte das nun am Wein oder am vielen Rindfleisch liegen.

»Noch einen Krug«, brüllte er und gesellte sich zu ein paar Kerlen, die Spielkarten auf den Tisch geworfen hatten.

Severin setzte sich daneben, zuckte ungeduldig mit den Füßen und musste doch verbittert zusehen, wie sein Meister eine Runde nach der anderen verlor. Mehrmals hatte er versucht, Herman aus seinem Rausch zu reißen, im Guten wie im Bösen, doch ohne Erfolg. Er hätte den Messerer wohl niederschlagen müssen.

Herman verschnarchte den gesamten Vormittag und hätte weiter geschlafen, wenn sein Knecht geduldig geblieben wäre. Doch Severin war schon seit den ersten Sonnenstrahlen auf den Beinen, hatte sich gewaschen, sogar das Haar, den Esel gestriegelt, ihm die Körbe aufgeladen und nach geraumer Zeit die

Last wieder heruntergenommen, weil das Tier ihm Leid tat. Nun hielt er das Warten einfach nicht mehr aus.

Als letztes freundliches Mittel wollte er seinem Meister Biersuppe ans Bett bringen. Sollte auch das nichts nützen, würde er ihn mit Gewalt aus der Schlafstatt werfen oder eben allein losziehen.

Herman gähnte und reckte sich ausgiebig. Um sich am Knie zu kratzen, richtete er sich ein wenig auf. Schon stopfte Severin ihm ein Kissen in den Rücken, damit er sich nicht wieder hinlegen konnte, und stellte ihm die heiße Schüssel auf den Schoß. Während Herman mit halb geschlossenen Lidern schlürfte, sammelte Severin die Kleider zusammen, schüttelte sie und klopfte den Straßenstaub heraus.

»Was machst du da? Warum zappelst du ständig herum? Wenn man dir zusieht, kann einem ja schwindelig werden.«

»Das gibt sich, wenn Ihr aufgestanden seid.«

»Das hoffe ich. Dein Gerenne ist sicher ungesund. Wir haben heute noch eine gute Strecke vor uns, du solltest deine Kräfte lieber einteilen, statt sie schon vorher zu vergeuden.«

Hermans gute Strecke reichte leider nur bis zur Schänke in der nächsten Siedlung. Und so ging es fort, bis ihre Körbe endlich leer geworden waren.

* * *

Die Begrüßung in Nürnberg hatte Severin sich herzlicher vorgestellt. Eine Umarmung der Mutter, begleitet von ein wenig Schniefen, mehr gab es nicht an Überschwang. Peter blieb mit verschränkten Armen in der Haustür stehen und nickte nur. Es folgte eine gesittete Mahlzeit mit Dankgebeten vorher und nachher und dann die vorwurfsvolle Frage, was sie so lange getrieben hatten.

Herman berichtete lustlos. Mit mürrischer Miene stand er am Fenster und ließ die sorgenvollen Kommentare seiner Mutter genauso über sich ergehen wie die reservierten Blicke seines

Bruders. Er sah aus, als hätte er am liebsten gleich wieder kehrtgemacht.

Ja, sie hatten sich verspätet, um Tage oder Wochen, Severin hätte es nicht sagen können. Immerhin waren sie einem gefährlichen Placker in die Hände geraten, hatten überlebt und waren heil entkommen, ohne ein Lösegeld zahlen zu müssen. Der Pfennighaufen für die Messer glänzte glückverheißend auf dem Tisch, zudem hatte Herman einen weit lohnenderen Auftrag eingesackt.

Doch gerade über diesen Auftrag wollte sich die Mutter nicht beruhigen. Sie vergoss mehr Tränen deshalb als über die Heimkehr ihres beinahe verloren gegangenen Sohnes. »Wie kannst du so etwas wagen, Herman, und das in der Werkstatt deines Vaters. Nur gut, dass er diesen Frevel nicht mehr mit ansehen muss.«

Peter kaute an seiner Unterlippe. »Wenn herauskommt, was du schon wieder vorhast, kann ich die Verlobung vergessen. Ich werde nicht zulassen, dass du die Familie meiner Braut vergraulst und mir die Zukunft zerstörst.«

»So?« Herman wirbelte herum und stemmte seine Hände auf die Armlehnen von Peters Stuhl. »Was willst du tun? Willst du zum Rugamt laufen oder lieber gleich zum Rat? Und wovon bitte willst du leben, falls man mir tatsächlich das Handwerk legt?«

»Wir haben auch jetzt ohne dich auskommen müssen.«

Herman spuckte auf die Dielen. »Ich nehme an, ihr habt die restlichen Vorräte gefressen. Ihr seid wie Vater, alle beide nie zufrieden. Erwartet gebratene Tauben auf dem Tisch, rührt euch selber höchstens bis zur Messe und nörgelt, wenn ich mich darüber hinaus bewege, um das Gewünschte zu beschaffen. Wenn ihr wüsstet, wie hässlich ihr mit euren dumpfen, kleinlichen Fratzen seid. Ich ersticke hier drin. Gottlob gibt es auch feinsinnige Menschen in dieser Stadt, die nichts von mir erwarten und mir trotzdem mit Achtung begegnen.«

Severin glaubte, sein Meister würde nun türenknallend aus

dem Haus toben, um seinen Ärger in den tiefsten Weinkrügen der Stadt zu ersäufen. Stattdessen hockte Herman sich vor seine Mutter, die über seine harten Worte ganz in sich zusammengesunken war. Sanft nahm er ihre Hand und streichelte über ihre schmalen Finger. »Es tut mir Leid, ich wollte dich nicht verletzen.«

Sie wandte das Gesicht ab und klappte nervös mit den Augenlidern.

»Sei nicht mehr traurig, Mutter, ich bin ja hier und werde weiter für euch sorgen. Die kargen Zeiten sind vorbei, du kannst ruhig schon eine Liste mit deinen Wünschen zusammenstellen. Warum lachst du nicht einmal? Warum hüllst du dich nur immer in diese abgetragenen, altmodischen Kleider? Wie wäre es mit einem neuen Brusttuch? Wo sind deine silberbeschlagenen Gürtel geblieben, die Ringe, die buntseidenen Tücher, die zarten Schleier mit Goldlitze?«

»Was soll eine alte Frau wie ich mit solchem Tand? Wen sollte ich damit erfreuen? Mein Gemahl liegt namenlos in einer Grube vor der Stadt.«

»Dich selbst könntest du erfreuen«, sagte Herman. Entschlossen klappte er die große Truhe unter dem Fenster auf, kratzte sich am Kinn und zog einen leichten, goldbestickten Schal heraus. Er ließ das Tuch mit einem Schwung aufflattern, sodass es sich über dem Haupt der Witwe wölbte, sachte an ihrem Hals hinunterglitt und sich auf ihre Schultern legte.

Da die Mutter es sogleich wieder abstreifen wollte, hielt Herman ihre Hände fest.

»Mutter, was ist denn Schönheit anderes, als ein wenig Glanz von Gottes Licht?«, sagte er. »Die hellsten seiner Strahlen hat Er großzügig über die Weiber leuchten lassen, ihre Haut so klar und weiß wie die deine gemacht, die Hände lang, die Glieder weich und wohlgestalt, auf dass alle Kreaturen sie mit Beglückung ansehen und in ihnen die Liebe des Schöpfers erkennen. Erfreue dich daran und gräme dich nicht mehr um das, was du verloren hast. Der Tod kommt früh genug und dauert vielleicht lang. Zum Trauern wirst du dann bestimmt genügend Muße haben.«

»Nimm das weg!« Fahrig zerrte die Mutter sich das Tuch vom Hals. »Putzsucht gehört sich nicht für eine Witwe, genauso wenig wie grundlose Lustigkeit. Bald wird Gott auch meine Seele zu sich holen. Er wird ihr gnädig sein, weil sie demütig ist und eben nicht in Samt und Seide daherstolziert.«

»Und bis dahin willst du das wunderschöne Stück nicht mehr tragen?«

»Nein!«

»Na gut«, sagte ihr Sohn und lächelte milde, »dann kann ich ja getrost jemand anderen damit beglücken.«

Er stopfte sich den Schal in die Tasche und ging pfeifend davon.

XI. KAPITEL

Für Severin hatte es keinen Zweifel gegeben, dass seine Unruhe verfliegen würde, sobald sie in Nürnberg wären und er die Werkstatt nutzen konnte, um seine Stunden um Zahnräder zu wickeln.

Nun war das Gegenteil der Fall.

Seit der Pest, und mehr noch nach den Tagen im Verlies, tat ihm jeder Augenblick, den er mit Warten verbrachte, fast körperlich weh. Seine Beine zitterten, sein Atem flog, und er knetete sich das Ohrläppchen heiß. Wie Eisenkugeln hängten sich die täglichen Pflichten an seine Füße und hinderten ihn, die freien Momente zu erreichen, in denen er über sich selbst bestimmen konnte.

Er versuchte trotz dieser Gewichte zu rennen. Grundsätzlich nahm er zwei Stufen auf einmal und übte sich darin, seine Hände parallel mit unterschiedlichen Dingen zu beschäftigen. Selbst bei den Mahlzeiten beeilte er sich, trank und aß zugleich und füllte den Löffel schon, während er den letzten Bissen noch kaute. Dennoch blieb ihm kaum Zeit übrig, und er fragte sich, wie er früher mit alldem fertig geworden war.

Früher hatte er sogar manchmal müßig in der Küche gesessen oder versunken gelauscht, wenn Herman aus seinen Büchern vorlas. Er hatte Barb besucht und mit Ottilie unbeschwert über Nichtigkeiten geplaudert.

Jetzt strapazierte Ottilies zielloses Geplapper seine Geduld zum Zerplatzen. Er besuchte die Hütte zwar nach wie vor, aber ruhig dort sitzen und zuhören konnte er nicht. Ohne es zu wollen unterbrach er, stellte selbst die Sätze fertig oder murmelte irgendeine Zustimmung, wenn kurz eine Pause entstand. Im Geiste befasste er sich längst mit seiner nächsten Tätigkeit. Allmählich zog er sich immer weiter von den beiden zurück.

Das Leben in seiner Umgebung kam ihm vor wie zähe Grütze, die allmählich erkaltete. Severin wollte auf keinen Fall mit allen anderen darin versinken, aber er wusste nicht, wie lange er noch durchhalten würde, dagegen anzustrampeln. Und er wusste nicht, wie lange ein Mensch ertragen konnte, inmitten der anderen völlig einsam zu sein.

Wenn er erst die Uhr besäße, würde es besser werden. Dann konnte er Zeiten für Plaudereien bestimmen, Zeiten für Scherze, Zeiten, um für seine Lieben da zu sein. Jeden Abend tröstete er sich mit diesem Gedanken und hoffte, dass alle, die er jetzt enttäuschte, ihm dereinst verzeihen würden.

Nicht immer konnte er den Menschen ausweichen. Sein Meister verlangte natürlich die gleiche Mitarbeit von ihm wie sonst. Zähneknirschend nahm er beim Schmieden Hermans Rhythmus auf. Doch statt wie früher gelassen abzuwarten, während sich das Eisen erneut im Feuer erhitzte, hatte er längst ein zweites vorgeglüht. Herman kam bei diesem Tempo gehörig ins Schwitzen. Aber der Messerer fluchte nicht, sondern kniff die Augen zusammen und nahm die Herausforderung an. Er versuchte gar Severins Hast zu übertreffen, trieb seinen Knecht noch an, um ihn auf diese Weise zum Aufgeben zu zwingen. Aber Severin war die Hetze durchaus recht.

Wirklich unerträglich empfand er es, wenn Peter ihm etwas zeigen wollte. Der Schlossergeselle holte bei seinen Erklärungen schwerfällig aus und kam doch nicht zum entscheidenden Punkt. Umständlich drehte er das Werkstück in den Fingern und befühlte es von allen Seiten, bevor er sich entschloss, die Feile anzusetzen. Am liebsten hätte Severin ihm das Zeug aus den Händen gerissen. Aber er beherrschte sich, denn er brauchte den Schlossergesellen, wenn er jemals an dem Zeiger einer Uhr Halt finden wollte. Gehorsam war er Peter zu Diensten und nahm ihm alles Erdenkliche zusätzlich ab, um jeden noch so winzigen Schritt zu dessen Meisterwürde zu unterstützen.

Dann kam der Tag, an welchem die Mutter den bevorstehenden Besuch des Färbers und dessen Tochter ankündigte. Zum ersten Mal seit Monaten hielt Severin in seiner Arbeit inne. Befremdet sah er auf die Äpfel in seinen Händen. Wieso erntete er schon? Hatten die Bäume nicht gestern noch geblüht? Hatte er sich nicht gestern noch über seinen zaghaft sprießenden Bart gefreut, den er inzwischen ohne jedes Bedauern regelmäßig schnitt? Über sein rastloses Streben hatte Severin weder bemerkt, dass der Sommer begonnen hatte, noch dass er wieder vergangen war – ein Schulterzucken nur, länger konnte er nicht gedauert haben.

Dem Messerer wuchs Severin bereits über den Kopf, sein Kreuz war breiter geworden, Taille und Glieder dagegen schlank, weil er sich dauernd in Bewegung befand. Die Witwe behauptete, die gute Butter sei an ihn verschwendet, da er nicht einmal dem Essen in seinem Bauch die nötige Ruhe gönnte.

»Lass ihn«, sagte Herman dann, »ein Knecht, der schlingt, arbeitet auch schnell.«

Kungund wollte kommen.

Sie würde sich ebenfalls verändert haben. Inzwischen musste sie zur jungen Frau herangereift sein. Severin konnte ihre Gestalt vor sich sehen, einzelne Gesten, bestimmte Haltungen ... doch seltsam, ihr Gesicht ließ sich nicht fassen. Wie sehr er auch in seinem Gedächtnis forschte, es blieb verschwommen, eine weiße Fläche in kupfernem Rahmen. Würde er sie noch erkennen, wenn sie vor ihm stand?

Wie konnte es möglich sein, dass er ihr Antlitz vergessen hatte? Seine Gedanken kreisten unermüdlich um diesen Verlust, ob er in die Äste kletterte oder die Ernte nach Hause trug. Grübelnd stopfte er das Abendessen in sich hinein, stieg auf den Dachboden und rollte sich auf seinem Lager zusammen.

An ihre letzte Begegnung entsann er sich genau, nur eben nicht an ihr Gesicht. Damals hatte die Pest gewütet, und er hatte daraufhin ängstlich begonnen, die Tage seiner restlichen Lebensfrist aufs Äußerste zu nutzen, so viel wie möglich hineinzupacken, sie immer dichter zu füllen.

Vielleicht war das Fassungsvermögen längst erreicht, und nun liefen sie über, ohne dass er bestimmen konnte, welche seiner Erinnerungen in der Gosse verschwanden.

Doch dann war es ja einerlei, ob er sie durchlebte oder nicht. Dann hätte er genauso gut tot sein können.

Herman hatte ihm einmal aus Augustinus' Schriften vorgelesen. Nach dessen Worten war die Vergangenheit vorbei, also nicht existent. Die Zukunft bestand ebenso wenig, solange sie nicht eingetroffen war. Nur die Gegenwart gab es wirklich, aber diese besaß keinerlei Dauer. Aus der nicht vorhandenen Zukunft geboren, wandelte sie sich im Moment des Erlebens schon wieder in vergangenes Nichts. Die allerwinzigste Zeitspanne war noch viel zu lang für die Gegenwart. Nur im Geiste eines Menschen konnten sich alle drei miteinander verbinden und so zu tatsächlicher Dauer werden, und zwar nur dann, wenn dieser Mensch sowohl erinnerte, empfand als auch vorausschaute.

Severins Körper glühte, er strampelte die Decke hinunter und fuhr sich mit beiden Händen übers Gesicht. Wie ignorant war er gewesen. In seiner Gier hatte er nur noch an Künftiges gedacht und damit die Spanne seines Lebens um die andere Hälfte gekappt.

Furchtsam rief er sich rückwärts ins Gedächtnis, was er als Letztes getan hatte. Im Geiste stieg er die Leiter wieder hinab, grüßte auf dem Absatz nach rechts und links zur guten Nacht, trat in die Küche, löschte das Licht, schloss sorgfältig den Herd, schob die Kohlen zusammen, stopfte sich ein Stück Käse und eine Weintraube in den Mund ...

Was wie ein Lidschlag verflogen war, fächerte sich jetzt beruhigend gemächlich in allen Einzelheiten auf. Ja, im Rückblick schien sich der Tag auf einmal zu strecken und nahm eine ausgedehnte Weile ein. So viel hatte er an diesem einzigen Tag durchlebt, und er konnte tatsächlich alles noch einmal neu erwecken.

Severin faltete die Hände und schickte Gott ein ausführliches Dankgebet. Nicht eine Kleinigkeit, die ihn heute erfreut hatte, ließ er dabei aus, und er versprach, dass er von nun an jeden Abend der vielfältigen Gnaden gedenken wollte, damit sie ihm nicht verloren gingen. Erschöpft und erleichtert schloss er die Augen.

Im Schlaf aber nahm die Sünde Besitz von ihm.

Sie gaukelte ihm Kungunds Antlitz vor, eine glänzend helle Stirn, Brauen wohlgeformt wie Mondsicheln und darunter halb geschlossene Lider. Sie lächelte ihm zu, öffnete die Lippen und schüttelte ihr wallendes Haar aus den samtenen Bändern, sodass eine feurige Wolke sie beide verhüllte und vor allen Blicken verbarg ...

Severin schrak auf. Doch seine Hände lösten sich nicht aus dem Traum, sie fuhren eifrig weiter über seinen Unterleib, als würden sie ihm nicht mehr gehören. Zu spät riss er sie fort. In einem Schauder ergoss sich seine Erregung in die Decken.

Zitternd kroch er vom Lager, wischte sich trocken und warf sich die Kleider über. Für den Rest der Nacht hockte er mit angezogenen Beinen an der Wand und zwang sich, die Augen offen zu halten.

Es war nicht das erste Mal, dass er aus einem erregenden Traum erwachte. Die einladenden Gesten der Huren ließen ihn nicht unberührt, und er stellte sich gerne ihre nackten Leiber vor. Dafür waren sie geschaffen, es war ihre Aufgabe, die Männer zu entflammen.

Aber Kungund hatte nichts mit diesen Weibern gemein, ebenso wenig wie mit einem geifernden Knecht. Sie stand unerreichbar über ihm, eine achtbare Bürgerstochter, längst einem achtbaren Bürger versprochen. Wie hatte er ausgerechnet sie für seine schmutzige Begierde missbrauchen können?

Seine Wangen brannten, und seine Augen füllten sich. Er blinzelte und quetschte die Tränen fort, denn sie kamen ihm nicht rechtmäßig vor. Die Lippen zusammengepresst, wachte er reuig bis in die Morgendämmerung.

Severin wusste niemanden, mit dem er über seine nächtliche Maßlosigkeit zu sprechen wagte. Auch den Gedanken, sich von Barb ein paar Kräuter dagegen mischen zu lassen, verwarf er schleunigst wieder. Stattdessen sammelte er seine Pfennige aus den verschiedenen Verstecken und begab sich zur abgelegensten Kirche der Stadt.

Von der Frühmesse an lag er auf den Knien und betete. Allen, die wie er zur Beichte gekommen waren, ließ er den Vortritt, und erst als der Pfarrer sich anschickte, den Gitterstuhl zu verlassen, bat er selbst darum, angehört zu werden.

»In Demut und Reue bekenne ich ...«

Seltsam, das Geständnis seiner Sünde rutschte ihm in der gewohnten Formel so glatt über die Lippen, als spräche er von jemand anderem. Die auferlegte Buße kam ihm ebenfalls nichtig vor, drei Vater unser und drei Ave Maria, und selbst die hatte er dem verständnisvollen Gottesmann noch abringen müssen. Da schmerzte der Verlust seiner Pfennige schon eher. All seine Münzen gab er für zwei dünne Ablasspapiere hin und trat damit ins Tageslicht hinaus.

Erwartungsvoll betrachtete er die wohlgesetzte Schrift, die ihm bestätigen sollte, dass er nun von aller Sünde reingewaschen war. Lesen konnte er die Worte ebenso wenig wie auf anderen Schriftstücken. Das Papier hätte ebenso gut ein Teil der Fuggerzeitung sein können, die in hohen Auflagen gedruckt wurde, damit die Gebildeten von der Unbill in der Welt erfuhren.

Nein, Severin war nicht wirklich geläutert aus der Beichte hervorgegangen, nur steifer und mit von Weihrauchduft durchtränkten Kleidern. Den Grund dafür ahnte er. Es lag daran, dass er sich vor Gott nicht wirklich schuldig fühlen konnte, obwohl er Onan frönte und ein Gebot übertrat, indem er das Weib seines Nächsten begehrte. Auch Peter gegenüber empfand er keine echte Reue.

Nur vor Kungund selbst schämte er sich. Es war, als ob er ihr heimlich etwas nahm, was sie ihm nie geschenkt hatte. Ein

Dieb, der sich fürchtete, ihr jemals wieder unter die Augen zu treten und gleichzeitig ihre Gegenwart innig herbeisehnte. Ein Dieb, der wusste, dass er wieder stehlen würde, sobald die Nacht hereingebrochen war.

»Bitte, gebt mir ein Almosen, Gott wird es Euch vergelten.« Ein verwahrlostes Mädchen, etwa in Ottilies Alter, stand mit weit aufgerissenen Augen vor ihm und streckte flehend die Hände aus. Automatisch griff Severin in die Tasche, doch dann fiel ihm ein, dass er nicht mehr das Geringste besaß. Er lächelte und zuckte bedauernd mit den Schultern. Die Bettelmaid ließ sich nicht so leicht entmutigen. Sie riss die Augen noch weiter auf und hielt ihn am Ärmel fest.

»Bitte, lieber Herr, nur einen einzigen Heller. Hierher verirren sich nur wenige, die sich so fein kleiden können wie Ihr, die meisten sind ja selber arm. Mein Vater ist gestorben, meine Mutter ist krank, sieben Geschwister schreien nach Brot, und ich habe seit Tagen nichts mehr gegessen.«

Diese Schauergeschichten kannte Severin besser, als die Kleine wissen konnte. Schlimm genug, dass sie manchmal der Wahrheit entsprachen und oft von der Wirklichkeit übertroffen wurden. Er hätte ihr wirklich gerne geholfen.

»Es tut mir Leid, Mädchen, aber ich ...« Severin stockte. Unter ihrem Umhang blitzte etwas Goldenes hervor.

Mit einer raschen Bewegung hatte er den glänzenden Zipfel gefasst und das wertvolle Tuch herausgezogen. Ungläubig starrte er auf den zarten Schal, der ehemals weiß gewesen sein musste und mit einer zweifingerbreiten Goldlitze eingefasst war.

Das Mädchen senkte den Kopf und zerrte sich seinen Umhang mit beiden Händen eng um den Hals, als ob der löchrige Lappen sie schützen könne.

»Jetzt glaubt Ihr, ich wäre eine Betrügerin«, flüsterte sie. »Aber das bin ich nicht, ich habe nicht gestohlen, ein freundlicher Gönner hat mir das Tuch geschenkt, für meine ... weil ich … Jedenfalls wollte ich ihm gleich erklären, dass ich so etwas nicht annehmen kann. Aber er hat mir befohlen, es zu tragen. Mein Nacken ist nämlich nicht für grobes Zeug geschaffen, wisst Ihr? Er sagte, wenn ich es ablege, würde er mich im gleichen Augenblick vergessen.«

»Je eher er dich vergisst, desto besser«, sagte Severin, stopfte sich das Tuch in die Tasche und wandte sich zum Gehen.

»Gott vergelte Euch die Anteilnahme«, schrie die Bettelmaid hinter ihm her. »Statt den Bedürftigen zu helfen, beraubt Ihr sie auch noch. Und unsereins kann nicht einmal die Büttel gegen Euch Bürger zur Hilfe rufen. Aber seht Euch vor, dass Ihr nicht meinem Geliebten in die Finger geratet. Der würde Euch mit seinem schimmernden Messer in Stücke hacken.«

Severin machte kehrt, knüllte das Tuch zusammen und schleuderte es ihr entgegen. Aber der Stoff war so leicht, dass er sich über ihrem Kopf entfaltete und zärtlich auf ihre Schultern hinunterfloss.

Wütend stampfte er davon.

Weshalb erregte er sich eigentlich? Herman hatte deutlich genug verkündet, dass er den Schal seiner Mutter einer anderen vermachen wollte. Sie alle hatten bei seinen Worten an eine Hure gedacht, gewiss nicht an ein Kind. Die Kleine hatte voller Bewunderung von ihrem Gönner gesprochen, nannte ihn gar ihren Geliebten. Wahrscheinlich war ihr nichts Übleres widerfahren als dieses unpassende Geschenk. Trotzdem war Severin froh, dass nicht Ottilie in den Genuss solcher Zuwendung gekommen war.

»Ein Dieb, der wieder stehlen würde, sobald die Nacht hereingebrochen war«, murmelte er vor sich hin.

* * *

Kungund kam, und alles war gut.

Schon auf der Türschwelle vertrieb ihre Frische jede düstere

Stimmung, als wäre auf einmal neues Leben ins Henleinhaus getreten. Mit gerafften Röcken schritt sie Mutter und Vater voran die Treppe hinauf, rief der Henleinin ungeniert über zwei Stockwerke ihren Gruß zu, stellte eigenhändig die Stühle in der Stube zurecht, zog energisch die Vorhänge auf und öffnete das Fenster. Der Färber sah ihrem Treiben lächelnd zu und hob mit bedauerndem Stolz die Schultern. »So ist sie nun mal. Wenn sie sich etwas in den Kopf gesetzt hat, packt sie es auch an.«

»Gottlob tut sie das«, ließ sich sein Weib vernehmen, »wozu sollte ich Kinder gebären, wenn ich dann doch alles selbst erledigen muss.«

Ächzend schälte sie sich aus ihrem Mantel. Mit einer nachlässigen Bewegung hielt sie Severin das faltenreiche Ungetüm hin und ließ es los, ohne sich zu überzeugen, dass er auch zugegriffen hatte. Sie wählte den größten Armlehnsessel für sich, breitete die Fülle ihrer Röcke aus und strich das Tuch zurecht, sodass es malerisch um ihre Beine wallte.

Peter machte einen heftigen Schritt in ihre Richtung, denn der Sessel seines Vaters war seit dessen Tod nicht mehr benutzt worden. Zu spät, seine zukünftige Schwiegermutter wandte sich zu ihm um, lächelte huldreich und sagte: »Wirklich bequem habt ihr es hier, recht winzig, aber bequem.«

»Severin!«, rief die Henleinin von oben. Knapp erklärte sie, in welcher Reihenfolge er die Speisen auftragen musste und welcher Wein zu den Gängen gehörte.

»Wehe dir, wenn du etwas verschüttest, du wirst dich heute ausnahmsweise einmal gesittet langsam bewegen.«

Bei dem ersten Tablett blieb Severin gar nichts anderes übrig, denn die Witwe stolzierte vor ihm die Treppe hinab. Höflich begrüßte sie die Gäste, übersah geflissentlich, dass der Thron ihres Gemahls entweiht worden war, und ließ sich, mit einem missbilligenden Blick zum Fenster, geräuschlos auf ihrem gewohnten Lehnstuhl nieder.

Kungund lachte und legte ihr zutraulich die Hand aufs Knie. »Du bist doch nicht verstimmt, weil ich das Fenster geöffnet habe, liebe Schwieger? Das Wetter ist so schön draußen, und wenn das Licht hereinscheint, kann man sich fast vorstellen, auf einer sommerlichen Blumenwiese zu speisen.«

Es duftete tatsächlich nach Blumen. Im ganzen Haus duftete es und am intensivsten dort, wo Kungund entlanggewandelt war. Die Sonne flutete in die Stube und ließ auf ihrem Kupferhaar Reflexe blitzen. Dazu wirkte ihr Antlitz so klar und hell, als wäre innen ein Licht angezündet.

Auch ihre Mutter glänzte und blinkte mit gestickten Mustern auf prächtigem Stoff, mit Fingerringen und Armreifen, goldenen Halsketten und einem silberbeschlagenen Gürtel. Selbst ihr Haar funkelte, gelbblond wie ein frisch geschlüpftes Küken, nicht gerade gewöhnlich für ihr Alter. Severin glaubte sicher, dass jeder Mann erblinden musste, wenn er es wagte, die Pracht dieses Weibes ungebührlich lange zu mustern.

Mutter Henlein entzog sich abschätzenden Blicken auf völlig andere Weise. Sie hatte ihren Stuhl in die dunkelste Ecke gezogen. Dennoch standen scharfe Schatten in ihrem Gesicht, und jede Falte in ihrer spröden Haut war deutlich zu erkennen. Kalte Asche fiel Severin zu ihrer Erscheinung ein, und er verstand, weshalb das harte Tageslicht sie nicht besonders froh stimmen konnte. Bei mildem Kerzenschein lächelte sie allerdings ebenso wenig.

Da Severin sich möglichst lange in der Stube aufhalten wollte, trug er die Speisen bedächtig auf, füllte umständlich Schüsseln und Becher und räumte das Unnötige schön eines nach dem anderen wieder ab. Obwohl er sich sonst einen ständigen Laufschritt angewöhnt hatte, gelang es ihm jetzt mühelos, absichtlich zu trödeln. Schließlich hatte die Witwe ihm ausdrücklich Langsamkeit befohlen, und er durfte ja nicht ungehorsam sein.

Peter schaufelte das Mahl resolut in sich hinein und kaute erbittert. Er kaute sogar das Bohnenmus, als wäre es hartes Brot. Sein Blick war dabei starr auf Herman gerichtet. Wahrscheinlich schmeckte der Schlossergeselle überhaupt nicht, was er gerade aß, und Severin hatte gute Lust, ihm unauffällig Sehnen oder Knorpel aufzutischen. Peter hätte sich nicht beschwert, denn im Moment gab es augenscheinlich Wichtigeres für ihn. Immerhin handelte es sich um seine Braut, die zwar zu seiner Rechten saß, aber gebannt an den Lippen seines Bruders hing. Mit erhitzten Wangen lauschte sie dem Messerer und schlug entsetzt die Hände vors Gesicht, als sie erfuhr, dass Herman beinahe von räuberischen Rittern getötet worden wäre. Ihre Mutter reagierte ähnlich, nur dass sie zur Bestärkung noch ein paar spitze Schreie fahren ließ.

»Thomas von Absberg soll ein Wegelagerer sein?«, fragte Kungunds Vater.

Sein Weib schüttelte nachsichtig den Kopf. »Natürlich, Enders, du musst dich an den jungen Mann erinnern, er war schon früher recht wild. Wir haben ihn des Öfteren getroffen, wenn wir deine Kusine besuchten.« Zu den Henleins gewandt erklärte sie: »Die Kusine lebt in der Nähe der Burg und pflegt natürlich freundlichsten Umgang mit den hochwohlgeb…«

»Ja, ja, wen interessiert das«, unterbrach der Färber. »Soweit ich weiß, gilt die Fehde der Absberger dem Geschlecht der Öttinger. Es wundert mich zu hören, dass Junker Thomas sich nun gegen Nürnberger Bürger wenden soll.«

Kungund kicherte. »Ihr meint doch nicht etwa diesen pickligen, bleichen Jüngling mit dem langen Gesicht? Ich fand ihn ziemlich langweilig, der wusste ja nichts anderes, als verbissen von der Ehre seiner Familie zu schwafeln.«

Ihre Mutter hob mahnend den Zeigefinger. »Vorsicht, meine Liebe, damals warst du selber unverständig, ein barfüßiges, keckes Gör. Der Ritter von Absberg wird auch in dir nicht die wohlerzogene junge Maid gesehen haben, die inzwischen aus dir geworden ist.«

Kungund atmete kurz ein, doch dann verkniff sie sich die Antwort und tat ihren Eltern den Gefallen, gesittet den Kopf zu neigen.

Unterdessen versuchte Peter das Gespräch in andere Gefilde

zu lenken. Doch je öfter er unterbrach, sich nach den Geschäften des Färbers erkundigte oder fragte, ob jemand noch Wein begehrte, desto zielstrebiger kam Herman wieder auf das Thema zurück. Eine Mischung aus Spott und schamloser Neugierde lag in seinem Blick, als er begann, von dem Angriff auf seine Manneskraft zu berichten. Befriedigt registrierte er, dass Kungund die Röte bis in die Ohrmuscheln stieg.

Peter wurde sogar noch roter, und auch Severin fühlte seine Wangen heiß werden. Aber bei ihm war es der reine Stolz, denn Hermans Schilderung beinhaltete ebenfalls den selbstlosen Einsatz seines mutigen Gehilfen.

Zum ersten Mal ließ Kungund ihre Augen länger als für ein Blinzeln auf Severin ruhen. Sie sah nicht unfreundlich dabei aus. Ihr prüfender Blick ließ ihn von innen lodern, seine Hände schwitzten, und die Härchen an seinen Armen stellten sich auf.

Barsch schickte die Witwe ihn hinaus.

Er setzte sich nur einen Schritt von der Tür entfernt auf die Treppenstufen, denn falls sie ihn wieder brauchten, wollte er sofort zur Stelle sein.

Sein Herz trommelte in hitzigen Wellen, genauso, als würde er Kungund direkt gegenüberstehen. Er konnte ihre Anwesenheit durch die Mauer spüren. Vielleicht dachte sie gerade an ihn, und sein Puls nahm ihre Nachricht auf. Hatte sie ihm nicht im letzten Moment ein heimliches Lächeln nachgesandt, ein Lächeln, das ihm allein gegolten hatte und für alle anderen unsichtbar geblieben war?

Sie hatte doch gelächelt, oder nicht?

Natürlich hatte sie, der Witwe war es aufgefallen, deshalb wollte sie ihn ja nicht mehr in der Stube dulden. Rasch wischte er den Gedanken fort, dass die Henlein ihn vor dem möglichen Lächeln weggeschickt haben könnte.

Den ganzen Nachmittag verbrachte er untätig auf seiner Stufe, und es tat ihm um die Zeit nicht eine Sekunde Leid. Erst als die Besucher aufbrechen wollten, rief die Henleinin wieder nach ihm, damit er Mäntel und Umhänge brachte.

Die Färberin tätschelte vertraulich Hermans Wange. »Schickt die Messer für den Junker Thomas doch einfach zu unseren Verwandten nach Absberg. Das sind angesehene Leute, dagegen kann wirklich kein Nürnberger etwas sagen, nicht wahr?«

Peter nahm Kungunds Mantel und half ihr hinein. Das hätte Severin gerne selbst getan. Viel zu lange ließ der Schlossergeselle seine Pranken auf ihren Schultern ruhen. Zu ihrem Vater gewandt versicherte er: »Ich gebe mein Wort, dass weder Eure Kusine noch sonst jemand aus Eurer Familie in diesen fragwürdigen Messerhandel verwickelt wird.«

Der Färber nickte. »Ich bin überzeugt, dass Ihr den besten Weg finden werdet.«

»Ich auch«, sagte Kungund. »Ach, Peter, du musst bald einen Schlosser finden, der die Aufsicht über dein Meisterstück übernimmt. Ich kann die Verlobung gar nicht mehr erwarten, es ist so aufregend und fröhlich bei euch.« Zum Abschied drückte sie Peter herzhaft die Hand. Sie ahnte ja nicht, dass alle Fröhlichkeit mit ihr das Haus verlassen würde.

* * *

Vielleicht war es unvorsichtig von Herman gewesen, vor Fremden von seinem Auftrag für den Absberger zu sprechen. Kungund hätte den Messerer sicher nicht verraten, auch ihren Eltern traute Severin eine solche Tat nicht zu. Im Gegenteil, der Färber hatte sich sehr interessiert daran gezeigt, dass reichlich Gulden ins zukünftige Heim seiner Tochter regneten.

Dennoch standen eines Morgens zwei Schergen in Begleitung eines alten Messermeisters vor der Tür. Den Stadtknechten behagte ihr Auftrag offensichtlich wenig. Sie achteten Hermans Handwerkskunst und ebenfalls dessen Kampfgeist auf dem Feld. Außerdem war das Haus zu eng für ihre Wehr. Ungelenk trampelten sie durch die Räume und entschuldigten sich, wenn sie gegen die Möbel stießen. Sie taten ja nur ihre Pflicht, und der alte Meister sorgte dafür, dass sie gründlich dabei vorgingen. Sämtliche Schränke ließen sie öffnen, stöberten in allen Kisten und klopften die Vertäfelung nach verborgenen Hohlräumen ab.

»Glaubt Ihr wirklich, dass ich in der Stube schmiede?«, fragte Herman. »Seht in der Werkstatt nach, wenn Ihr fündig werden wollt.«

»Damit dein Bruder und der Knecht inzwischen alles verräterische Material verschwinden lassen können, nicht wahr?« Der alte Meister schüttelte den Kopf. »Wir gehen genauso vor, wie man es uns befohlen hat. Und ihr verlasst die Stube nicht, bis wir hier fertig sind.«

Peter verkniff sich eine Antwort, stopfte die Hände in die Taschen und blickte starr aus dem Fenster, als würde er nicht dazugehören. Seine Mutter schlich genierlich hinter den Kerlen her, um lautlos zu verschließen, was diese aufgerissen hatten. »Welche Schande, welche Schande«, hauchte sie immer wieder und tupfte sich die Augen mit dem Schürzenband.

Als der jüngere Kerl aber in der Küche den Topfdeckel hob, um auch dort nach verbotenem Zierwerk aus Silber und Gold zu fahnden, wich ihre Verzagtheit auf einen Schlag. Sie griff nach dem Feuerhaken und ging auf den Burschen los. »So weit kommt es noch, dass du mir in die Suppe spuckst. Ich werde dir schon Manieren beibringen. Warte nur! Meine Söhne sind kräftiger als du, und mit denen bin ich auch fertig geworden.«

Sie war drauf und dran, den verdutzten Stadtknecht zu verprügeln, doch der Altmeister fiel ihr rechtzeitig in den Arm. »Schon gut, Henleinin, wir haben genug gesehen, gleich bist du uns los. Bleibt nur noch die Werkstatt.«

Sie hätten sich die Sucherei getrost ersparen können. Genau wie Herman gesagt hatte, lag der Beweis für seinen Frevel offen auf dem Werktisch: eine silberne Scheide mit aufgelegten goldenen Dornenranken. Der durchbrochene Korpus lief unten in einem leichten Bogen aus, und in die Deckplatte waren Öffnungen für drei verschiedene Messer eingelassen. Behutsam nahm der alte Meister das Stück an sich und strich mit dem Finger über die feinverzweigte Verzierung. »Ein Jagdbesteck also. Dann muss dein Auftraggeber den Wildbann besitzen. Das wird gewiss kein einfacher Bürger sein. Um dir die Lüge zu ersparen, werde ich dich nicht fragen, für wen du diese Kostbarkeit anfertigen sollst. Das ist eine fantastische Arbeit, Henlein, es wird mir bitter werden, sie zu zerstören.«

»Ich bedaure Euch zutiefst«, sagte Herman und nahm nebenbei dem jungen Stadtknecht den scharfen Dusacken aus der Hand, mit welchem der Kerl gefährlich herumgefuchtelt hatte.

Der Altmeister räusperte sich und streckte seinen Körper. »Ich muss dich mit aller Härte verwarnen, Henlein. Suche dir in Zukunft einen Goldschmied, wenn du kunstvolle Scheiden brauchst. Schämst du dich nicht, die Gesetze zu missachten? Der Rat hat sie auch zu deinem Wohl verfügt. Was würdest du sagen, wenn plötzlich ein Töpfer scharfe Messer verkaufen wollte.«

»Falls seine Klingen besser sind als meine, würde ich bei ihm in die Lehre gehen. Sind sie aber schlechter, unterscheidet er sich in nichts von all den anderen Stümpern, die sich in dieser Stadt Messerschmiede nennen, und die muss ich schließlich auch ertragen.«

Der alte Meister hustete und wandte sich rasch um. Er brauchte ein paar Atemzüge, bis er wieder ruhig sprechen konnte. »Sei vernünftig, Henlein, das nächste Mal wirst du nicht so glimpflich davonkommen.«

Kaum war die Tür hinter den Gesetzeshütern zugefallen, ereiferte Peter sich: »Da siehst du, was du uns eingebrockt hast. Die Nachbarn werden sich noch wochenlang über deine Schandtat die Mäuler zerreißen, und Mutter wird das Haus nun überhaupt nicht mehr verlassen wollen. Deine ganze Arbeit war vergeblich, dein teures Material ist dahin, und dazu kommt noch die Strafe. Das hast du von deiner Ehrlosigkeit. Gottlob ist das verdammte Zeug nun aus dem Haus. Manche müssen eben erst mit der Nase in ihren eigenen Dreck gestoßen werden, bevor sie Vernunft annehmen.«

»Keine Sorge, das kann ich leicht verschmerzen, der Auftrag bringt nach wie vor genügend ein.« Herman deckte einen dreckigen Lumpen auf, unter welchem weitere Gold- und Silberbleche zum Vorschein kamen. »Wie du siehst, bin ich auf kleine Rückschläge vorbereitet.«

»Du willst doch nicht etwa weitermachen?«

»Ich habe mein Wort gegeben, Peter. Möchtest du ernsthaft, dass ich es breche? Dann wäre ich tatsächlich ehrlos.«

Peters Mund klappte ein paar Mal auf und zu. Wortlos drehte er sich um und verließ die Werkstatt.

Fortan arbeiteten die Brüder nur noch schweigend nebeneinander her, nahmen schweigend ihre Mahlzeiten ein und begaben sich zur Ruhe, ohne sich gute Nacht zu wünschen. Sie hätten wohl bis in alle Ewigkeit geschwiegen, wenn nicht eines Tages Georg Heuss in die Schmiede getrampelt wäre.

Herman baute sich vor dem Eindringling auf. »Du wagst es, dich hier blicken zu lassen?« Gefährlich wippte der Hammer in seiner Hand. »Ich bewundere deinen Schneid, Heuss. Hast du nicht genügend angerichtet? Verleugnest deine Tat, machst dich bei den Ratsherren lieb Kind und polsterst deine hübsche neue Schlosserwerkstatt mit Federn aus, die mein Bruder lassen musste. Du hast genauso zugeschlagen wie die anderen, als Glaser starb. Vergiss niemals, dass ich alles mit angesehen habe.«

»He, nur immer ruhig Blut.« Georg Heuss hob beschwichtigend die Hände. Das Lächeln in seinem gemütlichen Krapfengesicht ließ wirklich nicht vermuten, dass er jemals in eine Rauferei verwickelt gewesen sein könnte.

»Ich habe nichts vergessen, Herman, deshalb bin ich hier. Der Rat war mir mehr als gnädig, teils durch mein Verhandlungsgeschick, teils durch die Gulden meines Vaters. Nun darf ich mich Schlossermeister nennen und habe eine eigene Werkstatt. Mehr noch, wie ihr vielleicht gehört habt, wurde mir angetragen, die mechanische Uhr der Kapelle Unser Lieben Frau wieder in Gang zu setzen. Das ganze Portal lässt der Rat umbauen und mit verzinntem Kupfer decken. Für die Uhr ist ein Türmchen vorgesehen. Deshalb muss das alte Werk erst einmal aus der Mauer herausgebrochen werden. Auch die Figuren, die sieben Kurfürsten sollen neu entstehen, aus Kupferblech getrieben, teilweise versilbert oder sogar feuervergoldet. Täglich um zwölf werden sie erscheinen, um wie früher Kaiser Karl IV. zu huldigen. Das wird ein glanzvoller Anblick sein.«

»Was ist das nun wieder für eine Unverfrorenheit?«, grollte Peter. »Bei einer Kirchenuhr sollten Heilige zu sehen sein, die sich vor Christus oder meinetwegen vor der Mutter Gottes verneigen.«

Herman lachte auf. »Verstehst du wirklich nicht, was Georg Heuss da bauen soll? Karl IV. verfügte vor etwa 150 Jahren, dass jeder Kaiser seinen ersten Reichstag in Nürnberg halten muss. Vergiss nicht, dass unser Rat vor allem aus Kaufleuten besteht. So ein Reichstag bringt stets zahlungskräftige Besucher in die Stadt, Gottes Reich dagegen ist nicht von dieser Welt.«

Georg Heuss nickte. »Außerdem gäbe es ohne diesen Kaiser weder unseren Hauptmarkt noch die Frauenkirche, stattdessen würden dort womöglich immer noch die Juden hausen.«

»Was geht's mich an?« Peter wandte sich wieder seiner Arbeit zu.

Die Miene des Jungmeisters Heuss wurde noch ein Quäntchen verbindlicher. »Ich brauche Hilfe, Peter. Du warst immer findig, wenn es um verzwickte Rechnereien ging. Wahrscheinlich kommst du auf die Lösungen, weil du dich nicht drängen lässt. Mir aber sitzt der gesamte Rat im Nacken. Zum Ausgleich brauche ich deinen bedächtigen Geist. Natürlich wirst du für die Arbeit bezahlt, und zur Versöhnung biete ich dir an, die Obhut über dein Meisterstück zu übernehmen, damit du später ebenfalls in deiner eigenen Werkstatt wirken kannst. Schlage mein Angebot nicht leichtfertig aus, du findest keinen anderen Meister in Nürnberg. Der Makel des Totschlags lastet auf dir, bis du ihn auf Heller und Pfennig abgegolten hast. Glaube mir, ich mache mir nicht nur Freunde, wenn ich dich unterstütze. Also, was sagst du?«

Statt einer Antwort reichte Peter ihm die Hand.

Eine Kirchenuhr mit beweglichen Figuren ...

»Ich komme mit«, platzte Severin heraus, »ich kann für Euch schmieden, was Ihr nur wünscht, oder die Esse in Ordnung halten, oder wenigstens Baumaterial schleppen ...«

Georg Heuss legte den Kopf schräg und meinte: »Einen tüchtigen Handlanger könnte ich durchaus noch gebrauchen.«

»Nichts da!«, entschied Herman. »Der Bursche bleibt hier.«

Sehnsuchtsvoll sah Severin den beiden nach. Kein Flehen konnte den Messerer erweichen, nicht einmal das Versprechen, doppelt zu arbeiten, wenn er täglich ein paar Stunden auf der Baustelle zubringen durfte. Schließlich gab Severin sich scheinbar geschlagen und nahm sich vor zu entwischen, wenn sein Meister beim Abendessen saß.

Doch selbst das gelang ihm nicht. Herman lud ihn nämlich großzügig in eine Schänke ein.

»Verschone mich mit deinem Gejammer, Severin, du erreichst nichts damit. Messer sollst du bauen. Mag der Rat dem blutigen Werk der Stadt ein Denkmal setzen, du wirst dich nicht daran beteiligen.«

»Was soll an einer Kirchenuhr blutig sein? Mit einem Messer kann man wahrhaftig leichter verletzen als mit einer Uhr.«

Herman schüttelte den Kopf, er lächelte nicht einmal zynisch, wie er es sonst bei patzigen Antworten tat. »Georg Heuss hat es deutlich gesagt, Karl IV. stimmte damals zu, das gesamte Judenviertel abzureißen und dort stattdessen die Kirche und einen Marktplatz zu bauen.«

»Die Juden lebten mitten in der Stadt? Erzählt mir keine Märchen, Meister.«

»Es stimmt. Ursprünglich war Nürnberg zweigeteilt, die Burg mit ein paar Häusern auf dem Berg und die Stadt auf der anderen Seite der Pegnitz. Am sumpfigen Ufer direkt am Fluss wollte niemand wohnen, diesen Platz konnte man getrost den Juden überlassen.«

»Jetzt ist das Gelände aber befestigt.«

»Ja, jetzt ist es der Marktplatz. Nürnberg wuchs immer weiter zusammen, und irgendwann lag das Viertel im Zentrum der Stadt. Deshalb wandte sich der Rat an den Kaiser.«

»Und der befahl, die Juden umzusiedeln?«

»Umsiedeln? Weg mit dem Pack. Was meinst du, wie viele Bürger Schulden bei den Juden hatten. Einem Toten kann man nichts zurückzahlen, oder?«

»Na ja, immerhin haben die Juden unseren Herrn Jesus umgebracht, außerdem treiben sie sündigen Wucher, da dürfen sie sich nicht wundern, wenn man sie verjagt.«

Hermans Stimme wurde scharf. »Denk nach, bevor du Unsinn nachplapperst. Von wem hast du das? Von den Gebildeten in Bernhard Walthers Sternenkammer? Von Schedel vermutlich. Du hast Recht, Juden verleihen Geld, sie dürfen nämlich nichts anderes tun, als sich mit Geldhandel über Wasser zu halten. Und das dürfen sie nur deshalb, weil für Christen das Zinsgeschäft als Sünde gilt. Sag mir, du Schlauberger, ist es weniger sündig, solche Geschäfte in Anspruch zu nehmen, als sie selbst zu tätigen?«

Severin schüttelte zögernd den Kopf. Aber er begriff nicht ganz, weshalb sich sein Meister darüber ereiferte.

»Scheinheilig nenne ich das«, fuhr Herman fort. »Erkläre mir bitte, warum vor ein paar Jahren das fromme Gebot für Christen plötzlich ungültig wurde? Hat etwa jemand die Bibel umgeschrieben? Die Juden wurden ein weiteres Mal vertrieben.«

Schroff wandte Herman sich ab, stützte die Ellenbogen auf den Tisch und starrte in seinen Becher. »Ich war früher ein eifriger Stadtknecht, weißt du, einer, der nicht nach dem Sinn eines Befehles fragte, wenn die Ausführung Kurzweil versprach. Wie viele Türen habe ich eingetreten, wie vielen Menschen ihr Eigentum aus den Händen geschlagen und sie wie Vieh zum Tor hinausgeprügelt? Seitdem führen die Nürnberger ihre Wechselbänke selbst, wuchern und zinsen und finden keinen Schatten auf ihren Seelen dabei.«

Plötzlich drehte Herman sich um und trat mit voller Wucht gegen den Stuhl neben sich, sodass dieser zu Boden krachte und zerbrach. »Verdammtes Pack. Als ich es am dringendsten nötig hatte, gaben mir diese christlichen Halsabschneider nichts mehr. Im Gegenteil, ausgerechnet dann verlangten sie das vorher Geliehene zurück, obwohl ich gleichen Glaubens bin wie sie, obwohl mein Vater im Sterben lag und obwohl ich Narr ihnen einst geholfen hatte, die Juden fortzujagen. Hüte dich, jemals bei einem Christen Schulden zu machen.«

Der Wirt kam angerannt und setzte zu Protestgezeter wegen seines Stuhles an. Ein Blick in Hermans Miene ließ ihn verstummen. Er würde den Schaden wohl stillschweigend auf die Zeche rechnen.

Herman trank aus und lächelte schwach. »Wie auch immer, im Moment habe ich genügend Groschen im Beutel und brauche die Wucherer nicht. Aber die Kirche ist nach wie vor auf Blut gebaut, und am Turm hängt eine Uhr, die nicht den Herrgott preist, sondern den Kaiser, der dieses zugelassen hat. Das verwischt die Vergangenheit und hilft den raffgierigen Nürnberger Pfennigfuchsern sich vorzulügen, sie hätten allzeit ehrenhaft gehandelt.«

Unwillig rutschte Severin auf seinem Platz hin und her. Eine Uhr, die gleichmäßig ging, konnte weder die Vergangenheit noch die Zukunft verwischen. Sie maß nur die Gegenwart und urteilte nicht darüber. Er jedenfalls würde die nächste Gelegenheit nutzen, sich das Wunderwerk anzusehen.

Still erhob sich die Baustelle auf dem nächtlichen Platz. Das Portal war verschlossen, aber ein Holzgerüst reichte von der

Balustrade über den gesamten neuen Giebel hinauf. In regelmäßigen Abständen fehlten Ziegel in der Mauer, und in den Löchern staken kräftige Rundstämme, welche ihrerseits Trittbretter trugen. Die Ebenen waren mit Leitern verbunden und das Ganze mit Quer- und Längsbalken gesichert. Daneben hatte man ein gigantisches Tretrad aufgebaut. Zwei Tagelöhner konnten nebeneinander darin laufen und so die schwersten Lasten über mehrere Winden nach oben befördern.

Der Lastkorb hing gerade so hoch, dass Severin ihn erreichen konnte. Vorsichtshalber ruckte er ein paar Mal kräftig daran, bevor er sich hineinhangelte. Am Seil zog er sich zur Balustrade hinauf. Von hier aus war es leicht. Wie früher kletterte er über die knarrenden Holzstangen nach oben, vorbei an Nischen und verzierten Gesimsen bis auf einen größeren halbkreisförmigen Vorsprung.

Dort, wo später die Kurfürsten herausspazieren sollten, zwängte Severin sich in den Giebel hinein.

Das Nachtlicht drang kaum durch die farbigen Kirchenfenster. Severin stellte fest, dass auch innen ein Gerüst angebracht war, auf welchem er nun auf allen vieren kauerte. Tief unter sich erahnte er die kalten Steinfliesen. Vorsichtig schob er sich vorwärts.

Er streifte ein Seil, und kurz darauf ertastete er feste metallene Verstrebungen. Behutsam zog er sich daran entlang. Es handelte sich um einen vernieteten Rahmen, ähnlich wie er ihn bei Walthers Uhr gesehen hatte, nur wesentlich größer. Erregt fuhr er die Formen nach, fand Längsbänder, zwischen denen Achsen eingelassen waren, fühlte Räder, Seilwellen, Spindeln.

An diesen Rahmen schlossen sich noch weitere eigenständige Uhrwerke an, die vermutlich von dem ersten gesteuert wurden. So musste es sein, am größten der Räder fühlte er nämlich einen Stift, der nach einer Umdrehung gegen einen Hebel stoßen würde und damit die Sperre für das zweite Werk löste. Nicht viel anders als die Riegel in einem Schloss.

Eines davon würde die waagerechte Scheibe bewegen, auf

welcher später die Kurfürsten stehen sollten. Sie reichte bis auf den halbkreisförmigen Vorsprung hinaus, auf dem Severin eben noch gehockt hatte.

Severin verbrachte die ganze Nacht im dunklen Giebel, und jede Kleinigkeit brannte sich in seine Finger ein.

Er beneidete Peter zutiefst, weil dieser täglich dabei helfen durfte, das gigantische Werk zusammenzusetzen. Wäre der Schlossergeselle doch nur nicht so wortkarg gewesen. Bloß allgemeine Äußerungen waren aus ihm herauszulocken, was Severins Neugierde ins Unerträgliche steigerte und ihn noch manche Nacht in den Giebel trieb. Er konnte an nichts anderes mehr denken. Seine eigentlichen Pflichten verrichtete er daher meistens übermüdet und außerordentlich gleichgültig.

Herman entging die Teilnahmslosigkeit seines Knechtes natürlich nicht, und ebenso wenig blieb ihm verborgen, dass Severin eifrig aufspringen konnte, sobald Peter die Werkstatt betrat. Anfangs versuchte der Messerer ihn mit Strenge auf seine Aufgaben zu konzentrieren, er teilte überraschend Kopfnüsse aus und warf sogar mit Gegenständen. Der Erfolg hielt höchstens für ein paar Minuten an.

Schlimmer noch, Severins Lustlosigkeit übertrug sich ganz allmählich auch auf ihn selbst, und als die Waffe für den Absberger fertig gestellt war, sank Hermans Stimmung vollends auf den Tiefstpunkt.

»Wie selten darf ich Kunstwerke wie dieses schmieden«, sagte er und hielt den Panzerstecher gegen das Licht. »Die Arbeit ist getan, morgen schicke ich sie fort. Wann finde ich wieder einen Kenner, der meine Klingen zu schätzen weiß? Und wenn es einen gäbe, dürfte ich den Auftrag nicht annehmen. Verdammtes, kleinliches Handwerkerpack.«

Severin hatte den ganzen Tag auf diesen Moment gewartet und ordnete eilig das Werkzeug an seinen Platz.

»Dann gehen wir jetzt, Meister? Da der Auftrag erledigt ist, könnt Ihr Euch ja Erholung gönnen. Bestimmt feiert schon die halbe Stadt auf dem Markt und bestaunt die neue Uhr. Hoffentlich ist nicht schon alles vorbei. Ich habe vorhin Musik gehört, und vielleicht lässt Euer Bruder uns sogar einen Blick in das Uhrwerk …«

Hörte Herman ihn überhaupt? Der Messerer stand reglos vor dem Werktisch und starrte aus dem Fenster.

»Ich sollte es wie Maximilian machen«, brummte er in sich hinein. »Der fackelt nicht lange, setzt seinen Willen durch, zur Not auch gegen jede Konvention. Der hat sich einfach selbst zum Kaiser ernannt, als die Venezianer seine Krönungsreise zum Papst verhindern wollten. Ein Krieg ist jetzt wohl unvermeidlich. Wenn ich mir vorstelle, was die Büchsenmacher bald verdienen werden.« Seufzend fuhr er sich über die Schläfen und durchs Haar und hängte seine Hände auf dem Hinterkopf ineinander. »Warum lässt man mich nie nach meinen Fähigkeiten leben? Sänger durfte ich nicht werden, und die Freude an der Schönheit vollendeter Formen verdirbt man mir auch. Überhaupt muss ich alles, was mich erregen könnte, heimlich tun. Dabei begehre ich so wenig. Mich verlangt ja nicht einmal nach Reichtum, aber ich wünschte ehrlich, ich könnte Peter ein Haus mit Werkstatt kaufen, möglichst weit weg, im besten Viertel der Stadt. Er würde meine Großmut preisen, und ich wäre den Miesmacher los.«

»Meinst du mich?« Peter stand in der Tür und lächelte schief.

»Was tust du hier?«, fragte Herman über die Schulter.

»Wir sollten unseren Groll begraben, Herman.«

»Ach, erträgt dein neuer Meister deine Gegenwart nicht mehr?«

»Die Uhr in der Kapelle Unser Ersten Frau ist heute Mittag öffentlich angelaufen. Ich habe dich bei der Feier vermisst, die ganze Stadt war auf den Beinen und hat das Wunderding bejubelt.«

»Da hört Ihr es«, rief Severin, »die ganze Stadt, außer mir.« Er warf dem Messerer einen vernichtenden Blick zu und bohrte seine Fäuste in die Kitteltaschen.

Peter machte einen vagen Schritt in Richtung seines Bruders, der immer noch mit dem Rücken zu ihm am Fenster stand. »Herman, mein Meisterstück ist ebenfalls fertig, es wird demnächst im Rugamt geprüft. Mit Gottes Hilfe werde ich dann ...«

»Daher weht der Wind, du brauchst Geld.« Herman fuhr herum. »Drei Gulden kostet die Meisterwürde bei der Stadt, wenn ich mich nicht irre. Und dazu musst du einen standesgemäßen Einstand geben, der zehnmal so teuer wird.«

»Es geht nicht nur um das Geld, Herman. Verstehst du nicht, ich werde in Kürze ein geachteter Meister sein und kann endlich wieder ohne Gram an meine Zukunft denken. Mit Pfarrer Johannes Werner habe ich bereits gesprochen. Er unterstützt meine zügige Heirat mit Kungund Ernst, und später will er mir seine Planetenuhr anvertrauen. Zunächst muss ich aber diese verdammte Uhr ohne Gewichte fertigen, um mein Versprechen vor dem Rat einzulösen.«

»Tu das«, sagte Herman bloß.

Peter räusperte sich umständlich. »So Gott will, werden wir enger zusammenrücken müssen, denn eine eigene Werkstatt kann ich mir erst leisten, wenn ich etwas verdiene. Wir sollten uns vertragen. Du bist mein Bruder, ich möchte mich nicht ohne deinen Segen verloben.«

Der Messerer wandte sich dem Werktisch zu, griff nach einer Säge und begann die Zähne nachzuschränken.

»Herman, bitte ...«

»Ja, ja, ich habe schon verstanden, du wirst ein geachteter Mann und heiratest. Ich bin gewiss nicht der Unmensch, der seinem Bruder den sicheren Krämerkäfig missgönnt.«

Als Peter die Werkstatt verlassen hatte, ging Herman ihm nach, überzeugte sich, dass er nicht lauschte, und schloss sorgfältig die Tür.

»Severin, komm her, jetzt gilt es zu handeln. Einen pedantischen Schlossermeister in meiner Werkstatt kann ich gerade noch ertragen, zur Not auch ein weiteres Weib im Haus. Aber wenn sich erst Kindergebrüll in den Kammern breit macht, werde ich über kurz oder lang meine Ehre vergessen. Glaube mir, ich kenne das, ich war etwa acht, als mein Bruder geboren wurde. So ein kleines, fettes Ungeheuer raubt dir regelmäßig den Schlaf, umgekehrt darfst du nicht einmal husten, damit es nicht erwacht. Wo du auch hinfasst, klebt Brei, es stinkt nach Kinderscheiße, und wenn das Biest erst laufen kann, hängt es dir ständig am Hosenbein. Peter braucht ein eigenes Haus. Wir haben etwa ein Jahr Galgenfrist.«

Herman wühlte in seiner Tasche und ließ einen messingglänzenden Klumpen auf den Werktisch rollen. Das Ding funkelte und war beinahe faustgroß.

»Ist das Gold?«

»Besser, viel besser, du Dummkopf. Dieses Zeug heißt Narrengold, Schwefelkies, Funkenstein, was weiß ich, wie viele Bezeichnungen es sonst noch dafür gibt. Jedenfalls ist es genau das, was wir brauchen, und weniger kostspielig, als es aussieht.«

Er nahm eine Feile und ratschte damit kurz und kräftig gegen die Seite des Klumpens. Sofort stoben kleine Blitze in alle Richtungen.

»Feuer ohne Lunte«, sagte er triumphierend, »so könnte das Pulver in einer Büchse gezündet werden. Ich denke mir eine stark gespannte Feder, die im entscheidenden Moment gelöst wird und etwas Ähnliches wie diese Feile gegen den Funkenstein reiben lässt. Was hältst du davon?«

Einen Federantrieb würde auch die kleine Uhr benötigen. Welche Gelegenheit für Severin, sich endlich ans Werk zu begeben und das sogar mit Hermans Unterstützung.

»Soll ich Euch Federstahl härten? Wollt Ihr ihn um eine Achse spannen? Dann würde er beim Ablaufen eine Drehbewegung erzeugen, und die Feilenriffel müssten auf der Außenseite eines Rades eingeritzt werden. Vielleicht wäre eine kurze Schlagfeder aber weniger empfindlich ...«

»Halt, Severin. Bevor du mein Material vergeudest, möchte ich die Konstruktion erst einmal zu Papier bringen.«

Das konnte Wochen dauern und würde womöglich nicht einmal zu Ergebnissen führen. Severin hätte sich lieber selbst an die Konstruktion gemacht, als auf Geistesblitze seines Meisters zu warten. Er sah den Aufbau schon fast vor sich. Allerdings verwarf er Funkenstein und Funkenrad in seinem Bild, gleich grübelte er darüber nach, wie man die Feder spannen und festhalten konnte, wie man ihre Kraft kontrollierte und auf weitere Räder übertrug.

»Federstahl werdet Ihr auf jeden Fall brauchen, Meister«, sagte er und schüttete neue Kohlen in die Esse.

Unter dem Vorwand, aufräumen zu wollen, blieb Severin abends allein in der Werkstatt. Er wartete, bis er Hermans Schritte auf der Gasse hörte, wartete, bis sein Meister ganz bestimmt in irgendeiner Schänke hockte, und beugte sich endlich über dessen Zeichnungen.

Vorsichtig kratzte er einzelne Striche fort und setzte seine eigenen dafür ein, Stunde für Stunde, Nacht für Nacht. So entstand ein äußerst kompliziertes Gebilde auf dem Papier: An einer drehbaren Achse, auf der ein Zahnrad saß, war eine Kette befestigt, und diese wiederum an einem Stückchen Federstahl. Drehte man die Achse zum Beispiel mit einem vierkantigen Schlüssel, wickelte sich die Kette darum und spannte die Feder. Ein Haltestift hielt das Rad in seiner Position. Wenn man diesen Stift löste, war das Rad frei und wurde von der Feder rasant zurückgedreht. Das Zahnrad griff nun in weitere Räder, welche die Bewegung aufnahmen, sogar im Winkel dazu weitergaben, Hebel auslösten ...

Herman merkte augenscheinlich nichts, wenn er auch lange brütete, um seine scheinbar selbst gefertigte Zeichnung vom Vortag zu verstehen.

»Die Tinte ist wohl zu flüssig, manchmal läuft sie schneller als mein Hirn«, sagte der Messerer und ließ seinen Knecht die Einzelteile anfertigen, damit er sich das Ganze besser vorstellen konnte.

Eifrig schmiedete Severin Federn und vierkantige Schlüssel, Kettenglieder und Deckplatten und sägte stundenlang Zahnräder aus. Ein Riffelrad und die Halterung für einen Funkenstein aber fertigte er nicht, denn während Herman glaubte, sein Knecht wäre mit einer Büchse beschäftigt, traf dieser bereits Vorbereitungen für den Bau einer winzig kleinen, federgetriebenen Wunderuhr.

* * *

Am Donnerstag nach Martini erlangte der Schlossergeselle Peter Henlein gegen die übliche Gebühr von drei Gulden seine langersehnte Meisterwürde. Ein wichtiger Tag für Peter, noch bedeutender für Severin, der sein Ziel, endlich kundige Unterstützung bei seinem Uhrwerk zu bekommen, nun in greifbarer Nähe sah.

Doch statt die Lederschürze umzubinden, trieb Peter sich fortan bei Badern, Schneidern und Schuhmachern herum. Er setzte keinen Fuß mehr in die Werkstatt, sondern erging sich in täglich wechselnden Ausstattungsfragen, bis er seinem neuen Stand auch äußerlich entsprach und sich für eine Verlobung mit der Färbertochter tauglich fühlte.

Das freudige Ereignis fädelte sich so unauffällig in die feierliche Kette aus Advent und Weihnachtsspielen, Neujahr und Dreikönigstag, dass es sich unbemerkt an Severin vorbeischleichen konnte.

Kungund besuchte die Familie nun häufiger, mal mit ihrer Mutter im Schlepptau, mal in Begleitung des Färbers. Diese Tage waren die eigentlichen Festtage für Severin. Sie strahlten erregend aus allen anderen heraus, und Kungund wurde umso mehr zu einem zauberischen Glücksgeschöpf fern jeglichen Alltags. Ihre Lebensfreude floss in kleinen Wellen durchs Henleinhaus, als hätte eine gute Fee ihre Zehenspitze in trübes Wasser getaucht. Nichts, rein gar nichts hatte Kungund mit Peter gemein, und Severin kam nicht einmal auf den Gedanken, dass der frisch geehrte Schlossermeister die Existenz eines solch berückenden Wesens profaner empfinden könnte als er.

Die Witwe stöhnte unüberhörbar über die bevorstehenden Veränderungen in der Familie. Dennoch wachte sie penibel über jede Kleinigkeit, schrieb Briefe an die Verwandten und suchte sorgfältig aus, welche Kleider sie zu welcher Gelegenheit tragen wollte, damit sich keines wiederholte. Oh, Gelegenheiten gab es plötzlich viele, und jedes Mal kehrte sie mit rosigen Wangen zurück. Dann ließ sie sich auf ihrem Lehnstuhl nieder, hob ihre Augen demütig zum Wandkreuz und fächelte sich Luft zu, bis ihre Mundwinkel wieder in die gewohnte Stellung rutschten.

»Was soll ich euch sagen? Die Färberin bemüht sich redlich, sie kann nichts für ihre überschwängliche Art, die einer alten Frau wie mir leider schmerzhaft in den Ohren klingelt. Sicherlich war auch das Essen hervorragend, aber ich konnte in der Aufregung nur winzige Bissen herunterbringen.«

»Habt ihr die Gästeliste zusammengestellt?«, fragte Peter.

»Ach, viel zu lang ist sie geworden, kaum konnte ich unsere wichtigsten Bekannten darin unterbringen. Nun, von meiner zügellosen Schwiegertochter habe ich nichts anderes erwartet. Dabei bittet der städtische Hochzeitslader ohnehin nur so viele Gäste zum Fest, wie der Rat zu unser aller Wohl erlaubt. Gottlob bleibt der Lader die ganze Feier über dabei und verhindert prahlerische Verschwendung bei Speisen oder Blumenschmuck. Ich selbst habe so etwas immer für unnötig gehalten, aber wenn es diese Regelung nicht gäbe, würde uns deine Braut mit ihren maßlosen Wünschen glatt in die Verarmung stürzen.«

Herman schmunzelte und rieb sich das Kinn. »Meinst du wirklich, dass sie so zügellos ist? Das lässt ja hoffen.«

Für diese Bemerkung erntete er einen bestürzten Seitenblick von seiner Mutter, und Peter seufzte tief. »Kungund ist jung und als einzige Tochter wohl auch verwöhnt. Ich bin mir der Verantwortung durchaus bewusst und werde ihr keine Gelegenheit geben, sich selbst oder unsere Familien in Verruf zu bringen.«

»Ich glaube dir aufs Wort, Brüderchen, aber vorher wird gefeiert. Selbst Mutter tut ein wenig Überschwang ganz gut, wie ich heute gesehen habe.«

Die Alte winkte ab und senkte den Kopf. »Im Grunde strengt mich das ausgelassene Geschwätz nur an, und Tanz bedeutet mir schon lang nichts mehr. Ich wünschte, ich könnte in meiner Kammer sitzen bleiben, bis alles vorüber ist. Ach nein, die Kammer wird ja nun das junge Paar benötigen. Nehmt sie nur, ich bin ja schmal geworden und komme auch mit wenig Platz zurecht.«

Doch Peter zog die eigene Kammer vor. Er grauste sich vor dem elterlichen Gemach, besonders vor dem Bett, weil sein Vater darin gestorben war. Längst hatte er ein neues Gestell samt Vorhängen und Matratzen in Auftrag gegeben.

Bis das Ungetüm geliefert wurde, blieb im Hause Henlein noch alles beim Alten. Erst zwei Tage vor der Hochzeit bauten die Schreiner es auf. Nun musste Herman sein Lager nach oben unter das Dach verlegen, um das Gemach, in welchem er und sein Bruder bisher genächtigt hatten, für das neue Familienmitglied freizumachen.

Unter dem Dach hatte Severin bisher geschlafen. Hier hatte er sich sicher gefühlt, unbeobachtet und unbeurteilt, wenn er sich seinen Träumen überließ. Außerdem hatte er hier oben genügend Platz gehabt, sich in ganzer Länge auszustrecken. Hoffentlich dachte sein Meister nicht daran, ihn wieder in die Schmiede unter die Werkbank zu verweisen. Jener Tisch war inzwischen viel zu kurz und auch zu niedrig für ihn.

Eigenhändig riss er seinen gemütlichen Horst unter dem Giebel auseinander und richtete dem Messerer eine angemessene Schlafkammer ein. Zum Schluss rollte er sein Bündel aus Kleidern und Decken zusammen, ließ noch einmal seinen Blick durch die Dachstube schweifen und kletterte die steile Stiege hinunter. Da er rückwärts ging, bemerkte er nicht, dass Herman im Flur stand und rempelte ihn unsanft an. Fast wünschte er, dass es mit Absicht geschehen wäre.

»Entschuldigung.«

Herman nickte abwesend.

»Die Kammer ist für Euch bereit, alle Truhen sind oben und Eure Bücher und Schriften auch. Ich habe die Papiere vorerst auf den Tisch am Giebelfenster gelegt.«

Da Herman nicht antwortete, versuchte Severin ein Lächeln und deutete auf die kleine Beule an seinem Schädel. »Ihr werdet von nun an aufpassen müssen, dass Ihr beim Aufstehen nicht gegen den Deckenbalken stoßt. Mir ist das jeden Morgen passiert.«

Doch Herman starrte nur die Türe seines einstigen Zimmers an wie die Schwelle eines fremden Hauses. »Als ob es sich schon eingenistet hätte …«

»Was?«

»Peters Weib.«

Severin sackte in sich zusammen.

Peters Weib – Kungund.

Ein übliches Geschäft, von den Vätern erdacht, von den Söhnen mit Handschlag besiegelt. Doch diese Verbindung war völlig undenkbar, das Schicksal durfte sie nicht zulassen.

Wäre Kungund ein körperloser Engel gewesen, hätte auch Peter die Unmöglichkeit erkannt, nach ihrer Hand zu greifen. Aber Kungund war mehr. Sie lebte und atmete wahrhaftig. Das tat sie in einer abgelegenen Welt, die aus rauschenden Farben und schmeichelnden Stoffen bestand.

Im Henleinhaus würde der Glanz, den sie verbreitete, unweigerlich stumpf werden müssen.

Nein, niemals konnte Kungund dem Schlosser gehören, ebenso wenig wie irgendeinem anderen gewöhnlichen Mann. Sie gehörte ja nicht einmal Severin.

Höchstens aus bedingungsloser Liebe, die keine Erwartung kennt, höchstens in überwältigter Verehrung aus der Ferne konnte es verzeihlich sein, sie flüsternd *mein* zu nennen, so wie die Gläubigen aller Zeiten ehrfürchtig *ihre* Götter im Herzen und auf der Zunge trugen.

Gewiss würde etwas Schreckliches geschehen, um diese Hochzeit zu verhindern, ein Blitz vielleicht, ein Überfall, ein Unglück mit dem Wagen ...

Severin wusste nicht mehr, was ihm lieber wäre. Zitternd malte er sich die Gefahren aus, denen Kungund jetzt ausgesetzt sein könnte.

Wie war es überhaupt so weit gekommen? Irgendwann musste das Unheil seinen ersten Faden aufgespannt haben. Den ersten Faden zu einem tückischen Spinnennetz, um Kungund darin einzuweben, geduldig und zäh. Warum hatte Severin ihn nicht rechtzeitig zerrissen? Wieso hatte er dieses heimliche Zwirnen und Verschlingen nicht bemerkt? War das Schicksal zu langsam und deshalb unsichtbar für seinen Geist?

Nein, Hermans Haar ergraute soeben direkt über der Narbe an seiner linken Schläfe, ein Vorgang, der sicher nicht sehr zügig vonstatten ging, trotzdem konnte Severin die Veränderung wahrnehmen.

Die Zeit narrte ihn absichtlich, gaukelte ihm mal dieses, mal jenes vor und machte sich derweil hinterrücks an den Menschen zu schaffen, die er liebte.

Selbst das große Stundenrad in Affalterbach hatte lügnerisch den Anschein der Ruhe erweckt, noch während es sich heimlich drehte, stetig und unendlich langsam. Was Severins Augen nicht sehen konnten, hatten seine Finger aber doch gespürt – es musste sich drehen, getrieben von unzähligen Zacken und Zähnen, die eilig im Rund rasten, um dieses eine träge Rad in Gang zu halten.

Oh, er würde die Zeit sein Leben lang verfolgen. Er würde sie in einen Käfig sperren und Eisen an ihre Flügelschuhe ketten.

»Willst du mit deinem Zeug anwachsen?«, fragte der Meister. »Meinetwegen mach es dir auf der Küchenbank bequem. Was in anderen Häusern den Mägden gefällt, wirst du wohl nicht verschmähen. Aber sei heute Nacht ausnahmsweise leise, im Gegensatz zu dir haben wir anderen anstrengende Tage vor uns. Die Trauung vor dem Brautportal ist noch das Wenigste. Gottesdienst, anschließend Hochzeitsmahl und Tanz im Rathaus, und während du bereits wieder friedlich schnarchst, müssen wir uns mit Abendschmaus und dem Nachttanz im Heim des Färbers plagen. Was danach kommt, graust mich fast noch mehr, da werden uns sämtliche Freundinnen der Braut überfallen. Sie begutachten uns, fressen haufenweise Eierkuchen für die Fruchtbarkeit des jungen Paares und hören niemals auf zu schnattern. Ich werde um Jahre gealtert sein, wenn wir endlich heimkehren dürfen.«

* * *

Frühlingshaft und klar begann der Festtag, auf dass in hellem Sonnenlicht unter blank geriebenem Himmel der neue Ehebund für jedermann sichtbar geschlossen würde. Severin hatte sich fest vorgenommen, der Trauung wenigstens von Weitem zuzusehen, damit seine Seele endgültig begriff, was sein Herz nicht fassen mochte.

Doch im letzten Moment besann er sich anders, packte einen Korb mit Lebensmitteln voll und schlug den Weg in die Hundsgasse ein. Er durfte Kungund jetzt nicht begegnen, ihr keine spitzen Steine in den Lebensweg werfen, sie nicht durch sein abwegiges Sehnen gefährden. Wer wusste schon die Kraft von Flüchen oder Wünschen einzuschätzen? Und wer konnte ahnen, was Severin bei ihrem Anblick denken würde?

Er selbst fühlte sich Kungund gegenüber immer wie ein großer, ungelenker Trampel, doch Peters gewaltige Pranke auf ihrer Schulter war die reine Lästerung. Severin wollte nicht mit ansehen, wie der Schlosser sich zu ihr hinunterbeugte, sie gar mit Besitzerstolz um die Taille griff und ihren Schleier hob, um sie vor aller Welt auf den Mund zu küssen.

Wie ein Aussätziger drückte er sich in den Mauerschatten, als er eilig den Platz umrundete. Ohne einen einzigen Blick auf die Hochzeitsgesellschaft flüchtete er in die nächstbeste Gasse, kletterte wie früher über die Zäune der Hinterhöfe und klopfte schließlich an die Tür der altvertrauten Hütte.

Reiche Gaben brachte er mit, Räucherfleisch und Wein, Käse, Kraut und Suppe. All das breitete er auf dem zerwühlten Strohsacklager aus, und Barb und Ottilie machten sich freudig über die unverhofften Leckerbissen her.

»Ich wusste nicht, dass Almosen jetzt ins Haus geliefert werden«, schmatzte die Alte, »ein Brauch, den wir unbedingt Tradition werden lassen sollten. Du hättest dich aber nicht bemühen müssen, bei Trauungen fällt immer eine Menge für die Armen ab, fast so viel wie bei Trauerfeiern. Noch etwas Käse, Kleine?«

Ottilie winkte ab. Ihre Wangen glühten vom Wein. »Ich kann wirklich nichts mehr essen, aber gib mir den Krug, das Gesöff heizt besser als eine Feuerstelle. Wir sollten es unbedingt für den nächsten Winter aufbewahren.« Sie nahm einen weiteren großen Schluck und ließ sich befriedigt in Severins Schoß fallen.

»Und du, Severin?«, fragte Barb. »Schmeckt es dir nicht?«

»Danke, ich bin nicht hungrig.«

Die Alte legte den Kopf schräg und musterte ihren Schützling. »Du siehst aber hungrig aus, mein Freund, hast Hohlwangen und um deine Augen schimmern blaue Schatten. Wonach verzehrst du dich so sehr, wenn nicht nach diesem fantastischen Käse?«

»Wenn ich das wüsste. Ich hatte geglaubt, mein Ziel zu kennen. Ich wollte immer nur die Zeit einfangen, um sie in meinen eigenen Händen zu halten, aber jetzt denke ich bloß noch daran, dass Peter Kungund freit, die Tochter des Färbers Enders Ernst.«

Barb grinste. »Mein Gott, wie die Zeit vergeht, bist du plötzlich ein Mann geworden? Ich verstehe schon, dich piesacken heiße Säfte. Und nun haderst du mit deinem Stand, der dir verwehrt, an eine eigene Familie zu denken. Lass nur, das wird sich alles regeln.«

»Nein!« Severin sprang auf. »Nichts regelt sich selbst. Regeln werden bestimmt, nur leider nie von mir.«

Ottilie zupfte ihn am Ärmel. »Wenn du mich fragst, darfst du gerne bestimmen, was du nur möchtest. Aber setz dich wieder, ja? Du bist so wunderbar bequem, und wenn du sprichst, brummt deine Stimme ganz tief in meinem Leib. Komm schon, setz dich wieder.«

Severin seufzte und ließ es zu, dass Ottilie ihren Kopf auf seine Schenkel bettete. Lächelnd schaute sie zu ihm hoch. »Weißt du, dass wir jetzt fast gleich sind, Severin? Ich bin nämlich auch kein Kind mehr.«

Barb verschluckte sich und spie ein Gemisch aus Fleisch und Brot über ihre Röcke. »Was faselst du da?«

»Du weißt eben nicht alles, Barb.« Ottilie kicherte und hielt sich dabei die Hand vor den Mund, als hätte sie schlechte Zähne. »Der Messerer ist feinsinniger als du, er hat gleich gemerkt, dass ich zur Frau geworden bin, er hat es mir gesagt.«

»Dieser brünstige Bock trichtert dir albernen Mist ins Hirn. Hör nicht auf ihn, Ottilie, glaube ihm kein Wort. Du wirst selber wissen, wenn es so weit ist, das kann kein Mann dich lehren.«

»Für wie dumm hältst du mich? Er brauchte mich nichts zu lehren, und wenn du nicht so faul wärest, mich die gesamte Wäsche waschen zu lassen, hättest du meine blutigen Röcke mit eigenen Augen gesehen.«

Barb lachte auf. »Glaubst du, dass ein paar blutige Tücher dich zur erwachsenen Frau machen? Ein wenig mehr gehört schon dazu. Ich warne dich, Binden sind schnell versteckt, einen aufgetriebenen Bauch und schwellende Brüste kannst du einschnüren, aber den Geruch einer Schwangeren erkenne ich sofort. Dieser Duft ist höchstens durch Bisam oder Ambra zu überdecken, und so viel, mein Kind, wird der verdammte Saukopf nicht für dich übrig haben.«

»Vielleicht doch«, kichernd drehte Ottilie sich in Severins Schoß auf die Seite, »aber ich nehme keine Geschenke an, nicht von ihm.«

Severin strich über ihr Haar. »Das ist gut, Ottilie, halte es auch weiter so. Ich kann nichts Schlechtes über meinen Meister sagen, aber mir wäre lieber, wenn du ihm aus dem Wege gehst.«

»Aha!« Ruckartig richtete sie sich auf und blitzte Severin herausfordernd an. »Dann glaubst du also doch, dass ich jetzt eine Frau geworden bin und denkst sogleich daran, mir Vorschriften zu machen. Genau wie im Findelhaus. Die kleinen Mädchen dürfen sich noch herumtreiben, wie es ihnen passt, aber kaum schwillt ihnen der Busen unter dem Hemd, wird ihnen alles verboten. Warum sollte ich wohl auf dich hören? Wie willst du denn verhindern, dass ich den Messerer treffe? Willst du pausenlos hinter mir herglucken? Das gelingt ja nicht einmal Barb. Such dir ein zahmes Hündchen, das du an die Kette nehmen kannst.«

»Hör doch, Ottilie, ich möchte ja nur ...« Hilfesuchend blickte Severin zu Barb hinüber, die mit gerunzelten Brauen vor sich hinbrütete.

Ottilie lachte. »Schon gut, ich mag den Messerer ja gar nicht. Der hat genügend andere, die bei dem Gedanken an ihn erbeben, dabei rückt er nicht einmal Münzen für sie heraus, verspricht nur geheimnisvolle Geschenke. Ich wollte bloß wissen, ob du dich um mich sorgst, Severin.«

Sie kuschelte ihre langen Glieder zu einem handlichen Bündel zusammen, schloss die Augen und kurz darauf war ein winziges Schnarchen zu hören.

»Hoffentlich bleibt sie noch lange ein Kind«, flüsterte Severin.

Barb nickte und sagte ernst: »Das habe ich von dir auch gehofft, von dir und von ... von jemandem, den du nicht kennst. Leider kann niemand die Zeit aufhalten.«

Oh doch, Severin konnte, er hatte es einmal leichtfertig getan und die Folgen zu sehen bekommen. Vermutlich würde er sich nicht ein zweites Mal dazu entschließen können, aber irgendwann würde er wenigstens fähig sein, ihren Lauf zu kontrollieren.

* * *

Still war es im Henleinhaus und alle Fenster dunkel, als Severin mehrere Tage später in der Nacht zurückkehrte. Vorsichtig öffnete er die schwere Tür, zog die Schuhe aus und stahl sich die Treppe hinauf in die Küche.

Nun lebte Kungund also im selben Gebäude, sogar im selben Geschoss, nur eine Tür weiter.

Severin gelang es kaum zu schlafen, höchstens für ein paar kurze Momente. Immer wieder erwischte er sich dabei, dass er mit aufgerissenen Augen angestrengt hinüberhorchte. Er musste sich regelrecht zwingen, nicht an Kungund zu denken, die nebenan in Peters riesiger Bettstatt lag. Gottlob befanden sich Herd und Kamin vor der Wand zu ihrem Gemach, und gottlob besaß er keine Fledermausohren.

Vielleicht konnte die junge Ehewirtin ebenfalls nicht schlafen, vielleicht litt sie an Heimweh, bekam plötzlich Hunger oder verlief sich in den fremden Räumen auf der Suche nach dem heimlichen Gemach. Gleich würde sie schlaftrunken hereintapsen und im Dunklen vor dem Knecht erschrecken, der so dreist war, wie eine Magd in der Küche zu nächtigen.

Severin zog sich die Decke über den Kopf, um ihr den Anblick zu ersparen. Stickig war es jetzt, er konnte schlecht atmen und schwitzte am ganzen Leib. Weit vor dem Morgen gab er auf und schlich in den Hof zum Brunnen, um sich den Nachtschweiß abzuwaschen. Auf Zehenspitzen trug er Wasser und Holz nach oben und feuerte den Herd so leise wie möglich an. Kungund sollte ja nicht frieren, wenn sie erwachte. Danach blieb ihm nur noch, das Getreide einzuweichen und die Morgensuppe vorzubereiten.

Er scheute sich ein wenig davor. Herman und Peter verschlangen zwar das meiste, was er ihnen vorsetzte, und die Witwe dankte fromm dem Herrn für jedes noch so schlechte Mahl, aber Kungunds Ansprüchen genügte seine Kochkunst sicher nicht. Wahrscheinlich würde sie sich in Zukunft selbst um die Speisen kümmern wollen.

Endlos lange saß er stocksteif da, vermied jedes Geräusch und wartete, dass die Familie den Tag beginnen wollte.

»Schon wach?« Herman ließ sich auf die Bank fallen. Er rieb sich das zerknitterte Gesicht, angelte nach einem Napf und schlug auffordernd mit dem Löffel auf die Kante. Beide Ellenbogen auf den Tisch gestützt, schlürfte er seine Suppe geräuschvoll wie ein Eber. Es störte ihn nicht im mindesten, dass die Hälfte über sein Kinn kleckerte und in den Napf zurücktropfte. Und so einer faselte von der Schönheit vollendeter Formen.

Kurz darauf klappte die gegenüberliegende Tür. Severin hörte raschelndes Tuch und Schritte auf dem Flur. Er hielt umsonst die Luft an, die leichten Schritte entfernten sich, huschten die Treppe hinunter und verschwanden nach draußen.

»Wo mag Kun..., die junge Henleinin so früh am Morgen hingehen wollen? Sie hat noch nicht einmal etwas gegessen.«

»Wer weiß«, brummte Herman, »wahrscheinlich rennt sie heulend zu Mama und Papa, um sich über den Schrecken der Ehe zu beklagen. Die tugendhaften Mädchen wissen nicht, was sie erwartet. Sie träumen von Minne und hingehauchten Liebesschwüren und glauben, dass ihr Auserwählter sie nun weiterhin umgarnen würde. Tja, mit der Hochzeit ist jede Werbung überflüssig geworden, und dann ist das Gejammer groß.«

Die Tür schwang auf, und Peter stand breitbeinig im Rahmen. »Kungund hat keinen Grund, sich bei ihren Eltern zu beschweren. Ich übrigens auch nicht, um deinen unschicklichen Fragen zuvorzukommen.«

Er setzte sich und ließ sich ebenfalls Suppe einfüllen. Verstohlen beobachtete Severin Peters Miene und war erleichtert, nicht den leisesten Anflug einer neu erblühten Leidenschaft darin zu finden. Vielleicht hatten die Eheleute bisher nur züchtig nebeneinander gelegen, sie mussten ja von all den Feierlichkeiten völlig erschöpft gewesen sein.

»Das Weib ist wahrhaftig fleischlicher gesonnen als der Mann«, brummte Peter, »dazu ist es schwankenden Launen ausgeliefert. Nun, in Kungunds Alter ist der Charakter noch geschmeidig, und gottlob hat mich der Pfarrer auf alle Gefahren vorbereitet. Ich habe sie zur Frühmesse geschickt. Dazu musste sie natürlich nüchtern bleiben. Sie wird beten, dass ihr Leib so bald wie möglich gesegnet sei, damit sie die Ehe als Pflicht begreift und sich nicht etwa aus Langeweile ausschweifenden Gedanken hingibt.«

Herman grinste. »Die Langeweile wird ein starker Kerl wie du ihr wohl vertreiben können, aber falls du erfahrene Hilfe benötigst, stehe ich gerne zu Diensten.«

Unwillig winkte Peter ab. »Ich meine es ernst. Kungunds Aussteuertruhe zum Beispiel ist nur zur Hälfte mit dem üblichen Leinen gefüllt. Stattdessen hat sie einen ganzen Stapel Bücher hineingepackt. Nicht etwa Psalmen und fromme Bibelgeschichten, nicht einmal eine praktische Rechenfibel, mit der sie ihre zukünftigen Aufgaben meistern könnte, sondern irgendwelchen schwülstigen Zeitvertreib. Die Tochter eines Färbers sollte doch eher Interesse am Nähen und Sticken zeigen. Sie wird lernen müssen, sich ihrem Stand entsprechend zu beschäftigen.«

Severin hätte gerne auf Kungunds Rückkehr gewartet, aber Peter bestand darauf, sofort den Alltag einkehren zu lassen, und befahl ihn in die Werkstatt hinunter.

So bekam er Kungund erst am Abend zu Gesicht. Fremd sah sie aus, mit der neuen Haube, die über ein steifes Gestell gefaltet war. Ihr Haar war ganz und gar darunter verborgen. Nun konnte jedermann sie als verheiratete Frau erkennen. Ab und zu zupfte sie an den ausladenden, weißen Zipfeln, sie hatte sich wohl noch nicht an das Wippen gewöhnt.

Gerade trug sie das Nachtessen in die Stube, ausgesprochen üppig mit vielerlei Gängen und verschiedenen Weinen. Dazu war Räucherwerk entzündet worden, und sie hatte das Geschirr so festlich zurechtgerückt, als ob ein hoher Sonntag zu feiern sei.

Vier Stühle standen um den Tisch.

Ein einziger Blick genügte Severin, um zu erkennen, dass für ihn kein Platz vorgesehen war. Er machte kehrt und hastete zur Küche hinauf.

Der vertraute Raum glich einem Schlachtfeld. Sämtliche Töpfe waren benutzt, Messer und Näpfe lagen herum, angebrochene Lebensmittel überall, Eintopfkleckse vermengt mit verschüttetem Hafer ...

Severin fuhr barsch mit dem Arm über den Tisch und wischte die Unordnung einfach hinunter. Geräuschvoll kratzte er sich die angepappten Reste aus einem Topf und ließ auch diesen auf den Boden poltern. Sollten sie ihn ruhig hören da unten, sollten ihnen die opulenten Bissen doch im Halse stecken bleiben, damit sie sich erinnerten, dass sie das Mahl für ihren Knecht vergessen hatten. Beinahe wären ihm Tränen in die Augen geschossen, worüber er noch mehr in Wut geriet.

Weshalb war er so enttäuscht?

Was hatte er denn erwartet? Dass Kungund in Entzücken ausbrach, ihn zu sehen?

Keine Meisterin bat einen gewöhnlichen Knecht an ihre Festtafel, auch die alte Henleinin hatte seine Gegenwart nur bei Tisch geduldet, wenn sie alle in der Küche aßen. Einen Lehrling oder Gesellen nahm man natürlich eher in die Familie auf, nicht aber einen Handlanger, dem jederzeit die Tür gewiesen werden konnte. So einem stellte man für gewöhnlich einen gefüllten Napf zurecht, nicht gerade mit den besten Stücken, aber genug, dass er satt wurde.

Da niemand an ihn gedacht hatte, musste Severin sich wohl oder übel selbst bedienen. Entschieden schnitt er sich eine daumendicke Scheibe Käse ab, die er ganz ohne Brot verzehren wollte. Dazu füllte er sich den größten Krug mit Wein, den er finden konnte, einen regelrechten Gierkübel. Er sollte froh sein, dass er in aller Ruhe essen durfte, so viel er wollte, und sich nicht mit bürgerlichen Förmlichkeiten plagen musste. In Kungunds Gegenwart hätte er wahrscheinlich keinen Bissen herunterbekommen, vor lauter Angst, dass er schmatzen oder schlürfen würde, oder dass ihm gar die Grütze im Bart hängen blieb. Die Füße hochgelegt, machte er es sich auf der Bank bequem. Gab es etwas Besseres, als sich genüsslich auf der eigenen Schlafstatt voll zu fressen? Gab es etwas Besseres, als nach Belieben zu rülpsen und zu furzen, und dann satt und zufrieden zu entschlummern, ohne sich noch einmal erheben zu müssen?

Als Kungund unvermittelt eintrat, war die Bequemlichkeit sofort vergessen, und er sprang hastig auf. Die Decken rutschten zu Boden, und bei dem Versuch sie aufzuhalten, fegte er mit dem Ellenbogen seinen Krug vom Tisch. Das Gefäß zerbrach krachend auf den Dielen.

Severin tauchte sofort ab, um sich Kungunds Blicken zu entziehen. Aber in der Bewegung stockte er. Auf keinen Fall wollte er jetzt auf den Dielen herumkriechen. Nicht, während Kungund in der Türe stand und ihn schweigend musterte. Umständlich bückte er sich nach den Scherben. Er verrenkte sich und erreichte doch nicht alle.

Kungund schwieg nicht lange. Sie gluckste ein paar Mal und prustete dann laut heraus. Sie lachte so sehr, dass die Schüsseln in ihren Armen gefährlich klirrten. Schnell stellte sie das Geschirr ab und wischte sich die Augen.

»Nimm es mir nicht übel«, kicherte sie, »aber es sieht einfach zu komisch aus, wie du versuchst, unter den Tisch zu gelangen. Im Stehen passt du nie und nimmer darunter, wahrscheinlich nicht einmal, wenn du auf allen vieren krabbelst. Hier, nimm lieber den Besen.«

Immer noch lachend ließ sie sich auf einen Schemel fallen. Sie rieb sich die Wangen, bis sie sich etwas beruhigt hatte. Dann richtete sie sich gerade auf, tastete mit einer Hand nach ihrem Schlüsselbund, mit der anderen nach dem Sitz der Haube und blickte Severin direkt ins Gesicht. »Du weißt, dass ich von nun an neben der Schwieger die Hausherrin bin. Du wirst in Zukunft also auf mich hören müssen, genauso wie auf Peter.«

Als Severin nickte, löste sie die steife Haltung etwas, aber ihre Augen ruhten weiterhin auf ihm. Eine Weile spielte sie mit ihrer Halskette, an der eine durchbrochene Eisenkugel hing. Plötzlich hob sie die Kugel vors Gesicht, sog tief die Luft ein und lächelte versöhnlich. »Pass auf, Severin, wenn du dich als gutwillig erweist, bin ich bereit, den zerbrochenen Weinkrug einfach zu übersehen. Ich verstehe ja, dass meine Gegenwart in diesem Haus dir ungewohnt sein muss, mir selbst geht es weiß Gott nicht anders. Du kannst mir vertrauen, mach dir keine Sorgen um den alten Pott.«

Severin senkte verwirrt den Blick und kehrte umständlich die Reste des Kruges zusammen.

Sollte er sich jetzt bedanken?

Sie hätte ihm wirklich kein Zugeständnis machen müssen, um seiner Ergebenheit sicher zu sein. Aber die Absicht, ihm zu schmeicheln, und dass sie offenbar sein Wohlwollen für wünschenswert hielt, beglückte ihn durchaus.

Glaubte sie tatsächlich, dass ein paar Scherben ihn in Angst und Schrecken jagen konnten?

Severin fürchtete ganz andere Gefahren, den schweren, süßlichen Duft zum Beispiel, der seit einer Weile in der Küche hing.

XII. KAPITEL

Lass sehen.« Peter nahm das zierliche Gestell entgegen, das Severin ihm geschmiedet hatte. Er prüfte es von allen Seiten und versuchte die Deckplatte zu öffnen.

»Was soll das?« Ruppig riss er an den Stäben. »Kannst du nicht zuhören? Du solltest den Rahmen verkeilen, nicht verschweißen. Wie soll ich bitte die Achsen in dieses Ding hineinbekommen, wenn sich die Seiten nicht öffnen lassen? Ich kann Pfarrer Werner keinen Pfusch vorsetzen, falls er meine Fortschritte beurteilen will, denn schließlich muss er meinen ersten Auftrag bezahlen. Mach das neu und zwar schnell.«

Krachend schlug das Rähmchen gegen die Wand. Aus der Mauer bröckelte Putz, aber das kleine Gestell behielt seine Form. Severin hob es auf, pustete den Staub ab und wandte sich mit sanfter Stimme an den Schlosser: »Ich dachte, herausstehende Keile könnten den Lauf Eurer Räder stören, darum habe ich sie vorsichtshalber versenkt. Seht Ihr, wenn Ihr diese Stifte herausschlagt, könnt Ihr jedes beliebige Teil entfernen, ohne dass der Rest in sich zusammenfällt.«

»Du weißt wohl alles besser, Kohlenschipper.« Peter griff erneut nach dem Gestell und beäugte es misstrauisch von allen Seiten. »Ziemlich umständlich, dein Konstrukt. Na gut, bevor du noch mehr Zeit und Material verschwendest, will ich es hiermit probieren. Immerhin ist deine Überlegung für einen Knecht gar nicht so dumm.«

Er machte Anstalten, dem Knecht auf den Rücken zu klopfen, doch da sein Lob meist ebenso schmerzhaft ausfiel wie sein Tadel, duckte Severin sich unter der wohlmeinenden Hand und wich aus.

Herman lachte. »Was hast du erwartet, Peter? Der Bursche ist durch meine Hände gegangen, und ich habe schon härteres

Metall geschmiedet als ihn. Wenn er dumm geblieben wäre, hätte ich ihn trotz aller väterlicher Zuneigung davongejagt. Sei froh, dass ich ihn dir ausleihe, genau wie meinen Werktisch, die Esse, die Zangen, die Hammer ... «

Der Messerer kam herüber und puffte Severin freundschaftlich in die Seite. »Ich habe einen halbwegs tauglichen Zuarbeiter aus dir gemacht, vergiss also nicht, dass mein Bruder und ich uns deine Dienste teilen.«

Severin senkte den Kopf und tat, als wäre er intensiv mit der Glut beschäftigt. Seit Tagen hatte er dem Messermeister nicht mehr zugearbeitet, seit Tagen lagen dessen Zeichnungen unbeachtet und verwaist auf ihrem Stapel. Nicht einen Strich hatte Severin mehr daran getan, sondern heimlich in der Nacht zum zweiten Mal geschaffen, was ihm am Tage aufgetragen worden war – die Einzelteile für seine eigene Uhr.

Versehentlich fauchte der Blasebalg zu scharf in die Kohlen und wirbelte eine Wolke aus Ruß und Qualm in die Werkstatt. Peter hustete und wedelte mit den Händen. »Tauglich, sagst du, Herman? Ein tauglicher Handlanger träumt nicht bei der Arbeit, sondern tut gewissenhaft, was man ihm sagt, nichts anderes. In wenigen Tagen werden wir ja sehen, ob sein Gewerkel zu gebrauchen ist.«

In wenigen Tagen schon.

Auf Peters Geheiß hatte Severin eine Unzahl von winzigen Rädern geschnitten, den Mittelpunkt durchbohrt, mit Zirkeln und Linealen die Position der Zähne errechnet, sie genauestens eingepunzt und endlich Stunden damit zugebracht, sie so exakt wie möglich auszufeilen. Nun lagen sie bereit. Ebenso das Gestell, zarte Federn und zierliche Achsen, alles war fertig und konnte zum ersten Mal zusammengesetzt werden.

Versteckt zwischen Wand und dem hinteren Bein des Werktisches lag ein kleines Päckchen, sorgfältig in Lappen gewickelt. Ja, bald würde sich herausstellen, ob sein Werk zu gebrauchen war. Bevor er jedoch heimlich daran weiterfeilte, wollte er abwarten, ob Peters Konstruktion tatsächlich funktionierte. Deshalb blieb er an diesem Abend nicht lange in der Werkstatt zurück. Nachdem die beiden Meister gegangen waren, räumte er nur noch auf, wusch sich den Dreck von Gesicht und Händen und trabte zur Küche hinauf.

Bereits im Hausflur hörte er aufgeregte Stimmen aus der Stube dringen. Plötzlich stob Kungund heraus, die Wangen rot, die Brauen zornig zusammengezogen. Als sie Severin auf der Treppe gewahrte, blieb sie stocksteif stehen.

»Da ist er ja! Mit ihm musst du hadern, er ist der Knecht, nicht ich«, rief sie über die Schulter, wandte sich schwungvoll um und wollte zu ihrem Gemach entschwinden.

Peter kam ihr nach. »Bleib gefälligst hier, wenn ich mit dir rede.«

Er streckte nur seinen Arm aus, erwischte ihr Handgelenk und zerrte sie wieder zurück. Sie stolperte auf den Stufen, aber Peters Griff war fest genug, sie zu halten.

»Sieh dir das an«, sagte er und wies auf den Boden. »Wann hast du das letzte Mal gefegt? Du bemerkst wohl nicht einmal, dass hier alles verkommt? Muss ich dir erst zeigen, worauf eine Hausfrau zu achten hat?«

Unsanft riss er sie von einer Ecke zur anderen, zog sie zu den Dielen hinunter und drückte zur Bestärkung auf ihren Nacken, damit sie sich Sandhäuflein und Wollmäuse aus nächster Nähe ansehen sollte.

Als er Kungund endlich freiließ, bebten die steifen Falten ihrer Haube, und ihr Kinn zitterte.

»Ich bin noch nicht fertig«, fuhr Peter fort. »Der Küchenherd ist derart voller Asche, dass kaum noch ein Holzscheit hineinpasst. Die Getreidesäcke stehen immer noch achtlos im Hof herum, eine regelrechte Einladung für Diebesgesindel. Dazwischen wächst kniehoch das Kraut, auch die Mieten sind schon überwuchert.«

Hitzige Flecken zuckten über Kungunds Hals. »Ich bin eine

Bürgerin, und selbst wenn ich eine grobe Magd wäre, dürftest du solche Dienste nicht von mir verlangen. Das alles sind Aufgaben für einen Knecht.«

Severin schluckte. Der säumige Knecht war wohl er. »Es tut mir Leid, wenn ich meine Pflichten vernachlässigt habe, ich weiß nicht immer, was als Nächstes erledigt werden muss. Wenn Ihr wünscht, kümmere ich mich gleich um die Vorräte. Den Hof und die Dielen kann ich dann vielleicht morgen ...«

Peter schüttelte ungeduldig den Kopf. »Ich spreche nicht mit dir, sondern mit meinem unerfahrenen Weib.«

Schon die ganze Zeit hatte Herman mit verschränkten Armen in typisch lässiger Haltung am Türrahmen gelehnt. Jetzt schien er das Interesse zu verlieren, gähnte und stellte fest: »Lass ihn sein Versäumnis nachholen, Peter. Deine junge Gemahlin mag unerfahren sein, aber sie hat Recht. Was du verlangst, ist Knechtsarbeit.«

Er schlenderte in die Stube zurück, wo er sich seiner Mutter gegenüber niederließ. Peter stampfte schnaubend hinterher. »Misch dich nicht in meine Angelegenheiten. Was verstehst du schon von Eheweibern?«

»Ich sprach ja nicht von Weibern, nur von Knechtsarbeit.«

Die alte Henleinin ließ ihre Handarbeit sinken und schaute ihre Söhne mahnend an. Ihr Blick blieb schließlich an Herman hängen. »Peter weiß schon, was er tut. Eine Hausfrau ist nun einmal wesentlich tüchtiger in diesen Dingen als ein Knecht. Ich habe es auch immer so gehalten. Die vornehmste Aufgabe des Weibes ist es, für Zufriedenheit in der Familie zu sorgen.«

Herman lachte. »Das wäre ja die reinste Verschwendung, ehrlich gesagt, hatte ich die Aufgaben des Weibes für vielfältiger gehalten.«

Die Henleinin überhörte seine Bemerkung. »Da Kungund sich nicht die Hände schmutzig machen wollte, hätte sie den Knecht wenigstens beauftragen müssen. Aber selbst das ist dem jungen Ding offensichtlich zu viel.«

Kungund stand mit hochrotem Kopf und geballten Fäusten

in der Stube. »Du hast leicht reden, Schwieger. Wie soll ich dem Burschen meine Wünsche mitteilen, wenn die Männer ihn die ganze Zeit in der Werkstatt festhalten?«

Seufzend schüttelte die Henleinin den Kopf. »Nun, mein liebes Kind, dann hättest du dir eben selbst eine Schürze umbinden und die Ärmel aufkrempeln müssen, statt alle Tage in der Stadt umherzuspazieren. Mein Leben als Eheweib und Mutter war auch kein Honigschlecken.«

Kungund rang nach Luft und fingerte an ihrem Anhänger. Sie brauchte eine Weile, bis ihre Stimme ihr einigermaßen gehorchte. »Alle Tage? Wie lange war ich nicht mehr im Badehaus? Seit ich hier wohne, habe ich kein Schauspiel mehr gesehen, keine Musik gehört, nicht mehr getanzt. Täglich erdenke ich neue Speisen für euch, decke den Tisch mit Sorgfalt und lese der Schwieger endlose Gedichte vor. Ich pflanze Blumen in die Fenstertöpfe und habe sogar Möbel gerückt, sodass die Stube jetzt beinahe freundlich wirkt. Das alles mache ich gern, und noch lieber täte ich es, wenn ihr ab und zu interessanten Besuch ins Haus laden würdet, wie es bei meinen Eltern üblich ist. Stattdessen schinde ich mich mit der Wäsche, mit Aufräumen, schrubbe Truhen und Schränke, damit nicht alles muffig stinkt, was für ein paar Minuten darin gelegen hat. Ich sehe selber schon wie eine Scheuerbürste aus. Seht meine Nägel, alle abgebrochen. Ganz rau sind meine Hände geworden, und das Haar verklebt, weil ich nicht dazu komme, es zu waschen. Soll ich etwa so meine Freundinnen treffen? Sie wundern sich schon, dass ich mich so selten sehen lasse. Zum Dank scheucht die Schwieger mich hin und her und ruft immer gerade dann nach mir, wenn ich entweder ganz unten oder oben beschäftigt bin.«

Ihr Mund war weinerlich verzerrt, sie schniefte, und auf ihren Wangen glitzerte es feucht. Sie wischte die Tränen nicht weg, sondern hob nur die Schultern und ließ sie wieder fallen.

Peter wandte sich ihr zu und wollte sie umarmen. Als sie ihm auswich, fing er sie entschieden ein und drückte sie fest an sich.

»Du wirst dich schon daran gewöhnen. Du bist jetzt eine verheiratete Frau, was scherst du dich noch um dein Haar, das ohnehin unter der Haube verborgen bleibt? Nimm lieber stolz die Ringe und Ketten ab, da sie dich bei der Arbeit stören. Wenn du erst Mutter geworden bist, wird all dieser Tand ohnehin nichtig für dich sein. Und murre nicht über deine Aufgaben. Besser, du weinst jetzt ab und zu vor Erschöpfung als später vor Reue, weil du dich aus Langeweile unkeuschen Beschäftigungen hingegeben hast.«

Gewichtig drückte er seinen Arm um sie, seine Hand umfasste mühelos ihre hochgezogene Schulter, und seine Finger klopften begütigend darauf. »Sei nicht mehr verzagt, mein Liebes, von morgen an werde ich mir allabendlich Zeit für dich nehmen. Wir werden ein paar fromme Traktate durchgehen und gemeinsam beten, dass dein Leib recht bald gesegnet sei.«

Kungund war fast in seiner Umklammerung verschwunden. Sie hatte die Arme eng an den Körper gepresst, als wollte sie sich in sich selbst verkriechen. Sie sah so schmal und hilflos aus, dass Severin der Anblick unerträglich wurde. Wie konnte Peter nur so taktlos sein, seine Gemahlin vor den Augen eines Knechtes abzukanzeln?

Und wie hatte Severin so lange dabei zuschauen können? Er machte auf dem Absatz kehrt und floh nach oben.

Wenig später erschien Kungund ebenfalls in der Küche, um nach dem Abendessen zu sehen. Severins Anwesenheit überging sie vollkommen, und er achtete darauf, dass ihre Blicke sich nicht versehentlich begegneten. Sie hielt sich hölzern aufgerichtet, lief herum, hantierte mit Näpfen, stellte irdene Becher zusammen, blieb schließlich vor dem Herd stehen und rührte energisch im Eintopf.

Zerbrechlich wirkte sie von hinten. Severin hätte leicht mit seinen Händen ihre Taille umspannen können. Ein paar unartige Strähnen rutschten unter ihrer Haube heraus. Vielleicht hatten sie sich hervorgewagt, um keck ihren Nacken zu kitzeln.

Doch es gelang ihnen nicht, die junge Frau aufzuheitern. Sie gerieten in den Schweiß an ihrem Hals und blieben schlaff darin hängen. Kungunds Strahlen war vergangen, es war in den Eintopf gefallen und darin verkocht.

Ihrer beider Schweigen ließ das leise Blubbern im Kessel überdeutlich werden. Das Geräusch verbreitete sich beklemmend im ganzen Raum. Nimmer endend köchelte die Ewigkeit dort auf kleinster Flamme vor sich hin, wurde gleichförmig und fad – und Kungund rührte.

Severin überfiel ein heftiger Drang, sie in den Arm zu nehmen, wenigstens irgendetwas Tröstliches zu sagen, und sei es nur, um das unerträgliche Blubbern zu übertönen.

»Der Eintopf riecht aber gut.«

»Hasenpfeffer«, antwortete sie.

Unwillkürlich flossen ihm die Säfte im Mund zusammen, und er schämte sich seiner niederen Bedürfnisse. Er wünschte, sie würde endlich aufhören zu rühren. Wenn sie so weitermachte, würde sie das Mahl verderben und ein zweites Mal gescholten werden. Die Familie in der Stube musste ja längst ungeduldig sein.

»Soll ich schon das Geschirr hinuntertragen?«

»Nein, das werde ich selber tun, ganz wie mein Ehewirt es von mir erwartet.«

Sie legte den Löffel beiseite und streifte sich die Ringe ab. Mit leisem Klingeln fielen sie zu Boden. Ihr reich verzierter Gürtel polterte hinterher, und die farbigen Bänder, die ihre Haube geschmückt hatten, folgten lautlos. Dann tastete sie nach der Kette um ihren Hals. Ihre Finger fuhren die zarten Metallglieder entlang. Einen Moment lang sah es so aus, als wollte sie sich die Kette über den Kopf ziehen, doch dann entschied sie anders. Sie griff nach dem eisernen Anhänger und hielt sich das Gebilde versunken vors Gesicht.

Plötzlich warf sie den Kopf zurück. »Los, Bursche, wo ist dein Napf? Hast du etwa keinen Hunger? Nimm reichlich, denn auf Nachschlag solltest du heute nicht hoffen.«

Severin spürte, dass er sich erleichtert aus einer zusammengedrückten Haltung aufrichtete, im gleichen Maße, wie Kungunds Leib sich straffte. Rasch war er mit dem Napf zur Stelle, und als sie ihm auffüllte, berührten sich ihre bloßen Arme. Sie verzog keine Miene, aber in ihren Augen glaubte Severin ein schelmisches Glimmen zu erkennen.

Während er mit wachsendem Genuss sein Abendessen löffelte, schüttete sie eine ganze Hand voll Pfeffer in den Mörser und begann zu reiben.

»Schade, dass dieses Zeug so teuer ist. Mein tugendhafter Ehewirt gemahnt mit Recht an Sparsamkeit, aber geizen darf ich auch nicht, zumindest nicht an seinem Essen. Schließlich ist er es, der mich nährt, meinen Leib genauso wie meine Seele. Nie würde ich ihm etwas vorenthalten, nur weil ich selbst beschlossen habe, zur Läuterung ein wenig zu fasten. Sag, Severin, wer fastet, darf doch keinesfalls ein Fleischgericht probieren, oder?«

»Keinesfalls, Meisterin.«

»Tja, dann kann ich leider nicht kosten.« Sie leerte den Mörser in den Topf, senkte höchst bescheiden die Lider und trug das feurige Gericht hinaus.

Severin hob ihre Schmuckstücke auf und legte sie vorsichtig in eine Holzschale. Dann schaufelte er die Asche aus dem Ofen und brachte sie in den Hof hinunter. Als er an der Stube vorbeikam, verhielt er einen Moment. Zu gerne hätte er die Gesichter der Speisenden gesehen. Er hörte aber nur Hermans Stimme, der lauthals die aufrüttelnden Überraschungen pries, ohne welche das Leben zu einem flauen Brei verkäme.

Es war bereits zu dunkel, als dass Severin sich um das hochgewachsene Kraut auf dem Hof kümmern konnte. Den Getreidesack schleppte er aber noch hinauf. Selbst für ihn bedeutete dieses Gewicht keine Kleinigkeit. Wie konnte Peter bloß auf den Gedanken verfallen, dass Kungund in der Lage war, den

Sack auch nur über eine Stufe zu zerren? Nein, das war eindeutig Knechtsarbeit, und er, Severin, hatte seine Pflichten versäumt. Er war nicht einmal zur Stelle gewesen, als die Meisterin ihn an seine Aufgaben erinnern wollte. Und sie war dafür getadelt worden.

Dabei waren solche Dienste das Einzige, was er ihr bieten konnte. Sollte er sie etwa zu einem Fastnachtsspiel entführen oder gar zum Tanze laden? Ach, nichts wusste er von diesen Dingen.

Keuchend mit dem Sack auf dem Rücken nahm er sich vor, in Zukunft von Zeit zu Zeit aus der Werkstatt zu verschwinden, um für sie da zu sein, falls sie seiner bedurfte.

Von Zeit zu Zeit sollte er auch bei Barb vorbeischauen und sich außerdem um Ottilies Belange kümmern.

Wenn er doch nur den Abstand von Zeit zu Zeit hätte einschätzen können.

* * *

Peters Zunge rutschte seitlich zwischen seine Lippen, er hielt den Atem an und kniff die Augen zusammen. Wie ein Raubvogel hatte er sich über sein Uhrwerk gebeugt und versuchte, jegliche Erschütterung davon fern zu halten, was nicht ganz einfach war, da Herman sich an ihn lehnte, um ihm über die Schulter zu spähen. Severin kniete auf der anderen Seite des Tisches und hatte sein Kinn auf die Hände gelegt, denn er wollte den ersten Lauf des Werkes aus nächster Nähe beobachten.

Vorsichtig drehte Peter einen winzigen Vierkantschlüssel. Die Antriebsfeder, ein schmales Metallband, welches am Gehäuse und an der Achse befestigt war, drehte sich mit und spannte sich zu einem Bogen. So eine Stahlfeder besaß enorme Kraft, sie strebte mit aller Macht danach, wieder in ihre ursprüngliche Form zurückzuschnellen. Diese Kraft sollte die weiteren Räder bewegen. Doch Federstahl war auch spröde. Falls Peter ihn überspannte, konnte er brechen und wie ein verirrter Armbrustpfeil durch den Raum schießen. Severin kniff vorsichtshalber die Augen zusammen.

Behutsam zog Peter den Schlüssel heraus.

»Mit Gottes Segen«, sagte er und löste die Sperre.

Sofort sirrten die Räder los.

Sie drehten sich in rasender Geschwindigkeit.

Ein Augenzwinkern lang vibrierte das ganze Werk – dann ein leises Knacken, und alles stand still.

Herman lachte. »Ich glaube, ich werde mich doch lieber nach den Gestirnen richten. Dein Wunderwerk da könnte nicht einmal die Stunden einer Eintagsfliege messen. Wann sagtest du, will Pfarrer Werner deine Arbeit begutachten? Frage ihn lieber um Rat, statt ihm eine Vorführung anzukündigen.«

»Es hakt, dein Knecht hat unsauber gearbeitet.« Peter berührte das Kronenrad leicht mit dem Finger, und die Räder surrten ein wenig weiter. Mehrmals stieß Peter das Werk noch an, aber von Mal zu Mal, je weiter die Feder sich entspannte, wurden die Räder langsamer, und am Ende bewegten sie sich nur noch stockend.

»Sieh dir das an, du Stümper«, brüllte Peter auf den Knecht herab.

Severin tat nichts anderes, er starrte so fasziniert auf das Uhrwerk, dass er die Hand des Schlossers nicht kommen sah. Die Ohrfeige saß. Für einen Moment taten sich schwarze Löcher hinter Severins Augenhöhlen auf, und Peters Gebrüll brauste ihm schmerzhaft durch die Ohren.

»Deine Zahnräder taugen nichts. Warum habe ich mich bloß darauf eingelassen, einem Knecht die Präzisionsarbeit anzuvertrauen. Kostbare Zeit habe ich mit deinem Mist verschwendet, und was bitte soll ich nun dem Pfarrer zeigen?«

Severin versicherte sich, dass Peter ihm nichts Weiteres an den Kopf werfen wollte, und antwortete mit milder Stimme: »Ich habe die Räder so genau wie möglich angepasst, Meister. Besser geht es wahrhaftig nicht, dazu sind sie einfach zu klein, oder die Feile ist zu grob, oder meine Finger zu derb. Wenn Ihr darauf besteht, kann ich sie noch ölen.«

»Öl! Öl! Das letzte Mittel eines Pfuschers. Nicht in meinem Hause. Der ganze Kram muss neu gemacht werden, und dieses Mal muss jeder Zahn immer in dieselbe Vertiefung treffen. Das ist die einzige Möglichkeit, sie so exakt anzupassen, dass die Räder genau ineinander rutschen.« Peter wandte sich ab und knallte einen Stapel Papiere auf das Zeichenpult.

»Die ganze Arbeit noch einmal von vorn?« Severin trat der Schweiß auf die Stirn. »Meister, wenn jeder Zahn nur in eine bestimmte Vertiefung treffen darf, müsstet Ihr ja jeden einzelnen nummerieren. Ihr müsstet alles neu berechnen, Umfang, Anzahl und das noch im Einklang mit dem Lauf der Gestirne. Wochen wird das dauern. Überlegt es Euch, Ihr seid doch schon so weit gekommen. Außerdem wird die Feder trotzdem langsamer werden, weil sie beim Abrollen ihre Spannung verliert ....«

»Hast du noch nicht genug? Wie kannst du es wagen, mich nach diesem Murks noch belehren zu wollen? Raus!«

Mit hängenden Schultern stapfte Severin durch die Gassen. Zum Greifen nahe hatte er seine Uhr schon gesehen. Und jetzt sollte alles vergeblich gewesen sein.

Ihm war, als ob er direkt hinter sich Schritte gehört hätte. Er drehte sich um, sah aber nur Passanten, die zielstrebig ihrer Wege gingen.

Ja, sie alle kannten ihr Ziel und auch den Weg dorthin. Sie würden es in kurzer Zeit erreichen. Seines dagegen war in unerreichbare Ferne gerückt.

Wieder hörte er Schritte. Dieses Mal drehte er sich nicht um, sondern schlenderte horchend weiter, bog plötzlich in eine Seitengasse und versteckte sich in einem Hauseingang. Er kannte die Absichten von Taschendieben und Beutelschneidern noch allzu gut.

Sein Verfolger schien keine Schuhe zu tragen, das Geräusch

leichter Füße auf dem Pflaster kam rasch näher. Kurz bevor es ihn erreichte, trat er vor und griff zu.

Das Gemenge aus Armen und Beinen strampelte, schlug und trat nach ihm.

»Ottilie ...«

»Wer sonst, verdammt? Du quetschst mir den Arm.«

»Warum schleichst du hinter mir her?«

»Und warum stolzierst du an mir vorbei und grüßt nicht einmal mehr?«

Severin ließ sie los und zog ihr den Kittel wieder zurecht. »Ich war in Gedanken. Ich habe dich gar nicht wahrgenommen.«

»Dann musst du aber ziemlich oft in Gedanken sein. Ich kann mir schon vorstellen, was für Gedanken das sind.«

Ottilie schlug seine Hand von ihren Kleidern. »Erst wollte ich Herman nicht glauben, aber nun denke ich fast, dass er Recht hat. Sag mir gefälligst ins Gesicht, wenn du nichts mehr von mir wissen willst. Dieses Getue, auf das ich mich dann doch nicht verlassen kann, steht mir bis zum Kropf.«

»Was hast du mit Herman zu schaffen?«

Ottilie stemmte die Fäuste in die Hüften und blickte ihn herausfordernd an. »Das möchtest du wohl wissen. Jetzt plötzlich. Schwebe du nur weiter in deinen unerfüllten Liebesträumen. Im Gegensatz zu dir hat dein Meister mich noch nie übersehen. Der behandelt mich nicht wie eine dumme, kleine Kröte und hält, was er verspricht.«

»Himmel, ich habe bestimmt eine Verabredung verpasst, oder? Ich muss dich sehr gekränkt haben. Das ist das Letzte, was ich möchte, bitte glaube mir. Ich kann einfach nichts dagegen tun, jetzt, in diesem Moment verpasse ich sicher wieder etwas Dringliches. Um was es sich handelt, werde ich erst wissen, wenn es zu spät ist. Es tut mir Leid, Ottilie, wirklich.«

Er brauchte die Uhr. Er brauchte sie so schnell wie möglich, bevor er alle Menschen verletzte, an denen ihm etwas lag.

Ottilie hatte seine Hand genommen und ihn auf die Stufe hinuntergezogen. Linkisch versuchte sie ihn zu umarmen.

»Ich will nur wissen, woran ich bin. Sag mir doch, was dich quält. Ist es ... unerfüllte Liebe?«

Severin lächelte und schüttelte den Kopf. »Zahnräder sind es.« Er erzählte davon, wie seine Hoffnungen ein weiteres Mal zerschmettert worden waren. »Natürlich könnte ich unabhängig von Peter heimlich an meiner eigenen Uhr weiterbauen, doch meine Räder haken ebenfalls. Mir bleibt nichts anderes übrig, als zu versuchen, den langen Zahlenreihen zu folgen, aus denen Peter die neue Form der Räder berechnet. Aber ich schwöre dir, Ottilie, wenn meine Uhr irgendwann tatsächlich läuft, dann werde ich die Zeit in Händen halten, und du wirst dich nie mehr beklagen müssen, dass ich dich vernachlässige.«

»Na gut, wenn du daran glaubst, nehme ich dich beim Wort. Ich werde warten.«

Je näher der Besuch des Pfarrers rückte, desto unleidlicher wurde Peters Laune. Täglich haderte er mit seinem Schicksal, das ihn zwang, einen Mechanismus zu entwickeln, der seiner Meinung nach die Allmacht des Schöpfers lästerte.

»Ein solch entseeltes Eisenwerk, das scheinbar ganz aus sich selbst heraus die Stunden zählt, muss die Menschen ja glauben lassen, sie könnten Gottes Zeit nach ihrem Willen laufen lassen. Ach, manche werden sogar glauben, die Uhr würde die Stunden erst hervorbringen. Und ausgerechnet ich muss dieses Blendwerk schaffen. Ich wünschte, ich könnte gleich mit Pfarrer Werners Astrarium beginnen. Das bildet die Himmelssphären in ihrer ganzen Erhabenheit nach und wird die Menschen Demut lehren.«

»Mach dir nichts draus«, sagte sein Bruder. »Dein Ührlein wird nur für die Reichsten erschwinglich sein, und um deren Demut ist es längst geschehen. In Wahrheit fürchtest du doch nur, dass du das Wunderwerk ohne Pfarrer Werners Hilfe nicht zum Laufen bringst.«

»Was soll das heißen? Es läuft ja bereits und mit den neuen Rädern sogar endlich reibungslos.«

»Das ist wahr«, fiel Severin ein. »Jetzt müsst Ihr nur noch die nachlassende Spannung ausgleichen und vor allem …«

»Gar nichts muss ich.«

Wäre Peter doch nur ein wenig umgänglicher gewesen, sie hätten sich gegenseitig befruchten können. Mechanische Vorgänge erschlossen sich Severin leicht, mit Zirkel und Latte fand er den Mittelpunkt eines Kreises und konnte auch den Umfang in beliebig viele gleiche Abstände teilen. Zu wirklich exakten Maßen kam er mit seinen Fähigkeiten allerdings nicht.

Peter dagegen verlor sich zwar oft im Detail und verlor damit den Überblick, dafür waren komplizierte Berechnungen kein Hindernis für ihn. Zu gerne hätte Severin einen Blick auf die Zeichnungen des Schlossers geworfen. Leider verwahrte Peter seine Papiere sicher in seinem Gemach und sprach so gut wie nie darüber.

Severin wagte einen zweiten Anlauf. »Eine Uhr darf nicht allmählich langsamer werden, das habt Ihr selbst gesagt. Daher müssten die Drehungen im umgekehrten Verhältnis gedrosselt werden, und …«

»Halt dein vorlautes Maul. Ohne dein ständiges Hineingerede wäre ich längst weiter und müsste nun nicht wie ein Trottel vor Pfarrer Werner dastehen.«

»Aber Meister …«

»Lass mich in Ruhe.«

Hilfesuchend blickte Severin sich nach Herman um.

»Hast du eigentlich schon den Bottich in der Küche gefüllt?«, fragte der und zwinkerte ihm zu.

* * *

Bevor Severin die Eimer hochschleppte, schaufelte er sich kaltes Wasser ins Gesicht, um seine Gedanken zu klären.

Außer der nachlassenden Spannung gab es nämlich eine weitere Frage, auf welche er nicht einmal den Schatten einer Antwort fand.

Peters Werk spulte sich völlig unkontrolliert bis zum Ende ab. Nichts teilte die Drehung in messbare Abschnitte. Bei anderen Uhren übernahmen Waag und Spindel diese Funktion. Aufgehängt an einem Haken schwang der Waagbalken über dem Werk hin und her, und zwei metallene Lappen an der Spindel griffen abwechselnd in die Lücken des Kronrades. Jeweils einer davon hielt es auf und gab es erst wieder frei, wenn die Waag sich zur anderen Seite drehte, sodass der zweite Lappen einrasten konnte. Das Kronrad bewegte sich also nur ruckartig vorwärts. Damit wurde der unendliche Lauf der Zeit in lauter gleiche, zählbare Stücke zerhackt.

Doch eine Aufhängung konnte es ja nicht geben, wenn die Uhr seitlich gekippt und gar kopfüber funktionieren sollte.

»Ah, du bringst Wasser, danke.«

Kungund saß auf der Küchenbank, die Füße auf einen Schemel gelegt, auf dem Schoß ein prachtvolles Buch, welches sie nun flink unter Severins Decken schob, die noch von der Nacht herumlagen.

In ihrer Gegenwart wünschte Severin sofort, er hätte sich gründlicher gewaschen. Sein Werkstattgeruch stieß ihn ab, und wahrscheinlich hatten seine Finger schwarze Streifen auf seine Wangen geschmiert.

Kungund erhob sich und strich sich die Schürze glatt. Im Stehen reichte sie Severin gerade bis zur Brust, aber sie legte ihren Kopf in den Nacken, sodass es trotzdem aussah, als könne sie auf ihn herabsehen.

»Was gibt es noch? Starr mich nicht an, als wäre ich ein wunderliches Tier. Antworte, ich habe nicht den ganzen Tag Zeit.«

»Die Meister benötigen mich gerade nicht, und falls Ihr etwas wünscht …«

»Als ob du meine Wünsche erfüllen könntest«, winkte sie ab.

»Entschuldigung, ich wollte Euch nicht stören. Ich werde mich lieber im Hof nützlich machen, dann könnt Ihr weiter Eure Traktate studieren.«

»Traktate?« Kungund lachte. »Gewiss, die Traktate. Du kannst meinem Gemahl ruhig berichten, wie fleißig ich seinen Ratschlägen folge, und dem Pfarrer sag es auch, wenn er heute Abend kommt.«

»Pfarrer Johannes Werner? Will er schon heute die Uhr begutachten?« In diesem Fall konnte Severin die gereizte Stimmung des Schlossermeisters verstehen.

»Was wird ein Pfarrer schon wollen, schlemmen, saufen und predigen. Soll er, ich freue mich auf seinen Besuch. Mein Vater brachte oft Gäste ins Haus. Mutter und ich haben uns zu diesen Anlässen immer ganz besonders herausgeschmückt, denn wo hätte man Vaters Färberkunst besser bewundern können als an zwei schönen Frauen. Der Pfarrer Johannes Werner gilt als sehr gebildet und liest sogar in den Sternen. Vielleicht verrät er mir, wann ich ein Söhnchen oder Töchterlein von Peter empfange.«

Kungund senkte die Lider und zupfte ihre Haube zurecht. »Ich freue mich wirklich sehr auf den Abend. Peter gibt sich immer so wortkarg, und die Henleinin ... sie meint es bestimmt gut, aber sie wird eben alt. Herman ist der Einzige, der sich mit mir unterhält. Er kennt die gleichen Bücher wie ich und noch viele andere von griechischen Mythen oder römischen Göttern. Ich liebe es, von seinen Abenteuern mit geheimnisvollen Rittern zu hören, und wenn er erst singt, könnte ich ihm stundenlang lauschen. Oh, ich kann mir gut vorstellen, wie er beim Fastnachtstanz der Messerer geschickt durch das Geflecht aus scharfen Schwertern wirbelt. Leider zieht er es meistens vor, seine Abende in irgendwelchen Gaststätten zu verbringen. Ich wünschte er – ach, was rede ich denn da? Ich sollte zufrieden mit der Wahl meines Vaters sein. Gottlob ist mein Gemahl häuslicher veranlagt und bleibt treu bei seiner Familie, statt sich nachts herumzutreiben.«

Severin überlegte, ob er darauf hinweisen sollte, dass Herman nahezu vierzig Jahre zählte und sich gewiss nicht mehr an den waghalsigen Tänzen der Messerergesellen beteiligte. Oder sollte er lieber anmerken, dass auch er selbst einige Abenteuer mit Rittern zu erzählen hatte? Bevor er sich entschließen konnte, den Mund aufzutun, fing Kungund an, ungeduldig mit dem Lappen über den Tisch zu fahren.

»Die Schwieger hat mir noch nicht gesagt, was sie dem Pfarrer vorzusetzen wünscht. Tief und fest schläft sie auf ihrem Stuhl unter dem Kreuz, und ich sitze derweil herum und warte. Später werde ich dafür schrecklich in Hektik geraten, aber das kümmert sie nicht. Mit ihr wird ja niemand schelten. Warum legt sie sich nicht wenigstens in ihrer Kammer zur Ruhe? Dann könnte ich schon die Stube festlich vorbereiten. Ach einerlei, falls ich mich erdreiste, etwas zu verändern, macht sie es doch wieder rückgängig. Ich zünde ein Meer von Kerzen an, sie löscht alle wieder aus. Ich drapiere duftende Rosenblüten auf den Truhen, sie wirft das Zeug aus dem Fenster. Und wenn ich den Tisch in die Mitte rücke, damit man an allen vier Seiten sitzen kann und nicht mit den Ellenbogen aneinander stößt, schiebt sie ihn zuverlässig an seinen alten Platz, sobald ich hinausgehe, um nach dem Essen zu sehen. Aber eines ist gewiss, irgendwann wird die Alte endlich zu schwach zum Möbelrücken sein.«

Plötzlich biss sie sich auf die Unterlippe und sah Severin von der Seite an. »Meine Worte sind nicht undankbar gemeint, das weißt du hoffentlich. Du bist nur ein Knecht, der vieles falsch versteht, deshalb lass dir ja nicht einfallen, jemandem davon zu erzählen.«

Severin verstand sie durchaus, die Witwe hatte auch ihm oft genug zugesetzt. »Wenn Ihr erlaubt, könnte ja ich heute Abend Speisen und Getränke auftragen, so wie früher, wenn Ihr mit Euren Eltern zu Besuch gekommen seid. Dann habt Ihr Muße, Euch um Euren Gast und alles andere zu kümmern.«

»Natürlich, warum bin ich nicht selbst darauf gekommen? Zuhause hatten wir für solche Anlässe immer eine Magd, eins von diesen schmalbrüstigen Dingern, die alles Nötige so dezent erledigen, dass man sich nicht bedanken muss. Das ist eine Kunst, weißt du? Keine Sorge, niemand wird von dir solche Unauffälligkeit erwarten, du bist einfach zu groß geraten, als dass man dich übersehen könnte.«

Sie musterte ihn von Kopf bis zu den Füßen und lachte. »Ja, du bist schon ein rechter Klotz, aber an das Format meines Gemahls reichst du längst nicht heran.«

In gespieltem Bedauern hob Severin die Schultern.

»Psst!«, machte Kungund unvermittelt, huschte an ihm vorbei auf den Flur und lehnte sich horchend über das Treppengeländer. »Sie schläft noch. Wecke sie ja nicht auf.«

»Aber wolltet Ihr nicht ...«

»Nein, ich will nicht. Da ich das Mahl schließlich kochen muss, werde ich nun eigenmächtig die Speisenfolge bestimmen. Mir bleibt ja gar nichts anderes übrig, wenn die Alte so schrecklich müde ist. Lauf gleich zum Markt, du kannst den Händlern sagen, dass ich morgen bezahle.«

Eine nicht enden wollende Liste zählte sie auf, lauter Köstlichkeiten, die sie für das Festessen brauchte.

Als Severin sich einen Korb geschnappt hatte und im Begriff war, zu gehen, hielt Kungund ihn am Ärmel zurück. »Noch etwas«, sagte sie, »das Wichtigste. Ich hätte gern ein paar Brombeeren für mich selbst. Direkt vor der Stadtmauer gibt es genug, aber pflücke nicht zu weit unten.«

Mit langen Schritten spazierte Severin zum Tor hinaus. Kungund hatte mit ihm gesprochen, genau wie mit einem Freund. Das war kein unverbindliches Geschwätz gewesen, verborgenste Gedanken hatte sie ihm offenbart, weit mehr, als es dem Gesinde gegenüber üblich war. Severin würde ihr Vertrauen nicht enttäuschen.

Leidenschaftlich stürzte er sich in das mannshohe Brombeergestrüpp. Immer tiefer wühlte er sich hinein, wie sehr sich die widerspenstigen Ranken auch gegen ihn wehren mochten. Die feindseligen Dornen konnten ihn nicht hindern, weder

Schmerz noch Blut, denn nur die allerschönsten Früchte waren gut genug für Kungund. Hatte sie ihn nicht einen Klotz genannt? Nun, ein Hänfling wäre hier längst stecken geblieben.

Ein wenig kränkte ihn die Bemerkung aber doch, und als er genauer nachsann, fiel ihm ein, dass sie ihm ins Gesicht gesagt hatte, er sei bloß ein Knecht, der vieles falsch verstand. Vertraute sie ihm vielleicht gar nicht, sondern hielt ihn in Wahrheit für einen geistesarmen Trampel, der ohnehin nicht nachvollziehen konnte, was sie sprach?

Severin hielt inne und sah an sich herunter. Seine Kleider waren aufgerissen, Arme und Beine voller blutiger Striemen, und alles bloß für ein paar Brombeeren. War es das wert?

Den ganzen Rückweg lang versuchte er, sich Kungunds Mienenspiel ins Gedächtnis zu rufen, all ihre Gesten und jedes Wort, das sie an ihn gerichtet hatte. Es musste doch einen Hinweis darauf geben, was sie wirklich von ihm hielt. Hitze stieg ihm in die Wangen, wenn er daran dachte, dass er sich möglicherweise eine Zuneigung einbildete, die niemals bestanden hatte. Wie ein Narr kam er sich vor.

»Oh, sind die für mich? Das wäre doch nicht nötig gewesen.« Ottilie stand direkt vor ihm. Wenn sie sich nicht geäußert hätte, wäre er glatt in sie hineingerannt.

»Dass du noch weißt, wie sehr ich Brombeeren mag«, flötete sie und angelte nach dem Schälchen.

Severin musste seinen Arm ganz nach oben strecken, damit sie es nicht erreichte. »Hör auf, Ottilie, die sind für die Meisterin.«

»Oh, für die Meisterin. Wie ist sie denn? Scheucht sie dich ordentlich? Keift sie und droht dir mit dem Besen? Hat sie dich etwa so übel zugerichtet?«

»Natürlich nicht. Die Meisterin ist eine sehr freundliche junge Frau.«

»Das glaube ich nicht. Sie muss ein rechtes Biest sein, sonst hättest du nicht so viel Angst vor ihr. Sonst würdest du mir zwei, drei Brombeeren gönnen.«

Seufzend gab Severin nach. Aber nachdem Ottilie in Windeseile fast ein Drittel herausgefischt hatte, hielt er entschieden die Hand über die Schale.

»Na gut, du Geizhals, dann eben nicht. Barb würde sich übrigens auch über Brombeeren freuen. Sie hat wieder dicke Beine und kann schlecht laufen. Ich würde ihr ja gerne welche pflücken, aber dort, wo ich ankomme, ist schon alles abgegrast.«

Severin konnte sich nicht daran erinnern, wann er das letzte Mal in der Hütte gewesen war. »Ich komme morgen bei euch vorbei.«

»Warum nicht gleich, das liegt ja fast auf deinem Weg.«

»Ich kann nicht, ich muss noch auf den Markt. Für heute Abend hat sich wichtiger Besuch im Henleinhaus angesagt, und wir brauchen Fleisch und Früchte.«

Ottilie lachte. »Du sollst Fleisch erhandeln? Jetzt weiß ich, die neue Meisterin ist kein Biest, sie ist bloß närrisch. Ich komme lieber mit, sonst blüht dir ein böses Erwachen, wenn sie die Preise erfährt.«

Die Händler auf dem Markt wunderten sich sicher über den zerschundenen Kerl, der einer dürren Bettelmaid gestattete, seine Geschäfte zu erledigen. Aber sie handelte gut, zog ihn von einem Stand zum anderen, prüfte die Ware, feilschte und hielt ihm schließlich den gefüllten Korb entgegen.

»Also Muskat würde ich jetzt nicht mehr kaufen. Die Portugiesen haben sich den ganzen Bestand unter den Nagel gerissen und können jetzt unverschämte Preise fordern. Sag das deiner Meisterin. Bis morgen und bring die Reste mit, ja?«

Severin blickte ihr nach. Viel zu selten sahen sie sich. Er freute sich darauf, Barb und Ottilie morgen mit den Resten ein Festmahl zu bereiten.

Als er sich umdrehte, traf ihn ein heftiger Schlag gegen die Brust. Er hatte den Wasserträger nicht kommen sehen. Nun drehte sich der Mann um seine eigene Achse, und der zweite Kübel an der langen Schulterstange schwang bedrohlich rasch von hinten heran. Severin konnte gerade noch schützend seinen Arm dagegen werfen, um nicht erneut getroffen zu werden. Wieder wirbelte der Mann herum, dieses Mal zur anderen Seite.

Eine regelrechte Waag auf zwei Beinen. Alles war vorhanden, der Balken, die Gewichte, aber statt gleichmäßig hin und her zu schwingen, drehte der Mann sich hilflos im Kreis. Es fehlte ein Hindernis, welches die Bewegung hätte hemmen können, um sie mit gleichem Schwung in die Gegenrichtung zu treiben. Beherzt griff Severin zu und hielt den unfreiwilligen Kreisel auf.

Der entschuldigte sich sogleich. »Es tut mir Leid. Ich weiß, die Gasse ist zu schmal für meine Stange, aber ich will mit dieser Last nicht den dreifachen Weg laufen müssen. Ich habe doch versucht, an dir vorbeizukommen, doch du bist stur mitten auf der Straße stehen geblieben.«

»Schon gut, es ist ja nichts passiert.«

Was der Wasserträger im Gehen vor sich hinbrabbelte, hörte Severin nicht mehr, aber dessen unglückliche Bewegung sauste ihm durchs Hirn und ließ sogar die Gedanken an Kungund und Ottilie verblassen.

Wenn der Mann angestoßen wurde, gerieten die Kübel in Schwung. Ein federndes Hindernis konnte einen solchen Impuls geben, und hatte die Stange sich weit genug gedreht, müsste ein zweites sie wieder zurückstoßen, hin und her, immer wieder. Dazu war keine Aufhängung nötig, nur eine Achse zwischen den beiden Platten im Uhrengestell.

Severin hatte begonnen zu rennen. Er brannte darauf, Peter zu fragen, ob seine Überlegungen stimmten, ob der Schlosser ebenfalls eine Art Wasserträger als Waag vorgesehen hatte und wie das Ding wohl praktisch aussehen sollte. Severin zweifelte keinen Augenblick daran, dass er die Lösung gefunden hatte, aber Gewicht und Länge der Schwungstange zu berechnen traute er sich nicht zu. Ohne Peters Hilfe würde er stundenlang herumprobieren müssen.

Kurz vor dem Henleinhaus verlangsamte er seine Schritte.

Der Schlosser hatte ihm vorhin den Mund verboten, und Severin verspürte kein Verlangen, sich gar hinauswerfen zu lassen. Wahrscheinlich würde es klüger sein, bis morgen zu warten. Dann war der Besuch des Pfarrers vorüber, und Peter konnte sich wieder gelassener dem komplizierten Mechanismus widmen. Jahre hatte Severin auf seine Uhr gewartet, was haderte er jetzt um einen einzigen Tag? Trotzdem sandte er ein lautloses Stoßgebet an die Mutter Gottes, dass Kungund ihn möglichst lange ablenken möge, denn er fürchtete, die nötige Geduld sonst nicht aufbringen zu können.

* * *

Die Henleinin schlief noch immer in der Stube, Kungund dagegen war fleißig gewesen. Auf dem Küchentisch lagen ordentlich zusammengeschoben Häufchen von geschnittenem Gemüse, ebenso eine Reihe Hefeküchlein und auf dem Rand des Herdes köchelte Fleischsuppe. Die Meisterin selbst war nicht zugegen. Etwas fahrig machte Severin sich daran, die Einkäufe auszupacken. Vielleicht sollte er sich doch in die Werkstatt wagen.

»Severin, bist du es? Was trödelst du in der Küche, ich warte auf die Brombeeren.«

Die Stimme kam aus dem ehelichen Gemach. Diesen Raum hatte er gemieden, seit die Schreiner das neue Bett darin aufgebaut hatten. Zögernd nahm er die Schale mit den Beeren, ging über den Flur und legte dann unschlüssig seine Hand auf die Klinke.

»Was ist? Hast du etwa nichts gefunden? Komm rein, ich werde dir schon nicht den Kopf abreißen.«

Severin kam sich unverschämt verwegen vor, in das Schlafgemach seiner Meisterin einzudringen. Er spürte sein Herz bis in den Hals, als er energisch öffnete und über die Schwelle trat.

Das abgedämpfte Nachmittagslicht ließ alle Gegenstände in

der Kammer weich erscheinen, und der rötliche Holzton der Vertäfelung tauchte den Raum in seinen warmen Widerschein. An den Wänden standen üppig beschnitzte, schwarze Truhen. Schwere Eisenschlösser hingen daran, um all die Kostbarkeiten zu bewahren, doch jetzt waren die Deckel weit aufgeklappt, und der Inhalt quoll freimütig hervor. Kungund hatte wohl nach einem passenden Gewand für den Abend gewühlt. Die Kleider hingen unordentlich über den Kanten. Gürtel, Ketten, bestickte Tücher blitzten dazwischen und rutschten unbekümmert auf die Dielen hinab. Hinter dem sorglosen Durcheinander erhob sich feierlich und dunkel das wuchtige Bett. Die Matratze befand sich mindestens vier Fuß über dem Boden, und an den Ecken schraubten sich spiralig gedrechselte Säulen noch weiter hinauf. Sie hielten einen rostfarbenen Betthimmel und ebensolche Vorhänge mit goldgefassten Zackenkanten, die wie ein Flammensaum um die Liegestatt loderten. Zu beiden Seiten des Bettes waren auf Kopfhöhe Wandregale eingelassen, Öllampen standen darin, ein paar Bücher und außerdem ein penibel gestapelter Packen Papier.

Das mussten Peters Aufzeichnungen sein! Darin würde Severin vermutlich eine Lösung für Spindel und Waagbalken finden. Nur ein einziger Blick darauf, und er konnte schon heute Nacht an seinem Ührlein weiterbauen.

»Ach du liebe Zeit, Severin, du blutest ja.«

Ruckartig wandte er sich um. Kungund stand direkt vor dem Fenster. Ihre Silhouette verschwamm im Gegenlicht, das diffus durch die ölgetränkten Pergamente schien. Das helle Untergewand schmiegte sich in verwischten Falten um ihren Leib, und das offene Haar wurde unwirklich durchstrahlt. Eine überaus schmale Lichtgestalt inmitten von düsterem Holzwerk.

»Antworte doch, was ist mit dir geschehen?«

»Nichts, die paar Kratzer sind nicht der Rede wert.«

Hölzern wie die ehrwürdigen Truhen, steif wie die Bettstatt hielt er ihr die Schale entgegen und bemühte sich woanders hinzusehen.

Kungund lachte. »Danke, du bist ritterlich.«

Sie bog ihren Kopf weit nach hinten, fing mit einer geübten Bewegung ein paar der langen Strähnen ein und begann sie kunstvoll nach oben zu flechten.

Gebannt sah Severin ihr zu. Er hätte bis in alle Ewigkeit so verharren können, wenn sein ausgestreckter Arm nicht allmählich lahm geworden wäre. Eine Weile hielt er tapfer aus, doch dann begann das Schälchen in seiner Hand zu beben. Gleich würden die Beeren allesamt hinaushüpfen.

»Wollt Ihr die Früchte lieber später essen?«

»Wie? Nein, ich verabscheue den Geschmack von Brombeeren.«

»Aber Ihr wünschtet doch ...«

Severin verstummte, er verstand. »Was wollt Ihr eigentlich? Erst schickt Ihr mich in die Dornen, dann mögt Ihr die Beeren nicht mehr. Spart Euch die Launen für Euren Gemahl. Ich bin gottlob bloß ein Knecht, der Anweisungen ausführt, so sie denn klar geäußert werden. Hellsehen gehört nicht zu meinen Aufgaben.«

Er knallte das Schälchen auf die nächste Truhe und drehte sich entschlossen um. Kurz bevor er die Tür erreichte, spürte er Kungunds Hand auf seinem Arm. Sie tätschelte ihn wie einen Hund. Die Berührung war ihm unerträglich, verletzte ihn noch mehr als ihre Überheblichkeit, sodass er schroff seinen Arm zur Seite riss.

»Warum verstehen mich nur alle falsch?«, seufzte sie. »Ich möchte niemanden verstimmen, ich möchte mich doch nur am Leben freuen, an all den bunten Facetten, die es zu bieten hat. Und trotzdem errege ich Missfallen, egal was ich beginne. Was für Torheiten hast du dir wohl in deinem harten Schädel zusammengereimt? Ich wette, du ahnst nicht im Geringsten, wozu ich die Brombeeren brauche. Also gut, gleich wirst du es erfahren. Wasch dir die Hände.« Mit einer Kopfbewegung wies sie ihn zu Wasserkrug und Schüssel.

Wirklich sauber wurden seine Finger nicht in der winzigen

Pfütze. Der Dreck löste sich gerade genug, um das Handtuch zu verderben. Kungund schien mit dem Ergebnis trotzdem zufrieden zu sein. Sie goss ein wenig Öl zu den Beeren und legte ihm ein dünnes Tuch in die Hand.

»Du musst sie durchseien. Halte deine Hand direkt über die Schale, damit nichts verloren geht, wenn du das Zeug zerdrückst.«

Verunsichert griff Severin in die öligen Früchte, füllte sie in das Tuch und schloss seine Faust darum. Langsam drückte er zu. Der dunkle, violette Saft sammelte sich zwischen seinen Fingern und tropfte stetig in die Schale zurück.

Kungund ließ ihn nicht aus den Augen. »Fester! Viel fester, es soll eine geschmeidige Paste ergeben.«

Severin drückte stärker, bis schließlich eine gleichmäßige dunkle Masse durch seine Finger glitschte. Dann erst löste er die Verkrampfung. Befremdet betrachtete er seine Handfläche. Wie bläuliches Blut sah es aus.

Kungund lächelte. »Richtig so, mach weiter, und lass nicht aus Versehen die Kerne in die Schale fallen, hörst du.« Eine kurze Weile sah sie ihm noch prüfend zu, dann drehte sie sich um und wühlte weiter nach einem passenden Gewand.

Severin versuchte, sich auf seine Aufgabe zu konzentrieren, aber der Anblick der besudelten Hand riss seine Gedanken mit sich fort. Woher kam dieses grausige Bild? Ein Echo von etwas Vergangenem vielleicht, oder ein Flackern aus ferner Zukunft. Womöglich war es eine Warnung vor drohendem Übel, welches Severin rechtzeitig abwenden sollte. Doch dann würde es ja nicht geschehen und konnte somit auch keine Vorahnung senden. In die Zukunft zu blicken konnte nur denkbar sein, wenn ihr Verlauf bereits unumstößlich festgeschrieben war, und in diesem Fall wäre jede Gegenwehr vergeblich.

Die kühle Masse in seiner Hand bewegte sich, er glaubte fast ein leichtes Schlagen darin zu verspüren. Um die Empfindung zu ersticken, ballte er schnell wieder die Faust. Doch je stärker er zudrückte, desto deutlicher stieg das Unbehagen in ihm auf. Seine Kiefer schmerzten schon, so hart presste er die Zähne aufeinander, und seine Hände zermalmten derweil einen unbekannten Feind.

So ähnlich musste sich Peter gefühlt haben, als er auf Meister Glaser eingeschlagen hatte. Damals hatte ein einziger unkontrollierter Augenblick ein Menschenleben gefordert. Severin schauderte. War es vielleicht auch ihm bestimmt, eines Tages den Tod zu bringen? Wem?

Unendlich breitete sich die Zukunft aus, unendlich auch die Möglichkeiten darin, und alle trachteten danach, sich in irgendeinem Jetzt zu verwirklichen.

Aber Severin würde sich nicht überrumpeln lassen wie Peter, er wollte jede Sekunde im Auge behalten, bis er sie allesamt eingefangen hatte. Dann erst würde die launenhafte Zeit nach seinem Willen laufen, immer brav im Kreis herum, wie ein Esel am Mühlrad. Je früher er sie kontrollieren konnte, desto sicherer würde er sein.

Dort hinten im Wandregal lagen Peters Zeichnungen. Was galt schon ein kleiner verbotener Blick, wenn er damit Unglück vermied. Fünf Schritte nur.

»Bist du schon fertig? Zeig her.« Kungund tauchte ihre Fingerspitze in die cremige Masse und prüfte die Konsistenz. »Fantastisch, so glatt habe ich das Zeug nicht einmal mit dem Mörser rühren können. Fass bloß nichts an, die Flecken sind hartnäckig. Ich gebe dir gleich etwas zum Abwischen.«

Sie drehte sich zum Spiegel und strich die Paste sorgfältig auf ihre Lippen. Den winzigen Rest zerrieb sie zwischen den Händen und fuhr sich dann ein paar Mal leicht über die Wangen. Die Veränderung war enorm. Im Kontrast wirkte ihre helle Stirn noch strahlender als sonst, die Konturen des jugendlichen Gesichtes zeichneten sich klarer ab, und ihre hohen Wangenknochen verliehen ihr nun sogar eine gewisse Strenge. Ihr violettroter Mund dagegen lockte weich und voller Verheißung. Er würde nach süßen Früchten schmecken, wenn man ihn jetzt küsste.

»Erkennst du mich nicht mehr?«

»Ihr seid wunderschön, vorher und jetzt auch.«

Sie dankte mit einem wohlwollenden Nicken und wandte sich wieder ihrem Spiegelbild zu. Severin bewegte sich hinter ihrem Rücken unauffällig in Richtung Wandregal. Gleich würde er die Papiere greifen können.

»Erzählt man sich nicht unter euch einfachen Leuten, dass in jedem Weib eine Hexe steckt?«, fragte Kungund plötzlich. »Dann muss wohl auch in mir eine sein.«

»Sagt so etwas nicht, Ihr versündigt Euch.« Severin machte einen Ansatz, das Kreuz zu schlagen, doch als er daran dachte, wie seine Hand aussah, ließ er sie gleich wieder sinken.

»Doch, doch, du hast es mit eigenen Augen gesehen, hast mir sogar geholfen, eine der Mixturen zu brauen, mit denen kundige Frauenzimmer arglose Männer verhexen.« Sie legte den Kopf schief und senkte ihre Stimme, sodass sie raunend und unheimlich klang. »Gleich wirst du noch einen zweiten Zauber erleben, Severin. Der ist so stark, dass er sogar jene einfängt, die keusch ihre Augen vor den Reizen der Weiber verschließen. Hier, in diesem Bisamapfel steckt das Hexenwerk.«

Andächtig ließ sie ihren eisernen Anhänger auf Augenhöhe schaukeln und folgte ihm mit starrem Blick. Als sie zwischendurch aufsah und Severins entsetzte Miene bemerkte, zwinkerte sie ihm lachend zu. Geschickt schob sie mit dem Daumen einen winzigen Riegel zur Seite und klappte die Kugel auf. Darin lag eine Art schrumplige Bohne.

»Das ist getrockneter Bisam, manche nennen ihn auch Moschus. Mein Vater hat ihn mir geschenkt. Ziemlich kostspielig, das Zeug, aber der Gestank in der Färberei ließ sich nun einmal nicht mit Rosenblüten vertreiben. Das vermögen nur stärkere, langanhaltende Düfte, wie Ambra, Zibet oder eben Bisam. Hier im Hause stinkt es zwar nicht gar so schlimm, aber auf diesen Duft mag ich nicht mehr verzichten. In ihm steckt nämlich eine weitere wunderbare Wirkung, Bisam wird der Aphrodite zugeschrieben.«

Plötzlich schüttelte sie den Kopf und wischte ihre Worte aus der Luft. »Hör gar nicht auf mich, ich schwatze dir von Dingen, die du natürlich nicht verstehen kannst.«

»Aphrodite? Meint Ihr die griechische Göttin, die aus dem Meer geboren wurde?«

Verblüfft schaute Kungund ihn an. »Woher weißt du das?«

»Eine Zeit lang diente ich dem Astronomen Bernhard Walther. Wenn ich mich recht erinnere, ist Aphrodite der griechische Name für die Venus, die mal als Morgenstern und mal als Abendstern am Himmel erscheint. Wenn Ihr wollt, kann ich Euch gleich ihr Leuchten zeigen.«

Kungund hob die Brauen. »Den Abendstern habe ich schon oft betrachtet, aber ich wusste nicht, dass es sich bei Venus und Aphrodite um dieselbe Göttin handelt. Du überraschst mich, Severin. Irgendwann musst du mir erzählen, wie sie aus dem Meer geboren wurde, das hört sich sehr geheimnisvoll an. Für heute will ich ihrem Andenken mit dem Wohlgeruch meines Bisamapfels huldigen.«

Sie träufelte ein paar Tropfen Wasser auf die eingeschrumpfte Bohne, verschloss die Kugel und schüttelte sie. Sofort verbreitete sich der schwere, süße Duft. Er zog durch den ganzen Raum, mischte sich in das gedämpfte Licht und legte sich sanft über die dunklen Holzmöbel.

Severin fühlte sich benommen, aber das Gefühl war angenehm, und wenn es Kungund ebenso erging, würde sie gleich in seine Arme sinken. Doch ihr liebes Antlitz mit der leuchtenden Stirn entfernte sich von ihm, immer weiter, so wie der Morgenstern allmählich im Tageslicht verblasste. Severin musste sich dringend irgendwo festhalten, um nicht hinter ihr her ins Bodenlose zu stürzen.

»Nein, nicht anfassen«, hörte er noch und saß im nächsten Moment auf den Stufen der Bettstatt. Kungund hielt seine

Hand. Sie stand dicht vor ihm, er hätte seinen Kopf zwischen ihre kleinen Brüste legen können.

Wie ungewohnt, zu ihr aufzublicken. Zwei kunstvolle Haarkringel flankierten ihre Schläfen, der Rest ihrer langen Kupferflechten war unter einer breiten Haube mit wippenden Flügeln verborgen. Wann hatte sie die Haube aufgesetzt, und wann das dunkelgrüne Gewand aus rauschendem Seidenzeug angetan?

»Severin? Hörst du mich? Kannst du wieder aufstehen?«

»Ja, natürlich.« Severin erhob sich rasch. »Entschuldigung, mir war wohl ein wenig schwindelig.«

»Bist du sicher, dass es dir gut geht?« Prüfend blickte sie ihm abwechselnd in beide Augen. »Peter wird gleich hier sein und sich umziehen wollen. Das solltest du übrigens auch tun, und wasch dir vor allem die Hände, bevor du uns aufwartest. In der Küche steht alles bereit. Warte dort, bis ich dich rufe.«

* * *

Als Severin mit einer Schüssel Erdbeeren hinunterkam, brannten alle Kerzen in der Stube. Er hätte der Henleinin Recht geben mögen, das viele Licht war eindeutig verschwendet, denn die Abendsonne stand noch hoch über den Dächern, und der Raum wäre auch ohne Kerzen hell genug gewesen. Doch dann sah er, dass Tausende von Glanzpunkten über Kungunds Festkleid tanzten, und als er die gezuckerten Erdbeeren auf den Tisch stellte, funkelten auch diese.

Pfarrer Johannes Werner hatte man an das Haupt des Tisches platziert, wo er der Witwe gegenüber mit vorgerecktem Kopf die Tafel taxierte. Gegen die Henleinbrüder wirkte seine Gestalt bedauernswert hager, und Severin bezweifelte, dass er regelmäßig als Gast in Patrizierhäusern speiste. Zu seiner Rechten drängten sich Peter und Kungund, und auf der anderen Breitseite genoss Herman seine Armfreiheit.

Severin versuchte so unauffällig wie möglich um die Speisenden herumzuhuschen, aber die Stube war eng und er konnte nicht immer verhindern, an die Möbel zu stoßen. Kungund schien seine Ungeschicklichkeit nicht zu bemerken, sie nickte ihm nur freundlich zu, wenn er einen leeren Becher füllen oder das nächste Gericht auftragen sollte. Nachdem die Früchte verzehrt waren, balancierte er höchst bedächtig die Suppe in die Näpfe. Trotz aller Vorsicht kleckerte eine braune Spur von Pfarrer Werner zu Peter auf den Tisch. Die Flecken erwiesen sich gottlob als dienlich, denn sie enthoben die Gesellschaft der Mühe, sich ihrerseits vorzusehen. Geräuschvoll schlürften sie ihre Suppe von den breiten Löffeln, und dort, wo schon ein wenig war, landete bald noch mehr.

Knusprige, junge Hühner standen als Nächstes auf dem Speiseplan. Severin hatte eine Ecke davon probiert. Sie schmeckten fantastisch, und er brachte sie so stolz herein, als hätte er sie selber zubereitet.

Doch die erwarteten Lobrufe blieben aus, denn Pfarrer Johannes Werner blickte mitleidig auf das Geflügel, schüttelte das Haupt und ließ sich nur eine winzige Portion auffüllen.

»Ihr wollt doch nicht etwa ausgerechnet heute fasten, Vater«, sagte Kungund etwas spitz. »Oder seid Ihr mit der Schwieger ein Wettspiel eingegangen, wer wohl die kleinsten Bissen zu sich nehmen kann?«

Peter warf ihr einen ärgerlichen Blick zu, aber der Pfarrer lachte: »Wer nicht zulangt, erzürnt die Köchin, doch Völlerei erzürnt den Schöpfer. Ja ja, die Mäßigkeit ist für junge Weiber nur schwer zu begreifen, dabei sollten gerade sie sich darin üben, besonders du, mein liebes Kind. Was du aus diesen Vögeln gezaubert hast, sieht wirklich delikat aus, doch überlege selbst, hättest du einen kräftigen Eintopf daraus gekocht, wäre deine Familie für mehrere Tage satt geworden, und ich als Euer Gast hätte mich nicht so sehr bescheiden müssen.«

Kungund versteifte ihre Schultern, und ihre Stimme wurde rau. »Tut das, wonach Euer Seelenheil verlangt, Herr Pfarrer, aber Ihr braucht nicht zu glauben, dass Ihr bei Bettlern geladen wäret.« Sie klatschte scharf in die Hände. »Severin! Du kannst jetzt das gesottene Hammelfleisch mit Rosinen und Muskat auftischen, stell auch die Topfenküchlein dazu. Käse bitte wie immer ganz zum Schluss.«

Pfarrer Werner klappte seinen Mund auf und zu. »Oho«, sagte er ein paar Mal, bis er sich wieder gefangen hatte. »Oho, Peter, du scheinst ja inzwischen in Aufträgen zu baden. Wenn deine junge Ehewirtin dich jeden Abend mit Schlemmereien empfangen kann, brauche ich mich um dein Fortkommen wohl nicht mehr zu kümmern.«

Peter wand sich auf seinem Stuhl, und die Röte stieg ihm bis unter das Haar. »Nein, nein, Herr Pfarrer, so ist es ganz gewiss nicht, Ihr solltet nicht den Eindruck haben, dass wir prassen können, im Gegenteil. Aber dieses hemmungslose Weib im Zaum zu halten ist wahrhaftig zermürbend für mich. Ich verstehe nicht, was sie nun wieder geritten hat, derart verschwenderisch mit ...«

»... mit meinen Gulden umzugehen«, beendete Herman den Satz. »Sicher wollte sie deinen Gast in besonderer Weise ehren, und ich muss sagen, es ist ihr aufs Köstlichste gelungen. Ihr solltet öfter zu Besuch kommen, Pfarrer, dieser Hammel ist einfach himmlisch.«

Pfarrer Johannes Werner hielt sich nun nicht mehr zurück. Doch während er zierlich die Bissen in seinem Napf zerteilte, mahnte er vor der natürlichen Unmäßigkeit der Frauen, die dringend gezügelt werden müsse.

»So manche liebreizende Maid hat ihren Ehewirt in den Ruin getrieben«, sagte er und stach zur Bestärkung mit seinem Löffel in die Luft. »Besonders wenn der arme Tropf versuchte, ihren Launen mit Duldsamkeit Herr zu werden.«

Die alte Henleinin nickte zu allem, was er sprach. Sie musste es ja wissen, denn sie weilte schon ziemlich lange als Weib auf der Erde. Kungund, die Gastgeberin dagegen blickte nur starr auf den Tisch, was den Pfarrer nicht hinderte, sich in weiteren Weisheiten zu ergehen.

»Ein Ehewirt muss seine Angetraute mit Strenge und Güte auf den rechten Weg führen und dann sicher dort halten, damit sie sich nicht verirrt. Ganz gleich, um welchen Stand es sich handelt, das Weib ist dem Manne grundsätzlich unterlegen.«

Herman nickte eifrig. »Ihr habt ganz Recht, das Weib ist unterlegen. Im Gegensatz zum Mann kann es nicht besonders schnell laufen, taugt überhaupt nicht zum Steineschleppen und macht bei Raufereien eine geradezu lächerliche Figur. Kurz, eine Frau ist für alles Wesentliche kaum zu gebrauchen. Nur wenn es gilt, Kinder zu bekommen, ist sie uns eine winzige Spur voraus.«

»Nein, nein, das ist sie nicht, sie lässt ja nur den Samen in sich wachsen, den sie vom Mann empfangen hat. Wen würdest du höher achten, den Winzer oder das Gefäß, in welchem der Traubensaft zur Reife gärt?«

»Den Winzer natürlich«, sagte Peter, und Kungund meinte lachend: »Aber nur, wenn er klug und hübsch ist und vor allem nicht den guten Wein verpanscht.«

»Da hört ihr es selbst«, rief Johannes Werner. »Auch deine junge Gemahlin denkt zu allererst an sinnliche Genüsse. Das Weib ist eben fleischlich eingestellt, das liegt schon in der Natur der Schöpfung. Aus Adams Fleisch ist Eva hervorgegangen, besser gesagt, sie wurde aus seiner krummen Rippe geformt. Man kann sie also unmöglich als eine eigenständige Kreatur bezeichnen und ebenso wenig einen aufrechten Charakter von ihr erwarten. Gekrümmt und vor dem Manne geneigt, so wird das Wesen der Weiber immer sein.«

Kungund saß in anmutig gerader Haltung. Eigenhändig schenkte sie ihrem Gast nach und versicherte, dass dieser Wein bestimmt nicht gepanscht worden sei, obwohl sie ihn nur von der Gemahlin des Winzers erstanden hatte.

»Woraus wurde denn eigentlich Adam geschaffen?«, fragte Herman beiläufig.

Pfarrer Werner trank in aller Ruhe und nahm noch ein paar

Bissen, bis er sich bequemte, die Frage zu beantworten. »Aus Lehm natürlich, das weiß schon jedes kleine Christenkind.«

Hermans Brauen fuhren hoch, und auf seiner Stirn zeigten sich gewellte Querfalten. »Ah ja, aus Lehm. Der Schöpfer hat also einen Klumpen Dreck und Kot genommen, hauchte ihm Atem ein, wie all den Tieren vorher, und gab ihm dazu eine Seele.«

»So ungefähr hat es sich zugetragen, mein Sohn.«

Nachlässig lehnte Herman sich zurück und spielte mit seinem Messer. »Aber die Vollendung der Schöpfung war Adam noch nicht.«

»Wie meinst du das?« Der Pfarrer hielt inne in seinem Schmaus.

Kungund sah zu Herman hinüber und strich sich wie zufällig über den Hals. »Ich verstehe durchaus, was er meint. Die Vollendung kann ja nur das allerletzte Werk sein, nicht wahr?«

»Selbstverständlich«, bestätigte der Pfarrer. »Der Mensch wurde zum Schluss erschaffen, er ist die Krone der Schöpfung.«

Mit gespielter Ratlosigkeit hob Kungund die Hände. »Herr Pfarrer, ich kann Euch nicht folgen. Eben sagtet Ihr, dass Gott nicht Adam, sondern Eva als Letztes schuf. Dann müsste dem Allmächtigen also das Weib die Vollendung aller Wesen, ja die Vollendung der Welt bedeutet haben.«

Pfarrer Werner vergaß zu kauen, und Peters Löffel blieb in der Luft hängen. Aber Herman blickte nur Kungund an, als er gelassen sagte: »Genau zu diesem Schluss bin ich ebenfalls gekommen. Für ein solch überragendes Werk wollte der Herr eben keinen leblosen Dreck verwenden, sondern nur das beste Grundmaterial, das ihm zur Verfügung stand: Er wählte Adams Rippe. Ich behaupte daher, der Mann ist noch halb ein Geschöpf der Natur, das Weib aber ist gänzlich ein Geschöpf Gottes.«

Johannes Werner schüttelte entschieden den Kopf und wackelte mit dem Zeigefinger. »Adam war sein letztes Werk, die Frau schuf er nur noch, damit der Mensch sich vermehren kann.«

Hermans Lächeln erinnerte eher an das Zähneblecken eines Hundes, der bereit war, jeden Moment zuzuschnappen. »Am Ende Seines Schaffens stand eindeutig Eva, und zum Abschluss dieses Mahles sollten wir Käse und Früchte versuchen.«

Während Severin das Gewünschte brachte, legte sich der Pfarrer seine Antwort zurecht. Er räusperte sich umständlich, bevor er feierlich begann: »Könntest du Latein, mein Sohn, würdest du nicht solche Irrlehren glauben. Das Weib ist schließlich benannt, femina. Es setzt sich zusammen aus fe, wie *fides*, übersetzt heißt das *Glaube,* und dem Wort *minus,* was bekanntlich *weniger* bedeutet. Femina heißt also: weniger Glauben. Damit wird deutlich gemacht, wie wankelmütig die Weiber sind. Sie zweifeln allzu leicht am wahren Glauben und leugnen ihn sogar manchmal ab. Das ist dann der erste Schritt zur Hexerei. Was glaubt ihr wohl, warum der Teufel sich immer zuerst der Weiber bedient?«

Herman lachte. »Sprach denn Gott Latein? Ich glaubte immer, Er sprach damals noch Hebräisch und hat die erste Frau nicht femina, sondern Eva genannt.«

Energisch knallte Peter seinen Becher auf den Tisch. »Jetzt reicht es, Herman, was sollen diese Spitzfindigkeiten? Gott spricht alle Sprachen.«

Herman angelte nach einer Kirsche und zupfte sie mit den Lippen vom Stiel. »Ja, ja, wahrscheinlich hast du Recht, Brüderchen, ich bin eben nicht so gebildet wie der Pfarrer.«

Johannes Werner nickte ihm verständnisvoll zu. »Das mag schon sein, aber gräme dich nicht darüber, mein Sohn. Als Pfarrer habe ich die geistlichen Dinge studiert, aber du als Handwerker hast dir andere Fähigkeiten angeeignet, eine ruhige Hand und gutes Augenmaß zum Beispiel. Daran solltest du dich halten.«

»Wie Ihr wollt, Werner, ich werde Euren Rat sogleich befolgen.« Ruckartig stemmte Herman beide Ellenbogen auf den Tisch, stützte seinen Kopf auf die Fäuste und starrte Kungund unverfroren an.

»Wenn ich die Frauen mit meinem guten Augenmaß betrachte, muss ich feststellen, dass sie dem Schöpfer wesentlich lieblicher gelungen sind als alle Männer, die ich kenne. Nur in den Frauen kann der Allmächtige seine Wohnstatt genommen haben. Das Licht Seines Angesichts leuchtet rein aus ihrer Schönheit, seine Güte und Weisheit erfüllt sie mit Grazie. Derowegen ist auch der Leib der Weiber weich und lieblich anzufühlen, ihr Fleisch zart, ihre Haut eben und glatt, die Augen funkelnd vor Freude und Freundlichkeit, die Brauen in vollkommenen Bögen geschwungen, die Lippen rot und wunderbar, und wenn sie sich öffnen, blitzen kleine Zähne perlengleich hervor, die keineswegs so grob sind wie bei uns bärbeißigen Kerlen ...«

Kungund konnte kaum noch gerade sitzen. Sie hielt sich die Hand vor den Mund, um das Kichern zu unterdrücken, aber es schüttelte sie heftig und platzte immer wieder heraus. Ihr Ehewirt hatte anfangs entrüstet zugehört, doch versehentlich glitt auch seine Miene in die Breite. Nur die Henleinin saß unbewegt über ihren Napf gebeugt und tat, als höre sie nicht mehr gut.

»... mit einem Wort, man findet unter den sterblichen Kreaturen kein größeres Wunder als die Frauen, und wenn man nicht blind ist, muss man erkennen, dass es Gott wohl gefallen hat, im Weibe alle Vollkommenheit zu häufen.«

»Es gibt auch liebliche Knaben«, knurrte der Pfarrer. Dann räusperte er sich und setzte eine strenge Miene auf. »Äußerliche Schönheit hat nichts mit innerer Reinheit zu tun, Herman. Im Gegenteil, hüte dich vor solchem Blendwerk, hütet euch alle. Oh, glaubt mir, ich habe Hexen gesehen, die waren so schön, dass mir selbst der Atem stockte. Doch dann, als man ihnen die glitzernden Schmuckstücke nahm, mit denen sie die Sinne der Menschen verwirren, als man ihnen Geschmeide und Gewänder vom Leibe riss und ihnen die Haare schor, da kam ihre wahre Ungestalt zum Vorschein. Ich rate euch, wenn ihr Gelegenheit habt, seht euch die Missgeschöpfe an, die zum

Scheiterhaufen wanken müssen. Abstoßend und widerlich sind sie allesamt, weil sie den Teufel in ihren Seelen wohnen ließen.«

Severin musste an Kungunds Bisamapfel denken, der ihm vorhin die Sinne geraubt hatte. Hatte sie nicht selbst von Zauberkräften gesprochen? Ein ganzes Stück Zeit war ihm dadurch abhanden gekommen. Der Hammel war gesotten, die Hühner gebraten, die Stube geschmückt, doch was war mit ihm in der Zwischenzeit geschehen?

Niemand sagte mehr ein Wort. Kungund blickte kurz zu ihrem Gemahl hinüber, dann krampfte sie die Hände ineinander und entschuldigte sich, sie sei entsetzlich müde.

»Schade«, sagte Herman, als sie draußen war. »Man kann sie wunderbar in die absonderlichsten Richtungen lenken. Noch ein wenig schmeichelndes Getändel, und sie hätte uns gewiss den Gefallen getan, alle guten Sitten zu vergessen.«

Der Pfarrer überhörte die Bemerkung und wandte sich Peter zu. »Nun, wie weit bist du mit deiner Wunderuhr?«, fragte er.

»Sie ... sie läuft. Ich meine, der Federzug funktioniert, er überträgt die Kraft wie erwartet und bewegt die Zahnräder ohne ein einziges Gewicht.«

»Tatsächlich? Das möchte ich sehen, lasst uns in die Werkstatt hinuntergehen.«

»Versprecht Euch nicht zu viel, Vater, um die feine Arbeit an der Uhr befriedigend ausführen zu können, hätte ich eine andere Werkstatt gebraucht. Eine Messerschmiede ist eben keine Schlosserei, das Werkzeug zu grob, der Tisch voller Hammerspuren, die Feilen mit Macken übersät, und die Esse wird ja meistens doppelt in Anspruch ...«

Johannes Werner war schon aufgestanden und strebte zur Tür hinaus. Herman stieß seinem Bruder den Ellenbogen in die Rippen und zischte: »Willst du jetzt meine Werkstatt schlecht machen, weil du mit deiner Fummelei nicht zurande kommst?

Bis jetzt zahle noch ich die jährlichen vier Florin, die auf Vaters Haus lasten. Wenn dir nicht passt, wie ich die Werkstatt führe, löse den Eigenzins ab oder suche dir ein eigenes Heim.«

Severin zündete mehrere Lichter in der Werkstatt an, damit der Pfarrer den Probelauf beobachten konnte. Wieder steckte Peter den Vierkant ein und spannte die Feder bis zum Zerbersten. Wieder bat er um Gottes Segen, bevor er die Sperre löste.

Das Uhrwerk sirrte los. Rasant zuerst und dann immer langsamer, die letzten Umdrehungen schaffte es nur noch im Schneckentempo.

»Bravo!«, rief Werner und umarmte den Schlossermeister. Wenn der hagere Mann etwas länger gewesen wäre, hätte er Peter wohl gar auf die Wange geküsst.

»Gut gemacht, mein Junge, sehr gut. Die Feder verliert natürlich an Kraft, je weiter sie abläuft. Du wirst wahrscheinlich nur die ersten Umläufe nutzen können und musst eine gegenläufige Bremse einbauen.«

»Ja, so etwas habe ich auch schon überlegt ...« Peter kratzte sich ausgiebig hinter dem Ohr.

»Davon bin ich überzeugt«, sagte der Pfarrer und kratzte sich ebenfalls hinter dem Ohr. »Aber eines ist mir noch gar nicht klar, wie willst du die Umdrehungen in regelmäßige Einheiten teilen, ohne eine hängende Waag zu benutzen?«

Alle sahen den Schlosser erwartungsvoll an. Vor allem Severin konnte die Spannung kaum aushalten. Er hätte Peter am liebsten ergriffen, um die Worte aus ihm herauszuschütteln, ihm die Lösung des Rätsels abzupressen. Vielleicht würde er schon heute Nacht an seinem heimlichen Ührlein weiterbauen können.

Doch Peter steckte umständlich den kleinen Schüssel wieder ein und zog das Werk erneut auf. Mehrmals ließ er die Räder laufen und starrte der Bewegung nach, als würde seine Beharrlichkeit allein Erleuchtung bringen können.

Severin ertrug es nicht, das Werk so eilig herumsirren zu sehen. Stunden, ganze Tage rasten ungenutzt vorbei. Wusste Peter denn nicht, dass sie irgendjemandem einst fehlen könnten? Mitten im vierten Umlauf platzte er heraus: »Wir brauchen einen Wasserträger.«

»Sehr aufmerksam, Bursche«, meinte der Pfarrer, »ich habe tatsächlich meinen Becher oben gelassen. Sei so gut und hole ihn. Aber um Himmels willen kein Wasser, zu dieser Uhrzeit ziehe ich Wein vor, oder Met, falls du einen Krug davon in der Vorratskammer findest.«

»Nein, ich meinte einen Wasserträger für die Uhr.« Severin breitete die Arme aus, als ob er über den Schultern eine Stange trüge, und stieß mit seinen imaginären Gewichten abwechselnd rechts und links an ein gedachtes Hindernis. »Seht Ihr, Vater, wenn wir etwas finden, das die Bewegung mit Schwung hin- und herschnellen lässt, können wir den Umlauf nach unserem Willen einteilen.«

Herman verzog seine Oberlippe. »Teile und herrsche.«, sagte er versonnen, »ich wusste doch, dass Überraschungen in diesem Burschen stecken.«

»Hast du nicht gehört, der Herr Pfarrer wünscht Wein.« Peters Stimme klang äußerst gereizt, sodass Severin auf weitere Erklärungen verzichtete und sich nach oben trollte. Als er gehorsamst die Becher und einen Krug gebracht hatte, wurde ihm großzügig und unmissverständlich erlaubt, sich für heute zurückzuziehen.

Immer noch aufgewühlt streckte Severin sich auf der Küchenbank aus. Er hatte nicht einmal seine Schuhe ausgezogen. Auf dem Rücken liegend, die Hände unter dem Hinterkopf lauschte er angestrengt den Stimmen, die von unten heraufdrangen, aber er konnte kein Wort davon verstehen.

Vor ein paar Stunden hatte er danach gegiert, einen Blick auf Peters Aufzeichnungen zu werfen. Jetzt glaubte er nicht mehr daran, dass er dort eine Lösung für die kleine Uhr gefunden hätte. Nein, Peter hatte nicht die geringste Ahnung, wie die rasende Zeit zu zügeln war. Hoffentlich hatte er wenigstens das Bild mit dem Wasserträger verstanden. Andernfalls würde Severin wieder einmal kostbare Zeit damit vertun müssen, dem Schlosser seine Gedanken schluckweise einzutrichtern, bis dieser schließlich glaubte, es wären seine eigenen.

Immerhin lief die Uhr, so viel war auf jeden Fall geschafft, und Severin kannte die Richtung, die er einschlagen musste, um auch das letzte Problem zu lösen. Gleich morgen wollte er damit beginnen.

Er hätte nun gelassen einschlafen müssen, wie immer, wenn er für den nächsten Tag konkrete Pläne hatte. Aber irgendetwas pochte in ihm, irgendetwas, das ebenfalls nach seiner Aufmerksamkeit rief, es war nur schon zu weit fort, als dass er die Rufe verstehen konnte.

Der Sommerabend war mild, und der Herd strahlte noch Wärme ab. Er brauchte eigentlich keine Decke, aber das Gefühl, vielleicht wieder etwas Wichtiges zu verpassen, machte ihn dünnhäutig, und er fühlte sich geborgener, wenn er sich einwickelte. Als er den unordentlichen Haufen auseinander zog, polterte Kungunds Buch zu Boden. Er hob es auf und strich über den ledernen Einband.

Kungund. Für sie war der Abend nicht glücklich verlaufen. Bitter enttäuscht und zornig hatte sie ausgesehen.

Was für ein Gegensatz zu ihrer Beschwingtheit vorher, als sie den gebildeten Gast noch nicht gekannt hatte. Was für ein Gegensatz zu dem holden Antlitz, das auf Severin heruntergeblickt hatte, als er am Fußende des mächtigen Bettes aus dumpfem Taumel erwacht war.

Kungund hatte seine Hand gehalten. Sie hatte sich um ihn gesorgt, ihm vielleicht über die Wange gestrichen. Er wünschte so fest, sich an eine solche Berührung zu erinnern, dass er sie deutlich spürte. Gleich morgen durfte er sie wieder treffen, um ihr das Buch zurückzugeben. Hatte sie es gar aus diesem Grunde liegen gelassen?

Behutsam tastete er die eingeprägten Buchstaben auf dem

Titel nach, blätterte ein wenig und streichelte mit dem Finger über die bedruckten Seiten. Eine ganze Welt lag darin, die sich ihm niemals offenbaren würde. Wie viele solcher Welten mochte es wohl geben, geschriebene, gefühlte, gelebte? Und sie alle bestanden zur gleichen Zeit.

XIII. KAPITEL

Und wieder brach die Feder. Fast hatte Severin erwartet, das gefürchtete leise Klicken zu hören. An die hundert fruchtlose Versuche hatte er bereits hinter sich gebracht. Er härtete den Stahl mit Wasser und Öl, sogar mit Lehm, nichts glückte. Es gelang ihm einfach nicht, ein feines, elastisches Hindernis zu schaffen, welches dem winzigen Wasserträger in der Uhr den nötigen Rückstoß geben konnte. Entweder geriet es zu steif oder zu weich, und wenn es tatsächlich federte, zerbarst es nach wenigen Schlägen.

Er war kurz davor, die Arbeit hinzuwerfen. Seine Augen schmerzten, und seine Brauen waren zu einer krausen Kruste versengt. Verbrennungen waren nicht zu vermeiden, denn um die Temperatur der nadeldünnen Federchen zu erkennen, musste er sich so nahe über die Glut beugen, wie er es eben ertragen konnte.

Zu allem Übel erinnerte er sich nicht mehr genau an alles, was er probiert hatte, und es konnte durchaus sein, dass er gerade wiederholte, was er schon vor Tagen verworfen hatte. Er hätte Peter bitten können, seine Ergebnisse aufzuzeichnen, doch der saß mit dem Rücken zum Fenster, feilte in aufreizender Gelassenheit an einer Spindel und lauerte darauf, dem unfähigen Knecht die Arbeit zu entreißen.

Severin durfte nicht einmal kurz innehalten, um sein Vorgehen zu überdenken, denn sobald er unbeschäftigt aussah, war Herman zur Stelle und zog ihn für seine eigenen Belange heran.

Er wünschte sich die Nacht herbei, in der er heimlich, aber ungestört im Flackerlicht für sich selbst werkeln würde. Erschöpft stützte er die Hände auf den Tisch und tat ein paar tiefe Atemzüge. Noch einmal von vorn: die Form einer Nadel war offensichtlich ungeeignet, aber wie würde das Metall reagieren, wenn er die Nadel flach klopfte? Ein Brett federte schließlich auch und besaß doch eine gewisse Zähigkeit.

Himmel, die Bretter! Wann hatte er Barb versprochen, ihre Hütte zu reparieren? Wartete sie vielleicht gerade jetzt auf ihn? Oder war heute der Tag, an dem er Ottilie zu einem abgelegenen Bauernhof begleiten sollte? Dazu würde es jetzt zu spät sein.

Eine flache Feder könnte er zunächst recht breit herstellen, um sie dann Stück für Stück zurechtzufeilen. Damit ersparte er sich mehrere Glühvorgänge.

Herman klopfte ungeduldig mit der Zange gegen sein Bein. »Wenn du träumen willst, pack dich auf deine Küchenbank. Hier wird gearbeitet, ich brauche die Esse.«

Seufzend machte Severin ihm Platz und sah untätig zu, wie dieser einen Rohling in das Bett aus glühender Glut gleiten ließ.

In Severins Bett auf der Küchenbank lag immer noch das dicke Buch von Kungund. Seit dem Besuch des Pfarrers war sie weder in der Stube noch in der Küche aufgetaucht. Vielleicht war sie krank, und er ahnte nichts davon.

Er riss sich die Schürze ab und eilte hinaus.

»Wo willst du hin?«, rief Herman hinter ihm her.

»Kohlen holen.«

Severin begab sich tatsächlich auf den Hof, aber die Kohlen ließ er liegen. Stattdessen zog er einen Eimer Wasser aus dem Brunnen. Die frische Kühle tat seinen Augen wohl. Er wischte sich über die Schläfen, über den steifen Nacken und bearbeitete seine Hände mit der Wurzelbürste, als könne er alle Versäumnisse von sich abschrubben.

Kurz darauf stand er fröstelnd, aber leidlich sauber vor dem ehelichen Schlafgemach und klopfte.

»Wer ist da?«

Kungunds Stimme hatte so leise geklungen, dass Severin nicht sicher war, sie tatsächlich gehört zu haben. Nach kurzem Zögern klopfte er erneut.

In diesem Moment wurde die Türe aufgerissen.

Erschrocken wich er einen Schritt zurück und stotterte: »Euer Buch, ich wollte es Euch wiedergeben.«

Kungund hatte sich nicht angekleidet, sondern nur einen Umhang über das zerknitterte Nachtgewand geworfen. Ihr Haar war nachlässig in zwei lose Zöpfe geflochten. Ein wenig aufgedunsen sah sie aus, die Lider schwer und rot geädert ihre Augen.

»Mein Buch?«

»Ich wollte es schon längst zurückgeben, Ihr habt es auf der Küchenbank vergessen, als der Pfarrer zu Besuch gekommen ist.«

»Ach, der Pfarrer.«

Kungund blickte ins Leere. Sie machte keine Anstalten, sich zurückzuziehen, bat Severin nicht hinein und schickte ihn auch nicht fort. Offenbar bemerkte sie nicht einmal, dass er ihr das Buch entgegenstreckte.

»Mir nützt ein solches Werk leider nichts, Meisterin, ich kann ja bloß die Zahlen lesen.«

Sie nickte und schlurfte in ihr Gemach zurück. »Leg es irgendwo hin. Es ist recht kurzweilig. Es handelt von einem boshaften Schelm, der allen Leuten derbe Streiche spielt. Eigentlich ein grässlicher Kerl, dieser Dyl Ulenspiegel, keinen Stand verschont er mit seinen egoistischen Gemeinheiten und wird trotzdem nie bestraft. Manche der Geschichten sind derart obszön, dass der Dichter nicht wagte, seinen Namen unter das Werk zu setzen, aber aus den Anfangsbuchstaben der Kapitel kann man ihn doch herauslesen. Mir gefällt es jedenfalls. Besonders lustig fand ich, wie der Narr sich beim Schmied verdingt und alle Zangen, Sägen und Hammer zu einem Klumpen zusammen…«

Kungunds Stimme entglitt, und sie wandte sich ab. So lustig konnten die Schwänke wohl doch nicht sein, ihr ganzer Rücken bebte in verschluckten Schluchzern. Severin trat hinter sie und hielt seine Hände wie einen Mantel über ihre Schultern, ohne sie tatsächlich zu berühren.

Unvermittelt drehte Kungund sich zu ihm um. Tränenverschwommene Augen sahen zu ihm empor, voller Hoffnung – nein, voller fordernder Erwartung. Severin ertrank in ihrem Blick. Es gab nur noch sie beide. Für einen zeitlosen Augenblick war der Kosmos stehen geblieben. Die winzigste Regung hätte den Moment zerstören können, und Severin, die Hände immer noch erhoben, wagte nicht, sie zu umarmen. Er wagte ja nicht einmal mehr zu atmen.

Kungund schloss die Lider. »Ich bin schlecht, Severin, ich kann meinen Gemahl nicht ehren. Vielleicht gibt es für mich keine andere Empfindung mehr als die Trauer um das, was ich verloren habe. Ist es denn falsch, dass ich die Schönheit liebe? Es müssen ja nicht goldene Becher oder Samt und Seide sein. Nur ein wenig kunstvoll soll es zugehen, eine Spur über das Nötige hinaus, sodass ich mich an der Raffinesse des Schöpfers freuen kann. Wie gerne habe ich früher Laute gespielt oder mit anderen gesungen, keine Choräle, einfach so aus reiner Lebenslust. Ach, ich möchte endlich wieder ausgelassen sein, ohne auf meine Worte achten zu müssen, ich will mich von dem Frohsinn anderer mitreißen lassen und mich sogar an meiner eigenen Gestalt berauschen dürfen.«

Ihr Kopf lag an Severins Brust, und er konnte ihre Stimme in sich selber hören. Die kleinen Vibrationen setzten sich bis zu den Kringellöckchen fort, die über ihrem wirren Scheitel zitterten. Beruhigend strich er ihr über den Rücken.

Selbst als Kungund schluchzte, sie wäre viel lieber mit Herman vermählt, fuhr er mit dem gleichmäßigen Streicheln fort und ließ sich die Enge in seiner Brust nicht anmerken. Sie konnte ja nicht ahnen, dass der Messerer genauso zungenfertig, wie er ihr schmeichelte, hinter ihrem Rücken über sie lästerte.

»Mein Ehewirt ist ein unbeweglicher Kloben geworden, der immerfort nur büßen will. Herman hat sicher auch einiges auf dem Kerbholz, aber er ist trotzdem lustig geblieben. An Wortgewandtheit kann er es mit den Gebildeten der ganzen Stadt aufnehmen, und wenn er sich ein Samtbarett aufs Haupt setzte, würde jedermann ihn für einen hochgeborenen Patrizier halten.«

»Und wenn man den ehrbaren Pirckheimer in einen alten Kittel steckte, würde jedermann ihn für einen Bauern halten. Nun ja, für einen Schweinebauern, wenn man sein rosa Gesicht bedenkt.«

Der Einwurf hatte nur eine kurze Aufmunterung bewirkt, schon rutschte Kungund wieder in Düsternis zurück. Leider war Severin nicht so beredt wie sein Meister, kein galanter Schöngeist und nicht einmal ein siegreicher Krieger. Er konnte sie nur halten und hoffen, sein Trost möge nicht bewirken, dass sie sich allzu bald von ihm löste.

»Ich bin alles so leid, Severin. Ich kann mich nicht damit abfinden, dass mein Leben schon zu Ende sein soll und der kümmerliche Rest bloß noch in steter Gleichförmigkeit an mir vorüberzieht. Mein Ehewirt quält mich täglich mit lehrreichen Traktaten, und ich denke derweil daran, was ich alles erleben wollte. Ich habe noch nie das Meer gesehen, nicht einmal die Alpen.«

»Warum sollte das nicht möglich sein? Viele Menschen begeben sich auf lange Pilgerfahrten, und niemand wirft ihnen die Reiselust vor.«

»Du glaubst doch nicht, dass Peter so etwas zuließe. Seitdem der Pfarrer hier war, hält er meinen Glauben für schwankend und will mich vor aller Versuchung bewahren. Jeden Abend muss ich in seiner Gegenwart laut beten, damit er sicher ist, dass ich es nicht vergesse. Danach hält er mir Vorträge und stellt verletzend leichte Fragen, sodass ich mir wie eine Schwachsinnige vorkommen muss. Wenn ich aber absurde Antworten gebe, schlägt er mich mit dem Gurt.«

Severins Hände schlossen sich zu Fäusten, und er zog sie rasch zurück.

»Was hast du? Es ist nichts dabei, wenn du mich umarmst, schließlich kennen wir uns schon aus Kinderzeiten. Wahrscheinlich erinnerst du dich nicht mehr daran. Damals in Affalterbach hast du noch einen Bauernkittel getragen, mit viel zu kurzen Ärmeln, und natürlich keinen Bart. Sonst hast du dich kaum verändert, ich sehe immer noch den baumstarken Jungen mit dem empfindsamen Kindergesicht vor mir. Selbst deine Augen starren mich genauso brennend an. Bitte, halte mich noch einen Moment. Kinder trösten einander ja auch, ganz unschuldig wie Brüder und Schwestern, nicht wahr?«

Severin hätte nicht zu hoffen gewagt, dass sie von diesem Tag noch wusste. Er wünschte nur, sie hätte etwas anderes als ausgerechnet die Vertrautheit unter Geschwistern angesprochen. Eine Schwester wollte er gewiss nicht in ihr sehen. Seine Geschwister waren alle tot, erschlagen an eben jenem Sommertag in Affalterbach, und er allein war übrig geblieben.

Gott musste einen Grund gehabt haben, ihn als Einzigen zu verschonen. Vielleicht hatte der Schöpfer ihm eine wichtige Aufgabe zugedacht – vielleicht war es Gottes Wille, dass Severin einst die Zeit auf Erden besiegte.

Kungund angelte nach seinem Arm, und als er den zaghaften Versuch machte, sich zu verweigern, blickte sie zu ihm auf.

»Was hast du? Du bist ganz bleich geworden. Grämt es dich so sehr, dass Peter mich schlägt?« Ein gerührtes Lächeln zauderte auf ihren Lippen.

»Du darfst nichts dagegen unternehmen, hörst du, Severin, ich verbiete es dir. Peter ist unglaublich stark. Außerdem ist es sein Recht, mich zu maßregeln. Er schlägt mich ja nie im Zorn, sondern nur aus reinem Pflichtgefühl, weil er nicht möchte, dass ich den Schöpfer verdrieße und weiterhin unfruchtbar bleibe. Nur leider erreicht seine Mühe weder mein Herz noch meinen Bauch, ich bin immer noch nicht schwanger. Dabei fordert Peter regelmäßig bei mir zu liegen, und das, obwohl er keinerlei unkeusche Freude daran finden kann.«

Wieder verkrampften sich Severins Fäuste. Kungund drückte sich tiefer in seine Armbeuge, als wüsste sie um die Eifersucht, die unversöhnlich in ihm aufstieg.

»Du hättest ruhig früher nach mir sehen können«, murmelte sie. »Ist dir denn gar nicht aufgefallen, dass ich seit Tagen in der Kammer hocke? Niemandem fällt das auf in diesem Hause. Aber ich kann nicht hinaus. Peter verlangt, dass ich endgültig allen Schmuck ablege, bevor ich mich wieder in der Stube blicken lasse. Ich soll mich gefälligst züchtig verhüllen, so wie die Nachbarin Margarethe, diese graue Tuchrolle, bei der man immer rätselt, welche Form wohl ihre Glieder haben könnten. Für meinen Gemahl zählt nur, dass sie vier Kinder geboren hat. Sogar meinen Bisamapfel soll ich jetzt in einer der Truhen begraben. Peter ahnt nicht, was er mir damit antut. Der süße Duft erinnert mich an mein Elternhaus, er ist das Letzte, was mich noch mit glücklichen Tagen verbindet.«

Sachte nahm Severin ihren Kopf zwischen seine Hände und hob ihn so weit, dass er ihr in die Augen sehen konnte. Mit den Daumen wischte er ihr die Tränen von den Wangen. Nein, Kungund würde niemals der farblosen Nachbarin ähneln. Ihr unbändiger Lebenswille würde überall hindurchschimmern, auch wenn Peter versuchen sollte, ihn unter den dicksten Wollstoff zu bannen.

»Sei nicht traurig, Kungund. Warum legst du den Anhänger nicht einfach ab und ersparst dir und Peter weiteres Leid. Es ist wesentlich besser, sich in diesem Punkt zu fügen, als dass du dich selbst in der Kammer begräbst.«

Als sie entrüstet widersprechen wollte, legte er ihr den Finger auf den Mund. »Peter sprach nur von deinem Schmuckstück, nicht wahr? Gegen den Wohlgeruch als solchen kann er nichts einzuwenden haben, denn selbst unserem Herrn Jesus Christus wurden Weihrauch und Myrrhe in die Wiege gelegt. Hat der Heiland solche Gaben jemals abgelehnt?«

Kungunds Augen wurden weit, dann verstand sie. »Du überraschst mich wirklich, Severin. Eben noch ein unbeholfener, schüchterner Knecht, zitierst du plötzlich die Geschichte der heiligen Familie und setzt dir passende Argumente daraus zurecht. Wie ein disputgewohnter Pfaff – nein schlimmer noch, wie Herman. Dabei kannst du nicht einmal lesen. Weißt du was, ich werde es dir beibringen.«

Sie öffnete die eiserne Kugel, nahm behutsam den Bisam heraus und schloss ihre Hand darum. Mit einem leichten Ruck riss sie die Kette entzwei und streckte sie Severin entgegen. »Nimm du das Ding und prahle laut damit herum. Peter soll wissen, dass ich mich von jedem Putz getrennt habe.«

Den Bisam aber ließ sie in ihren Ausschnitt zwischen ihre Brüste gleiten. Severin beneidete den Bisam zutiefst. Zittrig nahm er den eisernen Apfel aus ihrer Hand und drehte ihn ehrfürchtig zwischen den Fingern. Kungunds Duft würde noch lange darin hängen, sie würde ihm ganz nahe sein, wenn er ihr Kleinod über dem Herzen trug.

»Sag, Severin, du siehst doch tagtäglich, was in der Werkstatt geschieht, glaubst du, dass Peters sonderbare Uhr irgendwann einmal fertig wird? Wie lange könnte es noch dauern, bis er auf eigenen Füßen steht?«

»Mach dir darüber keine Sorgen. Herman verdient nicht schlecht und ist bestimmt nicht knauserig. Er weiß ja, dass die Gulden irgendwann hundertfach in Peters Beutel klimpern werden.«

»Um Geld geht es mir nicht. Ich wünsche Peters Erfolg, damit er geachtet wird und wieder stolz auf sich selbst sein kann. Vielleicht mildert das ein wenig die drückende Schuld, die er auf sich geladen hat, und vielleicht kann er sich dann auch mir gegenüber etwas weitherziger zeigen.«

Severin teilte ihre Hoffnung nicht. Wie er Peter kannte, würde der eher verstärkt auf seinen Grundsätze beharren, wenn erst die Ehrbaren ihm anerkennend auf die Schultern klopften. Trotzdem legte er alle Zuversicht in seine Stimme. »Die Uhr wird sehr bald laufen, und wenn nicht Peters, dann eben meine, das verspreche ich.«

»Deine Uhr? Versprich nichts, was du nicht halten kannst.« Kungund schob ihn von sich und setzte sich im Schneidersitz aufs Bett. Ein wenig milder fügte sie hinzu: »Nein, versprich mir lieber nichts, auch nicht, wenn es aus reiner Freundlichkeit geschieht. Ich könnte mich verleiten lassen, dir jedes Wort zu glauben.«

»Du kannst mir glauben, Kungund, ich schwöre. Auch wenn ich nur ein Knecht bin, habe ich doch viel gelernt. Seit geraumer Zeit feile ich heimlich an einem eigenen Uhrwerk. Es ist so klein, dass es sogar in diesen Bisamapfel passen würde. Hab noch ein wenig Geduld. Ehe du dich versiehst, wird das ständige Hoffen auf bessere Stunden in meinem Ührlein eingeschlossen sein. Ich bin fast fertig. Das Problem der nachlassenden Federspannung haben wir bereits gelöst, und zwar mit einer exzentrischen Bremse, die ...«

»Hör auf! Ich begreife kein Wort, wenn du dir nicht die Mühe machst, verständlich zu erklären.«

»Entschuldige. Die exzentrische Bremse musst du dir etwa in Form eines platten Tropfens mit gebogener Spitze vorstellen, gegen dessen Rand ein Stahlstück drückt. Der Druck verändert sich mit dem Durchmesser des Tropfens, daher schnurrt mein kleines Werk jetzt unermüdlich in immer gleichem Tempo. Es will nur noch nicht ticken. Ihm fehlt eine elastische Hemmung, die ...«

Kungund unterbrach ihn. »Du bist ja schlimmer als Peter. Wenn der zu mir heraufkommt, lässt er seine Arbeit unten, wo sie hingehört, du dagegen scheinst die Werkstatt überhaupt nicht verlassen zu haben. Ich dachte, ich wäre dir ein wenig wichtig, aber lieber noch würdest du wohl dieses heimliche Uhrwerk streicheln. Du sprichst davon, als sei es ein liebes Wesen. Es will nicht ticken, wie? Es hat eben kein lebendiges Herz.«

Das war es. Plötzlich sah er den Mechanismus absolut klar vor sich, als hätte sich soeben der letzte Nebelschleier vom Sternenzelt verzogen.

»Kungund, ich danke dir. Etwas Lebendes muss hinein, wie man es auch unter Mauern und Wehrtürmen opfert, wenn sie auf Dauer halten sollen.«

»Dein erstes Opfer hast du soeben gebracht«, sagte Kungund tonlos.

Ja, Wochen hatte er dumpf dahingeopfert, fruchtlos hatte er sich mit totem Federstahl gequält. Blind war er gewesen. Wie vollkommen zeigte sich doch die lebendige Schöpfung überall um ihn herum, wie sinnreich zum Beispiel so etwas Alltägliches wie ein Dutzenhalm, der sich bei Sturm fast waagerecht über das Wasser legte und bei nachlassendem Wind sofort wieder in die Senkrechte schnellte. Nicht umsonst kehrten die klugen Frauen ihr Heim mit Birkenreisig, statt mit dem eisernen Besen, und schrubbten die Möbel mit allerlei Bürsten aus Schweineborsten. Eine Welle von zärtlicher Hochachtung überrollte ihn, für Kungund und alle Weiber der Welt. Auch die Nachbarin Margarethe schloss er darin ein, denn sie besaß zwei Schweine, welche ihm sicherlich ein paar Rückenborsten überlassen würden.

»Lass mich allein«, hörte er Kungund sagen.

Während Severin die Treppe zur Werkstatt hinunterstürzte, drückte er ihren eisernen Apfel an seine Brust. Kungund hatte ihn erleuchtet, wie damals Eva, als sie Adam den Apfel der Erkenntnis überreichte. Auf den Gedanken, dass die Menschheit daraufhin aus dem Paradies gewiesen worden war, kam er im Moment nicht.

* * *

»Hör auf zu poltern, dort ist niemand zu Hause.« Ottilie stand mitten auf der Gasse. Sie hatte ihre Hände hinter dem Rücken verschränkt, sodass ihre spitzen Ellenbogen herausfordernd in die Luft piekten. »Weißt du nicht mehr, wo du wohnst? Dein Heim steht nebenan.«

Severin schüttelte unwillig den Kopf und betätigte den Klopfer erneut.

»Lass das, du siehst doch, dass sie sämtliche Läden geschlossen haben. Die Vögel sind ausgeflogen, mindestens für eine Nacht, wahrscheinlich für mehrere Tage.«

»Aber ich muss hinein, nicht ins Haus, nur in den Stall. Ich höre die beiden Schweine ganz deutlich quieken.«

Sogleich war Ottilie neben ihm. Während er ergebnislos klopfte, fuhren ihre Finger über die Tür, rutschten in jede Ritze und betasteten das Schlüsselloch.

»Ich verstehe die Bürger nicht«, sagte sie, »da sind sie schon vom Schicksal gesegnet, dass sie sich zwei Schweine halten können, und reisen unbekümmert fort, ohne an die armen Viecher zu denken. Wie lange mögen sie in ihrem engen Verschlag schon darben, ohne Wasser, ohne Futter, ohne ein freundliches Wort. Du hast ganz Recht, solche gewissenlose Menschen haben das Glück nicht verdient. Man muss ihnen die geschundenen Kreaturen nehmen, eines du, das andere ich.«

Sie zog sich eine Spange aus dem Haar, das sofort befreit über ihre Schultern wallte. Einen Moment zögerte sie, dann knickte sie das Schmuckstück in mehreren Winkeln zurecht.

»Tand«, sagte sie leichthin, »kein wertvolles Geschmeide, nur etwas Draht mit bemalten Holzkugeln. Du machst mir eine Schönere, ja?«

Nachdem sie ein wenig im Schlüsselloch gestochert hatte, knarrte die Tür auch schon in den Angeln. Triumphierend stieß Ottilie sie vollends auf, verbeugte sich galant und bat Severin einzutreten. »Du willst ein Schlossergehilfe sein? Was lernst du eigentlich bei den Henleinbrüdern?«

»Zumindest lerne ich nicht, nach eigenem Gutdünken fremde Türen zu öffnen. Ottilie, wenn du stiehlst, wird man dir irgendwann die Hände abschlagen. Rühre ja nichts an, und die Schweine bleiben, wo sie sind. Meinetwegen kannst du sie füttern und tränken, mehr nicht.«

Severin hatte sich die ganze Angelegenheit leichter vorgestellt, und gewiss hatte er nicht damit gerechnet, den misstrauischen Schweinen eigenhändig das spärliche Haar ausrupfen zu müssen. Zu allem Überfluss saß Ottilie auf dem Gatter und feuerte ihn lautstark mit höhnischen Bemerkungen an, während er ungelenk die quiekenden Tiere verfolgte. Seit sie erfahren hatte, dass er nichts anderes begehrte als ein paar feste Schweineborsten, konnte sie sich gar nicht mehr beruhigen.

Mistbesudelt und verschwitzt verließen sie das Nachbarhaus. Severin blieb wenigstens die Genugtuung, dass er die Tür mit Hilfe der Spange auch wieder fest verschließen konnte.

»Wirklich beeindruckend«, spottete Ottilie. »Aber eines kann ich nicht begreifen, warum hast du nicht einfach eine passende Bürste gerupft?«

Und warum sagte sie ihm das erst jetzt? Verärgert über seine eigene Beschränktheit stapfte er zum Henleinhaus zurück.

Ottilie trippelte dicht hinter ihm her und kicherte. Es gab nur ein verlässliches Mittel, sie zur Ruhe zu bringen, und Severin wandte es an, obwohl er lieber sofort mit seiner Beute in die Werkstatt geeilt wäre. »Hast du Hunger?«, fragte er. »Wenn ich mich nicht irre, müsste vom Kalbskopf etwas übrig sein.«

Er hatte schon immer darüber gestaunt, wie viel das Mädchen essen konnte, ohne ein einziges Lot zuzunehmen. Sie schien ausschließlich in die Länge zu wachsen. Nur eine Ahnung von Rundungen deutete an, was bei anderen Mädchen in ihrem Alter sich bereits üppig hervortat. Heute aß sie nicht nur, sie schlang unterschiedslos alles in sich hinein, was er vor sie hinstellte. Arme Barb, dieses Kind satt zu bekommen war sicher nicht immer leicht.

Endlich winkte Ottilie ab und füllte sich einen Becher mit Wasser. Sie stellte sich ans Küchenfenster und blickte eine Weile schweigend hinaus. Dann sagte sie leise: »Hoffentlich habe ich nicht alles aufgegessen, ich muss auch etwas mitnehmen. Kannst du dir Barb abgemagert vorstellen? Sieh es dir an, es ist erbärmlich, sie steht kaum noch auf.«

»Oh Gott, Ottilie, warum hast du mir nichts davon gesagt?«

»Ich bin zwar eine Bettlerin, aber ich bettle nicht bei meinen Freunden. Du hast ja nie Zeit, uns zu besuchen, sonst hättest du selbst erkannt, wie es um uns steht. Ach, du bemerkst nicht einmal, wie sehr ich mich verändert habe. Leider sehen die anderen durchaus, dass ich eine Frau geworden bin. Seitdem geben mir die Weiber gar nichts mehr, und die Kerle verlangen plötzlich widerliche Gegenleistungen. Ich weiß, ich müsste jede Gelegenheit dankbar annehmen, wenn sie ein paar Heller verspricht, aber ich kann mich nicht überwinden.«

»Zum Glück kannst du das nicht, Ottilie. Du hättest mir Bescheid sagen müssen. Vertraust du mir denn nicht? Ich wäre immer für dich da.«

»Wann sollte das wohl sein?«

Severin schloss die Augen. Wie oft hatte sie vergeblich auf ihn warten müssen? Wie oft mochte er versäumt haben, seine Zusagen zu erfüllen?

»Ich kann dir nicht sagen, wann, das wäre nur ein neues vages Versprechen, das ich vielleicht nicht halten könnte. Bitte verzeihe mir und habe noch ein wenig Geduld, ein paar Tage wenigstens, bis ich mein Uhrwerk verwirklicht habe. Damit werde ich endlich bestimmen können, mit was ich mich wann beschäftigen möchte. Dann werde ich besondere Zeitabschnitte für dich allein bereithalten und weitere für Barb. Wie soll ich es begreiflich machen? Ohne eine solche Uhr laufen alle Tage gestaltlos um mich herum und lassen sich nicht halten. Aber eines musst du immer wissen, du bist mir so lieb, wie eine leibliche Schwester es nur sein könnte.«

»Einen Bruder brauche ich aber nicht!«, zischte Ottilie. Sie wickelte sich das Haar um die Hand, schlang es zu einem Knoten auf dem Hinterkopf und steckte einen Löffel hinein. »Es war ein Fehler, dich um Hilfe zu bitten, und wenn Barb nicht darauf bestanden hätte, wäre ich bestimmt nicht hergekommen. Leb wohl, Severin.«

»Nanu, Lais, welch seltene Freude in unserem tristen Heim.« Herman stand im Türrahmen und versperrte ihr den Weg. »Warum so zornig, schöne Maid? Warum dieser plötzliche Aufbruch?«

»Lasst mich durch!« Lächerlich dürr stand Ottilie vor dem Messerer, erbärmlich ihr Aufzug, der Dreck, die Lumpen, und doch blickte sie so entschlossen auf die Tür, als zweifelte sie keinen Moment daran, dass Herman ihr sogleich Platz machen würde.

Diesen Gefallen tat der Messerer ihr aber nicht. Er legte den Kopf schräg und hob die Brauen. »Das liebe ich an den jungen Mädchen, schlichte Äußerungen, die schlichte Antworten verlangen. Keine umständliche Ziererei, was viele ältere Weiber wohl für besondere Raffinesse halten. Aber auch ich habe dich klar und deutlich etwas gefragt. Ist es manierlich, mich einfach zu übergehen?«

»Nein, sicher nicht, aber ich habe jetzt anderes zu tun, als Höflichkeiten auszutauschen. Ich muss mir eine Stellung suchen und wäre Euch dankbar, wenn Ihr mich nicht weiter aufhalten würdet.«

»Ich verstehe«, sagte Herman und trat so weit zur Seite, dass Ottilie sich an ihm vorbeidrücken konnte, aber nicht ohne ihn dabei zu streifen. Er ließ sie die halbe Treppe hinunterlaufen und sagte dann in normaler Lautstärke. »Wenn ich es recht bedenke, brauchen wir dringend eine Magd.«

Ottilie blieb stehen. Einen Moment verharrte sie, dann kam sie langsam wieder herauf. »Wirklich? Ich verlange aber dreißig Schilling im Jahr.«

»Ein ganzes Jahr willst du dich verdingen? Die meisten Mägde ziehen es vor, sich nur bis zum nächsten großen Feiertag zu verpflichten, und kommen erst wieder, wenn dieser Kelch vorübergegangen ist.«

»Ein Jahr«, sagte Ottilie fest. »Wenn ich mich hier nicht wohl fühle, verlasse ich das Haus ohnehin, wann ich will.«

»Einverstanden.« Zur Bestärkung hielt Herman ihr die Hand entgegen, und sie schlug so kräftig ein wie ein Pferdehändler. Herman packte zu, zerrte sie auf den Flur und polterte gegen Kungunds Tür.

»Nun, Lais, die Einzelheiten verhandelst du am besten mit

der Hausherrin. Mir würde es womöglich nicht gelingen, dir deine unverschämten Forderungen abzuschlagen.«

Ottilie hatte sich gerade losgemacht, als Kungund erschien. Ihren Ausschnitt bedeckte ein Goller, ein züchtig geknöpfter Umlegekragen, und ihr Tuch war fest um Kopf und Hals gewickelt. Blass und streng aufgerichtet stand sie in der Tür.

Ottilie schluckte. Sie senkte den Blick und flüchtete sich in einen verunglückten Knicks. »Grüß Euch Gott, Meisterin, ich will, ich meinte natürlich, ich möchte ...«

»Wer ist das?«, fragte Kungund. Als sie erfuhr, dass Ottilie nun Magd im Hause werde sollte, erhellte sich ihre Miene. »Das wurde auch höchste Zeit. Ein Haushalt mit so vielen Erwachsenen und keine Magd.«

Sie musterte das Bettelmädchen so ausgiebig, als ob es sich um eine unbekannte Wesenheit aus dem dunklen Kontinent gehandelt hätte.

»Mein Gott, wie jung du bist«, sagte sie leise, wie zu sich selbst. »Wer weiß, was du schon alles durchmachen musstest, und ich jammere ein paar goldbestickten Bändern nach.«

Unter den Blicken der Meisterin trat Ottilie von einem Fuß auf den anderen, knetete ihre Finger erst vor dem Leib, dann hinter ihrem Rücken.

Severin wollte ihr zu Hilfe kommen. »Lasst sie doch erst einmal nach Hause laufen und die Angelegenheit überdenken, bevor sie tatsächlich eine Arbeit hier annimmt.«

Hätte er bloß geschwiegen, unwirsch fuhr Ottilie ihm über den Mund: »Wie du vielleicht gehört hast, habe ich mich bereits einverstanden erklärt. Barb wird dagegen sein, aber das schert mich nicht. Du gönnst mir wohl nicht das Leben in einem vornehmen Haus, wie du es für dich selbst beanspruchst.«

Hermans Gelächter ließ sie zusammenfahren. Sie biss sich auf die Unterlippe, blickte scheu zu Kungund hinüber und neigte rasch den Kopf.

Die Meisterin machte eine Bewegung, als wollte sie der neuen Magd über den Arm streicheln, aber dann zog sie ihre Hand wieder zurück und sagte sanft: »Bis eben hätte ich nicht gedacht, dass dieses düstere Haus ein begehrter Platz sein könnte. Du hast noch große Träume, nicht wahr, Mädchen? Verliere sie nicht, und lass dich ja nicht von den Kerlen ärgern, die sind manchmal plump wie schief getretene Holzschuhe.«

»Und wenn ich auch ein plumper Holzschuh bin, Meisterin? Ihr werdet mir dauernd sagen müssen, was ich tun soll.«

Ihre Blicke trafen sich, und beide lächelten. Kungund strahlte sogar. »Keine Sorge, Kleine. Zuerst wollen wir nachsehen, ob wir nicht etwas Hübscheres für dich finden. Du wirst staunen, was ich alles aussortiert habe. Weißt du, für eine Ehewirtin ziemt sich die Putzsucht nämlich nicht mehr, ebenso wenig wie amüsante Geschichten, unmäßiger Genuss von Zuckerwerk, ausgelassene Tänze ... oh ja, du musst wirklich noch eine Menge lernen, bevor du alldem entsagen kannst.«

Sie nahm Ottilie bei der Hand und zog sie mit sich in ihre Kammer. Kurz darauf war verhaltenes Gekicher aus dem Gemach nebenan zu hören.

Herman zog seine Lippe schief, sodass man die halbe Zahnreihe sah. »Tja, wenn Hühner miteinander gackern, werden die Gockel nebensächlich, es sei denn, sie verzichten darauf zu krähen und lernen schleunigst, wohltönend zu gurren.«

Mit lauerndem Blick auf Severin sagte er: »Ich hoffe nur, Kungund verdirbt meinen langbeinigen Grashüpfer nicht allzu schnell. Sie ist drauf und dran, ein geziertes Püppchen aus ihr zu machen, das keinen ehrlichen Satz mehr zustande bekommt und jeden, der ein wenig freundlich zu ihr ist, sogleich mit unverschämten Erwartungen behelligt. »

»Unverschämt sind höchstens Eure Worte«, knurrte Severin.

»Ja, das sind sie. Und du, hergelaufener Bastard von ehrenhaftem Gemüt? Mit welcher verbringst du deine lüsternen Träume? Mit der wehrlosen Bettelmaid, oder ziehst du gar die Gattin deines Meisters vor?«

Herman beobachtete jede Regung seines Knechtes, alle Muskeln angespannt, zur Abwehr bereit. Er rechnete ganz offensichtlich damit, dass Severin ihm gleich blindwütig an die Gurgel fahren würde und damit sein Herz verraten hätte. Diese Genugtuung sollte er nicht bekommen. Severin zuckte nur mit den Schultern und meinte: »Ich habe Wichtigeres zu schaffen, als von Weibern zu träumen. Im Übrigen glaube ich nicht, dass Ottilie besonders wehrlos ist.«

»Jede ist machtlos, wenn es den Hausherrn nach ihren Gliedern gelüstet. Deshalb ist mir wesentlich lieber, Lais unter meinem Dach zu wissen, statt als Magd bei irgendeinem Tölpel, der sie womöglich vorzeitig entweiht.«

* * *

Da Ottilie als Magd natürlich die Küchenbank beanspruchte, hatte Severin auf dem Hof einen Holzschober errichtet und nächtigte nun dort, wo das Brenngut vorher lagerte, in einer Nische des Eingangsraumes. Sein neuer Schlafplatz gefiel ihm recht gut. Herman hatte ihm für seine persönliche Habe auch eine schwere Brettertruhe vermacht, geziert mit einem von Peters Schlössern. Die Truhe stand quer am Kopfende seines Lagers, und ein Öllicht flackerte darauf. Severin konnte sich bequem anlehnen und über Zeichnungen brüten. Oft tastete er stolz nach dem eisernen Schlüssel an seinem Gürtel und öfter noch nach dem Bisamapfel unter seinem Hemd.

Er konnte jetzt unbemerkt kommen und gehen und vor allem jederzeit die Werkstatt betreten, und das tat er am liebsten nachts.

In der nächtlichen Stille übersah ihn die Müdigkeit offensichtlich, sie fand ihn nie. Tief über die Einzelteile gebeugt saß er da, eine steile Falte auf der Stirn und die Füße um die Stuhlbeine gewickelt. Die kleine Öllampe stand so dicht wie möglich halblinks von seinen Händen.

Das Uhrwerk schimmerte warm und mattsilbrig im Schein der unsteten Flamme. Einige Räder lagen schwarz in tiefem

Schatten, während die tausendmal nachgefeilten Zähne das Licht reflektierten, sodass Severin die Lider zusammenkneifen musste, um nicht geblendet zu werden.

Behutsam balancierte er die Deckplatte auf die vier winzigen Träger. Er hatte die Platte rund gesägt, damit sie in das einzige Gehäuse passte, was ihm wert genug erschien, seine Uhr zu bergen – Kungunds Bisamapfel.

Gleich beim ersten Versuch glitt die Platte an ihren Platz. Sofort nahm er die Hände weg, jetzt nur keine ungeschickte Bewegung.

Ohne die Uhr aus den Augen zu lassen, tastete er nach den Haltestiften und dem kleinen Hammer. Bevor er zum ersten Schlag ansetzte, wölbte er seine Linke über sein Werk, passte seine Handfläche an und drückte gleichmäßig nach unten, damit nichts mehr verrutschen konnte. Mit jeweils einem einzigen genau gezielten Schlag trieb er die Stifte ein.

Jetzt brauchte er nur noch die gebogene Federbremse und die Kurvenscheibe anzuschrauben.

Tief atmend lehnte er sich zurück.

Wie oft hatte er über seine dicken Finger geflucht, wie oft über die Hornhaut, die jedes Feingefühl einmauerte. All das galt jetzt nichts mehr.

Empfindlich wie ein Neugeborenes lag sein Ührlein vor ihm. Er würde es gleich in das schützende Gehäuse legen, aber vorher musste er es ausprobieren.

Vorsichtig hob er es auf und steckte den vierkantigen Schlüssel ein.

Es lief!

Es lief nackt und bloß in seiner hohlen Hand und blieb nicht stehen, egal in welche Richtung er es drehte. Es lief sogar über Kopf. Ein sonderbares Gefühl, die winzigen Impulse der Schweineborsten zu spüren, die Bewegung der Spindel, das Rucken des Kronrades – als hielte er ein eisernes Herz in der Hand.

»Sieh mal an, da ist er ja. Wir haben ihm Unrecht getan.«

Beinahe hätte Severin seinen Schatz fallen gelassen. Er hatte völlig die Zeit vergessen, nicht einmal bemerkt, dass hinter dem Fenster längst der trübe Morgen schimmerte. Er beugte sich vor und barg das vibrierende Uhrwerk auf dem Schoß. In Windeseile wickelte er es in die alten Lappen und steckte sich das Bündel dann rasch in die Tasche. Deutlich spürte er die leichten Schwingungen, auch das Ticken war ganz leise zu hören.

»Warum bist du nicht zum Frühmahl erschienen?«, fragte Herman und legte ihm grob den Arm über die Schulter. »Wir fanden dein Lager verwaist und glaubten, du wärest endlich einmal den Mannesfreuden erlegen. Aber nein, unser Kleiner hockt schon artig in der Werkstatt.«

Severins Tasche pochte. Anhalten konnte er das bloße Werk nun nicht mehr, es würde nahezu zwei Tage weiterlaufen. Hoffentlich klemmte sich nicht ein Faden oder gar ein Lappenzipfel zwischen den Zahnrädern fest und wurde darin aufgewickelt.

Peter drängte ihn zur Seite, um seinen angestammten Platz einzunehmen. »Was ist das für eine Unordnung? Und wieso hast du die Lampe angezündet? Ah, ich verstehe, es ist regnerisch. Trotzdem hättest du erst das Feuer in Gang bringen sollen, statt unnütz Öl zu verschwenden.«

Severin bewegte sich durch seine Pflichten, als ob er auf Eiern ginge. Solange er den metallischen Herzschlag fühlte, war seinem Kleinod nichts geschehen, aber er musste es so schnell wie möglich in seinen schützenden Panzer betten.

»Severin!«

»Ich komme gleich.« Ausgerechnet jetzt musste Peter nach ihm rufen. Sah der Meister denn nicht, das er unabkömmlich war? Angeblich beschäftigte er sich mit Verzierungen an Peters Uhrenzeiger. Severin hob seine Ellenbogen, machte Kreuz und Schultern breit, damit niemand erspähen konnte, was er wirklich tat. Mit äußerster Vorsicht stieß er das Locheisen in Kungunds Bisamapfel.

Plötzlich klatschte dicht neben ihm Peters flache Hand auf den Werktisch. »Kannst du nicht hören? Sieh dir das an! Was soll das sein?«

Severin musste sich zurücklehnen, um den Gegenstand zu erkennen, mit welchem Peter ihm dicht vor der Nase herumfuchtelte.

»Ein Zifferblatt, Meister. Ich habe mich genau an Eure Maße gehalten, falls es nicht passt, kann ich nichts ...«

»Nein, ich meine die Vier. Hast du je auf einer Uhr eine solche Vier gesehen? Frevel nenne ich das.«

Severin betrachtete die Zahlen genauer, aber er konnte keinen Fehler entdecken. Im Gegenteil, die Vier war ihm gut gelungen, ebenso die Fünf, die Sechs ... Peter hatte doch römische Ziffern gewünscht, oder etwa nicht?

Inzwischen war auch Herman herangetreten. Als der das Zifferblatt sah, lachte er laut auf. »Lass dich bloß nicht erwischen, du Ketzer. Du hast keine Zahl geschrieben, sondern den römischen Gott Jupiter benannt. *I* und *V* sind die ersten Buchstaben seines Namens, *IV* ist sein Zeichen, so wie das Bild eines Fisches für Jesus steht. Nie wird die Vier in dieser Form auf Zifferblätter geschrieben, heute nicht, weil wir natürlich keine falschen Götter verehren, und auf den ganz alten Sonnenuhren ebenso wenig, weil die Römer ihren höchsten Gott nicht in eine Reihe von unbedeutenden Zahlen stellen wollten.«

Severin hatte schon einige Uhren betrachtet, aber diese Seltsamkeit war ihm noch nicht aufgefallen. Er nahm sich vor, bei nächster Gelegenheit genauer hinzusehen.

»Der Grund ist einerlei«, sagte Peter und ritzte vier senkrechte Striche in den Werktisch – IIII. »So schreibt man die römische Vier auf einer Uhr, das ist immer so gewesen und wird auch immer so bleiben. Du wirst kein Zifferblatt finden, auf dem *IV* geschrieben steht.«

Dann entdeckte er den Bisamapfel. »Das Ding gehört doch Kungund.«

»Sie wollte es nicht mehr.«

»Ja glaubt sie denn, meine Gulden wachsen auf den Bäumen, dass sie jetzt schon ihren Schmuck dem Knecht an den Hals wirft?«

Peter griff nach dem Eisenapfel, aber Severin war schneller und so erwischte der Schlosser nur eine festgeschlossene Hand.

»Meister, lasst sie mir, es ist doch nur eine Eisenkugel. Eure Gemahlin hat sie mir geschenkt, sie sagte, für sie sei so etwas widerlicher Tand.«

Der Schlosser schob seinen Kiefer vor und rieb sich das Kinn. »Meinetwegen behalte das Ding. Besonders schön ist es ja nicht. Man steckt Duftwerk hinein, es soll wohl vor Flöhen schützen. Ich für meinen Teil ziehe zur Abwehr immer noch das Wasser vor, und ich würde dir raten, das auch zu tun.«

»Ja, natürlich, Meister.«

Peter wandte sich ab, aber nun streckte Herman die Hand aus und klappte fordernd mit den Fingern. »Gib schon her, du bekommst es ja zurück«, sagte er. Widerstrebend ließ Severin Kungunds Herzensgabe fahren.

Herman betrachtete die Kugel von allen Seiten. »Peter, hast du bemerkt, dass ein Moschusapfel immer mit Durchbrüchen versehen ist? Man müsste den Zeiger dadurch erkennen können, und wenn man die Stunde genauer ablesen will, klappt man das Ding einfach auf. Die Ehrbaren tragen gerne Firlefanz mit sich herum, besonders, wenn er wertvoll und zugleich nützlich ist. Ich habe einen Junker gesehen, der sich gar winzige Stundengläser an die Beinkleider gebunden hatte.«

»Soll ich etwa mein Horologium in solchen Zierrat quetschen?«, fragte der Schlosser.

Severin schnappte sich die Eisenkugel. »Aber Meister, für Euer kunstvolles Werk sollte das Gehäuse ebenfalls kunstvoll sein.«

In diesem Bisamapfel würde schon heute Nacht sein eigenes

Uhrwerk laufen, die Stunden sicher festgeschmiedet im eisernen Käfig seiner Angebeteten. Sie würden sich nie wieder unbemerkt davonstehlen können.

* * *

Severin hatte keine Eile mehr. Seine Schuld war abgegolten. Für die zerstörte Uhr in Affalterbach hatte er endlich eine neue geschaffen und war gewiss, die Zeit damit versöhnt zu haben. Das gleichförmige Ticken ließ jede Hast von ihm abfallen, er wurde eins mit seinem Werk und ließ sich fallen in Gottes Zeit, die für alle Sterne, alle Welt und alle Menschen gleich verging.

Seine Tage waren nun wohl geordnet. Außer den üblichen Werkstattzeiten gab es bestimmte Abschnitte für Kungund, andere für Ottilie, auch für Barb hatte er ein paar Wochenstunden reserviert. Selbst wenn er die Mahlzeiten abrechnete und sogar Platz für Unvorhergesehenes ließ, blieb ihm erstaunlich viel Muße übrig. Dann saß er auf seinem Lager, den Rücken an seine Truhe gelehnt, und sah heimlich den ruckenden Minuten in Kungunds Bisamapfel zu.

Einzig, wenn die Meisterin ihn einmal in der Woche lesen lehrte, konnte er sein Ührlein vergessen. Es musste daran liegen, dass er sich dabei in die Geschichten hineinversetzte, und aufgeschriebene Geschichten sind jederzeit wiederholbar, daher spielte für deren Figuren Zeit natürlich keine Rolle.

Sie saßen nebeneinander auf der Stufe zur Bettstatt. Das Buch lag meist auf Severins Knien, und sie schauten gemeinsam hinein.

Kungund hatte für die Lehrstunden ein völlig neues Werk von einem Florentiner ausgewählt, in welchem sich sieben Edelfrauen und drei junge Männer zusammen in ein abgelegenes Schlösschen zurückzogen. Dort wollten sie das Ende der Pest abwarten und erzählten sich zur Kurzweil kleine Geschichten.

Die Meisterin kannte den Inhalt selbst noch nicht und folgte gespannt den Zeilen, die Severin stockend verlas. Als sie den Türmer draußen hörte, blickte sie ebenso bestürzt zum Fenster wie er, weil auch für sie die Zeit zu schnell verflossen war.

»Einen Moment noch«, sagte Severin. »Ich kann dieses Wort nicht entziffern. Was ist das für ein Buchstabe?«

»Ein S, wie Severin, das weißt du genau.« Sie schlug ihm leicht mit der Feder auf die Hand. »Nimm den Finger weg und sitze aufrecht. Sonst wirst du nie den ganzen Satz erfassen können.«

Sogleich streckte er sich und ließ seine Hand unter dem ledernen Einband verschwinden. Jetzt konnte er die Seite zwar besser überblicken, doch dafür rieben ihre Arme aneinander, was seinen Lesefluss noch ärger beeinträchtigte.

»...Rustico schickte also nicht, wie die anderen Eremiten getan hatten, das schöne Mädchen weiter, sondern behielt sie bei sich in seiner Z... Z...«

»Lass sehen.« Kungund lehnte sich zu ihm hinüber. *»... in seiner Zelle«*, half sie ihm. »Damit ist die Einsiedlerzelle gemeint.« Flüssig trug sie den nächsten Abschnitt vor und wies dabei auf die Buchstaben.

In der Kammer war es unmerklich dunkel geworden, und sie mussten sich nahe über die Seiten beugen, um die Schrift zu erkennen. Versehentlich berührten sich ihre Wangen. Kungund wich nicht aus. Auch Severin tat, als bemerke er nichts und las weiter.

»Der Einsiedler warf die wenigen Kleidungsstücke ab und warf sich völlig nackt auf die Knie, als wolle er beten. Das Mädchen ahmte ihn in allem nach. Er befahl, dass sie ihm gegenüber knie. Als er sie so verlockend schön sah, ward seine Begierde immer brünstiger, und schließlich zeigte sich die Auferstehung des Fleisches ...«

Severin musste die Augen schließen. Die Auferstehung des Fleisches vollzog sich auch zwischen seinen Beinen, verräterisch und unabwendbar. Da er sich vor Kungund nicht in den

Schoß greifen wollte, drückte er krampfhaft das Buch hinunter.

Plötzlich fühlte er ihre Lippen auf seiner Schläfe, leicht und scheu wie Nachtfalter. Es kitzelte, und der kleine Schauer setzte sich bis in seinen Rücken fort. Atemlos spürte er den forschenden Bewegungen nach. Sie fuhren gegen den Strich über seine Brauen, ertasteten seine Lider und glitten weich auf seine Wangen herab. Ihm war, als würde er all diese Stellen zum ersten Mal bemerken, als hätte die Berührung sie eben erst erschaffen.

Behutsam löste Kungund seine Hände. Das Werk des Florentiners fiel zu Boden. Er wandte sich ihr zu und fand ihren Mund, ihre Zunge, ihre kleinen Zähne.

Kungund legte den Kopf in den Nacken, sodass seine Lippen über ihr Kinn rutschten und weiter hinab auf ihren Hals. Sie zitterte. Bedächtig tastete er nach den Nestelbändern ihres Hemdes. Sie hinderte ihn nicht. Er schob ihren Ausschnitt auseinander und strich über ihren Busen. Ihre Brustwarzen drängten sich zwischen seine Finger. Ganz vorsichtig klemmte er sie ein und zog ein wenig daran.

Jäh bog sich ihr Leib ihm entgegen. Ihr Atem ging stoßweise wie seiner, und ihre Finger wühlten in seinem Haar. Ohne ihre Brüste gänzlich aufzugeben, glitt er von der Stufe und hob ihre Röcke. Ihre Beine schimmerten im Dunklen. Er küsste ihre Knie, drängte sie mit zartem Druck auseinander und fuhr mit dem Finger an der Innenseite ihrer Schenkel entlang.

Die gekringelten Härchen auf dem Hügel ahnte er mehr, als dass er sie sehen konnte. So sollte auch die erste Berührung geflüstert wie eine Ahnung sein, und er blies über die äußersten Spitzen, bevor er seine Hand darüber wölbte.

Kungund stöhnte auf.

Sie griff nach ihm, zog seinen Kopf an ihre Brust, umschlang seine Hüften. Ihre Hände drängten sich unter den Stoff zu seinen Lenden hinab, und er spürte verzückt ihr Streicheln an der Unterseite seines Penis.

Nur ihrer beider Keuchen war zu hören.

Traumwandelnd rollten sie auf die Dielen und ließen den Augenblick eine ewige Statue sein, die nicht verging, nichts sah und nichts verriet.

Keiner von ihnen verlor ein Wort über das, was geschehen war. Eine Geschichte, weiter nichts, von einem losen Florentiner erdacht. Severin wünschte, er hätte darin weiterlesen können, doch in der nächsten Woche lag ein anderes Buch auf der Stufe.

Peter hatte sicher nichts bemerkt. Seit sein Uhrwerk ebenfalls tickte, war er ein grausam gehetzter Mann geworden. Das viel bestaunte Horologium steckte wie Severins Schatz in einem Bisamapfel. Doch dieser war nicht aus grauem Eisen, sondern, ganz wie die Vornehmen ihre Duftkugeln liebten, glänzend poliert und mit allerlei Verzierungen versehen. Die Nachricht, dass es dem findigen Schlosser gelungen war, ein einzigartiges Horologium zu bauen, das ohne Gewichte in jeder Lage selbstgehend vierzig Stunden lief und zu bestimmten Zeiten auch noch schlug, verbreitete sich rasch über Nürnbergs Grenzen hinaus. Der Pirckheimer selbst und auch der Dichterkönig Celtis wollten es sehen. Cochläus schrieb sogar in seiner »Cosmographia Pomponii Melae« über Peters Fertigkeiten. Überall musste sein Wunderwerk nun vorgeführt werden.

Kungund und Ottilie waren täglich damit beschäftigt, modische Hemden zu bügeln. Sie schnürten den massigen Schlosser in ein hochgeschlossenes Wams, steckten ihn in einen gesteppten Rock mit Puffungen und Schlitzen, warfen ihm die breite Schaube über, setzten ihm das Barett auf den Kopf und bugsierten ihn zur Tür hinaus.

Gemessenen Schrittes wandelte der Schlosser dann die Gasse hinab. Die ausladende Kleidung machte ihn noch imposanter, als er ohnehin schon war, und ließ umgekehrt das Ührlein in seinen Pranken besonders winzig wirken. Erst wenn die Frauen ihn hinter der Ecke verschwinden sahen, atmeten sie auf und huschten ins Haus zurück.

Ottilie steckte den Kopf zur Werkstatt herein. »Peter ist fort, die Alte schnarcht, und Herman hat sich in seine Kammer verzogen. Komm in die Küche, Severin, wir wollen einem Krug Wein den Garaus machen.«

»Ich komme in zwei Stunden, wenn der Arbeitstag zu Ende ist.«

»Ach, lass das Zeug doch liegen. In zwei Stunden werden Kungund und ich schon nicht mehr richtig sprechen können, wenn wir alles allein trinken müssen.«

Als er den Kopf schüttelte, schlüpfte sie herein und setzte sich direkt vor ihn auf den Tisch. Aufreizend schlenkerte sie mit den Beinen und zupfte an seinem Papier, sodass ihm kein gerader Strich mehr gelang.

Aber jetzt war Hermans Zeit. Wenn Severin sich nicht mit dessen Konstruktionen beschäftigen konnte, würde er eben Messer schmieden. Er nahm sich ein Eisenstück und begab sich damit zur Esse.

»Was ist nur mit dir, Severin? Du bist so sonderbar geworden.«

»Was ist Sonderbares daran, wenn jemand seine Arbeit tut?«

»Manchmal missachtest du mich regelrecht. Du siehst sogar absichtlich in eine andere Richtung, wenn ich dich anspreche. Genau wie jetzt. Am liebsten würde ich auf dich einschlagen, damit du merkst, dass ich überhaupt lebe.«

Das tat sie. Sie rutschte vom Tisch und trommelte mit ihren Fäusten auf seinen Rücken. Es tat nicht sehr weh, Severins Kreuz war stark, von ihr hätte er wesentlich härtere Prügel klaglos hingenommen.

»Vorsicht«, sagte er nach einer Weile, schob sie mit einer Hand zur Seite und zog mit der anderen das glühende Metall auf den Amboss. Ottilie lehnte sich an seinen Rücken, während er mit gleichmäßigen Hammerschlägen einen Messerrohling formte.

»Ich sollte dich zum Teufel jagen«, sagte sie. »Das hätte ich auch längst getan, wenn es nicht auch diese Augenblicke gäbe, in denen nichts anderes für dich zu zählen scheint als meine unerheblichen Wünsche. Dann versuchst du auf einmal einzulenken, entschuldigst dich, fragst, ob du etwas für mich tun kannst, und mir … mir fällt so plötzlich gar nichts ein.«

Wieder musste er sie wegschieben, um das Metall in die Kohlen zu werfen. Die Zeit des Glühens bestimmte er nicht mehr nach der Farbe, dafür besaß er ja nun eine Uhr.

»Liebst du mich eigentlich, Severin?«

»Natürlich liebe ich dich, das solltest du längst wissen. Aber nicht jetzt. Jetzt schmiede ich.«

Sie schlich so leise aus der Werkstatt, dass er nicht einmal die Türe klappen hörte.

Seine Gelassenheit war dahin. Warum ließ sie ihn nicht in Ruhe seine Arbeit tun? Lenkte er sie etwa ab, wenn sie gerade Böden schrubbte? Vor Kurzem hatte Kungund ihm Ähnliches vorgeworfen. Dabei konnte sich keine von beiden beklagen, wirklich nicht. Er verbrachte ja wesentlich mehr Zeit mit ihnen als jemals zuvor. Zeit, in der er alle anderen Belange zurückstellte und ihnen allein zur Verfügung stand, jeder einzelnen.

Barb war die Einzige, die sich ehrlich freute, dass er nun öfter nach ihr sah. Er schauderte, als er daran dachte, wie er sie vorgefunden hatte, das Gesicht zusammengefallen, die Augen in tiefen Höhlen, ein gebeugtes Weiblein in schlotternden Röcken.

Nun hätte er wahrhaftig einen Krug Wein vertragen können. Sollte er einfach hinaufgehen?

Klirrend schlug der Hammer auf den Zangenbügel, und das glühende Messer fuhr ihm entgegen. Er sprang sofort zurück, doch das Eisen landete auf seiner Fußspitze. Severin verbiss sich den Schrei, hüpfte durch die Werkstatt und fluchte.

Das kam dabei heraus, wenn er seine eigenen Regeln verriet und Dinge zur Unzeit tat. Wenn er an Ottilie dachte und gleichzeitig für Herman schmieden wollte.

»Mach nur so weiter, vergiss deine Uhr«, schalt er sich selbst.

»Dann wirst du wieder von einer Not zur anderen hetzen, ständig von Gewissensbissen geplagt sein über das, was du versäumt haben könntest. Willst du wirklich wieder hilflos zusehen müssen, wie die Zeit dich launisch herumschubst, sodass du das Dringlichste immer verpasst? Wenn der Mond scheint, muss die Sonne nun mal weichen, und der Arbeitstag ist erst vorüber, wenn der Abend beginnt.«

»Mit wem redest du?« Herman stand in der Tür, zum Ausgehen angekleidet und einen zweiten Umhang über dem Arm. »Zieh die Schürze aus, die Feuerglocke hat geläutet.«

Er warf ihm den Umhang und ein weiches Barett entgegen. »Beeile dich, wenn du noch satt werden willst. Wir gehen in die Rote Glocke. Die Weiber haben zu viel Gelächterwasser getrunken, als dass sie noch kochen könnten. Tja, mein Junge, das ist deine Schuld. Es gibt eben Tage, da darf man eine Maid nicht warten lassen.«

Mit Umhang und Barett angetan, fühlte Severin sich selber fremd. Die Kopfbedeckung war ihm besonders ungewohnt. Vor wenigen Jahren hatten nur Ehrbare so etwas getragen, doch seit immer mehr Bürger das schwarze Barett für sich beanspruchten, zog die hohe Gesellschaft plötzlich helle Stoffe vor. Zu Severins halblangem Haar passte die dunkle Farbe aber besser, und er war sich sicher, eine ansehnliche Erscheinung abzugeben.

Severin war schon lange nicht mehr zum reinen Vergnügen in der Stadt herumgestreift, fast hatte er vergessen, dass außerhalb des Hauses eine lebendige Welt existierte. Im Laufe der Zeit hatte sich der Kreis seiner Aufmerksamkeit immer enger zusammengezogen. Selbst den Menschen, die ihm nahe waren, widmete er sich ungern gleichzeitig, und wenn er ehrlich war, fehlte ihm auch in einsamen Stunden nichts. Für einen gesunden, jungen Mann in seinem Alter war das sicher ungewöhnlich. Nicht, dass er etwas vermisste, aber er beschloss, sich wie wohl jedermann auf den Abend in der Schänke zu freuen.

Vor der Wirtshaustür hielt Herman ihn zurück. »Das Horologium unter deinem Hemd steckst du lieber in die Tasche. Und rede nicht darüber, das ist kein passender Besitz.«

Woher wusste Herman davon? Severin hatte niemandem sein Ührlein gezeigt. Leugnen hatte wohl wenig Sinn, darum trat er die Flucht nach vorne an.

»Warum sollte ich die Uhr verstecken? Sie gehört mir, ich habe sie selbst geschaffen.«

»In meiner Werkstatt, und mit meinem Material.«

»Aber nicht in Eurer Zeit. Das Material werde ich bezahlen, wenn Ihr nicht die ganze Summe auf einmal verlangt.«

Der Messerer winkte ab. »Das bisschen Eisen kann ich schon verschmerzen. Mittlerweile bestellt der hohe Rat Uhren aus Silber und aus Gold bei meinem Bruder. Peter wird sie alle herstellen, aber nie würde er so hochtrabend sein, eine solche Kostbarkeit für sich zu beanspruchen. Verlangt es etwa den Baumeister, eine Kathedrale zu besitzen, nur weil er sie errichten kann? Steck das Ding jetzt weg, und lass dir nicht einfallen, alle paar Minuten heimlich danach zu sehen, wie du es normalerweise tust. Selbst einem Blinden müssen die Unterbrechungen im Gespräch auffallen, und das könnte übel enden. Ach ja, und vergiss nicht, dass ich dein Geheimnis kenne.«

Feuchtwarme Luft schlug ihnen aus dem beengten Raum entgegen. Die Tische waren alle besetzt, doch sobald man Herman sah, rückten die Männer auf der Bank zusammen und riefen die Neuankömmlinge herzlich heran. Severin kannte nur Georg Heuss, die anderen waren ihm fremd.

»He, Henlein«, rief ein speckiger Geselle, »wo hast du deinen Bruder gelassen? Peter hat es weit gebracht, aber er ist und bleibt ein Handwerker, genau wie wir, oder etwa nicht? Warum lässt er sich dann nie mehr bei uns blicken?«

Der Geselle hätte nicht so volltönend rufen müssen, denn er saß Herman genau gegenüber. Anscheinend lag ihm daran, bis in den letzten Winkel gehört zu werden, und er legte sogar noch an Lautstärke zu. »Weiß dein hochverehrter Bruder nicht mehr, wo er hingehört? Ich sah ihn heute zum Dürer hineinspazieren. Will sich wohl portraitieren lassen? Vielleicht gleich als Messias, genauso wie dieser blasphemische Maler auf seinem Selbstbildnis zu sehen ist?«

»Mein Bruder Peter sieht dem Messias leider nicht besonders ähnlich«, rief Herman ebenso vernehmlich, und weil er so schön im Brüllen war, bestellte er auch gleich einen ganzen Krug Met. Dann fuhr er in normaler Lautstärke fort: »Im Übrigen, was du Blasphemie nennst, könnte ja auch Frömmigkeit sein. Christus ist zwar Gottes Sohn, aber doch als Mensch geboren, oder etwa nicht? Alle Menschen sind Gottes Geschöpfe, selbst die hässlichen, selbst du. Frag deinen Pfarrer, wir allesamt sind nach Seinem Bilde geschaffen. Was ist also verwerflich daran, wenn ein Maler mit seinem gottgegebenen Talent dieses Bild entstehen lässt?«

»Ach, erzähle mir nichts, der Dürer ist ein eitler Laffe. Der findet sich so schön, dass ihm nur Christus selbst als Vergleich eingefallen ist.«

»Nun, er ist ja auch schön«, sagte ein anderer, »die Hübschnerinnen lieben ihn jedenfalls. Die würden sicher auch an diesem jungen Kerl ihre Freude haben, dessen Name uns leider vorenthalten wird.«

Severin erhob sich halb zur höflichen Begrüßung, und Herman stellte ihn vor. Kaum hatte Severin sich wieder gesetzt, griff der ältere Herr zu seiner Linken nach seinem Ellenbogen.

»Du bist also Peters Knecht? Dann wirst du das Geheimnis kennen, wodurch das verhexte Ührlein läuft, obwohl es keine Gewichte hat.« Er kam ganz nah und flüsterte: »Stimmt es, dass etwas Lebendes darin schlägt?«

»Ja, das stimmt schon, aber nicht so, wie Ihr vielleicht ...«

»Geschwätz!«, unterbrach Hermann. »Die Uhr meines Bruders besteht aus nichts als eisernen Rädern, genau wie jede andere auch.«

Der Alte runzelte seine fusseligen Augenbrauen. »Sei still,

Messerer, lass den Burschen ausreden. Jeder weiß, dass du die besten Klingen schmiedest, aber wenn es komplizierter wird, überlass das Feld lieber anderen. Oder hast du seit der Rechenschule gar dazugelernt? Das würde mich wundern, ich habe mich selten in einem Schüler geirrt.«

Herman schüttelte den Kopf und hob beschwichtigend die Hände.

Sogleich wandte der alte Herr sich wieder Severin zu und säuselte mit sanfter Stimme: »Also, mein lieber Junge, was wolltest du eben sagen? Trau dich nur, du bist hier unter Freunden.«

Severins Hände wurden feucht, und er spürte Schweißperlen auf seiner Oberlippe. »In Meister Henleins Uhrwerk drehen sich tatsächlich vor allem eiserne Räder, angetrieben von einer Stahlfeder. Außerdem gibt es einen Querstab, der fast wie lebendig hin- und herschwingt, weil er gegen ein elastisches Hindernis stößt.«

»Da hört ihr es«, sagte Herman. »Es ist nichts Wunderliches dabei. Peter ist ein geschickter Mechaniker, mehr nicht.«

Georg Heuss schmunzelte in sich hinein, aber der speckige Geselle lehnte sich plötzlich so weit vor, dass er in Hermans Becher hätte spucken können. »Uns kannst du viel erzählen, Messerer, wir bekommen das Wunderding ja niemals zu Gesicht. Gut, ein lebendes Herz steckt vielleicht nicht darin. Dann muss die selbstgehende Uhr sich durch die Bewegungen jenes Menschen in Gang halten, der sie über dem Herzen trägt. Ja, daraus saugt sie ihre Kraft, sie saugt ihren Besitzer aus bis zum letzten Schnaufer, bis der arme Kerl erschöpft daniedersinkt und die ahnungslosen Erben seine Stelle übernehmen.«

Auch Herman lehnte sich vor. Sie stießen fast mit den Nasen aneinander. »Wenn das so ist, solltest du gut Acht geben, dass du einem solch gefährlichen Ding nicht allzu nahe kommst.«

Die ruppige Gesellschaft respektierte Hermans Warnung und wechselte kurzerhand das Thema. Eifrig flatterte die Unterhaltung vor einer Neuigkeit zur anderen. Severin versuchte den Gesprächen zu folgen, doch seine Gedanken schweiften immer wieder ab.

Er hätte nicht herkommen sollen. Mit diesen Männern verband ihn nichts. Sie besaßen nicht das geringste Gespür für den Wert ihrer Zeit, ließen sie arglos ins Uferlose laufen und klammerten sich an den Strohhalmen unbedeutender Ereignisse fest.

Was schwafelten sie gerade über das drohende Hochwasser? Warum fürchteten sie sich, bevor es so weit war? Nur, um zum rechten Zeitpunkt ein zweites Mal zu jammern? Zähmen würden sie den Fluss damit nicht.

Jetzt wieder verschwendeten sie ihre Erregung an irgendeinen Dominikaner, der wie ein Marktschreier durchs Land zog und Ablässe verkaufte, Mord zu acht, Kirchenraub zu neun Dukaten. Sie brauchten dessen Dienste ja nicht in Anspruch zu nehmen.

Und weshalb ereiferten sie sich plötzlich über ein Gerücht, nach dem sich irgendwo im Breisgau Bauern erhoben haben sollten? Glaubten sie etwa, das Ganze würde wahrer, wenn Nürnberger Schänkenhocker nur laut genug darum krakeelten? Oder wollten sie die Breisgauer gar auf diese Weise aufhalten?

All das würde auch ohne ihre Anteilnahme ganz von selbst vorübergehen. Was anfangs wie ein unüberwindlicher Berg vor einem Menschen aufzuragen schien, war irgendwann plötzlich überwunden, war unversehens Vergangenheit geworden, zählte nicht mehr und wurde vergessen.

Das hatte Severin am eigenen Leib erfahren. Wie lange hatte er gezagt und sich nach einer Uhr gesehnt, um endlich gewappnet zu sein – und jetzt besaß er sie.

XIV. KAPITEL

Im Moment fand Herman die sitzende Haltung einigermaßen erträglich. Er zog die Knie an und schob seinen Leib an der rauen Wand ein Stück nach oben. Schlafen konnte er ohnehin nicht mehr, ob er nun saß oder sich auf dem kümmerlichen Strohhaufen zusammenrollte. Die Mauerkälte drang unerbittlich in seinen Rücken.

Diese verdammte Kälte lähmte ihn. Sie sog jede Kraft aus ihm heraus, ließ ihn zittern und würdelos mit den Kiefern klappern. Inzwischen hätte er wahrscheinlich ohne jedes Bedauern die Seele seiner Mutter für eine Wolldecke hingegeben. Doch leider mied selbst der Teufel den unbequemen Kerker, und niemand machte ihm ein solches Angebot.

Dämmerte es draußen wohl schon? Der unstete Feuerschimmer, der aus dem Gang in sein Verlies sickerte, erlaubte keine Rückschlüsse, und seit Herman im Turm saß, traute er seinem inneren Zeitgefühl nicht mehr. Anfangs hatte er noch auf die Glocken gelauscht, doch inzwischen hatte er jeglichen Bezug zu ihren Schlägen verloren. Schon bei der letzten Mahlzeit war er sich sicher gewesen, dass die Haft nun verstrichen sein musste. Dann hatte der Wärter die Tür erneut zugeschlagen. Dieser verstockte Kerl sagte ihm nicht, wie lange er noch ausharren sollte. Er sprach überhaupt nicht.

Herman hasste es, im Unklaren gelassen zu werden.

Dabei konnte er noch von Glück reden, im Winter hätte er keine zwei Tage in diesem Eisloch durchgehalten. Er zwang sich, an die Oktobersonne zu denken, die draußen mit ihrer goldenen Kraft alle finsteren Kerkergeister überstrahlen würde. Vielleicht feilschten die Bauern gerade jetzt hemdsärmlig und schwitzend hinter ihren Marktständen, während die Weiber in den hellen Himmel blinzelten und sich noch einmal die dicken Wolltücher von den Schultern streiften.

Nein, ein paar Tage Turmhaft konnten jemanden wie ihn nicht beugen. Er hoffte auf den Einfluss seiner Freunde. Oft genug hatte er mit ihnen Seite an Seite auf dem Schlachtfeld gestanden und sich Achtung verdient. Die meisten waren nicht zimperlich, wenn es galt, ihren Willen durchzusetzen, und viele von ihnen fürchteten den Unwillen des Messerers mehr als das Gesetz der Stadtväter.

Wer auch immer ihn verraten hatte, sobald er hier heraus war, würde er sich wie ein Bluthund auf die Spuren des Feiglings heften. Und er würde ihn stellen, so viel war gewiss.

Herman streckte die Arme aus und schlug sie heftig um seinen Oberkörper, damit sein Blut stärker kreiste. Die Aussicht, sich bald empfindlich rächen zu können, vertrieb die Kälte zuverlässiger als ein Sonnwendfeuer, sie verwandelte Verzagen in hitzigen Zorn. Jeden seiner Bekannten hatte Herman in der Dunkelheit der Zelle bereits verdächtigt und einer unerbittlichen Prüfung unterzogen. Sein Argwohn richtete sich gegen alle, die Nutzen aus seinem Verschwinden ziehen könnten, selbst gegen seinen eigenen Bruder.

Der war mittlerweile ein gefragter Mann geworden, und nachdem er der Witwe Glaserin zwanzig Gulden auf einen Satz gezahlt hatte, wollte sich niemand mehr daran erinnern, wie Meister Glaser zu Tode gekommen war. Vielleicht würde Peter irgendwann sogar den Eigenzins ihres Vaterhauses ablösen können. Ein Stadthaus mit Werkstatt zu besitzen ... weiter konnte ein Handwerker kaum aufsteigen. Herman empfand nicht den geringsten Neid, denn Peters stumpfsinniges Werkeln, das akribische Räderfeilen, mit welchem er ganz allmählich Gulden um Gulden anhäufte, gab ihm selbst die Freiheit, unterdessen vagen Visionen nachzusteigen.

Und wenn Peter nun Haus und Werkstatt für sich allein begehrte?

Dann hätte er wesentlich weiter gehen müssen. Ein paar Tage im Turm konnten höchstens bewirken, dass der eine oder andere seine Messer fortan woanders bestellte, mit dem Ergebnis, dass Herman seinem Bruder um soschwerer auf der Tasche lag. Nein, Peter hätte nichts damit gewonnen. Überhaupt war dem schwerfälligen Schlosser kein heimliches Taktieren zuzutrauen. Dafür hätte er ja Umwege betreten und um die Ecke spähen müssen. Unbeweglich sein Körper, unbeweglich sein Geist, und da sich Brüder nun einmal lieben sollten, würde Peter unter allen Umständen an der gebotenen Loyalität festhalten. Herman wusste die tumbe Verlässlichkeit wohl zu schätzen, aber mindestens genauso sehr verachtete er seinen Bruder dafür.

Unter den Nürnberger Messerern wusste er keinen, dem er auf die Füße getreten sein könnte, und falls doch, wären die Unstimmigkeiten auf direktem Wege beseitigt worden. Ganz anders sah es bei den Gold- und Silberschmieden aus. Diesen Herren stand blanke Missgunst in den Mienen, sobald sie Herman begegneten. Sie alle hatten von seinen kunstvollen Arbeiten gehört, hatten vielleicht eines seiner Werke gesehen oder sogar die ungewöhnlichen Muster berühren dürfen, die sich passgenau vom Heft über die Breitseiten der Scheide rankten und sich innen auf der Klinge wie ein zarteres Echo wiederholten. Aber beweisen, dass Herman der Schöpfer dieser Glanzstücke war, das konnten sie nicht.

Ein paar goldene Schnörkel wären diesen Meistern sicher ebenfalls recht hübsch gelungen, aber niemals hatten sie eine Scheide abgeliefert, die sich ohne zu kratzen um die Klinge schmiegte. Herman hatte solche Machwerke oft zur Nachbesserung zurückgeschickt, damit sie leidlich brauchbar wurden, was natürlich Missfallen erregte. Er hatte sich sogar anhören müssen, er solle doch einfach die Klinge passend schleifen.

Adlige Auftraggeber wie der Absberger und seine räuberischen Kumpane erwarteten nun einmal weit mehr als Vollendung in Form und Verzierung, nämlich eine perfekt sitzende Scheide zu ihrer Waffe. Die Klinge musste geräuschlos hineinrutschen, im heftigsten Galopp sicher darin stecken bleiben und dem Krieger freudig in die Hand springen, sobald er sie benötigte. Herman fühlte sich geradezu gezwungen, solche Scheiden selbst anzufertigen. Falls also einer der Gold- und Silberschmiede ihn verraten hatte, kam das fast einer Auszeichnung gleich.

Wie fatal, dass er für seine Treue dem Handwerk gegenüber nun im Turm gelandet war. Wozu? Um ihn von weiteren Untaten abzuhalten? Es hatte ohnehin sein letztes Stück werden sollen, denn die Geschäfte mit geächteten Rittern bargen unangenehme Risiken. Zum Beispiel konnten die hochgeborenen Gesellen auf den Gedanken verfallen, dass der Handwerker die Qualität seiner Waren persönlich unter Beweis stellen sollte. An ungleichen Nahkämpfen war Herman längst nicht mehr gelegen, schließlich wurde er nicht jünger.

Den Erlös aus dieser letzten sträflichen Arbeit brauchte er aber noch, denn er träumte davon, bald eine schussbereite Pistole im Stiefelschaft zu tragen, dort, wo normalerweise sein Messer steckte. Schon vor Monaten hatte er alles Nötige veranlasst, um seine Vision Wirklichkeit werden zu lassen. Es konnte jeden Tag so weit sein, vielleicht stellte der Büchsenmacher Kiefuss das Wunderding soeben fertig.

Wie sollte Herman die Pistole jetzt bezahlen? Die Stadtschergen hatten ja nicht nur das beinahe vollendete Messer an sich gerissen, sondern zu allem Verdruss auch die Verstecke in der Werkstatt durchwühlt und jedes Lot des edlen Metalls fortgeschleppt. Freundschaft hin oder her, Kiefuss würde keinen Handstreich mehr tun, sobald er erfuhr, dass Herman nicht mehr zahlungsfähig war. Dabei hatten die vielen Versuche bereits Unsummen verschlungen.

Herman streckte die Beine aus und stopfte sich etwas Stroh in den steifgefrorenen Rücken. Was scherte er sich um Gulden, er dachte lieber an die neuartige Büchse, an seine Erfindung, die Könige und Kaiser gierig machen würde.

Wem sollte er seine mächtige Entdeckung wohl anbieten? Dem Rat etwa, der ihn wegen einer lächerlichen Scheide in den Turm geworfen hatte? Oder lieber gleich dem Absberger, der in den letzten Jahren seine Fehde gegen die Stadt verschärft hatte und dazu übergegangen war, Nürnberger Kaufleuten die Hände abzuhacken. Die Klinge dazu stammte aus Hermans Werkstatt und war mittlerweile übers Nürnberger Land hinaus berühmt geworden. Was würde der Absberger erst mit einem Gewehr erreichen, das im Voraus geladen werden konnte und nicht wie die üblichen Luntenwaffen bei Regen versagte?

Wie auch immer, eine solche Waffe konnte über den Ausgang der nächsten Schlacht entscheiden, und Herman würde wohlüberlegt den Sieger bestimmen.

Nun gut, er wollte nicht vergessen, dass auch Severin einen erheblichen Beitrag zur Entwicklung der Feuerung geleistet hatte. Schuldig war er dem Burschen dafür natürlich nichts. Ohne Hermans Großmut würde der junge Kerl sich vermutlich immer noch durch Nürnbergs Straßen betteln. Er hatte den Jungen bei sich aufgenommen, ihn versorgt und gekleidet, ihn freimütig in die Geheimnisse des Erzes eingeweiht und ihn die Kunst des Schmiedens gelehrt. Mehr noch, er hatte ihm vorgelesen, aus antiken Schriften ebenso wie aus modernen Satiren. Mit einem ehelichen Sohn wäre er nicht anders verfahren. Schuldig war er Severin wahrhaftig nichts.

Er würde sich trotzdem großzügig zeigen, denn er war stolz auf die Fähigkeiten seines Zöglings, der ihn im Laufe der Zeit immer deutlicher an die eigene Jugend erinnerte.

Und wenn Severin nun mehr verlangte, als Herman zu geben bereit war? Das Recht an seinen eigenen Zeichnungen womöglich?

Im Gegensatz zu Herman durchblickte der Bursche den

komplizierten Mechanismus, er hatte das Radschloss ja konstruiert. Aber das hatte er nicht aus sich selbst heraus getan, sondern war nur den Visionen seines Meisters gefolgt. Wem also gebührte der Ruhm?

Ruhm gebührt immer demjenigen, der ihn sich schnappt.

Wenn sein Spross ihm auch nur im Geringsten ähnelte, musste er genauso denken. Dann konnte er nicht kampflos auf die Früchte seines Geistes verzichten. Der Zeitpunkt für einen Verrat wäre perfekt gewählt, gerade jetzt, da Herman gedachte, die Ernte einzufahren.

Herman fuhr sich mit dem Arm übers Gesicht. War er schon so alt geworden, dass er ein falsches Spiel nicht mehr rechtzeitig durchschaute? Die Hinweise reihten sich doch unübersehbar aneinander, hell schimmernd wie auf einer Perlenkette.

Severin kannte das Versteck, wo Herman das Edelmetall verbarg. Severin kannte die Auftraggeber. Er war es, der jeden Fortschritt an der Scheide verfolgte und genau wusste, wann er zuschlagen musste, um den Frevel seines Meisters offenbar werden zu lassen. Und niemandem anders als Severin konnte es mehr Nutzen bringen, Herman aus dem Weg zu wissen, sobald das Gewehr so weit gediehen war, dem Rugamt vorgestellt zu werden.

Himmel, hatte sein eigener Sohn ihn verraten?

Einen Hinweis für Severins Treulosigkeit hatte Herman sogar aus dessen Munde vernommen. Nach ein paar Bechern Wein hatte der Bursche sich lauthals damit gebrüstet, dass niemand außer ihm in der Lage sein würde, die Schusswaffe richtig zusammenzusetzen, da er ein kleines, aber wichtiges Rad in den Papieren seitenverkehrt eingezeichnet hatte. Angeblich wollte Severin auf diese Weise verhindern, dass der Büchsenmacher die Erfindung als seine eigene ausgab.

Damals hatte Herman über diesen Einfall gelacht. »Hältst du Johann Kiefuss für so beschränkt, dass er deinen Fehler nicht berichtigen könnte?«

»Niemand wird den Fehler finden, auch Ihr nicht, Meister, nicht einmal Peter.«

Herman hatte abgewinkt. »Kiefuss ist ein äußerst erfahrener Büchsenmacher. Er wird für seine Arbeit reichlich entlohnt, zudem ist er mein Freund. Warum sollte er mich betrügen wollen?«

»Wenn die Versuchung groß genug ist, können Freunde, ja selbst Verwandte zu Verrätern werden«, hatte Severin dummdreist gelallt.

»Aufstehen! Genug gefaulenzt.«

Der Wärter klapperte an den Riegeln und trat die Türe auf. »Raus mit dir. Komm mir ja nicht zu nahe, du stinkst wie ein Schwein.«

Hermans Gelenke schmerzten, als er sich erhob. Damit seine Schwäche nicht sichtbar wurde, bewegte er sich betont gemächlich, biss die Kiefer aufeinander und bedachte den Wärter mit einem verächtlichen Blick.

Der schüttelte den Kopf und brummte: »Schmähe mich nur, wenn du dich dadurch besser fühlst. Ich will keinen Streit, schon gar nicht mit dir, und wenn du mir einmal auf der Straße begegnest, erinnere dich bitte daran, dass ich dich drei Tage durchschlafen ließ. So gut möchte ich es auch mal haben. Aber unsereiner bleibt beschränkt und rechtschaffen und darf zum Lohn die Schweinerei wegwischen. Los jetzt, beeile dich, oder willst du unbedingt zum heutigen Marktklatsch werden? Sei froh, dass ich dich hinauswerfe, bevor die Sonne aufgeht, statt wie üblich bis zum Mittag zu warten. Diese Gunst erweise ich wahrhaftig nicht jedem.«

Herman hatte sich den Schritt in die Freiheit glanzvoll vorgestellt, etwa wie eine triumphale Wiederkehr, oder wenigstens wie eine Neugeburt. Doch statt sich zu strecken und phönixgleich die Schwingen zu erheben, duckte er sich sogleich in den Mauerschatten. Argwöhnisch schielte er in den eben grauenden

Himmel, während er auf Umwegen durch die engen Gassen schlich.

Er musste klopfen, um in sein eigenes Haus zu gelangen.

Severin ließ sich Zeit. Absichtlich?

Endlich das unangenehme Geräusch knirschender Eisenriegel, und ein zerzauster Schädel erschien in der Tür.

»Ihr seid das, Meister ...«

»Übergroß scheint die Begeisterung ja nicht zu sein. Am liebsten hättest du mich wohl für immer draußen stehen lassen, aber täusche dich nicht, mich schüttelt niemand so leicht ab.«

»Ich habe geschlafen. Wir wussten nicht, dass man Euch jetzt schon freigeben würde und schon gar nicht zu dieser Stunde.«

Ein Verräter wäre bei Hermans unerwartetem Anblick sicher bleich geworden, oder auch rot, je nach der Natur seines Gewissens. Ein Verräter hätte ihn diensteifrig hereingebeten, sich um sein Wohl zu schaffen gemacht und wäre schmeichelnd bestrebt gewesen, jeglichen Argwohn gegen sich zu zerstreuen. Doch Severin stand nur breit in der Tür und schaute ihn mitfühlend an, bis Herman sich entschieden hineindrängte. Fast war er geneigt, seinen Verdacht fallen zu lassen.

»Falls du es irgendwie einrichten kannst, deine Lider offen zu halten, bring Holz und Wasser in die Küche. Danach magst du meinetwegen weiterschnarchen. Ich jedenfalls brauche jetzt dringend ein heißes Bad.«

»Ja, Meister, sofort. Ihr seht wirklich furchtbar aus. Mein Gott, wenn ich mir vorstelle, Ihr hättet noch länger im Turm ausharren müssen. Nicht wahr, wenn man die Stunden nicht mehr überwachen kann, werden sie gefräßig. Sie schlingen jeden Krümel Lebenszeit in sich hinein, auf dass sie fetter werden als ganze Wochen. Glaubt mir, ich weiß, wie quälend das Warten sein kann.«

Herman winkte ab und wies Severin mit einer Kopfbewegung an die Arbeit. Erst nachdem er allein war, gestattete er sich zu zittern.

»Am Herd wird es warm sein«, sagte er laut und zog sich am Geländer die Treppe hinauf. Ruckartig öffnete er die Küchentür, zog den nächstbesten Stuhl zur Kochstelle und sank darauf nieder – zusammen eine einzige grimmige Bewegung, die er nicht unterbrechen durfte, wenn sie ihm noch gelingen sollte. Als er saß, fiel die Anspannung sofort von ihm ab.

Auf der Küchenbank gegenüber schreckte Ottilie hoch. »Wie seid Ihr aus dem Turm gekommen? Ihr müsstet doch bis November …«

Die Decke bis zum Hals gezerrt, drückte sie sich ins hinterste Eck, als hätte sie den Teufel geschaut.

Was für ein Aufhebens. Was suchte sie vor ihm zu verbergen? Er hatte längst alles erspäht, was sie ihm bieten konnte, das wusste sie genau. Außerdem hatte er sie kürzlich sanft darauf vorbereitet, wofür sie ausersehen war, und sie hatte ihn sehr gut verstanden. Was zierte sie sich also, sie würde seinem Willen ja doch nicht entgehen.

Im Moment schien ihre dicke Wolldecke Herman allerdings verlockender zu sein als das, was darunter war. Er rieb sich das Gesicht und ließ seinen Kopf in den Nacken fallen.

Severin brachte Wasser, schleppte den Badebottich herein und schürte den Herd. Das alles registrierte Herman erleichtert, aber ohne besondere Anteilnahme.

Etwas anderes forderte seine Aufmerksamkeit weit mehr. Sobald Severin in der Küche aufgetaucht war, hatte Ottilie ihre Starre aufgegeben. Die Decke rutschte auf ihren Schoß hinunter, und sie setzte ihre nackten Füße auf die Dielen. Dabei blieb das Untergewand wie aus Versehen über den Knien hängen, und für einen Moment schimmerten ihre schlanken Fesseln im trüben Kerzenlicht.

Herman knurrte in sich hinein. Er hätte seine hochbeinige Grasmücke genauer beobachten sollen. Da er sie jederzeit vor Augen gehabt hatte, war ihm spät aufgefallen, wie schnell sie reifte und unaufhaltsam den Reiz des Unvollendeten verlor.

Noch fand er in ihrem Antlitz jene unbefangene Geradlinigkeit, noch befanden sich ihre Glieder in schlaksiger Revolte gegen das endgültige Erwachsenwerden und wirkten immer irgendwo zu lang. Aber schon morgen konnten sie einen wohlanständigen Platz gefunden haben, und Lais würde zu einem gewöhnlichen, langweiligen Weib verkommen sein. Er würde sie bald nehmen müssen.

Leider hatte sie sich bereits allerlei Unarten von Kungund abgeschaut. Mustergültig kopierte sie das gekünstelte Gehabe der verwöhnten Meistertöchter, die allen Ernstes glaubten, auf diese Weise jedermann unter ihren Willen locken zu können. Dabei gingen sie vollkommen durchschaubar und ohne jede Raffinesse vor, als wären die Männer allesamt Hohlköpfe, die ihre Hirne eingeklemmt zwischen den Lenden trügen. Auf manch einen mochte das ja zutreffen, aber Herman fand die plump zur Schau gestellte Bereitwilligkeit nur widerlich. Da warfen die Weiber den Kerlen ihre Leiber hin, wie man dem Hund einen Brocken zuwirft, doch nicht etwa aus Herzenswärme oder gar aus Lust, nicht einmal aus verständiger Nachsicht, sondern Ring und Siegel verlangten sie für den zähen Leckerbissen, und das nächste Mal forderten sie bereits die ganze Seele.

Hermans Schmiedehammer ging wesentlich galanter mit dem Eisen um als diese Frauenzimmer mit ihren Auserwählten.

Wunderten sich die Weiber nicht, dass man sie nahm und vergaß und die gefügigsten unter ihnen am unverschämtesten behandelte? Sehnten sie sich denn nie nach Liebe?

Vielleicht wagen sie es nicht, denn Liebe schert sich weder um Besitz noch um Verantwortung. Nicht an der Schönheit ebenmäßiger Glieder erhitzt sie sich, sondern viel eher im Beben zwischen Einverständnis und Verweigerung, Erlaubnis und Verbot. Ja, nur in einem aufreibenden Zwischenraum kann sie existieren, der schwebende Zustand macht ihren Reiz erst möglich. Liebe muss in Atem gehalten werden, will maßlos sein, unsicher glühen inmitten von Verheißung und

Entzug, weiß nichts von Hässlichkeit, verbrennt alle Falschheit und lässt am Ende nur Hingabe bestehen. Herman zumindest würde lieber verzichten, als sich mit weniger zufrieden zu geben.

Ottilie legte den Kopf schräg und strich sich lässig das Haar zurück, sodass ihr schlanker Hals zur Geltung kam. Ein Blinder hätte erkannt, wem diese Vorstellung galt, doch Severin schien von alldem überhaupt nichts wahrzunehmen, sondern wandte sich ungerührt ab und stocherte in der Glut.

»Du gehst?«, fragte Ottilie, als der Bursche sich schließlich anschickte, die Küche zu verlassen. »Wo willst du hin?«

»Auf mein Lager natürlich, schlafen. Bis zur Morgenglocke ist noch eine Stunde Zeit, und hier habe ich ja alles erledigt.«

So sehr Herman Severin auch misstraute, dessen hornhäutige Ignoranz beeindruckte ihn. Sie beide waren eben aus dem gleichen Erz gemacht. Die Tür fiel ins Schloss, und Ottilie ließ die Schultern hängen wie ein Spatz, der aus dem Nest gefallen war. Dumme kleine Lais, warum hast du ihn nicht diese Haltung sehen lassen, wenn du doch wünschst, dass er dir nahe sein soll? Warum entblößt du statt deiner Seele nur deine Haut?

Als hätte sie Hermans Gedanken gehört, schlüpfte sie hastig in ihr Überkleid und wand sich ein breites Tuch um Kopf und Nacken.

Hermans Mundwinkel zuckten. Wenn er es wünschte, konnte er jederzeit bewirken, dass sich ihr Innerstes unverstellt nach außen kehrte.

»Die Stiefel«, sagte er knapp.

Welche Magd hätte sich geweigert, ihrem ermatteten Herrn die Stiefel auszuziehen und ihm aus dem Wams zu helfen. Gehorsam löste Lais auch die Bänder an seinem Hemd, aber sie zögerte, ihm den Drecklappen von den bloßen Schultern zu streifen. Herman bat sie freundlich, ihm noch diesen einen Gefallen zu gewähren, nur eine kleine Überwindung für sie, die ihm jedoch große Erleichterung verschaffen würde.

In weiteren winzigen Schritten lotste er sie in immer heiklere Gefilde. Im Vergleich zu dem, was sie bereits gewagt hatte, war jede neue Handlung unbedeutend, sodass sie keinen rechten Ansatz mehr fand, sich entschieden zu widersetzen. Das hatte sie bereits am Anfang versäumt, hätte es schon vor Tagen wagen müssen, als seine Hände ihre Brüste in Besitz genommen hatten.

Wohlig legte Herman seinen Kopf nach hinten auf den Rand des Bottichs und dirigierte sie mit seinen Blicken. Lappen und Seife glitten sanft über seine Glieder. Obwohl nur er im heißen Wasser lag, flammten auch Lais Wangen. Vor Scham, vor Zorn, vielleicht versehentlich auch vor Erregung? Und dazu hatte Herman sie nicht einmal berühren müssen.

Severin war ein Narr.

* * *

Geschützt unter dem eigenen Dach, in warme Daunendecken gewickelt, hatte Herman fast den ganzen Tag geruht und fühlte sich nun so erholt wie lange nicht mehr, zu jeder großen Tat bereit. Als Erstes wollte er ein ausgiebiges Mahl in Angriff nehmen, um sich danach auf einem Ausflug durch freundliche Schänken den eklen Geschmack des Turmes aus der Kehle zu spülen.

Die Küche war leer. Kein Duft nach Gebratenem, keine Suppe im Topf, nicht einmal Feuer im Herd. Aber der Badebottich stand noch genauso mitten im Raum, wie Herman ihn im Morgengrauen verlassen hatte.

Sein Ohrläppchen begann zu jucken, und er eilte die Treppe zur Stube hinunter. Die alte Henleinin und Kungund saßen still über Handarbeiten gebeugt, so weit voneinander entfernt, wie es in der Kammer nur möglich war.

»Wo steckt die Magd?«

Kungund erhob sich und kam ihm erfreut entgegen. Kurz

schien es, als ob sie ihn umarmen wollte, doch dann besann sie sich und lächelte ihm nur liebenswürdig zu. »Willkommen zu Hause, Herman. Hast du dich erholt? Du musst ja völlig erschöpft gewesen sein.«

Herman seufzte. Sein Magen grollte ungeduldig. »Ich sterbe vor Hunger. Habt ihr denn nichts gekocht? Wo ist Ottilie?«

»Fort!« Die Mutter lehnte sich vor und schaute mit zuckenden Augen in Richtung ihres Ältesten. »Fortgerannt ist es, das dürre Ding, hat sich davongemacht, hat lang genug den Dreck von Totschlägern und Gesetzesbrechern weggewischt. Reumütig leiden auf Pilgerfahrt will sie, barfuß durch den Schnee, damit der Herr ihr den Dienst im Lumpenpfuhl vergebe.« Die Stimme der Alten kippte über, und ihr Kopf wackelte unkontrolliert hin und her. »Meine Söhne sind Schurken, einer wie der andere, nicht einmal eine elende Bettelgöre mag diese Schande ertragen. Ach, wenn ich doch auch fort könnte, wenn Gott mich doch endlich sterben ließe ...«

»Was redest du nur wieder, Schwieger?«, fiel Kungund ihr ins Wort. »Ottilie wäre nicht die erste Magd, die sich irgendwann nach neuer Herrschaft sehnt, immerhin dient sie uns schon mehrere Jahre. Ich hoffe, sie besinnt sich noch einmal. Das Mädchen ist mir wie eine Freundin geworden, ich weiß gar nicht, was ich ohne sie anfangen soll. Ihre Sachen hat sie jedenfalls auf der Küchenbank liegen lassen. Einerlei, was Peter dazu sagt, wenn sie kommt, um ihr Zeug abzuholen, werde ich ihr zwei Gulden aufs Jahr anbieten.«

Mit einem Blick zu Herman warf sie die losen Seidenschleier ihrer Haube nach hinten und band sie fest. »Ich hätte dir wahrhaftig ein angenehmeres Willkommen gegönnt. Die Männer haben heute im Wirtshaus gegessen, wenn du möchtest, schicke ich Severin los, damit er dir etwas holt. Ich werde mich jetzt lieber um das Durcheinander in der Küche kümmern. Wer weiß, ob Ottilie überhaupt wieder auftaucht.«

Herman knirschte mit den Zähnen. »Keine Sorge, die finde ich schon.«

Ihn wies niemand ab, auch Lais nicht. Wo auch immer sie sich verbarg, es gab kein Entkommen für sie in dieser Stadt. Gut, sie hatte gewählt, sie hatte ihn zum Jäger erklärt, und er nahm die Herausforderung an. Nur keine Hast, diese Jagd wollte er genießen.

Als Herman die Werkstatt betrat, sah Peter nur kurz auf und widmete sich ohne ein Wort wieder seiner Feile. Was hätte er auch sagen sollen, jeder kannte seine Meinung zu Hermans unlauteren Geschäften. Severin dagegen begrüßte seinen Meister sogleich. »Ah, Euch geht es sichtlich besser. Ihr hättet ruhig noch länger ausruhen können, wir haben Euch ohnehin nicht so schnell zurückerwartet, und die Werkstatt ist wie gewohnt weitergelaufen.«

»Gut zu wissen, dass ich hier entbehrlich bin.«

»Ja Meister, fast. Es wird Euch freuen, dass ich den größten Teil Eurer Aufträge erledigt habe. Nur mit den Rosen am Griff komme ich nicht zurecht. Warum kann ich sie nicht einfach gravieren, müssen sie denn unbedingt aus Silber sein? Ihr habt mir nie gezeigt, wie man damit umgeht. Es ist schwierig genug gewesen, das Zeug überhaupt zu bekommen. Meister Peter war ganz und gar dagegen, und ich bin es jetzt auch. Es ist so weich, dass meine Blüten wie Kohlköpfe aussehen.«

»Du meinst wohl, wie Kuhfladen«, sagte Herman mit einem Blick auf die Einlegearbeit.

Severin rieb sich das Ohr. »Ja, Ihr habt Recht, ich werde es wieder herunterkratzen.«

Während der Bursche das Silber abschabte, lehnte Herman am Werktisch und säuberte sich mit einem Punziereisen die Fingernägel. Unauffällig musterte er seinen Spross. Konnte das ein Verräter sein? Weder Miene noch Haltung wiesen auf irgendein Schuldbewusstsein hin, nicht einmal innere Spannung war daraus abzulesen. Herman fühlte leichten Neid in sich aufsteigen, die kleinste Geste des Burschen ließ die kraftvolle Bewegungsfreude eines zweijährigen Hengstes erahnen. Seine geraden Augenbrauen verliehen ihm etwas Ernstes, wobei der Mund noch eine fast kindliche Weichheit zeigte.

Hermans eigene Lippen waren ganz ähnlich geformt, doch er hatte sie so oft höhnisch verzogen, dass sie irgendwann in dieser Stellung stehen geblieben waren. Der leicht verächtliche Ausdruck störte ihn nicht. Im Gegenteil, Herman verstärkte unwillkürlich den Zug seiner Oberlippe, was ihm das Gefühl einer gewissen Unnahbarkeit verschaffte. Aus der Nähe konnte das menschliche Auge nun einmal nicht besonders scharf erkennen, und er zog es meistens vor, einen Abstand einzuhalten, der ihm ein nüchternes Urteil ermöglichte.

»Hast du inzwischen etwas von Kiefuss gehört?«

Bevor Severin antworten konnte, brauste Peter auf: »Allerdings, der Büchsenmacher war hier und forderte Geld. Wie viel von meinen Gulden hast du diesem Nimmersatt schon in den Schlund geworfen?«

»Offensichtlich nicht genug«, sagte Herman, ohne von seinen Fingernägeln aufzusehen. »Du hast ihm doch hoffentlich gegeben, was er verlangte?«

»Rausgeworfen habe ich ihn. Seit wann wird bezahlt, bevor die Ware fertig ist?«

»Vielleicht ist sie ja bereits fertig.«

Bedauernd schüttelte Severin den Kopf. »Leider nicht, Meister, und ich fürchte, es wird noch dauern, bis Ihr schießen könnt. Der Büchsenmacher scheint nicht recht voranzukommen, er braucht neuen Funkenstein, bevor er weitermachen kann.«

»So, neuen Funkenstein. Liegen die Schwierigkeiten nicht eher an einem Rädchen, das falsch eingezeichnet wurde?«

Severin lachte. »Nein, daran wird Kiefuss sich erst ganz zum Schluss die Zähne ausbeißen. Ich wäre zu gerne dabei.«

Es erleichterte Herman sehr, dass Severin das verkehrte Zahnrad nicht leugnete. Ohne die Pistole konnte Herman sich keinen Grund mehr denken, warum der Junge ihn verraten haben sollte. Dennoch war es besser, auf der Hut zu bleiben.

Peter bürstete die Feilen sauber und hängte sie an ihre Plätze. Bevor er die Werkstatt verließ, richtete er jede einzelne senkrecht aus, als ob der Anblick in finsterer Nacht irgendjemanden beeindrucken könnte. Auch Severin hatte seine Lederschürze bereits abgelegt.

»Du bleibst.« Herman hatte weder besonders laut noch scharf gesprochen, es war einfach eine Feststellung. »Du bist noch nicht fertig.«

»Ich arbeite morgen weiter, die Feuerglocke …«

»Die Glocke interessiert mich nicht. Seit wann nimmst du dir heraus, bei ihrem Geläut den Hammer fallen zu lassen, egal ob das Eisen gerade glüht oder nicht? Ist sie deine Meisterin geworden? Kleidet sie dich, ernährt sie dich, gewährt sie dir ein Dach? Du bleibst gefälligst hier, wenn ich das wünsche.«

»Das geht nicht, Meister. Kungund wird mich gleich im Lesen unterrichten, ich will sie nicht warten lassen. Morgen früh stehe ich Euch wieder zur Verfügung.«

Dieser verfluchte Kerl war nicht nur eigensinnig, er trotzte seinem Meister unverfroren ins Gesicht. Ja, am nächsten Morgen würde er zur Stelle sein, wie immer absolut pünktlich, zuverlässig und willig. Aber Herman ließ sich nicht vertrösten, er verlangte uneingeschränkte Ergebenheit. Zur Not musste er sie erzwingen.

»Aus deinem – Lesen, wie du eure delikate Zweisamkeit zu nennen beliebst, wird heute nichts werden. Kungund schrubbt nämlich die Küche. Wie es aussieht, hat die Magd sie im Stich gelassen. Du weißt wohl nicht, wo das treulose Gänslein sich versteckt.«

»Ottilie? Sie ist sicher bald wieder da. Wahrscheinlich braucht Barb ihre Fürsorge jetzt dringender als wir.«

»Hat sie dir nichts von einer Pilgerfahrt erzählt?«

»Da Ihr es erwähnt, Meister, Ottilie hat sich tatsächlich über den späten Aufbruch des nächsten Zuges erregt. Wer will schon gern im November reisen? Wie auch immer, Kungund wartet.«

»Halt. Ich habe dir nicht erlaubt zu gehen. Weiß Peter eigentlich, was ihr allabendlich treibt? Deine bezaubernde Lehrerin wird sich gedulden müssen. Glaub mir, ein wenig körperliche Betätigung schadet den Weibern ebenso wenig wie sehnliches Warten. Ihr späterer Unterricht wird umso leidenschaftlicher sein, falls ich dem Ganzen nicht vorher ein Ende mache.«

Severin schüttelte den Kopf. »Ich muss jetzt gehen«, sagte er ruhig und wandte sich der Türe zu.

Ganz so überlegen wie er tat, konnte er aber nicht sein. Mit Genugtuung sah Herman den angespannten Nacken des Burschen und auch den heimlich lauernden Blick. Er tat einen festen Schritt zur Seite, um deutlich den Austritt zu versperren.

Nie und nimmer hätte er damit gerechnet, dass Severin ungerührt weitergehen würde. Gedachte der junge Spund etwa, ihn mit Gewalt aus dem Weg zu schieben?

Herman kniff die Augen zusammen. Er war kein Schänkenraufbold, sondern Schmied und hatte als Stadtknecht echte Schlachten geschlagen. Die Gefahr erkennen und Dagegenhalten war eins für ihn geworden. Er stemmte seine Füße in den Dielenboden, die Knie federnd, der Oberkörper beweglich.

Blitzartig holte er mit der Rechten aus.

Knapp vor Severins Kinn blieb seine Faust in der Luft stecken. Hermans Handgelenk kribbelte, der Griff darum war hart, sodass er unwillkürlich seine Finger öffnete.

»Bitte, lasst es nicht auf einen Kampf ankommen. Ihr seid zu langsam für mich, ich bemerke Eure Bewegungen, bevor Ihr selber davon wisst. Genauso gut könntet Ihr versuchen, eine Küchenfliege zu überraschen. Ich respektiere und bewundere Euch für vieles, aber körperlich seid Ihr mir längst unterlegen. Ich hatte gehofft, Ihr wüsstet das.«

In Hermans Hand pochte das Blut. Er biss sich auf die Zunge. Seine Faust mochte vielleicht träge geworden sein, doch sein Hirn war es nicht. Das arbeitete geschwinder, als Severin sich vorstellen konnte. Irgendeinen wunden Punkt fand Herman bei jedem Menschen und bei Severin erst recht. Gleich würde er die Achillesferse aufreißen und grässlich bluten lassen.

Herman setzte ein verquältes Lächeln auf. »Schon gut, schon gut, du hast gewonnen«, sagte er so jovial wie möglich. »Keine Angst, Severin, ich gräme mich nicht darüber, im Gegenteil, ich bin stolz auf dich. Was kann ein Mann sich Besseres erhoffen, als dass der eigene Spross ihn eines Tages überflügelt. Ich wünschte nur, die Vaterfreuden würden nicht gar so schmerzhaft sein.«

Inzwischen hatte er bis zum Ellenbogen jegliches Gefühl verloren und ruckte mit seinem Arm, damit der Bursche ihn endlich freigab.

Doch der verstärkte nur den Druck. »Was wollt Ihr damit sagen?«

»Nun, mein Junge, dir liegt das Schmiedehandwerk ebenso im Blut wie mir, und was Konstruktionen betrifft, hast du es sehr weit gebracht. Kurz, ich bin stolz auf dich, mein Sohn.«

Severin zuckte zurück.

»Ihr seid mein Vater?«

»Ganz recht, ich muss es sein. Deine alte Bettlerin hat mich darauf gebracht. Sieh dir die Linien in unseren Händen an, soweit sie nicht unter Schwielen verborgen sind, gleichen sie sich wie Eier. Auch sonst kannst du die Ähnlichkeit nicht verleugnen. Du bist zwar unehrenhaft geboren, aber ich will hoffen, dass du meine Gunst trotzdem verdienst.«

»Ihr habt meiner Mutter, der Geissin ...«

»Geissin?« Herman erinnerte sich bei diesem Namen dunkel an ein abgearbeitetes, mürrisches Geschöpf. Es kränkte ihn, dass Severin tatsächlich in Erwägung zog, er hätte bei einem solchen Frauenzimmer liegen mögen. Sie hatte ein totes Kind geboren und über Milch verfügt, allein deshalb hatte Herman damals den nächtlichen Marsch nach Worzeldorf in Kauf genommen.

Er schüttelte sich. »Reg dich nicht auf, die Geissin ist vermutlich zeitlebens dazu verdammt gewesen, ein braves Eheweib zu bleiben.«

»Ich weiß. Ich meinte, Ihr habt der Geissin Geld gegeben, damit sie mich aufzieht, nicht wahr? Mit ihren letzten Worten sandte sie mich nach Nürnberg, damit ich meinen Vater finden soll. Dann habe ich ihr also nun den Wunsch erfüllt ...«

Plötzlich baute sich Severin seinerseits vor der Türe auf.

»Wer ist meine leibliche Mutter?«, fragte er und schaute Herman direkt in die Augen.

Herman gelang es nicht, sich abzuwenden.

Was mochte Severin wohl sehen? Die gönnerhafte Miene natürlich, womöglich auch Schadenfreude dahinter, oder gar die verleugnete Furcht tief in seiner Seele? Unsinn, falls ein menschlicher Schädel tatsächlich durchschaubar wäre, würde der Bursche wohl die zugige Kahlheit an Hermans Hinterkopf erblicken.

Der forschende Blick war dennoch beklemmend, und Herman schien, als ob Severin versuchte, die Vergangenheit aus ihm hervorzustarren. Die vergessenen Erinnerungen nahmen bereits Gestalt an, und er sah statt Severin einen Säugling vor sich, der aus schmutzigen Tüchern in die Welt emporstierte.

Die Mutter, das dumme Stück, verlangte allen Ernstes, nun da sie entbunden hatte, in Hermans Heim zu leben, womöglich noch in seiner Kammer. Gewiss, er hatte sie eine Zeit lang mit Aufmerksamkeit bedacht, wahrscheinlich mehr, als sie jemals wieder bekommen würde. Dankbar hätte sie ihm sein sollen, stattdessen bekam sie den Hals nicht voll. Sprödes Erz, nie würde daraus ein Kunstwerk entstehen. Nicht einmal eine kräftige Ohrfeige hinterließ einen brauchbaren Eindruck.

»Du hattest die Freude, ich den Schmerz«, sagte sie darauf und drückte ihm den Korb mit dem Säugling in die Arme. »Nun trage auch die Folgen.«

Herman hätte sie erschlagen können. Vermutlich hätte er das sogar getan, wenn sie nicht kopflos davongerannt wäre.

Mit langen Schritten folgte er dem furchtsamen Getrippel

durch die Gassen. Die wenigen Passanten hatten ihre Hüte tief ins Gesicht gezogen und hielten die Köpfe gesenkt, um sich vor dem Wind zu schützen. Sie interessierten sich weder für die gehetzte Bettelmaid, noch für ihren Verfolger.

Gleich würde er sie haben.

Plötzlich schrie sie auf und stürzte vor ihm nieder.

Hatte sein Messer sie berührt? Er konnte sich nicht daran erinnern. Sofort wich er zurück und drückte sich in eine Mauernische. Ein paar fröstelnde Gestalten sammelten sich um den leblosen Körper, untersuchten ihn und trugen ihn schließlich fort.

Hastig nahm Herman den Korb wieder auf und vermied den Blick zu dem Wesen darin. Seine hölzernen Trippen hallten auf den Pflastersteinen, als er erneut durch die winterlichen Gassen eilte. In seiner Lunge nahm das Stechen zu. Die Mutter war tot. Zu spät, um sie zu betrauern, zu spät, ihr das Kind zurückzugeben.

Er musste nachdenken.

Wenigstens war der Kleine still. Er würde bald Hunger bekommen, vielleicht fror er auch. Schneidende Kälte strich über das Körbchen. Es neigte sich auf der Pegnitzmauer hin und her wie eine Wiege. Graugrün gluckerte es in der Tiefe, und kleine Lichtreflexe spielten auf dem Wasser. Der Fluss würde ganz gelassen weiterfließen, wenn er den blassen Brocken mit sich nahm.

Aber Herman konnte sich nicht entschließen, dem Korb einen Stoß zu geben. Vielleicht fiel er von selbst hinunter. Niemand hätte je davon erfahren.

Außer dem Kind natürlich. Es sah Herman an, als wüsste es im Voraus, wie er zu handeln gedachte, gleich würde es anfangen zu brüllen und die braven Bürgerinnen wecken.

Hastig stopfte er die Decke fester um das Neugeborene. Er war kein Unmensch, gewiss nicht, aber das Kind hatte sich den denkbar schlechtesten Moment für seine Ankunft gewählt. Ein paar Jahre später, wenn Herman sich in Sängerkreisen bewährt hatte, wenn er selber Meister geworden war, hätte er den Bastard vielleicht sogar angenommen. Doch gerade jetzt, da man ihm das erste öffentliche Vorsingen in Aussicht gestellt hatte, durfte er sich keinen Makel erlauben.

Irgendwo in Nürnberg musste doch eine Hebamme aufzutreiben sein. Und wenn diese das Kind nicht wollte, kannte sie vielleicht eine Nährmutter, am besten weit fort, außerhalb der Stadt.

Sein Vater würde vermutlich den Prügel tanzen lassen, sobald er von Hermans musikalischen Bestrebungen erfuhr. Was hätte der handfeste Rotschmied erst zu einem unehelichen Enkel gesagt?

Damals war Herman kaum älter gewesen als Severin jetzt, damals hatte er noch selbst vor seinem Vater gebebt.

Er spürte auf einmal, dass er lächelte, zu seiner eigenen Überraschung aus ehrlicher Zuneigung. Er fand es erstaunlich wohltuend, nun seinem erwachsenen Sohn gegenüberzustehen.

»Wer ist meine Mutter?«, wiederholte Severin. Er versperrte noch immer die Tür, aber seine Stimme klang heiser. Keine Härte war darin zu hören, nur die Hilflosigkeit eines Ahnungslosen. Verlangend hing er an Hermans Lippen, aufmerksam darauf bedacht, nicht das kleinste Wörtchen zu verpassen, das dieser vielleicht geneigt war, ihm zu offenbaren.

Doch Herman mochte sich den Augenblick nicht verderben, indem er die Erinnerung an ein glückloses Mädchen noch weiter heraufbeschwor. Der Bursche konnte durchaus noch in Spannung gehalten werden. Das war die Strafe für unziemlichen Widerstand und für Hermans schmerzendes Handgelenk. Er selbst würde sich nun getrost seinem vernachlässigten Magen widmen.

Erwartungsgemäß wich Severin zur Seite, als sein Vater ihm entgegentrat. Herman konnte sich nicht enthalten, dem fassungslosen Burschen im Vorbeigehen noch herzlich auf die Schulter zu klopfen.

* * *

Ottilie tauchte nicht wieder auf.

Die junge Henleinin grämte sich sehr darüber. Sie fand keine Freude mehr daran, das Haus zu schmücken, ließ ihre Kräutertöpfe welken und mochte nicht einmal mehr die Mahlzeiten in der Stube kredenzen. Vielleicht hatte sie die Lust daran verloren, weil es nun niemanden mehr gab, der ihrem Feinsinn nacheiferte, vielleicht ermüdeten die schnöden Dinge des Haushalts sie zu sehr.

Herman lehnte sich auf der Küchenbank zurück und wischte sich den Mund. Er war wohl der Einzige, der das Mahl genießen konnte. Solange es ihm schmeckte, hatte er nichts dagegen, in der Küche zu speisen. Im Gegenteil, das enthob ihn der Verpflichtung, den Knecht, der ja nun wusste, wessen Sohn er war, öffentlich an die Familientafel bitten zu müssen. Noch wagte Severin nicht, seinen Meister Vater zu nennen, und es belustigte Herman, dass der Bursche umständlich jede direkte Anrede vermied. Irgendwann aber würde er unweigerlich Ansprüche stellen.

Peter schielte auf Kungunds Napf, der unberührt vor ihr stand.

»Was ist?«, fragte er. »Wenn du nicht magst, was du selber zusammengerührt hast, dann gib es mir und verleide uns nicht den Appetit mit deiner sauren Miene. Lebensmittel lässt man nicht verderben.«

Gehorsam schob sie ihm die Schüssel hin. »Es tut mir Leid, ich bekomme einfach nichts hinunter. Ich muss immer an Ottilie denken.«

Severin ließ den Löffel sinken, während die alte Mutter Henleinin den Kopf hob und versuchte zu erkennen, ob Kungund wohl weinte.

»Gott zürnt uns«, murmelte die Alte. »In diesem Haus lebt keine Freude mehr, und mein Bett ist auch seit Tagen nicht gelüftet worden.«

Entnervt schaufelte Peter Kungunds Brei in sich hinein. »Geht doch ins Findelhaus und holt ein neues Mädchen. Ich kann mich nicht auch noch darum kümmern. Euer Gejammer ist unerträglich.«

»Wie kannst du nur so roh sein?«, begehrte Kungund auf. »Glaubst du, ein Mensch ist einfach auszutauschen? Ottilie war mir eine Vertraute, eine Freundin, ich habe immer geglaubt, dass sie genauso empfindet. Wenn ich nur wüsste, ob ich sie gekränkt habe. All die schönen Gewänder, die ich ihr schenkte, hat sie verschmäht und achtlos liegen lassen. Es ist, als hätte sie mir das Zeug ins Gesicht geworfen.«

Peter sprang auf. »Dann nimm dir ein Beispiel und hänge dich ebenfalls nicht an Kleider. Hör auf zu heulen und fang endlich an, ein brauchbares Eheweib zu sein. Wenn du dich beruhigt hast, gib mir Bescheid. Ich bin drüben.«

Drüben lebte die Nachbarin Margarethe, eine wohlanständige Witwe mit pausbackigen Kindern, die jedes Mannsbild beharrlich zu bewundern und zu umsorgen wusste.

Herman wäre vor solch betulicher Bevormundung bis zu den Welschen geflohen, doch sein Bruder Peter tappte geradewegs in die Falle und versank in ihren weichen Armen, sobald die Lage in seinem eigenen Haus ein wenig beschwerlich wurde.

Diese Tatsache war auch sonst nicht gerade dazu angetan, Kungunds Stimmung zu erhellen, und jetzt brach sie bei seinem dröhnenden Abzug in Tränen aus.

Herman hätte sie trösten können. Er hätte ihr sagen können, wo Ottilie steckte und auch, dass die Magd nicht ihretwegen fortgelaufen war. Er hätte ihr sogar versprechen können, das Mädchen sogleich zurückzubringen.

Noch während er abschätzte, ob es sinnvoll war, ihr den Gefallen zu tun, rutschte Severin mit seinem Stuhl an Kungunds Seite.

»Seid nicht traurig, Meisterin, Ihr habt bestimmt nichts falsch gemacht, das könnt Ihr gar nicht.«

Ungeschickt fischte der Bursche nach ihrer Hand. Er griff aber nur in ihr tränennasses Tüchlein und ließ erschrocken wieder los. Beschämt versteifte Kungund sich und klemmte ihre Hände zwischen die Knie.

»Lieb von dir, dass du mich trösten willst«, sagte sie kläglich. »Aber wenn ich Ottilie nicht vertrieben habe, muss ihr etwas zugestoßen sein. Sonst hätte sie es mir erzählt, wir haben über alles gesprochen.« Als sie Severins zusammengepresste Lippen bemerkte, setzte sie hastig hinzu: »Über das meiste jedenfalls. Mein Gott, vielleicht liegt sie jetzt irgendwo und ruft um Hilfe, und wir hören es nicht.« Ein neuer Tränenschwall ergoss sich, und das durchnässte Tüchlein zuckte hilfreich hervor.

Du liebe Zeit, der Bursche machte doch tatsächlich erneut den Versuch, ihre Hand zu nehmen. Gottlob besann er sich rechtzeitig und berührte stattdessen zärtlich ihren Arm.

»Ottilie geht es gut«, sagte er fest.

Kungund blickte auf. Für einen Moment vergaß sie zu schluchzen. »Woher weißt du das?«

»Ich fühle es«, hätte er jetzt sagen müssen, oder etwas Ähnliches. Mit etwas Überlegung hätte er genügend überzeugende Wendungen finden können. Stattdessen sagte der junge Kerl – nichts.

»Was verheimlichst du vor mir, Severin? Wenn du etwas von Ottilie weißt, musst du es mir sagen.«

Doch der Bursche druckste nur herum und beschwor Kungund, ihm einfach zu glauben.

Herman schüttelte innerlich den Kopf über so viel Unbeholfenheit. Natürlich wusste Severin, dass Ottilie sich bei Barb versteckte. Täglich außer sonntags lief er ja pünktlich nach dem Abendessen dorthin und verbrachte genau zwei Stunden in der Hütte, wie Herman beobachtet hatte. Wahrscheinlich war ihm

Stillschweigen abverlangt worden, und nun befand er sich plötzlich in dem Dilemma, Kungund trösten zu wollen, ohne einen Vertrauensbruch zu begehen.

Solange der Junge nicht beherrschte, glaubhaft zu lügen, hätte er lieber ganz schweigen sollen. Herman erhob sich und griff nach seinem Mantel. Er hatte wahrhaftig Besseres zu tun, als sich weitere Stammeleien seines Sohnes anzuhören.

Kalt und duster war es auf der Gasse, fast schon zu frostig für eine Novembernacht. Hermans Schritte hallten auf dem Pflaster. Er hätte auch lautlos gehen können, doch dazu sah er keine Veranlassung. Wer sollte ihn aufhalten? Peter saß bequem auf Margarethes Sessel, und Severin würde heute nicht von Kungunds Seite weichen. Die Sonntagabende hatte der Bursche unveränderlich seiner Meisterin zugedacht.

Es war leicht gewesen, Lais aufzuspüren. Wo hätte sie sich anders verkriechen sollen, als bei der alten Vettel. Das grässliche Weib hatte zwar behauptet, sie wüsste von nichts, hatte Herman sogar in ihr zugiges Loch hineingebeten, doch so leicht ließ er sich nicht täuschen.

Nur ein wenig Ausdauer war nötig gewesen, und irgendwann, als er bewegungslos im nasskalten Wind zwischen Zaun und der hinteren Bretterwand verharrte, war Severin vorne eingetreten. Da konnte Schuhmacher Sachs noch so oft behaupten, Geduld sei ein Schmus, der weder gut schmeckt noch satt macht. Herman jedenfalls hatte vollen Lohn für seine Hartnäckigkeit erhalten und ganz deutlich Lais' Stimme gehört, als sie den Burschen bat, bei ihr zu bleiben, bis sie in Sicherheit war.

Ihre Pläne hatte Herman sich schon vorher zusammenreimen können. Das Gör gedachte offensichtlich, ihm die Dankesschuld für seine jahrelange Gunst vorzuenthalten.

In Nürnberg wäre sie niemals vor ihm sicher gewesen, hier hatte Herman viele Freunde, und die meisten fürchteten ihn zu sehr, als dass sie gewagt hätten, seine Gespielin vor ihm zu verbergen. Wenn Lais ihm wirklich entwischen wollte, musste sie die Stadt verlassen. Allein konnte sich ein Mädchen natürlich nicht auf die Landstraße wagen, wohl aber in einem Zug gottesfürchtiger Pilger. Ihr Pech, dass Herman noch vor dem Aufbruch der frommen Wanderer aus dem Turm entlassen worden war.

In der Hundsgasse blieb Herman stehen, schob sich das Barett aus der Stirn und genoss die eisige Luft auf seiner Haut. Sein Blut war heiß genug, es pochte vor freudiger Erregung bis in seinen Hals. Um die Jagd gehörig auszukosten, hatte er die Ausreißerin bis zum letzten Moment geschont.

Vor ihm erhob sich das Haus des alten Bettelherrn Deichsler. Das mehrstöckige Gebäude war auf einem Sockel aus Steinquadern errichtet worden, so unverrückbar und verlässlich wie die Bettelordnung selbst.

Hinter dem ergrauten Tor, ganz am Ende des langen Hofes zitterte Lais davor, entdeckt zu werden. Oder wähnte sie sich bereits in Sicherheit? Sie musste ja nur noch diese eine Nacht verborgen bleiben, bevor sie endgültig entweichen konnte – bevor Herman sie stellte.

Nur keine Hast.

Ohne das Tor zu öffnen, rüttelte er vernehmlich an der Klinke. »Lais ... Lais«, rief er sanft durch das Schlüsselloch. Dann wandte er sich ab und begann zu singen:

»Im Maien, im Maien hört man die Hahnen kreien,
zeig dich, du kleine Bettelmaid, wir wolln den Haber saien.
Laß mich nit warten vor der Tür,
kum, schöne Maid, und tritt herfür ... «

Lais würde nicht wagen, den Weg durchs Tor zu nehmen und ihm vielleicht in die Arme zu laufen. Sie musste versuchen, über die Hinterhöfe zu entwischen.

» ... es seinde zwölf Monat im ganzen langen Jahre,
das sagen uns die Weisen ganz und gar für wahre ... «,
sang er weiter und schlenderte die Gasse hinunter.

Seine warme Stimme hallte zwischen den enggebauten Häusern empor. Die Melodie verschwamm, umfloss Erker und Giebel, die sein Lied hundertfach nachklingen ließen, sodass der Sänger überall ringsum zugegen war.

» ... ein jeder hat sein eigen Art,
der eine zehrt, der andere spart ... «

Es berauschte ihn, seine Stimme zu hören, er forcierte das Tempo, vermischte das Lied mit seinem eigenen Echo, setzte zum Crescendo an, um gleich darauf wieder in säuselnde Verheißung zurückzufallen.

» ... ich freu mich dein ganz um und um,
wenn ich gleich freundlich zu dir kum ... «

Herman bog in einen schmalen Gang und öffnete die Pforte zum Nachbarhof. Immer enger umkreiste er die Hütte, in welcher Lais hockte wie ein gebanntes Kaninchen und versuchen würde, zu erlauschen, wo ihr Meister gerade steckte. Sie würde feststellen müssen, dass sie sich in keiner Richtung sicher fühlen konnte.

Da.

Ein Schatten löste sich aus dem Dunkel, sprang über den Zaun und verschwand.

Herman zog den Weg durch die Pforte vor. Glaubte sie etwa, sie hätte die geringste Aussicht, ihm zu entwischen?

» ... freu dich, du schöne Bettelmaid,
ich kum, ich kum, ich kum, ich kum, ich kum ... «

Mit langen Schritten folgte er dem Geräusch ihrer nackten Füße. Er brauchte sich nicht zu beeilen. Wo konnte sie schon hin? Sollte sie sich ruhig schon erhitzen, um so geschmeidiger würden sich ihre Muskeln am Ende seinem Willen fügen.

Die wenigen Passanten hatten ihre Hüte tief ins Gesicht gezogen und hielten die Köpfe gesenkt, um sich vor dem Wind zu schützen. Sie interessierten sich weder für die vorbeihastende Bettelmaid noch für ihren Verfolger.

Plötzlich war der Schatten verschwunden.

Herman lächelte, Lais war ein Engel. Sie hatte sich zweifellos in einem Hauseingang versteckt, um ihn blind vorüberrennen zu lassen. Er blieb stehen und horchte. Je länger sie zögerte, desto mehr erregte sie ihn. Er ahnte nicht, in welchem Loch sie sich verkrochen hatte, es reichte vollkommen, dass sie dachte, er wüsste es.

Da hörte er die Schritte wieder. Ängstlich, flüchtig hasteten sie über das Pflaster. Herman machte kehrt, lief durch eine Quergasse, um ihr den Weg abzuschneiden. Gerade sah er sie vorbeiwischen und eilte ihr nach, immer schneller hinauf zur Kapelle Unser Ersten Frau. Seine Lunge schmerzte von der eisigen Luft, aber er ließ sich nicht davon aufhalten, ließ den Schatten vor sich nun nicht mehr aus den Augen.

Gleich würde er sie haben.

Plötzlich schrie sie auf und stürzte vor ihm nieder.

Hatte er sie berührt?

Er keuchte. Die Verfolgung hatte ihm mehr abverlangt, als ihm lieb war, und die weißen Atemwölkchen verrieten, dass er nach Luft ringen musste.

Sie sprang auf die Beine, hob abwehrend ihre Ellenbogen und blickte ihm wütend ins Gesicht. »Lasst mich in Ruhe, ich gehöre nicht mehr zu Eurem Haus.«

»So spät noch unterwegs, Lais? Das kann für kleine Mädchen gefährlich sein.«

»Ich heiße nicht Lais, sondern Ottilie. Und ich warne Euch, Messerer, ich bin kein Kind mehr und werde mich zu wehren wissen.«

Warum bestand sie auf diesem hässlichen Namen? Lais klang wesentlich süßer, ein schmeichelndes Versprechen, selbst wenn das Wort geflüstert wurde. Herman nannte alle seine Auserwählten so, zumindest, bis sie vollständig sein geworden waren. Dann nahm er den Namen wieder an sich, um ihn einer neuen Herausforderung zu verleihen.

»Oh Lais, wenn du wüsstest, wie froh ich bin, dich wohlbehalten und kratzbürstig wie immer vor mir zu sehen.«

Mit einer raschen Handbewegung hatte er sie eingefangen. Eine Weile ließ er sie zerren und zappeln, er ließ es sogar zu, dass sie nach ihm trat, doch als sie versuchte, zu spucken, riss er sie herum und drehte ihr den Arm auf den Rücken.

»Warum wehrst du dich? Du kennst mich, ich kann freundlich sein, wenn man mir ebenso begegnet. Aber ich dulde nicht, dass man mir vorenthält, was mir gehört.«

Die Kleine japste, was sie aber nicht daran hinderte, weiter zu kämpfen und ihn aufs Unmanierlichste zu beschimpfen.

»Du betrübst mich, meine Holde. Ist das dein Dank und deine Treue? Die Meisterin weint sich die Augen aus vor lauter Sorge um dich.«

Herman musste auch ihren anderen Arm besänftigen, damit sie ihm nicht allzu schmerzhaft zusetzen konnte. Er zog sie nahe an seinen Körper, um sie unter Kontrolle zu halten. Jede ihrer Bewegungen rieb nun erfreulich in seinem Schoß.

»Lasst mich los, verflucht noch mal, Ihr tut mir weh. Haltet Euch gefälligst an erwachsene Weiber, falls Ihr Euch traut.«

»Aber Lais, sagtest du nicht eben selbst, dass du kein Kind mehr bist?«

»Trotzdem habt Ihr kein Recht, mich festzuhalten.«

Herman drückte ihren Nacken hinunter und zog kurz an ihrem Arm, dass sie aufheulte. Ihr Rücken rundete sich, und ihr Gesäß drückte gegen seine Beine.

»So, ich habe also kein Recht. Was meinst du, wer seit Jahren die Hand über deine alte Hexe hält, damit sie unbehelligt weiter in ihrem Loch hausen kann? Woher stammen wohl die Lebensmittel, die Severin regelmäßig in die Hütte bringt? Und wer hat euch versorgt, als die Pest die halbe Stadt hungern ließ? Im Gegensatz zu all deinen Freundinnen brauchtest du dich nicht für ein Stückchen verschimmeltes Brot zu versündigen, hast du dich nie gefragt, wer dich davor bewahrte? Wir wollen auch nicht vergessen, dass ich dir eine Stellung in meinem Hause verschaffte, als du nicht mehr weiter wusstest, nicht wahr? So handelt kein Freier, so handelt ein verlässlicher

Freund, in dessen Hände du dich getrost begeben kannst. Du wirst sicher darin aufgehoben sein. Glaube mir, du wirst diese Zuwendung dein Lebtag vermissen, wenn ich entscheiden sollte, mich von dir zurückzuziehen.«

Er drehte sie herum, dass sie mit angeklemmten Armen dicht vor ihm stand. »Sieh mich an, Lais.«

Widerborstig warf sie den Kopf in den Nacken und starrte ihm in die Augen. Nicht ein Funken von Unterwerfung war in ihrem Blick zu lesen.

Hermans Mundwinkel zuckte halb nach oben. »Ich bin gewohnt, mir zu nehmen, was mir zusteht. Wenn du dich nicht fügst und artig mit mir kommst, nehme ich es gleich hier auf der Straße. Danach magst du gehen, wohin du willst.«

»Ich vielleicht, aber Ihr geht dann nicht mehr weit, Messerer. Ich werde nicht vor Euch fliehen, sondern bleibe hier, bei den Menschen, die mir etwas bedeuten. Einmal habe ich Euch bereits in den Turm gebracht, ich kann es wieder tun, und dann werdet Ihr nicht so bald freikommen.«

»Du hast was?«

Herman wankte, als sei sein Blut plötzlich unter das Pflaster gesackt. Alle hatte er verdächtigt, aber auf den Gedanken, dass seine sichere Beute sich ernstlich gegen ihn aufgelehnt haben könnte, war er nicht gekommen. Seit Jahren hatte er an diesem Werk geschmiedet, umsichtig das Feuer geschürt, nur ganz allmählich die Hitze verstärkt und den spröden Rohling mit höchstem Feingefühl der Vollendung entgegen geformt.

All das vergeblich?

Da stand die Verräterin völlig wehrlos vor ihm, befand sich fest in seiner Gewalt, und grinste ihm dennoch Verachtung ins Gesicht.

Missratene Werke beseitigte Herman stets sofort.

Mit einem Griff in ihr Haar riss er ihren Kopf zurecht und ließ sein Messer durch ihre Kehle zischen.

Das Grinsen verschwand.

Ihr Leib wurde endlich nachgiebig in seinen Händen,

schlängelte sich aus der Umklammerung und sank zu seinen Füßen aufs Pflaster.

Herman hörte Stimmen.

Vor Thumers Haus gegenüber wurden Lichter angezündet, und aus der Schänke torkelten drei Gestalten in seine Richtung. Er kannte die Männer, oft genug hatte er mit ihnen gezecht. Sie mussten ihn ebenfalls gesehen haben.

Doch als sie das leblose Mädchen auf der Gasse entdeckten, war Herman bereits fort.

XV. KAPITEL

Tief in der Nacht schrak die Familie aus dem Schlaf. Der Lärm vor dem Haus trieb alle aus den Betten. Mit flackernden Lichtern in den Händen standen sie oben auf der Treppe, lauschten dem Geschrei und wagten sich nicht hinunter. Nur Kungund war ohne zu überlegen gleich in die Diele gelaufen.

Das Gezeter draußen steigerte sich. Es klang kaum noch menschlich, eher wie eine Mischung aus Katzengeheul und Gänsekreischen, unterbrochen von unverständlichen Worten und Fußtritten gegen die Tür.

Kungund fasste nach Severins Hand. »Wer mag das sein?«

»Ich glaube, ich weiß es.« Sanft schob Severin sie hinter sich, atmete tief ein und zog den Riegel zurück. Er hatte vorerst nur einen Spalt öffnen wollen, doch sobald die Sperre gelöst war, fuhr ihm das Türblatt mit einem solchen Schwung gegen die Brust, dass er rückwärts strauchelte.

»Aus dem Weg, gebt den Mörder heraus!«, keifte die alte Bettlerin ihn an. Das verfilzte Haar stand flammend um ihr Haupt, und die Lider riss sie so weit auf, dass man um die Iris das Weiße sah. Feindselig ruckte ihr Blick durch die Diele.

»Barb, was tust du hier?«

Sie hätte nicht herkommen sollen. Sie stank nach Alter und nach Urin. Wenn Severin sie in ihrer Hütte besuchte, nahm er den Geruch als gegeben hin, aber hier ekelte er sich plötzlich vor ihr. Er wich ihrer Nähe aus und hielt den Atem an.

Gleichzeitig schämte er sich. Barbs Verzweiflung war schließlich keine ansteckende Krankheit, von der er Abstand halten konnte. Er würde dem Leid doch nicht entkommen, das hatte er gewusst, sowie er auf seinem Lager hochgeschreckt war. Obwohl er die Antwort bereits kannte, fragte er, was geschehen sei.

Barb wandte sich nach ihm um. Die Feindseligkeit in ihren Augen brach. Wie eine Verdurstende stürzte sie ihm entgegen und krallte sich an seinen Kleidern fest. »Sie ist tot, Severin, meine Kleine ist tot.«

Die Bedeutung dieser Worte fand keinen rechten Halt in seinem Verstand, nur ein dumpfer Schmerz stieg in ihm auf, ein Schmerz, der ihm grausam bekannt vorkam.

Dröhnende Stille breitete sich in seinem Schädel aus, darin für immer verstummt das Ticken einer Kirchenuhr.

Kein Laut war mehr zu hören, als wäre die Zeit gestorben.

Severin wünschte, er hätte weinen können, doch seine Traurigkeit war dick geronnen, begann seine Sinne zu verstopfen, verschloss sich in ihm, und verschloss ihn gegen die anderen.

Barb stöhnte. »Sie lag auf der Gasse, nahe der Kapelle Unserer Ersten Frau. Fast die gleiche Stelle wie damals. Alles wiederholt sich, nein, es wird von Mal zu Mal schlimmer, wenn man dem Teufel nicht rechtzeitig Einhalt gebietet. Es ist meine Schuld, Severin, ich hätte niemals aufgeben dürfen, den Mörder zu suchen. Aber dieses Mal vernichte ich ihn, das schwöre ich.«

Severin legte seine Arme um die Alte und strich ihr rhythmisch über den Rücken, ohne sie wirklich zu spüren. Wenn er die Augen schloss, konnte er Ottilie lebendig vor sich sehen. Triumphierend sah sie aus, als hätte sie soeben einen Sieg erstritten.

Doch Barb riss das freundliche Bild sogleich in Fetzen. »Mit durchschnittener Kehle hat man sie gefunden. Sie lag in einer dunklen Lache wie ein ausgeblutetes Huhn, und ihr Gesicht war ganz weiß.«

Wimmernd löste sie sich, schob ihn auf Armeslänge von sich und schaute ihn an. »Warum nur? Ottilie hat niemandem ein Leid getan. Ich habe ihr beigebracht, sich zu wehren, und auch, dass man rechtzeitig fliehen muss. Sie kannte jedes Zaunloch, jeden Schlupfwinkel in der Stadt. Die Schänken waren voller kräftiger Kerle, einige davon sind als Buben mit ihr durch die

Gassen gezogen. Warum hat ihr nicht einer beigestanden, warum nicht einmal du?«

Severin tastete nach dem Bisamapfel unter seinem Hemd. Die tickende Eisenkugel schaukelte kalt auf seiner Brust hin und her. Wozu brauchte er das Ding? Es hatte ihn nicht gemahnt, als Ottilie seine Hilfe bedurfte. Im Gegenteil, es hatte ihm die Schicksalsstunde verschwiegen, hatte sie gleichgültig gezählt, wie alle anderen auch und Severin zu ahnungslosem Schlummer verführt. In diesem Moment hätte er die eiserne Kugel in seiner Faust zerquetscht, wenn seine Kraft dazu ausgereicht hätte.

Plötzlich kreischte Barb und zeigte zur Treppe. »Da steht er. Er war es. Er hat sie beide umgebracht!«

Peter und die alte Henleinin wichen zurück. Ein paar Stufen höher stand Herman im Dunklen, ganz und gar eingewickelt in seine Daunendecke. Unten schauten seine nackten Füße heraus, die er abwechselnd an den Waden rieb.

»Die Kälte kriecht bis hier herauf«, brummte er schlaftrunken. »Was ist los mit euch? Habt ihr eure Christenpflicht vergessen? Selbst wenn unser Gast nur eine Bettlerin ist, lässt man sie nicht im zugigen Eingang stehen. Entweder jagt sie fort oder bittet sie herein. Macht endlich die Tür zu, bevor das ganze Haus auskühlt.«

Daraufhin gähnte er herzhaft. »Ich hoffe, Barb, du hast gute Gründe, uns mitten in der Nacht zu überfallen. Die Erklärung möchte ich mir aber lieber im Warmen anhören.«

Er machte eine auffordernde Kopfbewegung und wandte sich zur Küche, doch Kungund rief ihn zurück. »Herman, warte, Ottilie ist tot.«

Der Messerer blieb stehen und starrte auf die Gesellschaft hinunter.

Barb hielt immer noch den Finger wie ein Schwert auf ihn gerichtet. »Mich täuscht Ihr nicht, Messerer. Ihr seid der Mörder, und dafür werdet Ihr büßen.«

Herman nickte. »Du hast nie einen Hehl daraus gemacht, was du von mir hältst, Alte. Das erkenne ich an, es ist mir lieber als Heuchelei. Komm jetzt rauf.« Damit verschwand er in der Küche, gefolgt von Peter und der schluchzenden Henleinin.

Auch Kungund weinte. Zaghaft griff sie nach Barbs Ärmel. »Sei uns willkommen. Weder du noch wir sollten heute Nacht alleine sein.«

Zu Severin gewandt bat sie um Holz. Da niemand mehr an Schlafen dachte, konnte man genauso gut gleich den Herd anheizen.

Er war erleichtert, seine Hände mit Alltäglichem beschäftigen zu können. Auch die kalte Luft tat ihm gut. Nachdem er den Korb gefüllt hatte, setzte er sich auf den Spaltklotz, lehnte seinen Kopf an den Holzstapel und suchte den winterlichen Nachthimmel nach Fixsternen ab.

»Mirac, Nabel des Pegasus, Aldebaran, Herz des Stiers, Alhaiot im Fuhrmann, Rigil im Orion, Alhabor, großer Hund, Algomeisa, kleiner Hund ...«, wiederholte er sich ihre Namen.

Die Sterne starben nie. Sie blieben verlässlich auf ihrem Platz, den Gott ihnen zugedacht hatte, und glitzerten bis in alle Ewigkeit.

Er konnte sich nicht vorstellen, dass Ottilie tot sein sollte. Er spürte sie doch, in ihm war sie lebendig, er hätte sich nicht einmal gewundert, sie plötzlich über den Hof spazieren zu sehen.

Gott wollte die Menschen dereinst richten, also durfte niemand mit dem Ende seines Lebens ausgelöscht werden. Dann waren womöglich alle gleichzeitig vorhanden, die früheren, die jetzigen, vielleicht selbst die, die noch kommen sollten. Nur, dass ein jeder in seiner eigenen Gegenwart gefangen blieb, und da sich diese kaum fassen ließ, trafen so wenige aufeinander.

In was für einer Gegenwart mochte sich Ottilie wohl jetzt befinden?

Severin fröstelte und stand auf. Irgendwann würde er es unweigerlich erfahren.

Als er mit dem Holz nach oben kam, stand Barb mitten in der Küche. Von ihrer ehemaligen Statur war wenig übrig geblieben, verkrümmt und ausgezehrt die Glieder, knittrig das Gesicht. Dennoch beherrschte ihre Verbissenheit den ganzen Raum. Barsch lehnte sie Kungunds Suppe ab und wies sogar den Wein zurück.

»Mit Mördern setze ich mich nicht an einen Tisch!«

Das klang wie ein greiser Giftköter. Voller Abscheu fixierte sie Herman, als wartete sie nur auf eine Gelegenheit, ihm an die Gurgel zu springen.

Der aber thronte sicher gepolstert in seinem Bettzeug am anderen Ende des Tisches. Sein harter Nacken und die kantigen Schultern waren gänzlich unter den Rundungen der Daunendecke verborgen, was seine Gesichtszüge auch gleich weicher wirken ließ.

»Schon gut, Barb«, sagte er. »Ich verstehe, dass du einen Schuldigen brauchst. Ich werde dir sogar helfen, den Täter zu finden. Bis dahin biete ich dir an, bei uns zu bleiben. Wie praktisch, dass der Schlafplatz auf der Küchenbank gerade heute frei geworden ist, nicht wahr?«

Außer ihm lachte niemand über die Bemerkung. Severin betrachtete seinen Vater von der Seite. Wie konnte er in einem solchen Moment zynisch sein? Traf Ottilies Tod ihn denn nicht? Trafen ihn nicht einmal Barbs Verdächtigungen? Oder berührte ihn das Unglück so sehr, dass er nicht vermochte, einfach mit Trauer darauf zu reagieren, ganz ähnlich wie Severin selbst?

Angewidert spuckte Barb vor ihm aus. »Ich kenne den Täter bereits. Ich weiß, was Ihr getan habt, Messerer, und ich weiß, was vor 25 Jahren geschah. Und wenn es das Letzte ist, was ich in meinem Leben bewirke, ich werde Euch vor den Henker schleifen. Verlasst Euch darauf.«

»Jetzt reicht es!« Peter schlug mit der flachen Hand auf den Tisch, sodass Kungund und die Henleinin zusammenzuckten. »Wie kannst du es wagen, meinen Bruder derart zu verleumden und das in seinem eigenen Haus? Pack dich, oder ich helfe dir selbst die Treppe hinunter.«

Kungund umklammerte seinen Arm, was ihren Gemahl nicht daran hinderte, sich drohend zu erheben.

»Hör auf, Peter. Bitte!«, rief sie. »Begreifst du nicht, dass nur der Schmerz aus ihren Worten spricht? Ottilie ist wie eine Tochter für sie gewesen.«

»Das gibt ihr nicht das Recht, unsere Familie in den Dreck zu ziehen. Im Gegensatz zu ihr sind wir anständige Bürger.«

Ganz langsam kam Barb an den Tisch, stützte ihre Hände auf die Platte und lehnte sich zu Peter hinüber. »Ah, seid Ihr das, Schlosser? Warum musstet Ihr dann ins Kloster fliehen und der Glaserin 20 blanke Gulden als Abfindung für ihren toten Ehewirt hinzählen? Wenn Ihr anständige Bürger seid, bin ich heilfroh, nicht dazugerechnet zu werden.«

Mutter Henleinin wimmerte. Ihr Kopf schaukelte über der Tischplatte hin und her, und sie bat die Bettlerin inständig, sie doch mitzunehmen, falls sie zu anständigen Bürgern ginge. Bevor sie nun über die Gottlosigkeit ihrer Söhne, das schlechte Essen, von dem sie nie einen Bissen bekam, und die Unfruchtbarkeit ihrer Schwiegertochter lamentieren konnte, schob Kungund ihr mechanisch ein Stück Lebkuchen hin.

»Mir fehlt Ottilie auch, Barb.« Kungund tastete nach der Hand der alten Bettlerin und umschloss sie dann. »Sie fehlt mir nicht nur als Magd, ich habe sie wirklich gern gehabt. Ihr Tod tut uns allen weh, wir sollten uns nicht noch zusätzlich verletzen. Mein Ehewirt hat es bestimmt nicht so hart gemeint, und wenn du Herman besser kennen würdest ...«

»Glaube mir, Kind, ich kenne Herman gut genug, besser, als mir lieb ist.«

Barb zog ihre Hand zurück. Ohne Herman aus den Augen zu lassen, bewegte sie sich rückwärts zur Tür. »Kommst du, Severin? Hältst du mit mir Totenwache? Oder hältst du zu dem Messerer, deinem gewissenlosen Vater?«

Verblüfft ruckte Kungunds Kopf zu Herman herum, und auch Peter blickte seinen Bruder fragend an.

Herman verzog die Lippen. »Respekt, Alte, gut ausgeteilt.«

Soweit es ihm in seiner Decke möglich war, verbeugte er sich und hob den Arm zu einem anerkennenden Gruß. »Allerdings kommt deine gehässige Enthüllung etwas zu spät, der Bursche weiß bereits, wessen Lenden er sein Leben verdankt. Mutter begreift nichts mehr, und Kungund zählt nicht, du hast mich also nur vor meinem Bruder bloßgestellt. Nimm Severin ruhig mit, das ist er der Kleinen schuldig. Ich kann euch leider nicht begleiten, mir stehen heute Nacht wohl ein paar unangenehme Erklärungen bevor. Verbindlichsten Dank.«

Ottilie lag auf dem breiten Lager in der Hütte, gewaschen und angekleidet, die wächsernen Hände über der Decke gefaltet und die Lider geschlossen, damit es so aussah, als ob sie schliefe.

Nun war nichts mehr zu tun.

Barb zitterte auf ihrer Kiste und zog sich die Decken bis unter das Kinn. »Zünde das Öllicht an, es wird gleich dunkel sein.«

Severin tat ihr den Gefallen. Die kleine Flamme täuschte etwas Wärme vor, und sie konnten abwechselnd ihre Hände darüber halten.

Ihm selbst wäre die Dunkelheit trotzdem lieber gewesen. Soweit es möglich war, vermied er den Blick auf den Leichnam. Barb hatte zwar einen Schal über die Wunde am Hals gelegt, aber das Bild des klaffenden Schnittes hatte sich bereits in seine Seele gebrannt. Wieder und wieder durchschauerte es seinen Leib, der das Geschehene nachvollziehen wollte, aber die Kaltblütigkeit nicht fassen konnte.

Ottilie hatte ihn gebeten, sie nicht allein zu lassen.

Warum hatte er nicht dieses eine Mal seinen Zeitplan geändert und war zu ihr geeilt, statt bei Kungund zu verweilen? Erbittert biss er sich auf die Unterlippe, immer fester, bis er Blut schmeckte. Er wollte seinen widerlich lebendigen Körper spüren, wollte ihn sühnen lassen für das Versäumnis, das nicht mehr auszugleichen war.

»Severin?«

»Ja?«

»Wie viel hat dein Vater dir gegeben?«

Herman hatte keinen Pfennig für Ottilies Begräbnis übrig gehabt, im Gegenteil, der Messerer konnte nicht einmal für die Kosten der Turmhaft aufkommen. All seine Münzen waren in die Hände des Büchsenmachers geklimpert, und jetzt, da die Stadtschergen sein Versteck mit dem Edelmetall geplündert hatten, bestand keine Aussicht auf größere Verdienste mehr.

Severin hatte sich an Peter wenden müssen.

Eine unangenehme Unterredung, in welcher eine Menge Zahlen, lange Rechnereien und genauso viele Ermahnungen über ihn hinweggeflossen waren. Doch zum Schluss hatte sein Oheim den Vertrag aufgesetzt.

Fünf Gulden steckten jetzt in Severins Beutel. Dafür würde er jede Woche ein zusätzliches Zahnrad anfertigen, bis die Schuld abgegolten war. Das war das Mindeste, was er für Ottilie tun konnte. Da er ihr im Leben nicht beigestanden hatte, wollte er ihr wenigstens den Tod erleichtern. Ein Grab in geweihter Erde sollte sie bekommen, er würde Bittmessen lesen lassen und Ablässe für ihre Seele erstehen.

Bedächtig zählte er Barb die Münzen auf die Truhe.

»Fünf Gulden nur? Das wird nicht reichen«, sagte sie.

»Ich bitte dich, das Begräbnis kostet längst nicht so viel, selbst wenn die Orgel gespielt wird und der Küster die Glocken läutet.«

»Was hat Ottilie von Glockengeläut? Sie wird sich die Ohren zuhalten, wie sie es immer tat. Und was soll sie ganz allein auf dem Friedhof, wenn all ihre Freunde außerhalb der Stadt in der Armengrube verscharrt werden. Nein, Ottilie hätte sich nicht in Frömmigkeit versenkt und Chorälen gelauscht. Sie hätte den Schurken verfolgt, bis er am Galgen baumelt. Der Kerl wird wieder zuschlagen, wenn niemand ihn daran hindert.«

Sie nahm die Gulden auf und wog sie in der Hand. »Hör zu, Severin, wo dieses herkommt, gibt es gewiss noch mehr. Wir könnten eine Belohnung aussetzen. Vielleicht ist dann jemand bereit, gegen Herman vor den Rat zu treten.«

»Was redest du? Soll Ottilie etwa bis zu ihrer Läuterung im Fegefeuer brennen, nur weil du Zeugen gegen Herman kaufen willst? Überlass es den Stadtknechten, den Mörder zu finden. Ich jedenfalls werde Messen lesen lassen, und damit Schluss.«

Barb sagte nichts mehr. Sie kreuzte die Arme auf dem Schoß, lehnte sich vor und schloss die Augen.

Severin spürte ihre Anspannung.

Wie kam sie nur dazu, Herman so erbittert zu verdächtigen, dass sie gar Ottilies Seelenheil in die Waagschale legte?

Sie sollte sich allmählich auch um ihre eigene Seele sorgen. Schon lange bat sie lieber Passanten um Brot, als sich an Heilige zu wenden, und seit der Pest hielt sie nichts mehr von Ablässen, da das teure Papier die Siechen nur sehr selten heile, aber ganz gewiss die Pfaffen fetter mache.

So Unrecht hatte sie damit nicht. Severin war selbst empört gewesen, als er die Preise für eine einfache Beerdigung erfahren hatte. Zu den reinen Begräbniskosten der Kirche kamen noch vier Schilling für den Totengräber, die Totenfrau verlangte eineinhalb, der Küster wollte außerdem bezahlt werden, den Sarg nicht zu vergessen und etliche Ausgaben mehr.

Den Zehnt verlangten die Kirchenleute natürlich trotzdem. Dabei trieben sie Handel wie Kaufleute und stellten sogar Waren in ihren Klöstern her, all das ohne einen Pfennig Steuern zu zahlen. Kein Wunder, dass die Bürger johlend beipflichteten, sobald ein zerlumpter Prediger auf dem Markt erschien und gegen die gierigen Kleriker wetterte.

An einen dieser theatralischen Propheten erinnerte sich Severin noch sehr genau. Dessen Meinung nach wurde Vergebung allein durch göttliche Gnade zuteil, ein Geschenk, das der Mensch nicht durch irgendwelche Leistungen erreichen konnte. Ein Geschenk, das auch die Kirche nicht versprechen konnte, da sie nicht darüber verfügte.

Es gebe für den Menschen keine sichere Möglichkeit, eine Seele auszulösen, hatte der Mann behauptet. Nicht durch ein bestimmtes Maß an Bußhandlungen, nicht durch Ablässe wurde sie frei, sondern nur durch die Gnade des Schöpfers selbst, und die sei nun einmal nicht käuflich.

Severin stiegen Tränen in die Augen. »Ottilie, was soll ich denn tun? Ich ertrage den Gedanken nicht, dass du vielleicht noch länger leiden musst.«

Nie würde er das bleiche Antlitz vergessen, den ungläubigen Blick, den eingefrorenen Entsetzensschrei, das Blut ...

Gott konnte nicht so grausam sein, dem Mädchen noch weitere Qualen aufzubürden. Er hatte seinen Sohn gesandt, der alle Sünden der Welt auf seine Schultern nahm, damit jedem Einzelnen vergeben werden konnte. Gott war barmherzig und voller Liebe.

Der Täter aber war ein Mensch.

Der würde wieder zuschlagen, wenn niemand ihm Einhalt gebot.

»Gut, Barb, ich bin einverstanden, wir setzen eine Belohnung aus. Aber wir überlassen es dem Rat, den Schuldigen zu suchen. Ich werde mit dem Geld zum Stadthauptmann gehen, sobald Ottilie begraben ist.«

* * *

»So viel Aufhebens um eine Bettelhure«, sagte der Viertelmeister und schob sich eine getrocknete Apfelscheibe in den Mund. »Sie wird unverschämt geworden sein. Diese Winkeldirnen halten sich an kein Gesetz, locken dem Frauenwirt die Freier weg und verbreiten zum Dank die französische Krankheit. Hast du jemals einen Mann an Syphilis sterben sehen? Dann weißt du, was Leid bedeutet.«

Zum fünften Mal erklärte Severin, dass es sich um die Magd eines bürgerlichen Hauses handelte, nicht um irgendeine Bettelhure.

»Junger Mann, du widersprichst dir selbst. Eben hast du behauptet, das Mädchen sei völlig mittellos gewesen und ohne jede Feierlichkeit, sogar ohne kirchlichen Beistand auf dem Armenacker verscharrt worden.«

Das stimmte. An dem graupeligen Novembertag hatte Severin den geliehenen Karren vor die Stadt gezogen, bei der Leichengrube ein Loch ausgehoben und Ottilies Leib hineingelegt. Dann hatte er gewünscht, jemand anders würde die Erde auf ihren schutzlosen Körper schaufeln. Aber außer Barb und Kungund waren nur zwei Bettler mitgekommen, die auf Almosen hofften.

Und Herman war dort gewesen.

Severin hatte ihn genau gesehen. In einiger Entfernung hatte der Messerer hinter kahlen Büschen gestanden und sein Barett in den Händen gedreht.

»Wir werden uns weiterhin umsehen«, sagte der Viertelmeister und erhob sich. »Mehr kann ich dir nicht versprechen.«

Wieder stand Severin draußen. Seit Tagen hatte man ihn im Rathaus von Zimmer zu Zimmer geschickt, treppauf, treppab und vor jeder Tür erneut warten lassen. Überall wurde ihm deutlich zu verstehen gegeben, dass er mit seinen Forderungen ungelegen kam, dass man geschreiige Bürger hier nicht besonders schätzte. So hatte er bei keinem dieser Herren von den Gulden sprechen mögen, die seinen Gürtel gewichtig nach unten zogen. Eine Belohnung, die für verschämte Zeugen reizvoll war, konnte schließlich auch einen Stadtknecht verlocken.

Entmutigt trottete er über den Markt und setzte sich auf die Stufen vor einem Kirchenportal.

Hier hatte er schon einmal gehockt. Damals war er eine unmündige Waise gewesen und völlig fremd in der Stadt. Inzwischen trug er zwar saubere Kleider, hatte ein Heim, sogar eine Familie, aber die Stufen waren nicht bequemer geworden.

Wenn Bernhard Walther noch leben würde ... Severin konnte das Eckhaus des Astronomen von seinem Platz aus sehen, der junge Dürer wohnte nun darin. Wie eilig die Welt sich doch veränderte, wenn Severin kurz in eine andere Richtung schaute. Schon galt es nichts mehr, dass sich dort drüben einst die großen Geister der Stadt beim Frankenwein zusammenfanden. Ihre Gespräche waren verklungen und ebenso ihr Ringen nach Gerechtigkeit. Damals hätte Severin die Möglichkeit gehabt, einen der edlen Herren um Hilfe zu bitten, er hätte sich sogar direkt an den Pirckheimer wenden können.

Energisch stand er auf und strich sich den Umhang glatt. Und warum nicht heute? Was hatte er zu verlieren?

Die Schmach, an der vornehmen Haustür abgewiesen zu werden, ersparte Severin sich lieber gleich, und natürlich durfte er auch nicht einfach in die Herrenstube marschieren, wo die Ehrbaren sich regelmäßig trafen. Doch diese noble Schänke musste sich genau wie alle anderen an die gesetzten Zeiten halten. In wenigen Minuten würde selbst hier der Wein versiegen.

Severin tastete nach seiner Uhr und drückte sich noch etwas tiefer in die Nische. Gegenüber wurde die Tür geöffnet. Warm leuchtete es von innen, und die Fackeln am Eingang flackerten. Ein Pulk wankender Männer in breiten, pelzbesetzten Schauben wurde in die Nacht entlassen.

Severin löste sich aus seinem Versteck und folgte ihnen lautlos.

Der Haufen teilte sich in kleinere Grüppchen, mal bog einer ab, ein anderer verschwand in seinem Wohnhaus. Die Übrigen spazierten noch eine Weile die Gasse hinauf, unterhielten sich und lachten. Schließlich rissen sich auch die Letzten von einander los.

»Herr Pirckheimer?«

Ruckartig wandte der Ratsherr sich um. Sein aufgeschwemmtes Gesicht schimmerte fahl in der Nacht, Schmerzfalten hatten sich in seine Züge gegraben, er wirkte unduldsam und alt.

Severin hatte nicht damit gerechnet, dass der würdige Herr ein Schwert ziehen könnte. Sofort wich er zurück und hob begütigend die Hände. »Verzeiht mir, ich wollte Euch nicht erschrecken. Ihr habt nichts zu befürchten.«

»Bist du toll geworden? Schleichst hinter mir her, lauerst mir auf? Ein Ruf von mir, und die Nachtwächter stehen bereit.«

»Ja, Herr, ich weiß. Wenn Ihr die Wachen ruft, werden sie aus allen Ecken angelaufen kommen, Ottilie dagegen hat vergeblich auf Hilfe gehofft. Nun ist sie tot.«

»Was habe ich damit zu schaffen?«

»Ihr sitzt im Rat, Herr Pirckheimer, und ich kenne niemand anderen, dessen Wort so viel gilt.«

»Nun, mich kennst du auch nicht. Verschwinde.«

»Oh doch, Herr, wir sind uns mehrmals im Haus des Astronomen Bernhard Walther begegnet. Ich war damals sein Knecht und habe Euch über die Menschlichkeit sprechen hören. Der Wahrheit wolltet Ihr Euch verpflichten und sinnvolle Fragen stellen, statt Euch mit verstaubten Antworten zufrieden zu geben. Auch ich muss jetzt die Wahrheit finden. Bitte hört mich wenigstens an.«

Pirckheimer schob seinen Kopf vor und kniff die Augen zusammen. Seine Miene verriet kein Erkennen, was in der Dunkelheit wohl auch unmöglich gewesen wäre. »Also gut, was willst du? Beeile dich, es ist kalt.«

Hastig erzählte Severin, was vorgefallen war, und hielt dem Patrizier seinen Geldbeutel entgegen. »Fünf Gulden, Herr. Ich vertraue sie Euch an, damit sie tatsächlich als Belohnung ausgesetzt werden und nicht in den Taschen irgendeines Stadtknechts verschwinden.«

Der Ratsherr nahm den Beutel zwar nicht, aber er senkte immerhin sein Schwert.

»Ein solcher Narr ist mir noch nie begegnet«, sagte er und verdrehte die Augen, »drängt mir mitten in der Nacht sein Vermögen auf und hat nicht einmal für Zeugen gesorgt. Schade, die Geschichte ist so absurd, dass sie mir niemand glauben wird. Woher willst du wissen, dass ich die Gulden nicht auch in meinen Taschen verschwinden lasse?«

»Eure Taschen sind bereits voll«, erwiderte Severin prompt.

Pirckheimer prustete. Das Gelächter keuchte aus ihm hervor, es schüttelte seinen schwammigen Leib und ging dann in krampfhaftes Heulen über. Mit verzerrtem Gesicht krümmte er sich und wimmerte. Severin konnte ihn nicht halten, er konnte nur dafür sorgen, dass der Ratsherr einigermaßen würdig auf die nächste Türschwelle glitt.

»Fass mich nicht an!«, brüllte der zum Dank. Als er etwas zu Atem gekommen war, sagte er ruhiger: »Es ist die Gicht, ich kann Berührungen nicht ertragen, selbst die Bettdecke schmerzt, wenn sie auf meinen Gliedern liegt. Du hast Recht, meine Taschen sind immer viel zu voll gewesen, sonst wäre mir dieses verdammte Elend wohl erspart geblieben.«

»Es tut mir Leid. Wenn ich gewusst hätte, dass Ihr krank seid, hätte ich Euch nicht behelligt.«

»Nicht so schnell, Bursche. Ich bin durchaus noch im Besitz meiner Macht. Die Gicht hat mich höchstens grimmiger werden lassen. Los, zeig deinen Beutel her.«

Sorgfältig zählte der Patrizier nach. »Fünf Gulden sind kein Pappenstiel, warum hast du die Maid nicht auf einem geweihten Friedhof beisetzen lassen? Da du deiner Gespielin die Folgen ihrer Sünden so gar nicht erleichtern willst, musst du sie wohl hassen.«

Severin schluckte. »Ich hasse Ottilie nicht. Wenn Gott ihr gnädig sein möchte, wird Er das tun, einerlei, was ich hier unten treibe. Sein Wille geschehe.«

»Du kennst Dr. Luther?«, fragte Pirckheimer.

»Nein, aber ich kannte Ottilie, und sie hat bestimmt keine Sünde begangen, die das Fegefeuer rechtfertigt.«

»Oho, eine makellose Seele, die hättest du mir vorstellen sollen. Du Schwachkopf hast wohl nicht einmal gemerkt, dass deine Maid auch andere bediente. Das hat sie gewiss getan, denn anständige Frauen treiben sich nicht im Dunkeln in den Gassen herum. Vermutlich hat sie ihr Unglück selbst heraufbeschworen.«

»Um diese Jahreszeit wird es früh dunkel, Herr. Nicht einmal Ihr könnt den Weibern verbieten, die Abendmesse zu besuchen. Das nächste Mal findet man vielleicht die Tochter eines Ehrbaren auf dem Pflaster. Wollt Ihr dem Vater dann auch erklären, sie sei selber schuld?«

Ächzend rappelte der Pirckheimer sich auf und wehrte gereizt jede Hilfe ab. »Erzähle mir nicht, was es bedeutet, einen Menschen zu verlieren. Die Liebe meiner Seele ist tot. Außerdem habe ich selber Töchter.«

Mit ruppigen Bewegungen wischte er sich über den beschmutzten Pelz. »Es bröckelt überall, nun hat die Unruhe wohl auch Nürnberg erfasst. Die Leute hadern mit den Privilegien der Pfaffen, und dein Beispiel beweist, dass sie inzwischen auch dem städtischen Rechtsgebaren misstrauen. Es wird wahrhaftig Zeit für eine Erneuerung in allen Bereichen. Aber du wirst feststellen, dass sich jeder Bewohner dieser Stadt auf den Rat verlassen kann, selbst ein bedeutungsloses Bettelmädchen soll sein Recht bekommen. Sei unbesorgt, wir finden den Täter.«

»Danke.« Severin verbeugte sich und hielt dem Ratsherrn erneut seinen Beutel hin, doch der winkte ab.

»Das wird nicht reichen, Bursche. Dein Gedanke, eine Belohnung auszusetzen, ist durchaus sinnvoll, aber Pack hält zusammen, und für einen Verrat müsste wesentlich mehr herausspringen.«

»Dann werde ich versuchen, mir eine größere Summe zu leihen.«

»Wie du meinst. Mein Haus wirst du wohl finden, vergiss nicht, eine Quittung zu verlangen. Nun lass mich in Frieden.«

* * *

Die Quittung von Pirckheimer heftete Severin in der Werkstatt an die Wand, damit er sie immer ansehen konnte. »Zwanzig Gulden« stand in geschwungener Schrift darauf, das Äußerste, was Severin seinem Oheim Peter hatte abringen können. Nun war es an ihm, die Gegenleistung zu erbringen.

Er schüttelte sein Handgelenk. Sein ganzer Arm schmerzte. Seit Stunden hatte er die Feile geführt, und zwar mit aller Kraft, damit er fristgerecht mit seinem Pensum fertig wurde. Je heißer so ein Zahnrad war, desto williger ließ es sich bearbeiten, also biss er die Zähne zusammen und hoffte, dass sich unter der Hornhaut keine neuen Brandblasen bildeten. Stur kämpfte er gegen das Material und noch verbissener gegen seine Mattheit.

Erst als er eine Hand auf seiner Schulter spürte, sah er auf.

»Ich bringe Neuigkeiten«, sagte der Messerer. »Anscheinend ist dem Rat nun endlich klar geworden, dass eine Bestie durch die Gassen streift und jungen Mädchen auflauert. Die Ausrufer verkünden es in der ganzen Stadt. Demjenigen, der den Täter zur Haft bringt, auch wenn er selbst der Mittäterschaft verdächtig ist, wird eine Belohnung von insgesamt 100 Gulden versprochen und Straffreiheit dazu. Severin, nun werden sie das Scheusal fassen.«

»100 Gulden, seid Ihr sicher?«

»Ich habe es deutlich gehört. Der Pirckheimer höchstselbst will einen großen Teil der Summe aus seinem eigenen Beutel schneiden. Auf dem Markt spricht man nur noch davon. Da geht eine Angst um wie vor der Pest, es könnte schließlich jede treffen. Sogar die Hässlichen trauen sich nicht mehr aus dem Haus, ein durchaus erfreulicher Zustand. Die Stadtknechte haben bereits Verdächtige festgenommen und ins Lochgefängnis geschleift. Der erste wird gerade vernommen. Lass die Feile, geh zum Rathaus und höre dir die Schreie an.«

»Dieses Zahnrad soll bis morgen fertig sein.«

»Das rollt dir schon nicht weg«, sagte Herman und puffte ihm auffordernd in die Seite.

Severin beugte sich tiefer über sein Werkstück. »Ich habe Peter schon letzte Woche vertröstet, deshalb muss ich mich jetzt beeilen und die Mittagsruhe ausfallen lassen.«

Eigentlich war er ganz froh über die Ausrede.

Er träumte durchaus von Rache, er hätte den Täter eigenhändig erschlagen können. Hundertfach sollte der Dreckskerl leiden, für die Pein, die er Ottilie angetan hatte. Im Rathaus wurde sicher alles getan, um der Wahrheit auf die Spur zu kommen, aber zuhören mochte Severin dabei nicht. Er hatte in letzter Zeit zu viel Schreckliches ertragen, als dass er sich wie die anderen an Marterlauten ergötzen könnte.

Der Messerer setzte sich auf die Tischkante und musterte ihn mit hochgezogenen Brauen. »Dein Eifer ist sinnlos, Severin, das Ganze kann nur übel enden. Sobald du einmal säumig bist, steigt das Soll für die nächste Woche, nicht wahr? So geht es fort und fort, bis du auf Monate hinterherhinkst und keinen Weg mehr aus dem Teufelskreis findest. Dann musst du auf deinen Lohn verzichten, auf Fleisch, auf Kleidung ... Was glaubst du, weshalb so viele Gesellen im Turm landen, nachdem sie sich bei ihrem Meister verschuldet haben? Verdammter Sturkopf, du hättest auf mich hören sollen, nun hast du dich selbst zum ewigen Gefangenen dieses Hauses gemacht.«

»Es gefällt mir ja hier«, Severin grinste seinem Vater ins Gesicht. »Verratet mir ein besseres Mittel, sich dauerhaft einzunisten.«

Da Herman die Stirn runzelte, setzte er schnell hinzu: »Wenn ich jeden Abend eine Stunde länger arbeite, sind die zusätzlichen Räder zu schaffen, das habe ich mir längst ausgerechnet.«

»Dafür schwitzt du aber ziemlich.«

Die Hacken des Messerers knallten rhythmisch gegen das Tischbein. »Du glaubst, die Zeit berechnen zu können, aber Kronos frisst seine Kinder. Dich hat er schon ganz schön angeknabbert. Wann schläfst du eigentlich, die Schatten unter deinen Augen sind zum Fürchten. Ich sollte dir verbieten, in der lausigen Hütte der Bettlerin zu übernachten, umso mehr, weil sie in der ganzen Stadt über mich hetzt.«

Ja, das tat sie. Mehr noch, sie fragte die Leute aus, wollte erfahren, wer den Messerer in der Unglücksnacht gesehen hatte und in welchen Gassen sein Gesang zu hören gewesen war. Und jedem, der etwas wusste, erzählte sie von der Belohnung und sandte ihn zu den Stadtknechten, auf dass er sich die Gulden verdiene.

Auch die drei Gesellen, die Ottilies Leiche gefunden hatten, schickte sie mit verheißungsvollen Reden zum Rathaus. Ihnen stand der Reichtum vor allen anderen zu, denn sie berichteten, dass sie Herman auf der Gasse erkannt hatten.

Die Gier wurde den armen Kerlen zum Verhängnis. Da sie genau zur fraglichen Zeit aus der Schänke gegenüber getaumelt waren, verdächtigte man sie nun selbst des Mordes.

Am 12. März brach ein Trupp Stadtknechte in der Werkstatt ein. Die Männer ergriffen Herman und schleppten ihn ins Loch.

Schon am nächsten Tag war er wieder zu Hause, und Peter schickte Kungund zum Markt, damit sie ein Festmahl bereiten sollte.

Das Geschirr blinkte auf dem Tisch, durchs offene Fenster blies klare Frühlingsluft herein, und die Vögel sangen bis spät in den Abend. Es war, als sei der finstere Winter nun endgültig vertrieben.

»Die Zellen sind eng«, erzählte Herman, »aber immerhin haben sie Holzbänke an den Wänden angebracht. Wer mag, kann versuchen, darauf zu liegen, mein Kreuz ist eindeutig zu breit dafür. Gott, war ich froh, als man mich dort herausführte. Der Wächter brachte mich in die Kapelle. Das ist kein Gotteshaus, wie ich zuerst erhoffte, sondern nur ein größeres Gelass. Statt dem Altar steht eine Streckbank dort, statt Kerzen hängen eiserne Ringe an den Wänden und andere Dinge mehr, deren Funktion ich mir lieber nicht ausmalen möchte. Glaubt mir, bei diesem Anblick wird es dem Unschuldigsten schwer, die aufrechte Haltung und eine klare Stimme zu bewahren.«

Herman strich mit der Hand über das glatt gebügelte Tischtuch und kniffte eine Falte hinein.

»Hinter einem Tisch saß der Richter, neben ihm zwei Hauptleute und ein Schreiber. Sie musterten mich ohne jede Regung und verzogen auch keine Miene, als der Wächter mir die Arme nach hinten bog und meine Handgelenke in Eisen legte. Eine Kette wurde daran befestigt und allmählich nach oben gezogen, sodass ich gezwungen war, mich tief vor den Herren zu beugen. In dieser Haltung wurde ich verhört.

Immer wieder stellten sie die gleichen Fragen, nach meinem Beruf, irgendwelchen Verfehlungen, seit wann ich Bürger in Nürnberg bin. Zwischendurch wollten sie plötzlich wissen, was ich in jener Nacht getrieben hätte. Ständig vergaßen sie meinen Namen, als ich mich aber ein einziges Mal verhaspelte, ordnete dieser Rattenkönig von Richter sofort an, die Kette weiter zu kurbeln.

Meine Schulterblätter knackten, dass ich laut hätte brüllen mögen. Ich stand nur noch auf Zehenspitzen. Mitten in meine gekeuchte Antwort hinein eröffnete der Richter plötzlich, dass ich gesehen worden sei.«

Gedankenverloren fuhr Herman mit dem Finger durch die Kerzenflamme, hin und her, immer wieder.

»Gleich darauf schleifte man die drei Verdächtigen, die mich bezichtigt hatten, herein. Wie Tiere sahen sie aus, verhärmt, mit aufgerissenen Augen, Hände und Füße gefesselt. Ich hätte sie fast nicht wiedererkannt, obgleich ich mehr als eine Nacht in ihrer Gesellschaft durchsoffen habe. Wo früher einmal Streitlust brannte, ist nichts als blanke Angst übrig geblieben. Der Stadtknecht ließ mich herunter und stieß mich vor die Zeugen, damit sie mich betrachten konnten. Keiner der Feiglinge wagte es, mir ins Gesicht zu sehen und seine Anklage zu wiederholen.«

Herman schnupperte mit geschlossenen Augen am Wein,

setzte den Becher an die Lippen und ließ sich die Flüssigkeit genussvoll über die Zunge rollen.

»Nichts von Belang konnten sie vorbringen. Sie hatten mich auf der Gasse erkannt, das war's. Ich hatte sie ebenso gesehen, alle drei, und bin dennoch nicht ohne Beweise gegen sie zum Rat gelaufen. In dieser Stadt sind schon öfter kleine Bettelmädchen aufgefunden worden, erschlagen, erstochen, was weiß ich. Soll ich die etwa alle auf dem Gewissen haben, nur weil ich manchmal nachts durch die Schenken ziehe, um mir den Tagesstaub aus der Kehle zu spülen? Darin sind andere ebenso gründlich wie ich. Wie wanden sich die Kerle, als ich ihnen vorwarf, mich rein der 100 Gulden wegen angeschwärzt zu haben. Sie gaben sogar zu, dass sie die Verleumdung nur deshalb so weit getrieben hatten, um selber straffrei auszugehen.«

»Auf den Sieg der Wahrheit«, sagte Peter und hob schwungvoll den Becher. Nachdem er getrunken hatte, meinte er: »Und danken wir Gott, dass der Rat die Spreu vom Weizen zu trennen versteht. So manchen habsüchtigen Sünder wird die Belohnung noch in Versuchung führen, sodass er jede Tugend vergisst. Manch einfältige Seele reizt Prunk und Gepränge eben mehr als sittsame Schlichtheit, nicht wahr, Kungund?«

Die Meisterin senkte den Blick auf das Tischtuch und kniff ihre Lippen zu einem blassen Strich zusammen. »Sprich es ruhig aus«, zischte sie. »Du meinst die sittsame Schlichtheit im Kloster, die mir zum Seelenheil gereichen soll, damit du dir ein anderes Weib nehmen kannst.«

»Ja, habe ich denn ein Weib?« Peter klatschte seine Hände auf den Tisch und beugte sich zu ihr hinüber. »Habe ich ein Weib, das sich um mein Wohlergehen sorgt, ohne dass ich es erst zu jeder Kleinigkeit auffordern muss? Ein Weib, das mich am Abend freudig erwartet und meinen Leib mit Weichheit verwöhnt? Ich sehe hier nur ein zimperliches Frauenzimmer, das die Ermahnungen ihres Ehewirtes nicht in sein vermauertes Köpfchen dringen lässt, geschweige denn, dass es seinen Samen endlich annehmen will.«

Er trank seinen Becher in einem Zug aus und leerte gleich noch einen zweiten. »Ich will nicht sagen, dass ich selber schuldlos wäre. Aber ich habe gesühnt, und tue es noch, mit jeder verdammten Uhr, die ich immer wieder neu aus winzigen Einzelteilen zusammensetzen muss. Gott nimmt meine Demut gnädig an, Er gestattet mir sogar ein annehmbares Leben. Aber du, Kungund, musst den Allmächtigen aufs Übelste erzürnt haben, dass Er dir nach wie vor die Empfängnis verwehrt. Das ist die einzige Bestimmung des Weibes, worin es sich vollenden kann, wenn es sich nicht gänzlich der Frömmigkeit verschreibt. Handle endlich danach, Kungund. Ich bin nicht länger gewillt, unter deiner Unbotmäßigkeit zu leiden.«

Wortlos verließ Kungund die Stube.

Auch Severin erhob sich.

Er wollte ihr folgen, doch auf der Treppe sah er gewohnheitsmäßig nach seiner Uhr und kehrte augenblicklich um.

Barb durfte nicht einschlafen, bevor sie Severin neben sich wusste. Jede Nacht musste er sie aus Schreckensträumen rütteln. Er konnte nicht zulassen, dass sie vielleicht darin stecken blieb und Ottilie in den Tod folgte, nur weil er zu spät gekommen war.

So grantig und kampfbereit die Alte sich noch immer gebärdete, in Wahrheit hätte sie keine Fliege mehr schrecken können. Sie stand kaum noch auf, verzehrte, was Severin ihr auf die Kissen stellte, und entleerte sich in einen Topf.

Im Schlaf war sie ihren Ängsten vollkommen ausgeliefert. Sie fürchtete, irgendwann, wenn sie alleine war, wieder Hermans Gesang zu hören. Dann würde das Lied vielleicht ihr gelten, weil sie den Messerer bei jedermann verleumdet hatte.

Severin beeilte sich. Jetzt, da der Rat Herman freigegeben hatte, musste selbst Barb ein Einsehen haben und endlich Ruhe geben. Dann könnte Severin vielleicht endlich wieder auf seinem eigenen Lager schlafen. Er vermisste die sauberen Laken, die Truhe mit seinen Habseligkeiten und vor allem die sonntäglichen Lesestunden mit Kungund.

»Sie haben ihn laufen lassen?« Barb presste ihre knotigen Finger an die Schläfen. »Der Messerer lügt, die Kerle haben eindeutig Herman Henlein auf der Gasse erkannt, außer ihm war niemand dort. Natürlich konnten sie in der Dunkelheit nicht genau sehen, was der Schweinehund dort trieb, aber bedenken die Richter denn nicht, dass der Mord mit einem Messer geschah?«

»Ach, Barb, Herman wurde rechtmäßig freigegeben, was willst du denn noch? Finde dich damit ab und lass die Stänkerei, du vergiftest dich nur selbst damit.«

»Nein, Severin, finde du dich damit ab, dass dein Vater ein Mörder ist. Er hat ja selber zugegeben, in jener Nacht vor der Kapelle gewesen zu sein, nur die Tat weist er noch von sich.«

»Ich will nichts mehr hören.« Severin warf sich auf den Strohsack und drehte sich zur Wand. »Dein Starrsinn wird allmählich lästig, behalte deine Hirngespinste für dich, ich brauche meinen Schlaf. Im Gegensatz zu dir muss ich mich nämlich morgen früh wieder in der Werkstatt schinden.«

Barb schwieg, aber schlafen konnte Severin trotzdem nicht.

Wochen ging es so. Mit offenen Augen lag er unter seiner Decke, fühlte dem Zeiger seines Ührleins nach und lauschte auf die Nachtwächter, statt die wenigen Stunden für erholsamen Schlummer zu nutzen.

Dabei war er hundemüde, ein gefährlicher Zustand für einen Schmied. In seinem Tran hatte er bereits etliche Rohlinge verdorben und sich an heißem Werkzeug verbrannt. Wenn er nicht bald zur Ruhe kam, würde er womöglich noch ernsteren Schaden anrichten.

Schimmerte die Ritze über der Tür etwa schon wieder grau? Tatsächlich, die Nacht ging bereits zu Ende. Energisch schob er seinen Bisamapfel außer Reichweite und schloss die Lider.

Barb bewegte sich neben ihm, wahrscheinlich würde sie gleich wieder träumen. Ihr Schnarchen klang wie verschlucktes Heulen.

Wie lange war es her, dass Severin sich getröstet in ihre Fülle geschmiegt hatte, in jenen weichen Schutzwall vor der feindlichen Stadt? Jetzt welkte die Alte zusehends. Sie verfiel bei lebendigem Leibe und hielt schamhaft Abstand, wofür Severin ihr dankbar war.

»Den Bauch kann man sich einschnüren«, sagte sie plötzlich laut, »die Brust womöglich auch, aber der penetrante Geruch einer Schwangeren ist höchstens durch Bisam oder Ambra zu überdecken.«

»Barb?«

»Hör auf zu zittern, Lais, und nimm den Arm herunter, ich bin nicht zornig ...«

Die Alte gestikulierte heftig gegen die Wand. »... lass jetzt das Theater, ich will es sehen. Na also, es scheint doch ganz in Ordnung, recht rund sogar, das Kleine ...«

Barb starrte zur Tür, und Severin folgte unwillkürlich ihrem Blick, aber dort stand niemand.

» ... noch sieht es jedem ähnlich, der es hören will. Gib ihm keinen Namen, Kleine, überlass das dem Vater. Ich hoffe, du warst nicht so dumm, dich mit einem Hungerleider einzulassen.«

Auf einmal schaute sie Severin an. »Wenn du zu ihm gehst, solltest du dafür sorgen, dass der Säugling gerade schläft. Oh doch, du gehst. Wenn du dein Kind nicht töten kannst, dann stille es gefälligst und befasse dich mit seiner Zukunft.«

»Barb, bist du wach?«

Die Alte fuhr zusammen und riss die Augen auf. Allmählich schien sie ihn zu erkennen. »Severin, bleib bei mir. Ich habe solche Angst zu sterben und ihr gegenübertreten zu müssen, bevor ich für Gerechtigkeit sorgen konnte. Die Kleine hat sich dagegen gewehrt, von Anfang an. Sie wollte nicht gehen, ich habe sie gezwungen. Für ein paar Pfennige zusätzlich, für meine eigene Bequemlichkeit trieb ich sie in die Arme ihres Mörders. Sie war noch so jung, so schmal. Wäre ich wenigstens freundlich zu ihr gewesen, als ich sie das letzte Mal sah.«

»Quäle dich nicht, Barb. Sie wird es dir bestimmt nicht anlasten.«

Severin war sich nicht sicher, ob die Alte ihn verstanden hatte. Sie war wieder aufs Lager gefallen, wandte sich ab und verbarg das Gesicht unter ihrem Arm. Wimmernd wiegte sie sich hin und her.

»Dann brachte man sie mir. Meine schöne Lais, die Glieder kalt und weiß wie Schnee, ihr Kopf baumelte im Nacken, und ihr Haar streifte über den Boden. Ich wusste nicht, wo das Kind geblieben war.«

Severin legte ihr die Hand auf die Schulter. »Aber ich weiß es«, sagte er mit aller Überzeugungskraft, die er aufbieten konnte. »Ottilie ist gewiss bei den Engeln. Dort geht es ihr gut. Sie wartet auf uns und wird uns freundlich aufnehmen, wenn es so weit ist.«

»Ottilie?« Barb stöhnte und drehte sich mühsam auf den Rücken. »Nein, nein, ich sprach von Lais, von deiner Mutter.«

»Was sagst du da?«

Der Name Lais war vollkommen ungebräuchlich. Severin hatte ihn nur von Herman gehört, der Ottilie regelmäßig damit ärgerte. Angeblich erinnerte sie ihn an eine berühmte Konkubine aus dem Altertum. Hatte es denn noch ein zweites Mädchen dieses Namens gegeben?

Die Alte atmete flach, sie hatte die Augen geschlossen und bewegte sich nicht. Nur vereinzelte, gewaltsame Schluchzer fuhren durch ihren Leib.

»Barb, rede doch, wie hast du das gemeint? Wer ist meine Mutter?«

Sie ruckte ihren Kopf in Severins Richtung und schaute ihm abwechselnd in beide Augen. Ihre Miene wurde weich, und sie lächelte. »Ja, ich bin mir sicher, dass sie deine Mutter war. Wenn ich sie nicht mehr rächen kann, musst du es tun, hörst du? Versprich es mir, damit ich in Frieden gehen kann.«

Als Severin protestieren wollte, brachte sie ihn mit der Andeutung eines Kopfschüttelns zum Schweigen und tastete nach seiner Hand. »Bitte, hör mir zu und unterbrich mich nicht. Das ist meine Beichte, verstehst du? Deine Mutter bestand darauf, Lais zu heißen, weil der verdammte Hundsfott sie so nannte. Sie wünschte es, darum werde ich sie nun ebenfalls so nennen. Weiß der Teufel, was sie sich für Unsinn erhoffte, der Kerl muss ihr die Sterne vom Himmel heruntergelogen haben, einem Kind von dreizehn Jahren. Wahrscheinlich hat er Stillschweigen verlangt, und Lais gehorchte. Dabei hätte ich ihr helfen können, aber sie stritt alles ab, sogar noch, als ich sie verprügelte. Zur Jahreswende hat sie sich dann mit ihrem eingeschnürten Bauch davongemacht, ganz allein in die Eiseskälte hinaus. Es grenzt an ein Wunder, dass sie die Geburt überlebte, und der kleine Bastard auch.«

In Severins Schädel sausten die Fetzen seiner Gedanken wie Myriaden von winzigen Eissplittern umher. Sie rieben sich aneinander und rieben sich wund, sodass er Barbs Stimme nur noch durch ein feines Sirren hören konnte.

»Eine Woche lang hat sie gefiebert und nach ihrem Sänger geschrien. Seinen Namen verriet sie selbst dabei nicht. Als sie wieder bei Sinnen war, habe ich ihr befohlen, den Kerl in die Verantwortung zu nehmen oder wenigstens auf einer Abfindung zu bestehen.«

Barbs Finger krallten sie um Severins Hand. Tränen liefen ihr über die Wangen und ertränkten ihre Worte. »Am gleichen Abend fand man sie mit durchschnittener Kehle vor der Kapelle Unserer Ersten Frau.«

»Ottilie wurde ebenfalls Lais genannt«, flüsterte Severin, »aber nur von Herman, meinem Vater.«

»Severin, du darfst ihn nicht davonkommen lassen, versprich es mir.« Unvermittelt ließ der Druck ihrer Finger nach.

»Barb?«

Ihre Augen starrten an die Decke, und ihr Mund stand offen. Sie atmete nicht mehr.

Severin rutschte von ihr weg.

Er lehnte sich an die Schuppenwand und überließ sich

kampflos einem Weinkrampf, den er seit Jahren in sich eingekerkert hatte. Irgendwann rollte er sich in seiner Ecke zusammen und zog die Decke über sich. Er weinte immer noch, selbst im Schlaf, aber es waren warme Tränen, an denen seine Seele sich nicht verbrennen konnte.

Er hatte seine Uhr nicht aufgezogen und konnte nicht einschätzen, wie lange er neben der Toten in der Hütte gedämmert hatte. Barbs Glieder ließen sich nicht mehr bewegen. Er hätte sie ohnehin nicht neu einkleiden können, denn alles, was sie besaß, trug sie bereits am Leibe. Wenigstens schloss er ihr die Augen und wusch ihr Gesicht und Hände.

Am frühen Morgen rumpelte er mit einem geliehenen Karren aus der Stadt hinaus. Wieder schaufelte er ein Loch bei der Armengrube, und wieder legte er einen Leichnam hinein.

Dieses Mal war niemand mitgekommen. Dafür strahlte die Frühlingssonne, und die Vögel ersetzten das Orgelspiel mit ihren eigenen Chorälen.

Barb hatte viele Menschen in Nürnberg gekannt, vor allem Bürgerinnen, welche irgendwann die Bettlerin heimlich über die Hinterhöfe in ihre Häuser gebeten hatten, damit die Kundige sie von einer Schande befreite. Bei Tageslicht auf offener Straße grüßten sie Barb natürlich lieber nicht.

Severin betete für sie. Er betete auch für Ottilie und ebenso für seine Mutter, die er niemals kennen gelernt hatte. Dann schaufelte er fahrig Erde über den toten Leib.

In Gedanken war er bereits bei Herman. Er bebte bei der Vorstellung, seinen Vater zur Rede zu stellen. Sobald das Grab geschlossen war, machte er sich davon.

Die Stadt brauste vor Geschäftigkeit wie immer, wenn der Markt geöffnet wurde. Fahrig rempelte Severin sich durchs Gewühl, und wer nicht freiwillig aus dem Weg sprang, wurde roh beiseite gestoßen. Ein Schwall von Protestrufen folgte ihm nach, aber davon hörte er nichts.

Hinter den Fenstern der Henleinwerkstatt bewegten sich zwei Schemen, sie arbeiteten also schon. Mit wenigen Schritten war Severin im Haus, durchmaß die Diele und riss die Tür zur Schmiede auf.

Erschreckt hoben die beiden Männer ihre Köpfe: Peter und der Büchsenmacher Kiefuss.

»Wo ist Herman?«

»Wo bist du gewesen?«, fragte Peter zurück und ließ sich seelenruhig auf einem Stuhl nieder. »Eine Entschuldigung wäre angebracht und danach eine höfliche Begrüßung.«

»Ich muss zuerst mit Herman sprechen.«

Der massige Schlosser lehnte sich zurück und faltete die Hände auf seinem Bauch. »Mein Bruder ist heute Morgen ein erstaunlich begehrter Mann. Kiefuss hier hat ebenfalls etwas mit ihm zu klären. Selbst er wird sich gedulden müssen.«

Der Büchsenmacher sah missfällig auf Peter hinunter. »Oh nein, Schlosser, ich lasse mich nicht hinhalten. Herman hat mich gestern aller weiteren Arbeiten an dem Gewehr enthoben und verlangte die Zeichnungen zurück. Vielleicht ist er schon über alle Berge damit. Ehrlich gesagt, bin ich nicht besonders traurig darüber, einen Auftraggeber los zu sein, der des Mordes verdächtigt wird. Aber du, Peter Henlein, sieh dich vor. Weigerst du dich, meine Aufwendungen auszugleichen, muss ich annehmen, dass die ganze Familie aus Schurken besteht.«

Severin rannte hinaus und hastete nach oben. Wenn Herman die Zeichnungen für seine Büchse eingefordert hatte, dachte er an Flucht, war vielleicht schon unterwegs. Atemlos stieß Severin die Dachkammer auf und starrte entgeistert auf das unberührte Lager.

»Wer ist da?«

Kungund schaute zu ihm empor, den Arm auf dem Geländer, einen Fuß entschlossen auf der ersten Stufe. Ihre aufrechte Haltung wirkte fast majestätisch in diesem Moment, obwohl sie keine steife Haube trug und ihr verblichenes Gewand mit einer noch abgetrageneren Schürze schützte. Severin durchrauschte eine wärmende Welle, als er sie dort unten stehen sah.

Ihr hatte Herman bis jetzt noch nichts zu Leide getan. Gut, dass er fort war.

»Was ist mit dir?«, fragte Kungund und streckte ihm die Hand entgegen, als ob sie ihm hinunterhelfen müsse. »Du siehst ja fürchterlich aus.«

Als er bei ihr angekommen war, fasste sie ihn an den Schultern und lotste ihn in die Küche.

Abrupt blieb Severin stehen. Auf der Küchenbank lagen Decken und Kissen – als wäre Ottilie heimgekehrt.

Kungund bemerkte seinen Blick und schob das Zeug zusammen. »Ich schlafe jetzt dort.«

Sie lächelte verlegen, hockte sich rasch vor den Herd und stocherte im Feuer. »Peter duldet mich nicht mehr in seinem Bett, weißt du? Nein, du weißt es natürlich nicht, du warst ja mal wieder nicht hier, obwohl du mir den Sonntagabend versprochen hattest.«

»Ich konnte nicht, Barb ist gestorben.«

Kungund sackte in sich zusammen. »Oh Gott, Severin. Das ahnte ich nicht. Es tut mir so Leid.«

Sie faltete die Hände im Schoß und begann ein Gebet zu murmeln.

Vor den Flammen bildete ihr Kupferhaar einen zitternden Saum, der rötlich leuchtete und sich um Haupt und Schultern kräuselte.

Severin trat hinter sie. Wie von selbst legte sich seine Hand auf die schimmernden Kringel und strich sie glatt. Kungund wich nicht aus. Sie bewegte nur ein wenig den Kopf, sodass seine Finger auf ihren Nacken glitten.

Er kniete sich zu ihr und zog sie sachte in seine Arme. Ohne Scheu schmiegte sie sich in die Berührung. Sie legte ihre Schläfe an seine Brust, und er spürte ihren Atem auf seiner Hand. Vertraute Wärme durchströmte seinen Leib.

Es gab keine Hast, kein Streben, kein Ziel mehr für ihn.

»Vorsicht, meine Schulter«, flüsterte sie und schob seine Hand etwas zur Seite. »Peter kann ziemlich garstig sein, besonders wenn niemand im Hause ist, der ihn bei seinen Wutausbrüchen hört.«

»Was hat er getan?«

»Bitte, rege dich nicht auf, Severin. Komm, halte mich wieder. Du darfst ihm nichts vorwerfen, er ist nun mal mein Ehewirt. Ich hätte ihn ja besänftigen können, stattdessen ließ ich ihn spüren, dass ich ihn nicht achte. Seine Trägheit im Denken und Handeln treibt mich zu üblen Gehässigkeiten, und ich weigere mich, bei ihm zu liegen, weil ich die Masse seines harten Leibes nicht mehr ertragen kann. Er erdrückt mich, ich ringe schon nach Luft, sobald ich an ihn denke. Im Kloster würde ich alldem wohl entkommen.«

»Im Kloster? Kungund, wovon sprichst du?« Severin hob ihr Kinn, damit sie ihm in die Augen sah, aber sie nahm seine Hand und drückte sie gegen ihre Wange.

»Ich will den Schleier ja nicht nehmen«, sagte sie. »Niemand kann mich dazu zwingen, nicht einmal Peter.«

»Was geht hier vor?« Der Schlosser stand in der Tür.

Hastig sprangen sie auf die Beine. Severin wappnete sich innerlich, Peter abwehren zu müssen, aber Kungund hatte sich bereits vor ihn gestellt und strich sich mit dem Handrücken das Haar aus der Stirn.

»Musst du uns derartig erschrecken, Peter? Severin ist so freundlich, seiner Tante den Rücken zu massieren, weiter nichts. Die Küchenbank ist hart, ich erwache jeden Tag mit Schmerzen im Kreuz.«

Peter starrte sie misstrauisch an, den Kiefer versteift, die Hände zu Fäusten geballt. Für Severin hatte er nur ein verächtliches Rückwärtsnicken übrig, mit welchem er ihn aus der Küche wies. »An die Esse.«

Die Meisterin stimmte eilfertig zu: »Ja, du solltest wirklich hinuntergehen, ich habe dich lange genug aufgehalten.«

Er verbeugte sich zögernd und verließ die Eheleute, aber nur weil Kungund seine Anwesenheit offensichtlich jetzt nicht wünschte. Vor der Werkstatt hielt er inne und lauschte nach oben. Alles blieb still. Mit ungutem Gefühl begab er sich an sein Tageswerk.

Nicht viel später trampelte Peter herein und machte sich seinerseits an die Arbeit. Sie hantierten schweigend nebeneinander her. Nur Severins Hammer war zu hören, manchmal das Fauchen der Glut und das stupide, nimmer endende Geräusch von Peters Feile.

Eine beklemmende Schwere legte sich auf Severins Brust. Sollte es denn ewig so weitergehen? Zahnrad für Zahnrad klaubte er seine Lebenszeit zusammen und stopfte sie in eiserne Uhren, damit keine Sternstunde mehr ungenutzt vorübergehen sollte. Dennoch war Ottilie ermordet worden und sein Vater geflohen. Nicht einmal Kungund hatte Severin beistehen können.

»Übrigens wird deine Tante das Haus in den nächsten Tagen verlassen«, sagte Peter plötzlich. Er hatte vollkommen teilnahmslos in das Schweigen hineingesprochen, doch der Satz blieb greifbar im Raum hängen und schlug nun mit dem Schwanz wie ein böses Tier.

Severins Hammer fiel zu Boden, die Zange mit dem heißen Eisen polterte hinterher.

»Das dürft Ihr nicht!« Zitternd vor Anspannung umrundete er den Amboss. »Niemand darf gedrängt werden, sein Leben Gott zu widmen, wenn er sich nicht aus reinem Herzen selbst dazu entscheidet. Das wäre schlimmer als Lästerung.«

»Ganz meine Meinung.« Der Schlosser drehte den kleinen Rahmen auf seinem Schoß und begann, die nächste Niete glatt zu feilen. »Gott weiß, wie oft ich auf mein verstocktes Weib eingedroschen habe, aber Läuterung ist nicht in Sicht, daran wird auch die strengste Äbtissin nichts ändern können. Kungund wäre eine Schande für jedes Kloster, womöglich sogar eine Gefahr.«

Severin atmete schnell und kurz. Meinte der Schlosser, was er da sagte? Nichts deutete auf irgendeine Falschheit hin, im Gegenteil, der gewaltige Mann schien ehrlich betrübt zu sein. Seine Augenlider hingen herab, die vollen Lippen, die Wangen neben dem groben Kinn, alles in seiner Miene strebte gen Boden.

Auf Severins Stirn bildeten sich Schweißperlen, und er fuhr sich mit beiden Händen über die Augen.

Peter saß noch genauso da wie vorher, leicht gebeugt, die schweren Arme auf die Oberschenkel gestützt. »Nein, nein, ins Kloster kann sie nicht, wer sollte das auch bezahlen? Ich habe mich entschlossen, sie in die Obhut ihrer Verwandten auf dem Lande zu geben. Absberg ist weit genug fort, einfache Häuser, eine schmucklose Burg und wenig Reisende. Dort mag sie bleiben. In der handfesten Lebensweise werden ihr die unschicklichen Launen hoffentlich vergehen.«

»Ich lasse nicht zu, dass Ihr sie verbannt.«

Erst jetzt sah Peter auf. Mit Mühe drückte er sich aus dem Stuhl. Als er stand, überragte er Severin um etliches, ein Felsmassiv. Severin wich zurück, bis er die Mauer im Rücken fühlte.

»Ausgerechnet du willst mich hindern?«

Unaufhaltsam schob sich der Schlosser auf seinen Neffen zu. »Du bist der Grund für meinen Entschluss«, fauchte er. »Ich schicke Kungund aus dem Haus, um sie vor der Sünde des Ehebruchs zu schützen, um ihre und meine Ehre zu bewahren. Nach dem, was ich heute sehen musste, wird es höchste Zeit dafür. Wehe dir, wenn ich dich noch einmal in ihrer Nähe erwische.«

Sein heißer Atem stieß auf Severin herab, der die geballten Fäuste an die Wand presste und fiebernd nach einem Ausweg sann.

»Wenn ich der Grund für Euren Unmut bin, dann müsst Ihr mich fortjagen, nicht Kungund«, krächzte er schließlich.

Peters Lippen verzogen sich zu einem Grinsen. »So hast du dir das also ausgedacht, hältst dich wohl für besonders klug.«

Mit der flachen Hand schlug er seinem Neffen gegen die Stirn. Severins Hinterkopf knallte an die Mauer. Für einen Moment wurde ihm schwindelig, und er musste alle Willenskraft aufbieten, um nicht vor seinem Oheim auf die Knie zu sinken.

Peter hatte sich bereits an den Tisch zurückgezogen. Mit einer nachlässigen Geste winkte er Severin heran und breitete mehrere Papiere vor ihm aus. Es waren Schuldverträge, die Severin eigenhändig unterzeichnet hatte.

»Du bleibst fein hier, mein Freund. Vergiss nicht, dass ich nicht nur dein Gläubiger bin, sondern während Hermans Abwesenheit auch dein offizieller Vormund. Hast du wirklich gedacht, ich würde auf deine Finte hereinfallen und dir aus Eifersucht die Tür weisen? Oh nein, noch Jahr und Tag wirst du in dieser Werkstatt hocken und Stunden sammeln. Denk lieber nicht daran auszureißen, die Stadtknechte würden dich mit Freuden jagen und in den Schuldturm schleppen. Zur Strafe würde dein Soll gleich verdoppelt.«

Er klopfte mit den Fingernägeln auf die Zahlen. »Wie du siehst, bist du gewaltig im Rückstand. Also los, an die Arbeit, worauf wartest du noch?«

* * *

Peter hatte Kungund bis zu ihrer Abreise jeden Kontakt zu anderen Menschen verboten, und damit sie seinen Befehl nicht missachtete, sperrte er sie in die eheliche Kammer. Severin bekam sie erst wieder zu Gesicht, als er ihre Truhen zum Wagen schleppte. Sprechen konnte er nicht mit ihr. Ein einziger Blick und sie war fort.

Von nun an liefen seine Tage stumpf dahin. Manchmal steckte er seine Nase in den Bisamapfel und bildete sich ein, Kungunds Duft hinge noch darin. Er versuchte auch einen Brief an sie zu verfassen, malte Wörter, die er entziffern konnte, aus der Bibel ab und setzte sie neu zusammen. Das Ergebnis blieb kläglich. Schreiben hatte Kungund ihm nicht beigebracht, und außerdem hätte Peter ihm kaum verraten, wohin er sein Gekrickel senden sollte. Er warf das Papier in die Esse und überließ es dem Rauch, den Weg zu ihr zu finden.

Das Einzige, was Severin dazu veranlasste, sich überhaupt allmorgendlich von seinem Lager zu erheben, war Barbs Begehren nach Vergeltung. Bis zum Schluss hatte sie darum gerungen, nun war es an ihm, Gerechtigkeit einzufordern.

Vorerst konnte er nichts tun, denn Herman war nach Roth unter markgräflichen Schutz geflohen. Durch die unversöhnliche Feindschaft zwischen Städtern und markgräflichen Fürsten war der Messerer dem Nürnberger Rat damit gänzlich entzogen, was diesen natürlich verstimmte. Als Herman sich dazu an das Kaiserliche Kandgericht wandte und damit offen sein Misstrauen gegen die Stadt erklärte, hatte er jegliche Gunst verspielt. Die Nürnberger waren spätestens jetzt von der Schuld des Messerers überzeugt.

Alle, außer Peter.

Laut las er der Familie, die jetzt nur noch aus Severin und der Mutter Henleinin bestand, aus den Briefen seines Bruders vor. »Hier steht schwarz auf weiß, was sich zugetragen hat. Ein Niederländer ist es gewesen. Herman versuchte nur, Ottilie vor dem Kerl zu retten, dabei muss sie einen unglücklichen Schlag abbekommen haben. Und was ist der Lohn für seine Ritterlichkeit?«

Severin drehte seinen Napf. »Er hat Ottilie Lais genannt und meine Mutter auch. Beide sind nun tot, beiden wurde die Kehle durchschnitten, vermutlich mit einem scharfen Messer.«

»Sei still«, fuhr Peter ihn an. »Herman ist dein Vater. Kennst du die Gebote nicht?«

»Du sollst nicht töten.«

Das letzte Wort war eben verklungen, da langte Peter über den Tisch, und Severins Kopf flog zur Seite. Der Schlag hatte knapp sein Ohr getroffen. Severin schüttelte sich und füllte betont gleichmütig eine zweite Portion Grütze in seinen Napf.

Das nächste Mal hörten sie wieder von Herman, als dieser in den Dienst des dänischen Königs eintrat und seine Habe nachgesandt haben wollte.

Severin frohlockte.

»Es kann nicht mehr lange dauern, dann steht er freiwillig vor der Tür«, raunte er dem Feuer zu. Er sprach oft mit den Flammen, weil er niemand anderen mehr hatte, und weil sie flackerten und knisterten, als ob sie ihn verstünden. Wenn er lange genug hineinstarrte, erkannte er für Bruchteile von Sekunden Gesichter darin. Meistens ähnelten sie Barb, auch Ottilie glaubte er manchmal zu entdecken und ein weiteres Antlitz, welches er nicht einordnen konnte.

»Die Zeit arbeitet gegen Herman, jede einzelne Minute, ihr werdet sehen.«

Er klappte sein Ührlein auf und sah zu, wie der Zeiger gnadenlos weiterruckte. Ein eisernes Konstrukt aus Rädern und Federn wie dieses würde Herman zu Fall bringen.

Ein König gab sich nicht mit einem Messermacher ab. Eher schon mit einem Mann, der eine selbstzündende Büchse versprach. Herman hatte die Zeichnungen mitgenommen, Severins Zeichnungen. Der Messerer wusste von dem Fehler, den Severin eingeschummelt hatte.

»Er muss kommen, wenn er den dänischen König nicht enttäuschen will. Ich brauche gar nichts zu tun, nur zu warten.«

Stoisch versah er seinen niemals endenden Dienst, ließ Peters Ausbrüche über sich ergehen und nahm gelassen hin, dass die Nachbarin Margarethe sich unauffällig im Henleinhaus einrichtete.

Was für ein Unterschied zu Kungund.

Er hätte das Weib am ehesten mit einer Öchsin verglichen, obwohl so etwas in Gottes Schöpfung nicht vorgesehen war. Resolut schnaufte sie durch die engen Räume, und wo sie einmal durchgetrampelt war, blieb keine Wollmaus am Leben. Mutter Henleinins vorwurfsvolles Jammern verhallte ungehört in fürsorglichem Geschwafel, so wie der dürre Leib der Greisin in aufgeschüttelten Kissen versank.

Peter trug ohne sein Zutun sogar beim Schmieden nun ein Wams mit schmalen Samtbeschlägen, wie es einem Meister von seiner Bedeutung schließlich zukam. Er wehrte sich nicht, denn Margarethe begegnete ihm mit standhafter Bewunderung, und wenn er geruhte, seine Wortkargheit einmal zu unterbrechen, stimmte sie ihm fleißig zu.

Severin behandelte sie lästigerweise ähnlich. Das Weib plapperte den ganzen Tag, kam aber nie auf den Gedanken, den Männern oder gar der Vorsehung zu widersprechen, sodass jede Unterhaltung im Hause Henlein zu geschwätziger Sprachlosigkeit verkam.

Was für ein Unterschied zu Kungund.

Nichts band Severin mehr an die Familie, nichts mehr an die Stadt, und täglich breitete sich aufs Neue die lange, lange Weile vor ihm aus, die er immer gleich verbrachte und dabei verbissen die Stunde der Gerechtigkeit erwartete. Früher hatte er sich eine solch verlässliche Gleichförmigkeit gewünscht, jetzt schien sie ihm unerträglich. Nur der Zeiger seiner Uhr bewies ihm noch, dass seine Zeit nicht stehen geblieben war.

Wohl deshalb entdeckte er die Schänken und den gebrannten Wein für sich. Mit einem Haufen zügelloser Gesellen zog er durch die Sommernächte. Da zerbarst schon mal ein Fenster oder ein Zaun ging zu Bruch, weil das Ding zu nah am Wegesrand gestanden hatte, und meistens schloss sich eine deftige Rauferei mit den Nachtwächtern an. Wer davonkommen konnte, eilte auf Umwegen ins Frauengässlein, um mit anderen Versprengten Blessuren zu vergleichen und den Triumph zu feiern.

Severin blieb selten bis zum nächsten Morgen im Hurenhaus, aber vier, fünf Pfennige für die flüchtige Gesellschaft einer Maid konnte er erübrigen. Ausgelaugt und trunken saß er danach in trauter Runde und zitierte lautstark Augustinus:

»Die Stauung der Körpersäfte schwächt den Mann und macht ihn schließlich krank, wenn er nicht regelmäßig eine Möglichkeit zum Abfließen schafft.«

»Dann geh zu Thomas von Absberg«, tönte einer der Kumpane, »der Placker schlägt dir mit einem Hieb die Hand vom Arm, du wirst staunen, wie deine Körpersäfte dann fließen.«

»Diesen Liebesdienst wird unser Hungerleider Henlein sich kaum leisten können«, meinte ein anderer. »Der Ritter verlangt ein saftiges Lösegeld, darin ist er anspruchsvoller als die Frauen hier, obwohl seine Haut längst nicht so glatt ist.«

»He, Severin, warum lässt du dich nicht fürs Heer werben? Ich habe dich kämpfen sehen, du bist schneller als die meisten, als würdest du die Finten deines Gegners im Voraus erkennen. Der schwäbische Bund rüstet im Moment mit Macht gegen den Absberger und dessen verbündete Fehdeführer. Nürnberg beteiligt sich auch, da werden Helden gesucht. Es kann schließlich nicht so weitergehen, dass kein Kaufmann mehr vor Überfällen sicher ist.«

Der Sprecher rülpste, bevor er ausgiebig von den Raubnestern schwärmte, die das Heer zu schleifen gedachte. »Über zwanzig Adelsschlösser stehen auf der Liste, eines wie das andere bis zu den Zinnen voll gestopft mit Beute. Das lohnt sich, Severin. Du könntest dich von deinem knickerigen Oheim auf einen Satz loskaufen und ihn noch mit Zinsen beschämen.«

Vielleicht war das tatsächlich eine Möglichkeit für Severin, seinem ewigen Gefängnis zu entfliehen. Es würde allerdings nicht einfach sein, Peters Zustimmung zu diesem Feldzug zu bekommen. Der Schlosser konnte sich der Aufträge kaum erwehren, gerade hatte der Rat wieder ein Ührlein in Silber bestellt. Ein Geschenk für irgendeinen hohen Würdenträger, welcher der Stadt als Gegengabe wichtige Vorteile sichern sollte.

Auf dem Heimweg versuchte Severin sich Worte für das Gespräch mit Peter zurechtzulegen, aber sein Kopf summte dumpfe Lieder, und er verlor den Faden, wenn er rechts oder links gegen die Häuser wankte.

Im Fenster der Stube schimmerte Licht, verwunderlich zu dieser Stunde. Severin schüttelte heftig den Kopf, denn nun erforderte das Türschloss seine ganze Aufmerksamkeit.

In der Diele empfing ihn sein Oheim. Er war bleichgesichtig wie der Mond, und das helle Nachtgewand spannte über seinem voluminösen Bauch. Severin kicherte über den Anblick, besonders weil das weiße Riesengespenst nun mit überaus ernster Miene auf ihn herniedersah.

»Herman ist verhaftet worden.«

»Was?« Die Nachricht ernüchterte ihn augenblicklich. Aufgewühlt folgte Severin dem Schlosser in die Stube. Margarethe knetete ein Tüchlein und wischte ab und zu der Mutter Henleinin den Mund damit.

»Die Augsburger haben ihn ergriffen«, sagte Peter und sank in seinen Lehnstuhl. »Er wollte dem König von Dänemark wohl Zeug für Waffen und Geschütze beschaffen. Warum hat er nicht jemand anderen gesandt? Wäre Herman doch in Sicherheit geblieben.«

Severin wusste, was den Messerer in die Gefahr zurückgetrieben hatte: die Auflösung eines Rätsels in den Zeichnungen für ein Radschlossgewehr.

»An etlichen Bettelmädchen soll Herman sich vergangen haben, und er leugnet nicht einmal mehr, dabei ist er doch unschuldig. Ich verstehe das nicht. Die Aussage kann nur durch peinliche Befragung herausgepresst worden sein.«

Die Augen des Schlossers füllten sich mit Tränen. Der große Mann weinte hilflos wie ein Kind.

Auch Severin fühlte einen unangenehmen Kloß in der Kehle. Er hatte sich immer vorgestellt, seinen Vater selbst zur Rechenschaft zu ziehen. Er wollte das Geständnis von Hermans Lippen hören und ihm dabei ins Gesicht sehen können.

Lebhaft entsann er sich, wie Herman die Folterkammer unter dem Rathaus beschrieben hatte. Bei einem Verhör durfte kein Blut fließen, der Verdächtige war ja noch nicht überführt. Um dennoch Pein zu verursachen, bedienten sich die Stadtknechte erfindungsreicher Instrumente, die den Körper streckten oder quetschten, ohne ihn äußerlich zu verwunden.

Keinerlei Befriedigung konnte Severin darüber empfinden, dass Herman seine Taten nun auf diese Weise büßen musste. Im Gegenteil, ihn schauderte, daran zu denken, wie man den willensstarken Messerer gequält haben musste, dass dieser seinen Stolz aufgab. Das markante Gesicht, die Wortgewandtheit, das spöttisch überlegene Gehabe, die ganze Erinnerung an Herman wich dem Zerrbild einer angstzerfressenen Grimasse.

Severin fühlte sich um sein eigenes Urteil geprellt, und ebenfalls um die Möglichkeit, seinem Vater vielleicht zu vergeben. Nicht die Morde, die rächte ein höherer Richter als er, aber die Tatsache, dass Herman vor Jahren seinen neugeborenen Sohn verstoßen hatte, konnte nur dieser Sohn selbst verzeihen.

Margarethe räusperte sich und fragte fast flüsternd: »Dürfen denn die Augsburger einen Nürnberger Bürger foltern? Das kann der Rat nicht zulassen, oder? Du hast selbst gesagt, dass die hohen Herren ungehalten reagierten, als dein Bruder sich an ein fremdes Gericht wandte.«

»Das war ein markgräfliches Gericht«, warf Peter ungeduldig ein. »Augsburg dagegen gehört zu unseren Verbündeten.«

Margarethes Kinn zuckte. Es fiel ihr sichtlich schwer, noch einmal das Wort zu ergreifen. »Das weiß ich, aber die Tat ist hier geschehen, auf Nürnberger Boden, also muss die Sache auch hier verhandelt werden.«

Eine Bewegung mit dem Handrücken hieß sie schweigen. »Lasst mich allein. Ich muss nachdenken, bevor ich morgen zum Rat gehe.«

Wie zu erwarten war, schlugen die Ratsherren Peters Bittgesuche rundweg ab. Die Proteste des Schlossers kamen ungelegen, sie störten die Vorbereitungen zum großen Feldzug. Was zählte das Schicksal eines fragwürdigen Bürgers gegen die Aussicht, endlich den Handabhacker Thomas von Absberg in die Finger zu bekommen.

Während der Schlosser im Rathaus heulte und krakeelte, verfolgte Severin, wie sich auf dem Marktplatz schwere Geschütze formierten. Allein zwölf Scharfmetzen zählte er, zwei Nachtigallen, mehrere Feld- und Halbschlangen und noch immer folgten weitere Kanonenwagen nach. Dazu kamen bestimmt fünfzig Hakenbüchsen, eine Menge Reiter und unzähliges Fußvolk.

Die Männer schwitzten in ihrer Wappnung, aber sie grinsten, begierig, den Plackern die Hölle anzuzünden und die Räubernester auszuräuchern.

Warum stand Severin nicht neben ihnen, sondern sah bloß von Weitem zu? Hatte er etwa keinen Grund, gegen die Markgräflichen zu ziehen, die damals zur Kirchweih ein Blutbad angerichtet hatten und jetzt verrohte Ritter bei ihren Überfällen unterstützten?

Das Blitzen der Halbarden verschwamm vor der Sonne.

Severin hätte auf sein Los einprügeln mögen, auf das Gemetzel in Affalterbach, auf Herman, der ihn verschmäht und seine Mutter ermordet hatte, auf Ottilies grausamen Tod, auf Kungunds Verbannung und darauf, dass er selbst kein einziges Mal zur rechten Zeit eingegriffen hatte.

* * *

Ein paar Wochen später, genau an Kungunds Namenstag riss Peter seinen Neffen aus dem Schlaf und scheuchte ihn vom Lager. »Beeile dich, du musst sofort nach Augsburg, sonst droht deinem Vater ein schimpflicher Tod.«

»Wie stellt Ihr Euch das vor? Was soll ich dort ausrichten?«

»Los, los, ich habe ein Pferd gemietet. Du kannst doch reiten? Du musst einen Brief nach Augsburg bringen. Herman ist gewiss von einem seiner Neider angeschwärzt worden, solche Aussagen dürfen die Augsburger dem Urteil nicht zu Grunde legen, ebenso wenig wie ein Geständnis unter Folter. Sie müssen ihn freisprechen.«

Der Schlosser drängelte und schubste, während Severin versuchte in die Kleider zu kommen.

»Das ist Unsinn, Meister. Schon Euer erster Brief hat nur Ärger gebracht. Ihr hättet nicht vortäuschen dürfen, der Nürnberger Rat stünde hinter Euch. Die Augsburger werden das Schriftstück nicht einmal ansehen, wenn es aus Eurer Feder stammt.«

»Deshalb sollst du es ja persönlich überbringen und dort ausharren, bis es gelesen wurde. Ich werde gleichzeitig beim Rat um Fürsprache bitten. Mach schon, nimm deinen Umhang mit, dann kannst du irgendwo am Feldrand übernachten. Ich habe bereits eingepackt, was du brauchst, auch ein paar Münzen.«

Er trieb seinen Neffen die Treppe hinunter, hängte ihm Reisebeutel und Langmesser um und half ihm eigenhändig auf den falben Gaul. Severin kämpfte noch mit dem Gleichgewicht, da schlug Peter dem Tier schon auf die Kruppe. Buckelnd und bockend ging es die Gasse hinunter, mitten hinein ins Wagengewühl der Bauern, die hochbeladen zum Marktplatz strebten.

Hier kam niemand durch, auch kein erschrecktes Ross. Severin gelang es, sich vorzubeugen und die Zügel kürzer zu fassen. Nach einer umständlichen Wende trottete das Pferd endlich mit gleichmäßigem Geklapper in Richtung Frauentor, als hätte es nie etwas anderes vorgehabt.

Gleich würde Severin die Stadtmauern hinter sich lassen. Seine Beine zitterten ein wenig. Vor Überfällen brauchte er sich wohl nicht zu fürchten, der schwäbische Bund fegte seit Tagen eine Räuberburg nach der anderen hinweg. Kein Placker würde sich aus seiner Deckung wagen, solange er noch eine besaß, und Severin würde frei wie der Wind durch sonnige Felder und Auen jagen können.

»Warte! Verflucht noch mal, halt an!«

Am liebsten hätte Severin den Schlosser überhört. Schnaufend hängte Peter sich in den Zügel und sah mit hochrotem Gesicht zu Severin auf.

»Das Heer«, keuchte er, »das Heer hat sich auf den Weg nach Absberg gemacht. Du musst von Roth aus einen Umweg nach Osten nehmen, sonst gerätst du in die Truppenbewegungen und kommst vielleicht nicht durch. Vergiss nicht, Hermans Leben könnte davon abhängen, ob dieser Brief rechtzeitig vor den Richtern liegt. Jetzt zählt jeder Tag.«

Severin nickte, drückte dem Pferd die Hacken in die Flanken und sprengte zum Tor hinaus.

Der Falbe griff gut aus. Severin genoss den kraftvollen Galopp. Die morgendliche Sommerluft wehte ihm entgegen und wirbelte ihm das Haar aus der Stirn. Erst im Forst hatte er genug und drosselte das Tempo.

Er würde wohl gegen Mittag die Stadt Roth erreichen. Und wann konnte er in Augsburg sein? Zwei bis drei Tage musste er sicher für die Strecke rechnen, falls er sich nicht verirrte.

Vielleicht ließ man ihn zu seinem Vater. So sehr ihn vor der Begegnung graute, so sehr wünschte er sie herbei. Zur Not konnte er die Wache bestechen.

Er schwang den Reisebeutel vor sich auf den Sattel und untersuchte den Inhalt. Mit den paar Pfennigen würde er nicht sehr weit kommen. Peter musste gedankenlos ergriffen haben, was ihm gerade vor die Finger geraten war, eine weiße Rübe, leider roh, zwei Schinkenenden und etwas Kuchen. Nicht einmal an Wasser hatte der Schlosser gedacht. Während Severin den Kuchen verspeiste, zuckelte das Pferd gemächlich weiter. Zur Belohnung sollte es die Rübe bekommen.

Severin trabte durch das Tor des Gasthofes, in welchem einst Herman mit ihm eingekehrt war. Nichts hatte sich verändert, nur dass die lungernden Bengel bei seinem Anblick sofort aufsprangen, sein Pferd am Zügel ergriffen und ihm höflich aus dem Sattel halfen. Gerne hätte er ihnen eine Münze zugeworfen, gerne hätte er in der Gaststube ein Festmahl bestellt, aber sein Beutel war leichter, als sein Äußeres vermuten ließ, und das wenige würde er in Augsburg brauchen. So bat er die Magd nur um Wasser und einen kleinen Krug Bier. Die Gäste hoben kurz die Köpfe, als Severin an ihnen vorbeiging, und vertieften sich gleich wieder in ihre Näpfe. Der Duft von Gesottenem stieg ihm in die Nase. Um sich nicht unnötig zu quälen, setzte er sich auf einen weit entfernten Platz ganz am Ende des langen Tisches.

Sein Gegenüber war ein düsterer Kerl mit filzigem Bart und geschorenem Kopf. Er trug die buntgeschlitzten Kleider der Landsknechte. Severin war das einerlei, solange ihm nichts vorgegessen wurde.

Missmutig sah der Mann zu, wie die Magd das Gewünschte vor dem neuen Gast hinstellte. »Was soll das?«, brummte er. »Ich sitze schon Ewigkeiten hier. Willst du mich verdursten lassen?«

»Ja, ja«, flötete das Mädchen und war schon wieder verschwunden.

»Sie hassen uns hier«, stellte der Kerl fest. »Dabei würde ich für die Markgräflichen ebenso kämpfen wie für die Bündischen, nur eine Frage des Lohns.«

»Ihr seid Söldner?«

»Wie hast du das nur erkannt?« Er lachte und reichte die Hand über den Tisch. Sein Druck war hart, aber Severin stand ihm in nichts nach.

»Pulver ist mein Handwerk. Ein ordentlicher Knall und die stärkste Festung steht in Flammen. In wenigen Stunden verzehrt die feurige Lohe, was hundert Jahre jedem Ansturm trotzte. Wir haben sogar einen Künstler im Tross, der die brennenden Raubnester zeichnet. Waltstein war der erhebendste Anblick, du weißt, dort hat der Absberger seine Geiseln schmachten lassen. Nun liegt das Verlies in Trümmern, stinkt und qualmt und hält keinen mehr. Zweiundzwanzig Burgen allein im letzen Monat, da kann einem das Maul schon austrocknen.«

Severin schob ihm seinen Becher hin und rief nach einem neuen.

»Ah, danke. Eigentlich wollte ich heute feiern, aber Roth scheint nicht der richtige Ort dafür zu sein. Ich hätte genauso gut beim Heer bleiben können, 10 000 Mann und kein einziges Weib, bis auf die, die wir uns selber fangen. Morgen geht es nach Absberg, dann setzen wir dem Handabhacker selbst den roten Hahn aufs Dach.«

In Absberg lebte Kungund.

Severin sprang auf. »Liegt das Heer schon dort?«

»Glaubst du, die schweren Geschützwagen könnten durch die Wälder fliegen? Frühestens morgen Mittag werden sie eintreffen. Ich dagegen brauche zu Pferd nur zwei, drei Stunden von hier, also ist genügend Zeit, sich zu besaufen und wieder nüchtern zu werden.«

Mit wenigen Sätzen war Severin an der Tür.

»Was ist mit dem Bier?«, rief der Söldner ihm nach.

»Trink du es.«

Das Pferd schnaufte, sein Hals war klitschnass, und Schaumflocken flogen ihm aus dem Maul. Severin trieb es zu noch mehr Eile an. Vornübergelehnt stand er fast im Sattel, die Hände so fest um die Zügel geschlossen, dass er glaubte, nie mehr loslassen zu können. Seine Beine spürte er schon längst nicht mehr.

Dann sah er endlich die Burg der Absberger. Sie erhob sich auf einer schroffen Anhöhe, die jedem Angreifer Kletterkünste abverlangte. Nur ein schmaler Pfad wand sich hinauf. Der Eingang führte durch einen trutzigen Vorbau und wurde zusätzlich von einem runden Wehrturm gesichert. Gottlob stand das Tor noch offen.

Unterhalb der Burg schmiegte sich eine Kirche in den Schutz der steilen Hügel, friedlich umringt von schmucken Fachwerkhäusern und verstreuten Höfen.

Das einzig Beunruhigende an diesem Flecken war die Stille. Kein Bauerngezänk, keine Händlerrufe, nicht einmal das Geschwätz der Mägde war zu hören. Severin glaubte, durch ein totes Dorf zu reiten.

Plötzlich klappte hinter ihm ein Fensterladen zu. Sofort wendete er das Pferd und polterte gegen die Tür.

»Macht auf, ich weiß, dass jemand da ist. Ich komme nicht als Feind, glaubt mir. Ich suche nur die Henleinin.«

»Hier gibt es keine Henleinin«, krächzte es von innen.

»Ich meine Kungund, die Tochter des Färbers Enders Ernst.«

Der Fensterladen öffnete sich einen Spalt weit, zu wenig, als dass Severin die Person dahinter erkennen konnte. »Ach, die schöne Kungund suchst du. Frag oben in der Burg. Manche sind schon vor Tagen hinaufgeflüchtet.«

Die Stimme klang verzerrt, so krächzten alte Weiber selten, eher jemand, der eine Krähe nachahmen wollte.

»Und Ihr?«, fragte Severin. »Fürchtet Ihr die Streitkräfte nicht?«

»Wenn Gott die Zeit für gekommen hält, werde ich sterben, einerlei, ob ich mich hier oder dort befinde.«

Für einen winzigen Moment glaubte Severin das bleiche Antlitz zu erkennen. Ein langer Kerl stand dort verborgen, ein Ritter in eisengrauem Umhang, unter welchem trübe ein Brustharnisch schimmerte.

»Wie Ihr meint«, sagte Severin. »Vermutlich seid Ihr hier unten sicherer. Das Heer der Bündischen wird morgen angreifen. Bisher hat noch keine Burg den Geschützen standgehalten, und ich fürchte, auch diese wird keine Ausnahme sein.«

Ohne sich noch einmal umzusehen, galoppierte er zur Burg hinauf.

Er hatte bereits den halben Weg zurückgelegt, als er die Pfeile und Büchsenläufe bemerkte, die sich dicht an dicht über die Mauer schoben. Das Tor stand immer noch weit offen.

Gewiss eine Täuschung, vielleicht gab es ein Fallgitter im Tor, das den dreisten Reiter fangen oder gar erschlagen sollte.

Statt innezuhalten, rammte er dem erschöpften Tier die Hacken noch heftiger in die Flanken.

»Kungund!«, hörte er sich brüllen. »Kungund!«

Seine Stimme hallte vielfach von den Bergen zurück, er hätte nicht sagen können, ob er es war oder das Echo, das verzweifelt ihren Namen schrie und die Luft damit erfüllte.

Severin zog den Kopf zwischen die Schultern und beugte sich tief über den Hals des Pferdes, als er donnernd durchs Tor stürmte.

Da stand sie, Kungund, schmal und aufrecht, wie die Königin, nach der sie benannt war.

Und Severin hing zittrig im Sattel, es gelang ihm nicht einmal, seine Hände aus der Mähne zu lösen.

»Sie kommen«, keuchte er, »morgen werden sie da sein und die Burg in Schutt und Asche brennen. Schnell, Kungund, wir müssen fort von hier.«

Während Knechte das Pferd einfingen und Severin herunterzogen, ratterten hinter ihm Räder und Eisenketten. Das Gitter krachte auf den Stein, und die schweren Eichenflügel schlugen zu.

»Nein, wartet!« Wenn er doch seine Knie unter Kontrolle bekäme. »Öffnet das Tor. Habt ihr nicht gehört, sie kommen mit Pulver und Kanonen. Das wird ein Höllenfeuer werden, wir müssen alle hier heraus, bevor es zu spät ist.«

Vom Turm herab rief einer der Schützen: »So geht es, wenn man nach den Worten eines Weibes handelt, ihr habt einen Spion hereingelassen.« Er erntete grölendes Gelächter, und die gewappneten Männer rückten gegen Severin vor.

»Er ist kein Spion«, sagte Kungund mit klarer Stimme. »Er ist ... mein Neffe.«

»Moment!« Ein drahtiger Kerl löste sich aus dem Haufen. Sofort kehrte Ruhe ein. Er schien etwas älter zu sein und wirkte ziemlich verwahrlost. Gemessen schritt er auf Severin zu und blieb so knapp vor ihm stehen, dass Severin seinen Atem roch. »Ich glaube dir, Bursche.«

»Dem Himmel sei Dank.« Severin schloss für einen Moment die Augen. »Lasst uns keine Zeit verlieren und die Leute in Sicherheit bringen.«

»Ich soll das Tor also wieder freigeben, ja? Wer außer den Bündischen könnte ein Interesse an offenen Toren haben? Du schlägst vor, dass wir alle flüchten sollen, unsere Verteidigung abziehen und den Bündischen die Festung kampflos überlassen?«

Er drehte sich um, hob die Arme und rief den Männern zu: »Dann sollten wir auch gleich eine Einladung schreiben, mit freundlichen Hinweisen zu Küche, Stall und Waffenkammer.« Den begeisterten Beifall nahm er entgegen wie einen selbstverständlichen Tribut und musterte lächelnd den Eindringling.

»Ich verstehe, was Ihr denken müsst«, sagte Severin. »Aber erklärt mir bitte, wie ihr verhindern wollt, was in fast zwei Dutzend Burgen bereits geschehen ist. Sie alle wurden gestürmt, geplündert und in Brand gesetzt. Allein den Nürnberger Geschützen könntet Ihr nicht standhalten, ich habe sie auf dem Markt gesehen, Scharfmetzen, Feldschlangen, Quartaunen, Nachtigallen ...«

»Nürnberger bist du auch noch, und da soll ich dir trauen?«

Erneutes Gelächter, aber der Drahtige winkte ab und legte Severin den Arm um die Schulter. »Keine Ahnung von Belagerung, stimmt's? Falls die Bündischen dich tatsächlich hergeschickt haben, dann sicher deshalb, weil sie keine andere Verwendung für dich wussten. Du bist den Hügel selbst heraufgeritten, hast du irgendeinen Platz gesehen, wo große Geschütze stehen könnten? Nur ganz unten, nicht wahr? Und jetzt sieh dir unsere Wehrtürme an. Sie sind rund. Aus der größtmöglichen Nähe schlägt eine Kugel höchstens ein paar Steine ab. Selbst wenn ein Loch gerissen wird, stürzt so ein Turm nicht zusammen.«

»Ich weiß nicht, mit was für Türmen sich die anderen Burgen wehren wollten, ich weiß nur, dass sie jetzt ausgebrannt sind.« Severin machte sich los. Er sah dem Mann in die Augen und wusste, dass er ihn nicht überzeugen würde. Vielleicht konnte er wenigstens in die Herzen der anderen Zweifel säen. »Die Schlachten, die Ihr erinnert, sind längst vergangen. Glaubt Ihr noch immer an die Ehrenhaftigkeit des Schwerterkampfes? Dabei gibt es bereits Büchsen, die auf Hebeldruck selbsttätig zünden, oder gezogene Läufe, in welchen die Kugel in Drehung versetzt wird, sodass sie sich selbst in der Luft stabilisiert. Ein Panzer wie Eurer wird mit Leichtigkeit durchschlagen und zwar über große Entfernung. Genauso ergeht es jetzt den Burgen. Etwas Pulver und eine Brandfackel reichen, um die stolzeste Festung zu sprengen.« Severin machte eine Handbewegung, als wollte er eine Fliege wegwischen. »Tut, was Ihr wollt, setzt Euch in die Backröhre, sperrt die Klappe hinter Euch zu und wartet, bis jemand die Glut unter Euch anfacht. So werdet Ihr immerhin in den Genuss kommen, den ohrenbetäubenden Knall zu hören, wenn der Ofen in die Wolken fliegt.«

Der drahtige Hauptmann, oder was immer er war, verengte seinen Blick, und Severin befürchtete, er würde nun in Ketten gelegt.

»Lasst ihn nicht in die Nähe des Tores«, befahl er aber nur. »Der Nürnberger ist unser Gast. Falls es tatsächlich krachen sollte, stirbt er mit uns.«

»Komm.« Kungund griff nach Severins Hand und zog ihn mit sich ins Wohngebäude. In einer fellausgekleideten Fensternische ließ sie ihn niedersitzen und nahm steif neben ihm Platz.

»Hast du Hunger, möchtest du etwas trinken?«

Severin schüttelte den Kopf, das war das Letzte, woran er jetzt denken konnte.

»Wie kommst du hierher? Ich glaubte zuerst, du wärest ein Traumbild, bis du meinen Namen gebrüllt hast.« Sie lachte verhalten. »Deine Stimme kam plötzlich von überall her. Den Wachen war das unheimlich, deshalb konnte ich sie davon abhalten, auf dich zu schießen.«

»Gibt es noch einen anderen Weg aus der Burg?«

Bedauernd hob sie die Schultern.

»Dann müssen wir das Tor freibekommen.«

»Vergiss das, Severin. Thomas von Absberg wird sich nicht

ergeben. Seinetwegen hat sich das Heer formiert, seinetwegen wurden all die Burgen geschleift, er wird kämpfen bis zum Ende. So war er schon als Kind.«

Severin nahm ihre Hand und streichelte sie. Er lächelte versonnen, eine Regung, die so gar nicht zur Situation passen wollte. Rasch ließ er wieder los.

»Der Ritter von Absberg ist längst über alle Berge. Ich habe ihn unten im Dorf gesehen. Er opfert seine Getreuen, damit er selber fliehen kann. Wir müssen die Festung verlassen und zwar bevor das Heer im Tal liegt. Wenigstens du, Kungund.«

»Wie denn? Die Wachen werden erst öffnen, wenn wirklich eintrifft, was du beschrieben hast, wenn die Burg tatsächlich mit einem Knall in Flammen aufgeht.«

»Ja, natürlich, du hast Recht, so wird es gehen.« Severin nahm ihr Gesicht in beide Hände und küsste sie auf den Mund.

»Wie wird es gehen, was hast du vor?«

Er musste eine Sprengung innerhalb der Burg vornehmen, groß genug, um Panik zu erzeugen, sodass Kungund mit den anderen fliehen konnte. Ob er selbst den Brand schadlos überstehen würde, wusste er nicht, darum wich er ihrer Frage aus.

»Kannst du mir eine Büchse besorgen, außerdem Pulver und einen Feuerstein?«

»Ich denke, das werde ich auftreiben.«

»Gut, dann zeige mir jetzt die Schmiede.«

Dem verdutzten Meister erklärte Kungund, dass Severin und dessen Vater jene Messerer seien, die seit Jahren Damaszenerklingen für den Absberger herstellten. Er brauche jetzt sofort die Esse und jede Unterstützung. Dann eilte sie hinaus, um alles Nötige zu besorgen.

»Damaszenerklingen, ja?«, sagte der Schmied. »Hübsches Spielzeug, aber eine Burg lässt sich damit nicht halten. Du rührst mir die Kohlen nicht an. Wir werden sie noch bitter nötig haben, um Öl zu sieden und Blei zu schmelzen. Hilf mir lieber, Pechkränze zu wickeln.«

»Gegen die Waffen der Bündischen helfen uns weder Messer noch Pechkränze, Meister. Wir brauchen stärkeres Geschütz, wenn wir empfindliche Schneisen in ihre Truppen schlagen wollen. Wir brauchen Pulver.«

Als wäre Severin zu Hause, suchte er brauchbares Material zusammen und warf es auf den Rand der Esse.

»Was soll das?« Der Schmied trat ihm in den Weg. »Pulver entfaltet dort seine Kraft, wo es entzündet wird, auf Entfernung ist es unnütz. Du kannst es ja nicht den Berg hinunterwerfen und erst zur Explosion bringen, wenn es unten angekommen ist.«

Das war es.

Er brauchte einen Mechanismus, der das Pulver erst entzündete, wenn er selbst das Weite gesucht hatte. So konnte er nicht nur Kungund, sondern auch sich selber retten.

»Lasst es mich versuchen, Meister. Denkt daran, dass der Absberger meinem Vater und mir vertraut. Was wird er sagen, wenn Ihr mich daran hindert, seine Befehle auszuführen?«

Der Schmied brummte, aber er trat zur Seite. Er schüttete sogar Kohle in die Esse und zog eigenhändig den Blasebalg. Argwöhnisch beobachtete er, was der junge Fremde in seiner Werkstatt trieb.

Der formte gerade einen kleinen, kantigen Reifen aus einem Eisenstrang und schmiedete danach ein Kreuz hinein, wie bei einem winzigen Wagenrad.

Wo blieb nur Kungund? Severin brauchte die Büchse. Er musste noch in der Dunkelheit sprengen, wenn sein Plan gelingen sollte. Die Wachen durften nicht merken, dass weit und breit kein feindliches Heer zu sehen war.

Je länger der Meister ihm zuschaute, desto mehr entspannte er sich. »Feuerschweißen ist keine Angelegenheit, die man in ein paar Tagen lernt. Ich verstehe zwar nicht, was du vorhast, aber ich weiß nun, dass du dein Handwerk beherrschst. Keinen Schlag tust du zu viel, und jeder sitzt, wie du ihn haben möchtest. Ich vermute, du hasst es, nachschleifen zu müssen, stimmt's?«

Severin nickte. »So ist es, Meister.«

Der Schmied lächelte, schnappte sich seinerseits einen Hammer und fügte sich in Severins Rhythmus ein.

Es war das erste Mal, dass ein Mann sich freiwillig nach Severin richtete, blind dessen Hand- und Hammerzeichen folgte, als hätten sie schon Jahre zusammengearbeitet. Und dieses war kein Knecht, sondern ein Meister seiner Zunft. Dennoch wäre Severin ihn gerne losgeworden. Wenn der Schmied nun plötzlich erkannte, was für eine Waffe er gerade fertigte?

Die gleichförmige Plage mit dem Meißel würde ihm sicher weniger behagen als das Schmieden.

»Ich danke für Eure Hilfe, Meister. Wenn Ihr so gut sein wollt, noch die Außenseite dieses Rades zu riffeln. Ein grober, paralleler Feilenhub reicht. Ihr habt doch Salzwasser zum Härten hier?«

Endlich!

Kungund war wieder da und breitete ihre Beute auf dem Werktisch aus, einen Feuerstein, mehrere Pulverhörner und eine Büchse.

Der Absberger musste einen miserablen Waffenwart beschäftigen. Die Büchse war offensichtlich selten geölt worden, teilweise bildete sich schon Rost. Aber für Severins Zwecke reichte sie. Ein abenteuerliches Gebilde sollte daraus werden, ganz ähnlich wie das Radschlossgewehr, welches er für Herman aufgezeichnet hatte.

Das Rad, welches der Schmied mit saurer Miene an der Außenseite wie eine Feile anraute, sollte auf einer drehbaren Achse über einer kleinen Pulverpfanne sitzen. An der Achse befestigte Severin eine Kette und diese wiederum an einem Stückchen Federstahl. Drehte man die Achse, wickelte sich die Kette darum und spannte die Feder. Ein kleiner Stift hielt das Rad in seiner Position. Wenn Severin diesen Stift löste, war das Rad frei und wurde von der Feder rasant zurückgedreht. Gleichzeitig drükkte sich die Halterung mit dem Funkenstein ans Rad und schlug sofort Blitze. Eine kleine Menge Pulver konnte damit entzündet werden, welches nun seinerseits den Zunder und die eigentliche Ladung entfachen sollte.

»Dein Riffelrad ist fertig«, ließ sich der Schmied aus seiner Ecke vernehmen. »Ich nehme an, es soll gehärtet werden.«

Routiniert schob er es unter die Glut, damit es sich zum letzten Mal erhitzte, und ließ es dann in einen Eimer mit Salzwasser fallen. Er gähnte herzhaft. »Nimm dir, was du brauchst, und lass es mich wissen, falls du meine Hilfe benötigst. Mein Weib und meine Kinder warten längst.«

Severin bedankte sich. »Geht nur, ich komme zurecht. Aber tut mir den Gefallen und packt zusammen, was Ihr nicht missen wollt, bevor Ihr Euch zur Ruhe legt. Den Bündischen ist nicht zu trauen, es könnte ihnen einfallen, die Nacht zum Tag zu machen.«

»Dein Getöse wird mich schon rechtzeitig wecken.«

Kungund wartete, bis der Schmied die Tür geschlossen hatte. »Severin, was für ein Getöse meint er? Und wozu brauchst du so viel Pulver? Willst du etwa selbst eine Sprengung vornehmen?«

»Ganz genau, ein abgelegener Schuppen, der schnell in Flammen aufgeht, wäre wohl geeignet. Es muss krachen und qualmen, dann werden sie vor dem Feuer fliehen wollen und die Tore öffnen. Der Unterschied ist nur, dass noch kein Heer im Tal liegt und darauf wartet, die Flüchtenden wie auf einer Treibjagd abzuschießen.«

Nervös wickelte Kungund kleine Röllchen in ihre Schürzenbänder. »Jeder wird sofort vermuten, dass du der Übeltäter bist. Sie werden nicht fliehen, stattdessen werden sie dich töten.«

»Aber nein, Kungund, wie könnte ich die Sprengung verursacht haben, wenn ich im gleichen Moment, in dem die Ladung kracht, neben den Wachen stehe und genauso verblüfft gaffe wie sie. Bitte, halte mich nicht auf, ich habe nicht mehr viel Zeit.«

Es tat ihm weh, zum letzten Mal die Schnur um seinen Hals entlangzufahren und den Bisamapfel hervorzuziehen. Mit einem Ruck riss er das Kleinod ab und klemmte es in den Schraubstock.

Als er das Eisen ansetzte, um die Kugel aufzubrechen, schrie Kungund auf. »Was tust du? Du kannst doch nicht deine Uhr zerstören, ich dachte, sie sei dein Leben.«

»Das ist sie ja auch. Sie wird uns helfen, lebend aus der Burg zu kommen.«

Er strich mit dem Finger über die Verzierungen, über Zifferblatt und Zeiger.

»Dieses Ührlein gehorchte immer nur Kronos. Es löste die Momente von ihrer Bedeutung, machte alle gleich und damit unerheblich. Ein einziges Mal soll meine Uhr Kairos dienen. Sie soll dafür sorgen, dass etwas zur rechten Zeit geschieht.« Unwillkürlich musste er lächeln. »Und ich werde wie immer nicht zur Stelle sein.«

Er wischte sich die Hände an der Hose ab und brach das Uhrwerk aus seinem schützenden Panzer.

Es war eine elende Fummelei, das filigrane Gebilde mit der Büchse zu verbinden, ohne es dabei zu beschädigen. Mit angehaltenem Atem brachte er erst ganz zum Schluss den Hebel an, mit dem der Zeiger in einem vorbestimmten Moment das Radschloss auslösen würde.

»Ich bin so weit.«

Kaum jemand schlief in dieser Nacht. Im Wohngebäude schimmerte Licht, und auf den Mauern wanderten die Fackeln der Wachen auf und ab. Kungund führte ihn im Gebäudeschatten zu einem ausgedienten Hühnerstall. Zerbrochene Möbel lagen darin, stinkendes Stroh, Unrat und Mist.

»Geh jetzt, Kungund. Vielleicht gelingt es dir, das Pferd aus dem Stall zu holen. Halte dich in der Nähe des Tores auf, ich werde gleich wieder bei dir sein. Falls es vorher kracht, zögere nicht zu fliehen, versprich es mir.«

Sie sagte nichts, sondern drückte nur seine Hände, bevor sie ihn verließ.

Severin wartete eine Weile, damit sie Zeit hatte, sich zu entfernen. Dann stellte er einen Tiegel ins Stroh, leerte die Pulverhörner hinein und verteilte locker den Zunder. Sorgfältig bettete er sein Konstrukt an die richtige Stelle und spannte mit äußerster Vorsicht die Feder.

Die Uhr tickte gelassen weiter. Ungerührt zählte sie die Minuten und scherte sich nicht darum, dass eine davon in einer Feuersbrunst untergehen würde, ja, dass ihr Zählen erst die Zerstörung verursachte und damit ihren eigenen Untergang.

Gebannt verfolgte Severin den Zeiger. Gerne hätte er gewusst, ob seine Uhr vor dem entscheidenden Moment vielleicht ein ganz klein wenig zögern würde.

Er wünschte es ihr.

Kungund hatte den Falben auf den Burghof geführt. Sie hielt ihn an langer Leine und sah zu, wie er im Mondlicht stand und genüsslich das Kraut zwischen dem Pflaster ausrupfte.

Dass sie so ruhig sein konnte. Seit Severin seine Uhr im Stroh zurückgelassen hatte, fühlte er sich in zeitlose Leere gestoßen. Er wusste nicht, wie viele Minuten seitdem vergangen sein mochten, wann der Schuppen zerbersten würde.

Und wenn es nicht funktionierte?

Vielleicht war die Büchse verrutscht, vielleicht hatte sich ein Halm unter den Zeiger geklemmt und verhinderte jetzt das Weiterrücken. Und Severin stand derweil ahnungslos herum, wartete und wartete ...

Er sollte schnell noch einmal nachsehen, lieber noch einmal alles kontrollieren.

Ein Donnerschlag zerriss die Nacht.

Fast gleichzeitig fauchte die Feuersäule in den Himmel.

Schwarzer Qualm kochte über der Burg, und das rote Licht flackerte gespenstisch auf den entsetzten Gesichtern.

»Die Bündischen!«, rief Kungund. »Rettet euch!«

Severin musste ihr helfen, das verstörte Pferd zu halten. Er schob sie auf den glatten Rücken und schwang sich selbst dahinter.

Mit eingezogenen Köpfen stürmten sie unter dem halb geöffneten Fallgitter hindurch. Die aufgeregten Rufe der Flüchtenden hinter ihnen verloren sich im Hufgeklapper, wurden schwächer und schwächer, bis sie ganz verklungen waren.

Severin hatte die Arme um Kungunds Taille gelegt. Er hielt sie immer noch fest, obwohl der Falbe längst in gleichmäßigen Schritt gefallen war.

»Ich kann nicht nach Nürnberg zurück«, sagte Kungund und lehnte ihren Kopf nach hinten an seine Schulter. »Niemand zwingt uns, nicht wahr? Morgen rückt das Heer an, und die Burg wird das gleiche Schicksal ereilen wie alle anderen vorher, Plünderung und Brand. Warum sollte man nach uns suchen?«

In Augsburg lag Herman Henlein mit gebundenen Händen auf dem Henkerblock, verurteilt wegen Mordes an einer Bettelmaid. Im Morgengrauen wurde der Messerer durch das Schwert gerichtet.

Peter Henlein aber saß in seiner Werkstatt und klaubte von nun an bis zum Ende seines Lebens, Stundentakt für Stundentakt, stumpfe Gulden aus den Bisamapfeluhren.

Über den Hügeln von Absberg schimmerte rötlicher Feuerschein. Die beiden Gestalten auf dem Pferd drehten sich nicht danach um.

Severin blies Kungund eine Strähne aus der Stirn und schmiegte seine Wange an ihre Schläfe.

Ja, sie waren frei. Zeit war plötzlich im Überfluss vorhanden, mehr, als sie jemals durchleben würden. Sie konnten bedenkenlos so viel davon verschwenden, wie sie mochten, sie brauchten nur zu entscheiden, wofür.

»Möchtest du gerne das Meer sehen, Kungund?«

ANHANG

Nürnberg um 1500

Nürnberg war eine freie Reichsstadt und damit unmittelbar dem Kaiser unterstellt. Ihre Bürger verwalteten sich selbst mit eigener Gerichtsbarkeit und eigenem, nur dem Kaiser verpflichteten Steuerwesen. Die oberste Regierungsmacht oblag dem inneren Rat, dessen Mitglieder sich vor allem aus 42 ausgewählten Familien, den Patriziern zusammensetzten.

Hauptsächlich in diesem Kreis bildete sich eine geistige Elite, der Humanisten wie Conrad Celtis und Willibald Pirckheimer, aber auch der Maler Albrecht Dürer angehörten.

Etwa 40 000 Menschen lebten in der Stadt. Ein Großteil der Gewerbetreibenden beschäftigte sich mit Metallverarbeitung, mit Werkzeug, technischen Instrumenten und vor allem mit Waffen.

Nürnberg verfügte über großen Landbesitz außerhalb der Stadtmauern, sodass die entsprechenden Grunderzeugnisse in eigenen Erzhütten gefördert werden konnten.

Die Stadt befand sich in ständigem Konflikt mit den umliegenden Markgrafen und deren Verbündeten, da beide Parteien versuchten, ihre grundherrlichen Rechte auszubauen und geschlossene Territorien zu bilden.

Der Erfinder der Taschenuhr

Eine Uhr in die Tasche stecken zu können erfordert einen Mechanismus, der in jeder Lage unabhängig von der Schwerkraft funktioniert. Diese Voraussetzung wurde vermutlich zwischen 1420 und 1440 durch die Entwicklung des Federantriebes geschaffen, welcher z.B. in einem Skizzenbuch von Paulus Alemannus um 1475 in Rom dargestellt ist. Die frühesten tragbaren Uhren sind ebenfalls in Italien bezeugt.

In Deutschland scheinen diese aber noch unbekannt gewesen zu sein, sodass Colchäus 1511 Peter Henlein als den Erfinder der tragbaren Uhr lobte.

Seine eigentliche Errungenschaft war vermutlich eher die verringerte Größe und die Verwendung einer Federbremse (Stackfreed), wodurch die Antriebskraft verlangsamt und damit besonders gleichmäßig auf das Uhrwerk übertragen wurde.

Die Form dieser Uhren ist nicht sicher belegt, da kein einziges erhaltenes Werk zweifelsfrei auf Peter Henlein zurückgeführt werden kann. Wie Jürgen Abeler halte ich es für wahrscheinlich, dass es sich um Bisamapfeluhren gehandelt hat, denn neben anderen Hinweisen erhielt Peter Henlein 1524 urkundlich 15 Florin für einen *»vergulten pysn Appfl für all ding mit einem Oaiologium«* – eine Bisamapfeluhr.

Zeitgleich haben sich in Nürnberg weitere Männer mit dem Uhrenbau befasst, deren Namen nur noch Fachleuten bekannt sind. Peter Henlein dagegen wurden seit Colchäus bis in die heutige Zeit hinein immer wieder neue Denkmäler gesetzt, wissenschaftliche Arbeiten ebenso wie Heldenepen oder Filme.

Er wird das Seine dazu beigetragen haben.

Personen

Familie Henlein

Peter Henlein (1480/85–1542) – Schlosser, Uhrmacher

Herman Henlein (+ 1523) – Messermacher

Severin Henlein – Sohn Hermans, nur einmal am 19. Mai 1518 in den Quellen erwähnt (siehe Zeitleiste)

Kungund – Tochter des Färbers Enders Ernst, Peter Henleins Ehefrau

Margarethe – Peter Henleins zweite Ehefrau

Bedeutende Nürnberger

Conrad Celtis (1459–1508) – Humanist, Dichterkönig

Heinrich Deichsler (1430–1506/07) – Geschichtsschreiber, Bierbrauer, Armenpfleger (Bettelherr)

Anton Koberger (~1440–1513) – Buchdrucker, Verleger
Willibald Pirckheimer (1470–1530) – Humanist, Ratsherr, Kriegshauptmann
Bernhard Walther (1430–1504) – Kaufmann, Astronom
Johannes Werner (1486–1522) – Pfarrer, Astronom, Astrologe
Regiomontanus (1436–1476) – Mathematiker, Astronom
Hartmann Schedel (1440–1514) – Humanist, Historiker, Arzt
Sebald Schreyer (1446–1520) – Kaufmann, Kirchenmeister

Handwerker
Clemens Glaser – Jungmeister des Schlosserhandwerks, kam 1504 bei einer Rauferei ums Leben
Georg Heuss (Jörg Heuß) – Schlosser, erneuerte die Kunstuhr an der Frauenkirche
Paul Tefler – Schlossergeselle
Veit Stoß (~1450–1533) – Bildhauer, Schnitzer, Maler, schuf u.a. den »Englischen Gruß« in St. Lorenz

Fehdeführer / Placker (Raubritter)
Hans Thomas von Absberg (1440–1531) – Placker, Ritter aus dem Niederadel, erwarb sich bei Fehden gegen mehrere Städte den Ruf als »Handabhacker«
Herman und Theodor von Riedesel – Erbmarschälle, beteiligten sich an Fehden gegen vermögende Städte
Jörg Trummer – befehdete Nürnberg wegen des Urteils gegen seinen Schwiegervater Veit Stoß

Markgrafen
Friedrich der Ältere (1486–1515) – schürte den Streit mit der Reichsstadt Nürnberg, unterstützte die städtefeindliche Ritterschaft
Kasimir (1481–1527) – Sohn Friedrich des Älteren, führte die Schlacht um den Kirchweihschutz zu Affalterbach an

Fiktive Figuren
Barb und *Ottilie* sind frei erfunden, ebenso *Lais,* Severins Mutter und die Familie *Geiss.*
Die Eltern von Peter und Herman Henlein sind nicht sicher belegt, möglicherweise handelte es sich bei dem Vater um einen Rotschmied Namens *Peter Henlein.*
Auch die Hauptfigur *Severin* ist weitgehend frei erfunden. In den Quellen wird er ein einziges Mal als Hermans Sohn erwähnt, mehr wissen wir nicht über ihn, so darf die Fantasie das Fehlende ersetzen.

Zeitleiste und Lebensdaten der Familie Henlein

Zusammengestellt aus u.a.: Jürgen Abeler – In Sachen Peter Henlein, Albert Gümbel – Peter Henlein, Dr. G. W. K. Lochner – Johann Neudörfer

1480/85 Vermutliche Geburt Peter Henleins.
Vater möglicherweise Peter Henlein, Rotschmied, seit 1461 Bürger in Nürnberg.
1496 Peters älterer Bruder Herman Henlein wird Meister bei den Messerschmieden.
1501 Hochwasser mit folgender Hungersnot in Nürnberg.
1502 Blutkirchweih/Schlacht im Walde, am 19. Juni rückt Markgraf Kasimir von Ansbach im Streit um den Kirchweihschutz zu Affalterbach gegen Nürnberg vor und erteilt den Bürgern vor den Toren ihrer Stadt eine empfindliche Niederlage.
1503 Der Bildhauer Veit Stoß wird wegen Fälschung eines Schuldscheines öffentlich auf beiden Wangen gebrandmarkt.
1504 Am 15. Juni stirbt der Astronom Bernhard Walther.
Am 8. September gerät Peter Henlein zusammen mit Georg Heuss (Jörg Heuß) und Paul Tefler in eine nächtliche Rauferei gegen Schlosser-Jungmeister Clemens Glaser, welcher dabei umkommt. Anschließend flieht Peter Henlein ins Barfüßerkloster, wo er Asylrecht in Anspruch nimmt. Der Rat spricht

ihm mehrmals freies Geleit aus, welches immer wieder verlängert wird, damit er bei den Verhandlungen erscheinen kann. In dieser Zeit darf er sich frei in der Stadt bewegen.

Georg Heuss muss sich als Wiedergutmachung zur Zahlung von 40 Gulden an die Angehörigen Clemens Glasers verpflichten.

1505 Pest in Nürnberg.

Wegen des Prozesses gegen Veit Stoß befehdet dessen Schwiegersohn Jorg Trummer die Nürnberger. Unter dem Schutz der Erbmarschälle Herman und Theodor Riedesel überfällt er Nürnberger Kaufleute.

1506 Herman Henlein wird verwarnt, weil er zu den Messern auch Scheiden mit Verzierungen aus Edelmetall fertigt und somit in das Handwerk der Gold- und Silberschmiede eingreift.

1509 Georg Heuss vollendet die Erneuerung des Männleinlaufens an der Nürnberger Frauenkirche.

Am 16. November wird Peter Henlein Meister des Schlosserhandwerks und entrichtet dafür die übliche Zahlung von 3 Gulden in Stadtwährung.

1511 Johannes Cochläus (Cocleus) schreibt im Anhang der Erdbeschreibung »Cosmographia Pomponii Melae« in der Lobpreisung der Stadt Nürnberg u.a. über Peter Henlein und dessen Uhren.

1513 Kunigunde Ernst, Tochter des Färbers Endres (Andreas) Ernst wird als Peter Henleins Ehefrau erwähnt.

1515 Am 26. Februar kommen Peter Henleins Verhandlungen zum Abschluss. Er zahlt 20 Gulden Abfindung an Clemens Glasers Angehörige.

1516 Im Oktober muss Herman Henlein 3 Tage in Turmhaft verbringen, weil er nach wie vor Messerscheiden mit Verzierungen aus Edelmetall anfertigt.

In der Nacht vom 22. auf den 23. November ermordet Herman Henlein ein Bettelmädchen. Der Rat setzt 100 Florin und die Aussicht auf Straffreiheit als Belohnung aus.

1517 Der Verdacht richtet sich gegen Herman Henlein. Er wird festgenommen und drei Gefangenen gegenübergestellt, die ihn aber zu diesem Zeitpunkt nicht belasten. Herman flieht vorsorglich nach Roth unter markgräflichen Schutz und versucht, seine Sache statt in Nürnberg im kaiserlichen Kandgericht verhandeln zu lassen. Der Rat bestreitet die Zuständigkeit des Gerichtes, da Herman Nürnberger sei und die Tat auf Nürnberger Boden geschah. Herman flieht ins Ausland und tritt in den Dienst des dänischen Königs Christian ein.

1518 Am 19. Mai erscheint Severin, Herman Henleins Sohn, im Beisein seiner Vormunde Peter Henlein und Paulus Emmerich vor Gericht und erwirkt die Erlaubnis, seinem Vater die Habe im Wert von 4 Gulden nachsenden zu dürfen.

1520 König Christian wendet sich an den Nürnberger Rat und bittet um freies Geleit für Herman Henlein, der »etlich zeug«, vermutlich Metall für Waffen, Geschütze u.ä., kaufen soll. Der Rat lehnt ab.

1521 Margarethe wird als Peter Henleins Frau erwähnt.

1522 Am 12. 12. zahlt Peter Henlein 100 Florin an die Konrad Hornsche Vormundschaft und löst damit eine auf dem Haus liegende Hypothek ab, für die er jährlich 4 Florin Zins zu zahlen hatte. Das Haus befindet sich in der Straße Hinter St. Katharina.

1523 Hermann Henlein wird in Augsburg verhaftet. Der Augsburger Rat sendet dessen Aussage, die vermutlich mittels peinlicher Befragung erreicht wurde, nach Nürnberg. Peter Henlein bittet den Nürnberger Rat, sich für seinen Bruder einzusetzen. Da dieser ablehnt, wendet Peter sich selbst an den Augsburger Rat und erweckt dort den Eindruck, der Nürnberger Rat stünde hinter ihm. Der Rat spricht ihm seine Missbilligung aus.

Am 18. August wird Hermann Henlein zum Tode verurteilt und am 23. August mit dem Schwert hingerichtet.

Etwa zeitgleich zum Prozess gegen Herman führt der Schwäbische Bund mit Nürnbergs Unterstützung einen Rachefeldzug gegen die Raubritter durch. Als Reaktion auf den Beistand, den viele fränkische Adelige dem Placker Hans Thomas von Abs-

berg hatten angedeihen lassen, werden 23 Adelsschlösser niedergebrannt, u.a. die Burg Absberg.
1524 Am 11. Januar erhält Peter Henlein 15 Florin für eine Bisamapfeluhr. Er kann Hermans Hinrichtung nicht akzeptieren und beschuldigt einen Augsburger Messerer, seinen Bruder verleumdet zu haben. Der Augsburger beschwert sich, und Peter Henlein wird zu 14 Tagen Turmhaft verurteilt.
1529 Am 17. Dezember reist Peter Henlein im Auftrag des Rates nach Straßburg, um eine Forderung einzutreiben, die mit der Anfertigung eines Himmelsglobusses zusammenhängt.
1535 Peter Henlein empfängt 1 Pfund und 1 Schilling für das Zurichten der Uhr in der städtischen Kanzlei.
1540 Seine Ehefrau Margarethe stirbt.
1541 Peter Henlein baut eine Uhr für Lichtenau, die von allen vier Turmseiten gesehen werden soll.
Am 12. 10. heiratet Peter Henlein Walburga Schreyer.
1542 August – Peter Henlein stirbt und wird auf St. Katharina begraben.

GLOSSAR

Atlas – schweres, stark glänzendes Seidengewebe
Barchent – einfaches Tuch aus Baumwoll- Leinengemisch
Beginen – meist begüterte alleinstehende Frauen, die sich auf Zeit zu religiösen Gemeinschaften zusammenschlossen und wohltätig wirkten
Bettelherr – städtischer Armenpfleger, der die Aufsicht über das Bettelwesen innehatte
Dusack – breite, stabile Klinge, leicht gekrümmt und spitz zulaufend, als Griff ist ein ovaler Durchbruch für vier Finger eingelassen
Dutzen – Röhricht, Schilfrohr
Dutzenteich – seit 1330 künstlich angelegtes Teichgebiet bei Nürnberg, nicht nach der Anzahl der Weiher, sondern nach den Dutzen, dem Schilfrohr benannt
Feh – Pelz von grauweißen Eichhörnchen
Feldschlange – Kanone mit kleinem Durchmesser (~8 cm) aber bis zu 3 m langem Lauf, dadurch hohe Zielgenauigkeit
Florin – ursprünglich Goldmünze (Goldgulden) aus Florenz, im 16. Jahrhundert mit verschiedenem Gewicht und wechselnder Legierung in ganz Europa geprägt
Französische Krankheit – Syphilis
Geleitrecht – Schutz von Reisenden, insbesondere von Kaufmannszügen auf bestimmten Straßen, sowie das Recht auf entsprechende Vergütung
Goller – großer Umlegekragen, der vorne zugehakt oder geknöpft werden konnte
Gradstock – von Regiomontanus erheblich verbesserter Jakobsstab (siehe dort)
Hakenbüchse – auch Arkebuse, Handfeuerwaffe mit langem Lauf und angeschweißtem Haken, welcher in eine Auflage ein-

geklemmt wurde, um den Rückstoß abzufangen
Halbarde – Stich- und Stoßwaffe, meist mit einem vierkantigen Blatt und zusätzlich einer langen Spitze
Heckenreiter – frühere Bezeichnung für Raubritter
Hintersassen – Bewohner des städtischen Landgebietes
Hofrait – von Gebäuden umschlossene Hofanlage
Hundschlager – amtlicher Abdecker, entfernte tote und streunende Tiere aus der Stadt
Hussecke – Variation der Schaube (siehe dort), konnte vorne geschlossen werden
Jakobsstab – Gerät zur Messung des Abstandswinkels zwischen zwei Punkten, etwa 1 m lang mit 6 rechteckigen Querstreben, die teilweise beweglich waren
Kermes – wasserlöslicher, roter Farbstoff, der aus Schildläusen gewonnen wurde, damals höher geschätzt als Purpur
Kiepe – hoher Korb, der auf dem Rücken getragen wird
Kirchweihschutz – Aufsichtsrecht über die Kirchweih, einschließlich der Erhebung von Markt- und Schutzgebühren
Nachtigall – in diesem Zusammenhang besonders große und schwere Kanone
Nestelbänder – Bänder zum Zusammenbinden von Kleidungsteilen, z. B. wurden Ärmel oft »angenestelt« statt angenäht, sodass der Stoff des Untergewandes aus den Schlitzen herausbauschte
Panzerstechklinge – schmale Dolchklinge, die zwischen die Platten eines Harnisches und durch die Öffnungen eines Visieres stechen konnte, ohne die wertvolle Rüstung zu beschädigen
Pechkranz – ein Kranz wurde mit in Öl und Pech getränkten Tüchern gewickelt und setzte, in die gegnerischen Linien gerollt, Gebäude und Wagen in Brand
Placker – frühere Bezeichnung für Raubritter (das Wort Plackerei ist noch heute für besonders mühsame Tätigkeiten gebräuchlich)
Pfeffersack – verächtliche Bezeichnung für Kaufmann
Quartaune – auch Kartaune, schweres Belagerungsgeschütz

Rotschmied – Messing- oder Kupferschmied
Rugamt – städtisches Kontroll- und Überwachungsamt für Angelegenheiten des Handwerks
Saufeder – Stichwaffe mit meist zweischneidigem Blatt in Lanzettenform und langem Stiel
Schamkapsel – Weiterentwicklung des Hosenlatzes, häufig gepolstert und farbig abgesetzt
Scharfmetze – schwere Kanonenform
Scharlattin – kostbares Prachtgewebe aus Wolle, scharlachrot gefärbt in Kermes (siehe dort)
Schaube – weiter, offener Mantel mit breiter Silhouette, häufig ärmellos
Segge – gehört zu den Riedgräsern und wächst auf feucht-nassen Böden
Schecke – kurze Männerjacke mit schmaler Taille und breiten Schultern, oft im Brustbereich gepolstert
Scheibendolch – im Spätmittelalter beliebte Dolchvariante, die Griffabschlüsse sind oben und unten als Scheiben ausgeformt
Schwäbischer Bund – 1488 schlossen sich schwäbische Reichsstädte zusammen und nutzten den Bund als Machtinstrument u.a. gegen Expansionsbestrebungen Bayerns, die kaiserliche Zentralgewalt und ebenso gegen regionale Revolten. Der Schwäbische Bund schlug 1525 die Bauernaufstände in Schwaben und Franken blutig nieder
Schwarzlot – eine Mischung aus Kupfer- und Eisenoxid, welche beim Einbrennen einen schwärzlichen Farbton ergibt
Theriak – möglicherweise von Andromachos, dem Leibarzt Neros als Mittel gegen Gift auf der Basis von Opium entwickelt, im Mittelalter galt die Arznei als Allheilmittel und bestand aus etwa 300 wechselnden Bestandteilen, und noch heute soll Theriak in abgemilderter Form als eine Zutat im Schwedenbitter enthalten sein
Todfall – ähnlich der heutigen Erbschaftssteuer wurde nach dem Tod eines Pächters das Pachtgut erst nach Entrichtung eines Abschlags, meist in Form eines Anteils aus dem Nachlass,

an die Nachkommen weitergegeben

Veste – Festung, Burg

Waid – Färberpflanze, Isatis tinctoria, der Farbstoff löst sich in einer zu Alkohol vergorenen Urinjauche, das Färbegut nimmt erst unter folgendem Einfluss von Sonnenlicht blaue Farbe an und ist somit äußerst lichtecht

Wasserkufen – schlitten- oder wagenähnliche Gestelle, die mit Wasserfässern beladen waren

Welsche – germanischer Begriff für Kelten in der Bedeutung von »Fremde«, später wurden die jeweiligen romanischen Nachbarn als Welsche bezeichnet

Werg – gerupfte Hanf- oder Flachsfasern, Abfallprodukt, welches noch Staub und Pflanzenteile enthält, wurde z.B. zum Polstern oder Abdichten genutzt

GANZ ZUM SCHLUSS
UND DOCH NICHT VERGESSEN

Schreiben ist ein einsames Geschäft.
Das ist schon wahr, aber angenehmer ist es durchaus, einen Menschen wie Willi im Hintergrund zu wissen, der meine tagelange Zurückgezogenheit ertrug, sogar ermöglichte und schützte, und dennoch sofort zur Stelle war, mir die Ergebnisse laut vorzulesen, sobald ich wieder auftauchte.

Rainer Schlegemann, Romantiker, Buchhändler und Mitbewohner warf einen ganz anderen, neuen Blick auf das Geschriebene, was zu mancher befruchtenden Diskussion führte.

Große Hilfe bekam ich aus einem Kreis von kompetenten Fachleuten, die sich in der »Uhrenhanse« zusammengefunden haben und ihr Wissen großzügig weitergaben.
Ebenso danke ich dem Uhrmachermeister Hellmut Voß und dem Schmied Birger Radsack, der mich beim Feuerschweißen über die Schulter sehen und selbst probieren ließ, wie sich das Schmieden anfühlt, wie es riecht und wie es klingt.

Nürnberg

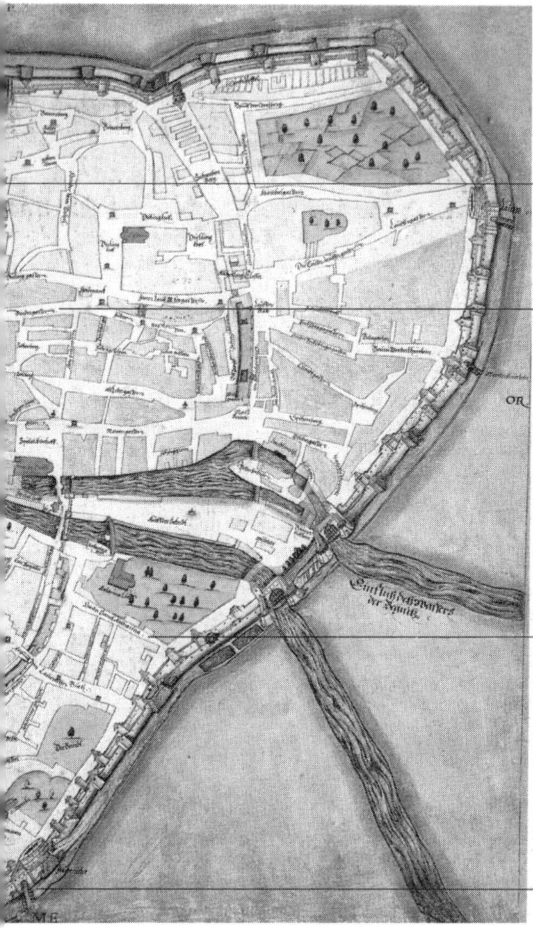
UNTER DER
VESTE
BINDERGASSE
HINTER
ST. KATHERINA
FRAUENTOR

HEYNE
ROBERT HARRIS
Pompeji